致命之白

LETHAL WHITE

ROBERT
GALBRAITH

羅勃・蓋布瑞斯 著

林靜華・趙丕慧 譯

獻給戴和羅傑，

並紀念

可愛的白史派克

序

親愛的蕾貝嘉，幸福，最主要是指單純的平靜與喜悅感。

——亨里克．易卜生，《羅斯莫莊園》

如果這對天鵝能在墨綠色的湖面上並肩而行，這張照片或許會成為這位婚禮攝影師一生事業最好的作品。

他不想變換這對新人的姿勢，因為樹冠底下柔和的光線使一頭紅金色鬈髮的新娘像極了拉斐爾筆下的天使，也使她丈夫的顴骨輪廓更加分明。他不記得他最近一次受託為一對如此美麗的新人拍照是什麼時候。他不需要挖空心思，為這對新婚的馬修．康利菲先生、夫人運用什麼攝影技巧；不需要換個角度，避開新娘背上隆起的一小塊脂肪（事實上，她有點太瘦，但這樣拍照反而好看）；不需要建議新郎「試著把你的嘴巴合攏」，因為康利菲先生有一口又白又整齊的牙齒；唯一需要隱藏的，最後需要修圖的地方，可能是新娘前臂上那一道又長又醜的疤痕：那塊疤痕一片烏青，傷口的縫線仍清晰可見。

那天早上攝影師抵達她父母家時，她的手上仍戴著橡膠製的彈性護具。當她脫下護具拍照時，他著實吃了一驚。他甚至懷疑她是否在婚禮前企圖用拙劣的手段自殺，因為他以前曾經見過這種情況。如果你在這一行混了二十年，你一定會見到。

「我被襲擊，」康利菲太太——或者，兩個小時以前的蘿蘋．艾拉寇特——這樣說。攝影師是個神經質的人，一直在內心抗拒鋼刀劃破她柔嫩白皙的肌膚的畫面，幸好那個醜陋的刀疤現在隱藏在康利菲太太手上那束乳白色的捧花底下。

那對天鵝，那一對天鵝，要是背景中少了牠們也就罷了，但偏偏其中一隻不斷地潛水，背上雙翼形成的金字塔突出湖心，宛如一座羽毛冰山。牠的重複性動作攪亂了湖水，這會使後製的數位影像刪除工作——這是年輕的康利菲先生的建議——比他所知的更複雜得多。而天鵝的另一半仍持續靜靜地游到湖邊：優雅、沉著，毅然決然避開鏡頭。

「你拍到了沒？」新娘問，明顯的不耐煩。

「妳看起來美極了，那束鮮花，」新郎的父親喬弗瑞從攝影師背後說，從他的聲音聽起來顯然他已喝醉了。新人的家長、伴郎及伴娘都站在旁邊的樹蔭下觀看。那個年紀最小、走路還不穩的小小伴娘被管束著不讓她將小石子扔進湖中，此刻正向她的母親哭訴，她的母親氣惱地持續對她低聲說話。

「快好了。」攝影師哄她，「請妳再靠近他一點，蘿蘋。對了。微笑，再笑開一點，現在！」

這對新人之間的緊張關係不完全歸因於拍照時遇到的障礙。但攝影師不理會它，他不是婚姻顧問。他曾見過新人在他檢查測光表時互相高聲對罵，有個新娘甚至從她的結婚招待會氣匆匆地拂袖而去。他至今仍保留他在一九九八年拍到的一張新郎用頭去撞伴郎的模糊照片，不時還會拿出來和朋友一起觀賞取樂。

儘管今天這對新人從外表看是天造地設的一對，但他不認為這對康利菲夫婦會有很好的機會，新娘手上長長的疤痕從一開始就分散了他的注意力，他發現整件事情預示著不吉祥與不愉快。

「我們走吧，」新郎忽然說，放開蘿蘋，「拍得夠多了，不是嗎？」

「等一下，等一下，另一隻天鵝現在過來了！」攝影師氣惱地說。

就在馬修放開蘿蘋那一瞬間，岸邊那隻天鵝開始划過墨綠色的湖水，游向牠的另一半。

「妳不覺得這兩隻可惡的東西是故意的嗎，嘎，琳達？」喬弗瑞要笑不笑的對新娘的母親說，「討厭的東西。」

「無所謂，」蘿蘋說，撩起她的長裙露出她的鞋子，看得出她的鞋跟有點矮，「我想我們拍到了。」

她邁著大步走出樹蔭進入熾熱的陽光下，準備穿過草坪走向那座十七世紀城堡。大多數婚禮來賓已在緩慢移動，一邊啜飲香檳一邊欣賞城堡飯店的風景。

「我想她的手臂在痛。」新娘的母親對新郎的父親說。

胡說，攝影師在心中冷笑，他們剛才在車上吵架。

這對新人離開教堂時，在漫天飛舞的彩紙下看起來十分快樂，但抵達郊區飯店時兩人臉上的表情都很僵硬，明顯的強壓著怒氣。

「她沒事啦，喝一杯就好了。」喬弗瑞安慰地說，「好好陪她，馬修。」

馬修已跟在他的新娘後面移動腳步，當她穿著高跟鞋走在草坪上時，他很快就趕上她，其餘賓客緊隨在他們後面，幾個伴娘身上的薄荷綠雪紡洋裝在熾熱的微風中飄動。

「蘿蘋，我們必須談談。」

「那就談吧。」

「妳走慢一點，好嗎？」

「我如果走慢一點，家裡的人都跟上來了。」

馬修瞥一眼他的背後，果然。

「蘿蘋——」

「不要碰我的手臂！」

她的傷口在炎熱的氣溫下陣陣抽痛，蘿蘋想去拿她的手提袋，裡面有她的彈性護具，但手提袋此刻一定在某一間遙遠的新娘套房內。

站在飯店陰影下的賓客現在可以看得更清楚了，女賓比較容易分辨，因為她們都戴著帽子。馬修的蘇阿姨頭上戴著一個鐵藍色的馬車輪，蘿蘋的嫂嫂珍妮戴著一簇鮮黃色的羽毛，男賓因為都穿深色西裝比較不容易辨認，從這個距離看不出柯莫藍．史崔克是否也在其中。

「妳先停一下腳步，好嗎？」馬修說，因為兩人的腳步比其他家人快很多，後者必須配合小伴娘的腳步。

蘿蘋停下來。

「我只是看到他很吃驚，如此而已。」馬修小心翼翼地說。

「你以為我早就知道他會在儀式進行一半時闖進來打翻花盆嗎？」蘿蘋問。

如果不是她試圖壓抑那個微笑，馬修也許還能忍受這個反應，他沒有忘記當她的前任老闆闖入他們的婚禮時，她臉上所展現的喜悅。他懷疑他是否能原諒當她說「我願意」時，她的雙眼卻定定地注視著那個高大、醜陋、邋遢的柯莫藍．史崔克，全體來賓一定都看到她在對史崔克微笑。

雙方家人又再度趕上他們，馬修輕輕握住蘿蘋的上臂，手指離刀疤僅數英寸，攙著她繼續往前走。她順從他，但他懷疑這是因為她想更接近史崔克。

「我在車上是說，如果妳想回去替他工作——」

「——我就是『他媽的白癡』。」蘿蘋說。

聚集在露台上的人現在可以看得更清楚了，但蘿蘋沒有看到史崔克。他是個大塊頭，她應當很容易從她的兄弟、叔伯當中認出他來，即便他們全都身高六英尺以上。史崔克出現在教堂時她瞬間高昂的情緒，頃刻間又彷彿被雨淋濕的雛鳥從樹上滾下來，他一定是在結婚儀式結束之後就離開了，沒有坐上開往飯店的迷你巴士，他的短暫露面只是一種善意的表態，別無他意。他不是來重新雇用她，他只是來恭賀她展開新生活。

「欸，」馬修說，語氣更溫和些，她知道他也梭巡了那群賓客，發現史崔克不在其中，因此下了與她相同的結論。「我在車上想說的是：妳自己決定，蘿蘋。如果他要——如果他要妳回去——我只是擔心，看在老天分上。替他做事一點也不安全，不是嗎？」

「不，」蘿蘋說，手上的刀傷陣陣抽痛，「不安全。」

她轉身面向她的父母和其他家人，停下腳步等他們趕上來，陽光照在她裸露的肩膀上，她聞到一股甜甜的、癢癢的熱草味。

「妳想去找蘿蘋舅媽嗎？」馬修的姐姐說。

剛學會走路的葛蕾絲順從地抓住蘿蘋受傷的手臂用力搖，蘿蘋痛得大叫。

「喔，我很抱歉，蘿蘋——葛葛，放手——」

「香檳！」喬弗瑞大聲說，伸手攬著蘿蘋的肩膀，引導她走向那群已久候多時的賓客。

一如史崔克對這家高檔的郊區飯店的預期，這裡的男廁所不但沒有臭味，而且非常乾淨，他真希望他能帶一罐啤酒躲進這涼爽安靜的如廁間，但這也許會加深別人對他的印象，以為他是個惡名昭彰、剛被保釋出獄來參加婚禮的酒鬼。接待人員雖然接受了他是新人康利菲-艾拉寇特府上的婚宴來賓，但絲毫不掩飾他的懷疑。

即使在沒有受傷的情況下，史崔克高大、黝黑、看起來酷似拳擊手的外形也總是令人備感威脅。今天的他更像剛從擂臺爬出來，他那青紫色的鼻子腫得比平常大一倍，兩隻眼睛瘀青，一隻耳朵發炎，上面還有新縫的黑色縫線。雖然他最好的一套西裝今天多了很多皺紋，又有上次穿時濺到紅酒留下的痕跡，但至少他手掌上的刀傷裹上了繃帶。關於他的外表，你只能說幸好他在匆匆趕往約克郡時設法找了一雙合適的鞋穿上。

他打了個呵欠，閉上脹痛的雙眼，把頭靠在冰涼的如廁間牆上休息一下。他萬分疲倦，很可能坐在馬桶上一眨眼就睡著了，但他必須去找蘿蘋，請她——必要時懇求她——原諒他將她解雇，並請她重新回來上班。當他們在教堂內四目相視時，他認為他在她臉上看到喜悅。當她挽著馬修的手從他旁邊經過離開教堂時，她確實對他嫣然一笑，因此他匆匆穿過墓園去找他的朋友香客——這時候他正在借來的賓士車上呼呼大睡——兩人一起驅車跟在迷你巴士後面前往婚宴會場。

史崔克並不打算留下來用餐與聽演講：他在解雇蘿蘋之前沒有寄出回函確認他將接受邀請。他來飯店只是想跟她說幾句話，但從眼前的情況看來顯然已不可能，他早已忘了婚宴儀式是怎麼回事。當他在擁擠的露台上尋找蘿蘋時，發現自己反而成為一百對好奇眼光的焦點，這讓他感到很不自在。於是他在婉拒了香檳（他不喜歡喝香檳）之後退到吧台找啤酒喝，一個嘴型和額頭與蘿蘋十分相似的黑髮年輕人跟在他後面，另外一群年輕人也尾隨其後，個個臉上都有掩不住的興奮。

「你是史崔克吧？」那個年輕人說。

偵探點頭。

「我是馬丁．艾拉寇特，」對方說，「蘿蘋的弟弟。」

「你好嗎？」史崔克說，舉起他那隻裹著繃帶的手示意他手痛無法握手，「你知道她在哪裡嗎？」

「他們拍完照了，」馬丁說，指指他拿在另一隻手上的蘋果手機，「報上有你的新聞，你逮到那個沙克威爾開膛手了。」

「喔，」史崔克說，「是的。」

雖然他的手掌和耳朵上的刀傷是新的，他卻覺得十二小時以前發生的那起暴力事件似乎已是很久以前的事，他把兇手逼到牆角的那個污穢的藏身處，和這家四星飯店相較之下簡直是天壤之別。

一名婦女走進酒吧，她的綠松石色創意頭飾在她的白金色頭髮上微微顫抖。她也拿著一支手機，兩隻眼睛迅速上下瞟動，將眼前活生生的史崔克和手機螢幕上的照片作比對。

「抱歉，我去一下洗手間。」史崔克對馬丁說，側身迅速離開，不讓任何人接近他。自從和一臉狐疑的接待員談話後，廁所已成為他的避難所。

他又打了個呵欠，看看手錶，蘿蘋這時候應該已經拍完照了。傷口的疼痛使他不由得齜牙咧嘴，因為在醫院服用的止痛藥此時藥效已退，史崔克站起來，拉開門栓，又回到盯著他看的陌生人群中。

一支弦樂四重奏樂團已在無人的餐廳一頭入座，當新人與家屬列隊歡迎來賓時，樂團開始演奏。蘿蘋猜想她一定是在籌備婚禮期間同意做這種安排。她對這一天的種種活動並未負起太多責任，以致不斷得到像這樣的驚訝。譬如，她早已忘了他們同意在飯店而不是在教堂拍照，如果他們沒有在儀式結束後立即驅車離開教堂，她或許有機會和史崔克交談，請他——必要時懇求他——讓她回去工作，但他沒有和她說話就離開了，這使她懷疑她是否有勇氣或虛心在這之後打電話給他，請求他讓她回去工作。

從陽光普照的花園進入室內，這間牆壁是木鑲板、有織錦窗簾和鍍金框油畫的廳堂似乎顯得光線暗淡。空氣中飄著濃郁的花香，雪白的桌布上已布置好晶亮的玻璃杯與銀器。弦樂四重奏在這個會發出回音的木鑲板廳堂內聲音極為響亮，但樂音很快被外面魚貫上樓的賓客聲音淹沒，他們擠在樓梯口談笑，每個人的肚子裡早已裝滿香檳與啤酒。

「來吧！」喬弗瑞大吼，這一天他似乎比其他任何人都興奮，「把他們都帶上來！」

如果馬修的母親仍在世，蘿蘋懷疑喬弗瑞是否會如此情緒奔放，已故的康利菲太太總是用冷冷的眼光斜眼瞪他或用手肘頂他，時時刻刻都在檢查他任何肆無忌憚的情緒跡象。康利菲太太的妹妹蘇排在隊伍的前面，繃著一張臉，因為她想坐在主桌，但這個特權被否決了。

「妳好嗎，蘿蘋？」她問，對著蘿蘋耳邊的空氣啄一下。難過、失望與羞愧使她很不高興。蘿蘋忽然察覺這個女人，她的新阿姨，有多麼不喜歡她。「禮服很漂亮。」蘇阿姨說，但目光已移到英俊的馬修身上。

「真希望你的母親——」她說，然後倒吸一口氣，用她捏在手上的手帕掩住她的臉。

更多朋友與親戚陸續進門，笑著、親吻著、相互握手。喬弗瑞仍站在那裡迎接來賓，給每一個沒有主動抗拒的人一個熱情的熊抱。

「他來了。」蘿蘋最喜歡的表妹凱蒂說。如果不是大腹便便，凱蒂也會是蘿蘋的伴娘之一，今天正好是她的預產期，蘿蘋很驚訝她還能到處走動。她靠過來親吻她時，蘿蘋感覺她的肚子硬得像西瓜。

「誰來了？」凱蒂擁抱馬修時蘿蘋問道。

「妳的老闆，史崔克，馬丁正纏著他——」

「我想妳的座位在那邊，凱蒂，」馬修說，指著中央那一桌，「妳一定想趕快坐下吧，這種大熱天一定很辛苦，我猜？」

蘿蘋幾乎不再注意後面的幾個賓客了，她偶爾回應他們的祝福，一雙眼睛不時瞥向他們排隊的門口。凱蒂的意思是史崔克終於來飯店了嗎？他從教堂一路跟過來？他會出現嗎？他躲在哪裡？她到處找遍了——露台、走廊、酒吧。內心生起希望又再度失望。少一根筋的馬丁會不會把他逼走了？接著她又想到史崔克不是那種意志薄弱的人，於是她又再度生起希望。她的腦子不斷重複上演期待與擔憂的內心戲，已興不起一般大喜之日的歡悅之情，她知道馬修已察覺到她失落的情緒，並為此感到不滿。

「馬丁！」蘿蘋見到她的弟弟時喜悅地說，他已經喝了三杯啤酒，他的一夥同伴和他一起出現。

「想來妳已經知道了？」馬丁說，以為她一定知道，他的手上拿著手機，為了把他的房間讓給南部來的親戚，他前一天晚上在朋友家過夜。

「知道什麼？」

「他昨天晚上逮到那個開膛手了。」

馬丁給她看手機上的新聞報導，她得知開膛手的身分後大吃一驚，手臂上被那個人襲擊的刀傷此刻仍在抽痛。

「他還在這裡嗎？」蘿蘋明知故問，「史崔克？他有說他要留下來嗎，馬丁？」

「看在老天分上。」馬修喃喃地說。

「抱歉，」馬丁說，注意到馬修的不滿，「耽擱了隊伍。」

他悻悻地走了。蘿蘋轉頭望著馬修，看到他臉上明顯的內疚有如溫度計上的度數快速往上升。

「你早就知道了。」她說，一邊心不在焉地和一個靠過來準備和她親吻的姨婆握手。

「知道什麼？」他不悅地說。

「史崔克已經抓到——」

現在輪到馬修的大學老友兼同事湯姆及他的未婚妻莎拉了，她的注意力應該放在他們身上，但她幾乎沒有聽到湯姆說的話，因為她不斷地注視門口，希望能看到史崔克。

「你早就知道了，」湯姆與莎拉走開後，蘿蘋又說。但這次又被打斷。喬弗瑞看到從加拿大來的一個表親。「是吧？」

「我今天早上才聽到一點新聞報導的結尾，」馬修喃喃地說。當他的眼光越過蘿蘋頭頂投向門口時，臉上的表情瞬間僵硬。「他來了，如妳所願。」

蘿蘋轉頭。史崔克剛剛進門，一隻眼睛瘀青，滿面鬍碴，一隻耳朵腫脹，上面還有清晰的縫線，當他們視線相接時他舉起一隻包紮繃帶的手試圖露出微笑，但畏縮了一下。

「蘿蘋，」馬修說，「聽我說，我必須——」

「等一下。」她說，現出一整天都不曾見過的喜悅。

「在妳跟他交談之前，我必須告訴——」

「馬修，拜託，不能等一下再說嗎？」

雙方家人都不想為難史崔克，他的傷勢意味著他無法與人握手，他將裹著繃帶的手舉在胸前側身排隊。喬弗瑞瞪著他，連蘿蘋的母親——他們雖然才見過一次面，但她喜歡他——在他喊出她的名字跟她打招呼時，也無法對他擠出一絲微笑，餐廳內的每一個來賓似乎都在注視他。

「你不需要這麼誇張吧，」當他終於站在她面前時，蘿蘋對著他那張腫脹的臉含笑說。他咧嘴笑，雖然很痛：但是看到她這樣對他微笑，他不顧一切踏上這段兩百英里的旅程總算值得了。「這樣闖入教堂，你只要打一通電話就可以了。」

「是啊，抱歉打翻了花盆。」史崔克說，同時也對滿臉不悅的馬修道歉，「我有打電話，但——」

「我的手機今天早上都不在身邊，」蘿蘋說。她明白她耽擱了後面排隊的人，但她不在乎。

「請繞過去，」她愉快地對馬修的老闆，一名身材高大的紅髮婦女說。

「不，我兩天前打的電話——應該是兩天前吧？」史崔克說。

「什麼？」蘿蘋說。馬修正和身材高大的潔米瑪交談。

「打了幾次。」史崔克說，「我還留言。」

「我沒有接到任何電話，」蘿蘋說，「或留言。」

一百位賓客的交談聲、叮噹聲、各式各樣的雜音及弦樂四重奏輕柔的旋律，似乎突然被蒙住了，她彷彿遭到重擊。

「什麼時候——你說——兩天前？」

自從回到她父母家後，她就一直忙著婚禮的瑣碎事情，但她仍然不時偷偷察看她的手機，希望史崔克會打電話或發簡訊給她。一天早上她獨自躺在床上察看她的所有通話紀錄，暗暗希望也許能看到一通漏接的電話，卻發現通話紀錄欄全部清空。過去兩個星期她一直沒睡好，因此她的結論是她也許過於疲倦，不小心按錯鍵，意外地把通話紀錄全部刪除了……

「我沒打算留下來，」史崔克喃喃地說，「我只想說我很抱歉，並且請妳回──」

「你一定要留下來。」她說，伸手抓住他的手臂，彷彿怕他逃走。

她的心跳得非常快，有點喘不過氣來，嗡嗡作響的房間似乎在她四周晃動，她知道她的臉色發白。

「請你留下來，」她說，仍然緊緊抓著他的手臂，不理會一旁怒容滿面的馬修。「我必須──我要跟你談談，媽？」她喊道。

琳達從接待隊伍中站出來，似乎早已準備好接受召喚，並且面露不豫。

「妳能幫柯莫藍安排一個座位嗎？」蘿蘋說，「也許讓他跟史蒂芬和珍妮坐在一起？」

琳達面無笑容地把史崔克帶開，後面還有少數幾個客人等著向新人道賀，但蘿蘋已經笑不出來，也無心與人寒暄了。

「為什麼我沒有接到柯莫藍的電話？」她問馬修。這時一名老翁緩緩走向餐桌，既不向他們道賀也不打招呼。

「我正要告訴妳──」

「為什麼我沒有接到電話，馬修？」

「蘿蘋，這件事我們晚點再談好嗎？」

她忽然恍然大悟，倒吸一口氣。

「你刪除了我的來電紀錄，」她說。她的心迅速地一點一點死去，「我從加油站的洗手間出來後，你跟我要了我的手機密碼。」最後兩位賓客看到新娘和新郎的表情後沒有寒暄就匆匆走了。「你拿走我的手機，你說你要安排蜜月的事。你聽了這通留言了嗎？」

「是的，」馬修說，「我把它刪除了。」

重重地壓在她身上的沉默之聲此刻已變成尖銳的哀鳴，她覺得頭暈目眩。她站在那裡，身上穿著這件她不喜歡的寬大白色蕾絲禮服。這件禮服修改過，因為婚期曾推遲過一次，但為了履行舉行婚禮的義務她不得不站在這裡，她看看四周，一百張模糊的面孔在搖晃，來賓都餓了，臉上充滿期待。

她看到史崔克，他背對她，站在琳達旁邊，等待她的哥哥史蒂芬坐的那張桌子多安插一個位子。蘿蘋幻想她邁開大步走過去，對他說：「我們出去吧。」如果她這樣做，他會怎麼說？

她的父母為了這一天已經花費數千英鎊，坐滿賓客的廳堂正等著新娘和新郎在主桌入席，臉色比禮服更蒼白的蘿蘋隨著她的新婚夫婿走到他們的座位，全場爆出熱烈的掌聲。

過度細心的侍者似乎有意延長史崔克的不自在，他別無選擇，只能在眾目睽睽之下站著等待侍者安排好座位。當年輕的侍者仔細地調整甜點叉子，又移動餐盤角度以便跟隔壁的餐具一致時，比偵探幾乎矮一英尺的琳達仍站在他旁邊。史崔克看不到琳達銀色帽子下那張慍怒的臉。

「多謝。」侍者終於離開後他說。但是當他握住椅背時，琳達一隻手輕輕放在他的衣袖上。她輕柔的接觸像是一種枷鎖，伴隨著一種憤怒的母性與殷勤待客遭到冒犯的不滿氣氛，她跟她的女兒長得很像，琳達褪色的頭髮也是紅金色，灰色的眼珠在銀色帽子的襯托下益發顯得清澈。

「你為什麼來？」當侍者忙著在周圍分送開胃菜時，她咬著牙問。上菜的騷動至少分散了其他賓客的注意力，眾人的注意力轉向他們等待多時的餐點，並開始互相交談。

「我來請蘿蘋回去上班。」

「你將她解雇，她很傷心。」

他大可以答辯，但為了對琳達表示尊重──她見到那個八英寸長的刀傷肯定非常痛心──他選擇保持沉默。

「她因為為你工作已經三次遭到襲擊。」琳達說，臉色開始泛紅，「三次。」

事實上，史崔克大可以告訴琳達他只同意第一次襲擊應該由他負責，第二次襲擊是在蘿蘋無視於他的明確指示之後發生，而第三次是她不僅不服從他，甚至危及一宗謀殺案的調查與他的整個事業而造成的結果。

「她都沒有睡覺，我好幾個晚上聽到她的聲音……」

琳達的眼睛泛出淚光，她放開他，但輕聲說：「你沒有女兒，你無法了解我們所經歷的。」

在史崔克能凝聚他疲憊的官能之前，她已離開他走向主桌。他從開胃菜上方遇到蘿蘋的目光，她做了個焦慮的表情，彷彿怕他會離開。他微微揚起眉毛，終於坐進他的椅子。

坐在他左邊的一個大個子趕緊移動。史崔克轉頭又看到一對與蘿蘋相似的眼睛，眼睛下有個堅毅好鬥的下巴，眼睛上有一對緊蹙的眉毛。

「你一定是史蒂芬了。」史崔克說。

蘿蘋的哥哥哼了一聲，依舊怒目而視。他們兩人都是大塊頭；史蒂芬伸手拿他的啤酒時手肘會碰到史崔克的手肘。同桌的其他人也都瞪著史崔克看。他抬起他的右手略表敬意，這才想起手上還裹著繃帶，立馬感覺他又引來更多人的眼光。

「嗨，我是珍妮，史蒂芬的太太。」坐在史蒂芬另一邊一位寬肩膀的褐髮女士說，「看來你需要這個。」

她從史蒂芬的盤子上方遞給他一杯沒有人碰過的啤酒。史崔克感激得真想給她一個吻，但史蒂芬一臉憤怒，為了尊重起見，他只誠心誠意說了聲「謝謝」，然後一口氣喝下半杯。他從眼角瞥見珍妮在史蒂芬耳邊喃喃說了幾句話，後者看著史崔克放下啤酒，清一清喉嚨粗聲說：

「應該恭喜你，我想。」

「為什麼？」史崔克茫然地問。

史蒂芬的神情少了一分嚴厲。

「你逮到那個兇手了。」

「喔，是的，」史崔克說，用他的左手拿起叉子刺向面前的鮭魚開胃菜。他一口吞下鮭魚後才注意到珍妮在笑，這才意識到他應該莊重些。「抱歉，」他喃喃地說，「太餓了。」

史蒂芬現在以微微欣賞的眼光看待他了。

「沒什麼意義，不是嗎？」他望著他自己面前的鮭魚慕斯說，「裡面都是空氣。」

「柯莫藍，」珍妮說，「你可以跟強納森揮揮手嗎？蘿蘋的另一個哥哥——在那邊。」

史崔克望著她所指的方向，隔壁桌一個和蘿蘋同髮色的瘦瘦的年輕人正熱烈地揮手。史崔克回他一個簡短的、怯怯的敬禮。

「這麼說，你要她回去上班？」史蒂芬對他發難。

「是的，」史崔克說，「我要她回來上班。」

他半期待會得到一個憤怒的反應，不料史蒂芬長長地吁一口氣。

「我想我應該高興才對，她替你做事時比任何時候都開心，我們小時候，她老是說她要當警察，那時我還取笑她。」他說，「真不應該。」他接受侍者為他添加啤酒後喝一大口，接著又說：「現在回想起來，我們當時對她很壞，後來她……最近她總算自己站起來了。」

史蒂芬的視線移向主桌，史崔克雖然背對主桌，但覺得自己也有理由偷看她一眼。只見蘿蘋沉默不語，既不吃東西也不看馬修。

「現在不要，老兄。」他聽到史蒂芬說，轉頭發現他伸出一隻粗壯的手臂擋在史崔克和馬丁的一個朋友中間，那個人站著彎腰想對史崔克提出請求，見狀只好尷尬地退回去。

「乾杯。」史崔克說著，將珍妮遞給她的啤酒乾了。

「你得習慣它，」史蒂芬說著，將他的鮭魚慕斯一口塞進嘴裡，「你抓到那個沙克威爾開膛手，你要出名了，老兄。」

人們在震驚過後再談起這些事時印象總會有些模糊，但蘿蘋不會。廳堂四周的一切依舊清晰可見，每一個細節都很清晰：明亮的光線從掛著窗簾的方窗透進來，玻璃外的藍天光亮得像搪瓷，被手肘和凌亂的玻璃杯壓著的綢緞桌布，嘻笑暢飲的賓客逐漸轉成緋紅的臉頰，蘇阿姨不可一世的態度絲毫沒有被鄰居的聊天軟化，珍妮和史崔克說笑時頭上那頂可笑的黃帽子不停地顫動。

她看看史崔克。她的一雙眼睛不時望著他的背部，以致她都可以精確地畫出他的西裝外套上的皺摺，他頭上濃密的深色鬈髮，他的左耳因為刀傷而造成的厚度上的差異。

不，她在迎接來賓時發現的令人震驚的事實沒有使她周遭的一切變得模糊，而是影響了她對聲音與時間的認知。她知道馬修催她吃東西，但直到她堆滿食物的餐盤被一個殷勤的侍者收走後她才意識到，因為此刻對她說的每一句話都必須穿透馬修承認出賣她後在她四周築起的那一道厚厚的牆，她置身在這個把她和其他人完全隔開的隱形牢籠內，腎上腺素在體內轟隆作響，一次又一次催她站起來走出去。

如果史崔克今天不來，她也許永遠不知道他要她回去上班，永遠不知道她可以解除被他解雇那個可怕的晚上迄今所承受的慚愧、憤怒、屈辱與傷害。馬修曾試圖否定可以拯救她的那些東西，她在半夜三更其他人都入睡後為了它而偷偷哭泣的東西：她重新找回的自尊；對她來說意義深重的工作；她始終不知道、直到被剝奪後才發現的她一生中最珍貴的友誼。馬修對她說謊，而且一再說謊，當她在婚禮前勉強自己、假裝很高興失去她熱愛的生活時，馬修高興地笑了。她瞞過他了嗎？他相信她真的為她與史崔克共事的生活已成過去而高興嗎？如果他相信，那麼她就是嫁了一個完全不了解她的人，而假如他不相信……

布丁被收走了，蘿蘋不得不擠出笑容，因為這次侍者關心地問她要不要給她一點別的東西，這已是第三道菜了，但她一口也沒吃。

「我想你不會有一把上膛的槍吧？」蘿蘋問他。

侍者被她認真的態度欺騙，他笑笑，然後一臉困惑。

「沒事，」她說，「不要緊。」

「看在老天分上，蘿蘋。」馬修說。她心裡一動，又氣又喜，她知道他開始慌了，害怕她會做出什麼，害怕下一步會發生什麼。

裝著咖啡的光滑銀壺被送上來。蘿蘋看著侍者倒咖啡，看到用小托盤盛裝的小甜點被放在桌上，她看到身穿緊身青綠色洋裝的莎拉．薛洛克趕在演說之前匆匆走過房間去洗手間，看著大腹便便的凱蒂穿著平底鞋，臃腫而疲倦，前面頂著巨大的肚子，也跟著去洗手間。接著，蘿蘋的視線又投向史崔克的背部，他正在吃甜點，一邊和史蒂芬談話，她很高興她把他放在史蒂芬旁邊，她始終認為他們會處得很好。

然後有人要求大家安靜，緊接著是沙沙聲、一陣忙亂和椅子移動的聲音，所有背對著主桌的人都轉過身來注視擴音器。蘿蘋遇上史崔克的目光，她讀不出他的表情，他一直望著她，直到她的父親站起來，扶一扶眼鏡開始說話。

史崔克渴望能躺下來，或者，如果不能躺平，他希望回到香客的車上，至少還能斜靠在椅座上。過去四十八小時內他睡不到兩個鐘頭，強力止痛劑的作用加上現在四杯啤酒下肚，已使他昏昏欲睡，他用手支撐著頭不斷打瞌睡，太陽穴從指關節滑落時他才驚醒過來。

他從未問過蘿蘋她的父母以什麼營生。如果麥克．艾拉寇特在談話中提到任何有關他的職業，史崔克也沒有聽到，麥克的外表溫文儒雅，臉上戴著角質框眼鏡，很像個教授。他的幾個孩子都和他一般高，但只有馬丁遺傳到他的深色頭髮和淡褐色的眼睛。

演講稿早在蘿蘋沒有工作那段時間就寫了，或者可能有重新改寫過。麥克的演講著眼於對蘿蘋的人格特質、她的聰穎、她的慷慨與善良的愛惜與欣賞。當他開始談他為這個獨生女兒感到驕傲時不得不停下來清一清嗓子，至於她應有的成就他卻隻字未提，她真正做過的一切，或她經歷過的一切，都一片空白。當然，蘿蘋從死裡逃生的一些事蹟不適合在這個巨大的雪茄煙盒裡宣揚，或說給這些盛裝而來的賓客聽，但史崔克認為，她的存活正是這些特質的最高明證。他雖然昏昏欲睡，但他認為她的這些事蹟才應該被表揚。

但其他人似乎不這樣想，他甚至發現當麥克對刀傷或刀疤、猩猩面具或蒙面頭罩隻字未提就結束他的演講時，眾人似乎都微微鬆一口氣。

輪到新郎上台演說了，馬修在熱烈的掌聲中站起來，但蘿蘋的雙手仍擱在她的腿上，兩眼凝視對面的窗子。此時太陽斜掛在無雲的天空中，在草坪上投下長長的影子。

一隻蜜蜂不知在哪個角落嗡嗡作響。史崔克不敢得罪麥克，但他不怕得罪馬修，於是他調整坐姿，雙手抱胸閉上眼睛。有一兩分鐘，他聆聽馬修敘述他與蘿蘋如何自小認識，但一直到他們讀六年級時，他才注意到這個曾經在雞蛋勺子的比賽中擊敗他的小女生已變得非常漂亮……

「柯莫藍！」

他猛然驚醒。從胸口一塊水漬看來，他判斷他剛才流口水了。他睡眼惺忪地轉頭看史蒂芬，後者用手肘頂他。

「你在打鼾。」史蒂芬小聲說。

他還沒來得及回答，全場再度爆出熱烈的掌聲，馬修坐下，臉上毫無笑容。

應該快結束了吧……但是不，馬修的伴郎站起來，史崔克醒過來了，這才意識到他的膀胱發漲，他真希望這個傢伙能說快一點。

「馬修和我最早是在橄欖球場認識的。」伴郎說，房間後頭的一張桌子發出酒醉後的歡呼聲。

這是自從他們在主桌坐下後她對她的丈夫說的第一句話。為伴郎演說的喝采尚未平息，史崔克便站起來，但她看得出他只是要去洗手間，因為她看見他攔了一名侍者詢問方向。無論如何，她現在知道他希望她回去，並確信他會留下來聽她親口答應。他們在開胃菜上菜時互相交換的眼光已告訴了她。

「上樓，」蘿蘋說，「現在。」

「半個小時後樂隊就要演奏了，」馬修說，「我們應該要——」

但蘿蘋已朝門口走去，連同那一道將她與世隔絕的隱形的圍牆。她父親的演說，馬修緊張的嗓音，伴郎那個不知說過多少遍的橄欖球俱樂部的老笑話，都無法穿透這道圍牆，她依然冷漠與無動於衷，她有個模糊的印象，當她經過那些賓客時，她的母親試圖攔阻她，但她不予理會。她已盡了義務坐到用餐和演說結束，宇宙應該還她一點隱私和自由。

她上樓，撩起裙子露出她廉價的鞋子，走進一條鋪著長毛地毯的甬道，但不確定她應該往哪裡去，馬修的腳步聲匆匆跟在她後面。

「請問，」她問一個穿著背心、正從一個櫥櫃推出一個麻布籃子的少年，「新娘套房在哪裡？」

少年看看她又看看馬修，露出傻笑，是真的傻笑。

「別驢了。」蘿蘋冷冷地說。

「蘿蘋！」見少年臉紅，馬修說。

「那邊。」少年說，用手指著。

蘿蘋繼續往前走，她知道馬修有鑰匙，他和伴郎前一天在飯店過夜，不過不是住新娘套房。

馬修開門，她大步走進去，看見床上鋪著玫瑰花瓣，冰桶內冰著香檳，大信封上印著康利菲先生夫人。看到她打算帶去神秘的蜜月之旅的手提袋後她鬆了一口氣，打開拉鍊，她用受傷的手在裡面翻找，找到她為了拍照而脫下的護具。她把護具套上疼痛的前臂，勉強遮住傷口。接著她從手指擰下新的結婚戒指，往放置冰桶的床頭桌上用力一放。

「妳在幹嘛？」馬修說，語氣有害怕也有挑釁，「怎麼——妳要取消？妳不要結婚了？」

蘿蘋瞪著他，她原本期待他們一旦獨處時她可以放鬆，可以暢所欲言，但他犯下的滔天大罪使她無法開口。她從他快速閃動的眼光、他方正的肩膀，看出他對她的沉默不語的恐懼，無論是否有意，此刻他已不偏不倚擋在她和房門之間。

「好吧，」他大聲說，「我知道我不應該——」

「你明知那個工作對我的意義，你知道。」

「我不希望妳回去工作，可以嗎？」馬修大聲說，「妳遭到襲擊，又被刺傷，蘿蘋！」

「那是我自己的錯！」

「他把妳解雇了！」

「因為我做了他叫我不要做的事——」

「我就知道妳會替他辯護！」馬修氣匆匆說，失去控制，「我就知道妳會像哈巴狗一樣飛快地奔回去！」

「你不能替我作決定！」她扯開嗓門說，「誰都沒有權利攔截我的電話和刪除我的留言，馬修！」

自制和偽裝消失了，他們只有在短暫的喘息時偶爾聽得到對方說的話，兩人都在咆哮，內心的怨氣和痛苦像燃燒的長矛，在還沒有接觸到目標之前就燒成灰燼。蘿蘋狂亂地比手劃腳，受傷的手臂忽然發出抗議，她痛得尖叫。馬修則自以為是地尖銳批評：由於她的愚蠢為史崔克工作，她會永遠帶著那個傷疤。沒有達成任何協議、沒有任何原諒、沒有任何道歉：過去十二個月來的嚴重爭執導致今天這場災難，一場預示戰爭的邊境衝突。窗外，午後的陽光迅速轉為昏黃。蘿蘋頭痛欲裂，她的胃在翻攪，一種窒息的感覺威脅著她。

「你討厭我在那些時間工作——你一點也不關心我這輩子第一次多麼快樂地上班，所以你說謊！你明知它對我意義重大，但你說謊！你怎麼可以刪除我的通話紀錄，你怎麼可以刪除我的留言——？」

她忽然在一張有流蘇的單人沙發坐下，雙手捧著頭，憤怒、震驚加上空腹，使她感到暈眩。房間外，在鋪著長毛地毯的飯店走道遠處傳來關門的聲音，一個女的咯咯笑著。

「蘿蘋。」馬修啞著嗓子說。

她聽到他靠近的聲音，但她伸出一隻手，阻止他接近。

「不要碰我。」

「蘿蘋，我不應該那麼做，我知道，我只是不希望妳再受到傷害。」

她幾乎沒聽到他說的話。她的怒氣不僅針對馬修，也針對史崔克。他應該打電話給她，他應該一試再試，他如果打了電話，也許我現在不會在這裡。

這個念頭讓她感到害怕。

如果我早知道史崔克要我回去，我還會跟馬修結婚嗎？

她聽到馬修外套的窸窣聲，猜想他正在看錶，樓下等待的賓客或許以為他們消失去圓房了。她可以想像喬弗瑞開著這樣的玩笑，樂隊一定來了一個鐘頭了，她又再度想起這得花費她父母多少錢，同時又想到，婚禮延期已害他們損失了一筆存款。

「好吧，」她淡淡地說，「我們下去跳舞。」

她站起來，本能地撫平她的衣裙。馬修一臉懷疑。

「妳確定？」

「我們必須完成今天的事，」她說，「人們大老遠趕來，爸媽花了許多錢。」

她拉起裙襬，朝門口走去。

「蘿蘋！」

她轉身，期待他會說「我愛妳」，期待他會微笑，懇求她，要求真正的和解。

「妳最好戴上這個。」他說，遞出她摔下的結婚戒指，臉上的表情和她的一樣冰冷。

史崔克留下來的目的只是為了再跟蘿蘋說一句話，因此除了繼續喝酒，他想不出更好的活動，他婉謝了史蒂芬和珍妮主動護衛他的美意，因為他覺得他們應該享受與朋友和家人相處的自由時光。他又回到他排斥陌生人的好奇心——對他令人望而生畏的身材和習慣性的陰沉表情的老方法，躲在吧台盡頭獨自喝啤酒，然後走到露台上，遠離其他那些吸煙的人，獨自對著暮色沉思。連馬丁和他的一群朋友——他們喝了許多酒，像青少年一樣聚在一起吸煙——都沒有足夠的膽量去騷擾他。

過了一會兒，賓客們熟練地聚集，一起回到那個鑲木板的廳堂。他們離開的時候，廳堂已被布置成舞池。半數桌子被移走，其餘的擺放在四周，樂隊已經在擴音器後面坐定，但新娘與新郎仍未出現，一名滿頭大汗、有一張圓滾滾的紅臉的男士——史崔克知道他是馬修的父親——早已在開新人的玩笑。這時候，一名身穿青綠色洋裝的女士走過來和他握手，她頭上的羽毛髮飾不斷搔癢他的鼻子。

「你是柯莫藍．史崔克，不是嗎？」她說，「太榮幸了！我是莎拉．薛洛克。」

史崔克知道莎拉．薛洛克的所有事，她在大學時代馬修與蘿蘋維持遠距關係時曾和馬修睡在一起。同樣的，史崔克再度舉起他那隻裹著繃帶的手顯示他無法與她握手。

「喔，可憐的東西！」

一名喝醉的禿頭男子赫然出現在莎拉背後。他的實際年齡可能比他的外表更年輕些。

「湯姆．特維，」他說，用渙散的眼神凝視史崔克，「幹得好，太好了，老兄，幹得好。」

「我們很早就想認識你了，」莎拉說，「我們是馬修和蘿蘋的老朋友。」

「沙克威爾開——開膛手，」湯姆說著，微微打嗝，「幹得好。」

「瞧你，你這可憐的東西，」莎拉又說，對著他瘀青的臉笑，伸手觸摸他的二頭肌，「這該不會是他幹的吧？」

「人人都想知道，」湯姆兩眼模糊地笑著說，「幾乎無法克制。你應該代替亨利上台演說才對。」

「哈哈，」莎拉說，「我想你不會，你一定是逮到他後直接來這裡——啊，我不知道——是嗎？」

「抱歉，」史崔克說，面無笑容，「警方要求我不能談這件事。」

「各位女士、各位先生，」忙碌的主持人無意中發現馬修和蘿蘋在不顯眼的情況下走進來，「讓我們歡迎康利菲先生和夫人！」

新人面無笑容地走進舞池中央時，除了史崔克之外，每個人都開始鼓掌。樂隊主唱從主持人手中接過麥克風。

「這首歌來自他們的過去，對馬修和蘿蘋來說意義深遠。」歌手宣布。馬修一手環著蘿蘋的腰，一手握住她的另一隻手。

婚禮攝影師從暗處出現，開始按快門。當他發現那個醜陋的護具又出現在新娘手臂上時，忍不住微微皺眉。

「呼叫合唱團」（The Calling）的〈跟隨你到天涯海角〉（Wherever You Will Go）前幾個小節樂音響

起。蘿蘋和馬修開始在原地轉，兩人都刻意不看對方的臉。

最近，我一直在想，
誰會取代我的地位
當我離開時你將需要愛
照亮你臉上的陰霾……

So lately, been wondering,
Who will be there to take my place
When I'm gone, you'll need love
To light the shadows on your face...

以這首歌做為「我們的歌」，這個選擇未免有些奇怪，史崔克心想……但他看到馬修貼近蘿蘋，看到他的手緊緊抱著她纖細的腰，將他英俊的臉貼在她的耳邊說悄悄話。

他的心窩在抽痛，刺穿了他一整天的疲憊、放鬆和酒精的作用，這些作用保護著史崔克，緩衝了這場婚禮的現實面。此刻，史崔克注視著這對新人在舞池中旋轉。蘿蘋身穿白色長禮服，頭髮上戴著一圈玫瑰花環；馬修穿著深色西裝，臉貼著他的新娘的臉頰。史崔克不得不承認，他長久以來一直殷殷期盼蘿蘋不要結婚。他希望她自由，自由做他們過去相處時的她。自由，那麼假使情況改變……或許有可能……自由，那麼也許有一天，他們會發現彼此可以成為對方的什麼人。

去你的。

如果她想談，她會打電話給他，他將空酒杯往窗櫺上一擱，轉身擠進人群中。他的表情如此陰鬱，旁邊的人都紛紛讓路。

★

蘿蘋轉過來，發現史崔克正要離開。門打開，他走出去。

「放開我。」

「什麼？」

她掙脫，撩起她的長裙以便自由活動，然後半走半跑的離開舞池，差點撞上她的父親和蘇阿姨，他們兩人正平靜地在附近跳華爾滋。蘿蘋將馬修一個人扔在舞池中央，自己從驚詫的旁觀者身邊衝過，朝剛剛關上的門跑去。

「柯莫藍！」

他已經走下一半樓梯，聽到有人喊他的名字，他轉身。他喜歡她那一頭披散開來、戴著約克玫瑰花冠的大波浪長髮。

「恭喜。」

她走下幾級階梯，對抗哽在喉頭的那個硬塊。

「你真的要我回去？」

他勉強微笑。

「我和香客特地開了好幾個鐘頭車過來——我強烈懷疑那是一輛贓車——當然是要妳回來。」

她笑了，雖然淚水湧上眼眶。

「香客也來了？你應該帶他進來！」

「香客？來這裡？他會把每一個人的口袋扒光，然後再去偷櫃臺的錢。」

她又笑了，但眼淚奪眶而出，滑下她的臉頰。

「你睡哪裡？」

「車上，香客會載我回家。他會跟我算這筆帳，不要緊。」她張嘴正想說話，他又粗聲說，

「值得的，如果妳回來，非常值得。」

「這次我要簽約，」蘿蘋說，用嚴肅的口吻掩飾她眼中的表情。「正式的合約。」

「沒問題。」

「好，那，我會再見……」

她什麼時候會再見到他？她要去度兩個星期的蜜月。

「再聯絡。」史崔克說。

他轉身再度下樓。

「柯莫藍！」

「什麼事？」

她走向他，直到他上面一級台階才停下來，現在他們的眼睛在同一個水平上。

「我要聽你說你如何逮到他的所有細節。」

他微笑。

「沒問題，不過，沒有妳，這件事不可能成功。」

他們倆都不知道誰率先行動，或者兩人一致行動。但在他們意識到發生什麼事之前，他們已經緊緊相擁，蘿蘋的下巴擱在史崔克的肩膀上，他的臉貼著她的頭髮，他聞到汗臭、啤酒和消毒酒精的氣味；聞到她頭髮上的玫瑰花和淡淡的香水味——她離開辦公室後他一直想念的味道，她給他的感覺既清新又熟悉，彷彿他很久以前就擁抱過她，又彷彿他已錯過許多年而不自知，摟

上的門雖然關著，樂隊仍持續演奏：

我將跟隨你到天涯海角
如果我能擁有你……

I'll go wherever you will go
If I could make you mine...

和他們忽然相互擁抱一樣，他們又忽然分開，淚水紛紛滑下蘿蘋的臉頰。有那麼瘋狂的一瞬間，史崔克很想說：「跟我走。」但有些話永遠不會被說出口或被忘記，他知道，這句話就是其中之一。

「再聯絡。」他又重複說。他試著微笑，但微笑使他的臉頰疼痛，他揮揮裹著繃帶的手，頭也不回地繼續下樓。

她目送他離開，一面拚命擦拭臉上的淚水。如果他對她說「跟我走」，她知道她會，但然後呢？蘿蘋哽咽，用她的手背擦拭鼻子，然後她轉身，再度撩起裙子，緩緩上樓回到她的丈夫身邊。

一年後

ONE YEAR LATER

1

我聽說他要擴充……他正在尋找一個能幹的助理。

——亨里克．易卜生，《羅斯莫莊園》

世人是如此渴求名望，以致那些意外得到或非自願得到名望的人等不到他人的憐憫。

逮到沙克威爾開膛手之後的幾個星期，史崔克一直擔心他的偵探職涯中最大的成就很可能成為他的事業的致命傷。外界對他的偵探事務所一知半解的宣傳，現在看來似乎像一個溺水的人最終沉到水底之前的兩次浮沉。他為他的事業作了如此多犧牲，如此努力工作，極大程度是靠他能走過倫敦的大街小巷而不被人認出的本事，但抓到一個連環殺人兇手之後，他已停留在公眾的想像中，並因為他拒絕滿足它而使他成為一個轟動社會的怪人，益智節目的一個額外話題，一個更使人著迷的好奇對象。

對史崔克誘捕開膛手足智多謀的事蹟擠出最後一滴興趣後，報紙又挖出他的家族史。他們稱它為「多采多姿」，但對他而言，那只是一個一輩子跟著他的體內的腫瘤，他寧可不去探究：搖滾巨星父親、已故的追星族母親、最終使他失去右腿的軍旅生涯。記者堆著笑臉，帶著支票簿找上和他一起長大的唯一手足，他的同母異父妹妹露西。軍中舊識信口說史崔克知道的都是些粗俗的笑話，並且一副嫉妒和貶抑的樣子。史崔克只和他的父親見過兩次面，而且不用他的姓，但他的父親透過公關發表聲明，暗示一種不存在的友好關係正在悄悄進行中，抓到開膛手的餘波蕩漾，影響了史崔克一整年的生活，他不確定它們過去了沒有。

當然，成為倫敦著名的私家偵探也有它有利的一面，出過庭後，新的客戶蜂擁而至，他和蘿蘋在體力上已無法負荷所有的工作量。鑑於目前最好暫時保持低調，他有好幾個月大部分時間都待在辦公室內，由特約外包人員——他們大部分過去都當過警察和軍人，還有許多來自私人保全公司——承擔大部分工作，史崔克則負責夜晚的跟監任務和文書工作。經過一年多的努力，接了許多偵探事務所擴充後所能處理的大量案件之後，史崔克終於有能力給蘿蘋拖延已久的加薪，償還最後一筆債務，並且買了一部BMW3系列的十三年二手車。

露西和他的朋友都以為買車和增加人手意味著史崔克終於可以過著寬裕與安定的生活，事實上，一旦支付倫敦市中心汽車存放的高昂費用及員工薪水後，史崔克已所剩無幾，無法為自己多做打算。他仍然住在辦公室樓上的兩房公寓，用一台單環爐做飯。

行政工作需要自由的約聘人員來做，男性或女性約聘人員的素質不一常使他們感到頭痛，史崔克只找到一個他半永久性留下的人：安迪．赫欽斯，一個比他的新老闆年長十歲的瘦弱的退休警察。史崔克在倫敦警察隊的朋友偵緝督察艾瑞克．華道大力推薦他。赫欽斯是在一次左腿突然幾近癱瘓後提早退休，後來被診斷出多發性硬化症，當赫欽斯提出工作申請時，曾提醒史崔克他可能無法經常配合工作；他解釋說，這是一種無法預測的疾病，但三年來他都不曾復發。他遵從一種特殊的低脂飲食，這種飲食在史崔克聽來簡直是一種懲罰：不吃紅肉、不吃起司、不吃巧克力、不吃油炸食物。安迪做事有條不紊，又是個病人，史崔克可以信任他，不需要多加監督他就能把工作做好。除了蘿蘋之外，他比其他任何雇員更有效率。他至今仍覺得，蘿蘋走進他的生活成為他的臨時雇員，後來又成為他的合作夥伴與表現傑出的同事，這似乎是件難以置信的事。

至於他們是否仍是朋友，這是另一個問題。

蘿蘋和馬修舉行婚禮兩天後，廣泛的新聞報導逼得史崔克不得不離開他的住所。他只要打開電視機就會聽到他的名字被提起，於是史崔克不理會朋友和他妹妹的邀請，躲進紀念碑站附近一間「旅客之家」避難。他在那裡獲得他渴望的孤獨和隱私；他可以愛睡多久就睡多久，不會被打擾；他喝了九罐啤酒，每次將空罐扔到房間另一頭的垃圾桶、一次比一次失準時，他就益發渴望與蘿蘋說話。

他們兩人自從在樓梯上相擁——後來的那幾天，史崔克一直不斷想起那一幕——之後就沒有再聯絡。他確信蘿蘋會經歷一段痛苦時期，躲在馬森市決定尋求離婚或宣告婚姻無效的同時還得安排出售他們的公寓，處理媒體與家庭雙方面的頭痛問題。至於聯絡上她之後要說些什麼，史崔克也沒個譜，他只知道他想聽她的聲音。想到這裡，他醉醺醺地翻找他的旅行背包，發現他在睡眠不足的情況下倉促離開公寓，竟然忘了收拾他的手機充電器，而他的手機已經沒電了。他不死心，撥了查號台，並多次要求接線生更清楚地複述電話號碼後，終於成功地接通蘿蘋父母家的電話。

她的父親接的電話。

「嗨，可以——請羅聘聽電話嗎？」

「蘿蘋？恐怕她正在度蜜月欸。」

有一兩分鐘迷糊時刻，史崔克還沒有十分意會他被告知的話。

「哈囉？」麥克．艾拉寇特說，接著又氣憤地說，「我想這一定又是哪個記者打來的，我的女兒出國了，請你不要再打電話到我家。」

史崔克掛了電話，繼續喝酒，直到昏睡過去。

他的憤怒與失望持續了好幾天，他雖然明白很多人一定會說他沒有權利對他員工的私生活提出要求，但他毫不退卻。蘿蘋如果可以在飛機上對那個背地裡被他稱為「那個蠢蛋」的男人和顏悅色，她就不是他認識的那個蘿蘋。但無論如何，當他買了全新的充電器、喝了更多啤酒，坐在「旅客之家」的房間內等待他的名字再度出現在新聞報導中時，一種接近抑鬱的情緒沉重地壓在他的心頭上。

在有意分散他對蘿蘋的思念的情況下，他接受一個他通常會拒絕的邀請，結束了他的自我孤立：他和偵緝督察艾瑞克．華道、華道的妻子艾波，以及他們的朋友可可一起吃飯。史崔克心知肚明他被設計，因為可可之前就曾透過華道，想了解史崔克是否單身。

可可是個嬌小玲瓏、長得非常漂亮的女孩，有一頭茄紅色的頭髮。她是個刺青藝術家，以此為生，並兼差當脫衣舞孃。史崔克應該看出危險跡象才對。在他們開始飲酒之前她就一直傻笑，而且有點歇斯底里。史崔克帶她到「旅客之家」睡覺，就像他喝九罐天南啤酒那樣。

接下來的幾個星期，可可的態度似乎有點動搖。史崔克並不喜歡這樣，但這是躲避媒體的一個好方法，一夜情使他們更不容易跟蹤你。

一年過去了，史崔克一直不明白蘿蘋為何選擇留在馬修身邊，他猜想她是對她的丈夫用情太深以致看不清他的真面目。他自己現在倒是有一段新關係，已持續十個月了，是自從他與夏綠蒂——他曾經想過要結婚的唯一女性——分手後維持最久的一個。

兩個偵探夥伴間的情感距離已成為日常生活中一個簡單的事實，史崔克無法在工作上挑剔蘿蘋。他交代的每一件事她都迅速、確實、主動地完成，而且別具慧心。儘管如此，他仍然注意到一點他以前從未見過的神情，他覺得她似乎比往常更容易受到驚嚇，而且有一兩次他在分配工作給她和其他雇員時，他發現她的神情有點異乎尋常的茫然與不集中，這讓他感到不安。他知道一些創傷後壓力症候群的跡象，而她已遭到兩次嚴重的攻擊，他在阿富汗失去半條腿後也經歷過人格障礙，常會發現自己突然從當下的環境中抽離，回到他乘坐的軍車，以及他的身體與軍旅生涯崩解前幾秒鐘那個強烈的預感和恐懼。他後來非常不喜歡坐別人開的車，並且直到今天，夜裡還會作充滿血腥與痛苦的夢，有時從睡夢中驚醒，嚇出一身冷汗。

然而，當他試圖以雇主的身分，用冷靜和負責任的態度想和蘿蘋討論她的心理健康問題時，她卻以堅決和氣憤的語氣打斷他的話，他懷疑她可能擔心被解雇。後來，他注意到她常志願參與一些更棘手的夜間任務。安排工作遂成為一個頭痛的問題，以致他似乎不再嘗試——事實上也是——刻意安排她去做一些最安全、最平凡的工作。

他們禮貌、客氣地對待彼此，用最籠統的方式談論他們的私生活，而且有必要才談。蘿蘋和馬修最近要搬家，史崔克堅持她休一個禮拜的假。蘿蘋不肯，但被史崔克駁回，他用不容分說的語氣提醒她，她這一整年幾乎都沒有休假。

星期一，史崔克新近雇用的一個人——一個狂妄自大、曾當過憲兵的傢伙。史崔克在服役時並不認識他——騎著他的摩托車撞上一部他理應跟蹤的計程車尾部，史崔克很樂意將他開除，並借此機會發洩他的怒氣，因為他的房東也選在這個星期通知史崔克，他和丹麥街上其他幾家商店的屋主一致行動，已將他們的房產出售給一家建設公司，即將失去辦公室與住處的威脅大大影響了史崔克的心情。

使這幾天格外糟糕的是，他找來替代蘿蘋處理一般文書工作與接電話的臨時雇員，是史崔克見過最令人厭煩的女人。丹妮絲會用一種帶哭腔的鼻音滔滔不絕說話，她的魔音甚至會穿透裡面那間辦公室緊閉的門扉。史崔克後來採取因應對策，戴上耳機聽音樂，害得她有時必須拚命用力敲門呼叫他才聽得到。

「什麼事？」

「我剛剛發現這個，」丹妮絲說，在他面前揮舞一張手寫的紙條，「它上面說『診』什麼的……還有一個『V』開頭的字……預約時間是半個小時——我需要再提醒你嗎？」

史崔克一看，是蘿蘋的筆跡，第一個字果然潦草難以辨認。

「不用，」他說，「扔掉就行了。」

史崔克微微希望蘿蘋是在為她的心理問題悄悄地尋求專業協助，便取下他的耳機，回到他正在閱讀的報告，但卻再也無法專注。於是他決定提早離開辦公室，和一個可能成為新雇員的人面談，但他主要還是想逃離丹妮絲，他和那個人約在他最喜愛的酒吧見面。

史崔克抓到那個沙克威爾開膛手後，有好幾個月時間都不敢去圖騰罕酒吧，因為消息傳開說他經常去那裡，因此許多記者早已在那邊守候。即使是今天，他依舊心懷疑慮地先看看四周，確定安全無虞了才進去，點了一杯他常喝的敦霸啤酒，在牆角找了個位子坐下。

部分原因由於他正努力從飲食中戒除炸薯條，一部分原因是工作量繁重，史崔克比一年前瘦了一點。體重減輕為他截斷的腿減少些許壓力，因此他坐下時的費力感與輕鬆感沒有以前那麼明顯。史崔克喝一大口啤酒，習慣性地伸直他的膝蓋，享受這個比起過去相對輕鬆的動作，然後打開他帶來的文件夾。

文件夾內的筆記是那個騎摩托車撞計程車尾部的白癡寫的，而且不是很完整。史崔克不能失去這個客戶，但他和赫欽斯都在努力彌補工作。他亟需一個新的幫手，但他對於約見這個人到底是否明智之舉毫無把握。他事先沒有和蘿蘋商量就逕自做了這個大膽的決定，把一個他已有五年未見過面的人找出來，甚至當這個叫山姆．巴克萊的人準時推開圖騰罕的門進來時，史崔克仍在懷疑自己是否犯了大錯。

他幾乎走到哪裡都會認出這個曾經在特種部隊服過役的格拉斯哥人：T恤外面套著一件薄薄的V領毛衣，小平頭，緊身牛仔褲，腳上一雙超白的運動鞋。史崔克起身和他握手，巴克萊似乎也跟他一樣自在，笑著說：

「已經喝起來了？」

「來一杯？」史崔克問。

為巴克萊點飲料時，史崔克從吧台後面的鏡子觀察這個前步槍手。巴克萊才三十出頭，卻已有早發的白髮。除此之外，其他都與史崔克的記憶中相符。濃眉、藍色的大眼睛和一個強壯有力的下巴，他的長相有點像一隻友善的尖嘴貓頭鷹。史崔克一直很喜歡他，即使曾經為了他而上軍事法庭。

「還吸煙嗎？」史崔克將啤酒遞給他並坐下時問道。

「現在吸電子煙，」巴克萊說，「我們有了一個娃娃。」

「恭喜，」史崔克說，「那是為了健康囉？」

「欸，差不多是這樣。」

「交易呢？」

「我不是毒販，」巴克萊激動地說，「你很清楚，那只是休閒而已，老兄。」

「那你現在從什麼地方買？」

「網路，」巴克萊說，啜一口他的啤酒，「很容易，第一次買的時候，我心想，這他媽的行不通吧？但後來想，『啊，好吧，就冒一次險。』他們把它偽裝成香煙包裝寄給你，還有完整的目錄供你挑選，這網路真厲害。」

他哈哈笑，接著說：「那麼，這是怎麼回事？沒想到會這麼快就接到你的消息。」

史崔克猶豫了一下。

「我想給你一個工作做。」

有那麼一刻，巴克萊瞪著他看，接著把頭往後一仰哈哈大笑。

「媽的，」他說，「你為什麼不直說？」

「為什麼這麼想？」

「我並不是每天晚上都吸電子煙，」巴克萊誠摯地說，「我沒有，真的，老婆不喜歡。」

史崔克一手放在合起來的文件夾上，思索著。

他是在德國處理一宗毒品案時偶然認識巴克萊。和社會上的其他任何地方一樣，英軍內部也有毒品交易，但特偵組被召來調查一起似乎比大部分毒品交易更專業的案件。巴克萊被人指稱是個關鍵做手，而且他們從他的行李中搜到一塊一公斤重的頂級摩洛哥大麻磚，特偵組自然有理由找他來問話。

巴克萊堅稱他被誣陷，負責偵訊的史崔克傾向相信他。這倒不是因為這個步槍手似乎太聰明，不知道要找個更好的藏匿地點，竟藏在他的軍用背包底部，而是有大量證據顯示巴克萊經常使用大麻，而且不只一個目擊證人指稱他的行為變得很古怪。史崔克覺得巴克萊有可能被當作一個方便的代罪羔羊，便決定自行展開側面調查。

於是一個有趣的消息被釋放出來，稱軍方正以難以置信的速度重新訂購建築材料與工程耗材。雖然這不是史崔克第一次發現這類貪腐事件，但負責這些神秘消失及可高度轉賣的資材的兩名軍官，正是熱衷於將巴克萊送上軍事法庭審判的人。

巴克萊在一次與史崔克的一對一面談中，發現這位特偵組軍官的興趣焦點忽然從大麻轉向與建築合同有關的異常現象時，他大吃一驚。起初巴克萊很謹慎，認為以他現在的處境，對方一定不會相信他，但後來巴克萊終於向史崔克坦承，他不僅注意到一些其他人沒有看到，或者選擇不過問的事，並且開始製表，精確記錄這些軍官竊取多少資材。不幸的是，這些被懷疑的人聽到風聲，知道巴克萊對他們的行為過度感興趣，不久之後，一塊一公斤重的大麻就出現在巴克萊的背包內。

當巴克萊將他保存的紀錄（他藏匿筆記本的技巧遠遠勝過藏匿大麻）交給史崔克過目時，史崔克對它所呈現的方式與創意留下深刻的印象，因為巴克萊從未接受過偵察技術訓練。當史崔克問巴克萊，這既無酬勞，又可能為他帶來如此多麻煩，他為何要進行這種調查時，巴克萊聳聳他寬大的肩膀，說：「他們沒有權利，不是嗎？他們搶劫軍方，他們偷的是納稅人的錢。」

史崔克在這個案子上投入比他的同僚認為值得的時間多更多，但最後，在史崔克的進一步調查使這個案子的重要性增強的情況下，巴克萊對他的上級的不法行為所做的記錄最終使他們被定罪。當然，特偵組受到表揚，但史崔克也確保對巴克萊的不利指控悄悄平息。

「你說『工作』，」當酒吧內開始忙碌，四周開始出現各種噪音時，巴克萊大聲問，「你指的是偵察工作？」

史崔克看得出這個點子吸引他。

「是的，」史崔克說，「自從我最後一次見到你之後，這陣子你都在做什麼？」

對方的回答令人沮喪，但不意外。巴克萊離開軍中後，頭幾年發現很難找到一個固定的工作，只好在他姐夫的公司做一點油漆和裝潢小工。

「大部分是老婆在賺錢，」他說，「她有一個不錯的工作。」

「好，」史崔克說，「我想我一個禮拜可以讓你做幾天新手的工作，你以自由業者的身分向我收費，如果不成，雙方任何時候都可以拆夥，這樣公平吧？」

「是的，」巴克萊說，「是的，很公平，你的酬勞怎麼給？」

他們花了五分鐘討論酬勞問題，史崔克解說他的其他雇員如何將他們自己設定為獨立簽約者，以及如何將收據和其他工作上的支出送到辦公室報銷，最後他打開文件夾，讓巴克萊看裡面的資料。

「我要跟蹤這個人，」他說，指著一個有濃密鬈髮、胖胖的年輕人的照片，「把他和誰在一起，以及他在做什麼都拍下來。」

「好，好的。」巴克萊說，取出他的手機拍下那個人的照片和地址。

「我的另一個雇員今天在監視他，」史崔克說，「但我需要你從明天早晨六點起就到他的公寓外面。」

他很高興巴克萊沒有問為什麼要這麼早開始工作。

「那個妞發生了什麼事？」巴克萊把手機放進口袋時問，「和你一起出現在報紙上那個？」

「蘿蘋嗎？」史崔克說，「她在度假，下週回來。」

兩人互相握手之後分手。史崔克短暫享受片刻的樂觀，但隨即想起現在他必須回辦公室，這表示他又要看到丹妮絲，忍受她鸚鵡般的嘮叨、邊吃東西邊說話的壞習慣，以及她老是記不住他討厭喝奶茶。

他不得不穿過永遠在進行道路施工的圖騰罕園路回他的辦公室，等到四周比較安靜之後他撥電話給蘿蘋，想告訴她他雇用了巴克萊，但他的電話被直接轉到語音信箱，他想起此刻她應該在那間神秘的診所，便掛斷電話沒有留下訊息。

他繼續走著，忽然想到一件事，他曾假設那間診所和蘿蘋的心理健康有關，但假如——？

他手上的電話響了：辦公室的電話號碼。

「喂？」

「史崔克先生？」他聽到丹妮絲恐懼的叫聲，「史崔克先生，可以請你快點回來嗎？拜託——有位先生——他急著見你——」

在她背後，史崔克聽到一聲巨響和一個男人的咆哮。

「請你快點回來！」丹妮絲尖聲說。

「在路上了！」史崔克大聲說，開始一瘸一跛地往前跑。

2

……他看起來不像那種理應在這裡出現的人。

——亨里克．易卜生，《羅斯莫莊園》

史崔克氣喘吁吁，右膝疼痛，利用樓梯扶手將自己用力拉上通往辦公室的最後幾級金屬階梯。兩個高亢的聲音穿過玻璃門在梯間迴盪，一個是男性的聲音，另一個是女性恐懼的尖叫聲。當史崔克衝進門時，背脊緊貼著牆壁的丹妮絲猛吸一口氣說：「喔，謝天謝地！」

史崔克判斷站在房間中央的男性大約二十多歲，一綹綹深色的頭髮雜亂地披在他骯髒的瘦臉上，臉上有一對灼熱、凹陷的眼睛。他的T恤、牛仔褲和連帽上衣又髒又破，一隻腳上的運動鞋鞋底與皮面分家，一股沒有洗澡的動物臭味衝進偵探的鼻孔。

毫無疑問，這個陌生人精神有問題。大約每隔十分鐘，一種無法控制的抽搐會使他先觸摸他的鼻尖（因為不斷觸摸，他的鼻尖已經發紅），然後觸摸他瘦削的胸骨，使胸口發出一個微弱的空洞聲，然後把手放下。但他那隻手幾乎又立即去觸摸他的鼻子，彷彿他已忘記如何在胸前畫十字，或者為了求快而簡化畫十字的動作。摸鼻子、摸胸口、手放下；摸鼻子、摸胸口、手放下。這種機械動作看了令人難過，更甚的是他幾乎沒有意識到他在這麼做，他是那種你常會在這個都會城市看到的生病與絕望的人之一，他們總是成為別人的問題，就像地鐵上人人避免眼神接觸的那個旅客，以及街頭上那個人人避之唯恐不及的大聲叫嚷的婦女，他們是人性破滅的碎片，因為太常見到所以你不會想太久。

「你就是他？」這個眼神灼熱的男子說，一隻手又去摸他的鼻子和胸口。「你是史崔克？

你是那個偵探？」

他忽然用他那隻沒有一直摸鼻子和胸口的手去拽他的褲襠，丹妮絲嚶嚶地哼著，彷彿怕他突然露出他的下體，事實上，看起來的確有可能。

「我是史崔克，是的，」偵探說，走過去擋在陌生人與臨時雇員中間，「妳沒事吧，丹妮絲？」

「嗯。」她小聲說，仍然背貼著牆壁。

「我看到一個小孩被殺，」陌生人說，「被勒死。」

「好，」史崔克說，一臉當真，「我們何不進去裡面談？」

他示意他進入裡面的辦公室。

「我要小便！」那人說著，開始拉他的拉鍊。

「請往這邊。」

史崔克指給他看辦公室門外的廁所。等他進去砰的一聲把門關上後，史崔克平靜地轉向丹妮絲。

「怎麼回事？」

「他要見你，我說你不在，他就生氣了，開始敲東敲西！」

「打電話報警，」史崔克平靜地說，「告訴他們這裡有個病人，可能是精神病患，但是等我把他帶進我的辦公室後再打。」

廁所門又砰的一聲打開，陌生人的褲襠是開的，似乎沒有穿內褲。丹妮絲又發出嚶嚶聲，因為陌生人瘋狂地摸鼻子和胸口、摸鼻子和胸口，沒有意識到他的褲襠內露出一大片深色的陰毛。

「這邊。」史崔克輕快地說。那個人慢吞吞走過內室的門，經過一陣激動之後，他的身上更臭了。

被邀請坐下時，陌生人坐在客戶椅子的邊上。

「你叫什麼名字？」史崔克在辦公桌的另一邊坐下後問。

「比利，」那個人說，他的手連續三次快動作摸他的鼻子和胸口，第三次動作結束後他放下手，用另一隻手緊緊抓住它。

「你看到一個小孩被勒死，比利？」史崔克說。他聽到丹妮絲在隔壁房間呱啦呱啦地說：「警察局，快！」

「她說什麼？」比利問。當他緊張地望著外面的辦公室時，凹陷的眼睛更顯得巨大，他的一隻手抓住另一隻手，試圖遏止他的抽搐。

「沒事，」史崔克輕鬆地說，「我有幾個案子在同時進行，告訴我這個孩子的事。」

史崔克伸手去拿便條紙簿，動作緩慢而謹慎，彷彿比利是一隻可能受驚的野鳥。

「他勒死她，在上面那個馬旁邊。」

此時丹妮絲在單薄的隔間牆另一邊大聲講電話。

「這是什麼時候的事？」史崔克問，繼續書寫。

「很久了……我小時候。那是個小女孩，但後來他們說他是個小男孩。吉米也在那裡，他說我又沒看到，但我有看到，我看到他動手，勒死她，我有看到。」

「這件事發生在上面那個馬旁邊，是嗎？」

「就在上面那個馬旁邊。但是他們沒有把她、他、埋在那裡，我們的父親把他埋在山坳裡，我看到他們在挖，我可以告訴你這個地方，她不會讓我挖，但她會讓你挖。」

「是吉米幹的，是嗎？」

「吉米不會勒死任何人！」比利憤怒地說，「他和我都看到了，他說沒那回事，但他說謊，他在場，他害怕，你懂嗎。」

「我懂，」史崔克騙他，繼續作筆錄，「好，如果我去調查，我需要你的住址。」

他半以為他會拒絕，但比利急忙接過遞上的便條紙簿和筆，史崔克又聞到一股強烈的體臭。比利開始寫，但忽然想到什麼便停下筆來。

「你不會去吉米住的地方吧？他會揍我，你不能去吉米住的地方。」

「不，不，」史崔克安慰他，「我只是需要你的住址，留下來作記錄。」

丹妮絲刺耳的聲音從門外傳來。

「請趕快派個人來，他非常躁動不安！」

「她說什麼？」比利問。

令史崔克氣惱的是，比利忽然撕下便條紙簿最上面那張紙，揉成一團，然後用捏著紙團的那隻手又開始去摸他的鼻子和胸口。

「不用擔心丹妮絲，」史崔克說，「她在和另一個客戶談事情，我可以給你倒杯飲料嗎，比利？」

「什麼飲料？」

「茶？還是咖啡？」

「為什麼？」比利問，這個提議似乎使他更多疑，「為什麼你要讓我喝飲料？」

「你想喝才喝，如果不想喝也沒關係。」

「我不需要吃藥！」

「我沒有要給你任何藥。」史崔克說。

「我不是精神病患！他勒死那個小孩，然後他們把她埋了，埋在我們父親住的房子旁邊的山坳裡，用毛毯裹著她，粉紅色的毛毯。那不是我的錯，我只是個小孩，我並不想去那裡，我只是個小孩。」

「幾年前，你知道嗎？」

「很久……很多年……一直忘不了。」比利說。他瘦削的臉上那對眼睛炯炯有神，握著紙團的手快速地上下揮動，摸鼻子、摸胸口，「他們用粉紅色毛毯裹著她，埋在我爸的房子旁邊的山坳裡，但後來他們說他是個男孩。」

「你爸的房子在什麼地方，比利？」

「她現在不讓我回去了，但你可以去挖，你可以去。他們把她勒死了。」比利說，用他像鬼一般的眼睛凝視他，「但吉米說他是個男孩，被勒死了，在——」

有人敲門。史崔克還沒來得及叫她不要進來，丹妮絲已經探頭進來了，這次因為有史崔克在她比較勇敢，而且充滿自信。

「他們來了，」她用一種會使一個遠遠沒有比利那麼神經質的人也受到驚嚇的誇張眼神說，「正在路上。」

「誰要來？」比利問，跳起來，「誰正在路上？」

丹妮絲把頭縮回去後把門關上，木門發出輕微的聲響，史崔克知道她靠在門上，企圖把比利扣在裡面。

「她只是在說我正在等待的一個送貨的，」史崔克安慰地說，站起來，「繼續說——」

「你想幹嘛？」比利大聲喊，一邊不斷摸鼻子和胸口，一邊後退，「誰要來？」

「沒有人要來，」史崔克說，但比利已經試圖把門推開，但遇到阻力，於是他用力衝撞。門外的丹妮絲被甩到一旁發出尖叫，史崔克還沒來得及離開他的辦公桌，比利已經衝出去了，他們聽到他三步併兩步跳下金屬階梯的聲音。史崔克非常生氣，因為他知道他不可能追上一個比他年輕，並且顯然比他更健康的人。他轉身跑回他的辦公室，拉開窗戶探頭出去，正好看見比利飛快地轉過街角，消失了蹤影。

「糟了！」

一名正要走進對面吉他店的男子聽到嘈雜的聲音轉頭去看，一臉困惑。

史崔克把頭縮回來，狠狠瞪著丹妮絲，只見她站在他的辦公室門口撢身上的灰塵。令人難以置信的是，她一臉得意。

「我試著把他扣在裡面。」她得意地說。

「嗯，」史崔克強忍著怒氣，「我看到了。」

「警察在路上了。」

「好極了。」

「你要來杯茶嗎？」

「不要。」他咬著牙說。

「那我去沖馬桶，」她說，接著喃喃自語，「我想他一定沒有沖水。」

3

我獨自奮戰到底，而且完全保密。

——亨里克．易卜生，《羅斯莫莊園》

走在她不熟悉的德普勒福德街上時，蘿蘋先是感到輕鬆愉快，心想她上一次有這種感覺是在什麼時候，接著又想到那已是一年多以前了。在午後的陽光、色彩繽紛的店面和一如往常的繁忙與喧囂的推波助瀾下，她慶祝這個事實：她再也不必去那間費勒斯信託診所了。

她的心理治療師對於她要中斷治療很不高興。

「我們建議做完整個療程。」心理醫師說。

「我知道，」蘿蘋回答，「但是，很抱歉，我認為這已經足夠了。」

治療師的微笑冷冷的。

「認知行為療法很棒，」蘿蘋說，「對我的焦慮很有幫助，我會繼續練習……」

她深吸一口氣，望著治療師腳上那雙矮跟的瑪麗珍鞋，然後強迫自己直視她的眼睛。

「……但我不覺得這部分對我有幫助。」

語畢，又是另一陣沉默。經過五次諮詢之後，蘿蘋已經習慣了。一般人在正常對話時，如果出現這麼長的停頓，只是望著對方等他們開口，通常會被認為沒有禮貌或是冷暴力，但在接受心理治療時，她已知道這是標準情況。

蘿蘋的醫生原本幫她轉診到免費的公立醫療體系，但等候的時間太長，因此她決定（在馬修的勉強支持下）自費接受心理治療。她知道馬修只是沒有說出口，他認為最理想的解決辦法是她放棄這個害她得到創傷後壓力症候群的工作，而且他認為，以她所面臨的危險而言，這個工作的待遇太差。

「妳知道，」蘿蘋繼續說出她事先想好要說的話，「我的生活中到處有人認為他們知道什麼對我最好。」

「啊，是的，」心理醫師以一種蘿蘋相信有人會認為比診所的牆壁更高的姿態說，「我們討論過——」

「——但……」

蘿蘋天生是個委婉、禮貌的人，但心理醫師卻在這個光線暗淡、單調的綠色花盆種著蜘蛛蘭、低矮的松木桌上擺著一大盒面紙的小房間內，敦促她不加掩飾地說出實話。

「……但老實說，」她說，「妳給我的感覺跟他們一樣。」

又是一陣沉默。

「啊，」心理醫師淡淡一笑說，「我是來幫助妳作出自己的結論的——」

「是，但妳——一直在逼我，」蘿蘋說，「妳很好鬥，妳挑戰我說的一切。」

一陣強烈的無力感使蘿蘋閉上眼睛。她的肌肉痠痛，她一整個禮拜都在組裝那些組合家具，搬動一箱箱的書籍和掛畫。

「我來這裡，」蘿蘋睜開眼睛又說，「覺得很痛苦。回到我丈夫身邊，他也讓我覺得很痛苦，他經常沉默不語，連一些最微小的事也要挑我的毛病。然後我打電話給我母親，情況也差不多，唯一不會經常挑我毛病的人是——」

她忽然停頓，片刻後接著說：

「——是我的工作夥伴。」

「史崔克先生。」治療師和藹地說。

蘿蘋和治療師之間有點衝突，除了證實史崔克不知道沙克威爾開膛手案對她的影響有多大之外，蘿蘋拒絕討論她與史崔克的關係。她堅定地說，他們的私人關係與她現前的問題毫無關聯，治療師每一次談話都會提起他，但蘿蘋總是拒絕談論這件事。

「是的，」蘿蘋說，「他。」

「但妳自己承認，妳沒有告訴他妳的焦慮程度。」

「所以，」蘿蘋不理會治療師的最後一句話，「我今天來只是要告訴妳，我以後不來了。如我所說，我已發現認知行為療法真的有用，我會繼續練習。」

心理治療師似乎很氣蘿蘋甚至不打算把一個小時的療程做完，但蘿蘋已付清整個療程的費用，因此她可以自由地走出去，為她自己爭取難得的一天時光。她覺得她有理由不必急著趕回家整理東西，於是給自己買了一個Cornetto甜筒冰淇淋，邊吃邊逛這個陽光明媚的陌生街道。

她像蝴蝶般追逐自己的快樂，因為她怕它稍縱即逝。她拐進一條比較安靜的街道，強迫自己專心接受這個不熟悉的風景。畢竟，她很高興離開西伊林那間老舊的公寓，拋開許多不好的回憶，她在沙克威爾開膛手接受審判期間獲悉，兇手跟蹤與監視蘿蘋的時間遠比她懷疑的多更多。警方甚至告訴她，他們認為他曾在哈斯廷斯路附近徘徊，潛伏在距離她家前門只有短短幾碼的路邊停車後面。

她雖然很想搬家，但她和馬修仍花了十個月才找到一個新的住所。主要問題在於馬修下定決心在房地產階梯「更上一層」，因為他現在有個待遇更高的新工作，並從他已故的母親那裡得到一點遺產。考慮到那間舊公寓太可怕，蘿蘋的父母也表示願意協助他們。但倫敦實在是太昂貴了，馬修三次看上的公寓，價格都遠遠超出他們的能力範圍，他們三度無法下手，蘿蘋告訴他，這些房價比他們付得起的價格遠遠高出數千英鎊。

「太可笑了！」他不停地說，「不值得那個價碼！」

「對於準備買的人它就值得。」蘿蘋說，為馬修身為會計師竟然不了解市場力量的運作而感到沮喪。她反正已準備搬家，任何地方都可以，即使只有一個房間也無所謂。她只求能逃離兇手持續在她夢中出現的陰霾。

在折回大馬路時，她的目光被旁邊一堵磚牆的大門吸引，門的兩邊門柱上有她見過最奇怪的柱頭。

大門兩邊的柱頭上各有一顆巨大的、搖搖欲墜的石雕頭骨端坐在人骨上，大門後面有一座高大的方形塔樓。蘿蘋在家看過一些奇幻電影，海盜的豪宅大門上都有這種裝飾，她走過去仔細看那空洞的黑眼窩。從大門往內覷，她看見裡面寬敞而盛開的玫瑰花園中有一所教堂和幾座長了青苔的墳墓。

她一邊逛這座聖尼古拉斯教堂，一邊把冰淇淋吃完，這座教堂是個奇怪的混合建築，粗糙的石塔搭配古老的紅磚建築。最後，她在一張木凳上坐下，木凳被陽光照得發燙，有點不舒服，她伸展痠痛的背部，陶醉在溫暖的玫瑰花香中，忽然想起約克郡那間飯店套房，那幾乎是一年前的事了，一束血紅的玫瑰花目睹了她在她的婚禮招待會舞池上拋下馬修之後發生的事。

馬修、馬修的父親、他的蘇阿姨，蘿蘋的父母，和她的哥哥史蒂芬，全都聚集在新娘套房內，蘿蘋為了逃避馬修的憤怒先已返回新娘套房。當他們一個個衝進來想知道到底發生什麼事時，她正換下她的結婚禮服。

隨之而來的是一陣混亂。史蒂芬先是對馬修擅自刪除蘿蘋的通話紀錄大為震驚，對他開口大罵。喬弗瑞醉醺醺地想知道為什麼要允許史崔克留下來用餐，因為他沒有寄回確認函，馬修對他們大吼，叫他們都滾出去，說這是他和蘿蘋之間的事。蘇阿姨則一遍又一遍地說：「我從未見過一個新娘離開她的第一支舞，從未見過！我從未見過一個新娘離開她的第一支舞。」

接著，琳達終於對馬修的所作所為感到吃驚，也開始數落他。喬弗瑞跳出來為他的兒子辯護，想知道為什麼琳達要讓她的女兒回到一個害她遭受攻擊的人身邊。馬丁也來了，喝得醉茫茫，為一些沒有人能解釋得讓人滿意的理由而揍了馬修一拳。蘿蘋躲進浴室，由於一整天幾乎都沒吃東西，她抱著馬桶嘔吐。

五分鐘後，她不得不讓馬修進入浴室，因為他的鼻子在流血。兩人在浴室內，雙方家人在隔壁臥房彼此互相叫罵的情況下，馬修用衛生紙按著他的鼻子，要求蘿蘋和他一起去馬爾地夫。不是為了度蜜月，沒有蜜月了，而是去私下解決問題。「離開」──他用悶悶的聲音指著那些叫罵聲──「**這個**，還有記者，」他又忿忿不平地說，「為了開膛手那件事，他們會追蹤妳。」

在那一團沾血的衛生紙上，他的眼神是冷漠的，為她在舞池中羞辱他，為馬丁揍他而憤恨不已。他邀請她上飛機不是為了浪漫，他要求舉行高峰會，一個冷靜商量的機會。如果，在認真的考慮之後，他們的結論是這場婚姻是錯誤的，他們會在兩週假期結束後返家，發表聯合聲明，然後各走各的路。

那天早上，心力交瘁的蘿蘋手臂猶在陣陣抽痛，一想到史崔克與她相擁的感覺，內心深處就不由得產生悸動，她並且明白媒體現在可能仍在試圖追蹤她。她已將馬修視為如果不是一個盟友，至少也是一個逃避手段。登上飛機，遠離排山倒海而來的好奇、閒言閒語、憤怒、關懷和不請自來的建議，這個點子深深吸引她。

於是他們離開了，在飛機上兩人幾乎沒有交談，馬修在這漫長的飛行途中都想些什麼，她始終沒有問，她只知道她想念史崔克。當她望著從窗外飄過的雲層時，內心一次又一次回到他們相擁的那個記憶。

我愛上他了嗎？她一再問自己，但沒有任何明確的結論。

她對這個問題的審思持續了好幾天，當他們走在白色的沙灘上，討論兩人之間的緊張與怨懟時，她無法向馬修透露內心的折磨，晚上馬修睡在客廳的沙發上，蘿蘋睡樓上垂掛蚊帳的雙人床。他們有時爭論，有時各自退到一邊默默的傷心與生氣。馬修依舊密切監視蘿蘋的手機，想知道它在哪裡，不時拿起來檢查，她知道他在察看她的老闆傳送的訊息或電話。

更糟的是什麼都沒有，史崔克顯然沒興趣跟她說話。樓梯上的擁抱——她的心思像狗一樣，不斷奔向一根有強烈氣味的燈柱——對他的意義似乎遠不如她。

一夜又一夜，蘿蘋獨自在沙灘上漫步，傾聽大海的深呼吸，她受傷的手臂在橡膠護具下冒汗。她把手機留在別墅，這樣馬修就沒有藉口尾隨她，看她是否偷偷地和史崔克通電話。

但是到了第七天晚上，馬修在別墅內，她決定打電話給史崔克。她在幾乎沒有先預告自己的情況下就衝動地擬定一個計畫。酒吧內有一具室內電話，她已熟記辦公室的電話號碼，它會把打到辦公室的電話自動轉接到史崔克的手機上。電話接通後她要說什麼，她不知道，但她確信如果她聽到他說話，她就會知道他對她的感情真相，當電話鈴聲在遙遠的倫敦響起時，蘿蘋的口腔開始乾澀。

有人接電話了，但前幾秒鐘沒有人開口。蘿蘋聽到動作的聲音，然後聽到一陣咯咯笑聲，最後終於有人開口說話了。

「喂？我是柯米—哇米——」

當那個女人突然放聲大笑時，蘿蘋聽到後面傳來史崔克的聲音，一半好笑，一半氣惱，而且有明顯的醉意：

「給我！說真的，給——」

蘿蘋用力掛上話筒。她的臉上和胸口大量出汗：她感到羞愧、愚蠢、屈辱。他和另一個女人在一起，那種笑聲毫無疑問是親密的，那個不知名的女孩和他調情，接他的行動電話，還稱呼他（多麼令人作嘔）「柯米」。

她決定，要是史崔克向她問起那通掛斷的電話，她會否認是她打的，她會咬著牙說謊，假裝不知道他在說什麼……

電話中的女人笑聲像一記重重打在她臉上的耳光，打得她心煩意亂。如果史崔克能在擁抱她之後這麼快就帶另一個女人上床——她以她的生命打賭，這個女孩，無論她是誰，如果不是剛和史崔克睡過覺，就是即將跟他上床——那麼他一定不會在倫敦為他對蘿蘋．艾拉寇特的真情而飽受折磨。

她艱難地走了一夜，嘴唇上的鹹味使她感到口渴。她在柔軟的白沙上留下深深的腳印，海浪不斷打在她腳下，當她終於放聲大哭時，她問自己，有沒有可能是她把感激與友誼誤認為更深的情愫？她是否誤以為她對偵探工作的愛，就是她對給她這份工作的人的愛？當然，她欣賞史崔克，而且非常喜歡他。他們共同經歷許多緊張的時刻，她對他有親近的感覺是自然的，但那是愛嗎？

獨自在那個溫暖、蚊子嗡嗡作響的夜晚，海浪在岸邊嘆息，蘿蘋抱著疼痛的手臂黯然地提醒自己，身為一個即將度過二十八歲生日的女人，她和男人在一起的經驗少之又少。馬修是她唯一認識的男性，她唯一的性伴侶，一個已維持十年的安全的地方。如果她曾經對史崔克產生迷戀——她用她的母親可能會用的老式詞彙——這難道不是大部分她這個年齡的女性因缺乏交友與經驗而自然產生的副作用？對馬修這麼長時間的忠誠，她難道沒有一天抬頭看，並想到她還有其他的生活、其他的選擇？難道她長久以來都沒有注意到馬修不是這個世上唯一的男人？她告訴自己，史崔克只是一個她花最多時間相處的人，所以她很自然地把她的疑惑、她的好奇、她對馬修的不滿，全部都投射到他身上。

正如她告訴自己的那樣，對渴望史崔克的那個部分經過一番理智的省思之後，她在蜜月的第八個夜晚作了一個艱難的決定。她要提早回家，向她的家人宣布他們要分手，她必須告訴馬修這和其他任何人無關，而是經過痛苦與認真的反思之後，她不認為他們適合再繼續維持這段婚姻。

她仍然記得，當她推開木屋的門準備面對一場從未實現的戰鬥時，她的感覺是驚慌和恐懼的。馬修癱坐在沙發上，當他看見她時，他喃喃地說：「媽？」
他的臉和手腳都因為冒汗而發光，當她走向他時，她看到他的左手臂內側有一條醜陋的黑色靜脈，彷彿有人在他的靜脈中注入墨水。
「馬修？」
聽到她的聲音，他才明白她不是他已故的母親。
「不……舒服，蘿……」
她立刻衝向電話機，打電話給飯店櫃臺，要求派一位醫生。但是等醫生抵達時，馬修已斷斷續續產生譫妄。他們發現了他手背上的刮痕，擔心他可能得了蜂窩組織炎。蘿蘋從醫生與護士憂慮的臉色看得出情況十分嚴重，馬修不斷看到有影子在木屋角落移動，但事實上那裡沒有人。
「那是誰？」他不斷問蘿蘋，「誰在那邊？」
「這裡沒有別人，馬修。」
此刻她握著他的手。護士和醫生正在商量住院的事。
「不要離開我，蘿。」
「我不會離開你。」
她的意思是她此刻不會離開，並非她會永遠留下，但馬修開始哭了。
「喔，感謝上帝，我還以為妳會走……我愛妳，蘿，我知道我搞砸了，但我愛妳……」
醫生給馬修開了口服抗生素，然後去打電話，神志不清的馬修一直抓著他的妻子感謝她。有時他又會產生幻覺，以為他看到人影在房間內走動，並多次喃喃呼叫他已故的母親。獨自一個人在熱帶島嶼絲絨般的黑夜裡，蘿蘋聽著昆蟲撲翅撞擊紗窗的聲音，或安慰並看守著這個她從十七歲就愛到現在的男人。
結果不是蜂窩組織炎。在接下來的二十四小時內，抗生素起了作用。當馬修從突如其來的急病中逐漸恢復時，他常注視著她。她從未見過他如此虛弱與脆弱。她知道，他擔心她答應留下來是暫時性的。

「我們不能把它都拋開，對吧？」他躺在床上，用嘶啞的聲音問她。醫生堅持他躺在床上休息。「這麼多年？」

她由著他談那些美好的時光，他們共享的時光，不時以那個咯咯笑著稱柯莫藍為「柯米」的女孩來提醒自己。她幻想她返家，要求取消婚約，因為這個婚姻不圓滿，但她又想到她的父母已為這場她深惡痛絕的婚禮花了許多錢。

蜜蜂在教堂的玫瑰花園中飛舞，蘿蘋心想——這已是第一千遍了——如果馬修沒有被珊瑚刮傷，她此刻會在什麼地方。她已停止的心理治療，大部分是為了談自從同意繼續維持婚姻迄今一直困擾著她的疑慮。

在那之後的幾個月，尤其是當她和馬修相處融洽時，在她看來，給這樁婚姻一個公平的試驗是對的，但她始終沒有忘記從試驗的角度去思惟。正因為如此，她常夜不成眠，斥責自己的怯懦，等馬修從病中恢復之後她就失去自由了。

她始終沒有告訴史崔克這些曾經發生的事，為何她會同意嘗試並維持婚姻。也許這是他們的友誼變得如此冷漠與疏離的原因。當她從蜜月假期回來銷假上班時，她發現史崔克對她的態度有了轉變——她承認，也許她對他的態度也轉變了，原因是她興匆匆地從馬爾地夫酒吧打電話給他時她在電話中聽到的一切。

「還在堅持，是嗎？」當他瞥見她手上的戒指時隨口說道。

他的語氣激怒了她，因為他從未問她為什麼繼續嘗試，從未問她那一刻之後的家庭生活，從未暗示他仍記得他們在樓梯上的擁抱。

無論是史崔克的安排與否，他們在沙克威爾開膛手事件之後就沒有在同一件案子上合作。

蘿蘋扮演她資深夥伴的角色，換上一副冷冷的專業態度。

但她有時擔心，既然她已顯現她的平庸與怯懦，他不會再像以前那樣看重她。幾個月前他們有過一次尷尬的對談，他建議她休假，問她是否覺得她已從刀傷攻擊中完全恢復，她認為這是對她的勇氣的輕微打擊，擔心她會再度發現自己被排擠，失去她生命中唯一充實的一部分。她堅稱她十分健康，並且在工作上更加倍努力。

她的手機在皮包內無聲地震動，蘿蘋伸手掏出手機看是誰打來的。是史崔克。她還發現他稍早已打過一次，就在她愉快地跟費勒斯信託診所說再見的時候。

「嗨，」她說，「你剛才打來我沒接到，抱歉。」

「不要緊，搬家順利嗎？」

「很好。」她說。

「我只是想讓妳知道，我為我們找了一個新的幫手，名叫山姆．巴克萊。」

「好極了，」蘿蘋說，兩眼望著一隻蒼蠅在一朵粉紅色的玫瑰花上微微顫動，「他的背景呢？」

「陸軍。」史崔克說。

「憲兵？」

「呃——不是。」

當他告訴她山姆．巴克萊的故事時，蘿蘋發現自己在笑。

「所以你雇用一個呼麻的油漆裝潢工人？」

「電子煙，大麻電子煙，」史崔克糾正她，蘿蘋聽得出他也在笑，「他為了健康正在戒煙，剛生了寶寶。」

「他聽起來……很有意思。」

她等了一下，但史崔克沒有說話。

「那麼，星期六晚上見。」她說。

蘿蘋覺得她有義務邀請史崔克參加她和馬修的喬遷派對，因為她已邀請他們最固定和最可靠的特約雇員安迪．赫欽斯，如果不邀請史崔克未免奇怪。史崔克接受邀請時她還有些意外。

「好，星期六晚上見。」

「羅蕾萊會來嗎？」蘿蘋試著用不經意的口吻問，但不確定是否成功。

人在倫敦市區的史崔克認為他從蘿蘋的問話中聽到一點嘲諷意味，彷彿向他挑戰，要他承認他的女友有個可笑的綽號。他總有一天會提出來，問她「羅蕾萊」這個名字有什麼問題，藉此享受一下和她鬥嘴的樂趣。但這是個危險領域。

「會，她會來，邀請函是給兩個——」

「是啊，當然，」蘿蘋立刻說，「好吧，再見——」

「等一下。」史崔克說。

他單獨一個人在辦公室，因為他讓丹妮絲提早回去了。丹妮絲不肯走：因為她領的是鐘點費。史崔克向她保證他會付她一整天的工資後，她才一邊收拾她的所有東西一邊不停嘮叨。

「今天下午發生一件奇怪的事。」

蘿蘋沒有插嘴，仔細聆聽史崔克敘述比利的短暫來訪。聽到最後，她已經忘了為史崔克的冷漠而擔心。事實上，此刻聽起來他就像一年前的史崔克。

「他肯定是精神異常，」史崔克望著窗外晴朗的天空說，「可能是精神病。」

「嗯，但——」

「我知道，」史崔克說。他用另一隻手拿起比利寫了一半住址後撕掉的便條紙簿，心不在焉地翻著，「但他是精神異常才以為他看到一個小孩被勒死？還是他精神異常，並且看到一個小孩被勒死？」

兩人有好一會兒沒開口，都在心中琢磨比利的故事，並知道對方也同樣在思索。蘿蘋沒有發現一隻可卡犬在花叢間嗅著玫瑰花香，這時忽然毫無預警地將牠冰冷的鼻子貼在她裸露的膝蓋上，她吃了一驚發出尖叫，驟然結束了這個短暫而友好的沉思。

「怎麼啦？」

「沒事——一隻狗——」

「妳在哪裡？」

「在一個墓園裡。」

「什麼？為什麼？」

「只是探索一下這個地區，我該走了。」她說著站起來，「家裡還有一包組合家具等著我組裝。」

「好的，」史崔克說，回到他一貫的輕快語氣，「週六見。」

「我很抱歉，」蘿蘋將她的手機放回皮包時，可卡犬的老主人對她說，「妳怕狗嗎？」

「一點也不，」蘿蘋說，微笑著拍拍那隻狗柔軟的金色腦袋，「牠只是讓我嚇一跳而已。」

當她經過那兩個巨大的頭骨，朝她的新家走去時，她想到了比利。史崔克如此生動地描述這個人，使蘿蘋覺得她彷彿也親眼見到他似的。

蘿蘋深深沉浸在她的思緒中，以致當她經過白天鵝酒吧時，一整個星期以來的第一次她忘了看它一眼。在街頭上方，那棟建築的角落，有一隻天鵝雕像，蘿蘋每次從它旁邊經過，總會想起她那多災多難的婚禮。

4

但你打算去那個鎮上做什麼？

——亨里克．易卜生，《羅斯莫莊園》

在六英里半以外的史崔克將他的手機放在辦公桌上，點了一支煙。蘿蘋對他的故事有興趣，紓解了比利逃走後他被警察盤問半個小時的痛苦，兩名回應丹妮絲電話的警察，似乎很高興他們終於有機會迫使著名的柯莫藍．史崔克不得不承認他自己的錯，沒能查出可能是精神病患的比利的全名，也沒能記下他的地址。

夕陽從某個角度斜斜投射在他桌上的便條紙簿上，呈現出淡淡的印痕。史崔克把他的香煙放在他很久以前從一家德國酒館偷來的一個煙灰缸，拿起那本便條紙斜斜地觀察，試圖從那些印痕辨識任何字母。接著他拿出一枝鉛筆在印痕上輕輕塗抹，凌亂的字母很快顯現出來，清晰地形成「查爾蒙特路」這幾個字。比利書寫他的房屋或公寓的門牌號碼時下筆較輕，其中一個微弱的凹痕看起來像「5」或一個不完整的「8」，但它的間距顯示不只一個數字，也可能是一個字母。

和其他人一樣，史崔克這種無可救藥、對令人費解的事物總要追查到底的偏執，往往為他帶來許多不便。他雖然又餓又累，並為了想早點離開辦公室而讓臨時雇員提早回家，但他仍然撕下那張隱約顯示街名的便條紙走到前面的辦公室並打開電腦。

英國境內有許多查爾蒙特路，但他推測比利不可能長途跋涉，便猜測應該是位於東漢姆的查爾蒙特路。網路搜尋結果有兩個威廉斯住在那裡，但那兩個人的年齡都超過六十歲。他記得比利擔心史崔克找上「吉米的住處」，於是他搜尋「吉米」，接著又搜尋「詹姆斯」，結果出現一個現年四十九歲的詹姆斯．法拉德的詳細資料。

史崔克將詹姆斯．法拉德的住址抄寫在比利的筆跡底下，至於法拉德是否就是他要找的人他毫無把握。原因之一是：他的門牌號碼中沒有「5」或「8」；另一個原因是：從比利的蓬頭垢面可以看出，無論他與誰住在一起，那個人肯定也很不講究衛生。但法拉德與妻子同住，而且他們似乎還有兩個女兒。

史崔克關閉電腦，但仍繼續茫然地瞪著黑暗的螢幕思索比利的故事。粉紅色毯子的細節一直糾纏著他。他覺得，對於一個精神異常的人來說，這個細節似乎太明確又太缺乏創意。

想到明天早上必須為一件有報酬的工作早早起床，他不得不站起來。離開辦公室之前，他將那張有比利的筆跡印痕和法拉德住址的便條紙塞進他的皮夾內。

最近一直在熱烈慶祝女王登基鑽禧紀念的倫敦，又為了主辦奧林匹克運動會做準備，到處可見英國國旗和二〇一二倫敦奧運標誌——招牌、布條、彩旗、鑰匙圈、馬克杯和雨傘——每家商店櫥窗都堆滿大量的奧運周邊商品。在史崔克眼中，這個奧運標誌看起來很像是把一些螢光玻璃碎片隨意拼湊在一起。他也很不欣賞它的官方吉祥物，他覺得它們看起來活像兩顆獨眼臼齒。

倫敦給人一種興奮和緊張的感覺，無疑地，這是由於英國長期以來的憂慮，始終擔心它會失去國家形象。而人們談話的主題無非是抱怨拿不到奧運門票。申請落空的人抨擊彩票搭奧運門票的辦法，認為人人都應該有公平的機會到現場觀賞比賽。想看拳擊賽的史崔克也沒能拿到票。他的老同學尼克提議由史崔克取代他去參觀馬場馬術競賽，史崔克一笑置之。尼克的妻子艾莎樂得將入場券據為己有。

史崔克應該在星期五當天監視的一個整形外科醫生辦公室的所在地哈雷街，並未受到奧運熱潮的影響。這棟宏偉的維多利亞建築外觀依舊以它不變的表情面對世界，也沒有被花稍的奧運標誌或旗幟污染。

史崔克穿上他最好的義大利西裝執行任務，在對面的建築物門口附近找了個據點，假裝拿著手機講電話，實際上是在監視兩名合夥的外科醫師昂貴的諮詢室門口，他們其中一人是史崔克的客戶。

「狡詐醫生」——史崔克為他的監視目標所取的綽號——花了一段時間慢慢成為名副其實的人。他的合夥人可能被他的不道德行為嚇壞了，當他得知狡詐醫生最近做了兩次隆乳手術都沒有誠實登錄在公司帳簿上後曾與他當面對質。年老的合夥人懷疑對方還有其他不法行為，於是找上史崔克請求協助。

「他的理由薄弱，充滿漏洞，」一頭白髮的外科醫生以堅定且充滿預感的語氣說，「而且總是……啊……有女人緣。我和他對質之前查過他的上網紀錄，發現有一個年輕女性為整容募款並以裸照交換的網站。我擔心……我不知道……但他可能為這些沒有……錢……的女性作了什麼安排。有兩名年輕女性被要求打一個我不認識的電話號碼，顯示他或許是以免費手術來交換『特殊安排』。」

截至目前為止，史崔克還沒有發現狡詐醫生在他上班以外的時間與任何女性見面。他每個星期一和星期五都在哈雷街的諮詢室，星期二到星期四在他的私人醫院進行手術。史崔克每次在他工作地點以外的地方跟蹤他時，他都只是走一小段路去買巧克力，似乎有巧克力癮。每天晚上，他會開他的賓利車返回他位於杰拉茲克羅斯的家，家中有妻子和孩子，史崔克便開著他的藍色BMW二手車尾隨其後。

今晚，兩個外科醫生都會攜伴參加皇家外科學院的晚宴，因此史崔克把他的車留在租金昂貴的車庫。時間在單調乏味中流逝，當他倚靠在欄杆、停車收費碼表和建築物門口時，史崔克主要關心的還是每隔一段時間將全身重量從他的義肢上移開。他看到陸續有一些客戶來按狡詐醫生的門鈴後進去，一個接一個，全都是女性，而且大部分都很時髦，妝扮入時。到了五點，史崔克放在胸前口袋的手機開始震動，他看到一則他的客戶發給他的簡訊。

風平浪靜下班，準備和他一起離開前往多切斯特。

史崔克固執地仍停留在附近，看著兩個合夥人在十五分鐘之後離開大樓。他的客戶身材高大、滿頭白髮；狡詐醫生是個時髦、衣冠楚楚、橄欖色皮膚的男子，頭髮烏黑發亮，身上穿著三件式西裝。史崔克目送他們坐上一輛計程車離去，這才打個呵欠，伸伸懶腰，若有所思地準備打道回府，一面想著也許買個外賣帶回去。

儘管這麼想，他卻違背他的意願，取出皮夾拿出那張縐巴巴的便條紙，上面有他想辦法用鉛筆描摩呈現的比利住處的街道名稱。

他一整天都在腦中盤算，如果狡詐醫生提早下班，他也許去查爾蒙特路尋找比利，但他很累了，腳也痠痛。要是羅蕾萊知道他今天晚上有空，她會期待史崔克去找她。但他們明天晚上就要一起參加蘿蘋的喬遷派對了，如果他今晚在羅蕾萊家過夜，明天參加派對之後他依舊很難脫身。即使有機會，他也從不在羅蕾萊家連續住兩個晚上，他喜歡對她佔有他的時間設限。

彷彿希望天氣能說服他似的，他看一眼六月晴朗的天空，嘆一口氣。今天的黃昏清朗舒適，事務所業務忙得他都不知道下次什麼時候才會有多出來的幾個小時，如果他想去查爾蒙特路，只能在今天晚上。

5

我能理解你對公眾集會和……那些經常露面的烏合之眾的恐懼。

——亨里克．易卜生，《羅斯莫莊園》

史崔克在路上正好碰上交通尖峰時間，花了一個多小時才從哈雷街抵達東漢姆，等他找到查爾蒙特路時，他的殘肢已經疼痛了。看到那麼長一條住宅區巷道，他很遺憾他不是那種可以輕易地將比利視為精神病患而不予理會的人。

這裡的陽台住宅外觀雜亂不一：有的是裸露的磚頭，有的是彩繪或洗石子。窗戶上掛著英國國旗，是奧運熱潮或皇家慶典遺緒的進一步明證。屋前的一小塊地隨各家的喜好，被整理成迷你花園或丟棄垃圾。半路上還有一個骯髒的舊床墊，被扔在路邊任人處置。

第一眼看到詹姆斯．法拉德的住處時，史崔克不敢抱希望認為他已找到他的目標，因為它是這條街上維護得最好的房屋之一。它的前門旁邊加裝了一個有彩色玻璃的小前廊，每扇窗子都懸掛有皺摺的窗紗，黃銅信箱在夕陽下閃耀，史崔克按了塑膠門鈴後等待。

等了一會兒，一個忙碌的婦女來開門，一隻銀色的虎斑貓趁機從屋裡竄出。牠蜷縮在門後，這時終於有機會逃走。婦女臉上氣惱的表情，和她穿在身上印著「愛是……」漫畫的圍裙顯得很不協調。一股濃郁的燉肉香從屋裡飄出來。

「嗨，」史崔克說，聞到肉香一直想流口水，「不知道妳是否能幫忙，我在找比利。」

「你找錯地址了，這裡沒有比利。」

她作勢要關門。

「他說他和吉米住在一起。」門即將關上時史崔克又說。

「這裡也沒有吉米。」

「抱歉，我想是不是有人叫詹姆斯——」

「沒有人叫他吉米，你找錯地方了。」

她把門關上。

史崔克和銀色虎斑貓四目相視，貓高傲地坐在踏墊上梳理牠的毛髮，顯然已將史崔克拋到腦後。

史崔克回到人行道，點了一支煙後上上下下打量這條街。他估計查爾蒙特路有兩百戶住家，他得花多少時間去敲每一戶人家的門？不幸的是，答案比他今晚的時間多更多，也比他未來可能有的時間多更多。他沮喪地繼續往前走，腿越來越痛，除了留意兩邊的窗戶，也打量路過的人是否和他前一天所見的人相似。他兩度向正要進門或正離開屋子的人探詢是否認識「吉米和比利」，他說他弄丟了地址。但那兩個人都說不認識。

史崔克緩緩地往前走，盡可能不要顯露跛態。

最後他來到一段被買下來改建成公寓的街區，兩兩並排的前門緊靠在一起，門前的一小塊地已被灌注混凝土。

史崔克放慢腳步，一張破舊的A4紙張被釘在一扇破舊的門上，門上的白漆已然剝落，一個微微熟悉的興趣——但他永遠不會美其名為「預感」——促使史崔克走向那扇門。紙上用潦草的筆跡寫著：

今晚7：30的聚會從酒吧改到牧師住宅巷的美好社區中心——走到巷底左轉。

吉米・奈特

史崔克用一根指頭揭開那張紙，看到門牌號碼最後一個字是「5」後放手，然後走過去從積滿灰塵的樓下窗戶往內覷。

窗子上掛著一床舊床單用來遮擋陽光，但床單的一角鬆脫了。身材高大的史崔克從沒有遮掩的玻璃望進去，看到一個小房間內有一張拉開的沙發床，上面蓋著一床有污漬的被子。房間角落有一堆衣服，一台手提電視機立在一個紙箱上。地毯被大量空啤酒罐和幾乎滿出來的煙灰缸覆蓋，看來他似乎找對地方了。他回到油漆剝落的門口，掄起一個大拳頭敲門。

沒有人出來應門，他也沒有聽到屋裡有任何動靜。

史崔克再看看門上那張紙，然後轉身離開。他左轉進入牧師住宅巷，迎面就看到社區中心，中心外面用閃亮的壓克力拼出「美好」的粗體字樣。

一個頭戴毛澤東帽、臉上有兩撇灰色細鬍的老人手上拿著一疊傳單站在玻璃門外，他身上穿著T恤，印在上面的切格瓦拉的臉已經褪色。史崔克朝他的方向靠近時，老人懷疑地望著他。史崔克雖然沒有打領帶，但他身上的義大利西裝仍顯得有點太正式。當他發現史崔克的目的地顯然是社區中心時，手拿傳單的老人側身一站，擋住入口。

「我知道我遲到了，」史崔克說，假裝懊惱，「可是我剛剛才得知開會地點改了。」

他的自信和他的身材似乎都讓那個戴毛帽的人感到不安，但他似乎又覺得不能立即向一個穿西裝的人屈服。

「你代表誰？」

史崔克早已迅速瞄了一眼老人抓在胸前的傳單，上面有幾個用大寫字母拼出的粗體字：**不同意——不服從——分裂**，以及有點牛頭不對馬嘴的「**農圃**」字樣。傳單上還有一幅粗糙的漫畫，五個腦滿腸肥的企業家噴出的雪茄煙圈形成奧運五環標誌。

「我老爸，」史崔克說，「他擔心他們會在他的農圃上灌水泥。」

「哦。」留鬍子老人說著往旁邊移動，史崔克從他手上抽出一張傳單進入社區中心。

裡面沒人，只有一名頭髮灰白的西印度群島裔婦女將裡面的一扇門拉開一條縫在窺視。史崔克聽到房間後面有女性的聲音，談話內容難以分辨，但從節奏聽起來顯然正在發表長篇大論。西印度群島裔婦女發現有人站在她背後，轉過身來看見史崔克的西裝，這套西裝對她的影響似乎與門口留鬍子的男子恰恰相反。

「你是奧運會那邊的人嗎？」她小聲問。

「不是，」史崔克說，「只是有興趣。」

她開門讓他進去。

裡面有大約四十個人坐在塑膠椅子上。史崔克在最近的一張空椅子坐下，他環顧前面那些人的後腦勺，看到比利那一頭凌亂的及肩長髮。

椅子前方擺了一張講台，一名年輕婦女在講台前一邊對觀眾演講一邊踱步，她的頭髮染成和可可——史崔克的難以擺脫的一夜情——一樣的鮮紅色，正在用一連串未完成的句子說話，偶爾還會漏掉次要的子句，而且忘了發氣音。史崔克有個感覺，她已經講很久了。

「……想想那些住在空屋裡的鳩屋者和藝術家，他們都是人……因為這是一個好社區，對，然後他們來了，手上拿著寫字板，一副，好像，如果你知道什麼對你最好……的樣子，然後就走了。得寸進尺，欺壓百姓的法律，這是特洛伊母馬——這是一種配合運動，好像……」

半數觀眾看起來像學生，至於那些年齡較大的成員，史崔克覺得有幾個男女看起來像是抗議人士，有些跟他們站在門口的朋友一樣，身上穿著有左派標語的T恤。他也看到一些不太一樣的人，猜想他們是這個社區內反對即將在倫敦東區舉行奧林匹克運動會的一般居民：他們的打扮像藝術家，也可能是佔用空屋的鳩屋者。還有一對老夫妻，正在互相竊竊私語，史崔克覺得他們可能是真的擔心他們的農圃。看著他們像坐在教堂裡的人一樣溫順地坐在這裡，史崔克猜想他們已決定在沒有得到太多對自己的關注之前，他們不會輕易離開。

演講的女孩後面還坐著三個人：一個年紀較大的婦女和兩名男子，男子安靜地互相交談，其中一人至少有六十歲，有寬大的胸圍和突出的長下巴，有一種曾經擔任糾察員、並以頑強的管理手段在緊要關頭獲勝的好鬥氛圍。另一名男子有一對眼窩深陷的深色眼睛，史崔克不由得看看他手上的傳單，想確認他當下的猜疑。

反對奧運社區（**反奧**）
二〇一二年六月十五日
下午7：30，白馬酒吧，東漢姆，E66EJ

演講者：
莉莉安．史維廷　荒野保護團體，東倫敦
華特．佛瑞特　勞工聯盟／反奧行動家
芙莉克．普杜　反貧窮運動／反奧行動家
吉米．奈特　真社會主義黨／反奧行動發起人

這個眼窩深陷的男子雖然一臉鬍碴，模樣邋遢，但他沒有比利那麼骯髒，而且他的頭髮顯然曾在一、兩個月前修剪過。他看起來有三十多歲，雖然他的臉型比史崔克的訪客比利方一些，肌肉也多一些，但他與比利一樣有深色的頭髮和蒼白的皮膚。以現前的證據，史崔克敢打賭，這個吉米．奈特就是比利的哥哥。

吉米與他的勞工聯盟夥伴低聲交談後，身體往椅背一靠，兩隻厚實的手臂交叉在胸前，換上一副呆滯的表情，顯然不比其他逐漸坐立不安的觀眾更仔細聆聽那個年輕婦女的演說。

此時，史崔克發現一個坐在他前排、長得很不起眼的男子在注意他。當他遇上他那對淺藍色的眼睛時，那個人趕緊把眼光移到仍在發表談話的芙莉克身上。史崔克注意到那個藍眼男子身上穿著乾淨的牛仔褲、簡單的T恤和整齊的短髮，心想這個人如果今天早上不要刮鬍子會更好，但以監視**反奧**這個組織鬆散的團體集會而言，倫敦警察隊可能不會派出他們最好的精英。當然，便衣警察出現在這種場合是可預期的，目前計畫阻撓或抵制奧運安排的任何團體都有可能受到監視。

離便衣警察不遠的地方坐著一個穿襯衫、看起來像上班族的亞洲青年。高瘦的他一面專注地望著演講者，一面啃他的左手指甲。史崔克注視他時，那個人微微吃驚，立刻放下已被他啃出血的手指。

「好，」一名男子大聲說。觀眾聽到他帶權威性的聲音都稍稍坐正身子，「非常感謝，芙莉克。」

吉米．奈特站起來，帶頭為芙莉克鼓掌，但掌聲不怎麼熱烈。芙莉克繞過講台，在兩名男子中間的空位坐下。

破舊的牛仔褲和沒有熨燙的T恤，吉米．奈特讓史崔克想到他已故的母親曾經愛過的那幾個男人。從他身上的肌肉和刺青看來，他也許是某個塵垢樂隊的喇叭手，或一個長得不錯的巡迴樂團管理員，史崔克注意到那個沒有明顯特徵的藍眼男子的背部肌肉繃緊了，他正在等待吉米上台。

「大家晚安，非常感謝你們來參加。」

他的個人特質有如一首熱門歌曲的第一小節，瞬間瀰漫整個房間。從這短短一句話，史崔克就知道他是那種在軍隊中要麼非常出色、要麼是個不聽話的混蛋的人。和芙莉克一樣，從吉米的口音也聽不出他的出生地。史崔克認為他可能受倫敦東區的一種方言「考克尼」的影響，但吉米比芙莉克又多了一點鄉下的粗喉音。

「所以，奧運的打穀機搬到倫敦東區了！」

他用灼熱的眼光橫掃台下重新打起精神的觀眾。

「夷平房屋、將騎自行車的人置於死地、把屬於我們的土地搞得天翻地覆。

「你們都已聽到莉莉安說他們如何惡整動物和昆蟲的棲息地，現在我要談他們如何逐步侵佔人類社區，他們在我們的公地上灌注混凝土，為什麼？他們是要興建我們需要的國民住宅或醫院嗎？當然不是。不，各位女士、各位先生，為了展示資本主義制度，我們即將有耗資數十億興建的競技場，我們被要求慶祝精英主義，但在這些障礙物之外，一般民眾的自由被侵犯、侵蝕、剝奪。

「他們說我們應該慶祝奧運，所有光鮮亮麗的右翼媒體都咯咯叫，照本宣科，盲目地搖旗吶喊，煽動中產階級產生狂熱的沙文主義！來崇拜我們光榮的金牌得主——每一個為了得到大筆賄賂，用別人的一泡尿來通過比賽的人都能得到一面閃亮的金牌！」

台下發出喃喃的附議聲，少數幾個人鼓掌。

「我們應該為那些練習參賽運動項目的公學男女生感到興奮，但我們其他人的運動場卻被出售換取現金！諂媚阿諛才是我們國家的奧運會！我們神化那些人，在他們身上投資數百萬英鎊，因為他們能騎自行車，但他們實際上是把自己當作無花果葉，出賣給那些強姦地球、千方百計逃稅的混蛋，這些人排隊等著在那些障礙物——把勞動人民阻隔在他們自己的土地之外的障礙物——上鐫刻他們的姓名！」

掌聲——只有史崔克、那對老夫妻和那個亞洲青年沒有鼓掌——和演說者所說的話一樣多。吉米那張有點兇惡但英俊的臉上現出伸張正義的怒氣。

「看到這個沒？」他說，迅速從他身後的講台拿起一張紙，上面有史崔克很不喜歡的鋸齒狀「二〇一二」標誌。「歡迎光臨奧林匹克運動會，朋友們，這是法西斯主義的夢遺！看到這個標誌沒？你們知道它是什麼嗎？它是一個破碎的納粹黨徽！」

台下群眾哈哈大笑，掌聲也比剛才多了些，掩蓋了史崔克飢腸轆轆的聲音。他心想，不知這附近有沒有外賣食物，當他早先看到的那個灰頭髮的西印度婦女將通往前廳的門打開時，他甚至開始盤算他是否有時間離開一下，出去買個食物再回來，那名婦女的表情明顯暗示**反奧**的集會已超過時間，不受歡迎了。

但吉米仍侃侃而談。

「這種慶祝所謂的奧林匹克精神、公平競爭和業餘運動精神，事實上是意在使壓迫與威權主義正常化！英國這個國家，幾世紀以來一直在磨礪它的殖民與侵略戰術，以奧運為完美藉口，部署警察、部隊、直升機和槍砲來對付一般民眾！他們增設一千個閉路電視監視器——倉促通過新的法令——你們以為當這個資本主義狂歡會持續下去時它們會被廢除嗎？

「加入我們！」當社區中心的工作人員沿著牆邊走到演講廳前面時，吉米緊張但堅定地大聲說，「**反奧**是一個更廣泛的全球正義運動的一部分！我們正和首都各地的所有左派、反壓迫運動聯合起來追求共同目標！我們將舉行合法的示威活動，並利用我們在這個迅速被佔領的城市中仍被允許使用的每一種和平抗議的手段！」

更多的掌聲響起，但坐在史崔克旁邊那對老夫妻似乎一臉愁雲慘霧。

「好，好，我知道，」吉米對走到觀眾前面怯怯地向他示意的社區中心員工說，「他們要我們離開，」吉米臉上帶著奸笑搖頭說，「當然啦，當然。」

有幾個人對那個社區中心員工發出噓聲。

「還想再繼續聽的人，」吉米說，「我們會在巷底的酒吧，你們手上的傳單上有地址！」

大部分觀眾都在鼓掌，便衣警察站起來，那一對老夫妻已快速走向門口。

6

我被告知，我……有個邪惡的狂熱份子的名聲。

——亨里克．易卜生，《羅斯莫莊園》

椅子紛紛移動，包包被甩到肩上，觀眾開始往背後的門走去，但有一些人似乎仍不想離開，史崔克朝吉米走了幾步想跟他說話，但被那個亞洲青年搶先一步。那個人以一種緊張的決心，猶猶豫豫地走向這個激進份子，吉米和來自勞工聯盟的男子又交談了幾句，當他注意到這個新來的人時，他跟華特說再見，然後臉上帶著善意的表情迎上前，準備和這個他顯然認為已改信他的人交談。

然而，亞洲青年開始說話時，吉米的臉上卻蒙上一層陰影。當他們在迅速清空的房間中央低聲交談時，芙莉克和一群年輕人在附近徘徊等他，他們似乎認為他們不是勞動者，站在一旁袖手旁觀，讓社區中心員工獨自一個人收拾椅子。

「讓我來。」史崔克說，從她手上拿走三張折疊椅，無視於膝蓋的疼痛，將它們堆放到高處。

「多謝，」她氣喘吁吁地說，「我不認為我們應該讓這個場地——」

她讓華特和其他幾個人經過後才繼續說下去。他們沒有一個人向她道謝。

「——再度使用這個中心，」她忿忿不平地接著說，「我不明白他們到底在幹什麼，他們的傳單呼籲民眾不要服從，我不知道還有什麼別的。」

「妳是親奧運的嗎？」史崔克問，又把一張椅子堆上去。

「我的孫女加入一個跑步俱樂部，」她說，「我們有票，她迫不及待。」

吉米和那個亞洲青年仍在交談，兩人似乎有點爭執。吉米好像很緊張，兩隻眼睛不時瞟向四周，彷彿在尋找逃逸的出口，或看其他人有沒有在偷聽。房間清空了，他們兩人朝門口走去，史崔克豎起他的耳朵聽他們說什麼，但吉米踩在地板上沉重的腳步聲掩蓋了大部分話語，他只聽到幾個字。

「……很多年了吧，老兄？」吉米憤怒地說，「無論你想要什麼，你得自己去……」

他們走出史崔克的聽力範圍，史崔克幫中心員工將最後一張椅子放好，在她關燈時向她詢問白馬酒吧的方向。

五分鐘後，史崔克──儘管他最近決心吃更健康的食物──買了一包外賣薯條後走到白馬路，他被告知走到路底就會看到那間同名酒吧。

史崔克邊吃邊考慮與吉米．奈特打交道的最佳方式，一如門口那個年老的切格瓦拉迷對他的反應，史崔克目前這身打扮很難贏得反資本主義抗議人士的信任。吉米看來是個經驗豐富的左派激進份子，而且在奧運會開幕前的高度緊張氣氛中，他可能預料到警方會對他的行動產生興趣，而史崔克果然也看到那個沒什麼特徵的藍眼男子雙手插在牛仔褲口袋內，跟在吉米後面走，史崔克要做的第一件事是讓吉米相信他不是來調查**反奧**的。

史崔克發現白馬酒吧是一間醜陋的組合屋，位於一處交通繁忙的路口，對面是一座大公園，公園邊有一座白色的戰爭紀念碑，碑座上整齊雕刻著一圈罌粟花環，彷彿始終在譴責對面酒吧的戶外飲酒區，那裡龜裂的水泥地上雜草叢生，並積滿厚厚一層舊煙頭。許多酒客擠在吧台前，全都在吸煙，史崔克看到吉米、芙莉克和其他幾個人一起站在一扇窗子前面，窗子上裝飾著一面巨大的西漢姆聯足球隊的旗幟，他沒看到那個高大的亞洲青年，但那個便衣警察獨自一個人在這夥人附近徘徊。

史崔克進去買了一杯啤酒，酒館的內部裝潢以聖喬治十字旗為主，更多的是西漢姆聯隊的各類商品。買了一杯約翰史密斯啤酒後，史崔克回到前院，點了一支香煙，然後走向吉米那夥人。他走到芙莉克身邊時，他們才發現這個穿西裝的陌生人是衝著他們來的，所有交談立刻停止，每個人都面露懷疑。

「嗨，」史崔克說，「我叫柯莫藍．史崔克，可以和你講幾句話嗎，吉米？有關比利的事。」

「比利？」吉米立刻說，「為什麼？」

「我昨天和他見面，我是偵探——」

「齊鼇派他來的！」芙莉克驚駭地對吉米說。

「我靠！」他大聲咒罵。

正當其他人都以好奇與敵視的眼光望著史崔克時，吉米示意史崔克跟著他走到旁邊。史崔克沒料到芙莉克也跟過來。當吉米經過時，幾個理短髮、身穿西漢姆聯隊上衣的男子都朝這個激進份子點頭示意，吉米走到兩根有馬頭裝飾的矮柱中間後停下來，看看四周沒有人偷聽後才對史崔克說話。

「再說一遍你叫什麼名字？」

「柯莫藍，柯莫藍．史崔克，比利是你的兄弟嗎？」

「弟弟，是的，」吉米說，「你說他去找你？」

「是的，昨天下午。」

「偵探，是的。」

「你是偵探——？」

史崔克看到芙莉克現出恍然大悟的神情。她有一張豐滿白皙的臉龐，如果沒有那狂野的眼線和一頭淩亂的番茄紅頭髮，這張臉可以說天真無邪。她立刻轉向吉米。

「吉米，他是——」

「沙克威爾開膛手？」吉米問，從他正在點煙的打火機上瞅著史崔克，「露拉．藍德利？」

「就是我。」史崔克說。

史崔克從眼角瞥見芙莉克在打量他，從他的上身一直往下看到他的兩條下肢，輕蔑地撇一下她的嘴角。

「比利去找你？」吉米又問一遍，「為什麼？」

「他告訴我他曾目睹一個小孩被勒死。」史崔克說。

吉米氣呼呼地噴出一股煙。

「是喔，他的腦袋有問題，情感型精神分裂症。」

「他似乎不太正常。」史崔克同意。

「他就跟你說這些？說他看到一個小孩被勒死？」

「這似乎就足以追查下去了。」史崔克說。

吉米的嘴唇彎出一個缺乏幽默的微笑。

「你不相信他，對吧？」

「不相信，」史崔克老實說，「但我認為他在那種情況下不該在街上遊蕩。他需要幫助。」

「我不認為他比一般精神病患更嚴重，妳說呢？」吉米以一種故作冷靜的樣子問芙莉克。

「不會，」她轉身，用幾乎不加掩飾的敵意對史崔克說，「他時好時壞，他如果吃藥就沒事。」

她的口音比她的其他朋友明顯得更像中產階級，史崔克還注意到她在一個眼角的睡痕上畫了眼線，童年大部分時間在貧困中度過的史崔克發現人們很難不重視衛生，只有那些很不快樂或生病的人才會認為衛生無關緊要。

「你以前是軍人，不是嗎？」她問，但吉米打斷她的話。

「比利怎麼知道如何找到你？」

「電話查詢吧？」史崔克說，「我又不是住在蝙蝠洞。」

「比利不知道如何用電話查詢。」

「他仍然設法找到我的辦公室了。」

「沒有小孩被殺，」吉米忽然說，「這都是他自己幻想出來的，他想到一件事就會不停地說，你沒看到他抽搐嗎？」

吉米毫不留情地模仿吉米用一隻抽搐的手強迫式地摸鼻子、摸胸口，動作惟妙惟肖，芙莉克大笑。

「嗯，我看到了，」史崔克說，臉上沒有笑容，「那麼，你不知道他在什麼地方？」

「從昨天早上就沒見到他了，你找他做什麼？」

「我說過了，以他的狀況，他不適合在街上遊蕩。」

「你倒是助人為樂，」吉米說，「有錢又有名的偵探為我們家的比利操心。」

史崔克沒說話。

「你以前是軍人，」芙莉克又問，「不是嗎？」

「我是，」史崔克說，低頭看她，「這有什麼相干？」

「隨便問問而已，」她因惱怒而微微臉紅，「你不會一向都這麼擔心別人受傷吧？」

芙莉克的觀點和許多人一樣，史崔克早已習慣了，因此不予作答。他如果告訴她他從軍是為了刺殺兒童，她說不定也會相信。

吉米似乎不想聽芙莉克再多說一些有關軍隊的事，說：

「比利，安啦，他有時和我們嘔氣就會離家出走，他經常如此。」

「他不跟你們在一起的時候住在哪裡？」

「朋友家，」吉米說著聳聳肩，「我不知道那些人的名字。」然後他又自我矛盾地說，

「我晚上打電話，確認他沒事。」

「好。」史崔克說完，乾了他手上的啤酒，然後將空酒杯交給一個身上有刺青的吧台工作人員，那個人正在前院收拾空酒杯。史崔克用力吸一口煙後，也將煙頭扔在龜裂的水泥地上，用他的義肢將它踩熄，然後掏出他的皮夾。

「幫個忙，」他說，取出一張名片遞出去，「你再見到比利時請通知我一聲好嗎？我要知道他很安全。」

芙莉克發出哼的一聲，但吉米似乎沒料到他這一著。

「好的，好的，我會。」

「你們知道哪一路公車可以讓我最快回到丹麥街？」史崔克問他們，他沒辦法再走回去搭地鐵了，他看到公車頻繁地從酒吧前面駛過。吉米似乎對這一帶很熟，他為史崔克指出正確的站牌。

「多謝，」史崔克將皮夾放進他的外套內時又不經意地說，「比利告訴我，那個小孩被勒死時你也在場，吉米。」

芙莉克迅速轉頭看一眼吉米，這個動作無異於洩漏真相，後者比較有準備，他張開鼻孔，但除此之外，他面不改色地假裝不驚慌。

「是喔，可憐他那個腦袋瓜子老在幻想這個場景。」他說，「有時他還認為我們死去的媽也在場呢，下一個會是教皇吧，我猜。」

「可憐，」史崔克說，「希望你能找到他。」

他揮手道別，留下他們站在酒吧前院。儘管吃了一包薯條，史崔克仍飢腸轆轆。他的殘肢現在開始陣陣抽痛，等他抵達公車站牌時他已一瘸一跛了。

等了十五分鐘，公車來了，兩名坐在史崔克前方幾個座位的酒醉青年，為了西漢姆聯新加入的球員尤西·雅斯克萊恩的優點而吵個不休，兩人都無法正確讀出他的名字，史崔克茫然地望著髒兮兮的車窗外面，他的腿又痠又痛，很想回到他的床躺下，但心頭卻無法放鬆。

雖然承認有點令人厭煩，但這趟查爾蒙特路之行並沒有使他擺脫縈繞在他腦中揮之不去的有關比利故事的一個疑點，他記得芙莉克忽然驚駭地瞅了吉米一眼。最重要的，她喃喃地說「齊鑿派他來的！」。這句話已將那個揮之不去的疑問，變成一個可能長期擾亂他平靜心靈的巨大障礙。

7

你想你會住在這裡嗎？我的意思是，永久？

——亨里克．易卜生，《羅斯莫莊園》

蘿蘋整個星期都在拆封和組合家具，週末如果能待在家裡輕鬆一下她會很高興，但馬修殷殷期盼這個喬遷派對，他邀請了很多同事。他的驕傲來自這條街浪漫有趣的歷史。早期德普特福德還是一處造船中心時，就專為那些造船工人和船長修築了這條街道。馬修也許尚未實現他夢想中的郵遞區號，但一條兩旁有漂亮的老房子的鵝卵石短街，也算是如他所願的「更上一層」，即使這一棟有上下滑窗、前門的門楣上有小天使造型的磚房只是他與蘿蘋租來的。

蘿蘋最早提議再租屋時馬修反對，但她又將他否決。她說她無法忍受在哈斯廷斯路再多住一年，可是房價太高，他們買房的夢想落空。靠遺產與馬修的新工作，他們只租得起一棟漂亮的三間臥室的房屋，把賣掉哈斯廷斯路公寓所得的錢分毫不動存進銀行。

他們的房東是個出版家，在紐約總部上班，很喜歡他的新房客。他是個四十多歲的男同性戀，很欣賞馬修乾淨俐落的外表，還刻意安排在他們搬家當天親手將鑰匙交給他們。

「我同意珍．奧斯汀對理想房客的看法，」他站在鵝卵石街道上對馬修說，「『已婚男士，沒有小孩；最理想的狀態。』但少了女士，房子永遠不能得到最好的照顧！還是你們兩人共同分擔吸塵工作？」

「當然。」馬修含笑說。蘿蘋抱著一箱植物，在兩位男士身後正跨過門檻，聽了差點尖銳地反駁他。

她懷疑馬修沒有對朋友和工人透露他們不是房東而是房客，她感嘆自己逐漸傾向看馬修的慳吝或兩面作風，即使是一些芝麻小事；又為自己老是看他的缺點而私下懺悔。正是這種自我譴責的心理使她同意舉辦喬遷派對，買了酒和塑膠杯，煮了菜，將一切都在廚房安排好準備就緒。馬修重新移動家具，花了好幾個晚上列出音樂播放清單，現在這些音樂正透過他安插在底座上的iPod播放出來。蘿蘋匆匆上樓換衣服時，卡薩比恩搖滾樂團的「Cutt Off」前面幾個小節的旋律已開始響起。

蘿蘋的頭髮上了海綿捲子，因為她決定把頭髮梳成和她結婚當天一樣的大波浪髮型。客人快到了，她已經沒有時間，於是她一手拆捲子，一手拉開衣櫥的門。她有一件新洋裝，淺灰色的合身洋裝，但她擔心會使她看起來顯得蒼白。她猶豫了一下，然後拿出那件從未公開穿過的羅伯特·卡瓦利的翡翠綠洋裝。這是她所有的服裝中最昂貴的一件，也最漂亮，是她去當史崔克的臨時雇員，協助他抓到第一個兇手之後史崔克送她的「臨別」禮物。當她興奮地向馬修展示這件禮物時，馬修臉上的表情使她從此以後不敢穿它。

她舉起洋裝在身上比著，忽然想到史崔克的女友羅蕾萊，羅蕾萊受一九四〇年代海報女郎的影響，總是穿寶石色彩的鮮豔服裝。她和蘿蘋一樣高，光澤亮麗的深棕色頭髮像維若妮卡·蕾克一樣覆蓋在一隻眼睛上。蘿蘋知道羅蕾萊三十三歲，在查爾克農場路與人合開一家古著與戲劇服裝店，史崔克有一天說溜嘴透露出這條訊息，蘿蘋記住店名，回家上網查，發現這家店似乎別具魅力，生意做得不錯。

「還有十五分鐘，」馬修快步走進臥室，脫下身上的T恤說，「我可以快速沖個澡。」

他看見她拿著那件綠色洋裝在身上比著。

「我以為妳要穿那件灰色的？」

他們從鏡子裡互相對視。光著上身、曬成棕色肌膚、英俊瀟灑的馬修五官勻稱，鏡中的他與他本人的外表幾乎一模一樣。

「我覺得它讓我顯得蒼白。」蘿蘋說。

「我喜歡那件灰色的，」他說，「我喜歡妳白一點。」

她勉強微笑。

「好吧，」她說，「就穿那件灰的。」

換好衣服後，她用手指將頭上的鬈髮梳開，穿上一雙有繫帶的銀色涼鞋，然後匆匆下樓。才剛下樓，門鈴就響了。

如果叫她猜誰會第一個抵達，她會說莎拉・薛洛克和湯姆・特維（他們最近剛訂婚），彷彿莎拉企圖給蘿蘋一個措手不及，好確保她有機會搶在其他人之前先在屋子裡到處轉轉，然後找個可以觀察所有來賓的最佳地點。果然，當蘿蘋開門時，站在門外的正是一身鮮粉紅色打扮的莎拉，手上捧著一大束鮮花。湯姆手上拿著啤酒與葡萄酒。

「喔，好美啊，蘿蘋，」莎拉一進門就環視客廳，口中發出讚美。她心不在焉地擁抱蘿蘋，兩眼卻盯著一邊下樓一邊整理襯衫的馬修，「好看，正適合妳。」

蘿蘋發現自己被滿滿一手的葵百合擋住視線。

「謝謝，」她說，「我去把它放進水裡。」

他們沒有夠大的花瓶裝這一大把鮮花，但蘿蘋又不能把它們放在水槽裡。她在廚房都可以聽到莎拉的笑聲，她的笑聲甚至蓋過**酷玩樂團**與蕾哈娜的歌聲——馬修的iPod正傳出他們演唱的〈中國公主〉。蘿蘋從櫥櫃拉出一個桶子注水，水花濺在她身上。

她記得她曾經與馬修討論，要求馬修不要在上班午餐時間與莎拉一起吃午餐。甚至在蘿蘋發現馬修曾在他們二十多歲時與莎拉有過親密關係後，兩人也說好馬修不再與莎拉來往，但湯姆幫馬修在他的公司找到一個待遇更高的工作。既然莎拉已擁有一顆碩大的單鑽，馬修似乎認為社交活動不會造成任何尷尬，包括與未來的特維先生與特維太太的往來。
蘿蘋可以聽到他們三個人在樓上走動的聲音，馬修正帶領他們參觀臥室。她把裝了百合的桶子從水槽拿出來，塞進水壺旁的一個角落，心想自己懷疑莎拉帶花來只是為了暫時引開她的念頭是否太卑劣，莎拉從大學時代迄今一直沒停止過對馬修調情。
蘿蘋給自己倒了一杯葡萄酒走出廚房，馬修正好領著湯姆與莎拉進入客廳。
「……尼爾遜勳爵與漢米爾頓夫人應該一直都住在十九號，不過當時它叫聯合街，」他說，「對喔，誰想來杯飲料？都在廚房。」
「很棒的地方，蘿蘋，」莎拉說，「像這樣的房子很難找到了，你們真的很幸運。」
「我們只是租的。」蘿蘋說。
「真的嗎？」莎拉瞪大了眼睛說，蘿蘋知道莎拉的結論與房市無關，而是蘿蘋與馬修的婚姻關係。
「耳環很好看。」蘿蘋說，想改變話題。
「可不是？」莎拉說，撩開她的頭髮讓蘿蘋看清楚，「湯姆送的生日禮物。」
門鈴再度響起。蘿蘋過去開門，內心希望是她邀請的少數幾個朋友之一。她當然沒有指望是史崔克，他一定會遲到，她每次為其他私事邀約他時他總是遲到。
「喔，感謝上帝，」當蘿蘋看到來者是凡妮莎．艾克文西時，意外地鬆一口氣。
凡妮莎是個警察：身材高䠷，黑人，有一對杏眼，模特兒的身材，以及蘿蘋欽羨的冷靜與沉著，她單獨來參加派對。她在倫敦警察隊鑑識組工作的男友先前曾答應要來，蘿蘋很失望：她想見見他。
「妳好嗎？」凡妮莎進門時說。她帶來一瓶紅酒，身上穿著一件深紫色的合身洋裝，蘿蘋又想到樓上那件卡瓦利的翠綠色洋裝，真希望穿的是它。

「好啊，」她說，「我們去後院，妳可以在那裡吸煙。」

她領著凡妮莎經過客廳，經過莎拉和馬修，兩人正當著湯姆的面嘲笑他的禿頭。後院的小花園牆上爬滿長春藤，紅陶花盆內種著細心維護的灌木。不吸煙的蘿蘋在後院擺了幾個煙灰缸和幾張折疊椅，並隨意點綴一些小蠟燭。馬修曾偷偷問她幹嘛為那些吸煙的人如此煞費苦心。她很清楚他為什麼說這句話，假裝沒聽到。

「我想潔米瑪有吸煙吧？」她故作困惑地問，潔米瑪是馬修的老闆。

「喔，」他說，一時難以招架，「是——是的，但只在社交場合。」

「啊，我想這就是社交場合，不是嗎，馬修。」蘿蘋甜蜜地說。

她替凡妮莎拿了一杯飲料，回到後院時發現她已經點了一支煙，一對美麗的眼睛盯著莎拉．薛洛克看，後者仍在嘲笑湯姆的髮際線，馬修在一旁熱烈幫腔。

「那就是她，是吧？」凡妮莎問。

「就是她。」蘿蘋說。

她很感激這個小小的道義支持，蘿蘋與凡妮莎成為朋友幾個月之後才向她透露她與馬修的關係史。在那之前，兩人有時在晚上相約一起去看電影，或去便宜的小餐館吃飯時都只談警察工作、政治和服裝。蘿蘋發現凡妮莎比她認識的其他女性都更好相處，見過她兩次的馬修說他覺得她「冷漠」，卻又說不出個所以然。

凡妮莎有過許多伴侶；她曾訂過婚，但發現對方欺騙她後便取消婚約。蘿蘋有時猜想凡妮莎會不會認為她經驗不足很可笑：這個嫁給她學生時代男友的女人。

過了一會兒，十幾個人——馬修的同事和他們的伴侶，這些人顯然已先去過酒吧——魚貫湧入。蘿蘋看著馬修招呼他們，告訴他們飲料放在什麼地方。他用戲謔的語氣大聲講話，他在下班後外出的夜晚也是這種德行，她很生氣。

派對很快變得擁擠，蘿蘋作了介紹，告訴大家哪裡有飲料，然後擺出更多塑膠杯，又端出幾盤食物，因為廚房越來越擁擠。只有當安迪．赫欽斯和他的妻子抵達時，她才稍稍感到輕鬆，並多花一點時間和她自己的朋友相處。

「我特別為你做了一些食物，」蘿蘋把安迪和露易絲帶到院子時對安迪說，「這位是凡妮莎，她是倫敦警察，凡妮莎，這是安迪和露易絲──你留在這裡，安迪，我去拿，它沒有含乳製品。」

她進入廚房，看見湯姆靠在冰箱上。

「抱歉，湯姆，我要拿──」

他對她眨眼，然後讓開。他已經喝醉了，她心想，現在還不到九點，蘿蘋可以聽到外面一群人當中有莎拉的笑鬧聲。

「我來幫忙，」湯姆說，他幫她扶著冰箱門，當蘿蘋彎腰從冰箱下層拿出一盤她特地為安迪保留的不含乳製品的非油炸食物時，他作勢要把蘿蘋關在冰箱裡，「天哪，妳的臀部真漂亮，蘿蘋。」

她直起身子，不予置評。儘管他帶著含醉意的笑容，蘿蘋可以感覺到從它背後滲出的不愉快。馬修曾告訴她，湯姆很在意他的髮際線，甚至考慮要植髮。

「襯衫很好看。」蘿蘋說。

「什麼，這個？妳喜歡？她幫我買的，馬修也有一件跟它很像，不是嗎？」

「呃──我不知道。」蘿蘋說。

「妳不知道，」湯姆說，發出一個短促的、令人不快的笑聲，「妳接受過那麼多跟──跟監訓練，妳要多多留心妳自己家裡，蘿蘋。」

蘿蘋既同情又憤怒地想了一下，最後斷定他喝醉了，不想跟他理論，於是她端著給安迪的食物離開。

當人們紛紛讓路讓她回到後院時，她第一眼就看到史崔克，他背對著她跟安迪說話。羅蕾萊在他旁邊，身上穿著一件鮮紅色的絲質洋裝，閃亮的深色頭髮像昂貴的洗髮精廣告那樣披在她背後。不知何故，莎拉在蘿蘋短暫缺席之際已加入這個小群組，凡妮莎遇上蘿蘋的目光時牽動了一下她的嘴角。

「嗨。」蘿蘋說，將那盤食物放在安迪旁邊的鑄鐵桌上。

「蘿蘋，嗨！」羅蕾萊說，「這條街真漂亮！」

「可不是！」羅蕾萊親一下蘿蘋耳背後的空氣時蘿蘋說。

史崔克也彎腰，他的鬍碴掠過蘿蘋的臉頰，但他的嘴唇沒有碰觸到她的肌膚。他帶來一手六罐裝的敦霸啤酒，已經開了一罐。

蘿蘋早在心中演練，一旦史崔克來到她的新家，她要跟他談些什麼：平靜、隨意地談一些事情，要聽起來彷彿她不後悔，彷彿有一些他無法欣賞的、有利於馬修那一邊天平的神奇砝碼。她也想問他比利與那個被勒死的孩子的怪事。但莎拉滔滔不絕地談她工作的佳士得拍賣公司的事，一群人都在聽她說。

「對啊，我們將在三號拍《水閘》這件作品，」她說，「康斯塔伯的名畫。」她好心地為那些沒有她那麼懂藝術的人作補充說明，「我們預料能賣到二以上。」

「二十萬英鎊？」安迪問。

「兩千萬。」莎拉說，傲慢地從鼻子發出哼哼的笑聲。

馬修在蘿蘋背後哈哈大笑，她自動讓出位子讓他加入這個圈圈。蘿蘋注意到他顯得意氣風發，一如他每次談論大筆金錢時那樣。她心想，也許這就是他和莎拉共進午餐時所談的：金錢。「《金克拉克》去年拍出兩千兩百多萬英鎊。史塔布斯的作品，是歷來拍賣第三高的古典大師名畫。」

蘿蘋從眼角瞥見羅蕾萊將一隻猩紅色指甲尖尖的手伸進史崔克的手中，他的手掌上有個疤，這個疤和蘿蘋手臂上那個永久的疤是同一把刀造成的。

「總之，無聊，無聊，無聊！」莎拉言不由衷地說，「不要談工作了！你們誰有奧運的門票？湯姆——我的未婚夫——非常生氣，我們拿到乒乓球的票，」她做了個逗趣的表情，「你們呢？」

蘿蘋看見史崔克和羅蕾萊飛快地互看一眼，知道他們在互相安慰忍受這個乏味的奧運門票話題，她忽然但願他們沒來，便轉身離開。

一個小時之後，史崔克坐在客廳，和馬修的一個同事聊英格蘭足球隊在歐洲足球錦標賽獲勝的機會。羅蕾萊在跳舞。自從在後院見面之後，史崔克就沒有再跟蘿蘋交談，此刻見她拿著一盤食物走過去，停下來和一個紅頭髮婦女講了幾句話，然後又繼續將食物遞給其他人。她的髮型讓史崔克想起她結婚那天。

她去那個不知名的診所這件事引發他的滿腹疑問，不免評估起她穿這襲灰色緊身洋裝的身材。她看起來不像懷孕的樣子，而且她喝紅酒也進一步顯示她全無顧忌，但他們也有可能只是剛開始做體外人工受孕。

透過正在跳舞的人影，史崔克清楚看到站在對面的偵緝督察凡妮莎．艾克文西，他很驚訝會在這裡見到她。她倚在牆上和一個高大的金髮男士交談。從那名男士過度專注的態度看來，他顯然一時忘了他手上戴著結婚戒指。凡妮莎無奈地看著史崔克，暗示她不介意他過去破壞他們兩人的密談，足球的相關話題並非那麼有趣，就算離開也不會失望，於是他趁下一個空檔藉機繞過那些跳舞的人，過去找凡妮莎交談。

「晚安。」

「嗨，」她說，優雅地接受他在她臉頰上親吻。「柯莫藍，這位是歐文——對不起，我沒聽清楚你貴姓？」

過沒多久，歐文就放棄他對凡妮莎的希望，無論只是想和一個漂亮的女人調情，或者想要她的電話號碼。

「我不知道妳和蘿蘋有這麼好的交情。」歐文走開後史崔克說。

「是啊，我們會一起出去，」凡妮莎說，「我聽說你將她解雇後，寫了一封信給她。」

「喔，」史崔克說，喝一口敦霸，「是喔。」

「她打電話來謝我，後來我們一起去喝酒。」

蘿蘋從未向史崔克提起過這件事，但史崔克心知肚明，自從她度蜜月回來之後，他除了公事之外不敢跟她談其他任何事。

「很棒的房子。」他說，試著不拿這個有品味的房間與他辦公室閣樓上廚房兼客廳的公寓比較。馬修一定有很高的收入才買得起這麼好的房子，他心想，以蘿蘋的待遇自然無法負擔。

「是啊，很棒，」凡妮莎說，「他們是租的。」

史崔克一面看羅蕾萊跳舞，一面思索這個有趣的訊息。凡妮莎這個帶點慧黠的口氣，等於告訴他她也看出這是一個與房市無關的選擇。

「都怪海裡的細菌。」凡妮莎說。

「什麼？」史崔克說，一臉困惑。

她犀利地看他一眼，然後搖頭笑笑。

「沒事，不提了。」

「是啊，我們也還好，」史崔克在音樂聲中發呆時，聽到馬修告訴那位紅髮女士，「拿到了拳擊比賽的票。」

你當然有辦法。史崔克氣惱地想，一隻手伸到口袋裡掏香煙。

「玩得開心嗎？」凌晨一點，羅蕾萊在計程車上問。

「普通。」史崔克望著對向來車的車燈說。

他有種感覺，蘿蘋在躲他。繼星期四那次溫馨的交談後，他在期待——什麼？交談，笑聲？他對這段婚姻的進展感到好奇，但所知不多。她和馬修似乎相處融洽，但租房子這件事令人好奇。這顯示——即使是潛在的——他們不在共同的未來做任何投資？一個更容易解套的安排？然後是蘿蘋與凡妮莎．艾克文西的友誼，史崔克將它視為蘿蘋未來離開馬修過獨立生活的另一個心靈支柱。

都怪海裡的細菌。

這到底是什麼意思？它和神秘的診所有關嗎？蘿蘋生病了嗎？

沉默了幾分鐘後，史崔克才猛然想到他應該問羅蕾萊對今晚聚會的感覺。

「我參加過更好玩的，」羅蕾萊嘆口氣說，「你的蘿蘋似乎有一群很乏味的朋友。」

「是啊，」史崔克說，「我想主要都是他先生的朋友。他是個會計師，而且有點臭屁。」

他說這句話時心中暗爽。

計程車在夜色中疾馳，史崔克想到蘿蘋穿那件灰色洋裝的曼妙身材。

「抱歉？」他忽然說，因為他依稀聽到羅蕾萊似乎在跟他說話。

「我說——『你在想什麼？』」

「沒想什麼。」史崔克撒謊。由於這樣做可以勝過千言萬語，史崔克伸手摟著她，將她拉過來親吻。

8

相信我！摩騰斯加德已經崛起，現在有很多人追隨他。

——亨里克．易卜生，《羅斯莫莊園》

星期日晚上，蘿蘋發簡訊給史崔克，問他希望她在星期一早上做什麼事，因為她在休假一週之前已將她的工作都移交出去。他簡潔地回覆「進辦公室」，於是第二天早上八點四十五分她按時上班。無論她和她的搭檔之間有什麼隔閡，能回到那間簡陋的辦公室都是一件愉快的事。

她抵達時，裡面辦公室的門開得大大的，他坐在辦公桌後面，正在接聽手機。陽光在陳舊的地毯上投射出一塊塊金黃色，外面微弱的車聲很快就被舊水壺中水燒開的聲音蓋過。蘿蘋抵達辦公室五分鐘後，已將一杯冒煙的深棕色「大夫茶」放在史崔克面前。他朝她豎起一根大拇指，無聲地對她說「謝謝」，她回到她的辦公桌，電話機上的指示燈在閃爍，顯示有電話錄音。她撥了他們的接聽服務，聽到一個沉著的女性聲音告知她這通電話是在蘿蘋抵達辦公室的前十分鐘打來的，那個時間史崔克要麼仍在樓上，要麼就是忙著接另一個電話。

一個沙啞的嗓音在蘿蘋耳邊悄聲說話。

「我很抱歉我跑掉了，史崔克先生，我很抱歉，但我沒辦法回去，他把我關在這裡，我出不去，他把門鎖起來了……」

最後一句話後面接著是啜泣聲。蘿蘋很擔心，想吸引史崔克的注意力，但他坐在旋轉椅上轉身面對窗外，仍然在接聽他的手機。蘿蘋又斷斷續續從電話中聽到那可憐兮兮的沮喪的聲音。

「……不能出去……只有我一個人……」

「好，好的，」史崔克在他的辦公室說，「那就星期三，好嗎？很好，祝你有個美好的一天。」

「……請你救救我，史崔克先生！」那個聲音在蘿蘋耳邊哭泣。

她按下免持聽筒鍵，那個飽受折磨的聲音立刻從擴音器播出來，充斥整個辦公室。

「如果我企圖逃走，門會爆炸。史崔克先生，救救我，請你來救我出去。我不該來的，我告訴他我知道那個小孩的事，這件事越滾越大了，大很多，我以為我可以信任他——」

史崔克從他的辦公椅轉過來，起身，大步走到外面的辦公室。接著哐啷一聲，彷彿聽筒掉了，遠處仍持續傳來啜泣聲，彷彿那個焦慮不安的說話者跌跌撞撞地離開電話。

「又是他，」史崔克說，「比利，比利．奈特。」

啜泣和喘氣又變大聲了，比利慌亂地低語，他的嘴唇顯然貼在話筒上。

「有人在門外，救我，救我，史崔克先生。」

電話切斷了。

「把電話號碼找出來。」史崔克說。蘿蘋拿起電話撥一四七一，但她還沒撥完，電話鈴聲又響了。她抓起電話，兩眼望著史崔克。

「柯莫藍．史崔克辦公室。」

「啊……是的，早安。」一個低沉的貴族口音說。

蘿蘋對史崔克扮個鬼臉並且搖頭。

「討厭。」他喃喃說道，回他的辦公室喝茶。

「麻煩請史崔克先生聽電話。」

「恐怕他現在正在接另一個電話。」蘿蘋撒謊。

他們這一年來的標準作業是讓客戶留下電話號碼後他們再回電，這樣做可以過濾記者和一些奇奇怪怪的人。

「我等他。」對方說，聽起來像是個很挑剔、不習慣不按照他的方式做事的人。

「恐怕要好一陣子，我可以留下你的電話號碼，請他回電話給你嗎？」

「那得在十分鐘之內才行，因為我要去開會了，告訴他，我要跟他談一個工作，我要請他幫忙。」

「我恐怕無法保證史崔克先生本人能接這個工作，」蘿蘋說。這也是傾向針對媒體的標準答覆，「我們事務所的工作目前都已滿檔了。」

她拿起筆和紙。

「請問是什麼樣的工作——？」

「一定要史崔克先生才可以，」那個聲音堅定地說，「告訴他，非得史崔克先生本人不行，我叫『齊鼇』。」

「請問怎麼拼？」蘿蘋問，以為她聽錯了。

「C－H－I－S－W－E－L－L，賈斯伯．齊佐，請他打下面這支電話。」

蘿蘋記下齊佐給她的電話號碼後向他問安並說再見。當她放下話筒時，史崔克在外面辦公室那張給客戶坐的人造皮沙發坐下。當你移動時，這張沙發照例會發出令人沮喪的放屁聲。

「一個名叫賈斯伯．齊佐的人——正確拼法是『Chiswell』——希望你幫他忙接一個工作，他說非你不可，不能其他人。」蘿蘋困惑地皺眉，「我應該知道這個名字，不是嗎？」

「是的，」史崔克說，「他是文化事務部長。」

「啊，我的天，」蘿蘋說，恍然大悟，「對了！那個髮型怪異的胖子！」

「就是他。」

蘿蘋腦中出現一連串模糊的記憶與聯想。她似乎想起一件過往的事，為一件不名譽的事而辭職，復職，以及最近似乎又有一樁醜聞，另一個令人不快的新故事……

「他的兒子不是在不久前因過失殺人而入獄嗎？」她說，「那是齊佐，不是嗎？他的兒子吸毒開車，撞死一個年輕的母親？」

史崔克彷彿從遙遠的地方找回他的注意力，他臉上有種奇特的表情。

「是啊，這讓我想起一件事。」史崔克說。

「什麼事？」

「事實上是好幾件事，」史崔克說，一隻手摸著冒出鬍碴的下巴，「第一件事：我上星期五去找比利的哥哥。」

「為什麼？」

「說來話長，」史崔克說，「結果發現吉米是一個抵制奧運的團體——他們自稱**反奧運社區**——的一份子。總之，他身邊有個女孩，當我告訴他們我是私家偵探時，她立刻說：『齊鑿派他來的。』」

史崔克邊沉思邊喝他那杯泡得剛剛好的茶。

「但齊佐不需要我去監視**反奧**，」他繼續大聲說出他心中所想的，「現場已經有一個便衣警察。」

蘿蘋雖然很想知道還有什麼其他與齊佐這通電話有關的事在困擾史崔克，但她沒有催他，只是保持沉默，讓他細細思索新的發展。這種分寸的拿捏與機敏正是她不在時史崔克最懷念她的地方。

「還有，」他繼續說，彷彿他的思緒沒有中斷，「這個因過失殺人而入獄的兒子不是——或者說當時不是——齊佐唯一的兒子。他的長子叫弗芮迪，死於伊拉克戰爭。對，弗芮迪．齊佐少校，女王皇家驃騎兵團。他在巴斯拉執行護衛任務時遇擊喪生。我還在特偵組時調查過他在行動中死亡的案件。」

「所以你認識齊佐？」

「不認識，沒見過面，你通常不會見到家屬……不過我在幾年前認識齊佐的女兒，不是很熟，但見過幾次面，她是夏綠蒂的老同學。」

提到夏綠蒂，蘿蘋的心微微顫動。她對夏綠蒂非常好奇，但她掩飾得很好。史崔克和這個女的斷斷續續在一起長達十六年，本來已論及婚嫁，後來又鬧得不歡而散，而且看來是永久分手了。

「可惜我們無法取得比利的電話號碼。」史崔克說著，又用他毛茸茸的大手摩挲他的下巴。

「如果他再打來我一定會要到，」蘿蘋向他保證，「你要回齊佐的電話嗎？他說他馬上要去開會。」

「我很想知道他想做什麼，但問題是我們是否有再多一個客戶的空間。」史崔克說，「我想一想……」

他雙手擱在腦後，皺著眉頭對著天花板沉思，天花板被陽光照出好幾條裂縫，管他的……辦公室很快就是建商的問題了，畢竟……

「現在安迪和巴克萊在監視韋伯斯特那個小子，對了，巴克萊表現不錯，我已經從他那裡拿到整整三天的跟監報告，拍了很多照片。

「然後有狡詐醫生，他仍然沒有做出任何值得大書特書的事。」

「可惜，」蘿蘋說，立刻又改口，「不，我不是那個意思。我指的是好的方面。」她揉揉眼睛，「這份工作，」她嘆口氣，「會打亂你的倫理，今天誰在監視狡詐醫生？」

「我本來想請妳去，」史崔克說，「但是客戶昨天下午打電話來，說他忘了告訴我們，狡詐醫生要去巴黎參加研討會。」

兩眼依舊望著天花板，皺著眉頭思索的史崔克說：

「我們要在明天開幕的科技會議監視兩天。妳想去哪一個，哈雷街，還是埃平森林的會議中心？如果妳要的話我們可以交換。妳明天想去監視狡詐醫生，還是跟那幾百個臭兮兮、身穿超級英雄T恤的怪胎在一起？」

「不是所有的科技人都臭兮兮，」蘿蘋斥責他，「你的哥兒們史班納就不臭。」

「你不要以他來這裡時噴的體香劑多寡來評斷他。」史崔克說。

史班納是史崔克的老友尼克的弟弟，事務所的業務達到鼎盛時，史班納曾經幫他們的電腦和電話系統進行徹底檢修。他很喜歡蘿蘋，她和史崔克都知道。

史崔克一邊斟酌選項，一邊又摩挲他的下巴。

「我會回齊佐的電話，看他有什麼事，」他終於說，「你永遠不知道，這或許是一樁比那個老婆出軌的律師更重要的任務，他是下一個等候的，是嗎？」

「他，或者是那個嫁給法拉利經銷商的美國太太，兩個都在等。」

史崔克嘆口氣，外遇問題佔去他們大部分的工作量。

「希望齊佐的老婆沒有外遇，我想換個口味。」

史崔克站起來時，沙發又照例發出噪音。當他大步走進後面的辦公室時，蘿蘋在背後叫他：

「那你要我把這個文書工作做完嗎？」

「如果妳不介意的話。」史崔克說，進去後便把門關上。

蘿蘋轉向她的電腦，心情十分愉快。一個街頭藝人在丹麥街上開始唱起〈女人，別哭〉（No Woman No Cry），而且有好一會兒，當他們在談論比利．奈特和齊佐時，她有一種感覺，彷彿他們又回到一年前——他將她解雇、她嫁給馬修以前——的史崔克與蘿蘋。

這時候，在裡面的辦公室的史崔克打電話給賈斯伯．齊佐，對方立即接電話。

「齊佐。」他大聲說。

「我是柯莫藍．史崔克，」偵探說，「你剛才和我的搭檔通過電話。」

「啊，是的，」文化事務部長說，聲音聽起來像在汽車後座上，「我有個工作給你，但我不能在電話上談，遺憾的是我今天白天和晚上都很忙，不過明天可以。」

「看——看那些偽善的人……（Ob- observing the hypocrites ...）」外面的街頭藝人唱著。

「抱歉，明天不行，」史崔克說，看著細小的灰塵在明亮的陽光中飄落，「事實上，星期五以前都不行，你可以先透露一點我們要談的工作嗎，部長？」

齊佐的反應緊張而憤怒。

「我不能在電話中談，我會讓你值得跟我見面，如果這是你想要的話。」

「這不是錢的問題，是時間問題，我星期五以前的時間都排滿了。」

「喔，拜託——」

齊佐忽然移開他的電話，史崔克聽到他氣呼呼地跟其他人說話。

「——這裡左轉，你這個白癡！左——我的天！不，我用走的，我要下車走路，開門！」

史崔克聽到一個緊張的聲音說：

「對不起，部長，這裡是**禁止進入**——」

「不管了！打開——開門！」

史崔克揚起眉毛，等待。他聽到車門用力關上的巨響，快速的腳步聲，然後賈斯伯．齊佐又說話了，嘴巴緊貼著手機。

「這件事很緊急！」他小聲說。

「如果不能等到星期五，恐怕你只好找別人。」

「我的雙腳是我唯一的車輛，（My feet is my only carriage,）」樓下的街頭藝人唱著。

齊佐沒吭氣，幾秒鐘後才說：

「非你不可，等我們見面時我會解釋，但——好吧，如果非得等到星期五，那就在公園廣場的普拉特俱樂部見面，十二點到，我請你吃午餐。」

「好的，」史崔克同意，內心十分好奇，「我們在普拉特見。」

他掛了電話，回到前面的辦公室，蘿蘋正在拆郵件並予以分類。當他告訴她交談結果時，她立即幫他上網查普拉特。

「想不到現在還有這種地方。」她看了一下螢幕上顯示的資訊後難以置信地說。

「什麼地方？」

「這是一個紳士俱樂部……保守黨的……女性禁止進入，除非俱樂部會員邀請她共進午餐……還有，『為了避免混淆』，」蘿蘋唸出維基網頁上的文字，「所有男性管家一律稱呼『喬治』。」

「如果雇用女性呢？」

「八〇年代好像有雇用過女性，」蘿蘋說，臉上的表情介於有趣和不以為然，「他們一律稱她為『喬琪』。」

9

你最好不要知道，這對我們倆都好。

——亨里克．易卜生，《羅斯莫莊園》

接下來的星期五上午十一點半，穿上西裝又刮了鬍子的史崔克走出地鐵綠園站，沿著皮卡迪利前進。雙層公車從奢侈品商店的櫥窗前經過，這些店家利用奧運熱潮推出形形色色的商品大發利市：金色包裝的巧克力獎牌、英國國旗圖案的牛津鞋、古董運動海報，以及被吉米形容為破碎的納粹標記的鋸齒狀奧運標誌。

史崔克給自己多一點寬裕的時間去普拉特，因為連著兩天他都無法減輕他的殘肢所承受的重量，這條腿又開始痛了。他原希望在埃平森林舉行的科技會議——他前一天在那裡——能讓他獲得短暫的休息，但他失望了。他的盯梢目標——不久前被一家創業公司的合作夥伴解雇——被懷疑企圖將他們的新應用程式的關鍵功能出售給競爭對手。一連幾個鐘頭，史崔克尾隨這個年輕人從一個攤位到另一個攤位，記錄他的一舉一動及他與其他人的互動，期盼他也許會疲累而坐下來休息。然而，從顧客站在高桌旁喝飲料的咖啡吧，到人人都站著用手拿裝在塑膠盒內的壽司吃的三明治吧，他的盯梢目標整整八小時不是走就是站，他前一天已在哈雷街站了很久，難怪他當天晚上解開他的義肢時會那麼不舒服，殘肢與人工脛骨之間的凝膠護墊幾乎黏在一起，史崔克經過麗池酒店米白色的華麗拱廊時心想，希望普拉特至少會有一張舒適、寬大的椅子。

他右轉進入聖詹姆斯街，順著這條緩坡路往下走就是十六世紀的聖詹姆斯宮。倫敦這個地區不是史崔克自己平常會來的地方，因為他沒有能力也沒有意願造訪這裡的高級紳士服裝店、歷史悠久的槍械店，或已有數百年歷史的葡萄酒經銷商。但是當他接近公園廣場時，他忽然想起他和夏綠蒂曾在十多年前走過這條街。

他們當時是從這條斜坡往上走，不是往下，為的是去和她當時仍健在的父親共進午餐。史崔克從軍中回來度假，而且他們不久前才又恢復交往，對所有認識他們的人來說，這是一段令人難以理解並注定失敗的關係，雙方親友沒有一個人贊成。他的朋友與家人對夏綠蒂的態度是從不信任到厭惡；而她的朋友與家人則始終認為史崔克——一個惡名昭彰的搖滾巨星的私生子——是夏綠蒂的驚世駭俗與叛逆天性的又一表現。她的家人不把史崔克的軍旅生涯看在眼裡，或者毋寧說，這顯示出他的平民身分不配追求這位名門世家美女，因為夏綠蒂那個階級的男性只會加入皇家騎兵隊或衛隊，不會加入憲兵隊。

他們走進附近一家義大利餐廳時，她緊緊握著他的手。那家餐廳的正確地點史崔克現在已經忘了，他只記得當他們接近時，安東尼．坎貝爾爵士臉上憤怒與不贊成的表情。在還沒有開口之前，史崔克已經意識到夏綠蒂沒有告訴她的父親她與史崔克再度復合，或者告訴他她會帶史崔克去吃飯，這完全是夏綠蒂的疏忽而造成這種慣見的夏綠蒂式場景。史崔克早就相信，她是出於永不滿足的對衝突的需求而設計一些情境。在她的習慣性謊言症之下，她很容易表現出突發性的撕裂性誠實。在他們的關係即將告終時，她告訴史崔克——一面跟他吵架——這至少讓她知道她仍活著。

史崔克走到公園廣場，從這一排乳白色的連棟房屋開始就是聖詹姆斯街。這時他注意到剛才突然現起的那個夏綠蒂緊握他手的記憶並沒有讓他感到傷痛，反而覺得像一個嗜酒的人頭一次聞到一股啤酒味卻不會冒冷汗，或必須極力克服他的極端渴求，也許就是這樣。當他接近上頭有鑄鐵欄杆的普拉特的黑色大門時，他心想，也許，在她對他說了那個不可原諒的謊言、他永遠離開她的兩年之後，他痊癒了，脫離了有時被他視為——儘管不是迷信——一種百慕達三角，一個他深恐被拉回去的危險地區，一個他怕被夏綠蒂的神秘吸引力拖進去的痛苦深淵。

帶著微微的慶幸感，史崔克敲了普拉特的大門。

一名個子嬌小的婦人開門，她突出的胸圍和警覺明亮的眼睛讓他想到知更鳥或鷦鷯。當她開口說話時，他聽出一點英格蘭西南部的口音。

「你一定是史崔克先生，部長還沒到，請進。」

他跟在她後面跨過門檻進入大廳，經過大廳時他瞥見一張巨大的撞球檯，裡面的主色調是飽滿的深紅色、綠色和深色木頭。這位女管家——他猜想應該就是喬琪——帶著他走下一道陡峭的樓梯，史崔克小心翼翼地抓緊樓梯欄杆。

樓梯通往一間舒適的地下室。天花板很低，看來以前是由一座大型櫥櫃在支撐，櫥櫃上陳列各式各樣的瓷盤，櫥櫃的最上層有一半嵌入灰泥中。

「我們這裡空間不大，」她說，陳述明顯的事實，「有六百位會員，但我們一次只能服務十四個人用餐。你要來一杯酒嗎，史崔克先生。」

他婉拒，但接受邀請在一張皮椅坐下，旁邊還有幾張皮椅共同圍繞著一張老舊的克里比奇紙牌遊戲台。

這個狹小的空間被一道拱門分隔為客廳與用餐區，另一半房間有一扇關著的小窗，小窗下有一張長桌已擺好兩個用餐座位。除了史崔克和喬琪之外，地下室還有一名穿白色外套的廚師在距離史崔克僅僅一碼的小廚房工作，廚師以法國口音向史崔克表示歡迎後繼續切烤牛肉冷盤。

這裡和史崔克跟監的那些出軌的丈夫與妻子進出的豪華餐廳成極大的對比。那裡的照明用的是成套的玻璃與花崗石，尖酸刻薄的餐館評論家儼然像時髦的禿鷹般坐在不舒服的摩登椅子上。但普拉特的燈光暗淡，貼深紅色壁紙的牆上點綴著黃銅照明燈，大部分牆面被玻璃櫃中的魚類標本、狩獵版畫及政治漫畫遮蓋。房間一側有個貼藍白瓷磚的壁龕，壁龕內端坐一具古老的鐵爐。瓷盤、陳舊的地毯、餐桌上一般家庭常見的番茄醬與芥末醬，這一切都構成一種舒適輕鬆的氛圍，彷彿一群貴族男孩把他們成長的世界中所有喜愛的東西——它的遊戲、它的飲料、它的獎盃——都塞進這間會讓保母發出微笑、安慰與讚美的地下室。

十二點到了，但齊佐還沒出現。不過「喬琪」態度友善，對俱樂部知之甚詳。她和她的丈夫，那位廚師，住在這裡。史崔克不由得心想，這裡一定是倫敦最貴的房地產之一。喬琪告訴他，為了維持一八五七年成立的這個小俱樂部，某個人花了很多錢。

「是的，它的擁有者是得文郡公爵，」喬琪輕快地說，「你看過我們的賭注簿嗎？」

史崔克翻閱這本沉重的皮面巨著，裡面記載很久以前的賭注。在一筆追溯到七〇年代的潦草的筆跡中，他讀道：「柴契爾夫人組成下一任政府。賭：一頓龍蝦晚餐，龍蝦要比男人勃起的雞雞大。」

他看了咧嘴笑，這時樓上的門鈴響了。

「這一定是部長，」喬琪說，旋即上樓。

史崔克將賭注簿放回架上並回到他的座位。上頭傳來沉重的腳步聲，接著下樓，連同他在星期一聽到的同樣暴躁、不耐煩的聲音。

「——不，金娃娜，我不能，我剛才告訴妳了，我有午餐會……不行，妳不能……那麼五點好了，好……好……好！……再見！」

一雙穿黑皮鞋的大腳走下樓梯，直到賈斯伯．齊佐走進地下室，以一種咄咄逼人的氛圍東張西望。史崔克從他的扶手椅站起來。

「啊，」齊佐說，從一對濃眉底下打量他，「你到了。」

六十八歲的賈斯伯．齊佐保養得很好。他的身材胖大，但肩膀圓潤，一頭灰白的頭髮，雖然難以置信，但那真的是他自己的頭髮。這一頭頭髮使齊佐很容易成為漫畫家下筆的目標，因為它又粗又直又有點長，直立在他的頭上，看起來很像一頂假髮，或者講難聽一點，像一把煙囪刷。除了這一頭頭髮之外，他還有一張大紅臉、小眼睛，和突出的下唇，使他看起來像一個過度發育的嬰兒，老是在發脾氣邊緣。

「我太太，」他對史崔克說，揮舞著仍拿在手上的手機，「進城也不事先通知。真是的，以為我可以拋開一切。」

齊佐伸出一隻汗濕的大手和史崔克握手後，解開儘管大熱天仍穿在身上的厚外套。他寬衣時，史崔克注意到他別在磨損的軍團領帶上的一枚別針。外行人也許會以為那是一匹玩具木馬，但史崔克立即認出那是**漢諾威的白馬**。

「女王直屬驃騎兵團。」兩人都坐下後，史崔克朝那個別針點頭說。

「是的，」齊佐說，「喬琪，我要來一杯我和阿拉斯特一起來時妳給我的雪利酒。你呢？」他對史崔克大聲說。

「不了，謝謝。」

齊佐雖然沒有比利．奈特那麼邋遢，但他身上的氣味也不怎麼清新。

「是的，女王直屬驃騎兵團，亞丁與新加坡，快樂時光。」

但他此刻似乎並不快樂。他紅潤的皮膚近看有個奇怪的斑塊，粗糙的髮根有厚厚的頭皮屑，藍襯衫的腋下有一大片汗水。從部長的外表可以明顯看出他承受著巨大的壓力，這在史崔克的客戶中並非不尋常現象，而且，當他的雪利酒送上來時，他一口就嚥下大半杯。

「我們移過去吧？」他提議，然後不等史崔克回答，他拉開嗓門大吼：「喬琪，我們現在就用餐。」

等他們在餐桌就座後──餐桌上鋪著和蘿蘋的婚禮一樣漿得筆挺的雪白桌巾──喬琪便端上厚切的烤牛肉冷盤。這是英國的幼兒食物，平淡無奇，但也不差。一直到女管家離開，留下他們坐在光線暗淡、牆上掛滿油畫和更多死魚的餐廳內時，齊佐才又再度開口說話。

「你去了吉米・奈特的集會，」他開門見山說，「一個便衣警察認出你了。」

史崔克點頭。齊佐把一塊煮熟的馬鈴薯送進嘴裡，氣呼呼地咀嚼、嚥下之後又說：

「我不知道誰付錢叫你去調查吉米・奈特的醜事，還是你已經抓到他什麼把柄，但無論是誰，或無論任何事，我準備多付一倍的錢買你的消息。」

「我恐怕沒有吉米・奈特的任何把柄，」史崔克說，「沒有人付錢叫我去參加這個集會。」

齊佐面露驚詫。

「可是，你為什麼會出現在那裡？」他問，「你該不會告訴我你打算抵制奧運吧？」

他這「抵制」兩個字說得太用力，以致一小塊馬鈴薯從他口中飛出來落在他對面的桌面上。

「不，」史崔克說，「我只是想去找一個我認為也許會在那個集會上出現的人，結果沒有。」

齊佐向他的牛肉進攻，彷彿它跟他有仇。好一會兒，唯一聽到的只是他們的刀叉刮著瓷盤的聲音。齊佐叉起他的最後一塊馬鈴薯，整個放進嘴裡，然後哐啷一聲將他的刀叉放在瓷盤上，接著說：

「在我聽說你在監視奈特之前，我就一直想雇用一個偵探。」

史崔克沒有搭腔，齊佐懷疑地望著他。

「你很有名。」

「你太客氣了。」史崔克說。

齊佐持續以一種憤怒、絕望的眼神瞪著史崔克，彷彿懷疑自己是否敢對偵探抱任何希望，並相信他不會在他問題重重的生活中再一次令他失望。

「我被人勒索，史崔克先生，」他忽然說道，「被一對暫時是一起的，但可能是不穩定的同謀聯合勒索，其中一人就是吉米・奈特。」

「原來如此。」史崔克說。

他也放下刀叉。喬琪似乎從某些肢體動作看出史崔克和齊佐已用完他們的主菜，她過來收走餐盤，再送上糖漿餡餅。兩人等她退到廚房後才開始吃甜點，齊佐又重拾他的話題。

「沒有必要詳述細節，」他說，似乎已打定主意，「你只要知道吉米．奈特知道我做過一件我不希望第四權（媒體）知道的事。」

史崔克沒有作聲，齊佐似乎以為他的沉默是一種譴責，因為他忽然說：

「它不是犯罪事件。有些人也許不喜歡，但那不是違法的，在——這是順便一提，」齊佐說著喝一大口水，「奈特幾個月前來找我，向我要一筆四萬英鎊的封口費，我拒絕了。他威脅要揭發我，但因他似乎沒有任何證據證明他的說辭，我才敢抱著他無法威脅到底的希望。

「我沒有看到任何新聞報導，因此我下結論，我認為他手上沒有證據的猜測是正確的。但他在幾個星期之後又來找我，向我索求先前那個數額的一半。我仍然拒絕。

「之後，我猜想他是為了對我施壓，所以找上格朗特．文恩。」

「抱歉，我不認識——」

「黛拉．文恩的丈夫。」

「黛拉．文恩，體育事務部長？」史崔克吃驚地說。

「是的，當然，黛拉．文恩——體——育——事——務——部——長。」齊佐忿忿地說。

史崔克非常清楚，這位尊敬的黛拉．文恩是一位六十出頭的威爾斯女性，天生眼盲，無論哪個政黨的人民都很欣賞這位自由民主黨員。她在進入國會之前是一位人權律師，照片中的她通常牽著一隻導盲犬，一隻淺黃色的拉布拉多犬。她最近頻頻上報，目前的行政管轄權是殘障奧運會，史崔克在阿富汗失去一條腿，住院重新調適生活那段期間，她曾去造訪塞利橡樹醫院。他對她的聰慧與同理心留下很好的印象，至於她的丈夫，史崔克毫無所悉。

「我不知道黛拉是否知道格朗特在她背後搞什麼鬼，」齊佐說，又起一小塊餡餅邊咀嚼邊說，「也許知道，但不過問，好撇清關係。我們不能讓神聖的黛拉捲入勒索事件，不是嗎？」

「她的丈夫向你勒索金錢？」史崔克難以置信地問。

「喔，不，不，格朗特是想逼我下台。」

「有任何特別的原因嗎？」史崔克問。

「我們之間存在多年的宿怨，根植於一件毫無根據的──但那是一件不相干的事，」齊佐說，氣憤地搖頭，「格朗特來找我，說『希望這不是真的，』還說『給我一個解釋的機會』。他是一個粗魯、心術不正的小人，一輩子都在幫他的妻子拎包包、接電話。當然，他很享受實際掌權的滋味。」

齊佐啜一口雪利酒。

「所以，你看得出來，我現在進退兩難，史崔克先生。就算答應給吉米．奈特一筆錢，我還得對抗一個想讓我蒙羞的人，而他很可能拿到證據。」

「文恩如何拿到證據？」

齊佐又吃一大口糖漿餡餅，然後轉頭看喬琪是否安全地待在廚房裡面。

「我聽說，」他喃喃說著，一小塊糕餅從他鬆開的嘴巴飛出來，「可能有照片。」

「照片？」史崔克說。

「文恩當然不可能有那些照片，如果他有，這件事早就過去了，但他有可能想辦法拿到它們，是的。」

他把最後一口甜點送進嘴裡，然後說：

「當然，這些照片可能不會連累到我，截至目前，據我所知，上頭沒有可辨識的記號。」

史崔克的想像力嚴重受挫，他很想問：「什麼東西上頭沒有可辨識的記號，部長？」但他忍了下來。

「事情發生在六年前，」齊佐繼續說，「我一直在想這件事，還有其他幾個參與的人可能會說出來，但我懷疑，我非常懷疑，因為這對他們會非常不利。不，這一切都要看奈特和文恩能挖出什麼，我強烈懷疑，如果文恩拿到那些照片，他會直接交給報社，但我不認為那是奈特的第一選擇，他要的只是金錢。

「所以這就是我目前的處境，前有懸崖、後有狼，它已經困擾我好幾個星期了，很不愉快。」

他用他那對小眼睛凝視史崔克，偵探不由得想到一隻鼴鼠用驚愕的眼神望著旁邊一把等著擊斃牠的鐵鏟。

「當我聽說你出現在那個集會上時，我以為你在調查奈特，而且你已經抓到他的把柄。於是我下結論，想擺脫這個糟糕透頂的情勢，唯一的辦法是在他們取得那些照片之前，找出我能用來對抗他們每一個人的東西，以火滅火。」

「以勒索對付勒索？」史崔克說。

「我不要他們任何東西，我只要他們不來惹我。」齊佐恨恨地說，「我要的只是談判籌碼，我依法行事，」他堅定地說，「而且本著我的良心做事。」

齊佐不是一個特別討人喜歡的人，但史崔克可以想像，一直戰戰兢兢等著事情曝光的懸念是種折磨，尤其是一個已經有過醜聞的人，史崔克前一天晚上對他這位未來的客戶作了一點研究，發現人們津津樂道於他因外遇而結束第一次婚姻，第二任妻子因為「神經衰弱」在一家診所住院一個星期，以及他的小兒子在那起吸毒引起的可怕車禍中撞死一名年輕的母親。

「這是一件龐雜的工作，齊佐先生，」史崔克說，「需要兩個人或三個人徹底調查奈特和文恩，尤其是如果又有時間壓力的話。」

「我不在乎花多少錢，」齊佐說，「我不在乎你是否必須投入整個事務所的人力。

「我不相信文恩不是個詭詐的人，他是個鬼鬼祟祟的癩蛤蟆。這對夫妻很有意思，她是盲眼的光明天使，」齊佐嘟著嘴說，「而他，她的大肚子嘍囉，向來詭計多端，老是在背後暗算人，只要是免費的他都要，這其中必定有詐，一定的。

「至於奈特，他是個親共的暴亂煽動者，肯定有警察還沒有查出的底細。他一直都是個小流氓，一個徹頭徹尾的討厭鬼。」

「吉米．奈特對你勒索之前你就認識他了？」史崔克問。

「喔，是的，」齊佐說，「奈特一家人是我的選區的居民，他的父親是個幹雜活的人，幫我們家做了不少事，我不認識他的母親，我想她可能在他們一家三口搬進斯泰達小屋前就去世了。」

「原來如此。」史崔克說。

他想到比利那句痛苦的話：「我看到一個小孩被勒死，但沒有人相信我。」比利摸鼻子、摸胸口那個草率而神經質的畫十字動作，以及那個死去的小孩被粉紅毛毯包裹埋葬的明確細節。

「在我們商討條件之前，我想有件事我應該告訴你，齊佐先生，」史崔克說，「我去**反奧**集會的原因是我想找奈特的弟弟，他叫比利。」

齊佐兩隻小眼中間的皺紋更深了。

「是的，我記得他們有兩兄弟，但吉米年紀大得多——十歲或更多吧——我猜。我有很多年沒見過他了——他叫比利，是嗎？」

「嗯，他有嚴重的精神問題，」史崔克說，「他上星期一來找我，講了一件很特別的事，然後一下子就跑掉了。」

齊佐等待，史崔克確信他感覺到齊佐有點緊張。

「比利說，」史崔克說，「他小時候曾目睹一個小孩被勒死。」

齊佐沒有畏縮、恐懼；他沒有咆哮或暴跳如雷。他沒有問他是否被指控，或問這件事究竟和他有什麼關係，他沒有以強烈的自我辯護回應，但史崔克敢打賭，這一定不是齊佐第一次聽到這件事。

「他說那個被勒死的小孩是誰？」他問，用手指撥弄他的酒杯。

「他沒有告訴我——或者不會告訴我。」

「你認為這是奈特勒索我的原因嗎？殺嬰？」齊佐約略地問。

「我認為你應該知道我為什麼去找吉米。」史崔克說。

「對於死亡之事，我問心無愧，」賈斯伯．齊佐鏗鏘有力地說，「但，一個人，」他將空酒杯放在桌上，又說，「不能為意想不到的後果負責。」

10

我相信我們倆可以一起完成這件事。

——亨里克．易卜生，《羅斯莫莊園》

一個小時之後，偵探與部長一起離開公園廣場十四號，走一小段路後回到聖詹姆斯街。齊佐在喝咖啡時已經少了幾分乖戾與晦澀，史崔克猜想，可能因為即將展開的行動或許能解除他幾乎無法忍受的恐懼與焦慮而鬆一口氣。他們已對一些條件達成協議，史崔克很滿意這項交易，因為它可望增加他的收入，並為事務所帶來更富有挑戰性的工作。

「那麼，謝謝你了，史崔克先生。」兩人在路口停下來，齊佐望著聖詹姆斯街說，「我得在這裡跟你分手了，我和我的兒子約了見面。」

但他沒有移動。

「你負責調查弗芮迪的死亡案。」他忽然說，從眼角瞥一眼史崔克。

史崔克沒料到齊佐會提起這件事，更沒料到在這裡提，在他們在地下室密談之後。

「是的，」他回答，「我很遺憾。」

齊佐的眼光依舊凝視著遠處一家畫廊。

「我記得我在報告上看到你的名字，」齊佐說，「那是一份很不尋常的報告。」

他吞一口口水，仍凝望著那家畫廊，似乎不太想離開去赴約。

「弗芮迪是個優秀的孩子，」他繼續說，「很棒，他加入我以前的軍團——啊，它們一樣好。你知道，女王直屬驃騎兵團在一九九三年與女王皇家愛爾蘭兵團合併，所以他也算屬於女王皇家驃騎兵團。

「充滿希望，充滿生命。但是，當然，你永遠不知道他會做出什麼事。」

「是。」史崔克說。

這一刻似乎有必要說點禮貌的話。

「他是你的長子，是嗎？」

「當然，」齊佐點頭，「兩個女孩。」他換了個語氣，手一揮，不過是女性，藉此來區分優劣。「另外這個兒子，」他鬱鬱寡歡地說，「入過獄，你也許看過新聞報導？」

「沒有。」史崔克撒謊，因為他懂得私事被人大量渲染的感覺。如果可以的話，假裝完全不知道，禮貌地讓人說出他們自己的故事，這樣最好。

「老是惹麻煩。拉夫，」齊佐說，「我幫他在那裡找了個工作。」

他用一根粗大的手指指著遠處的畫廊窗戶。

「讀藝術史，沒拿到學位就輟學了，」齊佐說，「畫廊老闆是我的朋友，答應讓他去上班。我太太認定他是個沒有希望的人，他開車撞死一名年輕婦女，他當時精神亢奮。」

史崔克保持沉默。

「好吧，再見，」齊佐說，似乎從憂鬱的恍惚狀態回過神來。他又一次伸出汗濕的手和史崔克握手，然後大步走開，身上仍裹著那件與這溫暖的六月天極不相襯的厚外套。

史崔克往聖詹姆斯街的反方向走。他邊走邊掏出手機，蘿蘋在第三次鈴響時接電話。

「我必須和妳見面，」史崔克直接說，「我們有了一個新案子，一個大的。」

「哎呀！」她說，「我在哈雷街。我知道你和齊佐見面，不想吵你，但安迪的太太從梯子上摔下來扭斷手腕，安迪送她去醫院，我說我來監視『狡詐』。」

「要命，巴克萊在哪裡？」

「仍在監視韋伯斯特。」

「『狡詐』還在他的諮詢室嗎？」

「是的。」

「我們來冒個風險，」史崔克說，「他通常星期五下班後會直接回家，這件事很緊急，我必須當面告訴妳，妳能到約克公爵街的紅獅酒吧和我見面嗎？」

史崔克和齊佐共進午餐時一直沒有喝酒，此刻他很想來一杯啤酒，不想馬上回辦公室。如果說他在東漢姆的白馬酒吧穿西裝太顯眼，那麼他在梅菲爾區穿西裝就再適合不過了。兩分鐘後，他進入約克公爵街的紅獅酒吧，這是一家舒適的維多利亞式酒吧，裡面的黃銅裝飾與蝕刻玻璃讓他想起圖騰罕酒吧。他從吧台拿了一杯倫敦之傲啤酒走到角落的一張桌子坐下，從他的手機搜尋黛拉．文恩與她的丈夫，開始閱讀一篇和即將舉行的殘障奧運有關的文章，文中引述許多黛拉的談話。

「嗨，」蘿蘋說。她在二十五分鐘之後抵達，將她的包包放在他對面的椅子上。

「來一杯飲料？」他問。

「我去拿，」蘿蘋說。幾分鐘後她回來了，手上拿著一杯橘子汁，史崔克見她迫不及待的神情，忍不住微笑。「怎麼了？齊佐想要什麼？」她問。

酒吧內的空間呈馬蹄狀圍繞著一座吧台，這時已經坐滿裝扮入時的男男女女，他們提早展開週末，和史崔克與蘿蘋一樣，一邊飲酒一邊談公事，史崔克壓低嗓子，將他與齊佐的談話內容告訴她。

「喔，」史崔克講完後，蘿蘋茫然地說，「所以我們……我們要想辦法查出黛拉．文恩的不良居心？」

「她的丈夫，」史崔克糾正她，「而且齊佐比較喜歡用『談判籌碼』這個說詞。」

蘿蘋沒說話，只是喝一小口她的橘子汁。

「勒索是違法的，蘿蘋，」史崔克正確解讀她不安的神情，「奈特企圖向齊佐勒索四萬英鎊，文恩則想逼他下台。」

「所以他要以勒索還他們的勒索，而我們要幫他做這件事？」

「我們每天都在挖人家的醜事，」史崔克約略地說，「現在才開始良心發現有點晚了。」

他喝一大口他的啤酒，不僅氣她的態度，也氣自己表露出不滿。她和她的丈夫住在奧爾伯里街一棟有格子窗的、令人欣羨的房屋，而他迄今仍住在那兩個破房間內，而且說不定很快就會因為那條街要重建而被攆出去。事務所從未接過一樁能使三個人充分就業——也許好幾個月——的工作，史崔克不想為了熱衷於接受它而抱歉。工作了這麼多年，他已厭倦於每當業務慘澹時，事務所的財務就出現赤字，如果沒有建立一個更健全的銀行存款餘額，他不可能實現他的事業雄心。但他覺得有必要捍衛他的立場。

「我們就像律師，蘿蘋，我們站在客戶那一邊。」

「你前天才拒絕了那個投資銀行家，他要找出他的妻子在什麼地方——」

「——因為事情很明顯，如果找到她，他會傷害她。」

「那，」蘿蘋說，眼神中有挑戰，「萬一他們發現齊佐——」

但她還沒來得及說完，一名高大的男子和他的同事因為談得太入神，竟直接撞上蘿蘋的椅子，她往前一撲，打翻她的橘子汁。

「喂！」史崔克大吼。蘿蘋忙著擦拭濺在她衣服上的橘子汁，「不道個歉？」

「喔，我的天，」那個人拉長聲調慢吞吞地說，望著被橘子汁濺到的蘿蘋。有幾個人轉過頭看。「是我弄的嗎？」

「當然是你，」史崔克說，站起來移過去，「你還不道歉！」

「柯莫藍！」蘿蘋警告他。

「好吧，對不起，」那個人說，彷彿作了很大的讓步，但一看史崔克的體型，他的悔意似乎有比較誠懇了，「真的，我很抱——」

「走開，」史崔克怒聲說。「換位子！」他對蘿蘋說，「如果再有笨手笨腳的笨蛋走過來，他們會撞到我，不會撞到妳。」

一半尷尬、一半感動，蘿蘋拾起也濺到橘子汁的包包，聽他的話乖乖換位子。史崔克去抓了一把紙巾回來遞給蘿蘋。

「謝謝。」

既然他自願坐濺到橘子汁的椅子免得她再受到傷害，她也不好再堅持爭辯的立場。蘿蘋一邊擦拭橘子汁，一邊靠過去小聲說：

「你知道我在擔心什麼，比利說的那件事。」

薄薄的棉質洋裝貼在她的皮膚上，史崔克只好鎖定=她的眼睛。

「我問了齊佐那件事了。」

「是嗎？」

「當然。要不然當他說他被比利的哥哥勒索時，我怎麼想？」

「他怎麼說？」

「他說他沒有殺人，但他『不能為意想不到的後果負責』。」

「那是什麼意思？」

「我問了。他打了一個比方，有個人掉了一顆薄荷糖，結果一個小孩後來被那顆薄荷糖噎死。」

「什麼？」

「妳的猜測和我的一樣，比利沒有再打電話來吧？」

蘿蘋搖頭。

「聽我說，這極有可能是比利的幻覺，」史崔克說，「當我把比利說的話告訴齊佐時，我沒有感受到他有任何內疚或恐懼……」

說著，他想到當時齊佐的臉上掠過一抹陰影，以及他有印象，覺得齊佐不是第一次聽到這件事。

「那他們是為了什麼而勒索齊佐？」蘿蘋問。

「我哪知道，」史崔克說，「他說事情發生在六年前，這和比利的故事不符，因為六年前他不是個小小孩。齊佐說有些人認為他所做的事不道德，但那不是違法的事。他似乎在暗示，他做那件事時並沒有觸犯法律，但它現在是違法的。」

史崔克壓下一個呵欠。啤酒和午後的熱浪使他昏昏欲睡，他預定晚一點去羅蕾萊家。

「所以你相信他？」蘿蘋問。

「我相信齊佐嗎？」史崔克說出這個疑問，兩眼注視著蘿蘋背後一面雕鏤精美的鏡子，「如果要我打賭，我會說他今天對我說的是實話，因為他很絕望。我認為他大體上值得信任嗎？他也許不會比其他任何人更值得信任。」

「你不喜歡他，對吧？」蘿蘋一臉懷疑地問，「我讀過他的一些資料。」

「結果？」

「他贊成絞刑，反對移民，投票反對增加產假──」

她沒有發現史崔克忍不住瞄一眼她的身材，繼續說：

「──強烈支持家庭價值觀，卻又為了一個記者離開他的妻子──」

「好吧，我不會挑選他當我的酒友，但他有點令人同情，他失去一個兒子，另一個兒子不久前又撞死一名婦女──」

「噢，對啊，你看吧，」蘿蘋說，「他主張把觸犯輕罪的人關進監獄，扔掉鑰匙，他的兒子撞死別人的母親，他卻想盡辦法讓他獲得輕判——」

她忽然止住，因為她聽到一個女性聲音大聲說：「蘿蘋！多麼高興！」

莎拉．薛洛克和兩名男士一起進入酒吧。

「喔，天哪，」蘿蘋喃喃地說，接著，不得已大聲說：「莎拉，嗨！」

她願意不計一切避開這次相遇，莎拉會很高興地告訴馬修，她看到蘿蘋和史崔克在梅菲爾一家酒吧內密談，而蘿蘋一個小時前才在電話中告訴馬修，她一個人在哈雷街。

莎拉堅持繞過來擁抱蘿蘋，蘿蘋相信如果她沒有與男士在一起，她不會這樣做。

「親愛的，妳怎麼啦？身上黏黏的！」

她在這裡——梅菲爾——比蘿蘋在其他任何地方見到的她更熱情，對蘿蘋也多了幾分溫暖。

「沒事，」蘿蘋吶吶地說，「濺到橘子汁。」

「柯莫藍！」莎拉愉快地說，在他臉上親了一下。蘿蘋注意到史崔克表情木然沒有反應，心中暗喜。「休息放鬆嗎？」莎拉說，自以為是的微笑著擁抱他們。

「談公事。」史崔克直截了當說。

見他們無意邀請她坐下，莎拉帶著她的兩個同事往吧台那邊走去。

「我忘了佳士得在這附近。」蘿蘋喃喃地說。

史崔克看看手錶，他不想穿這身西裝去見羅蕾萊，而且他和蘿蘋換位子，衣服已沾到橘子汁。

「我們必須討論如何進行這項工作，因為明天就要開始了。」

「好，」蘿蘋說，內心有點不安，因為她很久沒有在週末工作了，馬修已習慣於她在家。

「不要緊，」史崔克顯然讀出她的心思，「我要等到星期一才會需要妳。

「這個工作至少需要三個人，我想我們從韋伯斯特那裡取得的資料，客戶應該會很滿意，所以我們讓安迪全天候監視狡詐醫生，妳通知那兩個等候的客戶，告訴他們我們這個月沒辦法接他們的案子，巴克萊和我們一起辦齊佐這件事。

「星期一，妳要進去下議院。」

「我什麼？」蘿蘋大吃一驚。

「妳要以齊佐的乾女兒身分進去，她對議會生涯有興趣，然後妳要對格朗特下工夫，他主管黛拉的選區辦公室，他的辦公室和齊佐的辦公室在同一個走廊上，妳去找他聊天……」

他喝一口啤酒，皺著眉頭從酒杯上頭看她。

「怎麼了？」蘿蘋說，不知道發生什麼事。

「妳覺得呢，」史崔克說，聲音很小，她不得不靠近一點聽他說，「關於觸犯法律？」

「啊，我當然反對，」蘿蘋說，不確定她應該覺得有趣或擔憂，「這是為什麼我要做調查工作的原因。」

「假如法律有一點灰色地帶，我們又沒有其他方法取得資訊？記住，文恩絕對是違法的，他企圖勒索一位政府部會首長，逼他下台？」

「你是指竊聽文恩的辦公室？」

「答對了，」史崔克說。他正確地解讀出她的疑慮，繼續說，「聽我說，根據齊佐的說法，文恩是個粗心的大嘴巴，這是為什麼他會被困在選區辦公室，遠離他妻子的體育部工作。顯然，他辦公室的門大部分時間都是開著的，他會在裡面大聲談論選民的機密事，私人文件隨手放在公共廚房。妳有很好的機會不需要用到竊聽器就能從他口中套出一些失德的事，但我不認為我們能依賴它。」

蘿蘋把她的玻璃杯中最後一點橘子汁喝光，仔細想了一下，然後說：

「好吧，我去。」

「確定？」史崔克說，「好，但是妳不能攜帶這些竊聽器進去，因為妳得經過金屬探測器。我已告訴齊佐，我明天會給他幾個竊聽器，等妳進去之後，他會把它們交給妳。

「妳需要一個假名，等妳想好之後用簡訊告訴我，我會通知齊佐。其實，妳可以再用『維妮西雅．霍爾』這個名字，齊佐是那種會有個叫維妮西雅的乾女兒的人。」

「維妮西雅」是蘿蘋的中間名，但蘿蘋此刻顧慮太多又太興奮，一時顧不上在乎史崔克臉上感到有趣的盈盈笑意。

「妳還要喬裝一下，」史崔克說，「不需要太大的改變，但齊佐看過開膛手的報導，他記得妳的長相，所以我們要假設文恩可能也會認得妳。」

「這種天氣戴假髮太熱，」她說，「我也許嘗試戴有色隱形眼鏡。我現在就可以去買，或者再多戴一副平光眼鏡。」她壓抑不住臉上的微笑，「下議院！」她興奮地說。

當莎拉．薛洛克的白金色頭髮從酒吧另一側又映入蘿蘋眼簾時，她臉上的笑容退去了，莎拉換了一個可以看到蘿蘋和史崔克的位子。

「我們走吧。」蘿蘋對史崔克說。

他們朝地鐵站走去時，史崔克告訴她巴克萊將去跟蹤吉米．奈特。

「我不能去，」史崔克懊惱地說，「我已在他和他的**反奧**夥伴前暴露我的身分。」

「那你做什麼？」

「堵漏洞，追查線索，必要時晚上輪班。」史崔克說。

「可憐的羅蕾萊。」蘿蘋說。

她不小心說溜嘴。路上往來的車輛越來越多，蘿蘋見史崔克沒有作聲，暗暗希望他沒聽到。

「齊佐有沒有提到他那個在伊拉克喪生的兒子？」她問，有點像一個人急忙以咳嗽來掩飾脫口而出的笑聲一樣。

「有，」史崔克說，「弗芮迪顯然是他最疼愛的孩子，但他沒有多說什麼。」

「什麼意思？」

「弗芮迪是個大混蛋，我調查過許多在戰鬥中死亡的案子，但從來不曾有這麼多人問我這個死去的軍官是不是被他自己的人從背後射殺的。」

蘿蘋一臉震驚。

「『對於死者唯有稱美』？」史崔克引述了一句拉丁文。

蘿蘋與史崔克合作，因而也學了不少拉丁文。

「唉，」她靜靜地說，頭一次從內心對賈斯伯．齊佐生出一點同情，「你不能期待他的父親說他的壞話。」

他們在路口分手，蘿蘋去買有色隱形眼鏡，史崔克去搭地鐵。

與蘿蘋談過話後他格外愉快：當他們在審慎考慮這件具有挑戰性的工作時，過去那種熟悉的友誼輪廓突然又出現了。他喜歡她因即將進入下議院而顯得興奮；喜歡他給了她這個機會；他甚至喜歡她對齊佐故事的假設所做的壓力測試的方式。

進入車站那一刻，史崔克忽然往旁邊一閃，激怒了一個緊跟在他背後、和他只保持六英寸距離的商人。那個人差點撞上他，惱怒地嘖了一聲，邁開大步急急進入地鐵站。史崔克滿不在乎地靠在陽光照射的牆上，享受熱氣穿透他的西裝外套的感覺，取出手機打電話給偵緝督察艾瑞克．華道。

史崔克對蘿蘋說的是實話，他不相信齊佐曾勒死一個小孩，但不可否認，齊佐對比利故事的反應很怪異。多虧部長透露奈特一家人住在他的老家附近，史崔克現在知道比利是牛津郡的「小孩」，現在為了減輕他對那條粉紅毛毯的持續不安，第一個合邏輯的行動是查出二十年前那個地區有沒有任何兒童失蹤，並且至今仍行蹤不明。

11

……讓我們在自由、喜悅、激情的感覺中抑制所有的記憶。

——亨里克．易卜生，《羅斯莫莊園》

羅蕾萊．貝文住在肯頓她開的一家生意興隆的古著店樓上一間混搭式裝潢風格的公寓。史崔克在當天晚上七點半抵達，他一手拿著一瓶黑皮諾葡萄酒，一手拿著手機貼在耳朵上聽電話。羅蕾萊開門，看到他接聽電話的熟悉影像溫柔地對他微笑，親親他的嘴，接過他手上的葡萄酒，然後回到廚房，廚房裡傳出香噴噴的泰式炒河粉味道。

「……或者試著混進**反奧**臥底，」史崔克一邊對巴克萊說，一邊把門關上，進入羅蕾萊的客廳。客廳內有一幅安迪．沃荷的伊麗莎白泰勒大型版畫。「我會傳給你吉米的所有相關資料，他加入幾個不同的團體，不知道他是否有固定工作，他的本地分會是東漢姆的白馬酒吧，我想他是西漢姆聯隊的粉絲。」

「可能更糟，」巴克萊說，他正在哄剛開始長牙的寶寶睡覺，所以講話很小聲，「也許是切爾西隊。」

「你必須承認你當過兵，」史崔克說，坐進一張扶手椅，抬起他的腳放在旁邊一張方形擱腳椅上。「你的樣子看起來就像阿兵哥。」

「沒問題，」巴克萊說，「我會假裝我是個不知道自己是什麼的傻小子。那些強硬左派就愛吃這一套，讓他們來保護我。」

史崔克笑著掏出他的香煙。儘管最初有點疑慮，但他現在開始認為他也許找對人了。

「好吧，你暫且按兵不動，等我的通知，星期日應該會有消息。」

史崔克掛斷電話，羅蕾萊拿了一杯紅酒出來遞給他。

「廚房需要幫手嗎？」史崔克嘴上問，卻仍坐著不動。

「不用，你坐著，我很快就好。」她含笑回答。他喜歡她身上那件五〇年代款式的圍裙。她回到廚房，他點了一支煙。羅蕾萊雖然不吸煙，但只要史崔克用她專門為他準備的那個有貴賓犬圖案的煙灰缸，她不反對史崔克吸他的金邊臣香煙。

吸煙時，他對自己承認他羨慕巴克萊能混進奈特和他那群強硬左派圈內臥底。這是史崔克在憲兵隊時最喜愛的工作，他還記得在德國時那四個沉迷於當地一個極右派團體的士兵。史崔克設法使他們相信他和他們一樣崇尚白人民族主義超級大國，成功地滲透進一場集會，最終將那四個人逮捕起訴，這件事讓他格外感到滿意。

打開電視，他看了一會兒第四頻道新聞，邊喝酒邊吸煙，愉快地期待泰式炒河粉和其他的感官樂趣，難得一次享受他的工作夥伴們習以為常、但他卻很少體驗到的：星期五晚上的輕鬆與釋放。

史崔克和羅蕾萊是在華道的生日派對上認識的，那天晚上的場面多少有點尷尬，因為自從史崔克打電話告訴可可他不想再繼續與她約會後，那天晚上他第一次再見到可可。可可喝得酩酊大醉；深夜一點鐘，當他坐在沙發上和羅蕾萊聊得正起勁時，可可走過來，將手上的一杯紅酒往他們兩人身上潑去之後悻悻然離去。史崔克並不知道可可和羅蕾萊是老朋友，直到第二天早晨他從羅蕾萊的床上醒來以後。他認為這是羅蕾萊的問題大於他的問題，但羅蕾萊似乎也同樣認為這是他的問題，因為可可要的東西與她無關，她要的不只是公平待遇。

「你是如何辦到的？」第二天他與華道見面時，華道問他，他是真的困惑。「我的天，我真想知道你的——」

史崔克揚起他那兩道濃眉，華道那一句接近讚美的話頓時打住。

「這不是什麼秘密，」史崔克說，「有些女人就是喜歡一條腿、陰毛頭、斷鼻梁的胖子。」

「啊，這是在控訴我們的身心醫療機構對街頭的管束太鬆，真令人遺憾。」華道說。史崔克哈哈大笑。

羅蕾萊是她的本名，但不是來自萊茵河那個神秘的女妖，而是來自瑪麗蓮夢露在《紳士愛美人》片中飾演的角色，這是她的母親最喜愛的一部電影。走在街上，男人的眼睛會跟著她轉，但她不會激起夏綠蒂在史崔克身上引發的那種強烈的渴望與痛苦。這是因為夏綠蒂妨礙了他的強烈感受力，還是羅蕾萊缺乏某種必要的魅力？他不知道。史崔克和羅蕾萊都沒有對彼此說過「我愛你」。在史崔克這一方，這是由於——儘管他覺得她很性感，也很風趣——他無法誠實地說出這三個字，所以合理的假設羅蕾萊也有同樣的感覺。

羅蕾萊不久前才結束一段長達五年的同居關係，他在華道家的客廳忍不住多看她幾眼之後走過去跟她攀談。當她告訴他，她的公寓又再度屬於她一個人，以及她又恢復自由之身是一件多麼快慰的事時，他很願意相信她。但他最近發現，當他告訴她他週末必須工作時，她有一點不高興，彷彿暴風雨前降下的大雨滴：不會，不會，當然不會，如果你不得不工作的話……

但史崔克在兩人關係一開始時就已提出不能妥協的條件：他的工作時間無法預測，而且他的經濟狀況很差。她的床是他打算探訪的唯一一張床，但如果她尋求可預測性或永久性，他不是她要的那種男人。她當時似乎很滿意這個約定，而且，如果在交往十個月之後，她不那麼滿意了，史崔克準備在沒有不愉快的情況下喊停。也許她已意識到了，因為她沒有強行與他爭吵。為此他很高興，因為這樣不會增加他的煩惱。他喜歡羅蕾萊，喜歡和她上床，並且發現他喜歡——為了一個他不想深入探討、一個他完全知道為什麼的原因——維持現在的關係。

泰式炒河粉十分美味，他們的交談輕鬆而有趣，史崔克沒有告訴羅蕾萊他的新案子內容，只說他希望有利可圖又有樂趣。兩人一起洗碗之後進入有粉紅色牆壁和女牛仔與小馬卡通印花窗簾的臥房。

羅蕾萊喜歡裝扮，那天晚上她穿了絲襪和黑色緊身胸衣上床，她有本事不複製、不模仿地演出一齣色情戲。也許，在只有一條腿和斷過鼻梁的情況下，史崔克在這間閨房內應當感到荒唐可笑才對，因為這裡淨是一些輕浮與漂亮的東西，但她如此熟練地在他這個赫菲斯托斯面前扮演阿芙蘿黛蒂的角色，以致他有時也會把蘿蘋與馬修完全拋到腦後。

第二天午餐時間，當他們並肩坐在路邊咖啡座，兩人各讀各的報紙，史崔克一邊吸煙，羅蕾萊一邊用她塗著完美蔻丹的手指，心不在焉地撫摸他的手背時，他心想，畢竟，沒有什麼樂趣比得上真正想要你的女人對你的付出，那麼，為什麼他已經告訴她今天下午他必須工作呢？他必須將竊聽器送到貝爾格萊維亞區齊佐的公寓，這是事實，但他也可以輕易地決定與她再共度一宵，回到那間臥室、她的絲襪和緊身內衣，這個前景當然很誘人。

然而，他的內心有個堅定的意念使他拒絕屈服，連續住兩個晚上會打破這種模式；會從這裡迅速滑入真正的親密。在內心深處，史崔克無法想像他與一個女人共同生活、結婚或生子的未來。當他重新調適少了半條腿的生活時，他曾和夏綠蒂一起籌劃過這些事。阿富汗境內一條泥路上的一枚土製炸彈炸毀了他選擇的人生，給了他一個全新的肉體和一個新的現實。他有時把他對夏綠蒂的求婚看成他截肢後迷失方向的極端表現，他必須重新學習如何走路，以及幾乎同樣困難的，學習如何過離開軍隊後的生活。時隔兩年之後，他看出自己當時是在眼看所有一切都溜走之際試圖緊緊抓住一部分過去，他把他對軍隊的忠誠轉移到他與夏綠蒂的未來。

「很好啊，」當他告訴他的老友大衛．波華斯他即將訂婚時，波華斯毫不遲疑說，「只可惜浪費了所有作戰訓練，不過，被殺的風險略有增加，老兄。」

他真的想過他會結婚嗎？他真的認為夏綠蒂會安於他能給她的生活嗎？在他們經歷了這一切之後，他真的認為他們可以在各自以凌亂、奇特的方式破損的情況下一起得到救贖嗎？與羅蕾萊並肩坐在陽光下的史崔克打從心底相信，並且知道這是不可能的，永遠不能規劃幾個星期以後的事，夜晚抱著夏綠蒂，彷彿她是地球上的最後一個人類，彷彿只有世界末日才能將他們分開。

「想再喝一杯咖啡嗎？」羅蕾萊喃喃地問。

「我最好動身了。」史崔克說。

「什麼時候再見面？」史崔克付帳時她問。

「再通知妳，我接了這個新案子，」他說，「可能會有一陣子時間難以預測，我明天打電話給妳，只要晚上得空我們就出去。」

「好吧，」她含笑說，接著又溫柔地說，「吻我。」

他吻她。她整個嘴唇用力壓在他嘴上，不可抗拒地回憶起清晨的幾個高潮。他們分開，史崔克笑咪咪地跟她說再見，留下她一個人坐在陽光下看報紙。

住在埃伯里街的文化事務部長出來開門，他沒有邀請史崔克進去。事實上，齊佐似乎急著希望史崔克盡快離開。接過那一盒竊聽器後，他喃喃地說：「好，好，我會交給她。」然後就在即將關門時，他又從背後叫住史崔克，「她叫什麼名字？」

「維妮西雅．霍爾。」史崔克說。

齊佐把門關上，史崔克又邁著疲憊的步伐，沿著兩邊羅列寧靜的金黃色連棟建築的街道，朝地鐵站和丹麥街的方向走去。

從羅蕾萊的公寓出來，他的辦公室似乎更顯得簡陋與陰沉。史崔克把窗戶拉開讓樓下丹麥街嘈雜的聲音飄進來。愛好音樂的人絡繹不絕地造訪樂器行與唱片行，史崔克擔心它們也難逃改建的命運。車聲和喇叭聲，人們的談話聲和腳步聲，有意購買吉他的人即興撥弄的重複旋律，以及遠處另一個街頭藝人的手鼓聲，這些都讓史崔克感到愉快。他坐下來工作，明白如果他想從網路上多了解一些他的調查對象的生活，他勢必在電腦前坐上好幾個小時。

如果你知道從什麼地方搜尋，並且有足夠的時間和專業知識，你就可以從網路上挖掘出許多存在的事實：若隱若現的外甲殼，有時是部分，有時是令人不安的全部，由它們的血肉之軀引導的生命。史崔克學會許多技巧和秘訣，即使是網路最黑暗的角落他也能熟練地翻找，但往往是那些最無辜的社群網站蘊藏數不清的財富。只要稍稍交互參考那些粗心的擁有者從未打算與世界分享，但又必須詳細彙編的私人歷史，你就能挖到許多寶。

史崔克先從Google地圖查出吉米和比利成長的地方，斯泰達小屋顯然太小又太不重要，地圖上沒有標出名字，但齊佐園有顯著的標記，它離烏爾史東村不遠。史崔克花了五分鐘瀏覽齊佐園附近的幾塊林地，沒有任何結果，但他注意到圖中有兩個小方格可能是屬於他家產業的小屋——他們把它埋在我爸爸房子附近的山坳裡——接著他繼續搜尋那個神志比較正常的哥哥。

反奧有一個網站，史崔克在上面找到一個有用的抗議活動時間表——吉米計畫舉行示威活動或演講的時間表——夾在抨擊資本主義和新自由主義的冗長論戰中，偵探把它列印出來加入他的檔案。接著他從那個網站連結到真社會主義黨網站，這裡甚至比**反奧**更忙碌、更混亂。他在這個網站又看到吉米另一篇冗長的文章，主張解散「種族隔離國家」以色列，擊敗強力牽制西方資本主義國家的「猶太復國主義遊說團體」。史崔克發現賈斯伯・齊佐的名字出現在這篇文章底下的一份「西方政治精英」名單內，被歸類為「公開宣揚猶太復國主義」的人。

真社會主義黨網站上有幾張吉米的女友芙莉克的照片，她出現在反對三叉戟飛彈遊行上時是黑頭髮；吉米在真社會主義黨一項集會發表露天演說時，在一旁喝采的她是粉紅金的頭髮。史崔克又連結到芙莉克在推特上的自我介紹欄，仔細閱讀她的大事年表。那是一種甜蜜與謾罵的怪異混合，上面有一支小貓打噴嚏用力過猛而摔出籃子的短片，芙莉克在影片上方寫出這樣的文字：「希望你他媽的得到癌症，你這個保守黨屄。」

就史崔克所知，吉米或芙莉克目前都沒有，或曾經擁有自己的財產。這是他和他們兩人的共同點。他從網路上看不出他們如何養活自己，除非幫極左派網站寫文章的報酬比他想像中好。吉米在查爾蒙特路的簡陋公寓是向一個名叫卡茲里・庫馬的人承租的，芙莉克則在社群媒體上不經意地提及她住在哈克尼，但他無法從網路上查到她的住址。

繼續深入搜尋網路上的資訊，史崔克發現有一個叫詹姆斯・奈特的人年齡和吉米相同，似乎曾經和一個叫道恩・克蘭西的女性同居了五年。再深入追蹤道恩內容豐富、充滿表情符號的臉書專頁時，史崔克發現他們兩人結過婚。道恩是個美髮師，曾在倫敦經營一家髮廊，生意不錯，後來回到她的老家曼徹斯特。她比吉米大十三歲，沒有小孩，目前也沒有和她的前夫有任何聯繫，但她在一個「被拋棄的女友」寫的一篇題為「所有男人都是垃圾」的文章底下的留言吸引了史崔克的目光：「是的，他是個混蛋，但至少他沒有告妳！我（又）贏了！」

好奇的史崔克將他的注意力轉移到法庭紀錄，略微深入搜尋之後，他發現了幾個有用的資訊，吉米曾經兩次被控聚眾鬧事，一次在一場反資本主義遊行上，一次在一場反三叉戟飛彈的示威抗議上，但這都在史崔克的預料中。比這更耐人尋味的是，史崔克在女王陛下法院及審裁處事務局網站上的濫告訴訟人名單上發現吉米的名字，由於長期以來屢次輕率提出法律訴訟，吉米・奈特現在「未經許可，禁止在法庭上提起民事訴訟」。

吉米果然擅長為自己撈錢，或者說撈國家的錢。過去十年來他對各行各業的人和組織提出多起民事訴訟，但法律只有一次判他勝訴，二〇〇七年他獲得札內特工業公司的賠償，原因是該公司將他解雇時沒有遵循應有的程序。

吉米與札內特公司對簿公堂時出庭為他自己辯護，也許勝訴使他洋洋得意，他後來又陸續代表自己對其他若干人提出告訴，包括一名修車廠老闆、兩名鄰居、一名記者（他宣稱破壞他的名譽）、兩名大倫敦警察局員警（他宣稱他們毆打他）、另外兩名雇主，以及最後，他的前妻——他控訴她騷擾他，導致他收入損失。

依史崔克的經驗，那些在法庭上蔑視代表權的人要麼心理不平衡，要麼太傲慢，才會屢次重施故技。從吉米好打官司的過去歷史顯見他貪婪而沒有原則，犀利但缺乏智慧。當你在試圖挖掘一個人的秘密時，掌握他的弱點總是有用的。史崔克把所有吉米曾試圖控告的對象名單，連同他前妻現在的住址一併加到他的檔案內。

接近午夜時分，史崔克回他的公寓補充睡眠，星期日一早起床，又將他的注意力轉移到格朗特．文恩身上，仍舊趴在電腦前直到暮色降臨。這時他的手邊已多了一個標註「齊佐」的新檔案夾，裡面厚厚的夾了許多他交叉搜尋勒索齊佐的兩個嫌犯的資料。

他伸個懶腰打呵欠，這才意識到噪音從打開的窗戶傳進來。樂器行終於打烊，手鼓聲也已歇了，但查令十字路上仍不斷有疾馳而過的隆隆車聲，史崔克撐著桌面站起來，因為在電腦椅子上坐太久，他另一隻腳的腳踝麻了，他彎腰駝背從裡面辦公室的窗子望向前方屋頂上一片橘色的天空。

這是星期日的傍晚，不到兩小時之後，英格蘭隊就要在基輔舉行的歐洲足球錦標賽的半準決賽中迎戰義大利隊。史崔克縱容自己的少數幾樣嗜好之一是訂閱了天空頻道，這樣他就可以觀賞足球賽了。小型手提電視機雖然適合他樓上的公寓，卻不是觀賞這類重要比賽的理想媒介，但他不能以此為由在酒吧消磨一個晚上，因為他星期一一早就得起床，再度去監視狡詐醫生，想到這裡他就高興不起來。

他看看手錶，還有時間在比賽開始前出去買個外賣的中國菜，但他還得打電話給巴克萊和蘿蘋，指示他們未來幾天要做的工作，當他正要拿起手機時，一個音樂鈴聲通知他有一封電子郵件進來。

主旨上寫著：「牛津的失蹤兒童」。史崔克將他的手機和鑰匙放回桌上，點了一下打開郵件：

史崔克——

這是我能做到的最快速的搜尋。顯然，沒有確切的時間範圍很困難。就我所知，自九〇年代初期／中期迄今，牛津郡／威爾特郡有兩起失蹤案仍未解決。一九九二年十月，十二歲的蘇姬．路易斯從庇護機構失蹤。還有，五歲的伊瑪姆．易卜拉辛在一九九六年失蹤，他的父親也同時失蹤，據信目前在阿爾及利亞，沒有進一步資料，能做的不多。

艾瑞克

祝安好。

12

我們吸入的大氣有如暴風雨般的沉重。

——亨里克．易卜生，《羅斯莫莊園》

蘿蘋坐在她和馬修寬敞的新臥房內的化妝台前，夕陽投射在她背後的羽絨被上，形成一道紅光，隔壁的烤肉先前飄來金銀花香，現在開始有煙味了。她讓馬修一個人待在樓下，手上拿著一瓶冰涼的佩羅尼啤酒，躺在沙發上看英格蘭對義大利的熱身賽。

她打開化妝台抽屜，取出一副她藏在裡面的有色隱形眼鏡，前一天經過試戴並發現錯誤後，她確定黃褐色隱形眼鏡配她的草莓金頭髮看起來最自然，她小心翼翼，先取出一枚，接著又取出另一枚，戴在她水冷冷的藍灰色瞳孔上。重要的是她要習慣戴著它們，最好是整個週末都戴著，但馬修看到之後的反應讓她打消了這個念頭。

「妳的眼睛！」他困惑地盯著她看了幾秒鐘後說，「我的天，看起來好恐怖，拿下來！」

由於星期六已被兩人又一次為了她的工作引發的緊張分歧破壞，她選擇不在整個週末都戴著這副隱形眼鏡，因為它們會不斷提醒馬修她將在未來一個星期做什麼事情，他似乎認為進入下議院臥底等同叛國，而且她拒絕告訴他她的客戶和她的調查對象是誰，更進一步激怒了他。

蘿蘋不斷告訴自己，馬修是替她擔心所以不能怪他，這已成為悔罪般的修心練習：妳不能怪他擔心，妳去年差點被殺，他希望妳安全。但她星期五和史崔克去酒吧這件事，似乎遠比任何可能的兇手更讓馬修擔心。

「妳不覺得妳很虛偽嗎？」他說。

每當他生氣時，他的鼻子和上唇四周就會繃得緊緊的。蘿蘋幾年前就注意到了，但它最近開始讓她感到厭惡，她沒有對她的心理治療師提到這一點，她打從內心感到齷齪。

「我怎樣虛偽？」

「和他一起去喝小酒——」

「馬修，我在工作——」

「——我說我要和莎拉一起吃午飯妳卻又抱怨。」

「和她一起吃午飯！」蘿蘋說，氣得脈搏加速，「去啊！事實上，我在紅獅遇到她了，她和公司的男同事一起在外面，你要打電話給湯姆，告訴他她的未婚妻和同事一起喝酒嗎？還是只有我不能這樣做？」

他的鼻子與嘴唇四周繃得緊緊的像戴口罩。蘿蘋心想：一隻戴白色口罩的瘋狗。

「如果莎拉沒見到妳，妳會告訴我妳和他一起喝酒嗎？」

「會啊，」蘿蘋說，突然脾氣發作，「而且我也知道你的態度會很惡劣。」

這場爭吵決不是過去這一個月來最嚴重的一次，事後的緊張關係一直延續到星期日，只有到了前一、兩個小時英格蘭隊即將比賽，馬修的心情才好一些，兩人再度和好，蘿蘋甚至志願去廚房拿一瓶佩羅尼啤酒給他，並在他額頭上親一下才離開。她帶著一種解放的心情去試戴她的有色隱形眼鏡，並為第二天的工作預做準備。

眨了幾下眼睛後，不舒服的感覺逐漸減輕了。蘿蘋走到床邊，她的筆電在床上，她將它拉過來，看到史崔克剛剛傳來一封電子郵件。

蘿蘋：附上有關文恩的一點研究資料，我等一下會打電話給妳，快速簡報明天的工作。

蘿蘋很生氣，史崔克的工作應該是「堵漏洞」和夜晚行動，他以為她整個週末都沒在做研究嗎？但她還是打開其中一個附件，那是一份文件摘要，史崔克在網路上的勞動成果。

格朗特．文恩

格朗特．伊豐．文恩，生日：一九五〇年七月十五日，出生地：卡地夫，父親是礦工，文法中學畢業，在卡地夫大學與黛拉相識。他先擔任「房地產顧問」，後成為她的選舉代理人，並在選舉後負責經管她的議會辦公室。網路上查不到他過去工作的細節，他名下沒有登記任何公司，目前與黛拉住在伯蒙德賽區南華克公園路。

史崔克還設法找出兩張不太清晰的格朗特與他著名的妻子的合照。這兩張照片蘿蘋已經有了，儲存在她的筆電中，她知道史崔克一定花了很多時間才找到一張格朗特的照片，因為她自己前一天晚上——等馬修睡著後——也是費了好大工夫才找到它們，新聞攝影師似乎不覺得格朗特能為照片增色。他是一個瘦削的禿頭男子，戴著一副厚重的眼鏡，嘴巴看不到嘴唇，短下巴，上牙床明顯垂直覆蓋，這些特徵讓蘿蘋想到一隻體重過重的壁虎。

史崔克還附上體育事務部長的資料。

黛拉．文恩

生日：一九四七年八月八日，娘家本姓瓊斯，出生與成長都在威爾斯的格拉摩根谷，父母都是教師。她一出生即因小眼症而雙目失明，五歲至八歲就讀聖恩諾多克皇家盲人學校，青少年時期曾多次獲得游泳競賽獎章（詳細資料請參閱附件，以及公平競爭慈善機構相關文章）。

蘿蘋雖然在週末期間盡可能讀了許多有關黛拉的資料，但她仍然認真地閱讀這兩篇文章，它們和她已經知道的內容大致相同。黛拉曾在一家著名的人權慈善機構工作，後來代表她的出生地威爾斯選區參加競選並且獲勝。她長期提倡貧困地區的體育活動，是一位殘障運動鬥士，並大力支持利用體育活動協助受傷的老兵康復的專案，她成立的「公平競爭」慈善機構——旨在支持面臨挑戰的年輕運動員和體育人士，無論是貧窮或肢體障礙——獲得相當多的新聞報導，許多高知名度的運動人士都奉獻時間為它募款。

史崔克附上的兩篇文章都提到一件事，這件事蘿蘋從她自己的研究中已經得知：文恩家和齊佐家一樣，都曾經失去一個孩子。黛拉與格朗特的獨生女兒在十六歲那年自殺身亡，次年黛拉當選議員。蘿蘋讀過的每一篇有關黛拉．文恩的報導中都提到這起悲劇，甚至是那些讚揚黛拉成就的人，她在議會的首次演說中支持一項霸凌熱線的提案，但她從未談論過她女兒的自殺。

蘿蘋的手機響了，確認臥室的門關著後她接電話。

「很快嘛，」史崔克含著滿口的新加坡炒麵口齒不清地說，「抱歉——我有點驚訝——剛剛買了外賣。」

「我讀了你的電子郵件了，」蘿蘋說。她聽到啪的一聲金屬的聲音，知道他開了一罐啤酒，「很有用，謝了。」

「妳喬裝的東西買了沒？」史崔克問。

「買了。」蘿蘋說，轉身望著鏡中的自己。真奇怪，改變眼珠的顏色竟然也能改變一個人的臉，她打算在黃褐色的眼睛上再戴一副透明的平光眼鏡。

「那妳知道齊佐要妳假裝妳是他的乾女兒嗎？」

「當然知道。」蘿蘋說。

「繼續說，」史崔克說，「說給我聽。」

「一九四四年出生，」蘿蘋不用看她的筆記立即說，「牛津大學墨頓學院研究古典文學，後加入女王直屬驃騎兵團，在亞丁與新加坡服役。

「第一任妻子，派翠西雅．弗利特伍德夫人，育有三名子女：蘇菲亞、依莎貝拉和弗芮迪。蘇菲亞已婚，目前住在諾森伯蘭郡。依莎貝拉目前負責管理齊佐的議會辦公室——」

「是嗎？」史崔克說，似乎有點意外，蘿蘋很高興她找到史崔克不知道的訊息。

「她就是你認識的那個女兒嗎？」她想起史崔克在辦公室說的話，問道。

「算不上『認識』，我和夏綠蒂一起見過她兩次，大家都叫她『依姬』，上流社會的一種暱稱。」

「派翠西雅夫人在齊佐使一個跑政治新聞的女記者懷孕後和他離婚——」

「——結果生了畫廊那個讓他失望的兒子。」

「正是——」

蘿蘋移動滑鼠點出一張她儲存的照片，這次是一個深色皮膚、穿一套深灰色西裝、長得很好看的年輕人，在一個裝扮入時、戴墨鏡的黑髮婦女陪同下步上法庭台階，這位女士跟他長得很像，但她看起來並沒有老到足以當他的母親。

「——但拉斐爾出生後不久，齊佐便和那個女記者分手了。」蘿蘋說。

「家人都叫他『拉夫』，」史崔克說，「而且第二任妻子不喜歡他，認為齊佐應該在車禍事件之後就與他斷絕關係。」

蘿蘋把它寫在筆記上。

「很好，謝謝。齊佐的現任妻子金娃娜去年身體不適，」蘿蘋繼續說，又從電腦點出一張金娃娜的照片：一個曲線玲瓏的紅髮女性穿著一件曲線畢露的黑色洋裝，脖子上戴一條沉重的鑽石項鍊。她的年齡比齊佐小三十歲左右，對著鏡頭噘嘴。要不是蘿蘋已經知道內情，她會以為他們是父女，而非夫妻。

「神經衰弱，」史崔克說，繼續追問，「對。妳認為是飲酒或藥物？」

蘿蘋聽到鏗的一聲，猜想史崔克剛剛把一個天南啤酒空罐扔進辦公室的垃圾桶。這麼說，他一個人在家，羅蕾萊從不在他樓上的小公寓過夜。

「誰知道？」蘿蘋說，兩隻眼睛仍然盯著金娃娜．齊佐的照片。

「最後一件事，」史崔克說，「剛剛接到的，牛津郡有兩個兒童失蹤，和比利的故事時間大致相符。」

短暫的停頓。

「妳還在嗎？」史崔克問。

「在……我以為你不相信齊佐勒死一個小孩？」

「我是不相信，」史崔克說，「時間上不符，而且假如吉米知道一個保守黨部長曾經勒死一個小孩，他不會等二十年才試圖向他勒索金錢。但我還是想知道，比利說他看到有人勒死小孩這件事會不會是他的幻覺，我要去查華道給我的那兩個名字，如果任何一個看起來可信，我也許會請妳去打探依姬的口風，她或許會記得一名兒童在齊佐園附近失蹤的事。」

蘿蘋不作聲。

「如同我在酒吧說過，比利的病情嚴重，說不定沒事。」史崔克說，有點防衛的味道，因為他和蘿蘋都很清楚，他先前曾放棄有報酬的案子和有錢的客戶，去追查別人可能會置之不理的神秘事件。「我只是——」

「——不放心，直到你查明為止，」蘿蘋說，「好吧，我了解。」

她看不到史崔克咧著嘴笑和伸手揉他疲倦的眼睛。

「好啦，祝妳明天好運，」他說，「如果需要我，隨時打手機給我。」

「你打算做什麼？」

「找資料。吉米・奈特的前妻星期一不上班，我星期二要去曼徹斯特找她。」

蘿蘋忽然懷念起，去年她和史崔克一起開車去探訪一名被危險男子拋下的婦人那段旅程，她猜想他在策劃這趟旅行時不知有沒有想到它。

「在看英格蘭對義大利嗎？」她問。

「對啊，」史崔克說，「沒別的事了吧？」

「沒，」蘿蘋急忙說。她不想讓他聽起來彷彿她在留他。「那，再聯絡了。」

她在他說再見之後掛斷電話，然後把手機扔到床上。

13

我不會被可能會有什麼事發生的憂慮擊敗。

——亨里克．易卜生，《羅斯莫莊園》

第二天早晨，蘿蘋從睡夢中猛然驚醒，不住地喘氣，手抓著她的喉嚨，彷彿想把一隻掐住她脖子的不存在的手拉開，馬修一臉迷糊地醒來時，她已走到臥室門口。

「沒事，我很好。」她喃喃地說，不等他發問便去拉那個能讓她離開臥室的門把。

令人驚訝的是，自從她聽到小孩被勒死的故事後，這種情況並沒有更頻繁發生。蘿蘋清楚地知道手指緊緊掐住脖子的感覺，你會感覺你的大腦一片漆黑，知道再過幾秒鐘你就沒命了。她曾被一些尖銳的記憶片段逼得去接受治療，這些記憶不像那些正常的記憶，它會突然把她從她的身體拽出來，甩回到過去，使她可以聞到那個陌生人沾滿尼古丁污垢的手指，感覺到那個刺客穿著運動衫的柔軟肚子貼著她的背。

她鎖上浴室的門坐在地上，身上仍是那件她穿著睡覺的寬鬆T恤，將整個注意力集中在她的呼吸上，集中在她的光腳底下冰涼的瓷磚上，如同她被教導的那樣，觀察她的心臟快速跳動，腎上腺素在她的血管內快速流動，不要對抗她的恐慌，只要觀察它。一會兒之後，她逐漸恢復意識，聞到她昨夜洗澡用的薰衣草沐浴乳的淡淡香氣，並聽到一架飛機從遠處飛過的聲音。

妳很安全，這只是一個夢，這只是一個夢。

透過兩扇關著的門，她聽到馬修的鬧鐘響了，幾分鐘後，他敲門。

「妳沒事吧？」

「沒事。」蘿蘋在自來水聲中回答。

她開門。

「一切都沒問題？」他問，仔細觀察她。

「只是想尿尿。」蘿蘋輕鬆地說，回臥室拿她的有色隱形眼鏡。

在還沒有開始為史崔克工作之前，蘿蘋曾和一家短期人力仲介公司簽約。他們派她去工作的那些辦公室，現在都亂七八糟的在她的記憶中混成一團，只留下一些怪裡怪氣的，她記得那個愛喝酒的老闆，她出於好心而改寫他口述的信件；她打開辦公桌抽屜，發現一副完整的假牙和一條沾污的內褲；那個給她取了綽號叫「芭比」的滿懷希望的年輕人，傻哩瓜嘰地在他們背對背的監視器前試圖向她調情；那個在她辦公的小空間內貼了許多演員伊恩麥克夏恩的照片的女生；還有那個在開放的辦公室內與她的男友在電話中大吵大鬧、無視於一屋子人鴉雀無聲的女孩，蘿蘋懷疑這些曾經與她有過眼神接觸的人，是否比她記得他們更記得她，即使是那個叫她「芭比」的膽小的浪漫男生。

然而，打從她抵達西敏宮那一刻起，她就知道這裡發生的一切將會永遠留在她的記憶中。光是離開那些遊客並穿過警衛站崗的大門，她就感受到一波波的喜悅，當她接近宮殿時，清晨的陽光還沒有照射到那些精緻的金色裝飾，著名的鐘樓映襯著天空，她的緊張和她的興奮立刻升高。

史崔克告訴過她從哪一個側門進去。它通往一個長形的、陰暗的石砌大廳，但她必須先經過機場使用的那種金屬探測器和X光機。當她取下肩上的包包讓機器掃描時，她發現不遠處站著一個三十多歲的高眺女性，她一頭自然的金色頭髮有點凌亂地披在肩上，手上拿著一個用棕色紙包裝的小包裹，這名婦女看著蘿蘋站著讓自動機器拍照，將照片貼在一張紙質通行證上好掛在脖子上四處走動。當警衛揮手讓蘿蘋通過時，那名婦女走過來。

「維妮西雅？」

「是的。」蘿蘋說。

「依姬，」對方說，含笑跟她握手，她穿著一件寬大的上衣，上面有超大的寫意花卉圖案，以及一條寬腿長褲。「這是爸爸要給妳的，」她將她手上的包裹塞進蘿蘋手中，「很抱歉，我們必須快一點——很高興妳準時到——」

她開始小跑步，蘿蘋急忙跟在後面。

「——我正在印一堆文件，要送去給爸爸在文化媒體暨體育部使用——我現在是雪上加霜，爸爸是文化事務部長，奧運會又即將開幕，忙瘋了——」

她帶著蘿蘋以接近慢跑的速度穿過盡頭有彩繪玻璃窗的大廳，然後進入迷宮般的走廊，邊走邊以充滿自信的上流社會口音說話，使蘿蘋對她的肺活量留下深刻的印象。

「夏季休會時我就要離開了——要和我的朋友賈克斯合開一家裝潢公司——我來這裡五年了——爸爸很高興——他需要一個能幹的人，但他唯一喜歡的應徵者拒絕了我們。」

她轉頭和蘿蘋說話，蘿蘋急忙跟上去。

「我想妳不會碰巧認識任何很優秀的政府助理吧？」

「恐怕沒有。」蘿蘋說，她沒有在她的臨時雇員生涯中結交任何朋友。

「快到了，」依姬說，帶著蘿蘋穿過多得令人迷糊的狹窄走道，所有走道的地毯都和蘿蘋在電視上看到的下院皮座椅一樣的深綠色。最後她們來到旁邊的一條走廊，走廊內有幾扇厚重的哥德式拱形木門。

「那，」依姬指著右手邊第一扇門，用舞台旁白式的語氣說，「是文恩的，」然後她走到左手邊最後一扇門，說：「這是我們的。」

她往旁邊一站，讓蘿蘋先進去。

辦公室內狹窄而且凌亂。拱形的石窗上掛著網狀紗簾，從窗子望出去可以看到露台酒吧，一些模糊的人影映襯著閃亮耀眼的泰晤士河。房間內有兩張辦公桌、許多書架，和一張下陷的綠色扶手椅。這些塞得滿滿的書架佔滿一整面牆，上面掛著綠簾子，只蓋住一部分雜亂堆在裡面的檔案。有一座檔案櫃上放了一台電視螢幕，顯示此刻空蕩蕩的下院內部，綠色的長凳上空無一人。另一個矮櫃上有一個水壺和幾個圖案不一的馬克杯，旁邊的壁紙上沾了些污垢。房間角落上有一台桌上型列印機正呼呼地響，它吐出的一些紙張已滑落到陳舊的地毯上。

「喔，要命。」依姬說，衝過去撿起來，蘿蘋轉身把門關上，依姬把掉落的紙張放回她桌上一疊整齊的文件上時說：

「我真高興爸爸找妳來，他承受極大的壓力，他真的沒必要承受我們現在所忍受的一切，但妳和史崔克會解決吧，不是嗎？文恩是個可怕的小人，」依姬說著，拿出一個皮面的文件夾，「力不從心，妳知道，妳和史崔克一起工作多久了？」

「兩年。」蘿蘋說，拆開依姬給她的小包裹。

「我見過他，他有沒有告訴妳？是的——我和他的前女友夏綠蒂．坎貝爾同校，夏綠蒂長得很漂亮，但很難相處，妳認識她嗎？」

「不認識。」蘿蘋說。很久以前在史崔克辦公室外與她迎面相撞，是蘿蘋與夏綠蒂的唯一接觸。

「我一直都很喜歡史崔克。」依姬說。

蘿蘋看她一眼，很驚訝，但依姬一本正經地將紙張放入文件夾。

「是的，別人都看不出來，但我可以。他很有男子氣概，而且……嗯……理直氣壯。」

「理直氣壯？」蘿蘋問。

「是的，他從不接受任何人的廢話，一點也不擔心別人小看他，妳知道——」

「配她綽綽有餘？」

這句話脫口而出，蘿蘋感到很尷尬，她突然很想保護史崔克。當然，這是荒謬的：假如有任何人能照顧好自己，那個人就是史崔克。

「也許是吧，」依姬說，繼續等她在列印的文件。「這兩個月爸爸過得很慘，他又沒做錯事！」她激動地說，「一下子合法，一下子又不合法，那又不是爸爸的錯。」

「什麼事不合法？」蘿蘋天真地問。

「抱歉，」依姬輕快但堅定地回答，「爸爸說，越少人知道越好。」

她看看紗簾外面的天空。「我不需要穿外套吧？不……抱歉這麼趕，但爸爸需要這些東西，他十點鐘要去見奧運贊助廠商。祝妳好運。」

於是在一陣眼花撩亂和亂蓬蓬的頭髮中，她急匆匆地走了，留下好奇但意外地感到放心的蘿蘋，如果依姬對她父親的不當行為有如此堅定的看法，它肯定不是可怕的——當然，前提是要相信齊佐對她女兒說的是實話。

蘿蘋將依姬交給她的小包裹最後的一點包裝紙撕開，如她所知，裡面有六個史崔克在上個週末交給賈斯伯．齊佐的竊聽器。身為王國的政府官員，齊佐每天早上不需要像蘿蘋那樣經過安全探測器，這些竊聽器的外觀和一般的電力插座相似，而且設計成可以裝在真正的插座上，不會影響後者的正常功能。當有人在它們附近說話時，它們才會自動錄音，她在依姬離開後留下的安靜空間內聽到她自己的心跳，她的艱困任務才剛要開始。

她脫下外套掛好，然後從她掛在肩上的皮包拿出一盒衛生棉條，是她專為藏這些竊聽器而買的，她留下一個竊聽器，然後將其餘的放進盒子裡，藏在她的辦公桌最底下的抽屜。接著，她在凌亂的架子上翻找，找出一個空的文件盒，又從一堆標示「銷毀」的信件中拿出幾張放進文件盒，然後將那個竊聽器藏在信件底下。裝好之後，蘿蘋深呼吸，然後離開房間。

文恩辦公室的門從她抵達之後一直都開著，蘿蘋經過時，看見一名高大的亞洲人臉上戴著一副厚鏡片眼鏡，手上拿著一個水壺。

「嗨！」蘿蘋立刻說，模仿依姬充滿自信的愉悅態度，「我是維妮西雅．霍爾，我們是鄰居！你是誰？」

「阿米爾，」那個人以倫敦勞工階級的口音吶吶地說，「馬利克。」

「你替黛拉．文恩工作嗎？」蘿蘋問。

「是的。」

「喔，她好棒喔，」蘿蘋裝腔作勢地說，「是我心目中的女英雄。」

阿米爾沒有回答，但顯露出不想被打擾的樣子，蘿蘋覺得自己像一隻騷擾賽馬的小狗。

「你在這裡工作很久了嗎？」

「六個月。」

「你要去咖啡屋嗎？」

「不。」阿米爾說，彷彿她在向他提議，然後他忽然轉身離開，走向洗手間。

蘿蘋抱著她的文件盒繼續往前走，一面猜想那個年輕人的態度到底是敵意還是害羞，如果能在文恩的辦公室交到一個朋友會有很大幫助。不得不假扮成賈斯伯．齊佐的乾女兒反而妨礙她工作，她忍不住心想，來自約克郡的蘿蘋．艾拉寇特或許更容易與阿米爾交朋友。

想好一個虛假的目的後，她決定先四處探索一下再返回依姬的辦公室。

齊佐與文恩的辦公室都在西敏宮內，它的拱形天花板、圖書室、茶室和舒適的雄偉氣氛，顯示這裡從前可能是一所古老的大學。

一條半遮蓋的過道有一座電扶梯通往保得利大廈，過道上有一座獨角獸與獅子的大型石雕，這裡是一座現代化的水晶宮殿，有折疊的玻璃屋頂，三角形窗格由粗大的黑色支柱固定。玻璃屋頂下是一處寬敞的開放空間，設有咖啡座，國會議員和公務員都混在一起，兩側有已長成的樹木，長形的有蓋淺水池組成的大型水景，在六月的陽光下幻化成一條條令人眼花撩亂的水銀。

空氣中輕微的敲擊聲令人感受到一種充滿野心的悸動，以及置身於一個重要世界的氛圍，在這個充滿藝術感的人造玻璃底下，蘿蘋從一些坐在皮凳上的政治記者旁邊經過，他們都在看手機或對著手機說話，在筆電上打字，或攔下政治人物請他們發表言論。蘿蘋心想，如果她沒有被派去史崔克那裡，她是否會喜歡在這裡工作。

她的探索在四樓結束，這裡是國會議員辦公大樓中最不整潔、最單調的地方，和一家三星旅館差不多，有陳舊的地毯和乳白色的牆壁，以及一排又一排一模一樣的門。蘿蘋從原路回去，手上依舊抱著文件盒。她再度從文恩辦公室門前經過，離上次見到它已過了五十分鐘，她迅速察看一下走廊上沒人，便把耳朵貼在厚重的橡木門上，感覺似乎聽到裡面有人活動的聲音。

兩分鐘後蘿蘋再度進入她的辦公室時，依姬問：「進行得如何？」

「我還沒有見到文恩。」

「他也許去文化媒體暨體育部了，他總是找任何藉口去看黛拉。」依姬說，「要不要來杯咖啡？」

但她還沒來得及離開辦公桌，她的電話就響了。

依姬接到一個憤怒的選民的電話，抱怨她一直拿不到奧運跳水比賽門票──「是，我也喜歡湯姆．戴利，」依姬說，一邊對蘿蘋翻白眼，「但這是用抽獎的，夫人──」蘿蘋舀出即溶咖啡並倒入保久乳，心想她在辦公室做過多少次這種令人厭煩的事，頓時格外感激她已永遠跳脫這種生活。

「掛斷了。」依姬漠然地說，放下話筒。「我們剛才談到哪裡？喔，格朗特，對，他很氣黛拉不讓他當SPAD。」

「什麼是SPAD?」蘿蘋問，放下依姬的咖啡，自己去坐另一張辦公椅子。

「特別顧問。他們就像臨時公務員，但聲望更高，可是你不能把這個職位給自家人，這是不可以的。總之，格朗特毫無希望，就算可以，她也不會要他。」

「我剛才見到替文恩做事的那個人，」蘿蘋說，「阿米爾，他不太友善。」

「喔，他很怪，」依姬淡淡地說，「對我很沒禮貌，也許是格朗特和黛拉討厭爸爸的緣故，我一直都沒有去追究到底是為什麼，但他們似乎連我們都討厭——喔，這倒提醒了我，爸爸一分鐘前發簡訊來，說我弟弟拉夫過幾天會來，來這裡幫忙。也許，」依姬又說，雖然她的語氣沒有特別抱希望，「如果拉夫做得不錯，或許就能接替我。但拉夫完全不知道勒索這件事，也不知道妳的真實身分，所以妳什麼也不要說，好嗎?爸爸大概有十四個乾女兒，拉夫不會知道其中有什麼差別。」

依姬小口喝著咖啡，然後忽然壓低嗓子說：

「我想妳知道拉夫的事吧，報上有許多報導，那個可憐的婦人……真可怕，她有一個四歲的女兒……」

「我看到一些。」蘿蘋說，不置可否。

「我們家只有我去監獄探望他，」依姬說，「大家都厭惡他的行為，金娃娜——爸爸的妻子——說他應該被判無期徒刑，但她不知道，」依姬繼續說，「那裡有多麼陰森……人們都不知道監獄像什麼……我是說，我知道他做錯事，但……」

她沒有再繼續說下去。蘿蘋心想，自己如此猜疑也許有點心胸狹窄，但不知依姬的意思是否監獄不是她的同父異母弟弟，這種貴族年輕人應該待的地方。毫無疑問，那是個可怕的經驗，蘿蘋心想，但畢竟他吸毒後駕駛，撞死一個年輕的母親。

「我以為他在一家畫廊上班？」蘿蘋問。

「他去啦，又在卓蒙德搞砸了。」依姬嘆氣，「爸爸叫他來是為了看管他。」

這些人的薪水都來自納稅人的錢，蘿蘋心想，又再度想起部長的兒子吸毒後過失殺人，卻只服了極短的刑期。

「他怎麼在畫廊搞砸了？」

令蘿蘋驚訝的是，依姬悲傷的表情消失了，忽然噗哧一笑。

「喔，天哪，抱歉，我不該笑的。他和另一個業務助理在洗手間裡面做那件事，」她笑著說，「我知道這一點也不好笑——但他才剛出獄，而且拉夫長得很可愛，他能吸引任何他想要的人，他們讓他穿上西裝，把他放在一個漂亮的金髮藝術系畢業生旁邊，他們以為能怎樣？但妳可以想像，畫廊老闆很不高興，他聽說他們幹了那件事，就給拉夫最後的警告，想不到拉夫和那個女孩又做了一次，爸爸氣死了，這才叫他來這裡。」

蘿蘋並不覺得這件事特別好笑，但依姬似乎沒發現，兀自沉浸在自己的思緒中。

「誰知道，說不定他們可以因此改善關係，爸爸和拉夫。」她滿懷希望地說，然後看看她的錶。

「該回一些電話了。」她嘆氣，放下咖啡杯，但是當她伸手要去拿電話，手指剛碰到聽筒時，一個抑揚頓挫的男性聲音在緊閉的門外走廊響起。

「是他！文恩！」

「那我走了。」蘿蘋說，又抓起她的文件盒。

「祝妳好運！」依姬小聲說。

進入走廊，蘿蘋看見文恩站在他的辦公室門口，顯然在和裡面的阿米爾說話。文恩的手上拿著一個文件夾，上面有「公平競爭」幾個橘色的字。聽到蘿蘋的腳步聲，他轉頭看她。

「喔，嗨。」他以輕快的卡地夫口音說，並往後退回到走廊。

他的眼光從蘿蘋的脖子慢慢移到她的胸部，接著又往上移到她的嘴和她的眼睛。蘿蘋從那一眼就看穿他了，她在以前那些辦公室遇到過許多這種人，他們會用一種讓你感到笨拙與不自在的方式注視你；會在挨著你或引導你進門時一隻手偷偷地放在你背後；以讀你的電腦顯示器為由從你背後偷看你；下班後一起喝杯飲料時言不由衷地讚美你的服飾，接著進一步對你的身材發表意見，如果你生氣了，他們會說「開玩笑的啦！」然後在面對投訴時開始攻擊你。

「妳是哪個辦公室的？」格朗特問，聽起來色迷迷的。

「我是賈斯伯叔叔的實習生。」蘿蘋說，臉上現出燦爛的笑容。

「賈斯伯叔叔？」

「是的，賈斯伯．齊佐，」蘿蘋說，學齊佐家的人發一樣的音，「他是我的乾爸爸，我叫維妮西雅．霍爾。」蘿蘋說著伸出她的手。

文恩全身上下似乎都像一隻兩棲動物，包括他濕潤的手掌。她暗忖，他不太像壁虎，倒是更像青蛙，大大的肚子，手腳瘦長，稀疏的頭髮油膩膩的。

「妳是怎麼成為賈斯伯的乾女兒？」

「喔，賈斯伯叔叔和爹地是老朋友。」蘿蘋說。她早已編好一套故事。

「軍中？」

「房地產管理。」蘿蘋說，堅持她預先準備好的故事。

「啊，」格朗特說，「很漂亮的頭髮，是天然的嗎？」

「是的。」蘿蘋說。

他的眼光又再度往下移到她的身上。蘿蘋拚命保持微笑，直到臉頰肌肉痠痛才笑著說如果她需要協助她會來請教他，然後繼續往前走，她可以感覺到他一直在背後注視她，直到她轉彎離開他的視線。

如同史崔克發現吉米．奈特好打官司的習性後對他的觀感一樣，蘿蘋也相信她對文恩的弱點已有了充分的了解。根據她的經驗，像格朗特這種男人很容易相信他們霰彈槍式的性挑逗會受到激賞，甚至得到回報。她在她的短期工作職涯中，從不覺得試圖回絕與避開這類男人是一件無足輕重的事，他們都把淫穢的邀請視為只是開玩笑，對他們來說，年輕與經驗不足是個不可抗拒的誘惑。

她問自己，她如何準備深入探查文恩的污點？帶著虛假的目的在沒有盡頭的走廊上走著假裝遞送公文，蘿蘋想像自己在那個礙事的阿米爾不在的時候，她靠著文恩的辦公桌，胸部與他的視線平行，向他討教，請求他的協助，對他的淫穢笑話咯咯傻笑。

接著，一個可怕的幻象突然出現，她清楚地看到文恩忽然一個箭步向前，看到那張滿頭大汗的臉撲向她，沒有嘴唇的嘴張得大大的，感覺到他的一雙手抓住她的兩隻手臂，箝在她的身體兩側，感覺到那個大肚子壓著她的身體，將她往後擠壓在一個塞得滿滿的書櫃上……

當她幻想中的文恩的行動變成攻擊時，看不見盡頭的綠色地毯和椅子、深色的木製拱門和方形面板，似乎開始逐漸模糊與緊縮，她趕緊推開前面的一扇門，彷彿這樣就能使她的身體脫離恐慌……

呼吸，呼吸，呼吸。

「第一次看到有點不知所措是嗎？」

那個男人似乎很友善，而且聲音不是很年輕。

「是的。」蘿蘋說，幾乎不知道她在說什麼。呼吸。

「臨時的嗎？」接著又說，「妳沒事吧，親愛的？」

「氣喘。」蘿蘋說。

她以前用過這個藉口。它讓她可以藉故停下來，深呼吸，讓自己重新回到現實。

「有沒有帶吸入器？」那位老管家關切地問。

他穿著一件罩袍，白領帶、燕尾，和一枚華麗的辦公室徽章，看到他這個意想不到的莊嚴打扮，蘿蘋不由得想到一隻突然出現的白兔。

「在我的辦公室內。我沒事，一下下就好了……」

她跌跌撞撞地誤闖進一間充滿金色與其他繽紛色彩、帶給她更大壓力的大廳。她在電視上看過這間熟悉的、華麗的維多利亞哥德式議員大廳，它緊鄰下議院。在她的視野外圍，隱約出現四座前任首相的巨大銅像——柴契爾夫人、艾德禮、勞合．喬治，及邱吉爾——牆上還掛著其他人的半身像。在蘿蘋看來，它們就像被砍下的人頭再予以鍍金，它精緻繁複的窗飾和色彩豐富的裝飾在她四周跳動，嘲笑她無法適應它華麗的美。

她聽到搬動椅子的聲音，管家為她拿了一張椅子，並請一位同事幫她拿來一杯水。

「謝謝你……謝謝你……」蘿蘋麻木地說，感覺到自己的無能、羞愧與尷尬。一定不能讓史崔克知道這件事，他會叫她回家，說她不適合做這個工作。她也不能告訴馬修，他會認為這種事很丟臉，是她愚蠢繼續做跟監工作不可避免的後果。

管家親切地對她說話，幾分鐘後她恢復了，能適度地回答他善意的喋喋不休。在她的呼吸逐漸恢復正常之際，他告訴她愛德華．奚斯的半身像在柴契爾夫人的全身像被安置在它旁邊時開始變成綠色的故事，以及他們如何處理，使它又恢復成原來的深棕色。

蘿蘋禮貌地笑著，站起來，將空水杯還給他，並再度道謝。

當她再度出發上路時，她心想，我需要什麼樣的治療才能讓我恢復以前的我？

14

……如果我能為這些混沌不明的醜惡帶來一點光芒，我該會感到多麼高興。

——亨里克．易卜生，《羅斯莫莊園》

星期二早晨，史崔克早早起床，淋浴後套上他的義肢，穿好衣服，在保溫瓶中注滿濃茶，從冰箱取出他前一天晚上做好的三明治，連同兩包Club餅乾、口香糖和幾包鹽醋味薯片一起放進一個購物袋，然後頂著陽光前往車庫取他的BMW二手車。他和吉米．奈特的前妻約好十二點半去理髮，在曼徹斯特。

坐上駕駛座，購物袋放在容易搆到的地方，史崔克換上他放在車上的運動鞋，這樣他的假腳比較好踩煞車。然後他取出他的手機，開始發簡訊給蘿蘋。

星期一大部分時間史崔克都在上網，盡可能搜尋華道給他的兩個姓名的資料，這兩名兒童在二十年前從牛津郡失蹤，華道把其中一名兒童的名字拼錯了，害史崔克多花了許多時間，但他最後還是從新聞報導檔案中找出伊瑪姆．易卜拉辛的相關報導。伊瑪姆的母親宣稱她已分手的丈夫綁架了孩子，把她帶到阿爾及利亞。史崔克最終也在一個致力於解決跨國監護問題的網站上，找到兩行有關伊瑪姆和她的母親的報導，從這裡，史崔克的結論是伊瑪姆仍活著，並且跟她的父親在一起。

另外一個逃走的十二歲兒童蘇姬．路易斯的命運比較神秘，史崔克最後在一則很久以前的新聞報導中找到她的一張照片，蘇姬於一九九二年從斯溫登的庇護所失蹤，此後就再也沒有任何有關她的消息，那張模糊的照片顯示她有點暴牙，個子很小，五官端正，黑色的短髮。

那是個小女孩，但他們後來說他是個小男孩。

所以，一個脆弱的、性別不明的兒童在大約同一時間從地球上消失了，而居住在那附近的比利・奈特宣稱他目擊一個男孩或女孩被勒死。

他在車上發簡訊給蘿蘋。

如果妳能讓它聽起來很自然，不妨問依姬是否記得一個名叫蘇姬・路易斯的十二歲女童，她在二十年前從她們家附近的一個庇護所逃走。

當他離開倫敦時，擋風玻璃上的灰塵在朝陽下閃爍。開車已不再像往昔那樣樂趣無窮。史崔克買不起特殊改造的車輛，儘管是自動排檔，他要用他的義肢操作BMW的腳踏板仍感到吃力，在緊急情況下，他有時會用他的左腳去踩煞車和油門。

總算開上M6公路後，史崔克原希望能保持每小時六十英里的速度，但一個開Vauxhall Corsa的混蛋緊跟在他的車屁股後面。

「你他媽的超車吧！」史崔克怒吼。他不想改變他的車速，他要在不必用到假腳的情況下舒舒服服開車。因此他從他的後視鏡狠狠瞪著後面的駕駛，好一會兒之後那個人才會過意來，加了油門超車揚長而去。

經過幾天的忙碌，難得這天可以輕輕鬆鬆地開車，史崔克搖下車窗，讓美好新鮮的夏日空氣吹進來，並讓他的思緒馳騁在比利和那個失蹤的蘇姬・路易斯身上。

她不會讓我挖，他在他的辦公室這樣說，強迫性地摸他的鼻子和他的胸口，但她會讓你挖。

這個「她」是誰？史崔克在心裡納悶，也許是斯泰達小屋的新主人，他們也許拒絕了比利的要求，禁止他去挖掘他們的花圃尋找屍體。

史崔克用左手從購物袋掏出一包薯片，用牙齒將包裝紙咬開，一邊提醒自己——不知多少回了——比利的故事可能是個幻想。蘇姬．路易斯有可能在任何地方，不是每一個失蹤兒童的結局都是死亡，說不定蘇姬也是被她流浪在外的父母偷偷帶走。二十年前，網際網路剛問世，各地區警力之間的溝通不是那麼完善，很可能被那些希望自我改造或改造他人的人所利用。再說，就算蘇姬不在人世，也不表示她是被勒死的，更別提被比利．奈特親眼看到，大多數人可能會下結論，這是一個只見到濃煙不見火焰的案例。

抓出一把薯片嚼著，史崔克想到每當涉及「大多數人」會怎麼想的問題時，他總是想到他的同母異父妹妹露西——他的七個半手足中，唯一和他共同度過混亂卻逍遙的童年的妹妹。對他來說，露西代表所有傳統與缺乏想像力的極致，儘管兩人都是在與恐怖、危險、可怕的人緊密生活的環境中長大。

露西在十四歲那年去康瓦耳與他們的舅舅、舅媽共同生活之前，他們的母親一直都帶著她和史崔克從佔住空屋到住進公社、租屋，到借住朋友家的地板，很少在同一個地方停留半年以上，讓她的兩個孩子接觸到一群古怪、受傷和成癮的人。史崔克右手握著方向盤，左手摸索著餅乾，想起他和露西小時候目睹過一些噩夢似的景象：在秀爾迪奇一個地下室公寓裡，一個精神異常的青年和一個看不見的惡魔決鬥；一個少年在諾福克郡一個半神秘的公社（對史崔克來說，這裡仍舊是麗妲帶他們去過的最糟的地方）遭到鞭打；以及夏拉——麗妲的朋友中身體最弱的一個，卻仍兼差當妓女——為了她剛學步的孩子被她粗暴的男友打到腦部受損而痛哭。

不可預測，甚至有時恐怖的童年，使露西渴望安定與舒適的生活。嫁給一個史崔克不喜歡的工料測量師，生了三個他幾乎叫不出名字的兒子的她，可能會把比利這個勒死小孩的故事斥之為心智失常，連同其他一些她不願想到的事迅速掃進角落裡，露西需要假裝暴力和陌生人早已從往事中消失，如同他們逝去的母親一樣；麗妲走了，生活就安穩了。

史崔克明白，儘管她們有很大的差異，他也常對露西感到厭煩，但他愛露西。然而，當他一路奔向曼徹斯特時，他仍忍不住拿她和蘿蘋比較。在史崔克看來，蘿蘋似乎是在中產階級安定的環境中長大的，但她很勇敢，這是露西所沒有的。兩個女人都接觸過暴力與虐待狂，露西的反應是將過去的自己埋葬在她希望永遠不會再去的地方；蘿蘋則幾乎每天勇敢地面對它，調查並解決其他的犯罪事件與創傷，驅使她這麼做的動力和史崔克在自己身上看到的一樣：積極解開難題，發掘真相。

太陽越爬越高了，骯髒的擋風玻璃在陽光中依舊斑駁，他不由得從內心深深遺憾蘿蘋無法與他同行，她是他所遇到過最能一起談論過去的人，她還會幫他旋開保溫瓶倒茶給他，我們會說說笑笑。

他們最近有幾次又回到過去彼此開玩笑的相處方式，因為比利闖進辦公室，帶來一個令人不安的故事，這個故事足以打破這一年來永久阻礙他們友誼的僵局……或者，無論是什麼，史崔克心想。那一瞬間，他又再度感受到他在樓梯上擁她入懷的感覺，聞到玫瑰花的芳香，以及蘿蘋在辦公室時她身上散發的香水味……

內心帶著苦澀，他又拿出一支煙點燃，強迫自己專注在前往曼徹斯特的公路上，以及他打算向道恩·克蘭西——有五年的時間，她曾經是吉米·奈特的妻子——提出的問題。

15

是的，她是個怪人，她是，她一向趾高氣揚……

——亨里克．易卜生，《羅斯莫莊園》

正當史崔克開車北上時，蘿蘋被叫去和文化事務部長見面，但沒有說明為什麼。

在陽光下走向文化媒體暨體育部——辦公室位於一棟龐大的白色愛德華時代建築，離西敏宮步行只要幾分鐘——時，蘿蘋發現她幾乎希望自己是聚集在人行道上的觀光客之一，因為齊佐在電話中的聲音聽起來脾氣暴躁。

蘿蘋理應告訴部長許多和勒索他的人有關的有用資料，但她才來一天半，能說的只是她已證實她對格朗特．文恩的第一印象：他是個懶惰、好色、自大與輕率的人，他的辦公室門經常是開著的，走廊上常可聽到他的大嗓門高談闊論選民一些雞毛蒜皮的事，並且不時提到名流、資深政治家的名字以自抬身價，同時有意給人一種，管理一個小小的選民辦公室不過是個微不足道的雕蟲小技的印象。

她每次從他的辦公室門前經過時，他都會從他的辦公桌愉快地跟她打招呼，顯示渴望與她進一步接觸。但不知是湊巧或有意，阿米爾．馬利克總是阻擾蘿蘋想讓寒暄變成進一步交談的企圖，不是藉故向文恩發問打斷他們的談話，就是索性當著蘿蘋的面把門關上，如同一個小時之前那樣。

文化媒體暨體育部的辦公大樓雄偉的外觀——石雕裝飾、廊柱，和它的新古典主義外牆——並沒有使她減輕疑慮。它的內部已經現代化，並懸掛當代藝術，包括一件抽象的玻璃雕塑高掛在中央樓梯上方的圓頂天花板，一名看起來精明幹練的年輕婦女帶領蘿蘋從中央樓梯上樓，她以為蘿蘋是部長的乾女兒，努力向她介紹一些有趣的景點。

「那邊是邱吉爾廳，」當她們上樓後右轉時，她指著左邊說，「那是他在歐戰勝利日發表演說的陽台，部長辦公室在這邊……」

她帶領蘿蘋走進一條寬敞的弧形走道，這裡的空間擴大成一個開放式辦公區，一群時髦的年輕人坐在右邊一長排窗戶前的辦公桌辦公，從窗口望出去是個四合院廣場，尺寸與規模都像一座競技場，有高大的白色玻璃帷幕。這裡的一切都和依姬用水壺煮水沖泡即溶咖啡那間狹窄的辦公室有天壤之別，事實上，旁邊一張桌子上就擺放一台昂貴的咖啡機，上面放著好幾壺咖啡。

左邊的辦公室以玻璃牆面和玻璃門與右邊的弧形空間隔開，蘿蘋老遠就看到文化部長坐在他的辦公桌講電話，他的背後有一幅當代的女王畫像，他粗率地向帶領蘿蘋的女孩示意帶蘿蘋進入他的辦公室，蘿蘋尷尬地站在一旁等他講完電話。一個女人的聲音從話筒傳出，蘿蘋甚至在八英尺外都聽得到那個歇斯底里的高八度音調。

「我得走了，金娃娜！」齊佐對著話筒大聲說，「好……我們晚一點再談，我得走了。」

他比平常更用力放下話筒，指示蘿蘋坐在他對面的一張椅子上。一頭又粗又直的灰白頭髮豎立在他頭上，彷彿頂著一個怪異的光環，他肥厚的下唇使他看起來像個使性子的孩子。

「報紙在打聽消息，」他嘟囔地說，「那是我太太，《太陽報》今天早上打電話給她，問傳言是否屬實，她說『什麼傳言？』，但那個傢伙沒有特別說什麼，顯然是在打探，想從她那裡得到什麼意外的消息。」

他對蘿蘋皺眉，彷彿想從她的外表了解更多。

「妳幾歲？」

「二十七。」她說。

「妳看起來更年輕些。」

聽起來不像讚美。

「竊聽器裝好沒？」

「還沒。」蘿蘋說。

「史崔克在哪裡？」

「在曼徹斯特，去找吉米．奈特的前妻。」蘿蘋說。

齊佐憤怒地「哼」了一聲，然後站起來，蘿蘋也立刻站起來。

「妳最好回去把那個東西裝好，」齊佐說，「國家健保局，」他走向門口，依舊用同樣的語氣說，「人們會認為我們瘋了。」

「抱歉？」蘿蘋說，完全不知他在說什麼。

齊佐拉開玻璃門，示意蘿蘋先出去，進入許多時髦的年輕人坐在那台時髦的咖啡機旁辦公的開放空間。

「奧運開幕式，」他跟在後面解釋道，「那些左派廢物，我們贏了兩次世界大戰，卻不准我們慶祝。」

「胡說，賈斯伯，」旁邊一個低沉、悅耳的威爾斯嗓音說，「我們一直都在慶祝軍事上的勝利，這是另一種不同的慶祝。」

體育事務部長黛拉．文恩站在齊佐的辦公室門外，手上握著她那隻接近白色的拉布拉多犬的項圈皮帶。那是一位外表器宇不凡的婦女，灰白的頭髮往後梳，露出寬大的額頭。她戴著一副顏色極深的墨鏡，看不出鏡片後面有什麼。蘿蘋從她的研究得知，由於一種罕見的情況，黛拉的兩個眼球在她出生前就沒有發育完成，她有時會戴上假眼珠，特別是當她需要拍照時。黛拉身上戴著許多沉重的、富有質感的金飾，脖子上掛著一條凹雕的大項鍊，而且從頭到腳都是天藍色。

蘿蘋從史崔克列印的資料得知，格朗特每天早上為黛拉準備她當天穿的衣服，對於沒什麼時裝品味的他來說，挑同一色系的東西最簡單，蘿蘋讀到這裡時覺得很感動。

齊佐似乎不喜歡他的同僚突然出現。的確，鑑於她的丈夫勒索他，蘿蘋認為這一點也不意外。相反地，黛拉毫無尷尬的樣子。

「我想我們也許可以同坐一部車去格林威治。」她對齊佐說。她的拉布拉多犬輕輕嗅著蘿蘋的裙邊。「讓我們有機會討論十二日的計畫，你在做什麼，葛溫？」她感覺到拉布拉多犬的皮帶拉緊了，問道。

「牠在聞我。」蘿蘋緊張地說，拍拍拉布拉多犬。

「啊，這是我的乾女兒……」

「維妮西雅。」蘿蘋見齊佐在努力回憶她的名字，便替他說。

「妳好嗎？」黛拉說，伸出她的手，「來探望賈斯伯？」

「不，我在選區辦公室實習。」蘿蘋說，握住黛拉那隻戴戒指的溫暖的手。齊佐這時走到一旁，看一名身穿西裝、在旁邊徘徊的年輕男子手上拿的文件。

「維妮西雅，」黛拉重複說，臉轉向蘿蘋，被無法穿透的黑色鏡片遮去一半的漂亮的臉微微皺眉。「妳姓什麼？」

「霍爾。」蘿蘋說。

她忽然莫名地恐慌起來，彷彿黛拉即將揭穿她。仍在研究文件的齊佐這時走開了，感覺上彷彿是為了黛拉而刻意留下蘿蘋一個人站在那裡。

「妳是那個fencer。」黛拉說。

「抱歉？」蘿蘋說，又是一頭霧水，她的腦子想到的是籬笆與圍欄。坐在那一台太空時代咖啡機附近的幾個年輕人都轉頭過來聽，臉上露出禮貌的興趣。

「是的，」黛拉說，「是的，我記得妳，妳和弗芮迪同屬英格蘭隊。」

她臉上友好的表情變僵硬了，齊佐這時正趴在一張桌上刪改文件上的字句。

「不，我不曾學過擊劍。」蘿蘋恍然大悟說。她聽到「隊」這個字才明白她們談的是擊劍，不是農場和牲畜。

「妳一定有，」黛拉一口咬定，「我記得妳，賈斯伯的乾女兒，和弗芮迪在同一個隊上。」

那是一種令人略感不安的傲慢與完全的自信，蘿蘋覺得此刻不宜繼續反對下去，因為現在已有好幾個旁聽者。她只好說：「那麼，很高興見到妳。」然後她就走了。

「妳的意思是再見到。」黛拉尖銳地說，但蘿蘋沒有回答。

16

……一個像他這樣有過不良紀錄的人……這種人也能成為人民的領袖！而且還幹得有聲有色！

——亨里克．易卜生，《羅斯莫莊園》

在駕駛座上坐了四個半小時後，史崔克在曼徹斯特下車時的姿勢怎麼也優雅不起來。他在波頓路——一條寬敞的馬路，兩旁有店舖也有住家——上站了一會兒，靠在車身上伸展他的腰背和腿，感恩他能在離「風尚」髮廊只有一小段距離的地方找到一個停車位。「風尚」髮廊明亮的粉紅色店面夾在一家咖啡館和一家特易購超市之間，櫥窗上貼著表情略帶憂鬱、頭髮染成不自然的色彩的模特兒照片。

它的黑白瓷磚地板和粉紅色牆壁讓史崔克想到羅蕾萊的臥室。小店的內部倒是相當時髦，但似乎不是為了迎合特別年輕或喜愛冒險的顧客。此刻裡面只有兩名顧客，其中一個胖太太至少有六十歲，坐在鏡子前閱讀一本《好管家》雜誌，她的頭上捲了許多錫箔紙，史崔克進去時跟自己打賭，道恩一定是那個瘦瘦的、用過氧化氫把頭髮染成金色的婦女。她背對著他，正在替一個藍頭髮的老太太燙頭髮，一邊跟她聊得很起勁。

「我和道恩有約。」史崔克對那個年輕的櫃臺小姐說，後者看見一個如此巨大的男士走進這間充滿阿摩尼亞氣味的髮廊顯然有些吃驚，那個假金髮婦女聽到有人提到她的名字立即轉頭，她有曬日光浴的人身上常見的粗糙的皮膚和老人斑。

「馬上好，老兄。」她含笑說。史崔克在窗口的一張長凳坐下等待。

五分鐘後，她把他帶到後頭一張有軟墊的粉紅色座椅。

「你想剪什麼樣的髮型？」她問他，比個手勢請他坐下。

「我不是來理髮的，」史崔克說，仍然站著，「我很樂意付錢，我不想浪費妳的時間，但是，」他從口袋掏出一張名片和他的駕照，「我叫柯莫藍．史崔克，我是私家偵探，我想跟妳談談妳的前夫吉米．奈特。」

她一臉震驚，但又顯得很好奇。

「史崔克？」她重複，然後驚呼，「你該不會是那個抓到開膛手的偵探吧？」

「就是我。」

「老天爺，吉米幹了什麼事？」

「沒事，」史崔克輕鬆地說，「我只是在調查他的背景。」

她當然不相信他，他懷疑她的臉上做了許多小針美容，她的額頭光滑閃亮得令人起疑，兩道眉毛也經過細心描繪，但她脖子上的許多皺紋洩漏了她的年齡。

「那都已經過去了，過去很久了，我不再談論吉米，他們不是說越少談越快好嗎？」

但他可以感覺到好奇與興奮有如熱氣般從她身上散發出來，第二電台發出刺耳的噪音，她看看那兩個坐在鏡子前面的婦人。

「香香！」她大聲喊。那個櫃臺小姐嚇一跳，轉頭。「把她頭上的錫箔紙拿下來，幫我注意一下正在燙的頭髮，親愛的，」她猶豫了一下，仍然拿著史崔克的名片，「我不確定我想，」她說，「談這件事。」

「只是背景，」他說，「不是線索。」

五分鐘後，她在髮廊內部的員工休息室遞給他一杯牛奶咖啡，愉快地談話。在頭上的螢光燈照射下，她顯得有點憔悴，但仍然很好看，足以說明為何當初吉米會對這個比他大十三歲的女性有興趣。

「……對，一次反核子武器示威，我和我的朋友溫蒂一起去的，她對這些非常投入，素食主義者。」她又說，用腳把通往店舖的門關上，然後拿出一包Silk Cut香煙。「你知道那種人。」

「我有自己的。」當她遞給他那包香煙時，史崔克說。他替她點煙，然後點一支他自己的金邊臣香煙，兩人同時噴出一口煙。她面對他，蹺起二郎腿，滔滔不絕地說。

「……對，吉米演講，談武器和我們可以省下多少錢，給國家健保局什麼的，重點是……他很會說，你知道。」道恩說。

「確實。」史崔克同意，「我聽過他演講。」

「對，我掉進去了，上鉤了，深信不疑，以為他是什麼羅賓漢。」

史崔克以前就聽過這種笑話，這不是第一次。

「搶匪還差不多。」她說。

她遇見吉米時已經離婚，和她一起在倫敦合作開美髮沙龍的第一任丈夫為了店內另一個女孩而離開她。道恩離婚後仍然做得很好，努力維持生意，經歷過一個不老實的丈夫後，吉米似乎是個浪漫的人，她在心灰意冷的情況下深深愛上他。

「但，身邊總是有一堆女孩，」她說，「左派的，你知道，她們有的真的很年輕。在她們眼中，他就像個流行歌星，我是在他利用我的所有帳戶去設定信用卡之後才發現有多少個女孩。」

最後道恩告訴史崔克，吉米如何說服她資助他，向他的前雇主札內特工業公司提出告訴，後者由於在解雇他時沒有依照程序辦理而輸了這場官司。

「他非常熱衷於維護他的權利，吉米。但他不笨，你知道，他從札內特那裡拿到一萬英鎊賠償金，我一分錢也沒看到，他全花掉了，用來告其他人。我們分手後，他也試圖將我告上法庭，說我害他損失收入，笑死人了。我養了他五年，他還口口聲聲說他和我合作，無償建立事業，又因為那些化學品得了職業傷害，氣喘——講了很多屁話——全被法庭駁回了，感謝上帝，然後他又企圖告我騷擾，說我把他的車上鎖。」

她捻熄她的香煙，又伸手拿出一支。

「我是曾經有過啦，」她突然帶著一絲壞壞的笑意說，「你知道他現在被列入禁止名單嗎？未經許可不得控告任何人。」

「對，我知道。」史崔克說，「你們在一起時，他曾經涉及任何犯罪行為嗎，道恩？」

她又點煙，從她的手指上頭看他，仍然希望聽到吉米究竟做了什麼事讓史崔克調查他。最後她說：

「我不確定他有沒有謹慎地查證和他玩在一起的女孩是不是滿十六歲，我後來聽說，其中有一個……但那時我們已經分手了，那不再是我的問題了。」史崔克做筆記時道恩說。

「而且，如果是和猶太人有關的事我也不會相信他，他不喜歡他們。吉米認為，以色列是萬惡的根源：猶太復國主義，我厭倦聽到這句話，他們吃的苦頭夠多了。」道恩含糊地說，「對了，他在札內特的經理就是猶太人，他們彼此都痛恨對方。」

「他叫什麼名字？」

「叫什麼呢？」道恩用力吸一口煙，皺眉，「保羅什麼的……羅布斯坦，對，保羅．羅布斯坦，他說不定還在札內特上班。」

「妳還有和吉米聯絡嗎？或者他的任何家人？」

「天哪，沒有，幸好擺脫了，他的家人我只見過小比利，他的弟弟。」

她提到這個名字時語氣柔和了些。

「他不太正常，有一段時間他和我們住在一起。他很可愛，說真的，但不正常，吉米說都是他的父親，他是個會動粗的醉鬼，獨力撫養他們，卻又把他們打得半死，他們說，用皮帶和任何東西鞭打他們。吉米逃到倫敦，留下可憐的小比利和他住在一起，難怪會變成這樣。」

「妳指的是什麼？」

「他有一種——他們叫什麼，妥瑞症？」

她精確地模仿史崔克在他的辦公室見到的摸鼻子、摸胸口的動作。

「他有在吃藥，我知道，然後他離開我們，和其他少年住在一間公寓裡。吉米和我分手後，我再也沒見過他，他是個可愛的孩子，對，但他惹惱了吉米。」

「哪一方面？」史崔克問。

「吉米不喜歡他談他們的童年，我不知道，我想吉米是因為把比利一個人留在家裡而感到內疚，這其中還有一件事很耐人尋味……」

史崔克看得出她有好一陣子沒想過這些事了。

「耐人尋味？」他立刻問。

「有一、兩次，當他有點醉時，吉米說他的父親會因為謀生而下地獄。」

「我以為他是幹雜活的？」

「是嗎？他們告訴我他是個木工，他替那個政治人物的家庭做工，他叫什麼名字？那個頭髮長這樣的？」

她模仿頭上長出剛毛的樣子。

「賈斯伯·齊佐？」史崔克說，發正確的音。

「他，對，老奈特先生住在他家土地上的一間免租金的小屋，兩個男孩都在那裡長大。」

「他說他的父親會因為謀生而下地獄？」

「對，也許是因為他替保守黨人做工，吉米所做的一切都和政治有關，我實在不懂。」道恩不安地說，「人總要生活啊，試想，我要先問我的顧客如何投票，我才——」

「完了，」她忽然發出驚呼，捻熄她的香煙跳起來，「香香最好已經把霍里奇太太的捲子拿下來，否則她會變成禿子。」

17

我看他無可救藥了。

——亨里克．易卜生，《羅斯莫莊園》

為了找機會在文恩辦公室裝竊聽器，蘿蘋下午大部分時間都在文恩與依姬辦公室外安靜的走廊上徘徊，但不得其門而入。即使文恩離開辦公室去參加午餐會，阿米爾仍待在辦公室內，蘿蘋抱著文件盒走來走去，等待阿米爾去上廁所。每當有人經過想跟她說話時，她就趕快回去依姬的辦公室。

終於，四點十分時她的運氣來了。格朗特．文恩踉蹌地出現在走廊上，吃了一頓漫長的午餐之後似乎已有些醉意，與他的妻子正相反，當她對著他走過去時，他似乎很高興。

「她在那兒！」他大聲說，「我有話要跟妳說！進來吧，進來！」

阿米爾穿著襯衫在他的辦公桌工作，整齊的桌面在雜亂的辦公室內自成一小塊綠洲，文恩的桌上胡亂堆了幾個文件夾，蘿蘋注意到那個有橘色「公平競爭」標誌的文件夾放在他前面的一堆信件上，格朗特的辦公桌下方有個插座，是裝竊聽器的理想位置。

「你們見過了嗎？」格朗特愉快地說，「維妮西雅，阿米爾。」

他坐下，並邀請蘿蘋坐在一張扶手椅上，椅子上有一堆倒塌的文件夾。

「雷德葛瑞夫有回電話嗎？」文恩問阿米爾，一面掙扎著脫他的西裝外套。

「誰？」阿米爾問。

「史蒂夫．雷德葛瑞夫爵士！」文恩說，一隻眼睛懷疑地朝蘿蘋的方向瞄了一眼，她替他感到尷尬，特別是阿米爾冷冷地回說「沒有」時。

「『公平競爭』。」文恩對蘿蘋說。

他總算脫下西裝外套，帶點誇張地將它扔到他的椅背上，不想它卻落在地板上，但格朗特似乎沒注意到，拍拍他面前那個橘色標誌，「我們的ㄘ——」他打嗝，「抱歉——我們的慈善機構。那些家境不好和身體殘障的運動員，妳知道。有很多名人支持，史蒂夫爵士熱心——」他又打嗝，「——贊助——協助。好了，現在，我要為我可憐的妻子向妳道歉。」

他似乎興致高昂，蘿蘋從眼角看到阿米爾用銳利的眼光瞄了格朗特一眼，彷彿一隻利爪，快閃一下又迅速收回。

「我不明白。」蘿蘋說。

「她搞錯名字了，經常如此，我如果不留意她，什麼事都會發生，錯誤的信件送到錯誤的人手上……她以為妳是別人，我今天中午和她通過電話，她堅稱妳是我們女兒幾年前認識的一個人，維樂蒂．蒲爾漢，妳乾爹的另一個乾女兒。我馬上告訴她那不是妳，說我會代她向妳道歉，她是個傻女孩，她只要認定她是對的就非常頑固，但，」他又對她翻白眼，拍他的額頭，一副他是個長期忍受憤怒妻子的丈夫。「她總算了解了。」

「噢，」蘿蘋謹慎地說，「我很高興她知道她認錯人了，因為她好像很不喜歡維樂蒂．蒲爾漢。」

「老實說，維樂蒂是個小賤人，」文恩說，臉上依然帶笑，蘿蘋看得出他喜歡用這個字眼。「對我們的女兒很壞，妳知道。」

「喔，我的天，」蘿蘋說，想起芮安娜．文恩已自殺身亡，內心不禁生出一絲恐懼，「我很遺憾，太可怕了。」

「妳知道嗎，」文恩說。他坐下來，椅背往後移靠在牆上，兩隻手擱在他的後腦勺，「妳太善良了，一點也不像與齊佐家有關係的女孩。」他真的有點醉了，蘿蘋可以從他哈出的氣息聞到一點酒味，阿米爾又對他投以銳利與斥責的眼光。「妳以前是做什麼的，維妮西雅？」

「公關，」蘿蘋說，「但我想做一些更有意義的事情，政治，或者慈善。我正在讀『公平競爭』的相關報導，」她說的是實話，「它好像很棒，你們也為退伍軍人做很多事，不是嗎？我昨天看到一篇訪問泰瑞．柏恩的文章，那個殘障奧運自行車選手？」

這是因為柏恩和史崔克一樣膝蓋以下截肢，才引起她的注意。

「妳當然會對退伍軍人感興趣。」文恩說。

蘿蘋的胃猛然一抽並往下沉。

「抱歉？」

「弗芮迪．齊佐啊？」文恩立刻說。

「喔，是啊，當然，」蘿蘋說，「不過，我和弗芮迪不熟，他比我大好幾歲。好可怕——他被殺了。」

「喔，是的，很可怕，」文恩說，但語氣是冷淡的，「黛拉非常反對伊拉克戰爭，非常反對。不過，容我提醒妳，妳的賈斯伯叔叔主張出兵。」

一時間，氣氛似乎與文恩沒說出口的暗示一致：齊佐因主戰而罪有應得。

「噢，這我就不知道了，」蘿蘋謹慎地說，「賈斯伯叔叔認為，根據我們當時掌握的證據，採取軍事行動是合理的。而且，」她勇敢地說，「誰也不能指責他是出於自利，不是嗎，他的兒子都去參戰了？」

「啊，如果妳一定要這麼說，誰能反駁？」文恩說著，舉起雙手作勢投降。他的椅子在牆上滑了一下，有那麼幾秒鐘，他掙扎著保持平衡，抓住桌子，把他自己和椅子再度拉直，蘿蘋忍著不敢笑出來。

「格朗特，」阿米爾說，「我們必須在這些信件上簽名，如果我們要在五點以前送出去的話。」

「還有半個小時，」文恩看一下他的手錶說，「是的，芮安娜以前是英國青少年擊劍隊的。」

「好棒喔。」蘿蘋說。

「喜愛運動，跟她的母親一樣。十四歲就入選威爾斯青少年擊劍隊，我常開車送她去各地參加比賽，在路上相處好幾個小時！她十六歲那年入選為英國青少年擊劍隊選手。

「可是那些英國隊隊員對她非常冷淡，」文恩說，有一絲凱爾特人的怨氣，「她不是讀妳們那種了不起的公學，妳知道，他們不管什麼都講求關係。維樂蒂．蒲爾漢，她根本就能力不足，事實上，還是因為維樂蒂扭傷腳踝，芮安娜才進入英國隊，她的擊劍技術比維樂蒂好太多了。」

「原來如此，」蘿蘋說，試著在同情和假裝效忠齊佐之間取得平衡，這該不會是文恩不滿這個家庭而發的牢騷吧？但格朗特激烈的語氣顯見兩家有長期宿怨。「當然，這種事情還是應該以能力為主。」

「對啊，」文恩說，「是應該，妳看這個……」

他笨手笨腳地從他的皮夾摸出一張舊照片，蘿蘋伸手，但格朗特緊緊抓著照片，費力地站起來，撞翻堆在他椅子旁邊的一疊書，繞過桌子走到蘿蘋身邊——靠得很近，蘿蘋都可以從她的脖子感覺到他的呼吸——給她看他女兒的照片。

身穿擊劍服裝的芮安娜．文恩舉著掛在她脖子上的金牌笑得很燦爛。她的皮膚白皙，五官小巧，蘿蘋從她臉上看不出她哪一點像她的父親或母親，不過，她寬大、聰穎的額頭可能來自黛拉。格朗特在她的耳邊大聲呼吸，蘿蘋在強忍著不讓自己離他遠一點的同時，腦中忽然浮現起格朗特．文恩臉上掛著沒有下唇的笑容，從一群汗流浹背的少女旁邊經過的畫面，她不由得想到，文恩不辭辛苦當司機接送女兒跑遍全國各地，如果自己還要懷疑這是否出於父愛，會不會太可恥？

「妳對自己做了什麼，嘎？」格朗特問，在她耳邊噴著熱氣，靠過來摸她前臂上的紫色刀疤。

蘿蘋無法阻止自己，她急忙收回手臂，疤痕附近的神經還沒有完全復原，她討厭任何人碰觸它。

「我九歲時撞到一片玻璃門。」她說，但可信的、吐露真心的氣氛像一陣煙似地消散了。

阿米爾始終出現在她的眼角邊緣，剛硬、沉默地坐在他的辦公桌，格朗特的笑容變得有些勉強。以她在辦公室的豐富經驗，不會不知道房間內的氣氛已發生微妙的變化，現在她站在這裡防備他微帶醉意的不當舉動，而格朗特又滿腹怨氣和憂慮，她真希望她沒有抽回她的手。

「文恩先生，我想，」她喘口氣說，「如果你不介意的話，可否給我一點有關慈善界方面的建議？我拿不定主意，政治，還是慈善，而且我不知道還有誰同時在做這兩方面的事。」

「喔，」格朗特說，兩眼在厚厚的鏡片後眨著，「喔，這個嘛……好，我想我可以……」

「格朗特，」阿米爾又說話了，「我們真的必須把這些信件——」

「是的，好，好，」格朗特大聲說，「我們以後再聊。」他對蘿蘋說，並對她擠眼睛。

「太好了。」她含笑說。

蘿蘋走出去時對阿米爾微微一笑。但他沒有反應。

18

所以，事情已經到了這個地步！

——亨里克．易卜生，《羅斯莫莊園》

前後開了將近九個小時的車後，史崔克的脖子、背部和兩條腿已僵硬痠痛，購物袋內的補給品也早就吃光了。當他的手機鈴響時，昏暗的天空已現出第一顆閃爍的星星，這個時間通常是露西打電話來跟他「聊天」的時候；鈴聲響三下他都不予理會，因為，儘管他喜愛這個妹妹，但他實在沒興趣聽她訴說她兒子的求學情況、家長會上的爭執、她擔任工料測量師的丈夫工作上錯綜複雜的問題。但是當他發現來電者是巴克萊時，他立刻將車子開到路邊一個可以停車的地方——實際上是一處通往田野的岔路口——關掉汽車引擎接聽電話。

「成了，」巴克萊簡潔地說，「和吉米。」

「已經？」史崔克說，很驚訝，「怎麼辦到的？」

「酒吧，」巴克萊說，「我打斷他的話，他在高談闊論蘇格蘭獨立的事，英國的左派，」他繼續說，「最愛聽幹譙英格蘭的話，一整個下午連一杯啤酒都不需要自己花錢買。」

「厲害，巴克萊，」史崔克說，點燃這天的第二十一支香煙，「幹得好。」

「這還只是開胃菜，」巴克萊說，「當我告訴他們我見過軍中帝國主義者的惡行惡狀時，你應該聽聽他們說些什麼，我操，他們真容易上當，我明天去參加**反奧**的集會。」

「奈特靠什麼為生？你知道嗎？」

「他告訴我他幫兩個左派網站寫文章，他還販賣**反奧**T恤和一點大麻。告訴你，那個T恤一點也不值錢，我們離開酒吧後一起去他家，你最好不要聞到他媽的Oxo湯塊的味道，我說我會送他高級一點的，我們可以用事務所的經費買吧？」

「我會把它列入『雜項』支出。」史崔克說，「好，保持聯繫。」

巴克萊掛斷電話。史崔克決定趁機休息一會兒，便下車吸煙，靠在有五根欄杆的籬門上，面對一片寬闊黑暗的田野，然後打電話給蘿蘋。

「凡妮莎打來的。」蘿蘋撒謊，她看到出現在她手機上的是史崔克的電話號碼。她和馬修剛才邊看新聞邊吃擱在膝上的外賣咖哩，他下班回家晚了，又累；她不想跟他吵架。拿起手機，她經過落地窗走到讓客人吸煙的露台，確認玻璃門已完全關上後，她接聽電話。

「嗨，一切順利吧？」

「很好，可以講話嗎？」

「可以。」蘿蘋說，靠在花園圍牆上，看一隻蛾在玻璃門上掙扎想進入屋內。「你和道恩．克蘭西談得如何？」

「沒有什麼有用的情報，」史崔克說，「我本來以為找到一條線索，吉米的前老闆是個猶太人，跟他有宿怨，但我打電話到那家公司，發現那個可憐的傢伙去年九月中風死了，我離開她那裡後又接到齊佐的電話，他說《太陽報》在打聽消息。」

「是的，」蘿蘋說，「他們打電話給他太太。」

「沒有它我們也能辦到，」史崔克說。蘿蘋覺得這句話說得很含蓄，「不知道是誰向報社通風報信？」

「我打賭是文恩，」蘿蘋說，想起格朗特那天下午的談話態度，隨口提起名人的名字以抬高自己的身價，「他是那種會向記者暗示齊佐有故事可寫的人，即使他還沒有證據，說真的，」

她又說，但並不真的希望聽到答案，「你想齊佐到底做了什麼事？」

「我也想知道，但這不重要，」史崔克說，聽起來很疲倦的樣子，「我們拿錢不是為了調查他的底細，談到那個——」

「我還沒有機會安裝竊聽器，」蘿蘋說，已先知道他要問什麼，「我盡量留晚一點下班，但他們離開後阿米爾把門鎖起來了。」

史崔克嘆氣。

「好吧，不要過於急躁反而把事情搞砸了。」他說，「但假如《太陽報》插手，我們還得對付他們，妳盡可能早一點把事情辦好。」

「我會，我會盡量，」蘿蘋說，「不過我今天聽到一些有關文恩的事，」她告訴他黛拉誤會她是齊佐的一個真的乾女兒，以及芮安娜曾加入擊劍隊的事，但史崔克似乎沒什麼興趣。

「我懷疑這是文恩要把齊佐拱下台的原因，無論如何——」

「——先手法後動機。」她說，引述史崔克自己經常說的一句話。

「一點也沒錯。聽著，妳明天下班後可以和我見面嗎，我們好好討論一下？」

「好的。」蘿蘋說。

「巴克萊倒是幹得不錯，」史崔克說，彷彿想到這件事使他精神一振，「他已經和吉米搭上線了。」

「喔，」蘿蘋說，「很好。」

史崔克告訴她他會以簡訊通知她方便見面的酒吧後掛斷電話，留下蘿蘋一個人在安靜、黑暗的院子裡沉思，天上群星閃耀。

巴克萊倒是幹得不錯。

彷彿在和蘿蘋比較，她只查到芮安娜·文恩這個無關緊要的資訊。

那隻蛾仍在玻璃門上無謂地掙扎，急著想撲向光明。

笨蛋，蘿蘋心想，外頭這裡比較好。

她心想，和凡妮莎講電話的謊言應該讓她感到內疚才對，但她卻毫不費力地說出來。不過，她只是很高興她可以藉故離開，當她看著那隻蛾無可救藥地一直撲向明亮的玻璃窗時，蘿蘋想到她的心理治療師在一次諮詢中對她說的話。當時蘿蘋一直執著於想辨別真正的馬修在什麼地方結束，以及她從什麼地方開始對他產生錯覺。

「人經過十年都會改變，」心裡治療師回答，「為什麼一定要懷疑妳錯看了馬修？也許你們兩個都改變了？」

下星期一就是他們的第一個結婚紀念日，在馬修的提議下，他們這個星期將到牛津郊外的一家豪華飯店度週末。奇怪的是，蘿蘋有點期待，因為換了環境之後，她和馬修最近的相處似乎有點改善。被陌生人包圍，把他們從爭吵的習性中擠出來，她告訴他前首相泰德．奚斯的半身像變成綠色，以及其他一些有關下議院的（她認為）有趣的事。但他仍是一臉無聊的神情，決心顯示他對這整個冒險反對到底。

作了決定後，她拉開落地窗，那隻蛾快樂地跟進屋內。

「凡妮莎有什麼事？」馬修問，兩眼仍看著新聞，蘿蘋再度坐下。莎拉．薛洛克帶來的葵百合仍擺在她旁邊的桌上，過了十天了依舊盛開，蘿蘋還能從咖哩的氣味中聞到它濃郁的花香。

「我們上回出去時，我誤拿了她的太陽眼鏡，」蘿蘋說，假裝懊惱，「她要我還給她，那是香奈兒的，我說我上班以前跟她見面。」

「香奈兒，嘎？」馬修含笑說，蘿蘋覺得他的微笑有點傲慢，她知道他認為他找到了凡妮莎的弱點，但也許他更希望她認為凡妮莎重視名牌，所以想把它要回去。

「我六點出門。」蘿蘋說。

「六點？」他說，有點不高興，「老天，我很累，我不想那麼早起——」

「我正要說我睡另一個房間。」蘿蘋說。

「喔，」馬修說，安靜下來，「好吧，謝謝。」

19

我不願意這樣做——但，畢竟——必要時仍然必須——

——亨里克．易卜生，《羅斯莫莊園》

第二天一早，蘿蘋在五點四十五分離開家。天空一抹淡淡的粉紅，雖然是清晨但已有了暖意，正適合沒有穿外套的她。經過她家附近的酒吧時，她朝那隻天鵝塑像瞥了一眼，但她強迫自己將心思拉回到今天的工作，而不是被她留在家裡的那個男人。

一個小時之後她抵達依姬辦公室外的走廊，發現格朗特辦公室的門已經開了，她迅速瞄一眼，發現裡面沒人，但阿米爾的西裝外套掛在他的椅背上。

蘿蘋快步跑到依姬的辦公室，開鎖進門，衝到她的辦公桌，從棉條盒子取出一個竊聽器，又抓起一堆過期的會議議程當掩護，然後快步回到走廊。

當她接近格朗特的辦公室時，她取下為了這個行動而特別戴上的金手鐲輕輕拋出去，讓它滾進格朗特的辦公室。

「啊，糟了。」她大聲說。

辦公室內沒有人回應，蘿蘋敲敲門板，說「哈囉？」然後探頭進去。房間內依然沒人。

蘿蘋快步走到格朗特辦公桌旁邊踢腳板上方的雙插座，跪下來，從她的皮包取出竊聽器，拔掉他桌上風扇的插頭，將竊聽器插入雙插座，再將風扇插頭插回去。檢查是否有效後，她這才氣喘吁吁地彷彿剛跑了百米，到處尋找她的手鐲。

「妳在做什麼？」

阿米爾穿著襯衫站在門口，手上拿著一杯剛泡好的茶。

「我有敲門，」蘿蘋說，她的臉頰也確實紅通通的，「我的手鐲掉了，滾到──喔，在這裡。」

它正好躺在阿米爾的電腦椅子底下，蘿蘋急忙過去撿。

「這是我母親的，」她撒謊，「萬一遺失我會被罵死。」

她將金手鐲戴回她的手腕，拿起她放在格朗特桌上的文件，盡量裝得沒事似的，臉上帶著笑容，從阿米爾旁邊經過，走出房間。她從眼角瞥見阿米爾狐疑地瞇著眼睛。

蘿蘋欣喜地進入依姬的辦公室。今晚見面時，她總算有好消息可以告訴史崔克了，巴克萊不再是唯一表現不錯的人。她想得太入神，竟沒察覺辦公室內還有別人，直到一個男人的聲音從她背後說道：「妳是誰？」

現實立刻瓦解，兩個攻擊者從她背後猛撲過來。蘿蘋發出驚叫迅速轉身準備迎戰：文件散落在空中，皮包從她的肩上滑落，掉在地板上敞開來，裡面的東西滾了一地。

「抱歉，」那個人說，「我的天，我很抱歉！」

但蘿蘋發現她呼吸困難，她的耳膜隆隆作響，全身汗如雨下。她彎腰撿東西，卻因顫抖得厲害而頻頻掉落。

現在不要，現在不要。

他在跟她說話，但她一句也沒聽懂，世界又再度分崩離析，充滿恐怖與危險，當他遞給她眼線筆和一瓶隱形眼鏡保濕液時，他的臉是模糊的。

「喔，」蘿蘋用力喘息，「太好了，對不起，洗手間。」

她跌跌撞撞走到門口，走廊上有兩個人往她這邊走來，他們跟她打招呼的聲音模糊而遙遠，她不知如何回應，只能小跑步從他們旁邊經過衝向女廁所。

衛生大臣辦公室的一名婦女站在水槽前塗口紅，見到她跟她打招呼，蘿蘋視而不見地從她旁邊經過進入如廁間，慌亂地把門鎖上。

企圖壓制恐慌是沒有用的，那只會讓它反擊，要試著讓自己向它的意志屈服。她必須駕馭它，彷彿恐懼是一匹脫韁的野馬，要安撫它，引導它到一個更易於管理的方向。於是她站著不動，手掌撐著隔間牆，在腦子裡對自己說話，彷彿她是個馴獸師，而她處於非理性恐慌的身體是一隻瘋狂的獵物。

妳是安全的，妳是安全的，妳是安全的……

恐慌慢慢消退了，但她的心跳仍不規則。終於，蘿蘋將發麻的手從隔間牆移開，張開眼睛，在強烈的燈光下眨眨眼，廁所內安靜無聲。

蘿蘋從如廁間往外覷，那個婦女已經離開了。鏡子前除了她蒼白的臉外沒有別人，她將冷水潑在臉上，用紙巾拍乾，重新戴好她的平光眼鏡，然後離開洗手間。

她剛剛離開的辦公室內似乎有人在爭吵，她深吸一口氣，進入房間。

賈斯伯・齊佐轉頭注視著她，他那鋼絲似的灰白頭髮從他的紅臉四周冒出。依姬站在她的辦公桌後面，那個陌生人仍在。在驚慌的狀態下，蘿蘋寧可不要成為三對好奇眼睛的焦點。

「怎麼回事？」齊佐問蘿蘋。

「沒事。」蘿蘋說，感覺衣服底下又冒出冷汗。

「妳衝出房間，他——」齊佐指著那個深色皮膚的男子，「——有對妳怎樣嗎？非禮舉動？」

「什麼——？沒有！我不知道他在這裡，如此而已——他忽然開口，我嚇一跳，然後，」她可以感覺到她的臉更紅了，「我忽然內急。」

齊佐突然對那個深色皮膚的男子發難。

「你為什麼這麼早來，嘎？」

這時，蘿蘋終於明白這個人是拉斐爾。她早已從網路上看過他的照片，知道這個有一半義大利血統的男子和這個清一色金髮、外表非常英國的家庭成員很不一樣，但她完全沒有心理準備他會長得這麼帥。他的深灰色西裝、白襯衫和傳統的深藍色斑點領帶，有一種走廊上的其他男人都缺乏的氣質，他的皮膚顏色很深，看起來黑黝黝的，高顴骨，幾乎是黑色的眼睛，深色的頭髮長而鬆軟，以及一張寬闊的嘴。他不像他的父親，他有豐滿的上唇，為他的臉龐增添了幾分脆弱。

「我想你喜歡準時啊，爸。」他說，雙手往兩邊一攤，顯得有點無奈。

他的父親轉向依姬。「給他點事做。」

齊佐走出去，蘿蘋極為尷尬地走向她的辦公桌。沒有人開口，直到齊佐的腳步聲消失，依姬才開口說話。

「他現在壓力很大，拉夫，寶貝，不是因為你的緣故，他一點小事都會發脾氣。」

「對不起，」蘿蘋強迫自己對拉斐爾說，「我反應過度。」

「不要緊，」他回答，用一種常被形容為「公學」的口音，「但我要鄭重聲明，事實上我不是個性侵者。」

蘿蘋緊張地笑笑。

「妳是那個我不認識的乾女兒嗎？都沒有人告訴我。維妮西雅，是嗎？我是拉夫。」

「呃——是的——嗨。」

他們握手。蘿蘋回到她的座位，胡亂整理一些紙張，她可以感覺到她的臉色在起變化。

「只是目前太瘋狂，」依姬說。蘿蘋知道她在試圖——不完全是無私的理由——說服拉斐爾，他們的父親不像他表面看起來那麼難共事，「我們人手不足，還有即將舉行的奧運會，TTS又經常對爸爸發脾氣——」

「什麼對他發脾氣？」拉斐爾問，坐在那張下陷的扶手椅上，鬆開他的領帶，蹺起二郎腿。

「TTS，」依姬說，「你既然坐那裡，就伸手把水壺放上去，拉夫，我好想喝杯咖啡。」

TTS代表『叮叮二號』，這是我和菲姬給金娃娜取的綽號。」

齊佐家族的許多綽號都是蘿蘋在辦公室內依姬得空時告訴她的。依姬的姐姐蘇菲亞叫「菲姬」，而蘇菲亞的三個孩子喜歡寵物似的綽號「品哥」、「毛毛」和「澎澎」。

「為什麼叫『叮叮二號』？」拉夫問，用他修長的手指旋開一罐即溶咖啡。蘿蘋雖然在看她手上的工作，但對他的一舉一動仍非常清楚，「『叮叮一號』又是什麼？」

「喔，拜託，拉夫，你一定聽過叮叮，」依姬說，「祖父最後一次娶的那個可怕的澳洲護士，那時他已漸漸衰老了。他在她身上花了許多錢，他是她嫁的第二個老笨蛋，祖父為她買了一匹沒用的賽馬和許多醜得要命的珠寶。祖父去世後，爸爸為了讓她離開這個家差點告上法庭，幸好在還沒有繼續花更多錢之前她忽然得乳癌死了，謝天謝地。」

蘿蘋聽了這句無情的話吃驚地抬起頭來。

「妳的咖啡要怎麼喝，維妮西雅？」拉夫舀了即溶咖啡粉放進馬克杯時問。

「加奶，不加糖，麻煩你。」蘿蘋說。她剛剛才侵入文恩的辦公室，覺得最好還是低調些。

「叮叮二號嫁給爸爸是為了他的錢，」依姬繼續說，「還有，她和叮叮一號一樣瘋馬，你知道她現在有九匹嗎？九匹！」

「九匹什麼？」拉夫說。

「馬，拉夫！」依姬不耐煩地說，「難以駕馭、脾氣暴躁、熱血沸騰的馬，莫名其妙，像養孩子一樣養牠們，把所有錢都花在牠們身上！我的天，我真希望爸爸離開她，」依姬說，「把餅乾桶遞給我，寶貝。」

他遞給她餅乾桶。蘿蘋可以感覺到他在看她，假裝仍專心工作。

電話鈴響。

「賈斯伯．齊佐辦公室，」依姬說，用下巴夾著聽筒，試著撬開餅乾桶蓋。「喔，」她說，語氣忽然冷下來，「哈囉，金娃娜，爸爸剛離開……」

拉夫看到他同父異母姐姐的表情後，笑著從她手上接過餅乾桶，打開蓋子，將桶子遞給蘿蘋，蘿蘋搖頭，依姬的聽筒中傳出一連串模糊不清的話語。

「不……不……他走了……他只是過來跟拉夫打個招呼……」

電話那頭的聲音似乎更刺耳了。

「回去文化媒體暨體育部，他十點要開會。」依姬說，「我不能——因為他非常忙，妳知道，奧運——好的……再見。」

依姬用力放下電話筒，掙扎著脫下她的外套。

「她應該再去休養才對，上一次好像沒什麼效果。」

「依姬不相信精神病。」拉夫對蘿蘋說。

他正在想她，仍然對她有點好奇，而且她猜想，他試圖引她開口說話。

「我當然相信精神病，拉夫！」依姬說，顯然被激怒，「我當然相信！當時事情發生時我很替她難過——我有，拉夫——金娃娜兩年前懷孕，但那是個死胎，」依姬解釋，「她當然傷心，那是當然的。事後她有一點，你知道——那是可以理解的，但是——不，我很抱歉，」她氣憤地對拉夫說，「她利用它，她有，拉夫，她以為這樣她就可以為所欲為。無論如何，她一直是個可怕的母親，」依姬大膽地說，「她不能忍受沒有得到關注，當她覺得不滿足時，她就開始像個小女孩般使性子——不要丟下我一個人，賈斯伯，你不在的時候我晚上會害怕，說一些愚蠢的謊言……說什麼打到家裡的奇怪電話，有人躲在花圃裡，亂動那些馬。」

「什麼？」拉夫半笑著說，但依姬立刻打斷他的話。

「啊，糟了，看，爸爸忘了帶他的簡報資料了。」

她匆忙離開她的辦公桌，一把抓起放在暖氣爐上的一個皮面文件夾，一邊回頭喊道：「拉夫，我不在的時候，你替我聽電話留言，然後寫下來，好嗎？」

沉重的木門在她身後關上了，留下蘿蘋和拉夫單獨在一起。如果說依姬離開前，她已高度意識到拉夫的存在，那麼對蘿蘋來說，他現在等於充斥整個房間。他的一雙深橄欖綠眼睛此刻停留在她身上。

他吸食迷幻藥，開車撞死一個有四歲孩子的母親，他只服了三分之一徒刑，現在他的父親又要讓納稅人來負擔他的薪資。

「這個要怎麼使用？」拉夫問，走到依姬的辦公桌。

「按下播放鍵就可以了，我想。」蘿蘋吶吶地說，啜一口她的咖啡，假裝在便條紙上寫東西。

刻板的錄音訊息開始從答錄機播放出來，淹沒了從紗簾窗外的露台傳來的模糊談話聲。

一個名叫魯伯特的男子請依姬回電話給他，商談「ＡＧＭ」的事。

一個名叫李克茨太太的選民針對班伯里路的沿線交通整整抱怨了兩分鐘。

一名婦女氣呼呼地說她就知道會聽到答錄機，這些國會議員應該親自回答選民的問題才對，接著抱怨她的鄰居不理會市鎮議會的呼籲，就是不肯砍掉垂懸的樹枝……直到答錄機自動切斷。

接著，一個男人的怒吼，兇狠異常的聲音充滿整個安靜的辦公室：

「聽說人死的時候會尿失禁，齊佐，這是真的嗎？四萬塊，否則我去問報社願意付多少錢。」

20

我們倆已步步邁向完全夥伴關係。

——亨里克．易卜生，《羅斯莫莊園》

史崔克選了雙主席酒吧做為他星期三晚上與蘿蘋討論事情的地點，因為它離西敏宮較近。這家酒吧隱藏在一個有數百年歷史的小巷弄——舊女王街與鬥雞場階梯——交叉口，夾在一批微微傾斜、彼此互相依偎的精緻安靜的建築群中。但是當他一瘸一拐地過馬路，看到掛在前門上的鑄鐵招牌時，他才知道原來店名「two chairmen」不是指什麼理事會主席，而是兩名抬著一頂沉重轎子的卑賤僕役。這個形象似乎很適合疲憊又疼痛的史崔克，只不過招牌上坐在轎子裡的是個白衣淑女，不是一個頭髮粗硬、脾氣暴躁的政府官員。

酒吧內擠滿下班後的飲酒客，史崔克猛然意識到他可能找不到座位，這可不妙，因為經過昨天的長途駕駛，加上今天在哈雷街站了幾個鐘頭監視狡詐醫生，他的頸、背和腿已痠痛不堪。

史崔克買了一杯倫敦之傲啤酒後，靠窗那張桌子剛好空出來。迫於需要，他立刻搶在附近一群穿西裝的男女之前快速佔據那張背對馬路的高椅子。無疑地，沒有人敢挑戰他一個人佔用一張四人桌的權利，史崔克的體型夠大，他的外表甚至使這幾個公僕對他們自己的談判協調能力產生懷疑。

這間木地板酒吧被史崔克暗中歸類為「高端消費功利主義」。後面牆上有一幅褪色的壁畫，畫中幾個戴假髮的十八世紀男士聚在一起聊天，但除此之外，其他都是極簡的木料與單色印刷。他瞄一眼窗外，看蘿蘋來了沒有，但沒有看到她的蹤影，於是他一面喝他的啤酒一面看手機上的當天新聞，盡量不去理會放在他面前的菜單，上面有一張炸魚薯條圖片在嘲弄他。

約好六點見面，但蘿蘋過了六點半還沒出現，史崔克再也抵擋不住誘惑，為自己點了一客炸鱈魚薯條和第二杯啤酒，然後閱讀《泰晤士報》上一篇有關奧運開幕儀式的冗長文章。撰稿的記者列出一張很長的清單，擔心這些事項會歪曲與羞辱英國。

到了六點四十五分，史崔克開始為蘿蘋擔心了，正當他準備打電話給她時，卻見她匆匆忙忙進門，雙頰緋紅，臉上戴著史崔克知道她不需要戴的平光眼鏡，掩不住的興奮神色顯示她有值得宣布的好消息。

「黃褐色的眼睛，」她在他對面坐下時他說，「很好，把妳的整個外表都改了，妳有什麼消息？」

「你怎麼知道我——？喔，事實上，有很多，」她說，決定不必認真考慮他這句話，「我幾乎要打電話給你，但一整天旁邊都有人，而且我今天早上幸運地把那個竊聽器裝上去了。」

「妳裝了？幹得好！」

「謝謝。我需要來一杯酒，你等一下。」

她帶了一杯紅酒回來，立刻告訴他拉斐爾那天早上從答錄機聽到的錄音。

「我沒有機會查出來電者的電話號碼，因為後面又有四通電話，那個電話系統太老舊了。」

史崔克皺著眉頭問：「那個打電話的人提到齊佐時怎麼發音，妳還記得嗎？」

「他們沒有說錯，齊鏊。」

「符合吉米的語法，」史崔克說，「那通電話之後有發生什麼事嗎？」

「依姬回辦公室後，拉夫告訴她這件事，」蘿蘋說。當她說「拉夫」這個名字時，史崔克認為他察覺到她有一點侷促不安。「他顯然不知道他轉達的是什麼訊息。依姬立刻打電話給她父親，他暴跳如雷。我們都可以聽到他在電話那頭大吼大叫，但聽不清他說些什麼。」

史崔克摸著他的下巴沉思。

「那個匿名者的口音聽起來像什麼?」

「倫敦口音,」蘿蘋說,「威嚇的語氣。」

「『人死的時候會尿失禁』。」史崔克低聲說。

蘿蘋想說什麼,但殘酷的個人記憶使她很難清楚表達。

「勒殺受害者——」

「對,」史崔克打斷她的話,「我知道。」

兩人不約而同喝一口酒。

「假設那通電話是吉米打的,」蘿蘋繼續說,「他今天已經打了兩次了。」

她打開她的皮包,給史崔克看她藏在裡面的竊聽器。

「妳拿回來了?」他吃驚地問。

「又換了一個。」蘿蘋說,忍不住露出得意的微笑,「所以我才遲到。我逮到機會,和文恩一起工作的阿米爾離開了,我在收拾東西時格朗特進入我們的辦公室和我聊天。」

「是嗎?」史崔克說,覺得很有趣。

「我很高興你覺得有趣,」蘿蘋冷冷地說,「他不是一個好人。」

「抱歉,」史崔克說,「他哪方面不是個好人?」

「吃我豆腐,」蘿蘋說,「這種人我在辦公室見多了,他是個變態,但用一種怪異的方式,他對我說,」她說,臉色逐漸轉紅,顯現她的憤慨,「我讓他想起他的女兒,然後他摸我的頭髮。」

「摸妳的頭髮?」史崔克說,不再覺得有趣了。

「從我的肩膀挑起一綹頭髮,讓它從他的指縫滑下去。」蘿蘋說,「我想他看出我對他的觀感，才假裝以父親的方式帶過。總之，我說我想去一下洗手間，但請他留下來不要走，我們可以繼續聊慈善工作的事，於是我偷偷跑回去他的辦公室換竊聽器。」

「妳這一招太棒了，蘿蘋。」

「我來的途中有聽一下——」蘿蘋說，從她的口袋掏出耳機。

她把耳機遞給史崔克。

「——我已經把它調到有趣的那一段。」

史崔克順從地將耳機塞進他的耳朵裡，蘿蘋打開放在她皮包內的錄音帶。

「……三點半，阿米爾。」

那個威爾斯男性聲音被手機鈴聲打斷，腳步聲來到插座旁邊，手機鈴聲停止，格朗特說：

「喔，哈囉，吉米……一半——阿米爾，把門關上。」

又是一陣腳步聲。

「吉米，是……？」

接下來很長一段時間，格朗特似乎試圖阻止一連串長篇大論。

「哇……現在，等……吉米，聽……吉米，聽——聽我說！我知道你蒙受損失，吉米，我了解你的苦——吉米，拜託！我們了解你的感受——那是不公平的，黛拉和我都不是在富裕家庭長大的——我的父親是礦工，吉米！現在請你聽我說，我們快要拿到照片了！」

接下來好一陣子，史崔克覺得他聽到——非常微弱的聲音——吉米．奈特在電話另一頭抑揚頓挫的流利演說。

「我懂你的意思，」格朗特終於說，「但我希望你不要急，吉米，他不會給你的——吉米，聽我說！他不會給你錢的，他已經說得很清楚了，現在要壓報紙報導，要壓什麼都沒有，所以……證據，吉米！證據！」

接著又是一陣比較短的聽不清楚的嘮叨。

「我剛才告訴你了，不是嗎？是的……不，但是外交部……唉，幾乎沒有……不，阿米爾有個聯絡人……是的……是的……好的……我會，吉米。再見——是的，好，再見。」

手機砰的一聲被放下，接著是格朗特的聲音。

「蠢貨。」他說。

又有腳步聲。史崔克看看蘿蘋，她做了一個轉動的手勢暗示他繼續聽下去。大約過了三十秒後，阿米爾開口說話，心虛而緊張。

「格朗特，克里斯多福沒有對這些照片做任何承諾。」

即使在這個小小的磁帶上，格朗特辦公桌上翻動紙張的聲音和他的沉默，聽起來也顯得氣氛緊張。

「格朗特，你聽——？」

「是的，我聽到了！」文恩喝道，「我的天，你是倫敦政治經濟學院第一名畢業的，卻想不出辦法去說服那個混蛋給你照片？我又不是要你把它從外交部拿出來，我只要你去複印，這應該不需要過人的智慧吧。」

「我不想惹出更多麻煩。」阿米爾吶吶地說。

「我早該想到，」格朗特說，「在黛拉特別為你做了那麼多之後。」

「我很感激，」阿米爾立即說，「你知道我是……好吧，我——我試試看。」

接下來幾分鐘只聽到雜亂的腳步聲和翻動紙張的聲音，然後是機器喀嗒一聲，一分鐘沒有談話聲，竊聽器就自動關閉，再下一個聲音是另一個人問黛拉是否參加今天下午的「小組委員會」會議。

史崔克拿下耳機。

「你都聽到了嗎？」蘿蘋問。
「我想是。」史崔克說。
她往後靠，用期待的眼光望著史崔克。
「外交部？」他小聲說，「他是什麼意思，外交部會有那些照片？」
「我以為我們不該對他過去所做的事感興趣？」蘿蘋揚起眉毛說。
「我沒有說我不感興趣，我只說我們拿錢不是為了去調查這件事。」
史崔克的炸魚薯條送來了，他謝過服務生後，在他的盤子上倒了一大坨番茄醬。
「依姬對那件事一副理所當然的樣子，」蘿蘋回憶地說，「假如他——你知道——曾經殺害任何人，她不可能用那種語氣說話。」
她刻意避免用「勒死」這個字眼，連續三天發生三次恐慌她已經夠受的了。
「應該說，」史崔克一邊咀嚼薯條一邊說，「那通匿名電話使妳——除非，」他說，忽然想到什麼，「吉米想出一個聰明的點子，除了他真正要做的事之外，他還想把齊佐拖進比利這件事。殺害兒童不一定是真的，它不會為一個已被報社窮追不捨的政府官員製造更多麻煩，妳知道在網路上，許多人認為身為保守黨員就等於是殺害兒童的兇手，這也許是吉米有意對他施加更大的壓力。」
史崔克心事重重地用他的叉子叉了幾根薯條。
「如果我們有更多的人手去尋找的話，我會很高興知道比利的下落，巴克萊沒有看到任何跡象，說吉米沒有提起過他有個弟弟。」
「比利說他被關起來。」蘿蘋試探地說。
「老實說，不要以為我們可以相信比利現在說的每一句話，我知道『光鮮團』有個人在演習時精神病發作，以為蟑螂住在他的皮膚底下。」

「哪裡——？」

「光鮮團，就是步兵團，要不要來根薯條？」

「我得走了，」蘿蘋嘆氣，儘管她很餓。她發簡訊告訴馬修她會晚一點下班，馬修說他會等她回家，兩人再一起出去吃飯。「聽我說，我還沒說完呢。」

「蘇姬．路易斯？」史崔克滿懷希望地問。

「我還沒有機會問這件事，不，是齊佐的太太說有男人在他們家的花圃鬼鬼祟祟的，還亂動她的馬。」

「男人？」史崔克說，「複數？」

「依姬是這樣說的，但她也說金娃娜一向歇斯底里，喜歡引起別人的注意。」

「有點接近主題了，不是嗎？瘋狂的人通常不會知道他們看到什麼。」

「你認為有可能還是吉米嗎？在花園裡？」

史崔克邊咀嚼邊思考。

「我看不出他在花園鬼鬼祟祟或亂動那些馬能得到什麼，除非他故意要嚇唬齊佐，我來問巴克萊，看吉米是否有車子或曾提起過要去牛津，金娃娜有沒有報警？」

「依姬回來後，拉夫有問，」蘿蘋說，史崔克又一次察覺她提到那個人的名字時有點侷促不安。「金娃娜宣稱狗在叫，她看到花園有個男人的影子，但他跑掉了，她說，第二天早上她在馬場看到地上有腳印，而且其中一匹馬被小刀割傷。」

「她有請獸醫來看嗎？」

「我不知道，拉夫在場，我不好問太多，我不想多嘴，因為他不知道我是誰。」

史崔克將他的盤子推開，伸手拿他的香煙。

「照片，」他自言自語，回歸原點，「照片在外交部，那些照片能顯示齊佐犯了什麼過錯？他不曾在外交部工作，不是嗎？」

「沒有，」蘿蘋說，「他做過的最高職位是商務部長，因為和拉夫的母親鬧緋聞而辭職。」

掛在壁爐上的木頭鐘告訴她該走了，但她不動。

「妳喜歡拉夫？」史崔克忽然問。她措手不及。

「什麼？」

蘿蘋嚇一跳，臉發紅。

「你是什麼意思，我『喜歡』他？」

「我只是有這種感覺，」史崔克說，「妳在見過他之前對他印象不佳。」

「我是他父親的乾女兒，你想我能對他有敵意嗎？」蘿蘋反問。

「不，當然不。」史崔克說，但蘿蘋覺得他在取笑她，她很生氣。

「我得走了，」她說，從桌上收回耳機放進她的皮包，「我告訴馬修我會回家吃晚飯。」

她站起來，和史崔克道別後離開酒吧。

史崔克目送她離開，有點後悔在提到拉斐爾．齊佐時對她的態度表示意見。他一個人坐在那裡喝啤酒，幾分鐘後付了帳，慢慢走到人行道，站在那裡點了支煙，然後打電話給文化事務部長，對方在第二聲鈴響時接電話。

「等一下。」齊佐說。史崔克可以聽到他的背後有一群人模糊的交談聲。一扇門關上，人群雜音消失了。

「我有飯局，」齊佐說，「有什麼消息要告訴我？」

「恐怕不是好消息，」史崔克說著，離開酒吧，走到安妮女王街，兩旁的白色建築在薄暮中發出微光。「我的工作夥伴今天早上成功地將一枚竊聽器裝在文恩先生的辦公室，我們錄到他和吉米．奈特的對話。文恩的助理──他叫阿米爾，是嗎？──正在設法取得你對我說過的那些照片的影本，從外交部。」

電話那頭一陣久久的沉默，史崔克以為他把電話切斷了。

「部長──？」

「我在，」齊佐大聲說，「那個年輕人馬利克，是嗎？可惡的小混蛋，可惡的小混蛋。他已經丟了一個差事──讓他試試，讓他試試！他以為我不會──我知道阿米爾．馬利克的事，」他說，「是的，我知道。」

史崔克有些驚訝，等著他做更多解釋，但是他沒有。齊佐只是對著電話沉重地呼吸，輕微的腳步聲告訴史崔克齊佐在地毯上來回踱步。

「你要告訴我的就是這些？」部長終於問道。

「還有一件事，」史崔克說，「我的夥伴說尊夫人看到一個男人或幾個男人在夜間潛入你的土地。」

「喔，」齊佐說，「是的。」他的語氣似乎並不特別擔心，「我太太養馬，她很注意牠們的安全。」

「你不認為這跟──有關？」

「一點也沒關係，一點也沒關係，金娃娜有時──率直一點。她很歇斯底里，養了一堆馬，老是擔心牠們被偷，我不要你浪費時間去牛津追查灌木叢中的人影，我的問題在倫敦，就這些事嗎？」

史崔克說就這些，於是齊佐草草說了聲再見後就掛斷電話，留下史崔克一瘸一拐地走向聖詹姆斯地鐵站。

十分鐘後在地鐵車廂上找了個角落的位子坐下後，史崔克雙手抱胸，伸長兩腿，茫然地凝望對面的車窗。

這宗調查案的性質頗不尋常，他以前從未接觸過勒索案件，而且客戶對他自己被攻擊的內情又如此不坦白——不過話說回來，史崔克給自己找理由，他以前不曾有過客戶是政府官員。同樣地，也不是每天都會有精神病患闖入史崔克的辦公室，堅稱他曾目睹一個小孩被謀殺。不過，自從上了報紙頭條之後，史崔克肯定會收到許多不尋常與心態不平衡的信件：他以前曾經說這些人是「神經病」——蘿蘋有時還會抗議——現在這些信件已堆滿半個檔案櫃了。

史崔克已有先入為主的觀念，認為勒殺小孩和齊佐被勒索案之間有明確的關係。甚至從表面看關係也很密切：吉米和比利是兄弟。現在有人（從蘿蘋對那通電話的敘述研判，史崔克強烈認為很可能是吉米）似乎決意把比利的故事和齊佐扯上關係，儘管促使齊佐找上史崔克的勒索事件可能與殺害兒童無關，否則格朗特．文恩早就報警了。彷彿用舌頭去撓口腔內的兩個潰瘍一般，史崔克的思緒一再徒勞無功地回到奈特兄弟身上：吉米魅力十足、善於表達，一個長得不錯的無賴、投機者和行事魯莽的人；而比利焦慮不安、骯髒、毫無疑問生病，被一個可能是不實的可怕記憶所困擾。

人死的時候會尿失禁。

誰幹的？史崔克似乎又再度聽到比利．奈特的聲音。

他們用粉紅色毛毯裹著她，埋在我爸的房子旁邊的山坳裡，但後來他們說他是個男孩……

他剛剛才接到他的客戶特別指示，調查的地點在倫敦，不在牛津。

史崔克在確認站名時，想起蘿蘋每次談到拉斐爾．齊佐時都顯得有點侷促不安。他打個呵欠，又拿出他的手機從Google搜尋，順利找到他的客戶的幼子。上面有許多張他步上法庭大門前的台階，為他的過失殺人罪嫌接受審判的照片。

史崔克在瀏覽拉斐爾的照片時，對這個穿深色西裝的英俊青年越來越反感。暫且撇開齊佐的兒子更像個義大利模特兒而不像英國人這個事實不談，這些圖片使史崔克的胸腔內一個植根於階級與個人傷害的潛在性怨恨又更熾熱了一點。拉斐爾和傑哥．羅斯——夏綠蒂和史崔克分手後的結婚對象——屬於同一類型：上流社會階級、昂貴的高級西服、高等教育。因為請得起最好的律師、因為他們和決定他們命運的法官的兒子相似，所以他們的輕罪得以從寬發落。

車廂又動了，史崔克的網路斷線，他把手機塞回他的口袋，雙手抱胸，又茫然地望著黑漆漆的車窗，試著否定一個不舒服的想法，但它像一隻索求食物的狗一樣不斷用鼻子頂他，不容他忽視。

他現在明白了，他從沒想到蘿蘋會對馬修以外的任何男人感興趣。當然，除了她的婚禮當天，他站在樓梯上擁抱她那一刻，那短暫的……

他對自己生氣，把這個無益的想法拋到一邊，強迫自己把走偏的心思又拉回到政府官員、馬被割傷、和一具屍體被粉紅毛毯包裹埋在山坳裡這個令人好奇的案子上。

21

……某些遊戲正背著你在這屋子裡進行。

——亨里克．易卜生，《羅斯莫莊園》

「為什麼妳這麼忙，我卻沒事幹？」星期五早上接近中午時，拉斐爾問蘿蘋。

她剛回來，她跟蹤格朗特到保得利大廈，從遠距離觀察他。她看到許多年輕女性帶著禮貌的微笑和他打招呼，等他離開後她們立即換上厭惡的表情。格朗特進入二樓一間會議室後就不見蹤影，於是蘿蘋回到依姬的辦公室，她在接近格朗特的辦公室時原希望能溜進去取回第二枚竊聽器，但她從打開的門看見阿米爾在裡面打電腦。

「拉夫，我等一下給你一點事做，寶貝，」忙碌的依姬喃喃地說，她正在敲鍵盤，「我得先完成這個，這是要給地方黨部主席的，五分鐘後爸爸要在上面簽名。」

她煩惱地瞥一眼她的弟弟，他半躺在扶手椅上，兩條長腿往前伸，襯衫袖子捲起，領帶鬆開，手上玩弄著掛在他脖子上的訪客通行證。

「你何不去露台喝咖啡？」依姬建議。蘿蘋知道齊佐快出現了，依姬想讓他離開。

「想去喝咖啡嗎，維妮西雅？」拉斐爾問。

「不行，」蘿蘋說，「很忙。」

依姬桌上的電扇往蘿蘋的方向吹，她享受到短暫清涼的微風，掛著紗簾的窗戶為明朗的六月天營造出朦朧的印象。隔著玻璃窗，外面露台上彷彿身材縮短的議員有如發光的幽靈，擁擠的辦公室內空氣悶熱。蘿蘋身穿棉質洋裝，頭髮梳成馬尾，但她在假裝忙碌時仍不時用她的手背去擦嘴唇上的汗珠。

如同她告訴史崔克那樣，拉斐爾在辦公室為她帶來極大的不便，與依姬單獨相處時，她不需要找藉口到走廊上偷窺。此外，拉斐爾常以一種和格朗特色迷迷的目光截然不同的方式注視她。她不贊同拉斐爾的行為，但她有時發現自己處在同情他的危險邊緣，他在他父親面前似乎很緊張，還有——欸，任何人都會認為他長得很帥，這是她避免注視他的主要原因：如果你想保持客觀，最好不要。

他不斷嘗試與她拉近關係，她總是推託。前一天她守在格朗特與阿米爾的辦公室外，盡可能偷聽阿米爾在電話中談有關「調查」的內容時，就被他打亂了。從蘿蘋截至目前所知的少許細節，她深信「公平競爭」慈善機構正在進行討論。

「但這不是法定調查嗎？」阿米爾問，聽起來有些焦慮，「它不是正式的嗎？我以為這是例行公事……不過文恩明白，他寫給募款監管機構的信已回答他們所有的疑慮。」

蘿蘋不能錯過這個偷聽的機會，她知道她的處境非常危險，但她沒有想到她會被拉斐爾嚇一跳而不是被文恩。

「妳在那裡鬼鬼祟祟的幹嘛？」他笑著問。

蘿蘋快步離開，但她聽到阿米爾在後面砰的一聲把門關上，她猜想他以後一定都會關著門。

「妳一直都這麼緊張不安，還是只有對我？」拉斐爾問，快步跟著她，「去喝咖啡吧，來吧，我好無聊。」

蘿蘋斷然拒絕，但就算她又再度假裝忙碌，她仍不得不承認她有一點——一點點——因為他的關注而感到受寵若驚。

有人敲門，蘿蘋驚訝地發現阿米爾進入房間，手上拿著一張名單，緊張但堅定地對依姬說話。

「呃，嗨，格朗特希望能在七月十二日的殘障奧運歡迎會上增加幾個『公平競爭』受託人名單。」他說。

「那個歡迎會和我無關，」依姬不悅地說，「那是文化媒體暨體育部籌辦的活動，不是我，為什麼？」她脾氣暴躁地說，撥開額頭上一綹被汗水沾濕的頭髮，「每個人都來找我？」

「格朗特需要他們參加。」阿米爾說，名單在他手上顫動。

蘿蘋在心裡琢磨自己敢不敢趁阿米爾此刻不在辦公室的當兒偷溜進去換竊聽器。她悄悄站起來，盡量不引起注意。

「他為什麼不去問黛拉？」依姬問。

「黛拉很忙，只有八個人，」阿米爾說，「他真的需要——」

「聽聽涅刻西塔斯的女兒拉克西斯說的話！」（Hear the word of Lachesis, the daughter of Necessity!）文化事務部長洪亮的聲音比他的人更早進入房間。齊佐站在門口，身上穿著一套壓縐的西裝，擋住了蘿蘋的去路。她又悄悄坐下，蘿蘋覺得阿米爾似乎全身都緊繃起來。

「知道拉克西斯是誰嗎，阿米爾先生？」齊佐問。

「不知道。」阿米爾說。

「不知道？你在哈林蓋綜合公學沒讀過希臘神話嗎？你好像很閒的樣子，拉夫，教教阿米爾先生拉克西斯是誰。」

「我也不知道。」拉斐爾說，從他又密又黑的睫毛底下偷覷他的父親。

「裝傻，嘎？拉克西斯，」齊佐說，「是命運三女神之一，她負責衡量每一個人被分配到的壽命，知道每一個人的大限之日。你不是柏拉圖的粉絲嗎？卡圖盧斯大概比較合你的胃口，我想。他為像你這種習慣的人寫了一些精采的詩篇，Pedicabo ego vos et irrumabo, Aureli pathice et cinaede Furi（我一定要用陽具懲罰你們，奧勒里、弗里，活該被蹂躪！），嘎？編號第十六號，查察看，你會喜歡。」

拉斐爾和依姬都注視著他們的父親。阿米爾又呆立了幾秒鐘，彷彿已忘記他為什麼而來，然後才大踏步走出去。

「給每個人來點小小的古典文學教育，」齊佐說，轉身看著他離去，臉上現出懷恨的滿足感。「學習永遠不嫌遲，嘎，拉夫？」

蘿蘋放在桌上的手機在震動，史崔克發簡訊給她。他們說好上班時間不聯絡，除非有緊急要事，她將手機放進包包裡。

「我要簽名的公文在哪裡？」齊佐問依姬，「要給那個布蘭達·貝利的信妳打好沒？」

「正在列印。」依姬說。

齊佐在一疊公文上簽名，在這安靜的房間內，他的呼吸有如鬥牛犬般沉重。蘿蘋吶吶地說要去洗手間，然後匆匆離開房間進入走廊。

她想在不被打擾的情況下安心地讀史崔克的簡訊，便順著一塊指向地下室的木牌迅速走下石階，發現底下有一間無人的小教堂。

這間地下室裝潢得有如中古世紀的珠寶盒，每一寸金色的牆面上都裝飾著圖案與符號、紋章與宗教人物。祭壇上方有寶石般五彩繽紛的聖人畫像，天藍色的風琴管上紮著金色的絲帶和鮮紅的百合花飾，蘿蘋迅速坐進一張紅絲絨靠背椅，打開史崔克的簡訊。

需要幫忙。巴克萊已連續十天盯著吉米·奈特，但他剛發現他太太週末要上班，他找不到人照顧嬰兒，安迪全家今晚去阿利坎特度假十天。我沒辦法跟蹤吉米，他認識我。**反奧**明天參加一項反飛彈遊行，兩點開始，在堡區。妳可以去嗎？

蘿蘋看看簡訊，想了一下，然後發出一聲呻吟，回音在她四周迴盪。

這是一年多來史崔克第一次臨時要求她加班，但這個週末是她的結婚紀念日，昂貴的飯店已經預訂，行李也已打包好放在車上，再過兩個小時她就要下班和馬修會合，他們要直接開車到四季莊園酒店，如果她說她不能去，馬修會氣死。

在金碧輝煌的地下室，她想起當史崔克答應送她去接受偵探訓練時對她說過的一番話。我需要一個可以長時間工作，並在週末加班的人……妳很有天分，但妳的結婚對象討厭妳做這個工作……

她當時告訴他，馬修的想法不重要，她要做什麼由她自己決定。現在她的忠誠在哪裡？她說過她會維持婚姻，承諾給它一個機會。史崔克還欠她好幾個小時的加班費，他不能說她逃避工作。

緩緩地，她邊想邊刪減，反覆思考每一個字，然後打了一封回信。

我很抱歉，但這個週末是我的結婚紀念日，我們已經訂好飯店，今天傍晚就出發。

她想再多寫一點，但說些什麼呢？「我的婚姻有問題，所以慶祝結婚紀念日是件重要的事」？「我寧可喬裝成抗議人士去跟蹤吉米．奈特」？她按下「傳送」。

蘿蘋坐著等待回覆，感覺自己彷彿在等待醫學檢驗報告。她抬頭望著天花板上縱橫交錯的藤蔓，怪異的面孔從那些圖案中偷窺她，彷彿神話傳說中荒野裡的綠人。紋章學與多神教的意象中夾雜著天使與十字架，這個小教堂不只是上帝的地方，它還回溯到一個迷信、魔法與封建權力的時代。

時間一分分過去，史崔克還沒有回覆。蘿蘋站起來繞著小教堂走，她在後面發現一個櫥櫃，打開來看到一塊紀念埃米莉．戴維森的牌匾，顯然她曾在這裡住過一夜，以便在一九一一年人口普查中以下議院做為她的居住地。七年之後，英國的女性終於享有投票權。蘿蘋忍不住想，埃米莉．戴維森一定不贊同她選擇將失敗的婚姻置於工作自由之上。

蘿蘋的手機又震動了，她低頭看，有點擔心。史崔克的回覆只有一個字：

好

一個沉重的鉛塊從她的胸口往下掉，沉到她的胃裡。她知道史崔克仍住在辦公室樓上那間美其名為套房的公寓，並且連週末都在工作，他是事務所內唯一的單身漢，他的工作與私生活的界限——如果不是完全不存在——是彈性、多孔的。而她、巴克萊和赫欽斯卻不然。最糟的是，蘿蘋想不出什麼方法告訴史崔克她很抱歉、她明白、她希望情況有所不同，但又不讓他們想起她結婚那天兩人在樓梯上的擁抱，他們很久沒有提到這件事了，她甚至懷疑他是否還記得。

情緒低落的她離開地下室，手上仍抱著那些她假裝要遞送的文件。

當她返回辦公室時，拉斐爾一個人在裡面，坐在依姬的電腦前打字，他的打字速度只有依姬的三分之一。

「依姬和爸爸去辦一件事，那件事乏味到會從我的腦袋反彈回來。」他說，「他們一會兒就回來。」

蘿蘋勉強擠出一絲微笑，回到她的辦公桌，心思仍在史崔克身上。

「那首詩有點怪，不是嗎？」拉斐爾問。

「什麼？喔——喔，那個拉丁文？是啊，」蘿蘋說，「是有點。」

「彷彿他是專門為了說給馬利克聽而背誦似的，沒有人能那麼隨口說出來。」

蘿蘋想到史崔克似乎也熟知一些奇怪的拉丁文。她說：「是啊。」

「他和那個馬利克有過節，還是什麼？」
「我真的不知道。」蘿蘋撒謊。
她沒辦法專心工作，只好又整理文件。
「妳會待多久，維妮西雅？」
「不一定，可能待到議會休會吧。」
「妳真的想在這裡上班？議會工作？」
「是的，」她說，「我覺得很有趣。」
「妳以前做什麼工作？」
「公關，」蘿蘋說，「公關也很有趣，但我想換個事情做做。」
「想釣一個國會議員？」他微微笑著說。
「我還沒有看到這裡有我想嫁的對象。」蘿蘋說。
「令人傷心。」拉斐爾說，假裝嘆氣。
她怕自己臉紅，蘿蘋彎腰拉開抽屜，隨便拿幾樣東西做掩護。
「這麼說，維妮西雅．霍爾有對象了？」她直起身子時，他繼續追問。
「是的，」她說，「他叫提姆，我們在一起一年了。」
「是喔？提姆做什麼工作？」
「他在佳士得上班。」蘿蘋說。
她的靈感來自她在紅獅酒吧看到的與莎拉．薛洛克在一起的兩位男士：整潔、一絲不苟，正是齊佐的乾女兒會認識的讀公學的那種型。
「你呢？」她問，「依姬說——」
「畫廊？」拉斐爾打斷她的話，「那沒什麼，她對我來說太年輕，無論如何，她的父母已經把她送去佛羅倫斯了。」

他已經把椅子轉過來面對她，表情嚴肅，並且追根究柢、深思熟慮，彷彿想了解一些一般對話不會產生的東西。蘿蘋收回與他對視的目光，緊張的表情完全不像想像中的提姆心滿意足的女友。

「妳相信救贖嗎？」

這個問題完全出乎蘿蘋意外，它有一種重力和美，像蜿蜒的樓梯底下那個小教堂內閃閃發光的寶石。

「我……是的，我相信。」她說。

他從依姬的桌上拿起一枝鉛筆，在他修長的指間繞來繞去，兩眼凝視著她，似乎在打量她。

「妳知道我做了什麼嗎？在車上？」

「知道。」她回答。

蘿蘋覺得，快速鑽進他們之間的沉默似乎充斥著閃光燈和模糊的身影。她可以想像殘忍的拉斐爾坐在駕駛座，那個年輕母親殘破的身軀躺在路上，以及警車、事故錄影帶、路過的車輛看得目瞪口呆。他注視著她，她心想，他希望得到一點祝福，彷彿她的原諒對他意義深重。而她知道，當你最親近的人硬要拖著你、幫助你時，有時一個陌生人，甚至隨便一個熟人的善意，都可能使你徹底改變，深深感激。她想到議員大廳那個老管家，他不理解但拚命安慰她，他粗嘎的聲音、親切的話語，像一條她可以緊緊攀住、使她恢復理智的繩子。

門又開了，一個大波浪紅頭進入房間，蘿蘋和拉斐爾都嚇一跳。她的脖子上掛著一個訪客通行證，蘿蘋立刻認出她就是網路照片上的賈斯伯．齊佐的妻子金娃娜。

「哈囉。」蘿蘋說，因為金娃娜只是茫然地盯著拉斐爾，而他已迅速轉回去，開始在電腦上打字。

「妳一定是維妮西雅，」金娃娜說，用她清澈的金黃色眼珠凝視蘿蘋。她有個小女孩般的尖嗓子，微腫的臉上那兩隻眼睛很像貓眼。「妳長這麼漂亮？沒人告訴我妳這麼漂亮。」

蘿蘋不知道如何回應，金娃娜坐進拉斐爾常坐的那張下陷的椅子，取下圈住她的紅色長髮的設計師太陽眼鏡，將頭髮鬆開。她光著的臂膀和兩條腿上都長滿雀斑，無袖的綠色襯衫連身裝最上面的鈕釦在她沉重的胸部上繃得緊緊的。

「妳是誰的女兒？」金娃娜問，語氣有點暴躁，「賈斯伯沒有告訴我，事實上，沒必要的事他都不告訴我，我已經習慣了，他只說妳是乾女兒。」

沒有人曾經提醒蘿蘋金娃娜不知道她的真實身分，也許依姬和齊佐都沒想到她們會面對面。

「我是強納森．霍爾的女兒。」蘿蘋緊張地說。她早已想好一套乾女兒維妮西雅的基本背景，但沒料到得向齊佐的妻子說明，按理說金娃娜應該認識齊佐所有的朋友和熟人才對。

「他是誰？」金娃娜問，「我應該要知道，賈斯伯會氣我不關心——」

「他從事房地產管理，在——」

「喔，是諾森伯蘭郡的房地產嗎？」金娃娜打岔，似乎沒有多大興趣，「那是在我以前的事。」

謝天謝地。蘿蘋心想。

金娃娜蹺起二郎腿，雙手環抱她的大胸脯，一隻腳不停地上下抖動。她狠狠瞪著拉斐爾，幾乎是鄙夷的眼光。

「你不說聲哈囉嗎，拉斐爾？」

「哈囉。」他說。

「賈斯伯叫我來這裡跟他見面，但假如你希望我在走廊上等，我可以。」金娃娜用她高亢、尖銳的嗓音說。

「當然不用。」拉斐爾吶吶地說，對著電腦皺眉。

「哼，我不想打擾你們工作。」金娃娜說，目光又從拉斐爾身上轉向蘿蘋。畫廊洗手間那些故事又陸續回到蘿蘋腦海中，她趕緊假裝從抽屜找東西。當她聽到走廊傳來齊佐與依姬的聲音時，她鬆了一口氣。

「……十點以前，不要超過十點，否則我沒有時間把它全部看完。還有，告訴海恩斯，他一定要去跟BBC談，我沒空和一群笨蛋討論——金娃娜。」

齊佐在辦公室門口停下腳步，不帶絲毫感情地說，「我叫妳到文化媒體暨體育部和我碰面，不是這裡。」

「三天不見了，賈斯伯，很高興見到你。」金娃娜說，站起來撫平她發縐的洋裝。

「嗨，金娃娜。」依姬說。

「我忘了你說文化媒體暨體育部，」金娃娜不理會她的繼女，對齊佐說，「我一整個早上都在試著打電話給你——」

「我告訴過妳，」齊佐粗聲說，「我要開會，開到一點，如果又是那該死的種馬費用——」

「不，這次不是種馬費用，賈斯伯，事實上，我本來是想私下告訴你的，但假如你要我當著你兒女的面說，我會說！」

「喔，看在老天分上，」齊佐咆哮，「那就走吧，來，我們私下找個地方談——」

「昨天晚上有一個人，」金娃娜說，「他——不要用那種眼光看我，依莎貝拉！」

依姬的表情確實是明顯的懷疑。她揚起眉毛走進房間，彷彿金娃娜是個隱形人。

「我說了，我們私下找個地方談！」齊佐怒聲說，但金娃娜不依。

「我昨天晚上看到一個人在屋子旁邊的樹林裡，賈斯伯！」她用尖銳的嗓音大聲說。蘿蘋知道她的聲音一定會傳到走廊上，「我不是幻想——樹林裡有個男人拿著一把鏟子，我看到他了，他發現狗在追他就跑了！你一直叫我不要大驚小怪，但我晚上一個人在那間屋子裡，如果你再不想辦法，賈斯伯，我要報警了！」

22

……你難道不是為了正當理由，出於使命感而承擔？

——亨里克．易卜生，《羅斯莫莊園》

史崔克的情緒壞透了。

第二天早上他一瘸一拐地走向邁爾安德公園時邊走邊想，為什麼他堂堂一個偵探事務所的資深合夥人兼創辦人，在底下有三名員工、自己又有一條瘸腿的情況下，還必須在炎熱的星期六早上親自出馬去跟監抗議遊行？因為，他自問自答，他沒有需要照料的嬰兒，或已經訂好機票或摔斷手腕的妻子，或他媽的早已安排好的結婚紀念日。他沒有結婚，所以他必須犧牲他的假日，他的週末只好改成兩天加班日。

蘿蘋擔心史崔克會想到的，他果然都想到了：想到她在鋪鵝卵石的奧爾伯里街上的家，想到她手指上那枚小金戒指賦予她的權利與地位，想到他接納蘿蘋成為工作夥伴時她允諾承擔同等責任，這與她趕回家與她的丈夫會合成懸殊的對比。

是的，蘿蘋這兩年在事務所加班好幾個小時都沒有領加班費；是的，他知道她已超越對他的責任；是的，在理論上，他很感激她。但今天事實仍擺在眼前，當他一瘸一拐地走在路上，很可能又是漫長的幾個鐘頭徒勞無功的跟監時，她那個混蛋丈夫卻正驅車趕往郊區酒店歡度週末。想到這裡，痠痛的腰背和腿腳使他更難以忍受。

沒有刮鬍子，一條破舊的牛仔褲，一件洗到褪色的連帽衫和一雙舊運動鞋，手上拎著一個購物袋晃呀晃的，史崔克進入公園。他可以看到抗議人群在遠處集合，吉米可能認出他的風險幾乎讓史崔克決定不去跟監遊行，但蘿蘋發給他的最後一則簡訊（他因為太生氣而沒有回覆）使他改變了心意。

金娃娜．齊佐到辦公室，她宣稱昨夜看到一名男子手拿鏟子在他們家旁邊的樹林裡。從她的話判斷，顯然齊佐曾叫她不要打電話報警，但她說除非他想辦法處理，否則她要報警。金娃娜不知道齊佐找我們介入調查，她以為我真的是維妮西雅．霍爾。還有，慈善委員會可能正在調查「公平競爭」，我會試著多了解一些細節。

這則簡訊只有讓史崔克更生氣。在《太陽報》打探齊佐的案子，導致他們的客戶脾氣更暴躁與充滿壓力的情況下，現在可以說只有找出不利於格朗特．文恩的具體證據才能讓他感到滿意。

另一方面，他想，也可能是吉米派人去威嚇齊佐的妻子，他也許還有一些朋友和熟人住在他成長的地區。甚至一個更讓他不安的念頭是，比利從他被監禁的地方逃出來——不管是真實的或想像的，他告訴史崔克他被監禁——決定去挖掘用粉紅色毛毯包裹、埋在他父親住的小屋附近的屍體以為證據；或者，他被天知道什麼偏執的妄想所控制，在金娃娜的一匹馬身上劃了一刀。

這個案子種種令人費解的特點及《太陽報》對部長的興趣，讓史崔克感到憂心忡忡，加上他意識到自從接下部長這個客戶迄今，他仍未取得可用來對抗任何一個勒索齊佐的人的「談判籌碼」，他覺得他別無選擇，只能卯足全力。儘管他十分疲憊，肌肉痠痛，並強烈懷疑抗議遊行能產生任何效果，他仍然在星期六早上勉強起床，將他的義肢套在已經有點紅腫的殘肢上，不敢想像他至少得走兩個鐘頭，依舊出發前往邁爾安德公園。

等到他快接近抗議人群，足夠辨識人臉時，他從拎在手上的購物袋取出一個白色的蓋伊．福克斯面具戴在臉上。這個面具有彎彎的眉毛和小鬍子，現在主要和駭客組織「匿名者」連結。他將購物袋捲成一團塞進一個垃圾桶，蹣跚走向一群手拿標語牌與旗幟的人：「無飛彈家園！」、「無狙擊手街道！」、「不要拿我們的性命開玩笑！」和幾個畫了首相面孔，書寫「他必須下台！」字樣的海報。史崔克的義肢最怕走草地，等他終於看到**反奧**的橘色破碎五環旗幟時，他已經開始流汗了。

他們大約有十來個人。史崔克躲在一群聚在一起聊天的年輕人後面，調整一下往下滑的塑膠面具，這個面具不是專為斷過鼻梁的人設計的。他看到了吉米・奈特，他正和兩名年輕女孩談話，兩個女孩聽了吉米說的話後仰頭哈哈大笑。史崔克牢牢抓著面具，讓面具上的兩條縫和他的眼睛對齊，然後環視四周的面孔，確認他沒有看到番茄紅頭不是芙莉克把頭髮又染成別的顏色，而是她不在現場。

遊行籌辦單位的幹部們開始將聚集的人群編組成遊行隊伍，史崔克移入一群抗議者中，沉默高大的身材，動作又有點笨拙，當他站在**反奧**隊伍後面時，那些年輕的幹部畏於他的體型，都把他看成像一塊擋在溪水中央，水流過時必然分流的大岩石。一名也戴匿名者面具的清瘦少年被分流到隊伍後面時朝史崔克豎起兩個大拇指，史崔克也豎起兩個大拇指回應。

正在吸手捲煙的吉米持續和那兩個走在他後面的女孩開玩笑，兩人爭相博取他的青睞。皮膚比較黑的那個長得格外標緻，手上舉著一幅雙面旗幟，旗幟上把大衛・卡麥隆畫成希特勒從高處俯瞰一九三六年的奧林匹克體育場，畫得惟妙惟肖，是件令人印象深刻的藝術傑作。當遊行隊伍終於在兩旁穿著高能見度夾克的警察與遊行幹部護衛下以穩定的步伐開動，逐漸離開公園，走進又長又直的羅馬路時，史崔克有充裕的時間好好欣賞它。

平滑的柏油路面對史崔克的義肢來說稍微輕鬆些，但他的殘肢依然抽痛。幾分鐘後，遊行隊伍開始喊口號：「飛彈滾出去！」、「飛彈滾出去！」

兩名報社攝影記者在隊伍的最前面邊拍照邊往後走。

「嘿，莉比，」吉米對那個舉著手繪希特勒畫像的女孩說，「要不要坐在我肩膀上？」

史崔克注意到，當吉米蹲下去讓莉比騎到他的脖子上時，她朋友的臉上有掩不住的羨慕，吉米將那個女孩舉得高過人群，旗幟也高得足以讓在最前面的攝影記者看見。

「露出妳的奶子給他們看，我們會上頭條！」吉米對她大聲說。

「吉米！」她大叫，假裝生氣。她的朋友勉強裝出笑容，攝影機喀嚓喀嚓響，史崔克藏在面具後面的臉因腿疼而皺眉，但他盡量不要跛得太明顯。

「拿最大的照相機那個人一直把焦點對準妳。」吉米終於把那個女孩放到地上時說。

「幹，我如果上報，我媽會抓狂。」女孩興奮地說，趕上去走在吉米旁邊，這樣她就可以在他取笑她怕父母親責備時趁機打他一下或推他一下。史崔克研判，她比吉米至少小十五歲。

「玩得很開心，嘎，吉米？」

面具限制了史崔克的周邊視野，因此當那一頭未經梳理的番茄紅頭忽然出現在他面前時，史崔克才知道芙莉克已加入遊行，她的突然出現也讓吉米嚇了一跳。

「妳來了！」他說，帶著淡淡的喜悅。

芙莉克瞪一眼那個叫莉比的女孩，後者膽怯地加快腳步，吉米伸手去摟芙莉克，但被她甩開。

「喂，」他說，裝出無辜的憤慨，「怎麼啦？」

「讓你猜三次。」芙莉克怒聲說。

史崔克看得出吉米正在斟酌對她採取什麼策略，他那粗野英俊的臉上現出煩躁，但史崔克看出他也有些無奈，他第二次伸手去摟她的肩膀，但又被她打掉。

「喂，」他又說，這次真的生氣了。「媽的這是幹啥？」

「我去幫你做骯髒事，你卻在這裡和她鬼混？你以為我是他媽的白癡嗎，吉米？」

「飛彈滾出去！」一名幹部拿著一個擴音器大吼，群眾又跟著高呼。站在史崔克旁邊一個龐克頭女性的呼聲像孔雀一樣聒噪、刺耳。新一波口號讓史崔克在每一次義肢著地時可以順便發出痛苦的呻吟，這是一種釋放，也使塑膠面具在他冒汗的臉上癢兮兮地發出回音。他從眼孔看著吉米和芙莉克爭吵，但在群眾的嘈雜聲中聽不到他們爭吵的內容，只有在口號聲終於停歇之後才約略聽到一點他們彼此的對話。

「我他媽的受夠了，」吉米說，「我不是那種在酒吧亂搭學生的人——」

「你拋棄我！」芙莉克低聲尖叫，「你他媽的拋棄我！你告訴我你不想被獨佔——」

「那是氣話，不是嗎？」吉米粗聲說，「我的壓力很大，比利他媽的讓我很煩，我沒想到妳會直接去酒吧搭上一個他媽的——」

「你告訴我你受夠了——」

「他媽的，拜託，我在氣頭上，才會說一堆言不由衷的屁話，如果妳每次罵我我就去和另一個女人瞎搞——」

「對啊，我有時甚至認為你讓我留下來的唯一原因是齊——」

「妳他媽的小聲一點！」

「——還有今天，你以為在那個討厭鬼的房子是好玩的事——」

「我說過，我很感激，媽的，我們討論過了，不是嗎？我得去印那些傳單，否則我會陪妳去——」

「還有，清潔工作都是我在做，」她說著說著忽然啜泣，「那很噁心欸，然後今天你又叫我去——很恐怖耶，吉米，他應該住院，他的狀況不好——」

吉米看看四周，史崔克就在他的視線範圍之內，因此他盡量走得很自然，但他每一次讓他的斷腿承受全身的重量，就覺得彷彿把它壓在一千隻火蟻上似的。

「我們事後再送他去醫院，」吉米說，「我們會，但假如我們現在放開他，他會把事情搞砸，妳知道他是什麼樣……等文恩拿到那些照片……嘿，」吉米溫柔地說，第三次伸手摟她，「聽著，我真的非常感激妳。」

「是喔，」芙莉克哽咽，用她的手背擦鼻子，「還不是為了那筆錢，因為你根本不知道齊佐做了什麼，如果——」

吉米粗暴地將她拉過去，然後親吻她。她先是抗拒，一會兒後張開嘴巴，兩個人邊走邊吻，史崔克可以看到他們的舌頭伸進對方的口中撓動。他們的腳步有點踉蹌，兩人緊緊鎖在一起，其他的**反奧**成員都在咧嘴笑，被吉米舉得高高的女孩則一臉沮喪。

「吉米，」熱吻終於結束，但吉米的手仍摟著芙莉克，此刻的她眼神迷離，溫柔地喃喃說道，「我認為你應該去跟他談談，真的，他一直提到那個偵探。」

「什麼？」吉米說，但史崔克看得出他有聽到。

「史崔克，那個混蛋跛腳軍人，比利很迷他，認為他會去救他。」

示威遊行的終點站終於進入眼簾：費爾菲德路的堡區。一座舊火柴廠的方形磚塔插入天際，這裡是擬議中的一部分飛彈基地。

「『救他』？」吉米輕蔑地重複道，「媽的，他又不是受到他媽的什麼酷刑。」

現在遊行隊伍散開了，群眾三三兩兩繞著擬議中的飛彈基地前方一座墨綠色的池塘轉，史崔克很想和許多抗議者一樣坐在長凳上或靠著樹幹休息，減輕他的殘肢所承受的重量。義肢與殘肢的兩端，不該承受他的重量的皮膚因受刺激而發炎，他的膝蓋的肌腱也在懇求冰塊與休息，但他仍一跛一跛地跟在吉米和芙莉克後面走到人群邊緣，離開**反奧**成員。

「他想見你，我告訴他你很忙，」他聽到芙莉克說，「然後他就嚎啕大哭，真可怕，吉米。」

史崔克假裝在看那個手拿麥克風站在群眾前方講台的黑人青年，慢慢挨近吉米和芙莉克。

「等我拿到那筆錢後我會照顧比利，」吉米對芙莉克說。他現在似乎有點內疚與矛盾，

「我一定會照顧他……和妳，我不會忘記妳所做的一切。」

她喜歡聽這句話，史崔克從他的眼角看到她的臉上因興奮而泛紅。吉米從他的牛仔褲口袋取出一包煙草和一些捲煙紙，開始為他自己捲另一支煙。

「他還在提那個他媽的偵探，是嗎？」

「是啊。」

吉米點煙，默默地吸了一會兒，兩眼心不在焉地掃著人群。

「這樣好了，」他忽然說，「我這就去看他，讓他平靜一點，我們只需要他再多待一會兒，一起去？」

他伸出他的手，芙莉克握住它，面帶微笑，兩人一起離開。

史崔克讓他們走在前面一小段路後才脫下面具和身上那件舊的灰色連帽衫，換上他為了臨機應變而放進口袋的太陽眼鏡，然後跟在他們後面，並且把面具和連帽衫扔在他們的旗幟上。

吉米現在的腳步和先前遊行時的一派輕鬆大不相同，他每跨出幾大步，芙莉克就得小跑步跟上去，史崔克很快就咬牙切齒，因為他的殘肢上發炎皮膚的神經末梢不斷地與義肢摩擦，他勞動過度的大腿肌肉也發出抗議的呻吟。

他大量出汗，步態越來越不自然，路人開始盯著他看，當他拖著義肢走時，他可以感覺到他們對他投以好奇與憐憫的目光。他知道他應該多做一點體能訓練，應該謹守不吃炸薯條的規定，知道在理想的情況下他今天應該停止工作，在家休息，卸下他的義肢，冰敷他的殘肢。當他拒絕聽從他的身體苦苦哀求他停下來，持續一瘸一瘸地往前走時，他和吉米與芙莉克之間的距離已逐漸拉大，他的上身與雙臂的擺動也變得很怪誕。他只能祈禱吉米與芙莉克不要回頭，如果他們看到他這樣跛行，肯定會認出他來。現在他們已經走進堡區車站那棟整潔的小磚房，而史崔克仍在對面街上氣喘如牛地咒罵著。

當他跨出一步離開人行道時，他的右腿後面忽然一陣強烈劇痛，肌肉彷彿被劃了一刀。右腿突然無力，他跌倒在地，伸出去的手滑向柏油路面，臀部重摔，肩膀和頭都倒在開放的馬路上，旁邊有個婦人嚇得發出驚叫，旁觀者會以為他喝醉了。他以前也曾經跌倒過。覺得很丟臉、憤怒並發出痛苦呻吟的史崔克爬回人行道，拖著他的右腿離開往來頻繁的車輛，一名年輕婦女緊張地趨近看他是否需要協助。他對她大吼，隨即又感到內疚。

「抱歉。」他用低沉沙啞的聲音說，但她走了，偕同兩個朋友匆匆離去。

他拖著身子爬到人行道上的鐵欄杆旁坐下，背靠著欄杆，流汗又流血。他懷疑他能不能在沒有人協助的情況下站起來。他用雙手去摸他的殘肢後面，摸到一個雞蛋大的腫塊。他發出呻吟，猜想他的肌腱斷裂了，劇烈的疼痛讓他想吐。

他從口袋掏出手機，手機面板破裂了，他剛才跌倒時壓破的。

「幹。」他低聲咒罵，閉上眼睛，把頭往後靠在冰涼的欄杆上。

他一動不動地坐了幾分鐘，不去理會路過的行人以為他是醉漢，默默地評估他有限的選項。最後，在走投無路的感覺之下，他張開眼睛，用前臂抹去臉上的汗，然後按了羅蕾萊的電話號碼。

23

……在這樣一個婚姻的陰霾中苦苦煎熬……

——亨里克．易卜生，《羅斯莫莊園》

回想起來，蘿蘋在下議院地下室拒絕史崔克要她去跟蹤吉米的要求時，內心早已意識到她的結婚紀念週末還沒有開始就已注定是個厄運。

為了擺脫她的內疚感，她在下班後馬修去接她時告訴馬修史崔克對她提出的請求，馬修本來就不喜歡那輛荒原路華，現在不得不開著它穿梭在星期五傍晚的車流中，內心早已老大不痛快，為此不斷地責難她，要求知道為何她在過去兩年為史崔克做牛做馬之後還要為他感到內疚，並且持續惡毒地批評史崔克，以致蘿蘋不得不為史崔克辯護。他們上路一個小時之後，兩人仍在為她的工作爭吵，然後馬修忽然發現蘿蘋連說帶比的左手上既沒有戴結婚戒指也沒有戴訂婚戒指。她喬裝未婚的維妮西雅．霍爾時都不戴它們，而且那天早上出門時，她又完全忘了他們去飯店之前她不可能回奧爾伯里街拿這兩枚戒指。

「這是我們的結婚紀念日，妳竟然忘了戴上妳的戒指？」馬修大聲責問。

一個半小時後他們在飯店淺金色的磚造建築外面停車，一個滿面笑容身穿制服的員工替蘿蘋開門，她因氣得喉嚨哽了一個硬硬的腫塊，一句「謝謝你」小聲到幾乎聽不見。

他們在米其林星級餐廳吃晚餐時幾乎沒有交談，大概也吃了不少聚苯乙烯和灰塵的蘿蘋看看四周的餐桌，她和馬修是那裡最年輕的一對夫妻，她猜想這些丈夫與妻子在他們的婚姻中是否也經歷過這種低谷才存活下來。

那天晚上兩人背對背睡覺。

星期六醒來後，蘿蘋意識到他們在飯店度過的每一刻、在美麗的庭園內所走的每一步、那條種滿薰衣草的步道、日式花園、蘭花園與有機蔬菜園，都花掉他們不少錢。也許馬修也意識到了，因為他在吃早餐時變得比較溫和。然而，他們的對話依舊危機四伏，經常在涉入危險地帶後才倉促撤退。蘿蘋的太陽穴後面開始咚咚地發疼，但她沒有跟飯店員工要止痛藥，因為任何不滿意的舉動都可能導致另一場爭執。蘿蘋心中暗忖，怎樣才是一個值得追憶的婚禮與蜜月，後來他們在庭園漫步時終於決定聊馬修的工作。

馬修的公司和另一家公司將在下個星期六舉辦一場慈善板球比賽。馬修的板球球技和他的橄欖球技一樣好，所以他很期待這項比賽。蘿蘋聽他吹噓他自己的實力，嘲笑湯姆的球技太差，在適當的時刻跟著他笑並同聲附和，但她內心那個寒冷與悲苦的部分卻一直記掛著堡區此刻的情形。史崔克有沒有去參加示威遊行，他有沒有在吉米身上尋得有利的情報，並且懷疑她，蘿蘋，為什麼會跟身邊這個自大、自私的人在一起，而這個人又讓她想起她曾經愛過的一個英俊少年。

那天晚上蘿蘋和馬修做愛，因為她無法面對如果她拒絕，肯定又緊跟著一場爭吵。這是他們的結婚紀念，所以他們必須做愛，如同公證員在週末蓋的一枚戳印，而且還必須帶著喜悅。當馬修達到高潮時，淚水刺痛了她的雙眼，那個埋藏在她順從的身體深處的冷漠、不快樂的自我忍不住想，儘管她如此極力掩飾，他為什麼不能感受到她的不快樂，他為什麼還能以為這個婚姻是成功的。

他翻身離開她的身體，說了一些他應該說的話後，她在黑暗中將她的手臂覆蓋在她潮濕的雙眼上。頭一次，當她說「我也愛你」時，她一點也不懷疑，她知道她在說謊。

等馬修睡著後，蘿蘋小心翼翼地在黑暗中伸手去拿放在她床頭桌上的手機，察看她的簡訊，史崔克沒有給她任何訊息。她從Google搜尋堡區的示威遊行圖片，在群眾中認出一個有著一頭她熟悉的鬈髮的高大男人，那個人的臉上戴著一個蓋伊・福克斯面具。蘿蘋將她的手機面朝下放在床頭桌上遮住它的燈光，然後閉上眼睛。

24

……她難以控制的、狂熱的激情——她期待我回報……

——亨里克．易卜生，《羅斯莫莊園》

六天後，史崔克在星期五一早回到他丹麥街的頂樓公寓。他拄著枴杖，義肢裝在手提袋內揹在肩上，長褲的右邊褲腳用別針別起來，沿著短短的街道搖搖晃晃走到二十四號，臉上的表情一看就知道他強力排斥路人對他投以同情的眼光。

他沒有去看醫生，羅蕾萊給了計程車司機豐厚的小費，請他幫忙把史崔克撐到樓上她的公寓後，她打電話給她的家庭醫生，但醫生要求史崔克去他的手術室接受檢查。

「你要我怎麼去，用跳的嗎？我的肌腱受傷了，我可以感覺出來。」他對著電話大聲說，「那一套我都知道：休息、冰敷，廢話一堆，我以前都做過。」

他被迫打破不在一個女人的住處連續過夜的規定，在羅蕾萊的公寓一連住了四天五夜。他現在後悔了，但他能怎麼選擇？如同齊佐所說，他「前有懸崖後有狼」——進退兩難。他和羅蕾萊本來就約好在星期六一起吃晚飯，但他選擇告訴她實話而沒有找藉口避不見面，不得已只好讓她協助他。現在他但願那天他打電話給他的老友尼克和依莎，或者香客，但是太遲了，傷害已然造成。

當史崔克拖著沉重的身體和手提袋緩緩上樓時，明白自己既不公平又忘恩負義一點也不能改善他的心情。雖然住在羅蕾萊的公寓內也十分享受，但這一切卻被前一天晚上發生的事給破壞殆盡，而這完全是他的錯。因為他放任它發生。自從和夏綠蒂分手後他一直在防備的那件事，他讓它發生了。因為他放下心防，接受她端給他的熱茶、她親手做的羹湯，以及她溫柔的情愫，直到昨天晚上在黑暗中，她終於在他赤裸的胸膛上細聲說：「我愛你。」

撐著枴杖，皺著眉奮力保持平衡，用鑰匙打開房門後，史崔克差點跌進他的公寓裡。他用力把門關上，扔下手提袋，在他的廚房兼客廳那張富美家餐桌的椅子坐下，將枴杖放在旁邊。無論他的腿在這種情況下有多麼不方便，回到家獨自一個人都讓他感到輕鬆。當然，他應該早一點回來才對，但既然無法跟監任何人，又顧慮到舒適的問題，他樂得坐在舒服的扶手椅上，殘肢擱在一張大大的方形擱腳椅上，發簡訊給蘿蘋和巴克萊指示任務，等著羅蕾萊把食物和飲料端過來給他。

史崔克點了一支煙，回想他離開夏綠蒂後交往過的所有女性。首先是夏拉．帕克，一段美好的一夜情，雙方都無怨無悔。後來他因偵破名模藍德利的謀殺案而成為熱門新聞人物，幾個星期後夏拉打電話給他，由於他的新聞價值，他在這位模特兒的心目中從露水姻緣升格為可能成為男朋友的料，但他拒絕再跟她見面，有一個想和他一起拍照的女朋友將不利於他的工作。

接下來是在出版社工作的妮娜，他為了調查一個案子從她那裡獲得不少情報。他喜歡她，但現在回想起來，喜歡的程度不足以讓他以一般的情誼對待她，他傷了妮娜的感情，他沒有沾沾自喜，但也沒有使他夜裡輾轉難眠。

愛琳與眾不同，美麗，而且最好的一點是她方便又省事，這是為什麼他與她交往的原因。她當時正在和一個富人辦離婚，行事必須謹慎，不能公開露面，這一點至少也是他需要的。他們在一起好幾個月，後來他打翻葡萄酒濺了她一身後立即離開他們共進晚餐的餐廳。他事後打電話向她道歉，但他話還沒說完她就把電話掛斷了，由於他在加夫羅什餐廳留下一筆不小的乾洗費給她，這個舉動羞辱了她，他覺得如果他用「這就是我接下來要說的」這句話來回應她就太沒格調了。

愛琳之後是可可，他寧可不跟她往來，現在是羅蕾萊，他喜歡她更甚於其他幾個女人，這是為什麼他很遺憾她說了「我愛你」。

史崔克在兩年前對自己發誓，他很少發誓，因為他要信守誓言。他從來沒有對夏綠蒂以外的其他任何女人說過「我愛妳」，除非他毫無疑問知道他想和那個女人在一起，並且共同生活，否則他不會說出這三個字。如果他在不太認真的情況下說出來，那對他與夏綠蒂所經歷的一切將是個天大的諷刺。只有愛才能合理解釋他們在一起時走過的風風雨雨，或他屢次重拾他們的關係，即使他在內心深處明知它不可行，對史崔克來說，愛是痛苦與悲傷的追求、接受與忍耐，它不在羅蕾萊那間有女牛仔印花窗簾的臥室內。

因此，當她輕聲說出她的宣言後他沒有吭聲，然後，她問他是否聽到她說的話，他說：「是的，我聽到了。」

史崔克伸手拿他的香煙。是的，我聽到了，這是實話，他的聽力沒有問題。後來兩人之間有很長一段沉默，然後羅蕾萊下床進入浴室，在裡面待了三十分鐘，史崔克猜想她在裡面哭，但她很體貼，悄悄地哭，所以他聽不到。他躺在床上斟酌他能對她說什麼體貼又信任的話，但他知道除了「我也愛妳」這句話之外她不會接受，但事實上他不愛她，他也不打算說謊。

當她又回到床上時，他在床上擁抱她，她讓他撫摸她的肩膀，一會兒後她說她累了想睡覺。

我該怎麼辦？他在內心問了一個想像中女人會問的問題，好比他的妹妹露西。

你可以不接受茶和口交。對於這個答覆，殘肢陣陣抽痛的史崔克的回答是：去你的。

他的手機響了，他用透明膠帶黏貼他破裂的手機面板，此刻從扭曲的面板上他看到一個陌生的電話號碼。

「史崔克。」

「嗨，史崔克，我是卡爾培柏。」

多米尼克．卡爾培柏曾在《世界新聞報》工作，直到報社關閉，他過去曾經要求史崔克提供情報給他，當史崔克拒絕將他最近兩起謀殺案的內幕消息提供給卡爾培柏後，兩人本來就沒什麼私人情誼的關係變得有點對立。目前在《太陽報》工作的卡爾培柏，是沙克威爾開膛手被捕後最熱衷於翻史崔克的私生活舊帳的記者之一。

「想知道你有沒有空幫我們做一件事。」卡爾培柏說。

你他媽好大的狗膽。

「什麼事？」

「挖一個政府官員的醜聞。」

「哪一個？」

「你接了工作就會知道。」

「我現在很忙，我們談的是哪一種醜聞？」

「我們就是需要你去調查。」

「你怎麼知道有醜聞？」

「有一個消息靈通人士。」卡爾培柏說。

「如果你有消息靈通人士，為什麼還需要我？」

「他還不能講，他暗示有內情可以透露，很多內幕。」

「抱歉，我不能接，卡爾培柏，」史崔克說，「我的時間滿檔了。」

「你確定？我們給的錢很多喔，史崔克。」

「我最近不缺錢。」偵探說，從他的第一支煙的煙頭點燃第二支煙。

「當然不缺啦，你這個混蛋，」卡爾培柏說，「好吧，那只好找派特森了，你認識他嗎？」

「曾經在大倫敦警察局工作的那個傢伙？碰過他幾次。」史崔克說。

這通電話在彼此都沒有誠意的祝福聲中結束，為史崔克增添了幾分不祥的預感。他上網搜尋卡爾培柏，找到兩篇兩週前發布的由他署名的「公平競爭」相關報導。

當然，可能不只一位政府官員目前面臨被《太陽報》揭發與民意不合或違反道德行為的風險，但卡爾培柏最近和文恩走得很近，顯示蘿蘋懷疑格朗特向《太陽報》通風報信的猜測是正確的，而且派特森不久之後就會開始調查齊佐。

史崔克猜想卡爾培柏是否知道他，史崔克，已經在幫齊佐工作；他打這通電話是否旨在從偵探這裡打聽消息。但這似乎不太像，如果卡爾培柏知道史崔克已經在拿齊佐的錢做事，卻仍告訴他要雇用誰，那麼這個記者就太蠢了。

史崔克久聞米契·派特森的大名：去年他們有兩次接受不同的離婚兩造聘雇。派特森本來是大倫敦警察局的資深警官，後來提早退休。他有一頭早發的白髮，一張臉像極了生氣的哈巴狗。艾瑞克·華道曾經告訴史崔克，雖然他個人不喜歡他，但派特森是個「高效率」的人。

「當然，他換了新工作不可能搞出什麼名堂來，」華道說，「他少了一個有利的武器。」

史崔克不太喜歡派特森不久之後將調查這起案子的念頭，他又拿起他的手機，發現蘿蘋和巴克萊在過去十二小時內都沒有打電話來報告進度。由於齊佐曾打電話給他質疑蘿蘋的辦事能力，他前一天不得不向齊佐提出保證。

史崔克為他的員工和他自己的無能感到沮喪，於是他分別給蘿蘋和巴克萊發了一通內容相同的簡訊：

太陽報剛才想找我去調查齊佐，請打電話來報告工作進度，我現在需要有用的消息。

他把枴杖拉過來，站起來察看他的冰箱和廚房，發現裡面空空如也，除非他去一趟超市，否則接下來四餐他只能吃罐頭湯。把餿掉的牛奶倒掉後，他給自己泡了一杯紅茶，回到那張富美家餐桌，點了第三支煙，然後悶悶不樂地想著如何鍛鍊他的大腿後側肌腱。

他的電話又響了，看是露西打來的，他讓它轉到語音信箱，此刻他最不想聽到的是學校家長會議的內容。

過了幾分鐘，史崔克在洗手間，她又打來。他用跳的進入廚房，褲子只穿一半，滿心希望是蘿蘋或巴克萊的電話，當他看到又是他妹妹的電話號碼後，他大聲咒罵，又回到洗手間。

第三通電話告訴他，她不肯罷休，史崔克用力放下已經打開的湯罐頭，對著手機大吼。

「露西，我在忙，什麼事？」他怒氣匆匆地說。

「我是巴克萊。」

「啊，也差不多了，有任何消息嗎？」

「一點點關於吉米的鳥事，芙莉克，如果有幫助的話。」

「都有幫助，」史崔克說，「為什麼不早點告訴我？」

「十分鐘前才知道，」巴克萊泰然自若地說，「我剛才聽她在廚房告訴吉米，她把她打工賺來的錢轉過去了。」

「打什麼工？」

「沒告訴我。問題是，以我的觀察，吉米對她不怎麼熱心，如果她被逮捕，我想他也不會在乎。」

史崔克又聽到一陣惱人的嗶嗶聲，又有人打電話找他。他瞥一眼手機，發現又是露西。

「不過，我還有一件事要告訴你，」巴克萊說，「昨天晚上他喝醉了，他說他認識一個手上染血的政府官員。」

嗶，嗶，嗶。

「史崔克？你在嗎？」

「嗯，我在。」

史崔克不曾告訴巴克萊比利的故事。

「他怎麼說，巴克萊？」

「他一直發政府的牢騷，保守黨，說他們都是混蛋，然後忽然說『和他媽的兇手』。我說這是什麼意思？他說，『我知道有一個人手上染血，兒童。』」

嗶，嗶，嗶。

「告訴你，他們是一群笨蛋，這些『反奧』的，他也許會高談闊論削減福利，在這些人眼中那跟謀殺沒有兩樣，倒不是我關心齊佐的政治主張，史崔克。」

「有沒有看到比利？吉米的弟弟？」

「沒有，也沒有人提起過他。」

嗶，嗶，嗶。

「吉米沒有去牛津的跡象？」

「我沒看到。」

嗶，嗶，嗶。

「好吧，」史崔克說，「繼續挖，如果你有任何消息通知我。」

他掛了電話，按一下螢幕，改接露西的電話。

「露西，嗨，」他不耐煩地說，「現在有點忙，我可以——」

但她一開口，他的表情立刻一變，她還沒說完她打電話來的原因，他已經一把抓起房門鑰匙，忙著找他的柺杖。

25

如果我們不能使你無力造成任何傷害，我們會繼續努力。

——亨里克．易卜生，《羅斯莫莊園》

蘿蘋在八點五十分接到史崔克要求她報告最新消息的簡訊，當時她正在依姬和文恩的辦公室走廊上。因為急著想知道他說什麼，她立即在無人的走廊上停下腳步。

「唉，要命。」當她讀到《太陽報》對齊佐越來越感興趣時，不禁喃喃自語。她靠在有弧形石砌窗櫺、每一扇橡木門都緊閉的走廊牆上回史崔克的電話。

自從她拒絕跟監吉米後，他們沒有再交談過，星期一她直接打電話向他道歉，但接電話的是羅蕾萊。

「喔，嗨，蘿蘋，是我！」

關於羅蕾萊最糟糕的一點是，羅蕾萊很討人喜歡。至於為什麼，蘿蘋不想去探究，她寧可羅蕾萊是個惹人厭的人。

「他在淋浴，抱歉！他整個週末都在這裡，他不曉得去跟蹤誰把膝蓋扭傷了。他不肯告訴我細節，但我想妳知道！他不得已從馬路上打電話給我，真可怕，他連站都站不起來，我叫了一部計程車過去，付錢給司機請他幫忙把小柯扶上樓。他現在不能裝義肢，他要用枴杖……」

「告訴他我正在調查，」蘿蘋說，胃裡面一陣冰冷，「沒什麼重要的事。」

從那以後，蘿蘋一直在她的腦中重複播放這段對話，羅蕾萊談到史崔克時有種明顯的擁有者語氣。當他遇到困難時，他打電話給羅蕾萊（當然啦，否則他怎麼辦，打到牛津找妳？），在羅蕾萊家度過整個週末。(他們在約會啊,不然叫他去哪裡?)羅蕾萊照顧他,安慰他,而且,說不定和他一起在背後指責蘿蘋,要不是她拒絕,他也許就不會受傷。

現在,她必須打電話給史崔克,告訴他五天過去了,她仍然沒有有用的情報。文恩的辦公室,她開始工作的頭兩天還很容易混進去,現在每當格朗特和阿米爾必須離開時,他們總是小心翼翼地把門鎖上。蘿蘋確信一定是阿米爾的主意,經過掉手鐲事件,以及她在偷聽阿米爾講電話時拉斐爾大聲叫她之後,想必他已對她起了疑心。

「郵件。」

蘿蘋轉身看到推車緩緩走過來,遞送郵件的信差是一個親切的白頭老人。

「齊佐和文恩的郵件交給我,我們要開會。」蘿蘋聽到自己說。郵差交給她一疊信件,和一個有透明玻璃紙視窗的盒子,蘿蘋看到裡面裝著一個真人大小、模樣非常逼真的塑膠胎兒,盒子上有一行字:謀殺我是合法的。

「啊,我的天,好可怕。」蘿蘋說。

信差咯咯笑。

「比起他們接到的其他東西,這不算什麼。」他輕鬆地說,「記得報上登的那個白粉嗎?他們說是炭疽桿菌,那才叫可怕。喔,我還送過一盒糞便,那個人在包裝時大概都不敢呼吸,這個嬰兒是給文恩的,不是給齊佐,因為她贊成自由選擇,妳在這裡還愉快嗎?」他說,頗有要和她繼續聊天的意思。

「很喜歡,」蘿蘋說,她的注意力被一封她貿然取走的信件吸引,「抱歉。」

她轉身背對依姬的辦公室,從信差身邊匆匆走過,五分鐘後她出現在泰晤士河畔的露台咖啡廳。一道石矮牆將它與泰晤士河隔開,牆上點綴著一些黑色的鑄鐵燈柱,左右兩邊分別是西敏橋和蘭貝斯橋,前者漆成和下議院座位一樣的綠色,後者漆成和上議院座位一樣的紅色。河堤的對岸是倫敦郡會堂的白色外牆，西敏宮與郡會堂中間隔著寬闊的泰晤士河，浮著油污的河面在泥濘的河底上方透出灰色的光。

找了個少數幾個清晨喝咖啡的人聽不到的角落坐下，蘿蘋將她的注意力集中在她從郵差手中貿然取走的一封寄給格朗特．文恩的信。寄件人以顫抖的筆跡將姓名與地址謹慎地寫在信封背面：凱文．羅傑斯爵士；肯特，福利特伍德，榆樹十六號。由於她曾廣泛閱讀文恩的慈善機構的相關資料，因此她知道這位年長的凱文爵士曾在一九五六年奧運會贏得跳欄比賽銀牌，同時也是「公平競爭」的受託人之一。

蘿蘋問自己，現在電話與電子郵件如此方便又快捷，有什麼事情需要用寫信的呢？她用手機在正確的地址上找到凱文爵士與羅傑斯夫人的電話號碼。他們都很老了，蘿蘋心想，至今仍在使用室內電話。她喝一口濃咖啡，給史崔克發一通回覆的簡訊。

正在追查線索，會盡快聯絡。

她關閉手機上的來電顯示，取出一枝筆和寫上凱文爵士電話號碼的筆記本，然後用她的手機撥打電話。

鈴聲響三下後，一個上年紀的女性接電話，蘿蘋用她有點擔心不夠流利的威爾斯口音說話。

「請問可以請凱文爵士聽電話嗎？」

「妳是黛拉嗎？」

「凱文爵士在家嗎？」蘿蘋再問，這次聲音大一點，她希望能夠避免自稱是某個政府部會首長。

「凱文！」婦人喊道，「凱文！是黛拉！」

電話中傳來沙沙聲，讓蘿蘋想到格子呢臥室拖鞋。

「哈囉？」

「凱文，格朗特剛剛接到你的信。」蘿蘋說，為她的口音在卡地夫與拉合爾之間搖擺不定而畏縮了一下。

「抱歉，黛拉，妳說什麼？」老先生微弱地說。

他的耳朵似乎有重聽，這點有利有弊，蘿蘋再大聲一點，盡可能咬音清楚。凱文爵士在她說第三遍後總算聽到了。

「我告訴格朗特，除非他緊急處理，否則我要辭職。」他悶悶不樂地說，「我們是老朋友，黛拉，這是──這是──一件值得做的事，但我必須考慮我的立場。我有警告他。」

「可是，什麼原因呢，凱文？」蘿蘋說，拿起她的筆。

「他沒有給妳看我的信？」

「沒有。」蘿蘋說，這是事實。她停下筆。

「喔，我的天，」凱文爵士有氣無力地說，「其中一件事……兩萬五千英鎊下落不明是一件嚴重的事。」

「還有什麼？」蘿蘋問，快速做筆記。

「什麼？」

「你說『其中一件事』，還有什麼事是你擔心的？」

蘿蘋可以聽到接電話的婦人在後面說話，聲音聽起來很生氣。

「黛拉，這件事我想最好不要在電話中說。」凱文爵士說，似乎有點尷尬。

「噢，真令人失望，」蘿蘋說，希望這樣可以顯現黛拉甜美大方的氣質，「我希望你至少告訴我為什麼，凱文。」

「這個，就是莫．法拉那件事——」

「莫．法拉？」蘿蘋以不受影響的驚訝語氣說。

「那是什麼？」

「莫——法拉？」

「妳不知道？」凱文爵士說，「唉，我的天，唉，我的天……」

蘿蘋聽到腳步聲，接著那位婦人又回到電話線上，先是聲音模糊，接著清晰。

「讓我來跟她說——凱文，你放手——聽我說，黛拉，凱文對這件事非常難過，他懷疑妳不知道發生什麼事，好，他是對的，誰都不想讓妳操心，黛拉，」她說，聽起來彷彿她認為這是不當的保護，「但事實上——不，她一定要知道，凱文——格朗特做了許多他無法兌現的承諾，那些殘障兒童和他們的家屬被告知大衛．貝克漢與莫．法拉會去探望他們，我不知道還有其他什麼人。現在慈善委員會介入其中，黛拉，這一切都會公布出來，我不希望凱文的名字被拖進這個泥淖中。他是個有良知的人，而且盡心盡力，這幾個月來他一直在催格朗特整理這筆帳，然後還有那個愛爾思蓓……不，凱文，我不，我要告訴她……這樣會搞得很難看，黛拉，說不定還會鬧到警察局和報紙上，我很抱歉，我是為凱文的健康著想。」

「愛爾思蓓什麼事？」蘿蘋問，仍然振筆疾書。

凱文爵士在背後說了什麼哀怨的話。

「我不在電話中提這件事，」羅傑斯夫人壓抑地說，「妳自己去問愛爾思蓓。」

電話中又一陣窸窣聲，凱文爵士又接過話筒，幾乎是快哭出來的聲音。

「黛拉，妳知道我很欣賞妳，我真希望事情不是這樣。」

「是，」蘿蘋說，「好吧，我打電話問愛爾思蓓。」

「什麼？」

「我——打電話給——愛爾思蓓。」

「喔，我的天，」凱文爵士說，「但是妳要知道，可能什麼事也沒有。」

蘿蘋心想自己敢不敢跟他們要愛爾思蓓的電話號碼，但後來決定不要，黛拉一定會有她的電話。

「我真希望你能告訴我愛爾思蓓什麼事。」她說，停下筆來。

「我不想講，」凱文咻咻地喘著氣說，「這種謠言會損害一個人的名譽——」

羅傑斯夫人又回到電話上。

「這就是我們要說的，這整件事給凱文帶來很大的壓力，我很抱歉，但這是我們對這件事的最後決定，黛拉，再見。」

蘿蘋將她的手機放在旁邊的桌上，確認四周沒有人在看她，她又拿起手機搜尋「公平競爭」信託基金會的受託人名單，其中有一個愛爾思蓓．寇帝斯-雷西醫生，但慈善基金會網站上沒有她的私人電話號碼，她搜索目錄查詢，發現也沒有登錄。

蘿蘋打電話給史崔克，電話直接轉到語音信箱。她等了兩分鐘後再試，還是一樣。她打第三次依舊未果後，她發簡訊給他：

查出格——文一些內幕，請打電話給我。

她剛到露台時，露台上仍有陰影，現在陰影正逐漸往後移，溫暖的陽光照在蘿蘋的桌上，她小口喝她的咖啡，等史崔克回電。終於，她的手機震動顯示簡訊進來，她的心臟狂跳，拿起手機，卻發現是馬修。

今晚下班後想不想和湯姆與莎拉喝一杯？

蘿蘋以厭倦和恐懼的心情思考這則簡訊，明天就是馬修高度期待的慈善板球比賽，下班後和湯姆與莎拉一起喝酒無疑意味著他們會針對這件事嬉鬧一番。她已經可以想像他們四個人在酒吧裡：莎拉習慣性地對馬修調情；馬修嘲笑湯姆的球技太差；湯姆越來越笨拙、越來越氣憤地予以反擊；而蘿蘋最近越來越常假裝對這些感到好玩和有興趣，因為這是她為了不被馬修指責她似乎覺得無聊，或覺得她的陪伴有種優越感，或（如同他們吵得最兇的那幾次）但願她是和史崔克在一起喝酒而不是他們，她不得不付出的代價。她安慰自己，至少他們不會鬧得太晚或喝醉，因為馬修很重視所有體育比賽，他會想在賽前好好睡一覺，於是她回簡訊：

好啊，哪裡？

然後繼續等待史崔克打電話給她。

過了四十分鐘後，蘿蘋開始懷疑史崔克是否在某個他無法打電話的地方，這留下一個她是否應該立即通知齊佐她的新發現的問題。基於時間壓力，史崔克會不會認為她有這個自由權，或者如果她未能立即給齊佐這個「談判籌碼」，史崔克會不會更生氣？

她又在內心掙扎了一會兒，最後打電話給依姬，從她坐的地方可以看到依姬辦公室的上半部。

「依姬，是我，維妮西雅，我打電話給妳是因為我不能在拉斐爾面前說這件事，我想我為妳父親取得一些有關文恩的消息——」

「喔，太好了！」依姬大聲說。蘿蘋聽到拉斐爾在背後說「是維妮西雅嗎？她在哪裡？」以及敲鍵盤的聲音。

「我查一下日誌，維妮西雅……他十一點以前會在文化媒體暨體育部，然後整個下午都要開會。妳要我打電話給他嗎？如果妳動作快一點，他也許可以立刻見妳。」

於是蘿蘋將她的手機、筆記本和筆收進她的皮包內，喝下最後一口咖啡，然後匆匆趕到文化媒體暨體育部。

蘿蘋抵達玻璃隔間門時，齊佐正在他的辦公室內邊踱步邊講電話，他招手示意她進去，指指他辦公桌旁邊一張低矮的皮沙發叫她坐，然後持續和某個似乎讓他很不高興的人講電話。

「那是個禮物，」他明確地對著話筒說，「我的大兒子送我的，二十四K金，上面有刻字，Nec Aspera Terrent，見鬼了！」他忽然怒吼，蘿蘋看到辦公室外面那幾個年輕人都轉頭看齊佐，「那是拉丁文！去給我找一個會說英語的來！賈斯伯．齊佐，我是文化事務部長，我已經給你日期……不，你不能……我沒有那麼多時間——」

蘿蘋從她聽到的話旁敲側擊，知道齊佐遺失了一個有紀念價值的鈔票夾，他認為他可能遺失在金娃娜生日那天晚上他們兩人住宿的飯店內。就她所聽到的，飯店員工不但沒有找到他的鈔票夾，顯然對齊佐住進他們的連鎖飯店這事也不夠尊重。

「我要你們找個人回電話給我，沒用的傢伙。」齊佐喃喃地說，掛斷電話，然後對蘿蘋看了一眼，彷彿他已忘記她是誰，他依然氣喘如牛地在她對面的沙發重重坐下。「我只有十分鐘，最好是重要的事。」

「我得到有關文恩的一些情報。」蘿蘋說，取出她的筆記本，不等他回答，她便簡潔地匯報她從凱文爵士那裡套來的消息。

「……而且，」不到一分半鐘後，她總結，「文恩先生那邊可能還有更多不當的行為，但那件事據說愛爾思蓓．寇帝斯-雷西醫生知道，網站上沒有登錄她的電話號碼，但我們應該很快可以找出與她接觸的方式。不過我認為，」蘿蘋擔心地說，因為齊佐瞇起一對小眼睛，看樣子很不高興，「我應該立即向你匯報這件事。」

接下來幾秒鐘，他只是凝視著她，依舊是那個暴躁的表情，但後來他雙手往他的大腿一拍，顯然很高興。

「好啊，好啊，好啊，」他說，「他告訴我妳是他最優秀的助手，是的，他是這麼說的。」他從口袋掏出一條縐巴巴的手帕揩他的臉，他在和那間倒楣的飯店通話之際已經汗流浹背。

「好啊，好啊，好啊，」他又說，「結果今天變成美好的一天，他們一個接一個自己絆倒了……這麼說，文恩是個竊賊和說謊者，也許更多？」

「嗯，」蘿蘋謹慎地說，「他無法對那兩萬五千英鎊提出解釋，而且他作出他無法兌現的承諾……」

「愛爾思蓓．寇帝斯-雷西醫生，」齊佐順著他自己的思路說道，「聽起來很耳熟……」

「她曾經是諾森伯蘭的自由民主黨議員。」蘿蘋說。她剛才從「公平競爭」的網站上讀到的。

「虐待兒童，」齊佐忽然說，「我知道，虐待兒童，她在一個什麼委員會，她怪得很，對這件事，到處插手，當然，自由民主黨裡面都是一些怪人，所以他們才會聚在一起，全是一些怪裡怪氣的人。」

他站起來，在黑色的皮沙發上留下一堆頭皮屑。

「慈善機構這些醜事早晚會東窗事發，」他說，和凱文爵士的妻子說法一樣，「但，我的天，他們不會希望現在公布出來，不能在黛拉在殘障奧運大展身手的時機，文恩如果發現我知道了，一定會非常恐慌，是的，我想這也許會抵消他……無論如何，在短期內。不過，如果他一直在欺騙那些孩子——」

「那個還沒有證據。」蘿蘋說。

「——那會永遠阻止他，」齊佐說，又開始踱步，「好啊，好啊，好啊，這說明文恩為什麼要讓他的受託人參加我們在下星期四舉行的殘障奧運歡迎會，不是嗎？他顯然想討好他們，阻止任何人棄船逃生，哈利王子會參加歡迎會，這些慈善人士喜愛王室人員，因為他們其中只有一半人在裡面。」

他伸手去抓他那一頭刺蝟般的灰白頭髮，露出腋下一大片汗漬。

「我們這麼辦，」他說，「我們把他的受託人加入來賓名單，妳也來，然後妳可以把這個愛爾思蓓・寇帝斯-雷西帶到一旁查出她在幹什麼。好嗎？十二號晚上？」

「好的，」蘿蘋說，寫在筆記上，「好。」

「同時，我會讓文恩知道我曉得他在搞錢。」

蘿蘋幾乎走到門口時，齊佐忽然叫住她。

「妳想不想找個議會的工作？」

「抱歉？」

「接替依姬的工作？那個偵探給妳多少薪水？我不會比他少，我需要一個有頭腦和有勇氣的人。」

「我很……滿意現在的工作。」蘿蘋說。

齊佐嘟囔了一下。

「嗯，好吧，也許這樣比較好，等我們擺脫文恩和奈特之後，我也許會再給妳一點事做，妳走吧。」

他轉身背對她，開始打電話。

離開辦公大樓，走在陽光下，蘿蘋又取出她的手機，史崔克仍然沒有打來，但馬修發簡訊告訴她梅菲爾那間酒吧的名字，那裡離莎拉上班的地方很近。不過比起和齊佐見面之前，蘿蘋現在已能以較愉快的心情去想晚上的事，當她走回下議院辦公室時，她甚至開始哼起巴布馬利的歌。

他告訴我妳是他最優秀的，是的，他是這麼說的。

26

即使是現在，我也不是全然孤單，我們倆在這裡一起忍受孤獨。
——亨里克．易卜生，《羅斯莫莊園》

凌晨四點，絕望的時辰，顫慄的失眠者處在一個完全黑暗的世界中，存在似乎顯得脆弱而奇怪。史崔克坐在醫院的椅子上打盹，這時忽然醒來，一時間，他只覺得全身痠痛、飢腸轆轆，然後他看到他九歲的外甥傑克動也不動躺在他旁邊的病床上，眼睛上覆蓋著凝膠眼罩，一根管子伸進他的喉嚨，脖子和手腕也連接管線。床邊掛著一個尿袋，三個不同的點滴分別將灌輸液注入他的身體。在輕柔的儀器聲音中，在加護病房安靜、海綿似的空間中，他的身體顯得微小而脆弱。

他可以聽到護士腳上柔軟的鞋子在傑克病床四周的簾子外某個地方走動，她們本來不讓史崔克坐在椅子上過夜，但他堅持不走，加上他小有名氣，又行動不便，只好給他這個方便。他的枴杖靠在床邊的櫃子上，病房太暖和，醫院都是這樣。史崔克被炸斷腿後，在許多鐵床上一連度過好幾個星期，現在這個氣味又把他帶回到那段痛苦與殘酷的適應期，他被迫在無盡的障礙、屈辱與匱乏的情況下重新調整他的生活。

簾子唰的一聲被拉開，一個護士進入窄小的空間。她穿著工作服，顯得淡漠而幹練。她對史崔克職業性地淡淡一笑，從傑克的床尾取下夾板，記錄監視器上顯示的血壓與血氧讀數。寫好後，她小聲問：「想不想喝茶？」

「他的情況還好嗎？」史崔克問，顧不得掩飾懇求的語氣，「看起來怎樣？」

「他很穩定，不需要擔心，這是我們在這個階段所預期的，茶？」

「好啊，太好了，非常感謝。」

護士將簾子拉上後，他才意識到他的膀胱發脹，早知道就請她將枴杖遞給他。史崔克將自己從椅子上撐起來，抓著椅子的扶手站穩，跳到牆邊拿枴杖，然後離開簾子，朝黑暗的病房盡頭那個明亮的長方形空間走去。

他在一盞藍燈下的小便池解完小便後頓感輕鬆，這藍燈想必是專為阻止癮君子尋找靜脈管而設計的。離開洗手間後他走進緊鄰病房的等候室，昨天下午他就在這裡等候傑克接受緊急手術之後被推出來。傑克的一個同學的父親——傑克盲腸炎破裂那天原本要在他家過夜——陪他一起等待。那個人說什麼也不肯留下史崔克一個人在醫院，直到他們看到「這個小東西脫離險境」。傑克手術期間，他一直緊張地說個不停，說什麼「他們這個年齡有彈性」、「他是個堅強的小伙子」、「幸好我們家離學校只有五分鐘」，以及一遍又一遍反覆說「格瑞和露西會抓狂」。史崔克什麼也沒說，只是聽他講，為最壞的消息預作心理準備，每隔三十分鐘就發簡訊給露西報告最新情況。

還在手術中

還沒有消息

醫生終於出來告訴他們，傑克——他在抵達醫院時，院方不得不對他進行復甦搶救——已完成手術，又說他有嚴重的敗血症，等一下要送入加護病房。

「我會帶他的同學去看他，」露西和格瑞的朋友高興地說，「給他打氣——寶可夢卡——」

「他還不行，」醫生說，「他在未來至少二十四小時內將接受大量鎮靜劑和使用呼吸器。

你是他的近親嗎？」

「不，我才是，」史崔克這時候才開口，用沙啞的聲音說。他的口很乾。「我是他的舅舅，他的父母正在羅馬度假，結婚紀念日，他們現在正設法趕回來。」

「啊，是這樣喔。他還沒有完全脫離險境，但手術是成功的，我們已經把他的腹腔清乾淨，放了一根引流管在裡面，他們等一下就會把他推出來。」

「我告訴你了，」露西和格瑞的朋友眼中含著淚水，眉開眼笑地對史崔克說，「我說他們有彈性！」

「是的，」史崔克說，「我最好讓露西知道。」

但在一個不幸的失誤中，傑克驚慌失措的父母抵達機場時，才發現露西在飯店房間與登機門之間不知什麼地方遺失了她的護照。沒辦法，他們只好原路折回，向飯店員工、警察，及英國大使館的每一個人說明他們的困境，結果錯過了那天晚上的最後一班飛機。

凌晨四點十分，等候室已空無一人。史崔克打開他在病房時關閉的手機，看到十幾通蘿蘋打來的未接電話和一通羅蕾萊的。他不予理會，發簡訊給露西，他知道露西會在羅馬的飯店徹夜等待。午夜過後不久，她的護照已被一個計程車司機發現並送回飯店。露西曾哀求史崔克，等傑克離開手術室後拍一張照片給她看。史崔克假裝照片無法上傳，露西經過一天的壓力，不需要再看到她的兒子使用呼吸器、蒙著眼睛、身上穿著寬鬆的醫院病人服的畫面。

看起來一切都很好。他打字，仍然給鎮靜劑，但護士有信心。

他按傳送，然後等待。如他所料，她在兩分鐘後回覆。

你一定累壞了，他們有沒有給你一張床在醫院過夜？

沒有，我坐在他旁邊。史崔克回覆。我會等到你們回來，妳試著睡一下，不要擔心。X

史崔克關閉他的手機，撐著身子用一隻腳站好，重新架好他的枴杖回到病房。

那杯茶正在等他，和丹妮絲泡的茶一樣淡淡的乳白色，但是倒入兩包砂糖後，他兩口就把它喝光了，兩隻眼睛一下子看傑克，一下子看同時支持他與監測他的儀器。他從未如此仔細看過這個孩子，事實上，他和他始終沒有太緊密的聯繫，儘管他為史崔克畫了一張圖由露西轉交給他。

「他把你當英雄，他崇拜你，」露西對史崔克說過好幾次，「他也想當軍人。」

但史崔克迴避家庭聚會，部分原因是他不喜歡傑克的父親格瑞；另一部分原因是，即使她的幾個兒子不在現場——他發現她的長子格外像他的父親——露西想哄騙她的哥哥過一種更傳統的生活方式也讓他覺得很累，史崔克本來就不想要孩子，他雖然準備承認有些孩子是可愛的——事實上，當露西告訴他傑克有加入憲兵隊的雄心時，他已準備承認他有點喜歡傑克——但他仍堅決抵制生日派對與耶誕節團聚，怕的就是建立更緊密的關係。

但是現在，當黎明曙光悄悄穿透傑克病床周圍的薄簾子時，史崔克第一次發現傑克長得像他的外婆——史崔克的母親——有一頭烏黑的頭髮，白皙的皮膚和線條細緻的嘴。事實上，他會是個漂亮的女孩，但麗妲的兒子知道，青春期會使男孩的下巴與脖子產生什麼變化……如果他活下來的話。

他當然會活下來。護士說——

他現在在加護病房，他們不會因為你咳嗽就把你攆在這裡。

他很堅強，想當軍人，他沒問題。

他最好沒問題，我甚至不曾寫封簡訊給他謝謝他送我圖畫。

好一陣子之後，史崔克才又在惴惴不安的心情下打起瞌睡。

清晨的陽光穿透他的眼皮將他喚醒。他眨眨眼，聽到地板上有刺耳的腳步聲，接著嘩啦一聲簾子被拉開，傑克的病床又一次被打開，露出更多一動也不動的身體躺在他四周的病床上。一個新的、更年輕的護士笑咪咪看著他，她的頭上綁著一根長長的黑馬尾。

「嗨！」她愉快地說，拿起傑克的夾板，「我們這裡不常見到名人！我知道你的所有事蹟，我讀了你逮到那個連續——」

「這是我的外甥傑克。」他冷冷地說，這個時候談論沙克威爾開膛手是件令人厭惡的事，護士臉上的笑容消失了。

「麻煩你在簾子外面等一下好嗎？我們要抽血、換他的點滴和他的引流管。」

史崔克費力地撐起枴杖走出病房，盡量不去看其他那些和機器連在一起的毫無生氣的軀體。他抵達食堂時，裡面已經坐滿一半的人。滿臉鬍髭、兩眼腫脹的他，將他的托盤一路滑過去並付了錢後，才意識到他不可能拄著枴杖又拿托盤。一個在清理桌面的年輕女孩看到他的窘境過來幫忙。

「謝謝。」當她把托盤放在一張靠窗的桌上時，他生硬地說。

「不客氣，」女孩說，「吃完就放著，我會來收。」

這小小的善意讓史崔克非常感動，他沒有立刻吃他剛買的炸物，掏出手機給露西發簡訊。

一切都很好，護士在換他的點滴，等一下就回去。X

一如他的預期，他剛切下炒蛋，他的電話就響了。

「我們訂到班機了，」露西開口便說，「但要等到十一點。」

「沒問題，」他告訴她，「我不會離開。」

「他醒了沒？」

「沒，還在打鎮靜劑。」

「他看到你會很開心，如果他醒來——」

她哭了起來，史崔克聽到她一邊講話一邊啜泣。

「……好想回家……好想看他……」

有生以來第一次，史崔克很高興聽到格瑞的聲音，他現在從他太太手中接過電話。

「我們非常感激，小柯，這是我們五年來第一次出來度假，你相信嗎？」

「墨菲定律。」

「是啊，他說他肚子痛，我以為他是故意的，以為他不希望我們離開。現在我覺得自己真是個大混蛋，我告訴你。」

「不要擔心，」史崔克說，又說，「我不會離開。」

又多聊了幾句，然後露西哭著說再見後，史崔克總算可以吃他的全套英國式早餐。他在食堂的嘈雜聲中有條不紊但毫無喜悅地吃著，四周都是一些悲苦和焦慮的人狼吞虎嚥吃著飽含脂肪與糖的食物。

當他吃完最後一口培根時，蘿蘋來了一封簡訊。

我一直嘗試打電話給你報告有關文恩的消息，你幾時方便說話告訴我一聲。

齊佐的案子此刻對史崔克來說似乎是極其遙遠的事，但是當他讀著她的簡訊時，他忽然同時渴望尼古丁和聽到蘿蘋的聲音。他把托盤放在桌上，謝過幫忙他的女孩後，又撐起他的枴杖離開食堂。

醫院門口附近站著一群癮君子，在清新的早晨空氣中有如土狼般拱著肩膀吸煙。史崔克點了一支煙，深深吸一口，然後回蘿蘋電話。

「嗨，」蘿蘋接電話時他說，「抱歉一直沒有跟妳聯絡，我在醫院——」

「出了什麼事？你還好嗎？」

「好，我很好，是我的外甥，傑克，他昨天盲腸炎破裂，然後他——他——」

史崔克覺得很狼狽，他的聲音哽咽。當他力謀克制自己時，心中想著他有多久沒有哭了。也許是在土製炸彈炸斷他的腿，他從血淋淋的地面被空運到德國的醫院，在那裡流下痛苦與憤怒的淚水後就沒有再哭過了。

「幹。」他喃喃地說，這似乎是他唯一能發出的聲音。

「柯莫藍，出了什麼事？」

「他——他們把他送進加護病房，」史崔克說。他皺著臉，努力克制讓自己說話正常一點，「他的媽媽——露西和格瑞在羅馬一時趕不回來，所以要求我——」

「誰和你在一起？羅蕾萊在嗎？」

「天哪，沒有。」

羅蕾萊對他說「我愛你」似乎是好幾個星期以前的事了，雖然那只是兩天前的事。

「醫生怎麼說？」

「他們認為他不會有事，但，妳知道，他——他在加護病房，該死，」史崔克哽咽地說，一面擦拭他的眼睛，「抱歉，度過艱難的一夜。」

「哪一家醫院？」

他告訴她，她立即說再見，然後掛斷電話。史崔克留下來繼續把煙抽完，偶爾用他的襯衫袖子擦他的臉和鼻子。

他回去時，安靜的病房被陽光照亮了。他將他的枴杖靠在牆上，又坐在傑克床邊的椅子上，打開他剛剛從等候室偷偷拿走的一份昨天的舊報紙，閱讀上面一篇談兵工廠隊可能很快會失去羅賓．范佩西的文章，報導中說他即將投效曼聯隊。

一個小時後，主管該病房的外科醫師和麻醉師來到傑克床前巡察，史崔克不安地聽他們低聲交談。

「……他的血氧濃度還是在百分之五十以下……持續發燒……過去四個小時小便量減少……」

「……再照一次胸部X光，檢查肺部有沒有問題……」

史崔克焦慮地等待誰來告訴他容易理解的消息。最後，外科醫師轉身對他說話。

「我們現在還是要讓他保持安靜，他還不能離開氧氣機，而且我們必須讓他的體液保持適當的平衡。」

「那是什麼意思？他的情況惡化嗎？」

「不，一般都會這樣，他有嚴重的感染，我們必須把腹膜徹底清乾淨，我剛才要他照X光只是預防措施，確保我們沒有刺破任何可能使他復甦的東西，我晚一點會再過來看他。」

他們走開，轉向一名身上裹著許多繃帶、管線比傑克更多的少年，史崔克看了益發感到焦慮與不安，昨天夜裡史崔克對這些儀器的觀感基本上是友善的，它們幫助他的外甥恢復健康，但現在它們似乎更像無情的判官，記錄著預示傑克在衰退的數據。

「幹，」史崔克又喃喃咒罵了一聲，移動椅子使它更靠近病床一些，「傑克……你媽和你爸……」他可以感覺到他的眼皮後面酸酸的，兩個護士從旁邊經過，「……要命……」

他拚命克制自己，然後清一清喉嚨。

「……抱歉，傑克，我是柯莫藍舅舅，對了，如果你不……總之，爸媽快回來了，好嗎？我會陪你一直到他們——」

他說了一半忽然停下來，蘿蘋出現在病房另一頭的入口，他看著她向病房的工作人員詢問方向，然後朝著他走過來。她穿著牛仔褲和T恤，仍然是平常的灰藍色眼珠，頭髮放下來，手上拿著兩個塑膠杯。

看到史崔克臉上現出毫不掩飾的高興與感激的神情，蘿蘋覺得她與馬修大吵一架、轉了兩趟公車、再搭計程車到這裡，這一切都得到充分的回報，然後她看到史崔克旁邊那個微微側躺的小身體。

「喔不。」她走到床尾停下來，輕輕說道。

「蘿蘋，妳不必這麼——」

「我知道，」蘿蘋說，拉了一張椅子過來坐在史崔克旁邊，「但換作我，我不希望我獨自一個人面對這種事。小心，很燙。」她又說，給他一杯熱茶。

他從她手上接過杯子，放在床邊的櫃子上，然後緊緊握住她的手，並在她還來不及用力回握之前放開她。兩人坐在那裡凝視傑克，幾秒鐘後，蘿蘋的手指脈搏仍在跳動，她問：

「現在情況如何？」

「他仍需要氧氣，而且小便量不夠，」史崔克說，「我不知道那意味著什麼，我寧願用十分之幾來評分，或者——我真的不知道。喔，還有，他們要幫他照胸部X光，怕他們在插管時刺破他的肺。」

「什麼時候動手術的？」

「昨天下午，他在學校參加越野賽跑時昏倒，格瑞和露西的一個朋友就住在學校附近，立刻叫救護車送他到醫院，我過來這裡跟他們會合。」

兩人有好一陣子沒說話，都注視著傑克。

接著史崔克說：「我是個差勁的舅舅，我不知道他們的生日，我無法告訴妳他幾歲，送他來的那個同學的爸爸比我更了解他。傑克以後想當軍人，露西說他常提到我，還畫圖送我，我卻都沒有謝謝他。」

「但，」蘿蘋說，假裝沒看到史崔克用他的袖子擦眼睛，「現在他需要你的時候你在他身邊，而且你有很多時間可以彌補他。」

「是，」史崔克說，用力眨眼，「妳知道我想做什麼嗎，如果他——？我要帶他去大英帝國戰爭博物館，一日遊。」

「好主意。」蘿蘋柔聲說。

「妳去過嗎？」

「沒有，」蘿蘋說。

「很好的博物館。」

兩名護士，一個男性，另一個是稍早被史崔克碰一鼻子灰的年輕女護士，現在走過來了。

「我們要給他照X光，」女孩對蘿蘋而不是對史崔克說，「麻煩你們到病房外等候？」

「要多久？」史崔克問。

「半小時，或四十分鐘。」

於是蘿蘋幫史崔克把枴杖拿過來，兩人一起走去食堂。

「真是謝謝妳，蘿蘋，」史崔克又喝了兩杯淡而無味的茶和幾片薑餅後說，「如果妳有事就——」

「我等到格瑞和露西抵達醫院，」蘿蘋說，「他們遠在國外，心裡一定很難過。馬修都二十七歲了，他在馬爾地夫生病時他父親都擔心得要命。」

「是嗎？」

「是啊，你知道，當他——啊，對了，我沒有告訴你，是嗎？」

「告訴我什麼？」

「他在我們度蜜月時受到嚴重感染，被珊瑚刮傷，他們甚至考慮用直升機把他送去醫院，但後來情況還好，沒有他們最初想像的那麼嚴重。」

她一面說著，一面想起她推開被陽光照射一整天仍熱烘烘的木門時，因為準備告訴馬修她要解除婚約，不知即將面對何種情況而害怕得喉嚨發緊。

「你知道，馬修的母親不久前才去世，所以喬弗瑞很怕馬修……不過總算還ＯＫ。」蘿蘋說，喝一小口她微溫的茶，兩眼望著櫃臺後面的婦人，後者舀了一杓烤青豆在一個瘦弱的少年托盤內。

史崔克注視著她。他察覺到她省略了一些內情，把一切都歸咎於海裡的細菌。

「一定嚇死了。」他說。

「是不好玩，」蘿蘋說，看看她剪短的、乾淨的指甲，然後看看她的手錶，「如果你想吸煙，我們應該現在去，他很快就會回來了。」

外面吸煙的人當中，有一個人穿著睡衣，推著他的點滴，彷彿牧羊人握著他的木杖般緊緊抓著它維持重心。史崔克點了煙吸一口後對著蔚藍的天空吐煙。

「我還沒有問妳的結婚週年週末過得如何。」

「很抱歉我那天無法加班，」蘿蘋迅速說，「早就預定了，而且——」

「我不是問這個。」

她猶豫了一下。

「很好，真的。」

「啊，有時候想玩得開心也會造成壓力——」

「一點也沒錯。」蘿蘋說。

又停頓了一下後，她說：

「羅蕾萊今天要上班吧，我想？」

「大概，」史崔克說，「今天星期幾？星期六？對，我想。」

他們默默地站著，史崔克的香煙一點一點逐漸縮短，兩人都注視著訪客和抵達醫院的救護車。他們沒有覺得尷尬，但氣氛似乎有點緊張，有一點猜忌和沒有說出口的話。最後史崔克在一個被大多數吸煙的人忽略的戶外開放式煙灰缸捻熄他的香煙，然後看看他的手機。

「他們在二十分鐘前登機了，」他看了露西的上一封簡訊後說，「他們應該會在三點以前到這裡。」

「你的手機怎麼啦？」蘿蘋望著他貼滿透明膠帶的手機問道。

「被我壓到了。」史崔克說，「等齊佐付錢後我再去買一支新的。」

他們走回病房時，X光機正好從他們身邊推過去。

「胸部看起來很好！」推機器的人說。

他們坐在傑克病床邊又小聲地聊了一個小時，然後蘿蘋去附近的販賣機又買了茶和巧克力棒。他們坐在等候室，蘿蘋邊吃邊告訴史崔克她查到的有關文恩的慈善機構的事。

「妳的表現太好了，」史崔克說。他的第二根巧克力棒已經又吃了一半，「幹得好，蘿蘋。」

「你不介意我告訴齊佐？」

「不，妳一定要告訴他。有米契．派特森在蠢蠢欲動，我們的時間緊迫。這個叫愛爾思蓓．寇帝斯-雷西的女士接受了歡迎會的邀請嗎？」

「我星期一去查。巴克萊那邊怎樣？他和吉米．奈特混得如何？」

「仍然沒有我們能用得上的消息，」史崔克嘆口氣，撫摸他從鬍碴迅速變成鬍髭的下巴，「但我認為有希望，巴克萊不錯，他跟妳很像，對這種事有一種直覺。」

一個家庭緩緩走進等候室，那個父親吸著鼻子，母親在啜泣，一個看起來還不到六歲的兒子兩眼瞪著史崔克短少的半條腿，彷彿他突然闖進一個夢魘般的世界中另一個恐怖的細節。史崔克和蘿蘋互看一眼，兩人便離開等候室。蘿蘋拿著史崔克的茶，史崔克拄著柺杖一瘸一瘸地走。又再一次在傑克床邊坐下後，史崔克問，「妳告訴齊佐你對文恩的發現時，他有什麼反應？」

「他很高興，事實上，他還問我要不要去上班。」

「早在意料之中。」史崔克泰然自若地說。

這時，麻醉師和外科醫師又來到傑克病床前。

「情況看起來很樂觀，」麻醉師說，「他的X光片很清晰，體溫也在開始下降，小孩子都這樣，」他含笑對蘿蘋說，「好與壞兩邊的發展都很快速，我們會減少一點氧氣看他的情況如何，但我想我們要先把最重要的問題解決。」

「喔，謝天謝地。」

「他會活下去吧？」史崔克問。

「啊，是的，我想會。」外科醫師帶點鼓勵地說，「我們知道我們應該怎麼做。」

「趕快讓露西知道。」史崔克喃喃地說，掙扎著想站起來，好消息反而比壞消息更讓他手腳發軟。蘿蘋幫他拿柺杖，協助他站起來。她看著他一瘸一瘸走向等候室後，坐下來大聲呼出一口氣，短暫地用雙手蒙著臉。

「做媽媽的最難過。」麻醉師和氣地說。

她沒有糾正他。

史崔克離開了二十分鐘，當他回來時，他說：

「他們剛剛降落，我已先提醒她他的情況，讓他們有心理準備。他們應該再過一個小時就會到了。」

「太好了。」蘿蘋說。

「妳可以回去了，蘿蘋，我不想毀了妳的星期六。」

「喔，」蘿蘋說，頓然感到洩氣，「好吧。」

她站起來，拿下她掛在椅背上的外套，然後拿她的皮包。

「你確定？」

「對，對，現在知道他沒事，我也許會試著睡一下，我送妳出去——」

「不用啦——」

「我要，我想再去抽一支煙。」

可是當他們走到出口時，史崔克仍繼續陪著她走，離開那群吸煙的人，經過救護車和那似乎有幾英里遠的停車場。屋頂從飛揚的塵霾中浮現，彷彿海洋生物的背鰭閃閃發亮。

「妳怎麼來的？」等他們遠離人群，來到一片四周圍繞著紫蘿蘭、空氣中夾雜著熱柏油氣味的草地時他問。

「公車，然後轉計程車。」

「我給妳計程車錢——」

「別傻了，真的，不要。」

「那……謝謝妳，蘿蘋，這讓一切變得不一樣。」

她對他微笑。

「不然朋友是做什麼的。」

他笨拙地倚著枴杖，朝她彎下上身。這個擁抱是短暫的，她率先掙脫，怕他站不穩，他本來想印在她臉頰上的吻，卻在她轉頭面對他時正巧落在她的唇上。

「抱歉。」他吶吶地說。

「別傻了，」她又說，臉紅。

「我最好回去。」

「是的，當然。」

他轉身。

「告訴我他的情況。」她在他背後大聲說，他舉起一隻手錶示他知道。

蘿蘋走了，沒有再回頭。她還能感覺到他的嘴唇貼在她的唇上的印子，他的鬍碴刮著她的皮膚時癢癢的感覺，但她沒有把那個觸覺抹掉。

史崔克已經忘了他原本是要出來吸煙的，無論是他相信他可以帶他的外甥去大英帝國戰爭博物館，還是為了某種其他原因，他的疲憊現在多了一點莫名其妙的喜悅，彷彿他剛剛喝了一小杯烈酒。倫敦午後的塵土與熱浪，連同空氣中的紫蘿蘭氣味，似乎突然充滿了美。

當你似乎已失去一切時，有人給你希望是一件極其美好的事。

27

他們死守著羅斯莫莊園。

——亨里克．易卜生，《羅斯莫莊園》

等蘿蘋穿越倫敦，找到路返回她不熟悉的板球場時已是下午五點了，馬修的慈善板球賽已經結束，她在酒吧內找到已換回外出服的他。他怒氣沖天，幾乎不和她說話，馬修那一隊輸了，勝利的一方正在高聲喧鬧。

那天一整個晚上，她的丈夫都沒有理她，她又不認識他的同事，於是蘿蘋決定不和兩隊球員及他們的親友一起去餐廳吃飯，她自己一個人先回家。

第二天早上，她發現馬修穿戴整齊，躺在沙發上呼呼大睡，並發出酒醉後的鼾聲。他醒來後他們大吵一架，一連幾個小時都沒有解決問題。馬修想知道，既然史崔克有女朋友，蘿蘋為什麼還要匆匆趕去安慰他。蘿蘋堅稱，如果你讓朋友獨自面對一個性命危急的孩子，你就是個差勁的朋友。

爭執持續升高，達到結婚一年來的齟齬高峰，蘿蘋發脾氣了，說她這十年來都在不同的球場上看馬修出風頭，難道她就不能有屬於自己的時間去行善，馬修聽了勃然大怒。

「如果妳不喜歡，妳應該說啊！」

「你從來就沒想到過我也許不喜歡，是吧？因為我本來就應該把你的勝利看成我的勝利，是嗎，馬修？而我的成就——」

「抱歉，請告訴我妳有什麼成就？」馬修說。他以前不曾對她說出如此卑鄙的話，「還是我們要把他的成就也算成妳的？」

三天了，他們還沒有原諒彼此。蘿蘋從吵架那天開始，每天晚上都睡在客房，早早起床趁馬修淋浴出來以前便出門。她老覺得眼睛後面疼痛，這種不舒服在工作時比較容易忽略，但是每天傍晚她往家的方向走時，它會像一道低氣壓一樣又回到她身上。馬修沉默不語的怒氣從他們家的四壁壓迫著她，雖然新家比他們以前住過的任何地方多一倍的空間，卻似乎更黑暗與窄迫。

他是她的丈夫，她曾經允諾試著接納他。疲倦、憤怒、內疚與痛苦，蘿蘋有一種感覺，彷彿她在等待什麼事情發生，一種使他們兩人都正大光明獲得解脫，不再有更多令人厭惡的爭執，而是理性的解脫。她一遍又一遍回憶結婚那天，她發現馬修刪除史崔克的簡訊與來電紀錄那一天，她現在真的後悔當時沒有離開他，沒有在他被珊瑚刮傷之前，她被怯懦偽裝的同情心困住之前離開他。

星期三早上，蘿蘋往下議院走去，心裡想的不是當天要做的事，而是她的婚姻問題，這時一個穿大衣的高大男士離開第一批站在欄杆旁等候的觀光客，對著她走來。他身材高大、寬肩、一頭濃密的銀白色頭髮，和一張有深深的麻點與皺紋的扁臉。蘿蘋不知道她是他的目標，直到他站在她面前，兩隻大腳穩穩地站好角度，擋住她的去路。

「維妮西雅？我可以和妳很快地談幾句話嗎，親愛的？」

她慌張地往後退半步，抬頭望著這張冷峻的、毛孔粗大的扁臉。他一定是記者，他認出她了嗎？她雖然戴著平光眼鏡，但在近距離下她的黃褐色隱形眼鏡仍然可以看得出來。

「妳剛開始為賈斯伯．齊佐做事是嗎，親愛的？我想知道這是怎麼發生的？他給妳多少薪水？妳認識他多久了？」

「無可奉告。」蘿蘋說，想從他旁邊走開，但他隨著她移動。蘿蘋一面壓抑內心生起的恐慌，一面堅定地說：「走開，我要上班。」

旁邊兩個高大的北歐青年背包客注視著他們，臉上有明顯的關切。

「我只是給妳一個機會讓妳發表妳的意見，親愛的，」攔下她的人小聲說，「考慮一下，這也許是妳唯一的機會。」

他讓開了，蘿蘋離開他時不小心撞上那兩個準備營救她的人。該死，該死，該死，該死……他是誰？

順利通過安檢後，她走到人來人往、有回音效果的石砌大廳旁打電話給史崔克。他沒有接電話。

「請打電話給我，緊急事件。」她對著語音信箱小聲說。

她沒有走向依姬的辦公室或同樣有回音效果的寬敞的保得利大廈，而是躲到一間小茶室。如果沒有櫃臺或收銀機，這間茶室看起來很像一間教授交誼廳，有深色的木鑲板和到處可見的深綠色地毯。一個厚重的橡木隔屏將茶室隔成兩個空間，國會議員坐在裡面，與級別較低的職員區隔開來。她買了一杯咖啡，找了一張靠窗的桌子坐下，將她的外套掛在椅背上，等待史崔克回電話給她。但這個安靜的空間並不能使蘿蘋的緊張情緒安定下來。

等了四十五分鐘之後史崔克才來電話。

「抱歉，沒接到，我在地鐵上。」他喘著氣說，「然後齊佐又打電話來，講到現在才掛電話。我們遇到麻煩了。」

「啊，天哪，什麼事？」蘿蘋說。她的胃因恐慌而抽搐，她放下咖啡。

「《太陽報》認為妳有故事可以寫。」

蘿蘋立刻知道剛才在下議院大門外攔下她的人是誰：米契．派特森。《太陽報》雇來的私家偵探。

「他們到處挖掘與齊佐的私生活有關的任何新聞，而妳就是，他的辦公室新來的漂亮女生，他們當然會調查妳。齊佐的第一次婚姻就是因為他在工作上的外遇而破裂的，問題是，他們很快就會查出妳不是他真正的乾女兒，哎呦——媽的——」

「怎麼啦？」

「第一天用兩隻腳走路。狡詐醫生終於決定出來和一個女孩幽會，在切爾西藥草園，地鐵坐到斯隆廣場，再走一段路。總之，」他喘著氣說，「妳有什麼壞消息？」

「和你說的差不多，」蘿蘋說，「米契．派特森剛才在議院外面攔截我。」

「該死，妳想他有認出妳嗎？」

「好像沒有，但我不知道。我應該閃了，不是嗎？」蘿蘋說，對著乳白色的天花板沉思，上面刷了一圈又一圈重疊的環形圖案。

「還不要，」史崔克說，「如果妳遇到米契．派特森就立刻走人，事情看起來就更像真有一回事。無論如何，齊佐要妳參加明天晚上的殘奧歡迎會，試著從那些受託人身上找出和文恩有關的其他污點——她叫啥名字，愛爾思蓓？搞什麼——抱歉——這裡好難走，這該死的木屑小徑，狡詐醫生帶那個女孩鑽進矮樹叢了，她看起來大概只有十七歲。」

「你不用你的手機拍照嗎？」

「我戴內建鏡頭的眼鏡……喔，來了，」他小聲說，「狡詐在樹叢底下享受。」

蘿蘋等待，她可以聽到微弱的喀嚓聲。

「現在來了幾個真正的園藝家了，」史崔克喃喃地說，「這下子會把他們趕出來……」

「聽著，」他繼續說道，「明天下班後先到辦公室會面，妳去參加殘奧歡迎會之前。我們先評估一下目前的情勢，再決定下一步要怎麼做，盡量把那第二個竊聽器拿回來，但是不要再換新的了，以防萬一妳必須離開那裡。」

「好吧，」蘿蘋說，內心生起不祥的預感，「但那會很困難，我確信阿米爾已經在懷——

柯莫藍，我要掛電話了。」

依姬和拉斐爾剛走進茶室，拉斐爾一手摟著他同父異母姐姐的肩膀，蘿蘋立刻看出她情緒低落到快哭出來。他看到急忙掛斷電話的蘿蘋，對她做了個鬼臉，暗示依姬心情不好，然後在依姬耳邊小聲說了句話，依姬點頭走向蘿蘋，讓拉斐爾去買飲料。

「依姬！」蘿蘋說，幫她拉了一張椅子，「妳還好嗎？」

依姬坐下來，眼淚立即奪眶而出。蘿蘋趕緊給她一張面紙。

「謝謝，維妮西雅，」她嘎聲說，「對不起，我大驚小怪，真傻。」

她顫抖地深吸一口氣，然後坐直身子，如同一個多年來被告知坐姿要端正，同時雙腳要收攏的淑女一般。

「真傻。」她又說，再度淚水盈眶。

「老爸剛才把她臭罵一頓。」拉斐爾說，手上拿著托盤。

「不要那樣說，拉夫，」依姬哽咽地說，一滴淚水又滑到鼻尖上。「我知道他不是有意的，我到的時候他已經不高興了，然後我又使它更糟。你知道他遺失了弗芮迪送他的純金鈔票夾嗎？」

「不知道。」拉斐爾興趣缺缺地說。

「他以為他在金娃娜生日那天遺留在飯店裡面，我到的時候他們剛剛回電話說沒有找到。你知道爸爸對弗芮迪的感情，即使到現在。」

拉斐爾臉上迅速閃過一個怪異的表情，彷彿他忽然現起一個不愉快的念頭。

「然後，」依姬用顫抖的聲音說，「我又不小心把一封信的日期打錯了，他大發雷霆……」

依姬拿著那張被淚水沾濕的紙巾在手上扭著。

「五年，」她忽然說，「我替他工作了五年，他對我說謝謝的次數我都可以數得出來。當我告訴他我想離開時，他說，『等奧運結束後再走』，」她的聲音顫抖，「『因為我不想在那之前找個新的人進來』。」

拉斐爾暗暗咒罵。

「噢，可是他其實沒那麼壞，真的，」依姬又立刻說道，幾乎來個大轉變。蘿蘋知道她剛剛想到她希望拉斐爾接她的工作，「我只是難過，所以聽起來好像很嚴重——」

她的手機響了，她看了來電者的名字，發出呻吟。

「不要是叮叮二號，不要現在，拉夫，你來接。」

她將手機遞給他，但拉斐爾退縮，彷彿被要求接一隻大毒蛛。

「拜託，拉夫——拜託……」

拉斐爾滿心不情願地接過電話。

「嗨，金娃娜，我是拉夫，依姬不在辦公室。不……維妮西雅不在這裡……沒有……我當然在辦公室，我只是幫依姬接電話……他去奧林匹克公園了。沒有……沒有，我不……我不知道維妮西雅在哪裡，我只知道她現在不在這裡……是的……是的……好……那麼，再見——」他揚起眉毛，「掛斷了。」

他將手機放在桌上推還給依姬。依姬問：

「她為什麼對維妮西雅在哪裡那麼感興趣？」

「給妳猜三次，」拉斐爾笑著說。蘿蘋接到他瞟過來的眼光，趕緊望著窗外，臉上現出紅暈。她懷疑米契．派特森是否打電話給金娃娜，對她說了些什麼。

「喔，拜託，」依姬說，「她以為爸爸……？維妮西雅的年紀小得可以當他的女兒。」

「妳忘了，他的太太也是，」拉斐爾說，「而且妳又不是不知道她這個人，他們結婚越久，她越會吃醋。老爸不接她電話，所以她才會作出偏頗的結論。」

「爸爸不接是因為她逼得他抓狂，」依姬說，她對她父親的不滿忽然被她對她繼母的厭惡取代，「過去兩年她都不肯搬出那個家或離開她那些該死的馬。現在奧運忽然快到了，倫敦到處可見到名人，她就一心想來倫敦，參加時尚晚宴，扮演部長夫人的角色。」

她又深吸一口氣，擦乾她的臉，然後站起來。

「我最好回去，我們很忙，謝了，拉夫。」她說，輕輕摟了一下他的肩。

她走了，拉斐爾目送她離去，然後轉頭面對蘿蘋。

「我在裡面時，依姬是唯一來探望我的人，妳知道。」

「是，」蘿蘋說，「她說過。」

「還有，我小時候不得不去那個齊佐園時，她是唯一跟我說話的人。我是那個破壞他們家庭的小混蛋，所以他們都恨死我，但依姬通常會讓我幫忙，讓我幫她的馬刷毛。」

他喝一大口杯子裡的咖啡，神情陰鬱。

「我想妳也和其他女孩一樣，很愛那個神氣活現的弗芮迪吧？他討厭我，常叫我『拉斐婀娜』，還說老爸告訴家人我是個女孩。」

「好可怕。」蘿蘋說。拉斐爾陰沉的臉露出一個不情願的微笑。

「妳真好心。」

他似乎在斟酌要不要說出心裡的一句話，突然問道：

「妳去那裡玩的時候有沒有見過肯特的傑克？」

「誰？」

「以前幫老爸做工的一個老傢伙，住在齊佐園的土地上，我小時候最怕他。他有一張凹陷的臉和狂野的眼睛，我在花園的時候他常常不知從哪裡忽然冒出來。如果我擋到他的路，他都不說半句話，只會咒罵我。」

「我……我不記得有這麼一個人。」蘿蘋撒謊。

「肯特的傑克是老爸給他取的綽號，誰是肯特的傑克？不就是那個跟魔鬼打交道的人嗎？總之，我常作和這個老傢伙有關的惡夢。有一次我想溜進穀倉被他逮到，那次把我嚇得半死。他把臉貼近我的臉，說了一些大意是我不會喜歡在裡面看到的東西，或那個東西對小男孩來說很危險，或……之類的話，我記不得了，我那時候還很小。」

「聽起來好恐怖，」蘿蘋同意。現在她的興趣來了，「那裡面有什麼，你有看到嗎？」

「大概存放一些農具吧，」拉斐爾說，「但他把它說得好像他在進行撒旦儀式。

「不過，他是個手藝精湛的木匠，他幫弗芮迪做了一副棺材，用一棵已經倒下的英國橡木做的，老爸希望弗芮迪葬在祖產的森林裡……」

他又一次似乎在考慮要不要說出他心裡的話。他從他濃密的眼睫毛底下覷她，最後說：

「老爸……現在對妳的態度似乎很正常？」

「什麼意思？」

「妳不覺得他的舉止有點怪嗎？他為什麼無端臭罵依姬？」

「工作壓力吧？」蘿蘋說。

「是吧……也許，」拉斐爾說，然後又皺眉，說：「他昨天晚上打電話給我，這已經很奇怪了，因為他平常都看我不順眼。他說，只是聊聊，這是以前從沒發生過的事。告訴妳，他喝多了，他一開口我就知道。

「總之，他開始滔滔不絕地談肯特的傑克，我不知道他到底想說什麼。他還提到弗芮迪的死，和金娃娜的孩子的死，」拉斐爾靠過來，蘿蘋感覺到他的膝蓋在桌子底下碰觸到她的膝蓋。

「妳還記得我們接到的那通電話嗎？我來的第一天？那通說人死的時候會尿失禁的留言？」

「記得。」蘿蘋說。

「他說，『這都是懲罰，那是肯特的傑克打來的，他來找我算帳了。』」

蘿蘋瞪著他。

「但是，無論那通電話是誰打來的，」拉斐爾說，「它都不可能是肯特的傑克，他早在幾年前就死了。」

蘿蘋沒吭聲，她忽然想起馬修的譫妄，在那個亞熱帶島嶼的深夜裡，他以為蘿蘋是他死去的母親。拉斐爾的膝蓋似乎更用力壓在她的膝蓋上，她將椅子稍稍往後移。

「我半夜醒來，懷疑他是否吸毒。我們可禁不起老爸也發瘋，不是嗎？我們已經有金娃娜產生幻覺，以為她的馬被割傷，有人想去挖墓——」

「挖墓？」蘿蘋立刻說。

「我剛才說挖墓嗎？」拉斐爾不安地說，「啊，反正妳知道我說的是什麼，就是有人拿著鐵鏟在樹林裡。」

「你認為那是她的幻想嗎？」蘿蘋問。

「不知道。依姬和其他人都認為是，不過自從她失去那個孩子之後他們都認為她歇斯底里。儘管他們都知道它已經死了，但她仍然去生產，妳知道這件事嗎？從那以後她就不太對勁了，可是當妳是齊佐家的一份子時，妳就必須忍受下來，戴上帽子去主持開幕儀式什麼的。」

他似乎從蘿蘋臉上看出什麼，因為他又說：

「妳以為我討厭她嗎，和其他那些人一樣？她是個討厭鬼，她認為我根本就是浪費空間，但我不會把我的生命浪費在計較她從我的外甥和外甥女的遺產中花了多少錢在她的馬身上。無論依姬和菲姬怎麼想，她不是個淘金者，」他特別強調他另一個姐姐的綽號，「她們認為我母親也是個淘金者，她們只知道這個動機。我不該知道她們為我和我媽取了好聽的齊佐家的綽號的……」他的深色皮膚泛紅，「看起來似乎不太可能，但金娃娜真的愛老爸，我看得出來，如果她是為了追求金錢，她大可以為她自己著想，他是個窮光蛋。」

蘿蘋仍保持無動於衷的表情。她對「窮光蛋」的定義不包括在牛津擁有一間大豪宅、九匹馬、倫敦一間馬廄改建的高級公寓，或她在照片上看到的金娃娜戴在脖子上的沉重的鑽石項鍊。

「妳最近有沒有去齊佐園？」

「最近沒有。」蘿蘋說。

「它快垮了，到處都是蛀蟲，又舊又破。」

「我記得有一次我去齊佐園，大人們都在談一個小女孩失蹤的事。」

「真的？」拉斐爾驚訝地說。

「是的，我不記得她的名字，我那時候還小，蘇珊？還是蘇姬什麼的？」

「我沒有印象。」拉斐爾說。他的膝蓋又碰到她的膝蓋。「告訴我，每個人認識妳五分鐘之後就會把他們家族的黑暗秘密告訴妳嗎？還是只有我？」

「提姆常說我看起來很有同情心，」蘿蘋說，「也許我應該放棄政治，改做諮詢。」

「嗯，也許，」他說，凝視她的眼睛，「妳這個處方不好，為什麼要戴眼鏡？為什麼不乾脆戴隱形眼鏡？」

「喔，我……覺得這樣比較舒服。」蘿蘋說，將眼鏡往鼻子上一推，開始收拾東西，「我得走了。」

拉斐爾往後靠，露出悲傷的微笑。

「我明白了……他是個幸運兒，妳的提姆，妳替我告訴他。」

蘿蘋半笑著站起來，卻撞到桌角。她有點意識到，微微臉紅，離開茶室。

回依姬辦公室途中，她細細思索文化事務部長的行為。脾氣暴躁和咒罵的偏執行為，她心想，這對一個被兩面勒索的人而言不是意外的現象，但齊佐提到一個已經死去的人打電話給他，這無疑是個怪異的行為。她和齊佐見過兩次面，並不覺得他是一個會相信鬼魂或神明報應的人，但蘿蘋又想到，酒精會使人做出奇怪的事……她突然想到馬修星期日在客廳對她破口大罵時那張猙獰的臉。

她幾乎走到文恩門口時才發現門開著，蘿蘋探頭進去，覺得裡面好像沒人。她在門上敲了兩下，沒有人回應。

不到五秒鐘她已迅速來到格朗特辦公桌底下的電插座，拔出電扇插頭，她拿下竊聽器，並打開她的皮包，這時阿米爾的聲音忽然出現：

「妳在做什麼？」

蘿蘋嚇一大跳，想站起來，頭卻撞到桌子，痛得她大叫一聲。阿米爾從一張遠離門口的扶手椅站起來，拿下戴在耳朵上的全罩式耳機。他似乎在休息，聽他的iPod。

「我有敲門！」蘿蘋說，兩眼淚汪汪的一面揉著她的頭頂，竊聽器仍握在手上，她把手藏在背後，「我沒想到裡面有人！」

「妳，」他又說一遍，「在做什麼？」

她還沒來得及回答，門被用力推開，格朗特走進來。

這天早上他沒有少了上唇的笑容，沒有自以為是的氣勢，看到蘿蘋跪在他辦公室地板上也沒有說什麼猥褻的話，文恩似乎比往常更矮小，鏡片後面那對小眼睛底下有黑眼圈。他疑惑地看看蘿蘋又看看阿米爾，當阿米爾開始告狀，說蘿蘋擅自闖入辦公室時，蘿蘋已趁機將竊聽器塞進她的皮包。

「我真的很抱歉，」她說，站起來，身上大量飆汗。恐慌在她的思路邊緣徘徊，但一個點子忽然有如救生艇般靈光一現。「我本來是打算留張紙條的，我只是來借用一下。」

兩個男人對她皺眉，她指指那台已被拔出插頭的電扇。

「我們的壞了，我們的房間像火爐一樣，我想你不會介意，」她向格朗特懇求，「我只想借用三十分鐘，」她可憐兮兮地微笑，「真的，我熱到快昏倒了。」

她將裙子的前緣從她的皮膚上拉開，它看起來的確有點潮濕。他的眼光落在她的胸部，臉上又現出那個好色的笑容。

「雖然我不應該這麼說，但妳看起來是很熱的樣子。」文恩說，得意地笑笑，蘿蘋不得不故作傻笑。

「好啊，我們可以暫停使用三十分鐘，不是嗎？」他轉身對阿米爾說，後者不吭聲，只是死板地站得直挺挺的，用明顯懷疑的眼光瞪著蘿蘋。格朗特從桌上小心翼翼拿起電扇交給蘿蘋。當她轉身要離開時，他輕輕拍一下她的下背。

「好好享受。」

「喔，我會的，」她說，全身起雞皮疙瘩，「非常謝謝你，文恩先生。」

28

發現我的一生事業遭到如此重大的阻礙與挫敗，我會介意嗎？

——亨里克·易卜生，《羅斯莫莊園》

前一天長途跋涉往來切爾西藥草園，對史崔克的肌腱傷勢毫無助益。他的胃因為經常吃止痛藥而作怪，因此過去二十四小時他停止吃止痛藥，結果，當他在星期四下午坐在辦公室的沙發上將他的一隻半腿伸直，義肢靠在旁邊牆上，檢視齊佐的檔案時，他的胃又開始像他的醫生每次總愛說的「又不舒服了」。

掛在裡面的辦公室窗口上，看起來像一個無頭半身像的，是史崔克的西裝，外加一件襯衫和領帶。他把它掛在窗簾桿上，鞋子和乾淨的襪子擱在鬆軟的長褲褲腳下。他準備今晚和羅蕾萊共進晚餐，因此事先把要穿的衣服準備好，這樣他就不需要在睡覺以前再爬樓梯到他的公寓了。

羅蕾萊能夠理解他在傑克住院期間很少與她聯絡，只用微微不悅的口吻說他獨自一個人經歷這件事一定很可怕。史崔克懂她的心，所以沒有告訴她蘿蘋也去了醫院。然後羅蕾萊乖巧地、不記恨地約他一起吃晚飯，說想「商量幾件事」。

他們已經約會了十個多月，她又悉心照顧了他五天，史崔克覺得如果對她說有什麼事可以在電話中討論，對她來說似乎不公平也不夠尊重。史崔克的意識邊緣隱隱約約——如同掛在窗口的西裝一樣——有個不祥的預感，覺得他可能必須針對一個無可避免的問題：「你對這段關係的看法如何？」想出一個答案。

但他現在滿腦子想的是齊佐案的危險狀態。截至目前，他還沒有收到一毛錢，卻已付出不少薪資和費用。蘿蘋也許成功化解格朗特．文恩的暫時威脅，但巴克萊一開始時雖然成果亮麗，卻始終沒有在齊佐的第一個勒索人身上獲得更多的進展，萬一《太陽報》設法找到吉米．奈特，史崔克可以預見將會帶來災難性的後果。儘管文恩承諾給吉米神秘的外交部照片這件事遭到挫折，而且齊佐說吉米不會希望這件事上報，但史崔克認為憤怒與受挫的吉米極有可能嘗試從一個眼看即將從他手中流失的機會牟取利益。從他的興訟歷史就能看出，吉米是個不擇手段又不要臉的人。

令史崔克的惡劣心情更雪上加霜的是，巴克萊和吉米那幫人一連混了幾天幾夜之後，他告訴史崔克，除非他立刻回家，否則他的老婆要訴請離婚。史崔克還欠巴克萊一些雜項支出，便叫他來辦公室拿支票，然後讓他回家休息兩天。極度煩惱的史崔克只好臨時通知一向可靠的赫欽斯離開哈雷街——因為狡詐醫生又再度諮詢病人——改去跟蹤吉米．奈特。

「有什麼問題嗎？」史崔克粗暴地問，他的殘肢仍在抽痛。他雖然喜歡赫欽斯，但他沒有忘記這個退休警官最近才休假帶全家人去旅行，並在他的妻子摔斷手時離開工作開車送她去醫院。

「我只是要求你換個盯梢目標而已，我不能跟蹤奈特，他認識我。」

「好，好的，我會去。」

「好樣的，」史崔克說，「謝了。」

五點半時，蘿蘋和巴克萊走上金屬樓梯的聲音暫時驅散了史崔克逐漸陰鬱的心情。

「嗨，」蘿蘋說，她肩上揹了一個手提袋走進辦公室，看到史崔克臉上詢問的表情，她解釋：「參加殘奧歡迎會的服裝，我會去廁所換，我沒空回家。」

巴克萊跟在蘿蘋後面進門後隨手把門關上。

「我們在樓下遇到，」他愉快地告訴史崔克，「第一次見。」

「山姆告訴我，為了和吉米拉攏關係，他吸了不少大麻。」蘿蘋笑著說。

「我沒有吸進去，」巴克萊面無表情地說，「吸了就怠忽職守了，我有任務在身。」

他們兩個似乎很投緣，這讓史崔克反常地更生氣，他從人造皮沙發起身造成的壓力變化，使它照例發出放屁的聲音。

「是沙發啦，」他沒好氣地對巴克萊說，因為巴克萊笑嘻嘻地東張西望，「我拿錢給你。」

「你不要動，我去拿。」蘿蘋說，放下她的手提袋，從辦公桌底下的抽屜取出支票簿，連同一枝筆一起交給史崔克。「要不要喝茶，柯莫藍？山姆？」

「喔，好啊。」巴克萊說。

「你們兩個心情都很愉快，」史崔克酸溜溜地說，開支票給巴克萊，「我們都快失業了，除非你們誰有我不知道的新情報。」

「本週奈特家唯一讓人高興的是芙莉克沒有和她的任何室友激烈爭吵，」巴克萊說，「萊西打電話給蘿拉，說她認為吉米從她的皮包偷了一張信用卡。」

「有嗎？」史崔克立刻問。

「我會說芙莉克偷的可能性更大，我告訴過你，她吹噓她打工賺到錢，不是嗎？」

「對，你說過。」

「這一切都是從酒吧開始的，那個叫蘿拉的女孩很討厭，她和芙莉克為了誰比較像中產階級而吵得不可開交。」

史崔克雖然腳痛，情緒也不好，但他聽了仍咧嘴笑。

「哎呀，事情變得越來越討厭，連小馬和國外假期都扯進來了。然後這個蘿拉說她認為吉米在幾個月前偷走她的新信用卡，吉米很生氣，說這是誹謗——」

「可惜他被禁了，否則他可以告她。」史崔克撕下支票說。

「——蘿拉就跑出去了，嚎啕大哭，她現在搬出公寓了。」
「她姓什麼？」
「我想辦法查。」
「芙莉克有什麼背景，巴克萊？」巴克萊接過支票放進他的皮夾時，史崔克問。
「這個嘛，她告訴我她大學中輟，」巴克萊說，「第一年考試沒有通過就放棄了。」
「一些最優秀的人都是中輟生。」蘿蘋端著兩杯茶過來時說，她和史崔克都沒有畢業就放棄學業。
「乾杯，」巴克萊說，從蘿蘋手上接過茶杯，「她的父母離婚了，」他繼續說，「她沒有和他們來往，他們不喜歡吉米。不能怪他們，如果我的女兒和一個像奈特這樣的癟三鬼混，我會知道該怎麼辦。當她不在身邊的時候，他會告訴那些小伙子他和那些小女生做了什麼事，她們都以為她們睡的是一個偉大的革命家，她們是為了革命而幹，他有一半的事芙莉克都不知情。」
「她們有誰是未成年？他老婆說他有一張名單，可以拿來當談判籌碼。」
「就我所知都十六歲以上。」
「可惜，」史崔克說。蘿蘋拿了她的茶回來時，史崔克遇上她的目光，「妳明白我的意思，」然後他又轉向巴克萊，「從我在那次遊行上聽到的，她自己好像也不是那麼堅持一夫一妻。」
「啊，她的一個夥伴曾經開玩笑說她有一個印度侍者。」
「侍者？我聽到的是學生。」
「搞不好兩個都是，」巴克萊說，「我說她是個——」
但遇到蘿蘋的眼光後，巴克萊決定閉嘴，改喝茶。
「妳那邊有任何消息嗎？」史崔克問蘿蘋。
「有，我把第二個竊聽器拿回來了。」

「妳在開玩笑。」史崔克說，坐直了身子。

「我才剛剛完成轉錄，那裡面有好幾個小時的東西，大部分都沒什麼用處，但……」

她放下茶杯，拉開手提袋的拉鍊，拿出一個錄音機。

「……有一點奇怪，聽聽這個。」

巴克萊坐在沙發扶手上，蘿蘋坐在她的電腦椅上，打開錄音機。

格朗特抑揚頓挫的聲音充滿整個辦公室。

「……取悅他們，我好把愛爾思蓓介紹給哈利王子，」格朗特說，「好，那我走了，明天見。」

「晚安。」阿米爾說。

蘿蘋對史崔克和巴克萊搖頭，無聲地說「等一下」。

他們聽到門關上的聲音，三十秒鐘安靜無聲後機器照例喀的一聲自動關閉。接著，錄音帶停止後又再度啟動。一個低沉的威爾斯女性的聲音在說話。

「你在嗎，甜心？」

史崔克挑起眉毛，巴克萊停止咀嚼。

「在。」阿米爾用他平淡的倫敦口音說。

「過來給我親親。」黛拉說。

巴克萊被他的茶水嗆到。他們聽到從竊聽器發出咂嘴的聲音，腳步聲，一張椅子移動的聲音，還有一個輕微的、規律的拍擊聲。

「那是什麼？」史崔克小聲問。

「導盲犬搖尾巴的聲音。」蘿蘋說。

「讓我握著你的手，」黛拉說，「格朗特不會回來，別擔心，我派他去奇斯威克了，好，謝謝你。現在，我要私下跟你說一句話。事情是這樣的，親愛的，你的鄰居在抱怨，他們說他們隔著牆聽到奇怪的聲音。」

「什麼聲音？」他的語氣聽起來很擔心。

「他們認為可能是動物，」黛拉說，「一隻狗在哭或在叫。你不會——？」

「我當然不會，」阿米爾說，「一定是電視的聲音，我為什麼要養狗？我整天都在上班。」

「我以為你會帶一隻可憐的小流浪犬回家，」她說，「你的柔軟心腸……」

「我沒有，」阿米爾說，聲音聽起來很緊張，「妳不一定要相信我的話，妳可以去檢查，如果妳要的話，妳有鑰匙。」

「親愛的，不要這樣，」黛拉說，「沒有你的允許我不會進去，我不會去打聽。」

「妳有權利，」他說。史崔克覺得他的語氣聽起來有點苦澀，「那是妳的房子。」

「你不高興了，我就知道你會不高興，但我不得不說，因為假如下回接到他們電話的是格朗特——這次純粹是運氣，是我接到鄰居的電話——」

「我以後會把電視聲音關小一點，」阿米爾說，「好嗎？我會小心。」

「你明白，我的愛，就我而言，你可以自由做你愛做的事——」

「聽我說，我正在想，」阿米爾打岔，「我真的認為我應該付妳一點房租，萬一——」

「我們已經說好了，別傻了，我不會要你的錢。」

「可是——」

「再說，」她說，「你也負擔不起，一個有三間臥室的房子，靠你自己？」

「可是——」

「我們已經說好了，你剛搬進去時似乎很快樂……我以為你喜歡它——」

「我當然喜歡，妳太慷慨了。」他生硬地說。

「慷慨……這不是慷慨的問題，看在老天分上……現在，聽我說：你想不想一起去吃咖哩？我晚一點要投票表決，我想去肯寧頓的坦都里餐廳吃點東西，我請客。」
「抱歉，我不能，」阿米爾說，聽起來壓力很大，「我必須回家。」
「噢，」黛拉說，語氣少了一些溫暖，「噢……真令人失望，多麼遺憾。」
「我很抱歉，」他又說，「我答應和一個朋友見面，大學朋友。」
「啊，原來如此。好吧，那下回吧。我會先打電話，找一個你有空的時間。」
「黛拉，我——」
「別傻了，我只是逗逗你，你可以陪我走出去吧，至少？」
「是，是，當然。」
一陣窸窸窣窣的聲音，接著是開門聲。蘿蘋關掉錄音帶。
「他們有那個關係？」巴克萊大聲問。
「不一定，」蘿蘋說，「也許只是親親臉頰。」
「讓我握著你的手？」巴克萊又說，「從什麼時候開始這成了一般正式的禮儀？」
「這個阿米爾幾歲？」史崔克問。
「我猜大概二十多歲。」蘿蘋說。
「那她……幾歲？」
「六十多歲。」蘿蘋說。
「然後她給他一間房子住，他和她沒有親戚關係，是嗎？」
「就我所知，沒有親族關係，」蘿蘋說，「但賈斯伯・齊佐對他個人有些了解，他們在我們的辦公室相遇時他還引述了一段拉丁文詩句。」
「妳沒有告訴我。」
「抱歉，」蘿蘋說，想起這是在她拒絕參加示威遊行跟監吉米前不久發生的事。「我忘了。是的，齊佐引述了一段拉丁文，然後說『像你這種習慣的人』。」

「哪一句詩？」

「我不知道，我沒學過拉丁文。」

她看看她的錶。

「我要去換衣服了，我得在四十分鐘之內趕到文化媒體暨體育部。」

「啊呀，我也要走了，史崔克。」巴克萊說。

「兩天哦，巴克萊，」巴克萊朝門口走去時史崔克說，「然後你要回去監視奈特。」

「沒問題。」巴克萊說，「到那時候我會要求放下斷奶娃休息一下。」

「我喜歡他。」巴克萊的腳步聲逐漸從金屬樓梯消失時蘿蘋說。

「嗯，」史崔克伸手去拿他的義肢時咕噥地說，「他不錯。」

在他的要求下，他和羅蕾萊將提早見面，現在是進行讓自己體面的繁複工作的時候了。蘿蘋到樓梯口那間窄小的廁所換衣服，史崔克套上他的義肢後，進入裡面的辦公室。

他剛穿上西裝褲時他的手機響了，他拿起面板破裂的手機，半期待是羅蕾萊打電話來說她不能一起吃晚飯，結果一看是赫欽斯，他立即有個不祥的預感。

「史崔克？」

「怎麼啦？」

「史崔克……我搞砸了。」

「發生什麼事？」

「奈特和幾個同伴，我跟蹤他們進入一間酒吧，他們好像有什麼計畫，他拿著一個標語牌，上面畫了齊佐的臉——」

「然後呢？」史崔克大聲說。

「史崔克，我很抱歉……我失去平衡摔一跤……我把他們跟丟了。」
「你這個愚蠢的笨蛋！」史崔克怒吼，完全失去控制。「你為什麼不告訴我你生病？」
「我最近休息了很久……知道你很累……」
史崔克打開麥克風，將手機放在他的辦公桌上，從衣架取下他的襯衫，盡可能快速換衣服。
「老兄，我很抱歉……我現在沒辦法走路……」
「我知道那種感覺！」
史崔克氣呼呼地關掉手機。
「柯莫藍？」蘿蘋從門外叫他，「你沒事吧？」
「沒事，他媽的沒事！」
他打開裡面辦公室的門。
他的一部分大腦注意到蘿蘋穿著他兩年前送給她的那件綠洋裝，那是他為了感謝她協助他抓到第一個兇手而買下送她的禮物，她看起來美極了。
「奈特拿了一個上面畫著齊佐的臉的標語牌，他和他那一票人正在計畫做什麼事。我就知道，他媽的我就知道有文恩在幫他撐腰，這種事就會發生……我敢跟妳打賭，他一定是去你們的殘奧歡迎會，該死。」史崔克說，發現他沒有穿鞋，於是又折回去，「而且赫欽斯跟丟了他們，」他回頭對她大聲說，「那個蠢蛋沒告訴我他生病。」
「也許你可以把巴克萊叫回來？」蘿蘋提議。
「他現在一定坐上地鐵了，現在只好我去了，不是嗎？」史崔克說。他在沙發上重重坐下，兩隻腳套進他的鞋子裡。「如果哈利王子要來，今天晚上那裡會有許多記者，只要有一個記者知道吉米那個他媽的標語牌意味著什麼，齊佐就失業了，我們也會跟著失業。」他費力地站起來，「這個歡迎會在什麼地方，今晚？」

「蘭開斯特府，」蘿蘋說，「馬廄場。」

「好，」史崔克說，朝門口走去，「妳做好準備，也許必須把我保出來，這是個好機會，我要去揍他一頓。」

29

我再也不能袖手旁觀。

——亨里克．易卜生，《羅斯莫莊園》

史崔克在查令十字路上攔了一部計程車，二十分鐘後車子拐進聖詹姆斯街時，他仍在和文化事務部長通電話。

「標語牌？上面有什麼？」

「你的臉，」史崔克說，「我只知道這個。」

「他要去歡迎會場？這太可惡了，不是嗎？」齊佐大吼，史崔克畏縮了一下，將手機從他耳邊移開，「要是被記者看到就完了！你應該去阻止它發生！」

「我正要去，」史崔克說，「但顧及你的立場，我得先提醒你，我曾建議——」

「我付你錢不是為了聽你的建議！」

「我盡可能去做。」史崔克承諾，但齊佐已經掛斷電話。

「不能再繼續往前了，老兄。」計程車司機從後視鏡對史崔克說。鏡子上懸掛一個搖晃的吊飾，用多色花布縫綴的，上面還有一個金色的象頭財神。聖詹姆斯街的街底封鎖了，一大群來看王室成員的民眾與奧運粉絲聚集在活動路障後面，有的手上拿著小小的英國國旗，等待殘障奧運選手與哈利王子的到來。

「好，我在這裡下車。」史崔克說，掏出他的皮夾。

他又再一次面對聖詹姆斯宮的城垛式圍牆，它的鑽石形鍍金時鐘在向晚的夕陽中熠熠生輝。史崔克再度一拐一拐地順著斜坡往下朝人群走去，越過普拉特俱樂部所在的那條橫街。當他不平衡的步態越來越明顯時，穿著入時的路人、畫廊與葡萄酒商的工作人員及顧客都禮貌地讓路。

「幹，幹，幹。」他喃喃低語。當他越來越接近那些運動迷和看熱鬧的群眾時，每當重量落在他的義肢上，強烈的疼痛就反射到他的腹股溝。他沒有看到任何政治訴求的標語牌或布條，但是當他走到群眾後面往克里夫蘭路望過去時，他看到媒體區和一群攝影記者站在那裡等候王子與著名的運動員抵達。只有當一輛轎車緩緩駛過，裡面坐著一個頭髮黑得發亮、史崔克似乎在電視上見過的女性時，他才猛然想起他忘了打電話給羅蕾萊告訴她他會晚一點到，他急忙打電話給她。

「嗨，小柯。」

她似乎有點擔心，他猜想她大概以為他會取消約會。

「嗨，」他說，兩眼依舊左顧右盼尋找吉米的蹤影，「我真的很抱歉，但臨時有事耽擱了，我可能會晚一點。」

「喔，好的，」她說，他看得出她因為他仍打算見面而鬆一口氣，「我要更改訂位時間嗎？」

「好──要不從七點改為八點？」

史崔克第三次轉頭搜尋他背後的帕爾摩街時看到了芙莉克的番茄紅頭。八名「反奧」成員正走向人群，其中包括一名瘦高的金髮辮子頭青年和一名看起來像保鑣的矮胖男子，芙莉克是其中唯一的女性。除了吉米以外，所有人都舉著破碎的奧運五環標誌，以及「公平競爭是公平報酬」，和「要家園不要炸彈」口號的標語牌。吉米手上的標語牌上下倒立，有圖片的那一面向內貼在他的腿上。

「羅蕾萊，我得走了，晚一點再聊。」

穿制服的警察到處走動維持群眾秩序，他們手上拿著對講機，兩隻眼睛不斷梭巡歡呼的旁觀者。他們也看到了「反奧」成員，後者正設法走到媒體區的正對面。

史崔克咬著牙擠進人群中，兩眼緊盯著吉米。

30

不可否認，如果我們早些時候成功地檢查溪流，我們會更幸運些。

——亨里克．易卜生，《羅斯莫莊園》

穿著緊身綠洋裝與高跟鞋的蘿蘋有點侷促不安，當她在文化媒體暨體育部入口從計程車出來時，吸引了許多男性路人的目光。她走到門口，看見一身鮮橘色的依姬從五碼外的地方走來，還有金娃娜，她似乎穿著黑色的緊身洋裝，戴著蘿蘋在網路上看過的那條沉重的鑽石項鍊。

雖然對吉米和史崔克可能的遭遇感到焦慮，蘿蘋仍看得出金娃娜顯然心煩意亂。她們接近時，依姬對蘿蘋翻白眼，金娃娜用銳利的眼神對著蘿蘋上下打量一番，顯示她如果不是認為這件綠色洋裝不雅，就是認為它不合適。

「我們應該，」蘿蘋附近響起一個低沉的男性聲音，「在這裡會合。」

賈斯伯．齊佐從裡面走出來，手上拿著三張有雕刻圖案的邀請函，他將其中一張交給蘿蘋。

「是的，我知道，賈斯伯，謝謝你。」金娃娜走近時微微喘著氣說，「非常抱歉又搞錯了，都沒有人來問我是否知道如何安排。」

路人都注視著齊佐，從他那一頭煙囪刷髮型隱約覺得他看起來眼熟。蘿蘋看到一個穿西裝的男士頂一下他的同伴並用手指著。一部黑色的賓士豪華轎車開到路邊，司機下車：金娃娜從車子後面繞過去坐在司機後面，依姬擠進去坐在後座中間，讓蘿蘋坐在齊佐後面。

轎車駛離路邊，車內的氣氛低迷。蘿蘋轉頭去看那些下班後的飲酒客和晚上出來逛街的人，心想不知史崔克有沒有找到吉米，擔心一旦他找到吉米不知會發生什麼情況，暗中祈願她可以使轎車直接開到蘭開斯特府。

「你沒有邀請拉斐爾？」金娃娜朝她的丈夫腦袋瞪了一眼說。

「沒有，」齊佐說，「他想來，但那是因為他喜歡維妮西雅。」

蘿蘋立即感覺臉上泛紅。

「維妮西雅似乎有很多粉絲。」金娃娜簡短地說。

「明天再找他談。」齊佐說，「這幾天我對他的觀感有一點改變，老實說。」

蘿蘋從眼角瞥見金娃娜的兩隻手扭著她那個醜陋的晚宴包鍊子，包包上有個水晶雕刻的馬頭。轎車行經溫暖的倫敦市區時，車內一片緊張的沉默。

31

……結果，他挨了一頓拳打腳踢……

——亨里克．易卜生，《羅斯莫莊園》

腎上腺素使史崔克比較能忍受腿上的疼痛。他逐漸接近吉米和他的同夥。但是當他們試圖讓媒體看得更清楚時卻又逐漸分散開來，因為第一部公務轎車緩緩駛過時，興奮的群眾開始往前推擠，想一睹名人的廬山真面目。晚來的「反奧」成員發現他們四周都是擠得水洩不通的旁觀者。一部又一部賓士與賓利轎車緩緩通過，讓群眾看一眼那些有名的和不怎麼有名的名流，一位喜劇演員向群眾揮手時博得熱烈的歡呼，少數幾個則一晃就過去了。

明顯看出他毫無希望佔到一個顯著的位置後，吉米從那些纏在一起的小腿邊拉出他自製的標語牌，準備高高舉起。

史崔克用力擠向前，一個站在他前面的婦女發出尖叫。他跨出三大步，厚實有力的左手扣住吉米的右手腕，不但阻止他舉起標語牌，而且將它用力往下壓。史崔克有時間先看到吉米的眼神，擋下他朝他的喉嚨揮過來的第一拳。另一名婦女看到拳頭揮過來時發出尖叫。

史崔克閃過那一拳，用他的左腳用力踩在標語牌上，踩斷了它的桿子，但他的殘肢無法承受他的全身重量，尤其是吉米又連續揮出第二拳。史崔克倒下去時撞到吉米的下身，他痛得微微喊叫，彎下腰，和倒下的史崔克撞個正著，兩人都躺在地上，並波及附近的旁觀者，他們都發出憤怒的喊叫。當史崔克倒在人行道上時，吉米的一個同夥對準他的頭想踢下去，史崔克立即抓住他的腳用力一拽。在越來越激烈的混戰中，他聽到第三個婦女高聲叫：

「他們攻擊那個人！」

史崔克忙著抓住吉米四分五裂的標語牌，無暇理會他究竟是被指稱為受害者或攻擊者。他抓起和他一樣躺在地上的標語牌，成功地將它撕碎。其中一小塊紙片黏在一個急著逃離現場的婦女鞋跟上被帶走了。

有人從他背後用手掐住他的脖子，他用手肘對準那個人的臉用力一擊，那個人放手，但這時又有一個人朝史崔克的腹部踢了一腳，另一個人揍了他的後腦一拳，他立即眼冒金星。

此時傳來更多的呼叫與哨音，人群突然散開。史崔克嚐到血腥味，但從他的目光所及，吉米的標語牌碎片已在這一場鬥毆中四分五裂。吉米的一雙手又來掐史崔克的脖子，但他終於被拖走，扯著喉嚨高聲咒罵。氣喘吁吁的史崔克也被抓住並將他拖起來站好。他沒有反抗，他懷疑他是否能自己站起來。

32

……現在，我們可以進去吃晚飯了，你要進來嗎，克羅爾先生？
——亨里克．易卜生，《羅斯莫莊園》

齊佐的賓士轎車從聖詹姆斯街轉入帕爾摩街，然後沿著克里夫蘭街往前走。

「發生什麼事？」當轎車放慢速度，最後停下來時，齊佐粗聲說。

前方的喧囂聲不是皇室人員或名流所期待的興奮、熱情的那種，幾個穿制服的警官把街道左側的群眾趕在一起，他們互相推擠，試圖逃離看起來像警方與抗議者之間的衝突。兩名身穿牛仔褲與T恤、衣衫不整的男子從混戰中出來，他們都被穿制服的警官扭住：一個是吉米．奈特，一個是留辮子頭的金髮青年。

接著腳步蹣跚、身上帶血的史崔克出現時，蘿蘋差點發出驚叫，他也被警察押著。在他們背後，人群中的爭吵不但沒有平息，反而有增無減，有人在搖晃路障。

「停車，停車！」齊佐對剛踩下油門的司機大吼。齊佐搖下他的車窗。「開門——維妮西雅，打開妳的門！——那個人！」齊佐對旁邊的一個警察大叫，警察轉頭，發現文化事務部長對他大叫並指著史崔克時嚇一跳。「他是我的客人——那個人——放他走！」

面對一輛公務車、一位政府官員、一個頤指氣使的貴族聲音、揮舞著一張厚厚的雕版印刷邀請函，那個警察乖乖聽他的指示。大多數民眾的注意力都集中在警方與「反奧」成員之間的激烈爭吵和隨之而來的踐踏，群眾互相推擠著試圖逃離現場。有一、兩個攝影記者從前方的媒體區衝出來，奔向激烈的爭吵與喧譁。

「依姬，移過去——進來，進來！」齊佐透過車窗對史崔克大吼。

蘿蘋往後擠，半坐在依姬的腿上讓史崔克爬進後座，車門用力關上，轎車往前駛。

「你是誰？」金娃娜緊張地尖聲問，她被依姬擠在另一個車門邊不能動彈。「這是怎麼回事？」

「他是私家偵探，」齊佐粗聲粗氣地說，他似乎因一時的驚恐而把史崔克帶上車。只見他從他的座位轉身瞪著史崔克，說：「如果你被逮捕，這對我有什麼幫助？」

「他們不是逮捕我，」史崔克說，用他的手背擦一下鼻子，「他們要帶我去做筆錄，我去搶標語牌時奈特攻擊我，謝謝，」他又說，儘管空間很擠，蘿蘋仍將放在後面窗台上的一盒面紙拿過來遞給他，他抽出一張面紙按住他的鼻子，面紙立刻沾滿血跡，「我把標語牌搶過來了。」史崔克說，但沒有人恭喜他。

「賈斯伯，」金娃娜說，「這是怎麼回事——？」

「閉嘴，」齊佐怒喝，沒有看她，「我不能在這些人面前讓你下車，」他憤怒地對史崔克說，彷彿史崔克對他提出要求，「還有更多攝影記者……你必須跟我們一起進去，我會處理。」

轎車現在開到一處檢查站，警察與安全人員在查核身分與調查。

「誰都不准說話，」齊佐下令，「閉嘴。」他先發制人，對已張開嘴巴的金娃娜說。

前面一輛賓利轎車獲准進入，賓士車緩緩前進。

蘿蘋的左邊臀部與大腿因承受一大部分史崔克的重量而疼痛不堪，她聽到後面車輛緊急煞車的聲音，轉頭看見一名年輕婦女在後面狂奔，一名女警官跟在她後面追她。那個女孩有一頭番茄紅的頭髮，身上的T恤印有破碎的奧運五環標誌。她一面追逐齊佐的座車一面高聲尖叫：

「他把馬放在它們上面，齊佐！他把馬放在它們上面，你這個欺世盜名的混蛋，你這個殺人兇手——」

「我這裡有位客人沒有拿到他的邀請函，」齊佐從搖下的車窗對檢查站的武裝警察說，

「柯莫藍．史崔克，截肢者，報紙有報導，我的部門裡面一團糟，他的請柬沒有送出去，王子，」他肆無忌憚地信口開河，「要求特別接見他！」

史崔克和蘿蘋正在看車後面的情況，兩名警察已經抓住芙莉克，正把她帶走。又來了幾台照相機頻頻發出閃光。畏於部長的壓力，那個武裝警察要求看史崔克的身分證明，史崔克通常都會帶幾種不同形式的身分證明，不一定是他的真實姓名，但他這次遞出他真正的駕駛執照。後面靜止不動的車輛越排越長，王子將在十五分鐘後抵達，警察終於揮手讓他們進去。

「不應該這樣，」史崔克對蘿蘋低聲說，「不應該這樣就讓我進去，安檢太鬆了。」

賓士轎車在庭院內繞了一圈，終於在一處鋪著紅地毯的低矮台階前停下來，台階上去就是宏偉的蜂蜜色豪華大宅的前門，地毯兩側都有輪椅坡道，一位著名的輪椅籃球員正操控他的輪椅上坡。

史崔克推開車門，爬出車外，然後轉身彎腰協助蘿蘋下車。她接受他的協助，因為他剛才坐在她的左腿上，她的左腿幾乎完全麻木。

「很高興再見到你，小柯。」依姬跟在蘿蘋後面下車後，笑咪咪地對史崔克說。

「嗨，依姬。」史崔克說。

現在，顧不得史崔克願不願意，硬把他帶來的齊佐匆匆走上台階，向站在前門外一個穿制服的人解釋史崔克必須在沒有攜帶邀請函的情況下進去，他們又再一次聽到「截肢者」這幾個字。在他們旁邊，更多的轎車放下它們精心打扮的乘客。

「這到底是怎麼回事？」金娃娜說。她從賓士車後面繞過去問史崔克，「這是怎麼回事？我的丈夫為什麼需要一個私家偵探？」

「妳閉嘴好嗎，妳這個愚蠢的蠢婆娘？」

儘管齊佐毫無疑問承受著極大的壓力與不安，但他毫不掩飾的敵意令蘿蘋震驚。他討厭她，她心想，他真的討厭她。

「妳們兩個，」部長說，指著他的妻子和女兒，「進去。」

「給我一個我應該繼續付錢給你的好理由，」更多人陸續從他們旁邊經過時，齊佐轉身對史崔克說，「你知道，」在必須保持安靜的盛怒之下，齊佐口沫橫飛，口水噴到史崔克的領帶上，「我剛才在二十多個人面前被稱殺人兇手，包括媒體記者？」

「他們會認為她是個怪人。」史崔克說。

即使這句話能帶給齊佐一點安慰，他也沒有顯露出來。

「我明天早上十點跟你見面，」他對史崔克說，「不在我的辦公室，到埃伯里街我的公寓。」他轉身，然後，彷彿又想到什麼，他又轉身，「還有妳。」他對蘿蘋大聲說。

他們並肩站著，目送他緩緩走上台階。

「我們要被炒魷魚了，是嗎？」蘿蘋小聲說。

「我看還有希望。」史崔克說。他現在用兩隻腳站立，疼痛不堪。

「柯莫藍，標語牌上有什麼？」蘿蘋問。

史崔克讓一位穿桃色雪紡紗的女士經過，然後小聲說：

「齊佐被吊在絞架上，底下是一堆小孩屍體，還有一件怪事，」

「什麼？」

「那些小孩都是黑人。」

史崔克一手擦他的鼻子，一手伸進口袋拿香煙，接著突然想到這是什麼場合，又放下他的手。

「聽著，如果那個叫愛爾思蓓的女人在這裡，妳最好試著打聽清楚她知道文恩什麼底細，這將有助於證明我們最後的發票是合理的。」

「好，」蘿蘋說，「對了，你的後腦還在流血。」

史崔克用他在車上拿的幾張面紙胡亂按一下，開始一跛一跛地跟著蘿蘋走上台階。

「我們今晚不該被看到在一起，」當他們越過門檻，進入一片金碧輝煌的赭黃、猩紅與金色大廳時，他對她說，「埃伯里街有一家咖啡屋，離齊佐家不遠，我們明天九點鐘在那裡見面，然後一起面對砲火。去吧，妳先走。」

但是當她離開他，走向大廳中央那座寬敞的樓梯時，他從背後叫她：

「順便一提，衣服好看。」

33

我相信妳可以迷倒任何人——如果妳設定自己去做的話。

——亨里克．易卜生，《羅斯莫莊園》

這棟豪華建築的大廳有極寬敞的空間，一座鋪著紅、金兩色地毯的中央樓梯上去有個樓台，樓台兩邊各有樓梯通往左右兩廂。牆面看起來是大理石，有赭黃、秋香綠與玫瑰紅。各類殘奧運動員被引導到入口左側，那裡有一部電梯，但跛行的史崔克自己扶著欄杆步行上樓。透過一面由廊柱支撐的巨大而華麗的天窗，可以清楚看到外面的天空。天上變化萬千的色彩正逐漸淡去，使掛在每一面牆上的巨大威尼斯古典主題壁畫更顯得五彩繽紛。

史崔克盡可能讓自己的步態自然一點，因為他怕被誤認為除役的殘奧選手，搞不好還要請他講述他的光榮歷史。他隨著人群從右邊的樓梯上去，經過廊道進入一間可以俯瞰庭院的接待室，所有的公務車都停放在樓下的庭院內。來賓從接待室被請入左手邊一間寬敞的長畫廊，長廊鋪著織有玫瑰花環圖案的蘋果綠地毯。房間兩端有高大的窗戶，幾乎每一寸白色的牆壁上都掛著油畫。

「飲料，先生？」一名剛走進來的侍者問。

「這是香檳嗎？」史崔克問。

「英國氣泡葡萄酒，先生。」侍者說。

史崔克雖然不是很喜歡，但還是伸手拿了一杯，然後繼續穿過人群，從齊佐與金娃娜旁邊經過，他們夫妻倆正在聽（或者，史崔克心想，假裝在聽）一位坐輪椅的運動員說話。他經過時，金娃娜以狐疑的眼光迅速瞥他一眼，史崔克想走到遠一點的牆邊，希望能找到一張椅子坐下，或者找個方便倚靠的東西。不幸的是，長廊掛滿了畫，也沒有任何椅子可坐，於是史崔克走到一幅奧塞伯爵所繪的維多利亞女王騎著一匹灰色帶深色斑點的馬的油畫旁休息。他一邊小口啜飲氣泡酒，一邊小心翼翼為他仍在滲血的鼻子止血，並擦拭沾在他的西裝褲上的塵土。

許多侍者端著盛裝小點心的托盤往來穿梭於人群中，經過史崔克面前時，他順手拿了兩個小蟹肉餅，然後看看他的四周，發現這裡又有個巨大的天窗，被許多鍍金的棕櫚樹支撐著。

房間內充滿一種奇特的活力，王子即將抵達，來賓的喜悅中帶點緊張氣氛，不時朝門口看一眼。史崔克從他站在維多利亞女王畫像旁的有利位置，看到他的正前方站著一位身穿櫻草花黃洋裝的莊嚴婦女，旁邊有一座華麗的黑色鑲金壁爐。她的一隻手輕輕握著一條皮帶，皮帶扣在一隻淺黃色拉布拉多犬的項圈上，由於人潮擁擠，拉布拉多犬伏在她腳跟旁微微喘氣。史崔克沒有立即認出黛拉，因為她沒有戴墨鏡，而是裝上她的假眼珠。微微凹陷、不透明、中國藍的眼珠使她看起來給人一種奇特的純真感。格朗特站在他的妻子旁邊不遠的地方，對著一位灰褐色頭髮的瘦削婦女侃侃而談，婦人的兩隻眼睛不時掃向四周尋找救援。

史崔克方才進來的那個入口附近這時突然安靜下來，他看到一個薑黃色的頭頂和一群穿西裝的隨扈。整個房間彷彿被一陣石化的微風吹過，變得有點侷促不安。史崔克看到那個薑黃色的頭顱在移動，朝房間右側最遠的地方走去。他一面小口啜飲他的英國氣泡酒，一面猜測房間內哪個女士是那位知道格朗特．文恩的不法行為的慈善機構受託人時，他的注意力忽然被附近一個背對他的高䠷女性吸引。

她烏黑的長髮隨意盤結成一個鬆散的髮髻，而且她和在場的其他女性不同，她沒有穿正式的派對服裝，她身上那件直筒的及膝黑洋裝再普通不過。她沒有穿絲襪，但腳上卻又穿了一雙露趾的細高跟短靴。有那麼一瞬間，史崔克以為他看錯人，但她一移動他立刻確認是她。他還沒來得及走開，她已經轉身，直直凝望著他。

她的臉上泛出色彩，他知道它平時像寶石一樣白皙。她挺著一個大肚子，但腫脹的腹部絲毫沒有影響到她身上的其他部位，她的臉和手腳還是和以前一樣骨架纖細，她雖然不像房間內其他任何女性那樣盛裝打扮，但她隨便一比都是最美麗的。他們兩人四目相視，互相打量對方，一會兒後她試探性地往前走幾步，臉頰上的顏色又迅速退去。

「小柯？」

「哈囉，夏綠蒂。」

如果她曾想過要親吻他，他冷漠的表情也會使她卻步。

「你怎麼會在這裡？」

「受邀，」史崔克撒謊，「有名的截肢者，妳呢？」

她似乎有點茫然。

「傑哥的姪女是殘奧選手，她……」

夏綠蒂看看四周，顯然想找她的姪女，然後她喝一口水。她的手在抖，有幾滴水從玻璃杯灑出來，他看到水滴在她腫脹的腹部上像玻璃珠一樣彈開。

「……噢，她應該就在附近，」她說，緊張地笑笑。「她有腦性麻痺，但她的騎術很棒。她的父親在香港，所以她的母親邀我一起來。」

他的沉默讓她不安，她繼續說道：

「傑哥的家人喜歡安排我出來參加活動，但我的妯娌很生氣，因為我老是記錯日期。我以為今天晚上是在碎片大廈吃飯，而今天的活動是排在星期五，我是說明天，所以我沒有作會見皇室的適當打扮，但我又遲到了，來不及回去換衣服。」

她無奈地指著她身上一襲普通的黑洋裝和腳下的高跟靴。

「傑哥沒來？」

她那帶金色斑點的綠眼睛微微閃了一下。

「沒有，他在美國。」

她的焦點移到他的上唇。

「你跟人打架了？」

「沒有，」他說，又用他的手背擦他的鼻子。他站直身子，謹慎地將他的重心移到他的義肢上，準備離開。「好吧，很高興——」

「小柯，別走，」她說，伸出手來，但手指還沒有碰到他的袖子，她就把手放下來了。「不要走，還不要，我——你做了許多了不起的事，我看了所有的報導。」

他們上一次見面時他也在流血，因為他離開她時，她朝他的臉扔出一個煙灰缸。他還記得她在她與傑哥結婚的前一天晚上發簡訊給他：「它是你的。」指的是她宣稱的另一次懷孕，但他還沒有看到證據它就消失了。他也還記得，她對傑哥．羅斯說「我願意」後不過幾分鐘，就把她的照片寄到辦公室給他，美麗而受傷，像一個犧牲品。

「恭喜。」他說，仍看著她的臉。

「我的肚子很大，因為懷雙胞胎。」

她沒有像他看過的其他懷孕婦女那樣，談到腹中的胎兒時會用手摸她的肚子，而是低頭注視它，彷彿看到她的體型產生變化而感到驚訝。他們在一起時，她始終不想要孩子，這是他們兩人的共通點。她曾宣稱她懷了他的孩子，這對他們倆都是個不受歡迎的意外。

在史崔克的想像中，傑哥．羅斯的後代應該長得像一對白色的小狗，蜷縮在那黑色的洋裝底下，不完全像人類，因為他們父親的長相很像一隻放蕩不羈的北極狐。他很高興他們在那裡，如果這種不快樂的情緒也可以被稱為高興的話。所有的阻礙、所有的壓抑都受歡迎，因為此刻顯而易見的，夏綠蒂長久以來對他的影響力，即使經過了千百回的爭吵、情境和謊言，至今仍未消失。如同以往，他有一種感覺，在那對有著金黃斑點的綠眼珠背後，她完全知道他在想什麼。

「他們還不足月。我做了掃描，是一對龍鳳胎，傑哥很高興有兒子。你和誰一起來嗎？」

「沒有。」

他剛說完，就從夏綠蒂肩頭上看見一個綠色的身影從她背後一閃而過。蘿蘋正在和那個身穿紫色織錦緞、灰褐色頭髮、終於擺脫格朗特糾纏的女士愉快地交談。

「很漂亮。」夏綠蒂轉頭去看是什麼吸引了史崔克的注意力後說。她向來有一種超自然能力，能偵測出他對其他女性的細微興趣。「不，慢著，」她緩緩說道，「那個女孩不就是跟你一起工作那個？報紙上對她作了許多報導。她叫什麼名字——蘿蘋——？」

「不是，」史崔克說，「那不是她。」

夏綠蒂知道蘿蘋的名字，或者即使蘿蘋戴著黃褐色的隱形眼鏡她也認得出她，史崔克都不會感到太驚訝，他早已知道夏綠蒂會一直關注他的消息。

「你一向喜歡那種膚色的女孩，不是嗎？」夏綠蒂故作輕鬆地說，「我們在德國分手後，你假裝約會的那個美國小女生也有同樣的——」

有人忽然從他們附近發出一聲輕呼。

「天啊，夏綠！」

依姬．齊佐衝著他們快步走來。她笑得很開心，嫣紅的臉和她的橘色洋裝很不協調，史崔克懷疑她不只喝一杯葡萄酒。

「哈囉，依姬。」夏綠蒂說，勉強擠出一絲微笑。史崔克幾乎可以感覺到她力圖掙脫使他們逐漸窒息而死的宿怨與創傷。

他又一次想走開，但這時群眾散開來，曝光率超高的哈利王子忽然出現，距離史崔克和兩位女士站立的地方大約只有十英尺，在滿屋子安全人員與隨扈面前，史崔克已不能任意活動，於是他伸長了手，從一名經過的侍者手上端的托盤中迅速拿了一杯葡萄酒，把那個侍者嚇了一跳。夏綠蒂和依姬都轉頭望著王子，等到確定他不會過來時，兩人才又轉頭面對面。

「已經看得出來了！」依姬說，羨慕地望著夏綠蒂的肚子，「妳去照超音波了嗎？知道它是男是女？」

「雙胞胎，」夏綠蒂說，但興趣缺缺。她指著史崔克，「妳記得——？」

「小柯，是啊，當然記得，我們帶他進來的！」依姬笑嘻嘻地說，顯然沒有意識到她的粗心大意。

夏綠蒂轉頭，視線從她的老同學身上轉移到史崔克身上，史崔克感覺她嗅了一下空氣，因為依姬竟然與史崔克同行。她稍稍移動一下位置，明顯的想繼續聽依姬說話，但又能圍堵史崔克，使他無法任意走開。「喔，對了，你負責調查弗芮迪殉職的案子，不是嗎？」她說，「我記得你告訴過我，可憐的弗芮迪。」

依姬微微傾斜她的酒杯接受她的慰問，然後又轉頭去看哈利王子。

「他一天比一天更性感，不是嗎？」她小聲說。

「但仍是薑黃色的陰毛，親愛的。」夏綠蒂面無表情地說。

史崔克忍不住咧嘴笑，依姬也哈哈大笑。

「說到這裡，」夏綠蒂（她始終不知道她很會搞笑）說，「那不是金娃娜．韓瑞蒂嗎？」

「我那可怕的繼母嗎？是的，」依姬說，「妳認識她？」

「我姐姐曾經把她的一匹馬賣給她。」

在史崔克和夏綠蒂斷斷續續交往的十六年中，他已聽過無數像這樣的交談。夏綠蒂那個階層的人似乎都互相認識，就算沒見過面也會認識他們的親手足或表兄弟、堂姐妹，或是朋友、同學。再不然，他們的父母會認識其他人的父母：所有人都扯得上關係，形成一種排外的網絡。在這個網絡中的人很少會去追求其他階層的關係或愛情。夏綠蒂在她的圈子中特立獨行，選擇一個像史崔克這樣無法歸類的人。他知道，他的無形吸引力和低階層，多年以來在她的大部分朋友與家人圈中，一直都是激烈爭論的話題。

「希望不是一匹亞美莉雅喜歡的馬，」依姬說，「因為金娃娜會毀了牠，她有一雙可怕的手和一副可怕的馬鞍，但她自以為她是著名的花式騎術訓練師夏洛特．杜貫汀。你會騎馬嗎，柯莫藍？」

「不會。」史崔克說。

「他不相信馬。」夏綠蒂說，對他微笑。

他沒有回應。他不想碰觸過去的一些老笑話或記憶片段。

「金娃娜很生氣，瞧她，」依姬說，有些滿意。「爸爸剛才暗示，他要勸說我弟弟拉夫接我的工作，太棒了，這樣我的願望就能實現了。以前凡是有關拉夫的事爸爸都聽金娃娜的，但他最近插手管這件事了。」

「我想我見過拉斐爾，」夏綠蒂說，「他幾個月前不是還在亨利．卓蒙德的畫廊上班嗎？」

史崔克看看他的錶，然後看看四周，王子已經離開，蘿蘋不見蹤影，運氣好的話，她應該是跟著那位知道文恩的不法行為的受託人去洗手間，在洗手台上打聽內幕消息。

「喔，天啊，」依姬說，「看，那個格朗特——哈囉，格朗特！」

格朗特的目標顯然是夏綠蒂。

「哈囉，哈囉，」他從厚厚的鏡片後面偷窺她，露出色迷迷的微笑。「妳的姪女剛剛向我指出妳，她是個傑出的女青年，很了不起。我們的慈善機構也支持馬術隊。我是格朗特．文恩，」他說，伸出一隻手，「『公平競爭』慈善機構。」

「喔，」夏綠蒂說，「哈囉。」

史崔克多年來看過她擊退不少好色之徒。和格朗特打過招呼後，她開始冷冷地瞪著他，彷彿對他為什麼還賴在她身邊不走感到疑惑。

史崔克放在口袋內的手機在震動，他掏出來看是個陌生的電話號碼，於是他向他們告退。

「我得走了，抱歉，依姬。」

「喔，好可惜，」依姬噘著嘴說，「我還想問你有關沙克威爾開膛手的事呢！」

史崔克看到格朗特睜大了眼睛，內心不免暗暗咒罵她。他說：「晚安。」又對夏綠蒂說：「再見。」

他盡快一瘸一跛地走開。他接電話，但等他把電話放在耳朵旁時，對方已經掛斷了。

「小柯。」

有人輕輕碰他的肩膀，他回頭，夏綠蒂已跟在他後面。

「我也要走了。」

「妳的姪女呢？」

「她見過哈利了，她會很興奮，她其實不怎麼喜歡我，他們都不喜歡我，你的手機怎麼啦？」

「被我壓到了。」

他繼續往前走，但她腿長，她趕上他。

「我想我和妳不同路，夏綠蒂。」

「嗯，除非你挖地道出去，否則我們必須一起走兩百碼左右。」

他沒有接腔，繼續跛行。他又看到綠色的身影從左邊一閃而過，等他們走到中央樓梯時，夏綠蒂伸手輕輕抓住他的手臂，孕婦不適合穿搖搖晃晃的高跟鞋。他強忍著甩開她的衝動。他的手機又響了，還是那個陌生的電話號碼。夏綠蒂站在他旁邊，在他接電話時望著他的臉。手機一接觸到他的耳朵，他立即聽到一個絕望的呼叫：

「他們要殺我，史崔克先生，救我，救我，請你救我……」

34

但，有誰真的能預見未來？我確信我不能。

——亨里克．易卜生，《羅斯莫莊園》

蘿蘋在第二天早上抵達齊佐家附近的咖啡屋時，又一個矇朧、晴朗的夏日天空並不表示這一天會有個溫暖的天氣。她大可選擇坐在咖啡屋外面人行道上的小圓桌，但她沒有，她縮在咖啡屋內的一個角落等候史崔克，雙手握著她的拿鐵咖啡杯取暖，義大利濃縮咖啡機映照出她蒼白的臉龐和睡眠不足的眼睛。

不知怎麼地，當她抵達時她已知道史崔克不會在這裡。她的心情陡然下沉並開始緊張，她寧可不要一個人面對她的心緒，但此刻只有嘶嘶作響的咖啡機陪伴著她。雖然她臨出門時抓了一件外套穿上，但仍感到寒冷，並且對於即將面對齊佐這件事充滿焦慮。史崔克與吉米．奈特打了一架後，齊佐有可能賴帳。

但蘿蘋擔憂的不只這件事，她一早從一個令人錯愕的夢中醒來。那個穿黑衣服、高跟靴的夏綠蒂．羅斯的身影出現在她的夢中。蘿蘋在歡迎會中一眼就認出夏綠蒂，她曾嘗試不去看這兩個曾經訂過婚的人互相交談，並且氣自己很想知道他們在談些什麼，但即使她從一個小圈圈轉移到另一個小圈圈，厚著臉皮逐漸加入人們的談話，希望能找到那個愛爾思蓓．寇帝斯-雷西時，她的眼睛仍不時梭巡史崔克與夏綠蒂，並且在他們一起離開歡迎會時，她的胃忽然有種不舒服的感覺，彷彿電梯突然往下墜般。

她回到家時腦子亂糟糟的只想著這件事，當馬修從廚房出來正在吃三明治時，她不免感到內疚。她有種感覺，他似乎剛回家不久。他也像金娃娜那樣從上到下打量她身上那件綠洋裝，她想從他身邊繞過上樓，但他擋住她的去路。

「蘿蘋，來吧，拜託，我們談談。」

於是他們進入客廳談。她已厭倦兩人的衝突，便為她錯過馬修的板球比賽，以及在他們結婚週年紀念時忘了戴上她的結婚戒指，使馬修有受傷的感覺而道歉。馬修也為他在星期日的爭吵中說的那些話，尤其是說她毫無成就而感到懊悔。

蘿蘋感覺他們彷彿在一個棋盤上下棋，而這個棋盤已在地震的前兆中開始震動。*太遲了，你知道嗎，這一切都不重要了？*

但是當談話結束後，馬修說：「那麼，我們沒事了？」

「是的，」她回答，「我們沒事了。」

他站起來，伸手將她從椅子拉起來。她勉強裝出微笑，然後他吻她，用力親吻她的嘴，開始拉扯她的綠洋裝。她聽到拉鍊被拉開的聲音，她想抗議，他立刻又封住她的嘴。

她知道她可以阻止他，她知道他在等她阻止他，知道他正以一種醜陋的、卑劣的方式試探她，知道他會否認他正在做的事，知道他會宣稱他是受害者。她討厭他用這種方式做這件事，一部分的她想成為那種可以擺脫自己的厭惡和不情願的肉體的女人，但她為了重新擁有自己的身體而抗爭太久、太辛苦，已無法以這種方式來交換。

「不要，」她說，把他推開，「我不要。」

他立刻放開她——如同她已知道他會——臉上的表情有憤怒也有勝利。她猛然意識到，當他們在結婚週年紀念的週末發生性行為時，她並沒有瞞過他。矛盾的是，這使她對他有一種溫柔的感覺。

「很抱歉，」她說，「我累了。」

「好吧，」馬修說，「我也是。」

於是他走出客廳，留下洋裝被扯開的蘿蘋一個人涼颼颼地站在那裡。

史崔克到底在哪裡？九點五分了，她需要一個伴，她也想知道他和夏綠蒂一起離開歡迎會後發生了什麼，任何事情都比坐在這裡想馬修更好。

彷彿受到這個念頭的召喚，她的電話響了。

「抱歉，」他先開口，「綠園站發現可疑包裹，我被困在地鐵上三十分鐘，剛剛才連上訊號。我會盡快趕去，但妳可能得自己一個人先過去了。」

「啊，天哪。」蘿蘋說，閉上疲憊的眼睛。

「抱歉，」史崔克又說，「我已在路上。事實上，我有事要告訴妳，昨天晚上發生一件奇怪的事——喔，等等，車子開動了，待會兒見。」

他掛斷電話，留下蘿蘋不得不獨自面對賈斯伯．齊佐的憤怒，以及一個圍繞著那個優雅的黑衣女士打轉的無形的憂慮與無助的感覺。那位女士在她之前，已和史崔克有過一段長達十六年的關係與記憶。蘿蘋告訴自己：妳不應該在乎，看在老天分上，妳自己的問題還不夠多嗎，還要去擔心史崔克的愛情生活，它和妳又沒有什麼關係……

她忽然自責地感到她的嘴唇四周，史崔克在醫院外不小心吻到的地方微微刺痛。彷彿可以把它洗掉似的，她把咖啡喝完，然後站起來離開咖啡屋，走上這條兩旁有相似外觀的十九世紀房屋的寬闊而筆直的街道。

她走得很急，不是因為她急著去當面承受齊佐的憤怒與失望，而是行動能幫助她趕走不舒服的念頭。

她準時抵達齊佐家外面，在光滑的黑色前門旁滿心期待地等了幾秒鐘，希望史崔克能在最後一刻出現。但他沒有。因此蘿蘋做好準備，從人行道跨上三級乾淨的白色階梯然後敲門。門虛掩著沒有上鎖，微微開了一條幾英寸寬的縫，一個模糊的男人聲音說了一句聽起來像「進來」的話。

蘿蘋走進一個窄小、昏暗的門廳，裡面主要是一座讓人眼花撩亂的樓梯。橄欖綠的壁紙單調而乏味，而且有點剝落。蘿蘋讓前門開著，大聲說：

「部長？」

他沒有回答。蘿蘋輕輕敲了右邊的門，然後打開。

時間瞬間凝結，眼前的場景似乎合攏在她身上，穿過她的視網膜衝撞在她來不及準備的心靈上，極度的震驚使她站在原地不動，一隻手仍放在門把上，嘴巴微微張開，試圖理解她所看到的景象。

一個男人坐在一張安妮女王單椅上。他的雙腿岔開，雙臂下垂，而且他的頭顱活像一顆發亮的灰色蕪菁，上面雕了一張嘴，但沒有眼睛。

然後，蘿蘋苦苦搜索的理解力猛然抓到一個事實，那不是一顆蕪菁，而是一個人的頭被緊縮包裹在一個透明塑膠袋內，裡面有一條管子連接一個金屬罐。這個人看來已經窒息，他的左腳側伸出去擱在地毯上，露出鞋底一個小洞，肥厚的手指下垂，幾乎碰到地毯。他膀胱內的尿液已經排空，在他的鼠蹊部留下一個潮濕的印子。

接著，她意識到坐在椅子上的正是齊佐本人，他濃密而雜亂的灰頭髮在塑膠袋造成的真空中被壓扁在他的臉上，張開的嘴巴將塑膠袋吸進去，這是為什麼它看起來宛如一個黑洞。

35

……一匹白馬！在光天化日之下！

——亨里克·易卜生，《羅斯莫莊園》

房子外面，在遠處某個地方，有個男人在大聲說話，聽起來像個工人。在蘿蘋的大腦某部分，她恍然意識到她先前以為她聽到的「進來」是來自那個人的聲音。事實上沒有人邀請她進入那間房屋，門只是虛掩著。

此刻，當她應該驚慌的時候，她卻沒有驚慌。這裡沒有任何威脅，無論這個可怕的啞人、這顆蕪菁頭和這條管子的景象有多麼駭人，這個可憐的、已經死亡的軀體不可能傷害她。蘿蘋明白她必須檢查他是否已無生命跡象，於是她靠近齊佐，輕輕碰一下他的肩膀。從近距離比較容易看出為何看不見他的眼睛，因為他那一頭粗而雜亂的頭髮像馬的前額上的鬃毛般覆蓋在他的眼睛上。他的條紋襯衫底下的肌膚觸感比她預期的還要冰冷。

但這時她忽然以為那個張開的嘴在說話，便迅速往後退了幾步，直到她踩到地毯上一個硬硬的東西發出喀嚓聲，同時腳下一滑。她把地毯上一個淺藍色的小塑膠管子踩破了，她認出那是她家附近藥房也有賣的順勢療法藥片的塑膠盒。

她取出她的手機撥了九九九報警。她告訴對方她發現了一具屍體並給了地址後，警方告訴她有人會立即過去與她會合。

為了轉移對齊佐的注意力，她改看那些已磨損的窗簾，它們是一種說不清的棕灰色，上面有一些可憐兮兮的小毛球裝飾。老舊的電視機外殼貼的是木皮，壁爐上方一塊顏色較深的壁紙顯示那裡曾經掛著一幅畫，以及一些鑲在銀框中的照片。但那個被緊縮包裹的頭顱、那條橡皮管和那個金屬罐泛出的冷光，似乎將所有這些日常生活的常態變成不真實的紙板，只有噩夢才是真實的。

於是蘿蘋打開她的手機照相功能開始拍照，將鏡頭放在她自己和現場之間來減輕恐懼感，緩慢但有序地將眼前的景象記錄下來。

屍體前的咖啡桌上有個玻璃杯，裡面還有幾毫米高的液體看起來像橘子汁。玻璃杯旁散放著幾本書和一些紙張。有一張比較厚的乳白色信紙，上面印著一朵紅色的都鐸玫瑰，彷彿一滴血，並且印著蘿蘋所在的這間屋子的地址。有個人用一種圓潤的、少女般的筆跡在上面寫字。

今晚是最後的一根稻草。你以為我那麼笨嗎，當著我的面把那個女孩放在你的辦公室？我希望你明白你看起來有多麼荒謬，有多少人在嘲笑你追求一個比你的女兒還年輕的女孩。

我受夠了。你只管愚弄自己吧，我再也不在乎了，一切都結束了。

我已返回烏爾史東，等我把那些馬安排好，我會永遠離開，你那些可怕的孩子將會很高興，但你會嗎，賈斯伯？我懷疑，但已太遲了。

金

當蘿蘋彎腰為這封信拍照時，忽然聽到前門被人用力關上，她嚇一跳，轉身。史崔克站在門檻上，身形高大，沒有刮鬍子，身上還是那一套他參加殘奧歡迎會時穿的西裝。他正在凝視椅子上那個軀體。

「警察在路上，」蘿蘋說，「我剛才報警了。」

史崔克小心翼翼地進入客廳。

「我的天。」
他看見地板上那個破碎的藥盒，他從它上面跨過去，檢視那根管子和那張套著塑膠袋的臉。
「拉夫說他的行為舉止很奇怪，」蘿蘋說，「但我想他作夢也不會想到……」
史崔克不作聲，仍在仔細看那具屍體。
「昨天晚上有這個嗎？」
「什麼？」
「這個。」他說，指給她看。
齊佐的手背上有個半圓形的印子，在粗糙、蒼白的皮膚上呈現出暗紅色。
「我不記得。」蘿蘋說。
眼前發生的一切讓她感到震驚並開始衝擊她，使她難以整理她的思緒。這些思緒在她腦中飄蕩，卻又不連貫：齊佐透過車窗大聲說話，試圖說服警察讓史崔克進入昨晚的歡迎會；齊佐罵金娃娜是蠢婆娘；齊佐叫他們今天早上來這裡見他，史崔克期待她記得他手背上是否有印子是件不合理的事。
「嗯，」史崔克說。他注意到蘿蘋手上的行動電話。「妳把這一切都拍照記錄下來了？」
她點頭。
「全部？」他問，手往桌上一揮，「那個？」他又指著地毯上被踩破的藥丸說。
「是的，那是我的錯，是我踩破的。」
「妳是怎麼進來的？」
「門是虛掩的，我以為他是因為我們要來才沒有把門拴上。」蘿蘋說，「一個工人在街上大聲說話，我以為是齊佐說『進來』，他在等我們——」
「妳在這裡等著。」史崔克說。

他離開客廳，她聽到他爬樓梯上去，接著天花板上有他沉重的腳步聲，但她知道那裡沒人。她可以感覺到這間屋子基本上是毫無生命的，它那單薄的紙板是不真實的。果然，不到五分鐘，史崔克回來了，搖頭。

「沒有人。」

他從她旁邊走過去，穿過一扇離開客廳的門，蘿蘋聽到他踏在瓷磚上的腳步聲，知道那裡是廚房。

「空空如也。」史崔克說，又進入客廳。

「昨天晚上發生了什麼事？」蘿蘋問，「你說發生一件奇怪的事。」

她想換一個與房間內那個怪異的無生命的東西無關的話題。

「比利打電話給我，他說有人要殺他——在追他。他說他在特拉法加廣場的一座電話亭內。我去找他，但他不在那裡。」

「喔。」蘿蘋說。

原來他沒有和夏綠蒂在一起。即便在這種極端情況下，蘿蘋仍接受這個事實，並且感到欣慰。

「那是什麼？」史崔克小聲說，兩眼望著她背後的牆角。

一把彎曲的劍靠在客廳一個陰暗的角落上，它看起來像是被刻意弄彎並立在那裡。史崔克小心翼翼繞過屍體走過去察看，但這時他們聽到警車在屋外停下的聲音，於是他站直了身子。

「顯然我們要把所有的一切都告訴他們。」史崔克說。

「是的。」蘿蘋說。

「除了竊聽器之外。該死——他們會在妳的辦公室找到它們——」

「不會，」蘿蘋說，「我昨天把它們帶回家了，以防萬一我們因為《太陽報》而決定撤離。」

史崔克還來不及對她的遠見表示讚嘆，有人已在外面用力敲門。

「唉，如果能一直保持下去該有多好？」史崔克帶著無奈的微笑走向門廳時說，「沒有報紙的報導。」

第二部

PART TWO

36

已發生的事可以被隱瞞——或者，無論如何可以被解釋清楚……

——亨里克．易卜生，《羅斯莫莊園》

即使他們的客戶不在了，齊佐案的奇特性仍繼續維持。

當包裹屍體的一般繁瑣程序和手續在進行之際，史崔克與蘿蘋從埃伯里街被護送到蘇格蘭場，並被隔離審問。史崔克早已知道，在一位政府官員去世之後，倫敦各報的新聞編輯室必定掀起一陣猜疑的龍捲風。果不其然，等他們在六個小時之後離開蘇格蘭場時，電視台與收音機已大肆報導齊佐多彩多姿的私生活。而打開他們手機上的網路瀏覽器時，看到的是則新聞網站的簡短新聞報導，因為部落格與社群媒體廣泛流傳一種混亂的怪異理論，許多漫畫把齊佐畫成死於無數模糊不清的仇敵手中。史崔克坐計程車回丹麥街途中還讀到一篇文章，指稱齊佐這個腐敗的資本家是在未能償還一些骯髒的非法交易所得的利益後，遭俄羅斯黑手黨謀殺。另一篇文章則指出，齊佐這個捍衛英國價值的鬥士是在他抵制伊斯蘭教法的興起後，遭報復的回教徒殺害。

史崔克返回他的閣樓公寓只是為了收拾他的東西，然後逃到他的老友尼克與依莎夫婦家。尼克是腸胃科醫生，依莎則是律師。蘿蘋也在史崔克的堅持下搭計程車直接回到奧爾伯里街的家，馬修給了她一個蠻橫的擁抱。蘿蘋覺得，他那偽裝出來的比紙更薄的同情，還不如直接顯示他的暴怒。

當他聽說蘿蘋第二天還要去蘇格蘭場接受進一步約談時，馬修的自制瓦解了。

「任何人都能看出這一點！」

「奇怪了，大多數人似乎都很驚訝。」蘿蘋說。她剛才沒有理會她母親早上打來的第四通電話。

「我不是指齊斯威爾會自殺——」

「——它的發音是『齊佐』——」

「——我的意思是妳在下議院鬼鬼祟祟的，終於給自己惹出麻煩來了！」

「你放心，馬修，我一定會讓警方知道你極力反對，不會讓你的晉升前途受到影響。」

但她不確定第二次與她約談的人是警察。這個穿深色西裝、講話斯文的人並沒有透露他替誰工作，蘿蘋發現這位男士遠比昨天的警察更令人緊張，儘管他們有時強硬到幾近挑釁的程度。蘿蘋將她在下議院看到與聽到的一切都告訴了這個約談她的人，只省略了她在第二個竊聽器上捕捉到的黛拉與阿米爾．馬利克之間的奇怪對話，由於這個互動是在下班時間之後在緊閉的辦公室門後發生的，她只能透過監聽設備聽到這段對話。蘿蘋告訴自己這段對話不可能和齊佐之死有關，藉以減緩她的良心不安，但她第二次離開蘇格蘭場大樓時仍感到內疚與恐懼。她希望這次與情治單位的接觸只是她的偏執，但她憂心忡忡，因此她沒有用她的手機，而是從地鐵站附近的一座付費電話亭打電話給史崔克。

「我剛剛又被約談，我確信那是情治單位MI5。」

「這是必然發生的事，」史崔克說，他的想當然耳語氣安撫了她不安的情緒，「他們一定會調查妳，確認妳說的是不是實話。除了妳家以外，妳還有沒有什麼地方可去？我不相信媒體還沒有盯上我們，應該很快就會了。」

「我想我可以回馬森，」蘿蘋說，「不過，如果他們想找我，他們還是會去那裡，開膛手那次就是這樣。」

她和史崔克不一樣，她沒有自己的朋友可以讓她住進去隱姓埋名消失。她所有的朋友也都是馬修的朋友，而且她毫不懷疑，他們和她的丈夫一樣，也怕窩藏任何情治單位感興趣的人，她不知道該怎麼辦，只好回到奧爾伯里街。

但報紙雖然沒有停止報導齊佐的相關話題，媒體卻沒有追逐她。《每日郵報》已在兩大版面上刊登賈斯伯．齊佐一生的種種苦難與醜聞。「一度被提到可能成為首相」，「性感的義大利人歐妮拉．塞拉芬與他發生婚外情，破壞了他的第一次婚姻」，「妖嬈的金娃娜．韓瑞蒂比他小三十歲」，「長子弗芮迪．齊佐死於他父親大力支持的伊拉克戰爭」，「小兒子拉斐爾吸毒駕駛，撞死一個年輕的母親」。

各大報刊登朋友與同僚對他的悼念：「一個優秀的頭腦，一個極其能幹的部長，柴契爾夫人底下一個聰明的年輕幕僚」，「但對於一個私生活有點亂的人，他沒有不能企及的高峰」，「公眾形象是易怒的，甚至是暴躁的，但我在哈羅公學認識的賈斯伯．齊佐是個聰明而勤奮的少年」。

五天聳人聽聞的報導過去了，但媒體仍神秘地沒有提到史崔克與蘿蘋涉及此案，並且對勒索一事隻字未提。

齊佐的屍體被發現後的那個星期五早上，史崔克安靜地坐在尼克與依莎的廚房餐桌旁，陽光從他背後的窗戶照進來。

他的男主人和女主人都去上班了。尼克和依莎多年來一直想生個寶寶都未能如願，於是兩人最近領養了兩隻小貓，尼克堅持以他少年時期尊敬的兩位馬刺隊球員的名字，為牠們取名為歐西與瑞奇。這兩隻貓最近才開始願意坐在牠們的養父母腿上，但牠們不喜歡高大而陌生的史崔克的來訪。當牠們發現牠們和史崔克單獨在家後，便躲到廚房壁櫃頂上尋求庇護，他現在感覺有四隻淺綠色的眼珠在打量他，從高處監視著他的一舉一動。

他其實也沒怎麼移動，事實上，過去半個小時他幾乎一動也不動地仔細觀察蘿蘋在埃伯里街拍的照片。為了方便起見，他在尼克的書房將這些照片都列印出來。最後，史崔克挑出九張照片，將其餘的摞成一堆。這個動作把瑞奇嚇得毛髮直豎。史崔克繼續研究他挑出的照片時，瑞奇才又趴下來，搖著黑色的尾巴尖端等待史崔克的下一個動作。

史崔克挑出的第一張照片顯示齊佐的左手上一個小小的、刺穿皮膚的半圓形印子。

第二張和第三張照片顯示齊佐面前咖啡桌上那個玻璃杯的不同角度，從一英寸高的橘子汁上方可以看到粉末狀的殘留物。

史崔克將第四、第五和第六張照片並排放在一起，每一張都顯示屍體略微不同的角度，並可以看到一點房間四周的擺設。史崔克再一次審視牆角那把彎曲的劍的模糊輪廓，壁爐上方那個曾經掛畫的深色印子，以及在這之下，深色的壁紙上幾乎沒有被注意到的一對相隔大約一碼的黃銅掛鉤。

第七和第八張照片並排顯示出完整的咖啡桌，金娃娜的告別信放在一疊書籍和紙張上面，其中只看得見一封信的一小角，上面有「布蘭達．貝利」的簽名。至於那些書籍，史崔克只能看到一個舊版本的布面封皮上的部分標題——「卡圖」——和一本企鵝平裝書的下半部，照片上還可以看到桌子底下陳舊的地毯翹起的一角。

第九和第十張照片是史崔克從另一張屍體鏡頭放大的，顯示出齊佐的長褲口袋開口，蘿蘋的照相閃光燈拍到口袋內有個閃亮的金色東西。當他仍在凝神深思這個亮晶晶的東西時，他的手機響了，是他的女主人依莎打來的。

「嗨，」他說，站起來，並抓起他放在旁邊的一包金邊臣香煙和打火機。歐西和瑞奇伸出腳爪，沿著櫥櫃頂部狂奔，以防史崔克朝牠們扔東西。史崔克檢查一下，確認牠們不會趁機衝出花園後，他才離開廚房，並迅速把落地窗關上。「有任何新消息嗎？」

「有，看來你是對的。」

史崔克在花園內的一張鑄鐵椅子坐下，然後點煙。

「說吧。」

「我剛和我的聯絡人喝咖啡，由於我們談話的內容敏感，他不能講得太明白，但我把你的理論告訴他，他說『聽起來非常可信』。接著我說，『政治圈的同僚？』他說，聽起來也很有可能。然後我說，我想在那種情況下，媒體會提出異議。然後他說，是的，他也這樣認為。」

史崔克吐出一口煙。

「我欠妳一個人情，依莎，謝謝妳。好消息是，我可以不再打擾你們了。」

「小柯，你知道我們不介意你住在這裡。」

「那兩隻貓不喜歡我。」

「尼克說牠們看得出你是兵工廠隊的球迷。」

「當妳的丈夫決定讀醫學院時，喜劇圈就失去了一位明日之星，今天晚上在妳家吃過晚飯後我就走人。」

接著，史崔克打電話給蘿蘋，她在第二聲鈴響時接電話。

「一切都好嗎？」

「我查出為什麼媒體不報導我們了。黛拉祭出超級禁令，禁止報紙報導齊佐雇用我們，怕萬一勒索事件洩漏出去，依莎剛和她在最高法院的熟人接觸，他證實了這一點。」

談話暫時停頓，蘿蘋在消化這句話。

「這麼說，黛拉說服了法官，說勒索事件是齊佐捏造的？」

「一點也沒錯，說他利用我們去挖掘敵手的污點，我對於法官接受這種說詞不會感到驚訝，全世界都認為黛拉比清白的人更清白。」

「可是依姬知道我為什麼去那裡，」蘿蘋抗議，「他的家人會證實他遭到勒索。」

史崔克心不在焉地將煙灰彈在依莎種的一盆迷迭香內。

「他們會嗎？還是他們會希望隱瞞一切，既然他死了？」

他把她的沉默視為她不情願地接受。

「媒體會對這起禁令提出異議，不是嗎？」

「根據依莎的說法，他們已經在嘗試了。如果我是小報的編輯，我會派人監視我們，所以我想我們最好還是小心一點。我今晚會回去辦公室，但我想妳應該繼續待在家裡。」

「待多久？」蘿蘋說。

他聽出她的語氣有點緊張，猜想是否這個案子帶給她壓力。

「我們看著辦。蘿蘋，他們知道妳進入下議院，他活著的時候妳已成為故事的焦點，現在他們知道妳的真實身分，而且他又死了，妳肯定成為這個故事的核心。」

她無言。

「妳的銀行存款還過得去嗎？」他問。

是她堅持接下這份工作的，儘管他們倆都不喜歡。

「如果齊佐支付帳單，它們看起來會更健康些。」

「我會試著聯絡家屬，」史崔克說，揉揉他的眼睛，「但在舉行葬禮之前跟人家伸手要錢，感覺上有失格調。」

「我又研究了那些照片。」蘿蘋說。自從發現屍體後他們每天聯絡，每次談話的內容總是繞著照片中齊佐的屍體和他們在屍體四周發現的物件打轉。

「我也是，有任何新發現嗎？」

「有，牆上有兩個小的銅掛鉤，我想是陳列那把劍用的——」

「——在失蹤的那幅畫底下？」

「沒錯。你想那是齊佐的劍嗎，軍中的？」

「很有可能，或者某個祖先的。」

「我在想它為什麼會被取下來？還有，它為什麼會彎曲？」

「妳認為是齊佐從牆上拿下來，抵抗兇手時防衛用的？」

「這是你第一次，」蘿蘋平靜地說，「提到『兇手』。」

一隻黃蜂忽然朝史崔克飛過來，但被他的香煙擊退，又嗡嗡地飛走了。

「我是開玩笑的。」

「是嗎？」

史崔克伸出一雙腿，打量他的兩隻腳。他被困在溫暖的屋子裡，所以沒有刻意穿上鞋子和襪子。他那隻光腳很少見到陽光，蒼白，而且長滿了毛。那隻假腳只是一塊沒有腳趾頭的碳纖，在陽光下散發暗沉的光芒。

「還有幾個奇怪的點，」史崔克一面扭動他剩餘的腳趾一面說，「已經一個星期了，還沒有逮捕任何人。我們注意到的，警方一定也會注意到。」

「華道沒有聽到任何消息嗎？凡妮莎的父親過世了，她休假回去奔喪，否則我會問她。」

「華道忙著處理奧運反恐的事，儘管如此，他還是抽空打電話到我的語音信箱，嘲笑我的客戶掛了。」

「柯莫藍，你有沒有注意到我踩到的那些順勢療法藥片的名稱？」

「沒有。」史崔克說。他沒有挑出這張照片，「上面寫什麼？」

「拉克西斯，我把照片放大時看到了。」

「為什麼它很重要？」

「齊佐到我們辦公室，對阿米爾引述那一則拉丁文詩句，又說像你這種習慣的人時，他有提到拉克西斯，他說她是——」

「命運三女神之一。」

「——正是。那個『知道每一個人的大限之日』的女神。」

史崔克默默地吸煙，沉思了幾秒。

「聽起來像個威脅。」

「我知道。」

「妳真的不記得是哪一首詩嗎？作者？」

「我試過了，但是不——等等——」蘿蘋忽然說，「他說了一個數字。」

「卡圖盧斯。」史崔克說，在鑄鐵椅子上坐直身子。

「你怎麼知道？」

「因為卡圖盧斯的詩是用編號的，不是用標題，齊佐的咖啡桌上有一本舊的版本，卡圖盧斯敘述許多有趣的習慣：亂倫、雞姦、兒童性侵……大概只有獸姦沒有提到。還有一個很有名的，和麻雀有關，但是沒有人相信它。」

「奇怪的巧合，不是嗎？」蘿蘋說，不理會他的俏皮話。

「也許是齊佐的處方藥丸讓他想到命運女神？」

「你覺得他像一個相信順勢療法的人嗎？」

「不，」史崔克承認，「但假如妳是暗示兇手丟下一管拉克西斯做為一種優美的姿勢——」

他聽到一陣遙遠的門鈴顫音。

「有人按門鈴，」蘿蘋說，「我最好——」

「先察看一下再開門。」史崔克說，他忽然有個不祥的預感。

她的腳步聲悶悶的，他知道是地毯的緣故。

「喔，天啊。」

「是誰？」

「米契．派特森。」

「他有看見妳嗎？」

「沒有，我在樓上。」

「那就不要開門。」

「我不會。」

但她的呼吸開始變得急促。

「妳沒事吧？」

「沒事。」她說，聲音縮緊。

「他要做——」

「我要走了，我晚一點再打給你。」

電話斷了。

史崔克放下電話，忽然覺得沒有拿手機那隻手的指尖一陣灼熱，他意識到他的香煙已經燒到濾嘴了。於是他將煙頭在熱石板上捻熄後扔到尼克和依莎不喜歡的那個隔壁鄰居的花園內，立刻又點上一支煙，心裡想著蘿蘋。

他關心她。當然，她在發現一具屍體、並且被情治單位約談後會感到焦慮與壓力是可預料的，但他注意到她在講電話時有幾次注意力不集中，同樣的事問了他兩遍或三遍。他也認為她渴望回辦公室或到街上跟監是不健康的現象。

他認為她應該休息一段時間，因此史崔克沒有告訴蘿蘋他目前正在進行的一項調查，因為他確信她一定會極力要求允許她協助。

事實上，史崔克認為，齊佐案之所以開始不是因為他遭到勒索，而是比利．奈特所說的一個小孩被勒死後用粉紅毛毯包裹埋在地下的故事，自從比利打了最後一通求救電話後，史崔克就不斷打電話到那個發話的電話亭，終於，在前一天晚上，一個好奇的路人接聽他的電話，並證實那座電話亭的位置是在特拉法加廣場邊上。

史崔克，那個跛腳的混蛋軍人，比利很迷他，認為他會去救他。

無論希望多麼渺小，比利或許有機會再回到他上次求救的地方？前一天下午，史崔克在特拉法加廣場逛了幾個鐘頭，雖然明知比利會出現的機會渺茫，但他仍覺得他必須這麼做，無論它有多麼毫無意義。

史崔克的另一個決定更難以合理解釋，因為它的花費是事務所目前難以負擔的，他讓巴克萊繼續深入調查吉米和芙莉克。

「花錢的是你，」當偵探對巴克萊下達這個指示時，這個格拉斯哥人說，「但你要我尋找什麼？」

「比利，」史崔克說，「以及比利不在的時候任何奇怪的事。」

當然，蘿蘋會從下一批帳單知道巴克萊究竟在做什麼。

史崔克忽然覺得有人在監視他。歐西——尼克與依莎收養的兩隻貓中比較大膽的那隻——正坐在廚房的窗口上，水龍頭旁邊，用牠淺綠色的眼睛望著窗外。感覺上那是一種批判的眼神。

37

我永遠無法完全克服它。我總是會遇到疑問——一個問題。

——亨里克．易卜生，《羅斯莫莊園》

畏於超級禁令的約束力，在烏爾史東舉行的齊佐葬禮上沒有見到任何攝影記者，新聞機構也只是簡單的據實報導喪禮過程。史崔克本想致贈花圈，後因擔心此舉可能被視為意在提醒喪家仍未付款，有失格調，後來決定作罷。同時，齊佐死亡案的調查仍在持續進行。

然後，忽然間，沒有人對賈斯伯．齊佐非常感興趣了，彷彿屍體在大量的新聞、八卦與謠言中被置放在高處一個星期之後迅速遭到冷落，現在下降到男女運動員的生命故事、奧運的準備工作，以及賽前的預測之下。全國人民幾乎一致關注奧運，因為無論他們贊成或不贊成，這件事都不可能被漠視或避免。

蘿蘋仍然每天打電話給史崔克，要求他讓她回去工作，但史崔克持續拒絕。不但米契．派特森在蘿蘋家的街道又現身了兩次，史崔克辦公室對面的人行道也出現一個陌生的年輕賣藝人，整個星期都在那裡演出，每次只要見到史崔克出來，他的和弦就會走音，而且經常歌唱一半停下來接聽電話。媒體似乎沒有忘記奧運終究會結束，而賈斯伯．齊佐那邊還有一個誘人的故事，因而雇用私家偵探盯梢他們。

史崔克在警界的熟人都不知道他們的同僚對此案的調查進展。平時即使在最不利的情況下也能入睡的史崔克發現他變得焦躁不安，並且常在半夜醒來，聽到隨著奧運的觀光客人潮湧入而增加的倫敦市街道的噪音。他上一次如此長時間失眠是他在阿富汗被土製炸彈炸斷一條腿恢復意識後的第一個星期，當時他被一種很癢的感覺吵得無法入睡，但他搔不到癢，因為癢的感覺發生在他失去的那半條腿上。

自從殘奧歡迎會那天晚上迄今，史崔克就沒有再和羅蕾萊見面。在街上與夏綠蒂分手後，他直接去特拉法加廣場試著尋找比利，結果比他預定的時間更晚與羅蕾萊共進晚餐。由於沒有找到比利，加上意外遇到他的前任女友，疲倦、痠痛、沮喪的史崔克抵達咖哩餐廳時以為──或許也抱著希望──羅蕾萊一定早已離開。

然而，她不但坐在那裡耐心等待，並且立刻讓他感到驚訝──他在內心認為這是一種戰略性撤退──她不但沒有強迫他討論兩人的未來，甚至為她自己愚蠢而冒昧地在床上對他示愛而道歉，她說她知道這個舉動令他感到尷尬，她非常懊悔。

一坐下來就喝下大半杯啤酒的史崔克，一如他的想像，鼓勵自己對她解釋為什麼他不希望兩人的關係變得更認真或更永久的不愉快任務受到了阻礙。她聲稱她說「我愛你」是一種「喜悅的呼聲」，這使他事先準備好的一番說詞毫無用武之地。而且，由於她在餐廳的燈光下看起來十分惹人愛憐，以表面價值接受她的解釋而不是強迫性的決裂自然更容易也更愉快，後者顯然不是他們所希望的。在接下來沒有見面的一週中他們互傳了幾通簡訊，也通了幾次電話，但不像他和蘿蘋通話那麼頻繁。一旦他解釋他的已故客戶就是那位被塑膠袋悶死的政府官員時，羅蕾萊已充分了解他這陣子必須保持低調。

甚至當他拒絕羅蕾萊邀他兩人一起觀賞奧運揭幕儀式的提議時，羅蕾萊也沒有因此而不悅，因為他已答應那天晚上去露西和格瑞的家。史崔克的妹妹仍然不願讓傑克離開她的視線，因此拒絕史崔克所提週末帶他去參觀大英帝國戰爭博物館的建議，改而提議在家吃飯。當他向羅蕾萊解釋這件事時，史崔克可以看出她希望他邀請她一起去，與他的家人首度見面。但他老實說，他單獨去的動機只是為了和他的外甥相聚，因為他覺得他忽略了他。羅蕾萊柔順地接受他的解釋，只問他第二天晚上有沒有空。

當計程車將他從布羅姆利南站載往露西與格瑞的家時，史崔克發現自己在反思他與羅蕾萊的關係，因為露西通常會要求他公布他的愛情生活，這是他逃避這種團聚的原因之一。露西對於她的哥哥年近三十八歲依然未婚而憂心忡忡，有一次甚至很過分地擅自邀請一個她認為他的哥哥可能會喜歡的女性來吃飯，這件事讓他發現他的妹妹對他的品味與需求完全判斷錯誤。

當計程車越來越深入中產階級居住的郊區時，史崔克發現自己面對一個不安的事實：羅蕾萊之所以願意接受他們目前的隨興安排，並非源於兩人都保持自由的共識，而是出於想保有他的絕望，才會幾乎完全接受他提出的任何條件。

望著窗外有雙車庫和整齊草坪的寬敞住宅，他的心思飄向蘿蘋，她每天在她的丈夫出門上班之後打電話給他。接著他的心思又飄向夏綠蒂，她穿著高跟靴走下蘭開斯特府的樓梯時輕輕握著他的手臂。在過去的十個半月裡，有羅蕾萊在他的生命中是件方便又愉快的事，她無所求地付出她的感情，熱情地享受魚水之歡，又假裝不愛他。他大可讓這個關係繼續維持下去，告訴自己他是在（套用那句毫無意義的話）「看著辦」；或者他可以面對事實：他只是在拖延一件他早晚都必須做的事，而他拖得越久，結果就越混亂、越痛苦。

這些反思幾乎讓他高興不起來。當計程車在他妹妹家門前的一棵木蘭花旁邊停下來，蕾絲窗簾被興奮地拉開時，他忽然非理性地怨恨起他的妹妹，彷彿這一切都是她的錯。

傑克在史崔克尚未敲門前就把門打開。與史崔克上次見到他的狀況相較之下，傑克今天看起來相當健康，偵探一方面對傑克的復原感到高興，一方面又感到懊惱，懊惱的是他被禁止帶傑克出去，倒不是前往布羅姆利這段路程既漫長又不方便。

然而，傑克見到史崔克抵達非常高興，並急切地詢問史崔克所記得的有關他們在醫院共處的一切——因為他自己幾乎一直處於昏迷狀態——以及吃飯時傑克堅持和舅舅坐在一起，從頭到尾一個人獨佔他的注意力，這一切都讓史崔克十分感動。他問了許多史崔克截肢的細節，導致格瑞放下他的刀叉，用一種噁心的表情推開他的餐盤。史崔克以前一直有個印象，三個兒子當中格瑞最不喜歡苦難之後，他們的關係已變得更加緊密。顯然，傑克認為在經歷了緊急手術這個行中間的傑克。因此他以略帶惡意的喜悅盡量滿足傑克的好奇心，尤其是他知道通常這種情況下格瑞會叫他閉嘴，但因傑克仍在康復中，所以他很難得地克制自己。對這底下的暗潮一無所知的露西從頭到尾滿面笑容，眼光幾乎沒有離開過史崔克與傑克。她沒有詢問史崔克的私生活，她似乎只求他對她的兒子展現和氣與耐心。

甥舅兩人在極佳的氣氛下離開餐桌，傑克選擇坐在史崔克旁邊的沙發上看奧運開幕式，並在等待現場實況轉播時一直說個不停，表示他希望除了其他表演節目之外，還能看到槍砲與軍人。

這句天真的話讓史崔克想到賈斯伯．齊佐和他的不愉快。蘿蘋告訴過他，英國不會在這個最大規模的國家舞台上展示英國的軍事實力，這使得史崔克猜想吉米．奈特是否也坐在某個地方的電視機前，準備嘲笑這場他曾大力撻伐的資本主義嘉年華會。

格瑞遞給史崔克一瓶海尼根。

「開始了！」露西興奮地說。

實況轉播開始倒數計時，幾秒鐘後，一個編號的氣球沒有爆破。可別漏氣啊，史崔克心想，在驟然生起的愛國心下忘了一切。

但開幕儀式一點也不漏氣，史崔克留下來把整個表演節目看完，志願錯過他的最後一班車，接受提議當晚睡在沙發床上，並在星期六早上與全家人一起吃早餐。

「事務所經營還順利吧？」格瑞吃著露西烹煮的英式早餐時問史崔克。

「不賴。」史崔克說。

他通常避免和格瑞談及他的事業，格瑞似乎對史崔克的成功感到驚訝。他的妹夫總是給人一種對史崔克傑出的軍旅生涯忿忿不平的印象。當他巧妙地回答格瑞所提有關業務架構、他的獨立雇員的權利與義務、蘿蘋成為受薪合夥人的特殊地位，以及偵探事務所擴大的潛力等問題時，史崔克察覺到──不只第一次了──格瑞幾乎毫不掩飾希望找出也許還有什麼史崔克已經忘記或忽視的細節。他認為，許多軍人在管理民間企業時都會遇到許多難題。

「但，最終目標是什麼？」當傑克耐心地坐在史崔克旁邊，顯然想談更多有關軍事的問題時，格瑞問道，「我想你會希望建立企業，這樣你就不需要上街了，對吧？從辦公室指揮他們？」

「不，」史崔克說，「如果我想坐在辦公室，我會留在軍中。目標是培養足以信賴的員工，這樣我們才能維持穩定的工作量，多賺一些錢。短期內，我想賺到足夠的錢存在銀行裡讓我們能度過小月。」

「似乎野心不大，」格瑞說，「開膛手那個案子之後你有免費的廣告──」

「我們現在不談那個案子。」露西立刻從炸鍋旁邊說，然後瞥一眼他的兒子，格瑞這才沉默下來，讓傑克重新加入談話，提出一個有關軍事教練場的問題。

露西最愛她的哥哥來訪，吃過早餐後，她愉快地擁抱他，和他道別。

「什麼時候我可以帶傑克出去時告訴我一聲。」史崔克說。他的外甥高興地對他笑。

「我會。非常謝謝你，棍子，我永遠不會忘記你所做的──」

「我什麼也沒做，」史崔克說，輕輕拍她的背，「是他自己做的，他很堅強，不是嗎，傑克？謝謝妳讓我度過一個愉快的夜晚，露西。」

史崔克認為他走的正是時候。他在車站外面把煙吸完，離下一班開往倫敦市區的車還有十分鐘可以打發。他回憶格瑞在早餐時又恢復他對待他姐夫的一貫活潑與熱心的態度，而露西在他穿外套時問起蘿蘋，這個跡象也顯示她已恢復廣泛調查他與女性之間的關係。他的思緒剛轉向羅蕾萊時，他的手機響了。

「哈囉？」

「你是柯莫藍嗎？」一個上流階層的女性聲音說。他沒有立即認出她來。

「是的，請問是哪一位？」

「依姬·齊佐。」她說，聲音聽起來像得了重感冒。

「依姬！」史崔克驚訝地說，「呃……妳好嗎？」

「唉，勉強支撐。我們，呃，接到你的發票了。」

「是。」史崔克說，心想她是不是要提出抗議，因為那是一筆很大的數目。

「我很樂意馬上付錢給你，如果你可以……我在想，你是否能過來一趟，我們見個面？今天，如果你方便的話？你已做了什麼安排嗎？」

史崔克看看他的錶。幾個星期以來他頭一次無事可做，只等著晚一點和羅蕾萊一起吃晚飯。再說，能收到一張大面額支票的遠景當然受歡迎。

「可以，」他說，「妳在哪裡，依姬？」

她給他她在切爾西的住址。

「我大約一個小時後到。」

「太好了。」她說，聽起來如釋重負，「待會兒見。」

38

啊，這起謀殺疑雲！

——亨里克．易卜生，《羅斯莫莊園》

史崔克抵達切爾西區上切恩路依姬居住的馬廄樓時已接近中午了。這是一處安靜的高級住宅區，但不同於埃伯里街，這裡家家戶戶的品味各不相同。依姬的房子不大，漆成白色，前門旁掛著一盞馬車燈，史崔克按門鈴時，她幾乎立即開門。

她身上穿著一條寬鬆的黑長褲和一件黑毛衣，在這樣的夏日似乎有點過於溫暖，這讓史崔克想起他與依姬的父親第一次見面時，他也在六月天穿了一件大衣。依姬的脖子上掛著一個藍寶石十字架，史崔克認為她的哀悼已達到現代時裝與敏感度許可的程度。

「請進，請進。」她緊張地說，但沒有接觸他的目光，只是往旁邊一讓，招呼他進入一間寬敞的客廳與廚房。裡面有白色的牆壁，圖案鮮明的沙發，和一座以婀娜多姿的壓模女性人體支撐著壁爐架的新藝術風格壁爐。長形的後窗望出去是個小型私人後院，悉心照顧的綠雕植物中陳設了幾件昂貴的鑄鐵家具。

「請坐，」依姬說，朝色彩繽紛的沙發揮手示意，「喝茶？還是咖啡？」

「茶好了，謝謝。」

史崔克坐下，謹慎地從身子底下抽出幾個不舒服的綴珠靠墊，然後打量這個空間。儘管有這些愉悅的現代織品，它仍然偏重傳統的英國品味。兩幅狩獵主題的版畫豎立在一張擺滿銀框照片的桌上，其中一張照片是依姬的父母在結婚當天拍的大幅黑白照，賈斯伯．齊佐身穿女王直屬驃騎兵團制服，金髮的派翠西雅夫人裹著一團薄紗露齒而笑。壁爐上方掛著一幅三個金髮幼兒的大型水彩畫，史崔克猜想它代表依姬和她的兩個親手足——已故的弗芮迪和他不認識的菲姬。

依姬忙得團團轉，一會兒茶匙掉了，一會兒拉開碗櫥的門又關上，仍找不到她要的東西。最後，她婉拒史崔克的主動要求幫忙，端著一個放了一把茶壺、骨瓷馬克杯及餅乾的托盤，從廚房走了幾步路出來，將托盤放在咖啡桌上。

「你看了開幕式沒？」她禮貌地問，一面忙著倒茶和過濾茶渣。

「看了，」史崔克說，「很精采，不是嗎？」

「啊，我喜歡最前面的部分，」依姬說，「所有有關工業革命的部分，但我覺得後面的節目有點政治正確原則意圖，我不相信外國人會真的了解我們為什麼要談國家健保服務，而且我必須說，如果沒有那些饒舌音樂，我會更喜歡，牛奶和糖請自便。」

「謝謝。」

接下來是短暫的安靜，只偶爾出現一點銀器和瓷器的碰撞聲。在倫敦，只有極富裕的人才能享受到這種豪華的安靜。即使在冬天，史崔克的閣樓公寓都不曾全然安靜：樓下蘇活區的街道上不時有音樂、腳步聲和人聲。當行人離開那個地區時，入夜後仍有隆隆的車聲，而且即使一絲最輕微的風吹過也能使他不牢固的窗戶嘎嘎作響。

「啊，你的支票，」依姬驚呼，跳起來去拿放在廚房邊上的一個信封，「這裡。」

「非常感謝。」史崔克說，從她手上接過信封。

依姬又坐下，拿起一片餅乾，旋即改變主意，又將餅乾放在她的盤子上。史崔克小口喝茶，他猜想這應該是最上等的茶，但他喝到他不喜歡的乾燥花味道。

「呣，」依姬終於說，「實在不知該從何處開始說起。」

她檢視她的手指，那是一雙沒有修指甲的手。

「我擔心你會認為我很瘋狂。」她吶吶地說，透過她美麗的睫毛瞅他。

「不會吧。」史崔克說，放下他的茶杯，換上一種他希望是鼓勵的表情。

「你有聽說他們在爸爸的橘子汁中發現了什麼嗎？」

「沒有。」史崔克說。

「阿米替林藥片，磨成粉末。我不知道你是否——它是抗憂鬱的藥。警方說這是一種有效、無痛苦的自殺方式，萬無一失——雙重措施，抗憂鬱藥和——塑膠袋。」

她不太優雅地大聲喝一口茶。

「他們很親切，真的，那些警察。他們都受過訓練，不是嗎？他們告訴我們，如果氦氣濃度夠的話，吸一口你就……你就睡著了。」

她噘起嘴唇。

「問題是，」她忽然急切地大聲說，「我確實知道爸爸絕對不會自殺，因為那是他厭惡的事，他常說那是懦弱的行為，對活著的家人和每一個人都是可怕的事。

「奇怪的是那間屋子裡到處找不到阿米替林的包裝。沒有空盒子，沒有薄膜包裝，什麼都沒有。當然，有的話也會是金娃娜的名字，金娃娜有阿米替林的處方藥，她已經吃了一年多了。」

依姬瞥一眼史崔克，看他有什麼反應。史崔克不作聲，她繼續說：

「爸爸和金娃娜在那前一天晚上吵架，歡迎會那天晚上，我過去跟你和夏綠蒂講話之前。爸爸對我們說，他已經叫拉夫第二天早上去埃伯里街，金娃娜氣炸了，問說為什麼爸爸不告訴她。他只是微笑，她就很生氣。」

「為什麼會——？」

「因為她討厭我們，」依姬說，正確地預測到史崔克的問題。她兩手緊緊交握，指節發白，「任何和她爭奪爸爸的注意力或感情的事物或人她都討厭，她特別討厭拉夫，因為他和他的母親長得很像，而金娃娜對歐妮拉始終缺乏安全感，因為她仍然非常豔麗。但金娃娜也因為拉夫是男孩而不喜歡他，她一直擔心他會取代弗芮迪，說不定又把他再度納入遺囑，金娃娜是為了錢才嫁給爸爸，她並不愛他。」

「妳說『再度納入』——」

「拉夫開車撞——他做了那件事——之後，爸爸把拉夫從遺囑中除名。這當然是金娃娜主使的，她唆使爸爸和拉夫斷絕關係——總之，爸爸在蘭開斯特府告訴我們，他叫拉夫第二天早上過去，金娃娜就不說話了。幾分鐘後，她忽然說她要走了，然後就離開了。她宣稱她回埃伯里街，給爸爸寫了一封告別信——你當時在場，也許你有看到？」

「是的，」史崔克說，「我看到了。」

「是的，所以，她宣稱她寫了那封信，收拾東西，然後坐火車回烏爾史東。

「警方詢問我們時，似乎認為金娃娜離開爸爸才使他想不開自殺。但這句話太可笑了！他們的婚姻早在幾年前就發生問題。我想他早在那之前好幾個月就已經看穿她，但她仍然在那邊說一些瘋狂的瞎話，做種種誇張的事來吸引爸爸的注意力。我向你保證，如果爸爸早早知道她會離開他，他會鬆一口氣而不是自殺。不過，當然，他不會把那封信當一回事，他太了解她不過是在演戲。金娃娜養了九匹馬，而且她沒有收入，到時候她會被趕出齊佐園，像叮叮一號那樣——我祖父的第三任太太，」依姬解釋說，「齊佐家的男人似乎都喜歡大胸脯和養馬的女人。」

依姬的臉在雀斑底下漲紅了，她深吸一口氣，繼續說：

「我認為是金娃娜殺死爸爸。我無法拋開這個念頭，無法集中精神，無法想其他任何事。她深信爸爸和維妮西雅之間一定有什麼問題——從她第一眼見到她就開始懷疑，然後《太陽報》又在打聽，使她更相信她的擔憂是真的——然後，她可能認為爸爸把拉夫叫回來，證明一個新的時代即將開始。我想是她把她的抗憂鬱藥磨成粉，趁爸爸不注意時放進他的橘子汁中——他每天早晨第一件事就是喝一杯橘子汁，那是他的習慣——然後，等他昏昏欲睡，沒辦法抵抗她時，她就把那個塑膠袋套在他頭上，然後，等她把他殺死後，她再寫那封信，使它看起來好像是她要跟他離婚。我想，她做了這件事後便偷偷離開那裡，回到烏爾史東，假裝爸爸死的時候她已經在那裡了。」

依姬一口氣說完故事後摸著她脖子上的十字架緊張地撥弄著，兩眼望著史崔克，看他有什麼反應，表情既緊張又挑釁。

史崔克以前辦過幾宗軍中的自殺案件，知道活著的人幾乎總會留下特別有害的哀傷，這種化膿的有毒傷口甚至比親人被敵人的子彈射穿更嚴重。他對齊佐的生命結束的方式也許有他自己的疑慮，但他不會與身邊這位迷失方向、悲痛欲絕的女性分享。依姬的抨擊讓他感到驚訝的是她似乎非常痛恨她的繼母，她對金娃娜的指控不是普普通通微不足道的指控，史崔克想知道是什麼使依姬深信這個曾經與他在車上共處五分鐘、看起來有點孩子氣又愛生氣的婦人，有能力策劃一樁有條有理的謀殺案。

「警方，」他終於說道，「會調查金娃娜的動機，依姬。像這樣的案子，配偶通常是第一個被調查的對象。」

「可是他們接受她的故事，」依姬激動地說，「我看得出來。」

那麼它就是真的。史崔克心想，他相信倫敦警察隊不會草率地認定妻子的動機，因為她最容易接近謀殺現場，何況又在屍體上發現她的處方藥。

「有誰會知道爸爸總是在早上喝橘子汁？有誰會有阿米替林和氦氣——？」

「她承認是她買的氦氣嗎？」史崔克問。

「沒有，」依姬說，「但她不會承認，不是嗎？她只會坐在那裡歇斯底里的扮演小女孩，」依姬模仿金娃娜高八度的聲音，「『我不知道它怎麼會在屋子裡！你們為什麼要來糾纏我，不要煩我，我已經是寡婦了！』

「我告訴警方，她曾經用鐵鎚攻擊爸爸，一年多前。」

史崔克聽了一愣，舉到嘴邊的茶杯停了下來。

「什麼？」

「她用鐵鎚攻擊爸爸，」依姬說，她淡藍色的眼睛直直望進史崔克的眼睛，希望他理解，「他們吵得很兇，因為——不要管原因了，但他們當時在外面的馬廄裡——這是在家裡，在齊佐園，顯然——然後金娃娜從工具箱上面抓起鐵鎚就往爸爸頭上砸。她當時沒有殺死他算她運氣好，這次攻擊害他失去嗅覺功能，嗅覺和味覺都有問題，而且一點小事就會生氣，但他堅持隱瞞這件事。他把她綁起來送進一家康復中心，然後對每個人說她生病了，『神經衰弱』。

「但是在馬廄工作的女孩目睹了整個事件，並告訴我們實際情況。她不得不打電話給那邊的家庭醫生，因為爸爸流很多血，爸爸如果不把金娃娜送進精神病院並警告報社不得接近，媒體就會大肆報導。」

依姬拿起她的茶杯，但她的手抖得很厲害，只好又放下杯子。

「她不是男人所想的那樣，」依姬激動地說，「他們都以為她像小女孩一樣嬌弱，你和維妮西雅也上當了，不是嗎？那扇門本來就關不緊，除非你很用力。爸爸知道。如果他一個人在屋子裡，他一定會把它關好，不是嗎？但假如金娃娜一早偷偷離開不想讓人聽到，她只好把門輕輕拉上然後隨它去，不是嗎？

「她不是很聰明的人，你知道。她一定把所有阿米替林包裝都清理乾淨，因為如果留下來會使她入罪。我知道警方認為沒有包裝很奇怪，但我看得出他們都傾向認定是自殺，這是為什麼我要找你談的原因，柯莫藍，」依姬說到這裡，從她坐的扶手椅往前挨近一點，「我希望你來調查爸爸的死因。」

幾乎在依姬把茶端過來的那一刻，史崔克就知道她會有這個請求。有人付錢請他調查一樁他已專注到幾乎癡迷的案子，無論如何都是受歡迎的，但客戶只求證實他們的理論，這是個大麻煩，他不可能單憑依姬的條件接下這個案子，但他同情她的哀傷，只好想辦法婉言拒絕。

「警方不會希望我礙手礙腳，依姬。」

「不必讓他們知道你在調查爸爸的死因，」依姬急切地說，「我們可以假裝我們請你去調查金娃娜說的有人潛入花園那件事，如果我們現在把她說的話當真，對她來說不是正好。」

「其他家人知道妳約我見面嗎？」

「喔，是的，」依姬急切地說，「菲姬十分贊成。」

「是嗎？她也懷疑金娃娜？」

「噢，沒有，」依姬說，語氣有點沮喪，「但她百分之百同意爸爸不可能自殺。」

「她認為是誰，如果不是金娃娜的話？」

「這個嘛，」依姬說，似乎對這個問題有點不安，「事實上，菲姬有個瘋狂的想法，認為吉米・奈特多少和這件事有關，但顯然那是無稽之談。爸爸死的時候吉米被拘留，不是嗎？那天晚上你和我都看到他被警察帶走。但菲姬聽不進去，她認定是吉米！我對她說，『吉米・奈特怎麼會知道阿米替林和氦氣放在什麼地方？』但她就是不聽，她一直說奈特是在報復——」

「報復什麼？」

「什麼？」依姬不安地說，但史崔克知道她明明聽到他說的話，「哦——那個現在不重要，都過去了。」

依姬拿起茶壺，走進廚房，又從燒水壺加了一些熱水進去。

「菲姬對吉米的看法很不理性，」她拿著加滿熱水的茶壺回來，砰的一聲放在桌上後說，「打從我們小時候，她就很不能忍受他。」

她為自己倒了第二杯茶，臉上的紅暈加深了。見史崔克不說話，她又緊張地說：

「勒索那件事和爸爸的死無關，如此而已。」

「妳們沒有告訴警方，是吧？」史崔克平靜地說。

依姬頓了一下，臉色逐漸轉紅。她啜一口茶，然後說：

「沒有。」

接著她又急切地說，「我很抱歉，我可以想像你和維妮西雅會有什麼感受，但我們現在更關心的是爸爸的遺產，我們無法承受這一切被媒體披露，柯莫藍，勒索唯一可能對他造成影響的是他被逼得去自殺，但我就是不相信他會因為那件事，或其他任何事而自殺。」

「如果齊佐的家人都支持黛拉，」史崔克說，「聲稱沒有人勒索齊佐，她肯定會發現她很容易取得超級禁令。」

「我們更在乎爸爸如何被人記住。勒索……那已經都過去了，解決了。」

「但菲姬仍然認為吉米．奈特和妳父親的死有關。」

「那不是——從他勒索的事來看，那是另一回事，」依姬語無倫次地說，「吉米懷恨在心……這很難解釋……菲姬對吉米的看法很奇怪。」

「其他家人對於妳又找我進來調查這件事有什麼感覺？」

「這個嘛……拉夫不是很熱衷，但這和他沒有關係，付錢給你的是我。」

「他為什麼不熱衷？」

「因為，」依姬說，「因為警方偵訊拉夫的時間比偵訊我們其他人多更多，因為——聽著，不要去管拉夫。」她又說，「客戶是我，是我要請你的，你只要破解金娃娜的不在場證明就好了，我知道你辦得到。」

「在這些條件之下，」史崔克說，「我恐怕無法接下這個工作，依姬。」

「為什麼？」

「客戶不能告訴我我可以調查什麼和不可以調查什麼，除非妳想要全部的真相，否則我不是妳要的那個人。」

「你是，我知道你是最好的，這是為什麼爸爸雇用你的原因，也是我要找你的原因。」

「那妳就必須回答我的每一個問題，而不是告訴我什麼有關係，什麼沒有關係。」

她從她的茶杯上緣凝視他，接著讓他驚訝的是，她忽然輕輕一笑。

「我不知道為什麼我會驚訝，我早知道你會這樣。還記得你和傑米．毛姆在南隆謝客餐廳爭辯那件事嗎？噢，你一定記得，你不肯讓步——有一刻，整桌人都跟你唱反調——那時候你們在辯論什麼——？」

「死刑，」史崔克冷不防地說，「對，我記得。」

那一瞬間，他似乎看到了——不是依姬整潔明亮、有富裕的英國歷史遺跡的客廳，而是切爾西一家聲名狼藉、燈光暗淡的越南餐館內部。十二年前，他和夏綠蒂的一個朋友在吃飯時起爭執。在他的印象中，傑米．毛姆有一張光滑的豬臉，故意要讓夏綠蒂堅持帶去吃晚餐的朋友——不是傑米的老友傑哥．羅斯——出糗，證明他是個大老粗。

「……傑米非常非常氣你，」依姬說，「他現在是個非常成功的高級律師了，你知道。」

「那他大概學會如何在辯論時控制他的脾氣了。」史崔克說。依姬又輕輕一笑。「依姬，」史崔克回到正題，「如果妳真的有意——」

「——我有——」

「——那妳要回答我的問題。」史崔克說，從他的口袋掏出筆記本。

她猶豫不決地看著他拿出一枝筆。

「我這個人做事很謹慎，」史崔克說，「過去兩年來我聽過上百個家庭成員之間的秘密，但我都沒有說出去，和妳父親的死無關的事，在我的事務所以外都不會再被提起，但假如妳不相信我——」

「我相信，」依姬絕望地說，接著她身體往前傾，伸手碰觸他的膝蓋，他有點驚訝，「我相信，柯莫藍，真的，但這……這很難……啟齒……談爸爸的……」

「我了解，」他說，準備好紙筆，「那麼，我們就從為什麼警方偵訊拉斐爾的時間比偵訊你們多更多開始。」

他可以看出她不想回答，但稍微猶豫之後，她說：

「這個，我想部分原因是爸爸死的那天一大早打電話給拉夫。那是他的最後一通電話。」

「他說了什麼？」

「那個不重要，那個和爸爸的死無關。但，」她急著說，彷彿要消除她後面那句話可能造成的印象，「我想拉夫不熱衷於請你的主要原因是，你們的維妮西雅在辦公室時，他愛上了她，現在，他顯然覺得他對她用情有點傻。」

「他愛上她，是嗎？」史崔克說。

「是的，所以難怪他覺得每個人都在愚弄他。」

「事實上——」

「我知道你要說什麼，但——」

「——如果妳要我調查，就要由我來決定什麼是重要的，依姬。所以我要知道，」他手上一邊在她一直說「無關」的事項上打勾，一邊在嘴上說，「妳父親去世的那天早上打電話給拉斐爾說了些什麼；金娃娜用鐵鎚砸妳父親的頭時他們為什麼而吵架；以及妳父親為什麼被勒索。」

藍寶石十字架在依姬上下起伏的胸口上一閃一閃發出暗淡的光芒，最後她斷斷續續地說：

「爸爸和拉夫在最後——最後一通電話中談了什麼，這不該由我來說，這要由拉夫來說。」

「因為那是私事？」

「是的。」她說，臉上泛紅。他懷疑她是否說謊。

「妳說妳父親曾要求拉斐爾在他去世那天早上去埃伯里街他住的地方，他有改時間嗎？取消？」

「取消。欸，你要去問拉夫。」她重申。

「好吧，」史崔克說，做了註記，「妳的繼母為什麼會拿鐵鎚砸妳父親的頭？」

依姬眼中注滿淚水，然後她哽咽，從她的袖子拉出一條手帕輕輕揩她的臉。

「我不——不想告訴你，因——因為我不——不希望你對爸爸留下不好的印象，現在他……現在他……你知道，他做——做過一件事……」

她不顧形象地大聲擤鼻子時肩膀不住顫抖，史崔克覺得這個坦白而率真的悲傷舉動遠比她優雅地揩眼淚更動人。他不知如何是好，只能同情地坐在那裡，她則一邊啜泣一邊道歉：

「我——我——」

「別傻了，」他粗聲說，「妳當然會難過。」

但她似乎對自己失去自制而感到慚愧，在打呃聲逐漸平靜下來之後又一疊聲地說「抱歉」。最後，她像在擦玻璃似地粗魯地把她的臉擦乾，又說了聲「對不起」後，這才挺直脊背，堅強有力地——以當時的情況，這令史崔克相當激賞——說：

「如果你接下這個案子……等我們簽約後……我會告訴你爸爸做了什麼以致金娃娜攻擊他。」

「我猜，」史崔克說，「這和文恩與奈特勒索妳父親是同一個原因。」

「聽著，」她說，淚水又湧上來，「你還不明白嗎，現在重要的是爸爸留給世人的印象，他的遺產。我不希望人們只記得他那些事——求求你幫助我，小柯，求求你，我知道他不是自殺，我知道不是……」

他以沉默表達他的意見，最後，她楚楚可憐地，語帶玄機地說：

「好吧，我告訴你這件勒索的事，但必須先經過菲姬和托克的同意。」

「誰是托克？」史崔克問。

「托逵爾，菲姬的丈夫。我們發誓不告訴任何人，但我會跟——跟他們說，如果他們同意，我就告——告訴你所有的一切。」

「不需要問拉斐爾的意見嗎？」

「他完全不知道勒索的事，吉米第一次來找爸爸的時候他在監獄裡，再說，他不是跟我們一起長大的，所以他不可能——拉夫不會知道。」

「那麼金娃娜呢？」史崔克問，「她知道嗎？」

「喔，知道，」依姬說，平時親切的樣貌立刻換上怨恨的表情，「她肯定不希望我們告訴你，啊，但她不是為了保護爸爸，」她說，正確解讀史崔克的表情，「她是為了保護她自己。金娃娜能得到好處呀，你明白吧，她不在乎爸爸做什麼，只要她有利可圖。」

39

……我當然盡可能少談它；像這樣的事，最好是保持緘默。

——亨里克．易卜生，《羅斯莫莊園》

過了一個更糟糕的夜晚後，蘿蘋的星期六也不好受。

凌晨四點，她在驚叫聲中醒來，無法擺脫惡夢中那種糾纏不清的感覺。她夢見她扛著一整袋竊聽器走過黑漆漆的街道，並且知道有一群戴面具的人在背後跟蹤她。她手臂上那個舊刀傷又裂開了，鮮血直流，那些人就是循著她的血跡跟蹤她，她知道她永遠無法抵達史崔克正等著她把那一袋竊聽器送達的地方……

「什麼事？」馬修半睡半醒，無力地問。

「沒事。」蘿蘋回答。她又躺回床上，但一直保持清醒，直到七點鐘她覺得可以起床了。

過去兩天，一個邋遢的金髮青年一直潛伏在奧爾伯里街，他甚至毫不隱瞞他在監視他們家。蘿蘋曾和史崔克討論這件事，他認為那個人應該是個記者而非私家偵探，也許是個被派去盯梢她的報社新進人員，因為米契．派特森的鐘點費太高，不划算。

她和馬修搬去奧爾伯里街是為了逃離沙克威爾開膛手曾經潛伏過的地方，按理說這裡應該是安全的，詎料，這個地方又因為她接觸到非自然死亡案件而被波及。中午不到，蘿蘋又躲進浴室避難，馬修這才意識到她又犯了恐慌引發過度換氣的毛病。蘿蘋坐在浴室地上，利用她在接受心理治療時學到的認知重組技術，辨識在某些觸發因素下，自動出現在她腦中的追求、痛苦與危險的想法。他只是一個替《太陽報》工作的白癡，他要的是故事，如此而已。妳是安全的，他無法接近妳，妳很安全。

蘿蘋從浴室出來下樓時，發現她的丈夫在廚房做三明治，乒乒乓乓地用力開關抽屜，也沒有主動提議要幫她做一份。

「那個混蛋老往窗子裡看，我們要如何跟湯姆和莎拉解釋？」

「為什麼要跟湯姆和莎拉解釋，解釋什麼？」蘿蘋茫然地問。

「我們今天晚上要和他們一起吃飯啊！」

「喔，不，」蘿蘋呻吟，「我是說，對喔。抱歉，我忘了。」

「如果那個該死的記者跟蹤我們呢？」

「我們不理他，」蘿蘋說，「否則能怎麼辦？」

她聽到她的手機在樓上響，很高興能藉故離開馬修，便上樓接電話。

「嗨，」史崔克說，「好消息，依姬雇用我們調查齊佐的死因。呃，」他更正，「事實上，她是要我們證明兇手是金娃娜，但我還是設法把調查範圍擴大。」

「太好了！」蘿蘋小聲說，小心翼翼關上臥室的門，在床上坐下。

「我想妳會很高興。」史崔克說，「現在起步階段，我們需要的線索是警方的調查，尤其是法醫的鑑識報告。我剛問過華道，但他已被警告不能告訴我們。他們似乎懷疑我仍在暗中打聽消息。然後我問安士提，但也問不出什麼東西，他在忙奧運的事，而且負責辦這件案子的人他都不認識，所以我要問的是，凡妮莎請喪假回來了沒？」

「對了！」蘿蘋說，忽然興奮起來。這是她第一次有用得上的警界關係，不是只有史崔克才有。「但比凡妮莎更好的是——她現在和鑑識組的一個男生在約會，奧利佛，我沒見過他，但——」

「如果奧利佛願意告訴我們，那就太好了。這樣吧，我來打電話給香客，看他能不能賣我一個我們可以拿來交換的情報，我再打給妳。」

他掛斷電話。蘿蘋雖然肚子餓但沒有下樓，而是躺在那張時髦的桃花心木床上伸展四肢。這張床是馬修的父親送給他們的，它又笨又重，用了所有的搬運工一邊滿頭大汗一邊氣喘吁吁地咒罵，分批從樓梯抬上樓，再抬進臥房重新組裝。相反的，蘿蘋的梳妝台又舊又便宜，取出抽屜它就跟一只裝橘子的板條箱一樣輕，只需一個工人就能輕鬆搬上樓，現在擺在臥室的兩扇窗戶中間。

十分鐘後，她的手機又響了。

「很快嘛。」

「是啊，我們運氣好，香客休假，我們的利益剛好一致，有一個人，他不介意警察去找那個人麻煩。妳告訴凡妮莎，我們提供依恩·納許的情報。」

「依恩·納許？」蘿蘋說著，坐起來去拿紙筆把姓名寫下來。「這是誰——？」

「幫派份子，凡妮莎會知道他是誰。」史崔克說。

「這得花多少錢？」蘿蘋問。史崔克與香客雖然私人情誼深厚，但這層關係從不影響香客做生意的規矩。

「第一週費用的一半。」史崔克說，「但如果奧利佛能提供情報，這些錢花得值得，妳好嗎？」

「什麼？」蘿蘋說，有點不安，「我很好，為什麼問？」

「妳忘了我是妳的雇主，有責任關心妳。」

「我們是合作夥伴。」

「妳是領薪水的合作夥伴，妳可以告我工作環境惡劣。」

「你沒想過，」蘿蘋望著她白皙的手臂上那個依舊鮮明的八英寸長的紫色刀疤說，「如果我要告你，我早就告了？不過，假如你能解決樓梯口那間廁所的問題——」

「我是說，」史崔克堅持，「如果妳有一點反應那也是正常的，對許多人而言，發現一具屍體不是好玩的事。」

「我沒事。」蘿蘋撒謊。

我必須沒事，他們互道再見後她心想，我不能再失去一切了。

40

你知道，你的出發點與他的相去甚遠……

——亨里克．易卜生，《羅斯莫莊園》

星期三上午六點，前一天晚上仍睡在客房的蘿蘋起床換上牛仔褲、T恤、長袖運動衫和運動鞋。她的背包內有一頂深色的假髮，是她從網路上買的，前一天早上才當著那個邋遢記者的面送到她手上。她躡手躡腳地下樓，不敢吵醒馬修。她沒有告訴馬修她的計畫，因為她知道他一定會反對。

他們兩人之間的和平仍不穩定，儘管星期六晚上與湯姆和莎拉一起吃了一頓不愉快的晚餐：事實上，正是因為晚餐太難吃。這件事一開始就不吉利，因為那個記者果然跟蹤他們到街上，但他們成功地擺脫他，主要是因為蘿蘋接受過反跟監訓練，他們在擁擠的地鐵車廂關門那一剎那快速躲進去，這使馬修非常憤怒，他覺得這是很不體面、很幼稚的伎倆，但即使是馬修也不能把那天晚上後來發生的事都歸咎於蘿蘋。

他們本來一面吃飯一面在檢討慈善板球比賽落敗的原因，後來輕鬆的分析忽然變得狂暴和具有攻擊性。湯姆突然醉醺醺地指責馬修，說他的球技沒有他想像中的一半好，說他的傲慢影響了其他隊友，又說他在辦公室不受歡迎，他把大家都惹火了，他們都對他起反感。面對突如其來的抨擊，馬修深受震撼，曾試著問他在辦公室做錯了什麼，但湯姆喝醉了，蘿蘋認為他一定在他們尚未抵達之前就已開始喝酒，才會把馬修受傷的質疑視為挑釁。

「不要對我裝出一副無辜的樣子！」湯姆大聲說，「我不再忍受了！你老是貶低我、激怒我——」

「我有嗎？」他們在黑夜中走向地鐵站時，馬修問蘿蘋，一面氣得渾身發抖。

「沒有，」蘿蘋老實說，「你沒有對他說任何粗暴的話。」

但她在她的腦中加了一句「今天晚上」。帶一個受傷與困惑的馬修——而不是那個每天和她住在一起的馬修——回家是一種解脫，她的同情與支持使她贏得他們在家休戰兩天，因此她不打算告訴馬修她計畫今天早上擺脫那個依舊潛伏在他們家門前的記者，以免破壞雙方的停火。她不能讓那個人跟蹤她去見一位法醫病理學家，特別是奧利佛，因為凡妮莎說，她費了九牛二虎之力才說服奧利佛去和史崔克與蘿蘋見面。

蘿蘋悄悄地從落地窗進入後院，利用花園的一張椅子翻過他們家與後面鄰居之間的圍牆，幸好鄰居家的窗簾緊閉。她翻過圍牆溜進鄰居的草坪，落在泥地上時噗的發出一聲低沉的悶響。

下一步脫逃過程有點複雜，她必須先將鄰居花園內一張裝飾用的、沉重的長凳拖到圍牆邊，靠著圍牆，然後她爬到長凳椅背上站好，再翻過圍牆的雜酚油面板頂部，顫巍巍地落在圍牆另一邊的花圃內。她掙扎著站起來，匆匆跑過那戶人家的草坪到另一邊圍牆，那裡有一扇門，出了門對面就是停車場。

花園的門很容易就打開了，蘿蘋鬆一口氣。當她隨手把門關上時，想到她在沾露水的草地上留下的腳印不免感到沮喪，萬一鄰居起得早，一定會發現有人不知在何時侵入他們家的花園，搬動他們花園內的家具，又壓毀他們的秋海棠。齊佐的兇手，如果有兇手的話，比她更擅長掩蓋他們的蹤跡。

蘿蘋蹲在無人的停車場內一輛Skoda車後面，從背包取出她的假髮戴上，對著側視鏡將假髮調整好，然後輕快地走在與奧爾伯里街平行的街道上，直到右轉進入德普特福德大街。

除了幾輛清晨送貨的貨車和已拉開鐵捲門的書報亭外，周圍幾乎不見一個人影。蘿蘋回頭張望，忽然有點激動，不是驚慌，而是狂喜：沒有人在跟蹤她。儘管如此，她仍然沒有拿下她的假髮，直到安全坐上了地鐵才取下，她這個舉動使旁邊那個把頭埋在閱讀器上偷偷瞧她的年輕男子嚇一跳。

史崔克挑選蘭貝斯路上的轉角咖啡屋是因為它在奧利佛．巴蓋特工作的鑑識科學實驗室附近。蘿蘋抵達時發現史崔克站在外面吸煙。他的眼光落在她沾了泥巴的牛仔褲膝蓋上。

「掉在花圃裡，」她靠近他時小聲說，「那個記者還在那附近盯梢。」

「馬修抬妳上去的？」

「沒有，我利用花園的家具。」

史崔克將他的香煙壓在旁邊的牆上捻熄，跟在她後面進入咖啡屋，裡面彌漫一股令人愉悅的油香味。史崔克覺得蘿蘋看起來似乎有點蒼白，也比平時瘦了點，但她愉快地點了咖啡和兩個培根麵包。

「一個，」史崔克更正，「一個就好，」他遺憾地對櫃臺後面的男子說。「我在減肥，」他們在旁邊一張空桌坐下時他對蘿蘋說，「為了我的腿。」

「啊，」蘿蘋說，「對。」

史崔克一邊用他的袖子將桌上的碎屑掃掉時一邊想——不是第一次了——蘿蘋是他見過的女人當中，唯一不會對他改善健康表現出興趣與否的人。他知道如果他現在改變主意點兩個培根麵包，她也只會對他笑笑，然後將麵包遞給他。想到這裡，當她穿著膝蓋沾了泥土的牛仔褲在他旁邊坐下時，他對她又格外多了幾分深情。

「一切都好嗎？」他問，看著她將番茄醬澆在麵包上，他幾乎流口水。

「是的，」蘿蘋撒謊，「都好。你那條腿好嗎？」

「好一點了，我們要見的這個人長什麼樣？」

「身材高大，黑人，戴眼鏡。」蘿蘋含著滿口的麵包與培根說，一大早的活動使她比過去幾天更有飢餓的感覺。

「凡妮莎從奧運執勤回來了？」

「是的，」蘿蘋說，「她纏著奧利佛要他跟我們見面，我想他不是很熱衷，但她想要升官。」

「挖出依恩．納許的污點一定有幫助，」史崔克說，「香客說，倫敦警察隊正在——」

「我想那個就是他。」蘿蘋小聲說。

史崔克轉頭看到一個瘦高個子、戴無邊框眼鏡、面有憂色的黑人站在門口，他手上拎著一個手提箱。史崔克舉手招呼，蘿蘋將她的三明治和咖啡移到旁邊，讓奧利佛坐在史崔克對面。

蘿蘋對奧利佛沒有明確的預期：他長得很帥，頭髮往上梳、樸素的白襯衫，但似乎一臉懷疑與不贊成，看不出他與凡妮莎有任何關係。但史崔克伸手時他與他握手，然後轉向蘿蘋，說：

「妳是蘿蘋？我們總是錯過見面的機會。」

「是啊，」蘿蘋說，也和他握手。奧利佛一塵不染的外表使她對自己蓬亂的頭髮和沾了泥巴的牛仔褲感到有點不自在。「很高興終於見到你，這裡是櫃臺服務，我幫你叫一杯茶還是咖啡？」

「呃——咖啡好了，」奧利佛說，「謝謝。」

蘿蘋去櫃臺時，奧利佛轉頭對史崔克說：

「凡妮莎說你有情報要給她。」

「也許，」史崔克說，「看你給我們什麼而定，奧利佛。」

「我要先知道你給的是什麼東西才能進一步談。」

史崔克從他的外套口袋掏出一個信封。

「一個汽車牌照號碼和一張手繪地圖。」

顯然這對奧利佛來說意味著什麼。

「我可以問你從哪裡得到的嗎？」

「你可以問，」史崔克愉快地說，「但這個交易不包含這個資訊，不過艾瑞克．華道會告訴你我的關係人百分之百可靠。」

一群工人進入咖啡屋，高聲喧譁。

「這一切都不會外流，」史崔克小聲說，「沒有人會知道你和我們談過話。」

奧利佛嘆一口氣，但彎腰打開他的手提箱，取出一本大型筆記簿。等蘿蘋端著一杯給奧利佛的咖啡回來放在桌上時，史崔克已將紙筆準備好做筆記。

「我和鑑識組的人談過，」奧利佛說，瞥一眼隔壁桌大聲喧譁的工人，「凡妮莎也和一個了解全面調查的人談過。」他對蘿蘋說，「他們不知道凡妮莎和妳有交情，萬一我們協助你們的消息洩漏出去——」

「我們不會說出去。」蘿蘋向他保證。

奧利佛微微皺眉，打開他的筆記簿，查閱他用小而清晰的筆跡寫下的細節。

「法醫鑑識報告很明確，我不知道你們想要多少細節——」

「最低限度，」史崔克說，「告訴我們重點。」

「齊佐吃進大約五百毫克的阿米替林，溶化在橘子汁中，空腹。」

「那是很高的劑量，不是嗎？」史崔克問。

「就算沒有氦氣，它也足以致死，但不會那麼快。另一方面，他有心臟病，這使他更容易受影響，阿米替林服用過量會導致心律不整和心跳停止。」

「常見的自殺方式？」

「是的，」奧利佛說，「但不一定如人所願毫無痛苦。它大部分仍存留在他的胃裡面，只有少部分在十二指腸，根據肺部和腦部組織分析，窒息才是真正導致他死亡的原因，阿米替林也許是輔助作用。」
「玻璃杯和橘子汁紙盒上的指紋呢？」
奧利佛翻一頁他的筆記。
「玻璃杯上只有齊佐的指紋，他們在垃圾桶內找到紙盒，上面也是齊佐的指紋和其他別的，沒有任何可疑之處，如你所預料的它在購買時的處理方式。果汁盒內的藥物檢驗結果為陰性，藥物是直接下在玻璃杯內。」
「氦氣罐呢？」
「那上面有齊佐的指紋，和一些其他的，這也沒有什麼可疑之處，和果汁盒一樣，也是購買時處理所留下來的。」
「阿米替林有味道嗎？」蘿蘋問。
「有，它有苦味。」奧利佛說。
「味覺功能障礙，」史崔克提醒蘿蘋，「頭部受傷以後，他也許嚐不出來。」
「這會使他昏沉無力嗎？」蘿蘋問奧利佛。
「有可能，尤其是如果他平常沒有在服用它的話。不過人有時會有意想不到的反應，他也許會變得易怒。」
「知道這些藥是如何磨成粉或在什麼地方磨成粉的嗎？」史崔克問。
「在廚房，那裡的杵臼上有粉末的痕跡。」
「指紋呢？」
「他的。」
「你知道他們有沒有檢驗順勢療法藥丸？」蘿蘋問。
「什麼藥丸？」奧利佛問。

「地板上有一管順勢療法藥丸，藥盒被我踩破了。」蘿蘋說，「拉克西斯。」
「我不知道這回事。」奧利佛說。蘿蘋覺得自己提起它們有點傻。
「他的左手背上有個印子。」
「是的，」奧利佛說，又將他的筆記翻回去，「臉上和手上有一小塊擦傷的印子。」
「臉上也有？」蘿蘋說，手上的三明治停止動作。
「是的。」奧利佛說。
「有任何解釋嗎？」史崔克問。
「你懷疑那個塑膠袋是否被強迫套在他的頭上，」奧利佛說，這是一句陳述，不是疑問句，「安全局也這樣懷疑，他們知道那個印子不是他自己造成的，不是來自他自己的指甲。另一方面，他的身上沒有顯示暴力造成的瘀傷，房間內沒有任何混亂、掙扎的跡象——」
「除了那一把折彎了的劍。」史崔克說。
「我老是忘了你在現場，」奧利佛說，「這些你都知道。」
「劍上有記號嗎？」
「最近曾經擦拭過，但齊佐的指紋在劍柄上。」
「我們所見的死亡時間呢？」
「在六點至七點中間。」奧利佛說。
「但他服裝整齊。」蘿蘋小聲說。
「我聽說他是那種不會穿著睡衣死去的人。」奧利佛生硬地說。
「那麼倫敦警察隊傾向認為他是自殺？」史崔克問。
「沒有紀錄，但我認為這很可能是公開說法。還有幾個有出入的地方需要解釋。當然，你知道前門是開著的，它有點變形，除非用力否則關不緊，但如果你太用力，它有時又會彈開，所以門開著有可能是意外，齊佐也許不知道是他自己使門開著，但同樣地，兇手也許不知道關門的訣竅。」

「你該不會碰巧知道有多少人有那扇門的鑰匙吧？」史崔克問。

「不知道，」奧利佛說，「我想你們應該知道，凡妮莎和我只能假裝隨口問這些問題。」

「死者是政府官員，」史崔克說，「你們的語氣總不會太隨意吧？」

「我知道一件事，」奧利佛說，「他有許多理由自殺。」

「例如？」史崔克問，將筆準備就緒。

「他的妻子要離開他——」

「據說。」史崔克邊說邊寫。

「——他們失去一個嬰兒，他的長子死在伊拉克，家人說他的行為舉止怪異、酗酒等等，而且他有嚴重的財務問題。」

「是嗎？」史崔克說，「譬如什麼？」

「他在二〇〇八年世界金融風暴中幾乎破產，」奧利佛說，「還有……喔，你們兩個正在調查的那件事。」

「你知道勒索的人是哪裡人，當時——？」

奧利佛忽然做了一個快速且明確印證傳聞的動作，差點打翻他的咖啡。他靠向史崔克，悄聲說：

「下了一道超級禁令，難道你們沒——」

「有，我們有聽說。」史崔克說。

「那好，我可是很喜歡我現在的工作。」

「好吧，」史崔克泰然自若地說，但壓低他的嗓子，「那我換一個問題，他們有沒有調查格朗特・文恩與吉米——的行蹤？」

「有，」奧利佛斷然說，「而且兩人都有不在場證明。」

「他們在什麼地方？」

「前者在伯蒙德賽，和——」

「沒有和黛拉在一起？」蘿蘋忍不住脫口而出。格朗特失明的妻子是他的不在場證明，不知何故，這個想法讓她感到不道德。她已形成一種印象，無論天真與否，黛拉都與格朗特的犯罪行為無關。

「沒有，」奧利佛簡潔地說，「我們要提名字嗎？」

「那麼，是誰？」史崔克問。

「一個職員，他宣稱他和那個職員在一起，那個人也證實了。」

「有其他證人嗎？」

「我不知道，」奧利佛說，有點沮喪，「我想沒有，他們對這個不在場證明很滿意。」

「那個吉——另外那個人呢？」

「他和他的女友在東漢姆。」

「是嗎？」史崔克說，記下來，「齊佐死前那天晚上，我看到他被送上警車。」

「他被警告之後就獲釋了。不過，」奧利佛小聲說，「勒索者通常不會殺死他們的被害人，不是嗎？」

「如果他們要的是金錢就不會，」史崔克說，手上仍繼續寫著，「但奈特不是。」

奧利佛看看他的錶。

「還有兩件事，」史崔克小聲說，一隻手肘仍壓在那個有依恩・納許情報的信封上，「凡妮莎知道齊佐在他去世當天早上打電話給他的兒子嗎？」

「知道，她有提到，」奧利佛說，兩隻眼睛前後搜尋他的筆記，「對，他在六點以後打了兩通電話，第一通打給他的妻子，之後打給他的兒子。」

史崔克和蘿蘋又互看一眼。

「我們知道他打給拉斐爾，他也打給他的妻子嗎？」

「是的，他先打給她。」

奧利佛似乎正確解讀出他們的反應，因為他說：

「他的妻子完全沒有嫌疑。顯然，一旦他們認為沒有政治動機後，她會是他們第一個調查的對象。

「一個鄰居說她前一天晚上進入埃伯里街的房子，不久就拎了一個袋子出來，在她丈夫回家之前兩個小時。一輛計程車在街上搭載她，然後送她去派丁頓。火車站的攝影機有拍到她，她搭車回到她住的地方——牛津嗎？——她回到家後，家裡顯然有人可以作證她在午夜以前抵達，然後就沒有再離開，直到警方過去通知她齊佐已經去世，這一路上她都有許多證人。」

「誰和她在家裡？」

「這我就不知道了，」奧利佛瞥一眼仍被壓在史崔克手肘下的信封，「我真的只知道這些。」

史崔克已問了他想知道的一切，而且還多知道了兩個他沒有料到的情報，包括齊佐臉上的擦傷，他的財務問題，以及他一大早打電話給金娃娜。

「你幫了很大的忙，」他對奧利佛說，將信封從桌上推給他，「非常感激。」

奧利佛顯然對這次會面終於結束而鬆一口氣。他站起來，再一次匆匆和史崔克握手並對蘿蘋點頭致意後便離開咖啡屋。蘿蘋等奧利佛離開視線後，又坐回先前的椅子，嘆一口氣。

「幹嘛悶悶不樂？」史崔克問，把他的茶喝完。

「這將是一個破紀錄的超短期任務，依姬要我們證明是金娃娜幹的。」

「她要他父親的死亡真相，」史崔克說，但他望著蘿蘋懷疑的表情笑著說，「而且，對，她希望證明兇手是金娃娜。所以，我們只好看我們是否能破解這些不在場證明了，不是嗎？我這個星期六要去一趟烏爾史東，依姬邀請我去齊佐園和她的姐姐見面。妳要參加嗎？以我的腿目前的情況，我最好不要開車。」

「要，當然要。」蘿蘋立刻說。

和史崔克一起離開倫敦，即使只有一天，都是一件極具吸引力的事，以致她毫不考慮她和馬修是否已有任何計畫就滿口答應。但可以肯定的是，在他們意外的和解光芒照耀之下，馬修不會為難她。畢竟，她已經有一個半星期沒有事做了。「我們可以開那輛荒原路華，它比你的BMW更適合走鄉下道路。」

「如果那個駭客仍在監視妳，妳可能還需要利用聲東擊西的策略。」史崔克說。

「我想我開車會比走路更容易擺脫他們。」

「對，妳也許可以。」史崔克說。

蘿蘋有進階駕駛執照，史崔克雖然沒有告訴她，但蘿蘋是唯一他願意讓她開車載他的人。

「我們應該幾點到齊佐園？」

「十一點，」史崔克說，「但要有待一整天的心理準備，我想順便去看看奈特小時候住的地方。」他猶豫了一下，又說，「我不記得我有沒有告訴妳……我仍然讓巴克萊跟在吉米和芙莉克身邊臥底。」

他有點為他沒有和她商量這件事而擔心，因為巴克萊一直在工作，她卻沒有；或者，她也許會更合理地質問，鑑於事務所目前的財務狀況，他到底在玩什麼把戲。但蘿蘋只覺得有趣而不是怨恨地說：

「你明知你沒有告訴我。為什麼你要讓他跟在他們身邊？」

「因為我有個直覺，覺得奈特兄弟那邊還有更多不為人知的內情。」

「你一向告訴我不要相信直覺。」

「但我從未說自己不是個偽君子。還有，妳要有心理準備，」他們站起來時史崔克又說，「拉斐爾對妳很不高興。」

「為什麼？」

「依姬說他愛上妳，結果發現妳是臥底的偵探，他很懊惱。」

「喔，」蘿蘋說，臉上微微泛紅，「我想他很快就會沒事的，他就是那種人。」

41

我在想，是什麼一開始就把我們拉在一起，是什麼使我們如此緊密相連……

——亨里克．易卜生，《羅斯莫莊園》

史崔克花了很多時間猜測他到底做了什麼，以致身邊這個女人沉默寡言、悶悶不樂。星期五晚上，羅蕾萊大部分時間都在生悶氣，他能想到最好的理由是他冒犯了她。他甚至準備承認，她的不愉快在某種程度上是合理的。

他抵達康頓羅蕾萊的公寓後不到五分鐘就接到依姬打來的電話，部分原因是告訴他，格朗特．文恩寄了一封信給她。但他知道，主要原因還是她要找他聊天。他有許多客戶都認為他們買了他的時間與服務，他就是一個聽取告解的神父與心理治療師的混合體，依姬不是第一個這樣的客戶。從種種跡象顯示，依姬已打定主意和史崔克聊整個星期五晚上，上次見面時她已碰觸了他的膝蓋，現在這通電話使她的意圖更加明顯。

在史崔克的職業生涯中，與他接觸過的那些脆弱、寂寞的女性把他視為可能的情人是常有的事，儘管偶爾難免有誘惑，但他從未與客戶上床。偵探事務所對他來說太重要了，但就算他覺得依姬有吸引力，他也會謹慎地使自己的專業態度不受到影響，因為她與夏綠蒂的關係已在他心上留下永恆的污點。

儘管他很想結束這通電話——羅蕾萊已經煮好飯了，而且她穿著一件看起來像睡衣的光滑的寶藍色洋裝顯得格外可愛——依姬卻像一顆絨毛草般黏著他不放。史崔克花了四十五分鐘才擺脫他這位連一點溫和的笑話也要笑很久的客戶，所以羅蕾萊幾乎不知道電話那頭是個女性。他擺脫依姬後還來不及對羅蕾萊解釋對方是個哀痛欲絕的客戶，巴克萊又打電話來報告吉米．奈特那邊的進展。第二通電話雖然簡短得多，但在羅蕾萊眼中，僅僅接第二通電話這件事就使他更罪加一等。

這是羅蕾萊撤回她的愛的宣言之後他們第一次見面，她在晚餐時表現的受創與被冒犯的態度，證實了一個他不願意承認的想法：她不是想維持這種藕斷絲連的關係，而是希望如果她不對他施壓，他自己終會明白他事實上是深愛她的。但他整整講了一小時電話，讓食物在烤箱中慢慢乾癟，使她原本抱著享受一個完美的夜晚並重建兩人關係的期待深受打擊。

如果羅蕾萊接受他的誠心道歉，他或許會想跟她做愛。然而，到了半夜兩點半，她終於在自我譴責與自我辯護的複雜心情下哭了起來。他則因為太累、脾氣暴躁而無法接受肉體的暗示。這使他擔心，內心認為這十分重要的她，會以為他不想付出。

當他在六點鐘起床時，兩眼無神、滿臉鬍髭的他心想，這種情況必須結束了。他盡可能安靜地移動，希望在他離開她的公寓之前她不會醒來。他放棄吃早餐的念頭，因為羅蕾萊已經把廚房門改成輕輕一碰就會嘩啦嘩啦響的珠簾。不料，史崔克走到樓梯口時，身穿短和服、頭髮睡得蓬亂、傷心又性感的羅蕾萊從黑暗的臥室出來。

「你連再見都不說一聲嗎？」

不要哭，拜託，請妳不要哭。

「我看妳睡得很熟。我得走了，蘿蘋開車接我——」

「啊，」羅蕾萊說，「是啊，你不能讓蘿蘋等太久。」

「我會打電話給妳。」史崔克說。

他走到前門時覺得他似乎聽到她在啜泣，但開門聲很響，他可以斷然宣稱他沒有聽到。

由於時間還很充裕，史崔克先繞到一家麥當勞點了一客滿福堡和一大杯咖啡，在一張還沒有清理乾淨的桌子坐下來吃。他的四周都是週末早起的人。一個脖子後面長了個膿瘡的年輕人坐在史崔克前面，正在閱讀一份《獨立報》，史崔克從年輕人的肩頭望過去，看見報頭上印著幾個字：「體育事務部長婚姻破裂」。

史崔克掏出他的手機，上網搜尋「文恩婚姻」，立即跳出相關新聞報導：「**體育事務部長與丈夫分手：『友好』分居**」；「**黛拉・文恩就婚姻問題通知《泰晤士報》**」；「**視障部長即將離婚**」。

各大報都如實簡短報導，少數則詳細介紹黛拉在政治圈內、外卓越的職業生涯。在超級禁令仍有效實施的情況下，媒體的法律顧問對於媒體報導文恩的相關新聞這件事自然格外謹慎。史崔克兩三口匆匆吃完他的滿福堡，將一支煙塞進口中後就一瘸一瘸地走出麥當勞。他在人行道上把煙點上，然後從他的手機找出一個以謾罵聞名的政治部落格網頁。

這篇短文是幾個小時前才發布的。

> 相傳這對怪異的西敏宮夫妻對年輕員工有相同的偏好，他們終於要分手了嗎？他將無法再接近那些已成為他的囊中物的適婚的政治崇拜者，但她卻已經找到一個英俊的年輕「助理」來減輕分居的痛苦。

不到四十分鐘，史崔克已從男爵宮地鐵站出來，靠在大門口前的郵筒上。在新藝術風格字體與背後大車站開放式的山形牆下顯得孤零零的他，又取出他的手機繼續閱讀文恩夫婦的分居報導。他們已結婚三十多年。史崔克唯一認得共同生活這麼多年的夫妻是他住在康瓦耳的舅舅與舅媽，史崔克與他的妹妹小時候，當他們的母親不願意或不能照顧他們時，舅舅與舅媽就成為他們的代理父母。

一陣熟悉的車聲與雜音使史崔克抬頭看，蘿蘋從她父親手中接收的老舊的荒原路華正朝他的方向開過來。看到方向盤後面蘿蘋那一頭亮金色的頭髮使疲倦又有點沮喪的史崔克有些措手不及，他忽然感到一陣意外的歡喜。

「早，」蘿蘋說。史崔克開門並塞進一個手提袋時，蘿蘋覺得他的臉色糟透了。這時她後面的一個汽車駕駛被史崔克慢吞吞上車的動作激怒而用力按喇叭，蘿蘋立刻又說：「喔，去你的。」

「抱歉……這條腿不管用，穿得太急。」

「不要緊——喂，你！」蘿蘋對那個已超車的司機大聲說。那個人正對著她比手劃腳，口說穢語。

終於在乘客座坐定後，史崔克用力把門關上，蘿蘋將車駛離路邊。

「出來有遇到麻煩嗎？」他問。

「你是指——」她問。

「記者。」

「喔，」她說，「沒有——他走了，放棄了。」

史崔克又想到，馬修要蘿蘋放棄星期六工作是多麼困難的一件事。

「聽到文恩夫婦的事了嗎？」他問她。

「沒有，出了什麼事？」

「他們分居了。」

「不會吧！」

「沒錯，報紙都有報導，妳聽……」

他大聲讀出政治網站上那篇匿名文章。

「天哪。」蘿蘋輕聲說。

「我昨天晚上接到兩通有趣的電話，」他們往M4公路快速開去時史崔克說。

「誰打來的？」

「一通是依姬，另一通是巴克萊。依姬昨天接到一封格朗特．文恩的信。」史崔克說。

「真的？」蘿蘋說。

「是，那封信前幾天寄去齊佐園，不是寄到她的倫敦寓所，所以她回到烏爾史東後才打開看。我請她把那封信掃描用電子郵件寄給我，妳想聽嗎？」

「說吧。」蘿蘋說。

「我最親愛的依莎貝拉——」

「嗯。」蘿蘋說，微微打了個寒顫。

「『我希望妳能了解，』」史崔克大聲讀著，「『黛拉和我驚聞令尊去世的噩耗後，覺得不宜立刻與妳聯絡，現在我們本著友好與同情的精神寫這封信。』」

「還好意思這樣說……」

「『黛拉和我也許在政治與個人方面與賈斯伯意見分歧，但我希望我們不要忘了他是個愛家的人，我們知道這對妳個人是重大的損失，妳彬彬有禮地高效管理他的辦公室，如今少了妳，我們的小走廊將大為失色。』」

「他對她都不理不睬好不好！」蘿蘋說。

「和依姬昨天晚上在電話中說的一模一樣。」史崔克回答，「等一下，他還會提到妳。」

「我不敢相信妳和那個自稱『維妮西雅』的年輕女性所做的近乎違法的行為有任何關係。

我們覺得應該通知妳，我們目前正在調查，她或許已在多次未經許可的情況下進入這間辦公室，竊走一些機密資料。」

「除了那個電插座外，我沒有碰任何東西。」蘿蘋說，「而且我也沒有『多次』進入那間辦公室，我只進去過三次，充其量只能說『少數幾次』。」

「『如妳所知，這起自殺悲劇撼動了我們的家庭，我們知道對妳來說，這將是極難忍受與痛苦的時刻，我們兩家人似乎注定要在最黑暗的時刻見面。

「『謹獻上我們最誠摯的祝福、我們的心與你們同在等等。』」

史崔克關閉他手機上的這封信。

「這不是一封慰問信。」蘿蘋說。

「不是，這是威脅，如果齊佐家人敢洩漏任何妳發現的有關格朗特或慈善機構的秘密，他會利用妳找他們算帳。」

她轉彎開上公路。

「你說那封信是什麼時候寄出的？」

「五、六天前。」史崔克看了一下後說。

「聽起來不像他已經知道他的婚姻完蛋了，不是嗎？說什麼『少了妳，我們的小走廊將大為失色。』他如果和黛拉分手，他不也就失業了嗎？」

「可以這麼說，」史崔克同意，「妳說那個阿米爾．馬利克長得多英俊？」

「什麼？」蘿蘋嚇一跳，「喔……那個『年輕助理』嗎？這個嘛，長得還可以啦，但不是模特兒的料。」

「一定是他，否則她還會握著多少年輕人的手，又稱呼他們親愛的？」

「我無法想像他會是她的愛人。」蘿蘋說。

「『像你這種習慣的人』，」史崔克引述那句話，「可惜妳想不起來那首詩的編號。」
「有哪一首詩談到和老女人睡覺嗎？」
「最著名的詩就是這個主題。」史崔克說，「卡圖盧斯愛上一個老女人。」
「阿米爾沒有愛上她，」蘿蘋說，「你聽到錄音帶了。」
「我同意，他的話聽起來不像在熱戀中，但我倒想知道是什麼原因使他在晚上發出動物般的噪音，導致鄰居抱怨。」
他的腿在抽痛。他伸手去摸義肢與殘肢接觸的地方，知道問題來自他在黑暗中匆忙套上義肢而引起的。
「妳介意我重新調整一下——？」
「沒問題。」蘿蘋說。
史崔克捲起他的褲管，取下他的義肢。自從他被迫停止兩週穿戴它後，他的殘肢末梢已傾向抗拒新的摩擦。他從他的手提袋內取出E45潤膚霜，毫不吝惜地塗抹在發紅的皮膚上。
「應該早一點擦才對。」他抱歉地說。
她從史崔克的手提袋推論他是從羅蕾萊的住處過來的。蘿蘋發現自己在懷疑他是否太快樂了，以致忘了為他的腿操心。她和馬修自從結婚週年那個週末到現在都沒有性生活。
「我讓它晾一會兒。」史崔克說，將義肢和手提袋都放到荒原路華後座，這才發現那裡空空的，只有一個格子圖案的保溫瓶和兩個塑膠杯。他大失所望。前幾次他們開車離開倫敦時，那裡總會有個裝滿食物的購物袋。
「沒有餅乾嗎？」
「我以為你在減肥？」
「汽車旅途中吃的都不算。任何稱職的營養師都會這樣告訴妳。」

蘿蘋咧嘴笑。

「《卡路里是胡說八道：柯莫藍．史崔克減肥記》。」

「《史崔克絕食記：飢餓的汽車之旅》。」

「你應該吃早餐。」蘿蘋說。她又一次懷疑他是否太快樂了，以致連早餐都忘了吃。想到這裡，她不禁感到懊惱。

「我吃了早餐啦，現在我想吃餅乾。」

「如果你餓了，我們隨時可以停下來，」蘿蘋說，「我們的時間應該很充裕。」

當蘿蘋穩定地加速超過兩部慢吞吞的車輛時，史崔克感受到一種輕鬆與安詳，這種自在的感覺不完全來自他卸下義肢，也不是來自他逃出羅蕾萊的公寓、她俗氣的裝潢及住在裡面的傷心人。蘿蘋開車時他可以卸下他的義肢，而且坐在車上不會全身肌肉緊繃，這是件極不尋常的事。他的腿被炸斷之後，他不僅要努力克服坐別人開的車的焦慮，而且他私底下對女司機還有種根深柢固的厭惡，這種偏見來自他早期與他的所有女性親屬相處的令人心煩的經驗。然而，他今天早上看見蘿蘋開車來接他時忽然心情雀躍，原因不單單是對她的能幹的淡淡欣賞，此刻望著路面，他不由自主又想起那個苦樂參半的鮮明記憶：他似乎又再度聞到玫瑰花香，她結婚那天他站在樓梯上與她相擁，以及在醫院停車場燠熱的氣溫下他的吻意外落在她唇上的感覺。

「麻煩你幫我把太陽眼鏡拿過來給我好嗎？」蘿蘋問，「在我的包包裡。」

他把太陽眼鏡遞給她。

「想喝茶嗎？」

「我等一下，」蘿蘋說，「你喝。」

他伸手到後座去取保溫瓶和塑膠杯，為自己倒了一杯茶。這茶泡得正合他意，他喜歡。

「我昨天晚上有問依姬齊佐的遺囑內容。」史崔克告訴蘿蘋。

「他有留下很多財產嗎？」蘿蘋問，想到埃伯里街那間房子的簡陋裝潢。

「比妳可能想像的少很多，」史崔克說，取出他與依姬交談中寫下的筆記，「奧利佛說得對，齊佐家顯然有財務問題——從相對意義上來說。」他又說。

「齊佐的父親顯然把大部分金錢都花在女人和馬身上。齊佐本人和派翠西雅夫人離婚時問題重重，依姬和她的姐姐不缺錢，她們可以從她們母親那邊獲得資助，她們有一筆信託基金，這是為什麼依姬能在切爾西擁有一間時髦的公寓。

「拉斐爾的母親離開時拿了一大筆孩子的贍養費，差點把齊佐的財富掏光。後來，他在他擔任股票經紀人的女婿勸說下，把剩餘的一點錢拿去投資一些風險股票。『托克』顯然對這件事感到難堪，依姬希望我們今天不要提起這件事。二〇〇八年的金融海嘯幾乎把齊佐拖垮。

「他做了一些安排以逃避遺產稅。在失去大部分現金後，一些珍貴的傳家寶和齊佐園被轉移給他的長孫——」

「品哥。」蘿蘋說。

「什麼？」

「品哥，這是他們為長孫取的綽號。菲姬有三個孩子，」蘿蘋解釋，「依姬一天到晚提起他們：品哥、毛毛和澎澎。」

「我的天，」史崔克喃喃地說，「像採訪天線寶寶一樣。」

蘿蘋哈哈大笑。

「——除此之外，齊佐似乎一直希望賣掉齊佐園周圍的土地和一些比較沒有紀念價值的物品來彌補損失，埃伯里街的房子已二度抵押貸款。」

「所以金娃娜和她那些馬都繼續住在她繼孫的房子裡？」蘿蘋問，一面換檔超越一輛貨車。

「對，齊佐除了遺囑外還留下一封信表達他的遺願，要求讓金娃娜有權終生住在齊佐園，或直到她再婚，這個品哥幾歲？」

「大約十歲吧，我想。」

「嗯，既然有人認為金娃娜是兇手，家人是否會尊重齊佐的要求，這將是一件耐人尋味的事。提醒妳，從依姬昨天晚上所說，金娃娜是否有錢繼續管理那個地方仍然是個爭論的焦點。依姬和她的姐姐每個人得到五萬英鎊遺產，孫子每個人得到一萬英鎊，但剩下的現金幾乎不夠按照遺囑來分配。這樣金娃娜能得到的只有一旦出售埃伯里街的房子和其他個人物品，減去已列入孫子名下的值錢的東西。基本上，他留給她的是一些不值錢的垃圾，以及他們結婚後他送給她個人的禮物。」

「那麼，拉斐爾什麼都沒有？」

「我不會為他感到難過，根據依姬所說，他那個美豔的母親靠從脫產的有錢人身上撈錢為生，他有權繼承她在切爾西的一間公寓。」

「總之，齊佐這個案子很難成立為謀財害命，」史崔克說，「另外那個姐姐到底叫什麼名字？我總不能叫她菲姬？」

「蘇菲亞。」蘿蘋笑著說。

「好，我們可以排除她。我查過了，齊佐去世那天早上她在諾森伯蘭上殘障馬術課。拉斐爾沒有得到任何遺產，依姬認為他早已知道，但我們還是必須調查。依姬那天在蘭開斯特府時有點『頭暈』，第二天覺得精神不濟，她的鄰居可以作證，他父親去世時她在她的公寓後面與鄰居共有的庭院內喝茶，她昨天晚上告訴我時態度也很自然。」

「那只有金娃娜了。」蘿蘋說。

「對。現在，如果齊佐不信任她而找私家偵探，他對家裡的財務狀況或許也不會坦承以告，她可能以為她會得到大筆遺產，但——」

「——她在家，她有很好的不在場證明。」蘿蘋說。

「沒錯。」史崔克說。

車子過了溫莎與梅登黑德，將公路兩旁顯然是人工地界的灌木與矮樹叢拋在後面，現在前面左右兩邊都是真正的老樹，而且是先有樹後有路，可以看出是為了開路而砍伐一些樹木。

「巴克萊那通電話很有意思，」史崔克翻閱他的筆記繼續說，「自從齊佐死後，奈特的脾氣一直很暴躁，但他沒有告訴巴克萊什麼原因。星期三晚上，他顯然激怒了芙莉克，說他同意她的前室友所說，芙莉克有中產階級天性——妳介意我吸煙嗎？我會搖下窗子。」

微風宜人，但使他疲倦的雙眼水汪汪的。他吸一口煙後便將燃燒的香煙伸到車窗外，繼續說道：

「所以芙莉克非常生氣，說她一直在『為你做那件爛工作』，又說他們沒有拿到四萬英鎊不是她的錯，套句巴克萊的話，吉米『氣炸了』。芙莉克怒氣匆匆奪門而去。星期四早上，吉米發簡訊給巴克萊，說他要回去他成長的地方，去探望他的弟弟。」

「比利在烏爾史東？」蘿蘋說，大吃一驚。她知道她把奈特的弟弟想成一個幾近虛構的人。

「吉米也許拿他當擋箭牌，誰知道他真正的目的是什麼……總之，吉米和芙莉克昨天晚上又一起出現在酒吧，兩人都面帶笑容。巴克萊說他們顯然在電話中和好了，再過兩天他就要離開，她也已經找了一個非中產階級的正當工作。」

「那很好啊。」蘿蘋說。

「妳喜歡店員的工作嗎？」

「我少年時期做過。」蘿蘋說，「幹嘛？」

「芙莉克在康頓一家珠寶店找了一個每天兼差幾個小時的工作，她告訴巴克萊，老闆是個瘋狂的威卡教女巫，給最低工資。那個老闆聽起來似乎很瘋狂，所以他們都請不到人。」

「你不覺得他們可能會認出我？」

「奈特那一票人從未見過妳本人，」史崔克說，「如果妳改變一下妳的頭髮，再戴上那個有色隱形眼鏡……我有個感覺，」他深深吸一口煙，「芙莉克隱瞞很多事情，她怎麼知道齊佐犯了什麼錯而被勒索？別忘了，是她告訴吉米的，這點很奇怪。」

「慢點，」蘿蘋說，「你說什麼？」

「對啊，我跟蹤他們去遊行時她說的，」史崔克說，「我沒有告訴妳？」

「沒有。」蘿蘋說。

聽蘿蘋這麼說，史崔克才想起遊行過後他在羅蕾萊家抬高他的腿住了一個星期，心中仍然很氣蘿蘋拒絕工作，因此幾乎不跟她說話。然後他們在醫院見面，那時候他心亂如麻、憂心忡忡，忘了用他慣有的方式傳遞訊息……

「抱歉，」他說，「是那個禮拜之後的事……」

「是，」她說，打斷他的話。她也寧可不再去想遊行那個週末的事，「她到底說了什麼？」

「說如果不是她，他不會知道齊佐做了什麼事。」

「好怪喔，」蘿蘋說，「在他們身邊長大的人是他呀。」

「但他們勒索他的那件事情發生在大約六年前，那時吉米已經離開家了，」史崔克提醒她，「如果妳問我，我會說吉米之所以把芙莉克留在身邊是因為她知道太多。他可能害怕萬一她說出去，這件事就沒轍了。

「如果妳無法從她那裡套出任何有用的情報，妳可以假裝妳不喜歡賣耳環，然後離開。但從他們目前的關係看來，我想芙莉克也許會願意說給一個友善的陌生人聽，不要忘了，」他說，將煙屁股扔出窗外，然後搖上車窗，「齊佐死時，她也是吉米的不在場證人。」

蘿蘋為自己能回去做臥底工作而興奮，她說：

「我沒有忘記。」

她心想，如果她把兩邊的頭髮削短，或把頭髮染成藍色，不知馬修會有什麼反應。他對於她星期六和史崔克在一起沒有顯現太多的怨懟，她長時間被軟禁在家裡，以及她對他與湯姆爭吵所表現的同情，似乎已得到他的信任。

十點半過後不久，他們離開公路，開進一條蜿蜒的鄉間小路，進入烏爾史東村所在的山谷。蘿蘋把車停在一片長滿葡萄葉鐵線蓮的灌木叢圍籬旁，讓史崔克套上他的義肢。她取下太陽眼鏡放進她的皮包，這才發現馬修發給她兩通簡訊。它們是兩個鐘頭前傳來的，但簡訊鈴聲大概被荒原路華的引擎雜音給淹蓋了。

第一則簡訊是：

一整天，湯姆呢？

第二則簡訊與第一則間隔十分鐘：

不管上一通，今天要工作。

蘿蘋正在讀簡訊時，史崔克說：

「該死。」

「什麼？」

「看那個。」

史崔克指著背後他們剛剛經過的山丘，蘿蘋歪著頭看是什麼吸引他的注意力。

一個巨大的史前白色粉筆圖像被刻在山坡上，在蘿蘋眼中，它看起來像一頭非寫實的豹子，但是當史崔克開口時她已意識到那是什麼：

「在上面那個馬旁邊，他勒死那個小孩，在上面那個馬旁邊。」

42

一個家庭總會出現一些狀況……
——亨里克．易卜生，《羅斯莫莊園》

一塊油漆斑駁的木牌標示轉彎進去就是齊佐園。車道上雜草叢生、坑坑窪窪，左手邊是一片茂密的樹林，右手邊是一片長形的田野，以電圍籬隔成幾個圍場，圍廠裡有許多匹馬。當荒原路華一路轟隆隆朝著看不見的屋宇開去時，兩匹體型最大的馬被陌生車輛的噪音驚擾得跳起來，立即引發連鎖效應，其他馬匹也開始在圍場內慢跑，肇事的那兩匹馬則互相對踢。

「哇，」當荒原路華在崎嶇不平的車道上顛簸前進時，蘿蘋望著那些馬說，「她把公馬關在一起。」

「那樣不好嗎？」史崔克問。一匹長鬃黑馬對另一匹體型一樣高大的馬齜牙咧嘴，並且用後腿踢牠。後者雖然被史崔克歸類為棕馬，但毫無疑問定有其他考究的專有名詞。

「通常不會這樣做。」蘿蘋說。當那匹黑馬的後腿踢中牠同伴的腹部時，她不禁畏縮了一下。

他們轉彎後看見一棟外觀樸素、暗黃色調的新古典主義風格的大宅院。前庭地上鋪著碎石，和車道一樣到處是坑洞並長出雜草。窗戶很髒，前門旁不協調地擺著一只裝飼料的大馬槽。院子裡已經停了三部車：一部紅色的奧迪Q3，一部綠色的荒原路華攬勝跑車，和一部Grand Vitara越野休旅車。房子的右側有一排馬廄，左側想來應該是一片寬闊的槌球草坪，但現在已長出一簇簇盛開的雛菊，草坪再過去又是一片茂密的樹林。

蘿蘋踩煞車時，一隻肥胖的黑色拉布拉多犬和一隻毛髮凌亂的小獵犬從前門狂奔而出，兩隻狗齊聲狂吠。拉布拉多犬似乎有意表示親善，但那隻長相有如壞心眼的猴子的諾福克㹴犬不停地狂吠低吼，直到一個淺色頭髮、身穿條紋襯衫與芥末黃燈芯絨長褲的男子出現在門口，大叫：

「閉嘴，拉頓布里！」

小狗畏懼地從狂吠改成低吼，目標始終朝向史崔克。

「托逵爾．達梅里，」淺色頭髮男子慢條斯里說，對史崔克伸手。他的淺藍色眼睛底下有很深的眼袋，光滑的粉紅色臉龐似乎永遠不需要刮鬍刀，「別理那隻狗，牠壞透了。」

「柯莫藍．史崔克，這位是——」

蘿蘋剛伸出她的手，金娃娜突然從屋子裡出來。她穿著一件舊馬褲和褪色的T恤，紅色的頭髮鬆開披在身上。

「看在老天分上……你們都不懂馬嗎？」她對史崔克和蘿蘋尖聲說道，「為什麼要開這麼快？」

「妳如果要進去的話應該戴一頂安全帽，金娃娜！」托逵爾對著她遠去的身影大聲說，但她氣匆匆地走了，似乎沒聽到他說的話。「你們沒有錯，」他安慰史崔克和蘿蘋，一面翻白眼，「走那條車道車速一定要快，否則會陷入坑裡，哈哈。請進——啊，依姬來了。」

依姬從屋子裡出來，身上穿著一件深藍色襯衫式洋裝，脖子上仍掛著那個藍寶石十字架。讓蘿蘋感到驚訝的是，她擁抱史崔克的樣子彷彿他是前來慰問的多年老友。

「嗨，依姬，」他說，往後退半步掙脫她的擁抱，「妳已認識蘿蘋了。」

「喔，對，現在要改口叫妳『蘿蘋』了，」依姬說，含笑親吻蘿蘋的兩邊臉頰，「萬一我說溜嘴叫妳維妮西雅，請見諒——我想我會，我一直把妳想成維妮西雅。」

「你們聽說文恩夫妻的事了嗎？」她問，幾乎是一口氣說完。

他們點頭。

「可怕，可怕的小人，」依姬說，「我很高興黛拉跟他分手。」

「無論如何，請進……金娃娜去哪裡了？」她帶他們進入屋內時問她的姐夫。從明亮的陽光下進入屋內，使屋子裡顯得十分陰暗。

「那些馬又發飆了，」托逵爾說。那隻諾福克獵犬又開始叫，「不行，出去，拉頓布里，你待在外面。」

他用力關門，把小狗關在外面，小狗開始嗚咽，用爪子抓門。依姬帶領他們穿過一條有寬大石梯的昏暗通道進入右手邊一間客廳時，拉布拉多犬安靜地跟在她身邊。

客廳的落地窗面對槌球草地與樹林，他們進入客廳時，三個淺金色頭髮的兒童在長滿雜草的屋外高聲喧鬧，一會兒就不見蹤影。他們一點也不時髦，從他們的衣著和髮型看來，你會以為他們來自一九四〇年代。

「他們是托逵爾和菲姬的孩子。」依姬慈愛地說。

「不好意思，」托逵爾自豪地說，「我太太在樓上，我去叫她。」

蘿蘋從落地窗轉身時，聞到一股令人頭暈的濃郁香氣，使她有種無法解釋的緊張感，直到她發現沙發後面的一張桌上插著一瓶香水百合。原本是深紅色的窗簾現在已褪成淺紅色，倒是與百合花的顏色相匹配。牆壁的布料也已經磨損，兩塊比較深的紅色顯示這裡原來掛著兩幅畫，現在已被取下。眼前的一切都顯得老舊。壁爐上方掛著僅剩的幾幅畫之一，畫中顯示馬廄中一匹有大塊棕色與白色雜毛的母馬，用牠的鼻子觸碰蜷縮在乾草中的一匹純白色小駒。

畫的底下站著拉斐爾，他因為太安靜，以致他們沒有立刻發現他。拉斐爾背對空無一物的爐柵，兩手插在他的牛仔褲口袋內，在這間非常英式的房間裡——褪色的織錦靠墊、一張小桌上堆著一疊園藝書籍，以及缺角的中國風檯燈——他的外表看起來更像個義大利人。

「嗨，拉夫。」蘿蘋說。

「哈囉，蘿蘋。」他說，臉上毫無笑容。

「這位是柯莫藍．史崔克，拉夫。」依姬說。拉斐爾站著不動，於是史崔克走過去和他握手。拉斐爾不情願地與他握手後，立刻又把手插進他的牛仔褲口袋。

「那麼，好。菲姬和我剛剛談到文恩，」依姬說。她似乎全神貫注在文恩夫妻分手一事上。「我們只求老天保佑他能閉嘴，因為現在爸爸走了，他可以愛說什麼就說什麼，不必負任何責任，不是嗎？」

「妳接到他的善意慰問了，如果它也算的話。」史崔克提醒她。

她感激地看他一眼。

「你說得對，當然，如果不是你……和維妮西雅——我是說，蘿蘋，我們也不會接到。」她想了一下又說。

「托克，我在樓下！」一名婦女從客廳外面喊道，接著一個明顯是依姬的姐姐的婦人手上捧著一個托盤進入客廳。她的年紀比依姬稍大一點，身上有許多雀斑，看起來飽經風霜的樣子，金色的頭髮中已夾雜幾許銀絲。她也穿著一件和她的丈夫相似的條紋襯衫，但她的多了一些珍珠點綴。「托克！」她對著天花板大叫，把蘿蘋嚇一跳，「我在這裡！」

她把托盤哐啷一聲放在拉夫與壁爐面前的絨繡矮凳上。

「嗨，我是菲姬，金娃娜去哪裡了？」

「又去忙那些馬了，」依姬說，繞過沙發坐下來，「我想是故意找藉口出去，你們兩位坐吧。」

史崔克和蘿蘋在兩張與沙發成直角的並排扶手椅分別坐下，扶手椅坐墊已鬆弛下陷，底下的彈簧似乎早在幾十年前就已故障，蘿蘋感覺拉斐爾在注視她。

「依姬告訴我，你認識夏綠蒂．坎貝爾，」菲姬一面為每個人倒茶一面對史崔克說。

「是的。」史崔克說。

「幸運兒。」托逵爾說，他剛進門。

史崔克沒有顯現出他聽到這句話的跡象。

「那你見過強狄．皮特斯嗎？」菲姬繼續說，「坎貝爾家的朋友？他和警界有點關係……不行，貝傑，這些不是給你的……托克，強狄．皮特斯是做什麼的？」

「法官。」托達爾立刻說。

「啊，對了，」菲姬說，「法官。你見過強狄嗎，柯莫藍？」

「沒有。」史崔克說，「恐怕沒有。」

「他娶了那個叫什麼名字的，長得很可愛，安娜貝兒。她為『救助兒童會』做了許多事，去年獲頒大英帝國司令勳章，當之無愧。噢，不過，如果你認識坎貝爾家族，你一定認識羅利．蒙克里夫？」

「我想我不認識。」史崔克耐心地說，心想，如果他告訴她坎貝爾家族盡可能不讓他接近他們的朋友與家人時，不知菲姬會怎麼說。也許她又會說：喔，那你一定見過巴茲爾．普洛姆利？他們很討厭他，對啊，暴力酒鬼，但他的妻子確實為了愛狗信託基金會而攀登吉力馬札羅山……

托達爾將肥胖的拉布拉多犬推離開餅乾，牠慢吞吞地走到角落，趴下來打盹。菲姬在沙發上坐下，夾在她丈夫與依姬中間。

「我不知道金娃娜要不要回來，」依姬說，「我們還是開始吧。」

史崔克問齊佐家人是否知道警方對此案的調查進展。客廳內出現短暫的沉默，遠處孩子們的尖叫聲在長滿雜草的草地上迴盪。

「我們知道的不會比我已經告訴你的多更多，」依姬說，「但我們都有個感覺——對吧？」她對其他家人說，「警方認為這是自殺。另一方面，他們顯然又覺得必須徹底調查——」

「那是因為他的身分特殊，依姬。」托達爾插嘴，「王國的政府官員，他們的調查顯然會比街頭上任何一個人的案件更深入。你應該知道，柯莫藍，」他調整一下姿勢，自負地說，「抱歉，女士們，但我要說——我個人認為這是自殺。

「我當然明白，這種想法很難接受，而且你們不要以為我不樂意找你們進來！」他安慰史崔克，「如果這樣能讓女士們感到安心，那很好。但是，啊，家裡的男性——嘎，拉夫？——都認為是自殺。我岳父覺得他無法再忍受下去，事情就發生了，明顯的精神不正常，嘎，拉夫？」托逵爾又說。

拉斐爾似乎不喜歡這個含蓄的指示，他不理會他的姐夫，直接對史崔克說：

「我父親過去這兩週行為舉止怪異，當時我不明白為什麼會這樣，沒有人告訴我他被勒索——」

「我們不談這個。」托逵爾立即說，「我們一致同意，全家人的決定。」

依姬焦慮地說：

「柯莫藍，我知道你想了解爸爸被勒索——」

「賈斯伯並沒有違法，」托逵爾堅定地說，「到此為止。我相信你很謹慎，但這種事會洩漏出去，一定會，我們不希望媒體再來騷擾我們，我們都一致同意了，不是嗎？」他問他的妻子。

「我想是吧，」菲姬說，似乎有點困惑，「我們當然不希望媒體報導，但吉米．奈特有充分的理由希望爸爸受到傷害，托克，所以我認為至少應該讓柯莫藍知道，這很重要，你知道他這個星期來過這裡，烏爾史東嗎？」

「不知道，」托逵爾說，「我不知道。」

「安吉爾太太看到他了，」菲姬說，「他問她有沒有看到他的弟弟。」

「可憐的小比利，」依姬輕聲說，「他的精神有問題，唉，如果你是被肯特的傑克帶大的，你的精神不可能正常，不是嗎？幾年前，有一天晚上爸爸帶狗出去，」她告訴史崔克與蘿蘋，「看到傑克在踢比利，真的用腳踢他，在花園裡踢得他滿地爬。那個孩子全身赤裸，肯特的傑克看見爸爸才停止，當然。」

依姬，或者她的父親，似乎都沒想到應該向警方或社工人員報告這件事，彷彿肯特的傑克和他的兒子是樹林中的野生生物，做出這些令人遺憾的動物的自然行為。

「我認為越少提到肯特的傑克越好，」托逵爾說，「妳說吉米有充分理由希望妳父親受到傷害，菲姬，但他真正要的是金錢，但殺了妳父親就不能——」

「但他很氣爸爸，」菲姬斬釘截鐵說，「也許，當他明白爸爸不會給他錢時，他很氣憤。他年輕時是個非常恐怖的人，」她告訴史崔克，「很早就加入極左派，經常和布查爾兄弟窩在酒吧裡，逢人便說保守黨人應該被吊死，五馬分屍，到處對人宣揚社會勞工黨……」

菲姬瞥一眼她的妹妹，史崔克感覺後者似乎決意不理會她。

「他很麻煩，非常麻煩，」菲姬說，「很多女生喜歡他，但——」

客廳門打開，令人驚訝的是，金娃娜紅著臉，氣呼呼地大步走進來。史崔克費了一點力才從下陷的扶手椅站起來，伸出一隻手。

「我是柯莫藍．史崔克，妳好？」

金娃娜看上去似乎不想理會他的友善態度，很沒風度地隨便握一下他伸出來的手，托逵爾把軟墊腳凳旁邊的另一張椅子拖過來讓她坐下，菲姬幫她倒一杯茶。

「那些馬還好嗎，金娃娜？」托逵爾熱心地問。

「米斯帝又被羅曼諾踢了一下，」她狠狠地瞪了蘿蘋一眼，「我只好再把獸醫叫來，每當有人開車高速經過車道，牠都會煩躁不安，否則牠一直都很好。」

「我不明白妳為什麼要把那兩匹公馬關在一起，金娃娜。」菲姬說。

「牠們合不來是一種迷思，」金娃娜沒好氣地說，「單身公馬在野外聚在一起是常見的事，瑞士有一項研究證明，一旦牠們在自己的群體中建立等級制度，牠們就能和平共處。」她用武斷的、幾乎是狂熱的語氣說。

「我們剛剛在告訴史崔克有關吉米・奈特的事。」菲姬對金娃娜說。

「我以為你們不想談——」

「不是談勒索的事，」托逵爾急忙說，「而是說他年輕時就是個恐怖份子。」

「喔，」金娃娜說，「原來如此。」

「妳的繼女們擔心他可能和妳丈夫去世這件事有關。」史崔克說完，觀察她的反應。

「我知道，」金娃娜說，顯然漠不關心。她的眼光跟著拉斐爾移動，他剛從壁爐旁邊走到檯燈旁拿起一包放在那裡的萬寶路淡煙。「我不認識吉米・奈特，我第一次見到他是在一年前，他來這裡找賈斯伯談話，雜誌底下有個煙灰缸，拉斐爾。」

他的繼子點燃香煙後，拿著煙灰缸走回去，將它放在蘿蘋旁邊的一張桌上，然後回到壁爐前他先前站立的地方。

「事情就是從那時候開始的。」金娃娜繼續說，「勒索那件事。那天晚上賈斯伯不在家，所以吉米跟我談。賈斯伯回來後我告訴他，他非常憤怒。」

史崔克等待。他懷疑他不是房間內唯一認為金娃娜有可能打破家族拒絕作證的誓言，脫口說出吉米說了什麼話的人，但她沒有再繼續說下去，於是史崔克掏出他的筆記本。

「妳介意我問幾個例行問題嗎？我想警方可能已經問了妳所有該問的問題。我只想釐清兩點，如果妳不介意的話。」

「埃伯里街的房子有幾副鑰匙？」

「三副，就我所知。」金娃娜說。她強調「我」暗示其他家人也許瞞著她持有那棟房子的鑰匙。

「在誰的手上？」史崔克問。

「啊，賈斯伯自己有一副，」她說，「我有一副，另外一副賈斯伯交給清潔婦。」

「她叫什麼名字？」

「我不知道。賈斯伯兩週前讓她離開了，在他——他去世之前。」

「他為什麼將她解雇？」史崔克問。

「這個嘛，如果你一定要知道的話，我們解雇她是因為我們要勒緊褲帶節省開支。」

「她是人力公司介紹來的嗎？」

「喔，不，賈斯伯是個守舊的人，他在那附近的商店掛了一個牌子，然後她來應徵，我想她是羅馬尼亞人或波蘭人什麼的。」

「妳有她的詳細資料嗎？」

「沒有。雇用她和解雇她都是賈斯伯的事，我沒見過她。」

「她的鑰匙呢？」

「在埃伯里街的廚房抽屜裡，但他去世後，我們發現賈斯伯拿走了，將它鎖在他上班的辦公桌內。」金娃娜說，「文化部將他所有的物品連同那副鑰匙一起交還給我們。」

「聽起來似乎很奇怪，」史崔克說，「有誰知道為什麼他要這麼做？」

其餘家人都一臉茫然，但金娃娜說：

「他一向都很注意安全，而且他最近很偏執——當然，除了那些馬以外。埃伯里街所有的鑰匙都是特殊的、限量的，無法複製。」

「不容易複製，」史崔克說著，寫在筆記上，「但不是不可能，如果你找對人的話。案發當天另外那兩副鑰匙在哪裡？」

「賈斯伯的在他的外套口袋裡，我的在這裡，在我的皮包。」金娃娜說。

「那罐氦氣，」史崔克說，「有誰知道什麼時候買的嗎？」

沒有人回答。

「有辦過派對嗎，」史崔克問，「也許替那些孩子們——？」

「從來沒有，」菲姬說，「埃伯里街是爸爸工作的地方，就我的記憶，他從來不曾在那裡舉辦過派對。」

「妳，齊佐太太，」史崔克問金娃娜，「妳能想起任何場合——？」

「沒有，」她打斷他的話，「我已經告訴過警方了。那一定是賈斯伯自己買的，沒有其他解釋。」

「有找到收據嗎？信用卡帳單？」

「他可能付現。」托逵爾幫忙說。

「我想釐清的另一點是，」史崔克說，繼續提問他寫在清單上的疑點，「部長去世當天早上打電話這件事。顯然他打給妳，齊佐太太，然後打給你，拉斐爾。」

拉斐爾點頭。金娃娜說：

「他想知道我說我要離開他是否真的，我說是的。我們沒有談很久。我並不知道——我並不知道你的助理的真實身分。她無端出現，我問起她時賈斯伯的態度又很奇怪，我——我當時非常難過，我以為有什麼事在發生。」

「妳的丈夫等到早上才打電話給妳談妳要離開的那封信，妳會覺得很驚訝嗎？」史崔克問。

「他告訴我他回家時沒有看到。」

「妳放在哪裡？」

「放在他的床頭桌上，他回家時可能喝醉了，他一直——他後來——喝酒喝得很兇，自從勒索事件開始之後。」

那隻被關在外面的諾福克獵犬突然出現在其中一扇落地窗外，又開始對他們叫。

「討厭的狗。」托逵爾說。

「牠想念賈斯伯，」金娃娜說，「牠是賈斯伯的ㄍ——狗——」

她忽然站起來，從園藝書籍上的一個面紙盒抽出幾張面紙。在場的每個人都面露不安。獵犬不停地叫。正在睡覺的拉布拉多犬被吵醒，低吠一聲回應，其中一個淺色頭髮的孩子又出現在草地上，大聲呼叫那隻諾福克獵犬過去玩球，牠這才蹦蹦跳跳地離開。

「乖孩子，品哥！」托逵爾大聲說。

少了狗叫，房間內只聽到金娃娜的低聲啜泣和拉布拉多犬又趴回去睡覺的聲音。依姬、菲姬和托逵爾尷尬地互相使眼色，拉斐爾則面無表情地注視前方。蘿蘋雖然不喜歡金娃娜，這時候也感覺其他家人都沒有反應甚為無情。

「那幅畫從哪來的？」托逵爾開口問，裝出一副感興趣的樣子，瞇起眼睛望著掛在拉斐爾背後牆上的那幅畫，「這是新的，不是嗎？」

「那是叮叮的，」依姬瞇起眼睛望著它，「她從愛爾蘭買了許多和馬有關的舊貨回來。」

「看到那匹小馬沒？」托逵爾說，仔細研究那幅畫，「你們知道那是什麼嗎？致命的白化症。聽過沒？」他問他的妻子和小姨子，「妳一定知道，金娃娜。」他說，顯然有意把話題帶回禮貌的對話。「純白色的小馬駒，出生時看似健康，但天生腸子有問題，不能排泄，我父親養馬，」他對史崔克解釋，「牠們無法生存，致命的白化症，可悲的是牠們生下來時是活的，母馬會餵養牠們，愛牠們，然後——」

「托克，」菲姬緊張地說，但已經太遲了，金娃娜衝出房間，砰的一聲把門用力關上。

「什麼？」托逵爾詫異地說，「我說了什麼——？」

「寶寶。」菲姬小聲說。

「喔，我的天，」他說，「我完全忘了。」

他站起來，拉一拉他的芥末黃燈芯絨長褲，尷尬地為自己辯護。

「喔，拜託，」他對房間內的每一個人說，「我怎麼知道她會聯想，那是畫中的馬欸！」

「你知道她會，」菲姬說，「任何事都會聯想到生孩子那件事。抱歉，」她對史崔克和蘿蘋說，「她有個胎兒沒有活下來，你知道，所以對這個話題非常敏感。」

托逵爾靠近那幅畫，瞇著眼睛看拉斐爾頭上那幅畫的畫框上一小塊牌子上刻的幾個字。

「『哀傷的母馬』，」他大聲讀道，「你們看吧，」他說，狀甚得意，「小馬死了。」

「金娃娜喜歡它，」拉斐爾出人意料地說，「因為那匹母馬讓她想到淑女。」

「誰？」托逵爾問。

「那匹染上蹄葉炎的母馬。」

「什麼是蹄葉炎？」史崔克問。

「一種馬蹄的疾病。」蘿蘋告訴他。

「喔，妳騎馬？」菲姬熱切地問。

「以前。」

「蹄葉炎是一種嚴重的疾病，」菲姬告訴史崔克，「它會使馬癱瘓，牠們需要大量的照顧，有時甚至醫不好，所以最仁慈的——」

「我的繼母細心照顧這匹母馬好幾個星期，」拉斐爾告訴史崔克，「半夜起來什麼的，我父親等——」

「拉夫，這件事和其他任何事都沒有關係。」依姬說。

「——等，」拉斐爾堅決地繼續說，「等到有一天金娃娜出去，事先沒有知會她就把獸醫叫來，將那匹馬殺了。」

「淑女很痛苦，」依姬說，「爸爸告訴我牠的狀況，一直讓牠活著太自私了。」

「是啊，」拉斐爾說，兩眼望著窗外的草地，「如果我出去，回來發現我心愛的動物的屍體，我可能也會伸手去拿最近的鈍器。」

「拉夫，」依姬說，「拜託！」

「這是妳要的，依姬，」他以令人不快的滿意口吻說，「妳真以為史崔克和他美麗的助理不會去找蒂根問話？他們很快就會知道老爸幹了什麼——」

「拉夫！」依姬嚴厲地說。

「穩住點，夥計，」托達爾說，蘿蘋沒有想到會在書本以外聽到這樣的說法，「這件事情讓人心煩意亂，但沒必要這樣。」

拉斐爾不理會他們，繼續對史崔克說。

「我想你的下一個問題是：我的父親對我說了什麼，他那天早上幾點打電話給我？」

「正是。」史崔克說。

「他命令我來這裡。」拉斐爾說。

「這裡？」史崔克重複，「烏爾史東？」

「這裡，」拉斐爾說，「這間屋子，他告訴我，他認為金娃娜會做出什麼傻事，他的聲音聽起來口齒不清，有點怪，彷彿宿醉未醒。」

「你對『做出什麼傻事』這句話的解讀是什麼？」史崔克說，停下筆來。

「噢，她有點在要脅對她自己做出什麼舉動吧，」拉夫說，「我想，或者他擔心她會放一把火把他僅剩的這一點財產燒光。」他朝這間簡陋的客廳揮手示意，「你看得出，這裡不值多少錢。」

「他有告訴你她要離開他嗎？」

「我的印象是他們之間鬧得很不愉快，但我不記得他確切說了什麼，他話語不連貫。」

「你有照他的話去做嗎？」史崔克問。

「有啊，」拉斐爾說，「像個聽話的孩子，上車，一路開到這裡，結果發現金娃娜活得好好的，在廚房裡生維妮西雅的氣——我是說，蘿蘋。」他更正他的話，「你也許可以猜想到，金娃娜以為老爸和她有一腿。」

「拉夫！」依姬說，聽起來很憤怒。

「沒有必要，」托逵爾說，「用那種語言。」

每個人都謹慎地避免接觸到蘿蘋的眼光，她知道她臉上泛紅。

「似乎有點奇怪，不是嗎？」史崔克問，「你父親要求你一路趕回牛津。他大可要求離她近一點的人看著他的妻子？不是聽說有人晚上住在這裡嗎？」

依姬搶在拉斐爾之前回答。

「那天晚上蒂根在這裡——馬廄那個女孩——因為金娃娜需要有人留守照顧那些馬，」她說，然後正確預測史崔克的下一個問題，「恐怕沒有人有任何與她聯絡的方式，因為金娃娜在爸爸去世後和蒂根吵了一架，她就離開了。我真的不知道她現在在哪裡工作。但，別忘了，」依姬說，身體往前傾，懇切地對史崔克說，「金娃娜說她回到這裡，那時候蒂根可能已經睡著了。這間房子很大，金娃娜如果說她在任何時刻回來，蒂根也許不知道。」

「如果金娃娜和他一起在埃伯里街，他又何必叫我回來找她？」拉斐爾厭煩地說，「她比我先抵達這裡，你們又作何解釋？」

依姬看似很想反駁，但又想不出一個答案。史崔克現在知道為什麼依姬說齊佐打電話給他兒子的談話內容「不重要」：它會進一步破壞金娃娜是本案兇手的假設。

「蒂根姓什麼？」他問。

「布查爾。」依姬說。

「她和吉米．奈特經常廝混的布查爾兄弟有任何關係嗎？」史崔克問。

蘿蘋感覺坐在沙發上那三個人似乎都避免接觸彼此的眼光。然後菲姬回答：

「事實上，有，但是——」

「我想我可以嘗試聯絡她的家人，看他們是否能給我蒂根的電話，」依姬說，「是的，我可以試試看，柯莫藍，我會告訴你我詢問的結果。」

史崔克又轉向拉斐爾。

「那麼，你父親要求你去找金娃娜後，你有立刻出發嗎？」

「沒有。我先吃點東西，然後淋浴。」拉斐爾說，「我不是很喜歡跟她打交道，她和我都互相看不順眼，我在九點左右抵達這裡。」

「你停留多久？」

「啊，結果我待了好幾個小時，」拉斐爾平靜地說，「有兩名警察來通知老爸去世的消息。在那之後，我幾乎走不出去了，不是嗎？金娃娜幾乎——」

客廳門開了，金娃娜走進來，回到她的硬背椅子坐下，她的表情木然，一隻手捏著面紙。

「我只有五分鐘，」她說，「獸醫剛打電話來，他在附近，所以他會來看羅曼諾，我不能待太久。」

「我可以問一樣東西嗎？」蘿蘋問史崔克，「我知道這也許沒什麼，」她對房間內的大部分人說，「但我發現部長時，他旁邊的地板上有個裝順勢療法藥丸的藍色小管子，順勢療法藥物似乎不是他會使用的東西——」

「什麼藥丸？」金娃娜立刻問，蘿蘋很驚訝。

「拉克西斯。」蘿蘋說。

「裝在一個藍色的小管子內？」

「是的，那是妳的嗎？」

「是的，那是我的！」

「妳把它們留在埃伯里街？」史崔克問。

「不，我在幾個星期前遺失的……但我從未把它們帶去那裡，」她皺著眉頭說，對自己說的成分大於對房間內的其他人。「我在倫敦買的，因為烏爾史東的藥房買不到。」

她皺眉，顯然在回想那件事。

「我記得，我在藥房外面試吃了一、兩顆，因為我想知道把它放在牠的飼料中會不會被發現——」

「抱歉，什麼？」蘿蘋問，不確定她是否聽對。

「米斯帝的飼料，」金娃娜說，「我是要給米斯帝吃的。」

「妳要給馬吃順勢療法藥物？」托達爾說，引得其他人都覺得好笑。

「賈斯伯也認為這是個滑稽的想法，」金娃娜含糊其詞地說，仍沉浸在她的回憶裡，「是的，我付錢後立刻打開，嚐了兩顆，然後，」她模擬那個動作，「將那個管子放進我的外套口袋，可是等我回到家時，它卻不在口袋裡。我以為我一定在哪裡遺失了它們……」

接著她微微倒抽一口氣，臉色轉紅。她似乎在內心感到難以置信，恍然大悟。然後，她意識到大家仍在看她，便說：

「那天我和賈斯伯一起從倫敦回家。我們在車站碰面，一起搭火車……他從我的口袋拿走那些藥！他偷走了，這樣我就無法給米斯帝吃了！」

「金娃娜，妳不要那麼荒謬好不好！」依姬笑著說。

拉斐爾忽然在蘿蘋手肘邊的瓷器煙灰缸捻熄他的香煙，他似乎強忍著不予置評。

「妳有再去買嗎？」蘿蘋問金娃娜。

「有，」金娃娜說，雖然蘿蘋認為她對藥丸的下落所作的結論非常奇怪，但金娃娜似乎因為震驚而亂了方寸，「但是是不同的包裝，那個藍色的管子是我第一次買的。」

「順勢療法藥物不是只有安慰劑的作用嗎？」托達爾問房間內的大部分人，「為什麼會給馬——？」

「托克，」菲姬咬著牙喃喃地說，「閉嘴。」

「妳的丈夫為什麼要偷妳的順勢療法藥丸？」史崔克好奇地問，「這似乎——」

「毫無意義的惡意？」拉斐爾問，抱著雙手站在那幅死去的小馬油畫下，「因為你深信你是對的，而對方是錯的，這樣就可以阻止他們做一些無害的事？」

「拉夫，」依姬立刻說，「我知道你很沮喪——」

「我不沮喪，依姬，」拉斐爾說，「反而非常痛快，回想老爸在世時做的所有糟糕的事——」

「夠了，孩子！」托逵爾說。

「不要叫我『孩子』，」拉斐爾說，從他的香煙包裝又抖出另一支煙，「好嗎？不要叫我『孩子』。」

「你得原諒拉夫，」托逵爾對史崔克大聲說，「他因為遺囑問題而對我已故的岳父感到不滿。」

「我早就知道我在遺囑中被除名，」拉斐爾怒聲道，指著金娃娜，「都是她指使的！」

「你父親不需要我的任何勸說，我可以向你保證！」金娃娜說，臉頰漲得通紅，「再說，你已經有一大筆錢了，你母親把你寵壞了。」她轉向蘿蘋，「她的母親從賈斯伯那裡盡情搜刮後，就離開賈斯伯投入一個鑽石商人的懷抱——」

「我可以再問兩個問題嗎？」史崔克搶在拉斐爾爆發之前大聲問。

「獸醫隨時都會來看羅曼諾，」金娃娜說，「我必須回馬廄。」

「兩個問題就好，」史崔克向她保證，「妳有遺失任何阿米替林藥丸嗎？我想妳有這個處方藥，不是嗎？」

「警方問過我了，我可能有遺失一些，」金娃娜以厭煩的口氣含糊地說，「但我不能確定。我本來以為我遺失一盒，但後來找到了，不過裡面的藥丸好像沒有我印象中那麼多。我知道我刻意留一盒在埃伯里街，以防我從倫敦去的時候忘記帶。可是警察問我時，我又想不起來我究竟留了沒有。」

「所以妳不能肯定妳遺失了藥丸？」

「不能肯定，」金娃娜說，「賈斯伯也許偷走一些，但我不能肯定。」

「妳的丈夫去世後，還有任何人闖入妳的花園嗎？」史崔克問。

「沒有，」金娃娜說，「沒有。」

「我聽說妳丈夫的一個朋友在他去世當天一早曾嘗試打電話給他，但是沒有接通，妳知道這個朋友是誰嗎？」

「喔……知道，是亨利．卓蒙德。」金娃娜說。

「這個人是──？」

「他是個畫商，爸爸的老朋友，」依姬打斷他的話，「拉斐爾曾在他那裡上班，短時間──不是嗎，拉夫？──直到他去下議院幫爸爸的忙。」

「我看不出亨利和這個有什麼關係。」托達爾冷笑道。

「啊，我認為大有關係，」史崔克說，不理會他這句話，合上他的筆記本，「但我想知道妳是否認為妳的丈夫是自殺，齊佐太太？」

她捏著面紙的那隻手握得緊緊的。

「沒有人對我的想法感興趣。」她說。

「我向妳保證，我有興趣。」史崔克說。

金娃娜的眼神閃爍不定，從皺著眉頭望著窗外草地的拉斐爾身上，再移到托達爾身上。

「如果你問我的意見，賈斯伯確實做過一件非常愚蠢的事，在他──」

「金娃娜，」托達爾立即說，「妳已得到建議──」

「我對你的建議沒興趣！」金娃娜說，忽然轉向他，瞇起雙眼，「畢竟，是你的建議使這個家的財務都毀了！」

菲姬從依姬頭上狠狠瞪她丈夫一眼，警告他不得發飆，金娃娜又轉向史崔克。

「我的丈夫激怒了某個人，他去世之前不久，我還警告過他不該激怒那個人——」

「妳是指格朗特・文恩？」史崔克問。

「不是，」金娃娜說，「但很接近了，托逵爾不讓我說，因為它牽涉到他的好友克里斯多福——」

「我的天！」托逵爾突然站起來，又拉一下他的芥末黃燈芯絨長褲，看上去很氣憤，「我的天，我們要把所有的外人都扯進這個奇幻故事嗎？克里斯多福和這有什麼關係？我的岳父是自殺的！」他對史崔克大聲說，接著又突然對著他的妻子和小姨子說，「我忍受這些胡說八道是因為妳們女生要求心安，但老實說，如果這導致——」

依姬和菲姬立刻同聲譁然，一面設法安撫他，一面為她們自己辯護。金娃娜在這一陣混亂中站起來，將紅色的長髮往後一甩朝門口走去，使蘿蘋留下一個強烈的印象，認為她是蓄意對這次談話扔出一枚手榴彈。她在門口停下來，其他人都轉頭看她，彷彿她已對他們喊話，只見金娃娜以她高亢、清晰的童音說：

「你們回到這裡，對待這間房子就像你們是主人而我是客人，但賈斯伯說過，只要我活著，我就可以永遠住在這裡。現在我要去見獸醫，等我回來，我希望你們都已各自回家，這裡不再歡迎你們了。」

43

……恐怕不久之後，我們就會聽到有關這個家族幽靈的事。

——亨里克．易卜生，《羅斯莫莊園》

他們要離開齊佐園時，蘿蘋問可否借用洗手間，菲姬於是帶她穿過客廳。她對金娃娜的怒氣依然未消。

「她怎麼敢說這種話？」她們走過客廳時菲姬說，「她怎麼敢說這種話？這是品哥的房子，又不是她的。」接著，她下一口氣又說，「請不要理會她說的有關克里斯多福的話，她只是故意激怒托克，她這麼做很差勁，他氣死了。」

「誰是克里斯多福？」蘿蘋問。

「噢——我不知道我是否應該說，」菲姬回答，「但我想，如果妳——當然，他不可能和這件事有任何關係，這只是金娃娜的惡意中傷。她說的是克里斯多福．貝婁克羅伯恩爵士，托克家族的一個老朋友。克里斯多福是位高級公務員，而且是那個年輕人馬利克在外交部的指導上司。」

洗手間又冷又舊，蘿蘋把門拴上時，聽到菲姬走回客廳的聲音，無疑是去安撫憤怒的托達爾。她看看洗手間的四壁：缺損的彩繪石牆上光禿禿的，只留下許多個細小的黑孔，其中還有幾個地方仍有突出的釘子。蘿蘋推測金娃娜把原本掛在牆上的壓克力相框都取了下來，現在疊放在馬桶前方的地板上，裡面有許多雜亂拼貼的家庭生活照。

蘿蘋用那條有狗味的毛巾把手擦乾後，蹲下來翻看那些相框。依姬和菲姬小時候幾乎難以分辨彼此，看不出誰是誰在那個在槌球場上翻觔斗，或誰在當地的競技場上騎著小馬越過障礙，誰在客廳的聖誕樹前跳舞，或誰在一次男人都穿斜紋軟呢與Barbour防水外套的野餐中抱著年輕的賈斯伯．齊佐拍照。

但她立刻認出弗芮迪，因為他和他的姐妹不同，他遺傳了他父親突出的下唇。他和他的幾個外甥與外甥女一樣有淺金色的頭髮，頻頻出現在鏡頭前：學步時的他對著攝影機笑，板著臉穿著嶄新的小學制服，或穿著沾滿泥巴的橄欖球裝對著鏡頭露出勝利的笑容。

蘿蘋停下來仔細看一張青少年的團體照，他們從頭到腳都穿著白色的擊劍服，每個人的長褲兩旁都貼有英國國旗。她認出弗芮迪，他站在團體照中央，手上捧著一個大型銀盃，團體照的最旁邊有個看起來很不快樂的女孩，蘿蘋立即認出她是芮安娜．文恩，比她父親給蘿蘋看的照片中的她看起來年紀大一點、也瘦一點，她略顯畏縮的神態和其他每個人臉上得意的笑容很不協調。

持續翻動那些壓克力框相片，蘿蘋停下來看最後一張大合照。

那是在一頂大帳篷內拍的照片，看起來像個舞台。人群頭上飄舞著許多「18」字樣的鮮藍色氦氣球，百來個青少年都面對鏡頭。蘿蘋仔細尋找，很快就找到弗芮迪，他被一大群勾肩搭背的男孩女孩圍繞著，個個都笑逐顏開，有的甚至張口大笑。找了將近一分鐘後，蘿蘋才找到那張她不由自主尋找的面孔：芮安娜．文恩，又瘦又蒼白的她面無笑容，站在飲料桌旁邊。她的背後，半隱身在陰影中的兩名少年沒有打黑領帶，而是穿著牛仔褲與T恤，其中一個膚色較黑的長得非常英俊，長頭髮，T恤上印著衝擊合唱團的圖像。

蘿蘋拿出她的手機，拍下擊劍隊團體照與十八歲生日派對的大合照，再小心地將這些壓克力相框按照先前的順序歸位，然後離開洗手間。

她原以為安靜的客廳已空無一人，不料她發現拉斐爾靠在一張客廳桌子旁邊，雙手環抱胸前。

「再見。」蘿蘋說，走向前門。

「等一下。」

她停下腳步。他離開桌子朝她走去。

「妳知道嗎，我很氣妳。」

「我能理解，」蘿蘋平靜地說，「但我在做你父親雇用我去做的事。」

他靠近她，走到兩人中間隔著一盞古老的玻璃吊燈時才停下來，吊燈上有半數燈泡不見了。

「我可以說妳很有一套，不是嗎？讓那麼多人都相信妳。」

「那是工作。」蘿蘋說。

「妳結婚了。」他看到她左手上的戒指說。

「是的。」她說。

「和提姆？」

「不是……沒有提姆這個人。」

「妳該不會是嫁給他吧？」拉斐爾立刻說，指著外面。

「不是，我們只是工作夥伴。」

「現在才是妳真正的口音，」拉斐爾說，「約克郡。」

「是的。」她說。

她以為他要說些什麼侮辱她的話。那對深橄欖色的眼睛打量她的臉，然後他輕輕搖頭。

「我很喜歡妳的聲音，但我寧可她是『維妮西雅』，它讓我想到面具狂歡會。」

他轉身走開，留下蘿蘋匆匆離開客廳，走進陽光中和史崔克會合，她以為史崔克會在車上等得不耐煩。

但她錯了，他仍站在引擎蓋旁，依姬則緊靠著他低聲快速說話。當她聽到背後響起蘿蘋走在碎石子路上的腳步聲時，她立刻往後退一步，在蘿蘋看來，她似乎有點愧疚與尷尬。

「很高興再見到妳，」依姬說，親吻蘿蘋的兩邊臉頰，彷彿這已是一種簡單的社交儀式。「你會打電話給我吧？」她對史崔克說。

「會，我會向妳報告進度。」他說，走到乘客座那頭。

蘿蘋倒車時，史崔克和她都沒有開口說話。依姬對他們揮手道別，穿著寬鬆襯衫式洋裝的她看起來楚楚可憐。車子在車道上轉彎時，史崔克向她揮手致意，之後她就離開了他們的視線。

為了盡可能不驚擾那些容易受驚的種馬，蘿蘋以蝸牛的速度前進。史崔克朝左側看一眼，發現那匹受傷的馬已被帶走，但儘管蘿蘋小心翼翼，這輛老爺車行經馬場時發出的噪音依舊使那匹黑色的種馬再度驚跳。

「妳想有誰，」史崔克看著那匹衝撞躍動的馬說，「在看到這種情況時會想，『我應該騎到牠的背上』？」

「有一句俗話說，」蘿蘋閃過一個大坑洞時說，「『馬是你的鏡子』。一般人都說狗像牠們的主人，但我認為馬更適合用來形容這句話。」

「所以金娃娜更容易在輕微的挑釁下反擊？聽起來是對的，這裡右轉，我要去看看斯泰達小屋。」

兩分鐘後，他說：

「這裡，從這裡上去。」

通往斯泰達小屋的小徑上一片荒煙蔓草，以致蘿蘋第一次經過時完全沒有發現。它深入齊佐園花園後面高處的林地中，不幸的是，荒原路華只能繼續推進十碼，小徑就再也容不下車輛通行了。蘿蘋熄了引擎，暗地裡有點擔心史崔克如何走過這難以辨識、地上鋪滿落葉、到處長滿荊棘與蕁麻的泥土路，但他已經下車了，她只好跟著下車，關上車門。

地面很滑，樹冠又濃密，以致小徑光線黝暗，陰冷而潮濕。一股刺鼻的、青澀的氣味撲面而來，空氣中充滿鳥兒與小動物在棲息地被強行侵入後驚慌走避的沙沙聲。

「所以，」當他們掙扎著穿過灌木叢和雜草時，史崔克說，「克里斯多福．貝婁克羅-伯恩斯，這是個新的名字。」

「不是。」蘿蘋說。

史崔克轉頭看她，咧嘴笑，卻一個不小心絆到樹根，他雖然沒有倒下去，但他的膝蓋又痛了。

「該死……我還在想妳是否記得。」

「『克里斯多福沒有對這些照片作任何承諾』，」蘿蘋立刻引述這句話，「他是個公務員，阿米爾．馬利克在外交部的指導上司，這是菲姬剛才告訴我的。」

「我們又回到『像你這種習慣的人』了，不是嗎？」

兩人短時間都沒有再開口，專心走在一條特別危險的小路上，那裡像鞭子似的樹枝不斷攀附在他們的衣服和皮膚上。陽光被他們頭上的樹葉過濾，投射在蘿蘋身上，使她的皮膚呈現蒼白與斑駁的綠色。

「我出去之後，妳有再見到拉斐爾嗎？」

「呃——有，」蘿蘋說，有點不自在，「我從洗手間出來時，他從客廳出來。」

「我想他不會錯過另一個和妳說話的機會。」史崔克說。

「不是你想的那樣。」蘿蘋沒有說出實話，她想到拉斐爾說的面具狂歡會，「依姬對你說了什麼有趣的悄悄話？」她問。

見她反唇相譏，史崔克覺得好笑，視線離開地面，一時沒有注意到地上有個泥濘的樹樁，他又再度被絆到，這次他踉蹌地抓住一棵爬滿多刺植物的樹才免於摔倒的痛苦。

「幹——」

「你沒——？」

「我沒事，」他說，一邊生自己的氣，一邊檢視插進他手掌中的刺，用他的牙齒把刺拔出來。他聽到背後傳出木頭斷裂的聲音，回頭看見蘿蘋從倒在地上的一棵樹上折下一截樹枝，遞給他權充手杖。

「用這個。」

「我不——」他正想說，但是看到她嚴峻的表情，他只好屈服。「謝謝。」

兩人又再度上路，史崔克發現這截樹枝果然好用。

「依姬剛剛想說服我，金娃娜可能在那天早上六點至七點之間殺了齊佐後潛逃回牛津，我不知道她是否明白，金娃娜從埃伯里街返回牛津這段旅程有好幾個目擊者。警方可能還沒有詳細調查家人的行蹤，但我認為，一旦明白金娃娜不可能親自下手，依姬也許又會猜測她或許雇用殺手，妳怎麼看待拉斐爾那幾次爆發的情緒？」

「啊，」蘿蘋說，繞過一片蕁麻，「不能怪他對托逵爾發脾氣。」

「不能，」史崔克同意，「我想，換作我，也會被托克激怒。」

「拉斐爾似乎真的對他的父親非常不滿，不是嗎？他沒有必要告訴我們齊佐殺了那匹母馬，我覺得他幾乎有意把他的父親描述成……呃……」

「一個爛人，」史崔克同意，「他也認為齊佐是出於惡意而偷走金娃娜的藥丸。老實說，這件事太奇怪了，妳為什麼會對那些藥丸如此感興趣？」

「它們似乎不是齊佐會服用的藥。」

「這是個正確的說法，別人似乎都不會問到這個問題。那麼，心理學家對拉斐爾詆譭他死去的父親又有什麼看法？」

蘿蘋搖頭微笑，如同史崔克每次以這種方式揶揄她那樣，他明明知道她沒有讀完她的大學心理學系。

「我是認真的，」史崔克說著，做了個鬼臉，因為他的義肢又在地上的落葉中打滑，但這次在蘿蘋的手杖支撐下挽救了自己。「唉呀……說啊，妳對他詆譭齊佐有什麼看法？」

「噢，我認為他因心靈受傷而憤怒，」蘿蘋說著，一面衡量她要說的話，「從他在下議院告訴我的那些話看來，他和他父親的關係比以前好多了，但現在齊佐死了，拉斐爾永遠無法在兩人改善關係的情況下得到適當的回報，不是嗎？齊佐已在遺囑中將他除名，現在又不知道齊佐對他的真正看法，齊佐對待拉斐爾的態度很不一致，當他喝醉和沮喪的時候，他似乎依賴他，但除此之外，他對他相當粗暴，雖然我不能誠實地說我看過齊佐對任何人的態度是友善的，除了——」

她短暫停頓。

「說下去。」史崔克說。

「事實上，」蘿蘋說，「我要說的是，在我發現『公平競爭』那件事當天，他對我的態度很好。」

「他就是在那個時候表示希望妳去上班？」

「是的，而且他說，一旦我把文恩和奈特那邊的事解決，他也許還會有其他事情給我做。」

「是嗎？」史崔克好奇地說，「妳沒有告訴我。」

「沒有嗎？沒有，我想我沒說。」

她和史崔克一樣，想起他那個禮拜都住在羅蕾萊的家，緊接著他又在醫院陪傑克。

「我跟你說過，我去他的辦公室時，他正在和飯店的人通電話交涉他遺失一個鈔票夾的事，那是弗芮迪送他的禮物。齊佐講完電話後，我告訴他『公平競爭』的事，他很高興，說：『他們一個接一個自己絆倒了。』」

「有意思，」史崔克喘著氣說，他的腿現在痛得要命，「所以妳認為拉斐爾為遺囑的事在生氣，是嗎？」

蘿蘋覺得史崔克的語氣似乎有點嘲諷，便說：

「不只是為金錢——」

史崔克哼一聲，說：「人們總是這樣說，是為金錢，但也不是為金錢。因為，什麼是金錢？自由、安全、娛樂、一個新的機會……我認為拉斐爾那邊還有更多東西可以打聽，」史崔克說，「而且我認為這件事要由妳來做。」

「他還能告訴我其他什麼？」

「我想多了解一些那個塑膠袋套在齊佐頭上之前，他打給拉斐爾那通電話說了些什麼。」史崔克喘著氣說。他的腿很痛。「我覺得很不合理，因為就算齊佐打算自殺，他也可以找到更合適的人去陪金娃娜，不必找一個她不喜歡的繼子，何況他又住在離她那麼遠的倫敦。

「問題是，如果是謀殺，這通電話更不合理，有些事情，」史崔克說，「我們不——啊，謝天謝地。」

斯泰達小屋出現在他們前方的一塊空地上，由一道破舊的圍籬圍起來的花園和它四周的環境一樣，幾乎被雜草淹沒，低矮的房屋由深色石塊壘砌而成，而且明顯的荒廢，屋頂破了個大洞，大部分窗戶上都有裂縫。

「你坐下。」蘿蘋指著小屋圍籬外面一個大樹樁對史崔克說。史崔克由於腿太痛，無力與她爭辯，只好乖乖聽她的吩咐。蘿蘋走向前門，推一下，發現門上鎖了。她涉過及膝的長草，從每一扇陰森的窗戶向屋裡窺視。裡面每個房間都積滿厚厚的灰塵，並且空無一物。唯一顯示這裡曾經有人居住過的跡象是廚房，裡面只有一個印有強尼凱許圖像的骯髒的馬克杯，孤零零地立在一個滿是污垢的表面上。

「看樣子這裡有很多年沒人居住了，而且沒有任何人曾在這裡過夜的痕跡。」她從小屋另一頭出現時對史崔克說。

已經點了一支煙的史崔克沒有回答。他望著林地上一個大約二十英尺平方的大洞，洞口四周長滿樹木與蕁麻，與荊棘及高大的雜草纏繞在一起。

「妳會說這是山坳嗎？」他問她。

蘿蘋探頭看那個盆狀的地洞。

「我會說它比我們經過的任何地方更像山坳。」她說。

「『他勒死那個小孩，然後他們把她埋了，埋在我們父親住的房子旁邊的山坳裡。』」史崔克又引述這句話。

「我去看看，」蘿蘋說，「你待在這裡。」

「不要，」史崔克說，舉起一隻手阻止她，「妳不要去找——」

但蘿蘋已經滑進通往那個「山坳」的陡坡，她下去時荊棘勾住她的牛仔褲。她滑到底部時幾乎難以轉身，蕁麻長到幾乎和她的腰部一樣高，她高舉雙手，避免被刮到或刺到。深綠色的雜草中點綴著食用柴胡的白花和水楊梅的黃花。她踩過的地方到處覆蓋著長滿刺的野玫瑰長莖，像鐵絲網似地纏繞在一起。

「妳小心點，」史崔克說，無能為力地看著她掙扎前進，每走一步就被刮到或刺到。

「我沒事。」蘿蘋說，望著那些野生植物底下的地面，這裡如果曾經埋著什麼東西，也早就被植物覆蓋了，挖掘是一件極困難的事，她一邊對史崔克這樣說著，一邊彎腰察看一片茂密的刺藤底下的地面。

「無論如何，我懷疑金娃娜會樂意讓我們在這裡挖掘任何東西。」史崔克說，忽然想起比利說過的那句話：她不會讓我挖，但她會讓你挖。

「等等，」蘿蘋說，聲音聽起來有點緊張。

史崔克雖然十分清楚她不可能找到任何東西，但他也跟著緊張起來。

「什麼？」

「這裡面有東西。」蘿蘋說著，擺動她的頭左看右看，想從密密麻麻的蕁麻中望進山坳底部。

「喔，我的天。」

「什麼？」史崔克又問。他雖然高高在上，卻看不到蕁麻叢裡面有什麼東西。「妳看到什麼？」

「我不知道……也許是我的想像，」她遲疑了一下，「你有沒有手套？」

「沒有，蘿蘋，不要——」

但她已走進那片蕁麻中，雙手高舉，盡可能將腳下的植物踩平。史崔克看見她彎腰從地上拔出一個東西，然後直起腰來，靜靜地站著，低著紅金色的頭看她找到的東西，史崔克急著問：

「那是什麼？」

她的頭髮從臉上滑落，使她的臉在那一片深綠中顯得格外蒼白。她站在那裡，舉起一個小型木十字架。

「不要，你待在那裡。」他主動走向山坳邊緣準備協助她爬出來時，她命令他，「我沒事。」

事實上，她全身都是刮傷和蕁麻刺，但蘿蘋決定再多幾個也無妨，於是兩手抓住陡峭的土坡，奮力往上爬，直到靠近史崔克時才抓住他伸出的手，讓他幫忙拉上來。

「謝謝。」她上氣不接下氣地說。

「看來已經有好幾年了。」她說，抹去十字架底部的泥土。為了便於插入土中，十字架的底部是尖的，木頭潮濕且沾滿污垢。

「上面有字跡。」史崔克說，從她手中接過十字架，瞇著眼睛看那泥濘的表面。

「哪裡？」蘿蘋說。他們靠得很近，她的頭髮蹭著他的臉頰，兩人同時注視著那個看起來像毛氈筆字跡的一點點殘餘物，上面的字跡已被雨水和露水沖刷掉了。

「看起來像小孩子的筆跡。」蘿蘋小聲說。

「那是一個『S』，」史崔克說，「最後面那個……那是個『g』還是『y』？」

「我不知道。」蘿蘋輕聲說。

他們默默地站著，對著十字架沉思，直到遠處那隻諾福克獵犬拉頓布里微弱的叫聲打破他們的沉思。

「我們仍在金娃娜的土地上。」蘿蘋緊張地說。

「對，」史崔克說。當他一瘸一拐、咬著牙忍著痛從原路折回時，手上仍握著那個十字架，「咱們去找一間酒吧吧，我餓了。」

44

但這個世界上有許多種白馬，赫爾塞斯太太……

——亨里克．易卜生，《羅斯莫莊園》

「當然，」他們開往村落時，蘿蘋說，「地上插了一個十字架並不表示底下埋著什麼東西。」

「是，」史崔克說。他在樹林裡往回走時一路踉踉蹌蹌，不時喃喃咒罵，費了不少力氣。

「但它會讓你胡思亂想，不是嗎？」

蘿蘋沒有作聲。她握著方向盤的雙手被蕁麻扎得又癢又痛。

他們在五分鐘後抵達的鄉村客棧幾乎是英格蘭風景明信片上的鄉村客棧的翻版，白色的木造建築，邊框鑲鉛條的凸窗，屋頂上的石板長滿青苔，門邊攀爬著紅玫瑰，啤酒花園內撐著一把遮陽傘，這一切構成一幅完美的鄉村風情畫。蘿蘋將車子開進客棧對面的小停車場。

「越來越蠢了。」史崔克喃喃地說。他將十字架放在儀表板上，爬出車外，凝視著酒吧說。

「什麼事？」蘿蘋問，從另一頭繞過來和他會合。

「它叫『白馬』。」

「根據山上那個圖像取的名字吧，」兩人一起過馬路時蘿蘋說，「看那招牌。」

木柱上有一塊板子，上面畫著他們先前看到的那個奇怪的白色圖像。

「我第一次與吉米．奈特見面那間酒吧也叫白馬。」史崔克說。

「『白馬』，」蘿蘋說。他們走上啤酒花園的台階，史崔克跛得更明顯了，「是英國十大最熱門的酒吧名稱之一，我從一篇文章上看來的。快，那邊有人要離開了——你去佔位子，我去買飲料。」

酒吧內的天花板很低，生意忙碌。蘿蘋先進女士洗手間，脫下外套繫在她的腰上，然後清洗她又痛又癢的雙手。她真希望她從斯泰達小屋返回車上途中能先找到一些酸模葉子，但她的注意力都放在史崔克身上，他又兩度差點跌倒，腳步踉蹌，而且一副跟自己生氣的樣子，很沒風度地嚴詞拒絕蘿蘋的協助，只大力倚靠蘿蘋為他折下的樹枝權充的枴杖。

鏡子中的蘿蘋與她剛剛看到的酒吧內滿面紅光的中年人相較之下，顯得凌亂與骯髒。但她急著回到史崔克身邊，心中又在回想早上的經歷，因此她只用梳子草草梳了一下頭髮，擦掉她脖子上的一塊綠色污漬，就趕著出去排隊買飲料。

「謝了，蘿蘋。」當她遞給史崔克一杯阿克爾威爾夏金牌啤酒時，史崔克感激地說，並將菜單推給她。「啊，好喝。」他喝一口啤酒後滿足地嘆一口氣說，「那麼第一名是什麼？」

「抱歉？」

「最熱門的酒吧名稱，妳說『白馬』是十大最熱門的酒吧名稱之一。」

「喔，對……不是『紅獅』就是『皇冠』吧，我忘了是哪一個。」

「在我的家鄉最有名的是『勝利』酒吧。」史崔克懷舊地說。

他有兩年沒有回去康瓦耳了。此刻他在他的腦海中又看到那間酒吧，那是一座低矮的康瓦耳白色石頭建築，旁邊有石級蜿蜒直下通往海灣。那是他第一次在沒有身分證明的情況下被允許進入的酒吧，那年他十六歲，被他的母親送回去跟著他的舅舅和舅媽住了幾個星期。這段期間，他的母親又照例經歷一段情感波濤。

「我們那裡的叫『棗紅馬』。」蘿蘋說。她的腦中也突然出現一間常被她認為代表家鄉的酒館。它也是白色的，位於一條通往馬森市集廣場的街道上。她在那裡和她的友人一起慶祝她的學業成績拿到A等。也是在那同一天晚上，她和馬修吵了一架，他當場拂袖而去，但她拒絕和他一起離開，決定留下來和她的朋友在一起。

「為什麼叫『棗紅』？」史崔克問。他已經半杯啤酒下肚了，正盡情享受著陽光，痠痛的腿往前伸。「為什麼不乾脆說棕色？」

「啊，也有棕色的馬，」蘿蘋說，「但棗紅色又不太一樣，馬腿、馬鬃、馬尾上都有黑點。」

「妳的小馬是什麼顏色——牠叫安格斯，對吧？」

「你怎麼還記得？」蘿蘋驚訝地問。

「不知道，」史崔克說，「就像記得酒館的名字一樣，有些東西會一直留在腦海裡，不是嗎？」

「牠是灰色的。」

「意思是白色的。這只是用來唬弄那些不會騎馬的人的術語吧？」

「不是，」蘿蘋笑著說，「灰色馬是白毛黑皮膚，真正的白馬——」

「——來不及長大就死了。」史崔克說。酒館的女服務生過來幫他們點菜，史崔克點了一客漢堡後又點燃一支煙，尼古丁刺激他的大腦，使他有飄飄欲仙之感。一杯啤酒，一個炎熱的八月天，一份報酬豐厚的工作，食物即將送上桌，蘿蘋坐在他身邊，他們的友誼恢復了，雖然不完全和她度蜜月前一樣，但也相去不遠，尤其是她已經結婚了。此時此刻，在這個豔陽下的啤酒花園內，儘管他的腿痠痛，儘管他和羅蕾萊仍有一段扯不清的關係，但在他的感受中，生活簡單而充滿希望。

「集體訪談從來都不是個好主意，」他說，轉頭離開蘿蘋的臉噴出一口煙，「但齊佐家人有一些很耐人尋味的交流，不是嗎？我要繼續對依姬下工夫，我想沒有其他家人在場，她也許會多說一點。」

依姬會喜歡你對她下工夫。蘿蘋心想，一面掏出她的手機。

「我有東西給你看，你瞧。」

她找出她翻拍的弗芮迪．齊佐的生日派對大合照。

「這個，」她說，指著那個女孩蒼白憂鬱的臉，「是芮安娜．文恩，她參加了弗芮迪．齊佐的十八歲生日派對。原來——」她翻動屏幕，繼續找出那張穿白色擊劍服的團體照，「他們同屬一個英國擊劍代表隊。」

「天啊，對耶，」史崔克說著，從蘿蘋手中接過手機，「那把劍——埃伯里街那把劍，我敢說是弗芮迪的！」

「對喔！」蘿蘋回應，心想為什麼她之前沒有想到。

「這一定是她自殺前不久拍的照片，」史崔克說，仔細觀察芮安娜．文恩在生日派對上的落寞身影，「而且——我的天，她背後那個人是吉米．奈特。他在一個公學男孩的十八歲生日派對上做什麼？」

「免費飲料？」蘿蘋試探地說。

史崔克哼一聲，將手機還給蘿蘋。

「有時最明顯的答案就是正確的答案。依姬提到吉米．奈特年輕時長得很帥時，神情似乎有點不自在，這是我的想像嗎？」

「不，」蘿蘋說，「我也注意到了。」

「沒有人希望我們去找吉米的哥兒們布查爾兄弟訪談。」

「因為他們知道他們的妹妹在哪裡上班？」

史崔克抿一口他的啤酒，回想齊佐與他第一次見面時對他說的話。

「齊佐說還有其他人也有參與他被勒索的那件事，如果事情傳出去，會對他們非常不利。」

他取出他的筆記本，對著自己剛硬潦草的筆跡沉思。蘿蘋則安詳地享受啤酒花園內的輕聲交談，旁邊一隻蜜蜂懶洋洋地撲動翅膀發出嗡嗡聲，讓她想起她和馬修慶祝結婚週年紀念時下榻的四季莊園酒店內的薰衣草步道。她心想，最好不要把她此刻的感覺拿來和當時比較。

「也許，」史崔克用他的筆敲敲筆記本說，「吉米在倫敦時，布查爾兄弟答應代替他去執行割傷馬的任務？我老覺得他也許還有同伴在這裡，幫他處理一些他照顧不到的事。不過，我們還是讓依姬先去打聽蒂根的下落，然後我們再去找他們，除非不得已，否則不要得罪客戶。」

「是，」蘿蘋同意，「我在想……你認為吉米下來尋找比利時會不會與他們見面？」

「很有可能，」史崔克點頭說，「這點非常耐人尋味，我在那次遊行時，從吉米和芙莉克彼此的對話看來，他們當時知道比利在什麼地方。我的肌腱受傷時，他們正要去看他。現在他們又找不到他了……妳知道，我一直在找比利，那是這一切的起點，而我們仍然——」

他停止談話。食物送上來了：藍紋起司漢堡是史崔克的；一碗辣豆是蘿蘋的。

「我們仍然——？」女服務生離開後蘿蘋追問。

「——一無所知，」史崔克接著說，「關於那個孩子說他親眼看到的殺人事件。我不想問齊佐家人有關蘇姬．路易斯的事，或者說暫時還不想問。現在除了和齊佐之死有關的事之外，最好不要提起其他任何人。」

他拿起他的漢堡咬一大口，兩眼專注地凝視著道路。吃完漢堡後，史崔克又回到他的筆記本。

「待辦事項，」他說，又拿起他的筆。「我要找出這個被賈斯伯．齊佐解雇的清潔婦，她有一段時間持有那邊的鑰匙，也許她可以告訴我們那罐氦氣是怎麼來的，以及什麼時候進入那間屋子。

「希望依姬能幫我們找到蒂根，這樣蒂根就能告訴我們拉斐爾在他父親去世那個早上幾點鐘抵達齊佐園，因為我仍然不相信他說的話。

「我們現在不要去找布查爾兄弟，因為齊佐家人明顯不希望我們去找他們談話，但我也許會試著去找那個畫商亨利．卓蒙德談談。」
「為什麼？」蘿蘋問。
「他是齊佐家的老朋友，幫過齊佐的忙讓拉斐爾去他的畫廊上班。他們的關係一定很密切，誰知道，說不定齊佐會告訴他他被勒索的事，而且他在齊佐去世當天一早曾打電話給齊佐，我想知道為什麼。
「所以，現在要做的是：妳去珠寶店試著從芙莉克那邊打聽，巴克萊可以繼續監視吉米和芙莉克，我來和格朗特．文恩和阿米爾．馬利克交涉。」
「他們不會跟你談的，」蘿蘋立刻說，「永遠不會。」
「要打賭嗎？」
「十英鎊賭他們不會。」
「我給妳的待遇不夠妳浪費十英鎊，」史崔克說，「妳可以請我喝一杯啤酒。」
這頓飯由史崔克埋單，他們過馬路回到車上。蘿蘋暗地裡希望他們還要繼續去別的地方，因為一想到要回奧爾伯里街就讓她感到沮喪。
「我們回去走M40公路可能會好一點，」史崔克看著他手機上的地圖說，「M4公路上有交通事故。」
「好。」蘿蘋說。
這樣一來，他們回程將會經過四季莊園酒店。倒車離開停車場時，蘿蘋忽然想起馬修稍早發給她的簡訊。他宣稱他在聯繫工作上的事，但她不記得他以前曾經在週末和他的辦公室聯繫，他經常抱怨她的工作，其中之一是她的工作時間與責任延長到星期六與星期日，和他不一樣。
「什麼？」她說，猛然意識到史崔克正在跟她說話。
「我說，牠們運氣不好，不是嗎？」他們離開酒館時史崔克又說。

「什麼運氣不好？」

「白馬，」他說，「白馬出現不就是個死亡徵兆？」

「我不知道，」蘿蘋說著換檔，「但在《啟示錄》中，死神騎著白馬。」

「騎一匹淺色的馬。」史崔克糾正她，一面搖下車窗準備吸煙。

「老學究。」

「那個不說棕色馬是『棕色』的女人說的。」史崔克說。

他伸手去拿那個髒兮兮的木十字架，它在儀表板上滑來滑去。蘿蘋一直盯著前方的道路，決意不去想她從茂密的蕁麻叢中第一眼看到它時出現在她腦海中的鮮明意象：一個小孩腐爛的屍骨被埋在樹林內一個黑暗的山坳底部，除了一個被他們稱為瘋子的人之外，他早已被世人遺忘。

45

我必須放棄虛假與模稜兩可的立場。

——亨里克・易卜生，《羅斯莫莊園》

史崔克在齊佐園深入樹林後，為此付出慘痛的代價，第二天早上醒來身體疼痛不堪。他一點也不想起床在星期日下樓辦公，但他不得不提醒自己，和他喜愛的一部電影中的角色海門・羅斯一樣，他自由選擇了這個行業。如同黑手黨，如果私家偵探提出超越一般的要求，那麼伴隨著報酬而生的一些事他也必須接受。

但他畢竟曾經有個選擇。軍方有心留下他，即使他失去半條腿。朋友的朋友也提供各種管理職務給他，從近身保護業到合夥企業，但他無法拋開他對道德世界的偵察、解決、重新建立秩序的渴望，並且懷疑他會打消這個念頭。文書工作、經常遇到頑固的客戶、雇用和解雇下屬，這些都不能帶給他內在的滿足——但長時間工作、肉體上的困乏，以及工作上偶爾冒點風險他都可以隱忍，有時甚至感到樂趣無窮。因此他仍勉強起床淋浴，套上他的義肢，一邊打呵欠一邊痛苦地下樓，腦中不自覺想起他的妹夫說他的終極目標應該是坐在辦公室內，由別人去跑腿。

當他坐在蘿蘋的電腦前時，史崔克又不由自主想到她。他一直沒有問過她，她對偵探事務所的終極目標是什麼。他假設——或許有點傲慢——她的雄心和他的壯志一樣：建立一筆充裕的銀行餘額，確保他們在獲得最有趣的工作時兩人都有可觀的收入，而不用擔心他們在失去客戶那一刻就失去一切。但蘿蘋也許在等他率先提起格瑞建議他的談話內容？他試著想像：如果他請她坐在那張會放屁的沙發上，讓她看電腦的簡報軟體上顯示的長期目標與品牌建立議案，她會有什麼反應？

當他開始工作時，他對蘿蘋的心思又轉成對夏綠蒂的追憶。他仍記得他們在一起時像這樣的日子：他需要不被打擾，獨自一個人坐在電腦前。有時夏綠蒂會出去，而且往往對她的行蹤保持不必要的神秘，或者找一些理由打斷他的工作，或者跟他吵架，使他動彈不得，白白浪費寶貴的時間。他知道他在提醒自己那是一段多麼艱難與疲憊的往事，因為自從在蘭開斯特府見到夏綠蒂後，她就像一隻流浪貓一樣，在他心緒不寧的腦海中進進出出。

不到八個小時，喝了七杯茶，上了三次廁所，吃下四個起司三明治、三包餅乾、一個蘋果，和吸了二十二支煙之後，史崔克結清所有特約員工的費用，將公司最近的收據整理好寄給會計師，讀了赫欽斯監視狡詐醫師的最新報告，又在網路上搜尋了他想訪問的阿米爾．馬利克的若干相關報導。到了五點鐘，他認為他找到他了，但照片中的他和網路上的匿名文章所稱的「英俊」相去甚遠。因此他認為最好還是把他在Google上找到的照片複製一份傳給蘿蘋看，以確認這就是他要找的馬利克。

史崔克伸伸懶腰，打呵欠，聆聽一名顧客在樓下丹麥街樂器行測試樂器的擊鼓聲。當他正想回樓上觀賞當天的奧運精采比賽──包括尤塞恩．博爾特的百米田徑賽──就在他即將關閉電腦那一剎那，忽然「叮」的一聲，電腦通知他有一封電子郵件進來，寄件人是羅蕾萊，主旨上只寫著「你和我」。

史崔克用他的掌心根部揉揉眼睛，彷彿見到這封新郵件是暫時性的眼識錯覺。但是當他抬頭再度張開眼睛時，它清清楚楚地出現在他的收件匣最頂端。

「喔，慘了。」他喃喃地自言自語，心想大事不妙，於是點開來看。

這封信長約一千字，而且看得出字斟句酌。文中對史崔克的性格剖析條理分明，猶如一份精神病例報告，顯示患者雖非全無希望，但有必要緊急介入治療。從羅蕾萊的分析，史崔克是一個受到重度損傷、功能失調、阻礙他自己幸福的人，由於對他自己的情感付出太不誠實而造成他人的痛苦。從來不曾體驗過健康關係的他，一旦有人對他付出，他立即逃避。他不懂得珍惜那些關心他的人，恐怕只有等他有朝一日陷入困境、孤單寂寞沒有人愛時，他才會受到悔恨的折磨。

一番預測之後，緊接著是羅蕾萊敘述她決定寄出這封信之前的心靈探索與疑慮，而不是告訴史崔克他們保持自由的約定到此結束。她的結論是，她認為以書面方式解釋為什麼她——並暗示世上其他每一個女人——認為他是不可接受的，除非他改變他的行為，這才是最公平。她要求他閱信之後慎重考慮她所說的「了解這不是出於憤怒，而是出於悲傷」，並要求他進一步面談，以便他們能夠「決定你是否真的想要這段關係而嘗試換一種不同的方式」。

讀到信末，史崔克仍坐著不動，兩眼注視著電腦螢幕，但這不是因為他在思索如何回信，而是預料到他站起來時肉體會疼痛而全神貫注。最後他終於將自己用力撐起來站著，蹙著眉頭將重量放在他的義肢上，然後關閉電腦鎖上辦公室。

*為什麼我們不能以一通電話來結束它？*他一邊利用樓梯扶手將自己用力拉上樓，一邊想，*這明顯死了，不是嗎？為什麼我們非要採用死後驗屍的方式？*

回到公寓，他又點了一支煙，坐在廚房椅子上打電話給蘿蘋，她幾乎立即接電話。

「嗨，」她小聲說，「等我一下。」

他聽到關門聲、腳步聲，然後關上另一扇門的聲音。

「妳收到我的電子郵件沒？我剛剛寄給妳兩張照片。」

「沒有，」蘿蘋說，聲音壓得低低的，「什麼照片？」

「我想我找到住在巴特西的馬利克了，一個有一字眉的矮胖傢伙。」

「那不是他，他高高瘦瘦的，戴眼鏡。」

「那我白白浪費一個鐘頭了，」史崔克沮喪地說，「他有沒有說過他住在哪裡？他週末喜歡做什麼事？社會保險號碼？」

「沒有，」蘿蘋說，「我們很少交談，我跟你說過了。」

「妳喬裝臥底的事進行得如何？」

蘿蘋早已用簡訊告訴史崔克，她已在星期四和康頓的珠寶店那個「瘋狂的威卡女巫」面談。

「還不錯，」蘿蘋說，「我被通知試用了——」

背景傳來模糊的叫聲。

「抱歉，我得走了。」蘿蘋急忙說。

「一切都好嗎？」

「都好，明天再談。」

她掛斷電話後，史崔克的手機仍然貼在他的耳朵上。他推斷他正好在蘿蘋不方便的時刻打電話給她，說不定他們兩人正在吵架。他放下手機，為了沒能和蘿蘋聊久一點而微微感到失望，羅蕾萊會期待他在看到她的信後立刻打電話給她，但他決定誆稱他還沒有看到那封信，於是他放下手機，伸手去拿電視遙控器。

46

……我真應該更明斷地處理這件事的。

——亨里克．易卜生《羅斯莫莊園》

四天之後，在午餐時間，史崔克倚著一家迷你的外帶披薩餐廳櫃臺，從這裡監視對街的一棟房子非常方便。那是一幢雙併房屋的一棟，褐磚牆面，「長春藤小居」蝕刻在對開門的上方，史崔克覺得這個名稱更適合比較簡樸的房屋，而不是這些有著優美拱形窗和飛簷拱頂石的屋子。

咀嚼著一片披薩，史崔克感覺到口袋裡的手機震動，他掏出來先看是誰打的，因為他今天已經跟羅蕾萊有過一次累人的對話了，看見是蘿蘋打來的，他才接聽。

「我進去了。」蘿蘋說，語氣興奮。「剛面試完，老闆很可怕，難怪沒有人想為她工作，是一份零工時契約，基本上她是想要兩個人在她不想上班的時候填補空缺。」

「芙莉克還在嗎？」

「還在，我跟老闆談的時候她在站櫃臺，那個女人想叫我明天去實習。」

「沒人跟蹤妳吧？」

「沒有，我覺得那個記者放棄了，他昨天也沒來。我覺得他就算是看見了我也可能認不出我來，你應該看看我的頭髮。」

「怎麼，妳把頭髮怎麼了？」

「彩色筆。」

「嘎？」

「彩色染髮筆。」蘿蘋說。「暫時的，黑色跟藍色，而且我化了滿濃的眼妝，還弄了假刺青。」
「傳一張自拍照來，我需要輕鬆一下。」
「要拍你自己拍，你那邊怎麼樣？」
「無聊透了，今天早晨馬利克陪著黛拉走出她家——」
「天啊，他們同居了嗎？」
「不曉得，他們搭計程車走的，帶著那隻導盲犬。一個小時前回來了，我在等著看後續發展，不過倒是有一件事情：我見過馬利克，今天早上一看見他就認出來了。」
「真的？」
「嗯，他去過吉米的『反奧』會議，就是我去的那一場，為了去找比利。」
「真奇怪……你覺得他是在替格朗特當中間人嗎？」
「有可能，」史崔克說，「可是我看不出如果他們需要聯絡為什麼不用電話，妳知道，這個馬利克有點怪怪的。」
「他還好啦。」蘿蘋立刻說。「他不喜歡我，不過是因為他很多疑，那也只代表他比其他人要敏銳。」
「妳不覺得他會殺人？」
「是因為金娃娜說的話嗎？」
「『我的丈夫激怒了某個人，我警告過他不要激怒那個人。』」史崔克引述她的話。
「為什麼會有人特別擔心得罪了阿米爾？因為他是中東人？我為他難過，真的，得跟——」
「等一下。」史崔克說，把最後一片披薩丟回盤子裡。
黛拉家的大門又打開了。
「有動靜了。」史崔克說，看著馬利克一個人出來，關上了門，輕快地走在花園小徑上，轉上了馬路，史崔克也走出了披薩店。

「他的腳上像是裝了彈簧，好像很開心能離開她……」

「你的腿如何？」

「還行。等等，他左轉了……蘿蘋，我得走了，得加快速度。」

「祝你好運。」

「謝了。」

史崔克以他的單腿能夠承受的速度盡快穿過了南華克公園路，再拐進阿爾瑪綠園道，這條長街兩側都是維多利亞式排屋，種植著間隔整齊的法國梧桐。讓史崔克詫異的是馬利克在右邊一棟有青綠色大門的屋子停下，開門進去了。他的住處和文恩家的距離最多只有五分鐘的路程。

阿爾瑪綠園道的房屋狹窄，史崔克知道噪音很容易就能穿透一層層的隔牆。給了馬利克足夠的時間脫外套和鞋子之後，史崔克走向青綠色大門，敲了門。

等了幾秒鐘馬利克就來開門了，他的表情從愉快的探詢變為震驚，阿米爾顯然知道史崔克是誰。

「阿米爾．馬利克？」

年輕人起初沒說話，只是一手扶著門，另一手扶著門廳牆，僵立不動，看著史崔克，黑眼珠在厚厚的鏡片後收縮。

「你要幹什麼？」

「聊一聊。」史崔克說。

「為什麼？有什麼好聊的？」

「賈斯伯．齊佐家雇用了我，他們不相信他是自殺的。」

阿米爾像是暫時癱瘓了，既不移動也不說話。最後，他從門口退開。

「好吧，進來。」

換作他是阿米爾，史崔克也會想要知道私家偵探知道了多少或是在懷疑什麼，而不是接連幾晚煩躁不安，猜測偵探為何找上門來。史崔克進去，在門墊上擦鞋底。

房屋內部沒有外面看來那麼小，阿米爾帶著史崔克穿過了左邊的一道門，進了客廳，室內裝潢非常明顯是屬於一個比阿米爾年紀要老得多的人。地上鋪了張厚厚的螺紋地毯，有明暗不同的粉紅色和綠色，幾張印花棉布椅墊椅子，一張木咖啡桌鋪著蕾絲桌巾，壁爐上有一面華麗的鏡子，全都訴說著住戶是老年人，而在鍛鐵壁爐內裝置了一具醜陋的電熱器，架子上空無一物，也到處見不到裝飾品或是其他物件，一張椅子的椅臂上放著一本史迪格．拉森的平裝小說。

阿米爾轉頭面對著史崔克，兩手插在牛仔褲口袋裡。

「你是柯莫藍．史崔克。」他說。

「正是。」

「是你的夥伴在下議院假裝成維妮西雅。」

「說對了。」

「你想幹什麼？」阿米爾問，第二次了。

「問你幾個問題。」

「什麼問題？」

「我可以坐下來嗎？」史崔克問，也不等主人回答就自顧自坐下了。他注意到阿米爾的視線落在他的腿上，特意誇張地把義肢向前伸，讓他瞥見襪子上方的金屬腳踝，對一個這麼能體諒黛拉的殘疾的人來說，這個理由或許就足以讓他不叫史崔克起來了。「我說過，齊佐家的人不認為賈斯伯．齊佐會自殺。」

「你以為我跟他的死有關？」阿米爾問，想裝出不可思議的樣子，卻只透露出害怕的語氣。

「不是，」史崔克說，「但如果你想認罪，只管請便，那倒幫我省了不少事。」

阿米爾沒有笑。

「我只知道一件事，阿米爾，」史崔克說，「就是你在幫格朗特・文恩勒索齊佐。」

「我沒有。」阿米爾立刻就說。

不假思索的否認卻只洩漏了他的驚慌失措。

「你沒有想盡辦法弄到陷人入罪的照片來對付他？」

「我不知道你在說什麼。」

「媒體正在想辦法撤銷你老闆的超級禁令，一旦勒索這件事曝了光，你的角色就隱瞞不了多久了，你跟你的朋友克里斯多福——」

「他不是我的朋友。」

阿米爾的忿恨挑起了史崔克的興趣。

「這棟房子是你的嗎，阿米爾？」

「幹嘛？」

「只是覺得一個二十四歲的年輕人，薪水又不高，能住這麼大的屋子——」

「房子是誰的不關你的事——」

「我個人是不在乎的，」史崔克說，身體前傾，「不過媒體會很有興趣，要是你付的房租不適當，就會像是欠了房主什麼恩情，像是你聽命於某人。如果房子是你老闆的，國稅局也會覺得是某種的利益輸送，那可就會有麻煩——」

「你是怎麼查到我住在這裡的？」阿米爾質問道。

「唉，是不容易。」史崔克承認。「你不太上網對吧？可是到頭來，」他說，伸手從外套內袋抽出一張對折的紙，打開來，「我找到了你姐妹的臉書，是你的姐妹吧？」

他把紙放在咖啡桌上，那是他列印出來的臉書貼文，一名包頭巾的豐滿漂亮女子嫣然微笑，身邊圍著四個兒童，史崔克把阿米爾的沉默當作默認，說：

「我追溯了一年的貼文，這是你。」他說，把第二張紙放在第一張之上。年輕一點的阿米爾穿著學士袍，面帶微笑，兩邊是他的父母。「你在倫敦政治經濟學院拿到一等學士學位，真了不起……

「然後你參加了外交部的研究生訓練計畫。」史崔克接著說，把第三張紙放在第二張之上。這張的照片是一小群衣著幹練的年輕男女，不是黑人就是少數民族，圍立著一名頭髮漸禿、滿面紅光的男士。「這個是你，」史崔克說，「跟資深公務員克里斯多福．貝婁克羅伯恩爵士，他當時正在負責某個多樣徵才計畫。」

阿米爾的眼睛抽動。

「這個也是你，」史崔克說，放下了最後一張臉書貼文，「就在一個月前，跟你姐妹在黛拉家對面的披薩店裡。我查出那家店之後就明白了它跟文恩家有多近，所以就覺得值得到伯蒙德賽來跑一趟，看能不能在附近看到你。」

阿米爾俯視著他和姐妹的照片，她那時自拍了一張。從窗戶望出去，南華克公園路赫然在他們的背後。

「七月十三日早晨六點你在哪裡？」史崔克問阿米爾。

「這裡。」

「有人能證實嗎？」

「有，格朗特．文恩。」

「他在這裡過夜？」

阿米爾向前一步，舉起拳頭，從他的姿勢就知道他沒打過拳擊，不過，史崔克仍肌肉緊繃，阿米爾好像瀕臨臨界點了。

「我只不過是說，」史崔克說，舉高雙手錶示沒有惡意，「早晨六點格朗特．文恩就在你家裡，時間會不會太早了一點？」

阿米爾緩緩放下了拳頭，然後，好似不知該怎麼辦，他退後幾步，坐在最近一張單人沙發的邊緣。

「格朗特過來跟我說黛拉摔了一跤。」

「他不能打電話嗎？」

「可以吧，可是他沒打。」阿米爾說。「他要我幫他勸黛拉去醫院。她下樓時最後幾階腳滑了，手腕腫了起來。我過去他們家——他們就住在轉角——可是我沒辦法說服她，她很頑固。不過後來知道她只是扭傷，骨頭沒斷，她沒事。」

「那麼賈斯伯．齊佐死的時候，你也是格朗特的不在場證明囉？」

「大概吧。」

「而他則是你的。」

「我為什麼會想要賈斯伯．齊佐死？」阿米爾問。

「問得好。」史崔克說。

「我幾乎不認識他。」阿米爾說。

「真的？」

「真的。」

「那他為什麼對你引用卡圖盧斯，還提到命運女神，還在一屋子人面前說他知道你的私事？」

長長的沉默，阿米爾的眼睛又抽動一次。

「沒那回事。」他說。

「真的？我的搭檔——」

「她說謊，齊佐對我的私生活什麼也不知道，什麼也不知道。」

史崔克聽見隔壁有悶悶的吸塵器聲音。他猜對了，這裡的隔牆並不厚。

「我之前見過你一次。」史崔克跟馬利克說，害他的樣子更驚嚇。「吉米．奈特在東漢姆的會議，兩個月前。」

「我不知道你在說什麼，」馬利克說。「你把別人認成是我了。」接著，假裝天真地問：「誰是吉米．奈特？」

「好吧，阿米爾，」史崔克說，「你既然想玩遊戲，就沒有必要繼續下去了，我可以借用你的浴室嗎？」

「嘎？」

「我要小便，然後我就會離開，不再煩你。」

馬利克顯然想拒絕，卻又好像找不到藉口。

「好吧。」阿米爾說。「可是——」

他似乎想起了什麼。

「——等等，我得移開——我把襪子泡在洗手台裡，留在這裡。」

「請便。」史崔克說。

阿米爾離開了房間。史崔克想找個藉口到樓上去窺探，興許能找到有可能產生極大的噪音而打擾到鄰居安寧的東西或是活動，可是阿米爾的腳步聲卻告訴他浴室是在一樓的廚房之後。幾分鐘後，阿米爾回來了。

「從這邊走。」

他帶著史崔克沿走廊前進，穿過了沒有特色的空洞廚房，指著浴室。

史崔克進去後鎖上了門，再用手去按著洗手槽的底部。乾的。浴室的牆壁是粉紅色的，跟衛浴設備同色。馬桶旁邊有扶手，淋浴間也有一支從地板到天花板的護欄，可見得在不久的過去這裡曾是一名虛弱或是殘障人士的家。

阿米爾想在偵探進來之前移動或是隱藏什麼？史崔克打開了浴室的櫃子，東西不多，只有年輕人的基本用品：刮鬍用具，體香劑，鬍後水。

關上櫃子，史崔克看見自己的鏡中倒影，以及在他的肩後，隨手掛在門上的一件厚海軍藍浴衣；浴衣的袖口掛在鉤子上，而不是專門設計來吊掛的布環。

他沖了馬桶，假裝是忙著解手沒空刺探，卻向浴衣走去，摸索空空的口袋。結果卻害這件搖搖欲墜的浴衣掉了下去。

史崔克退後一步，更容易看清其中的玄機，有人在浴室門上鑿刻了一個粗陋的四腳獸的圖案，弄壞了木頭和油漆，史崔克打開了水龍頭，以免阿米爾聽見，拿手機拍下一張相片，關掉水龍頭，再把浴衣按照剛才的樣子掛好。

阿米爾在廚房的另一頭等候。

「我把那些紙帶走可以吧？」史崔克問，也不等人回答就回到客廳，把列印的紙都收拾起來。

「對了，你為什麼離開了外交部？」他漫不經心地問。

「我……我不喜歡那裡。」

「那你又是怎麼會為文恩夫婦工作的呢？」

「我們遇見了。」阿米爾說。「黛拉提供了工作機會，我接受了。」

在訊問時有些問題不得不問，而史崔克也很少會覺得有顧忌。

「我忍不住注意到，」他說，拿起那疊列印資料，「你離開外交部之後好像跟你的家人有滿長一段時間沒聯絡。全家福相片裡不再有你，甚至連你母親的七十大壽都沒有，你的姐妹也不再提起你，有好長一段時間。」

阿米爾一言不發。

「你好像是跟他們脫離關係了。」史崔克說。

「你可以走了，現在。」阿米爾說，可是史崔克沒動。

「你姐妹貼上你們在披薩店照片之後，」史崔克往下說，把最後一張紙折好，「回應的貼文——」

「我要你離開。」阿米爾再說一次，聲音比較大。

「『妳跟那個人渣攪和什麼？』、『妳爸知道妳還在跟他見面嗎？』」史崔克讀出了在阿米爾和他姐妹的合照底下的回應。「『要是我的兄弟允許雞姦——』」

阿米爾撲向他，右手一揮，對準史崔克的側臉就打了過來，史崔克躲開了。可是一臉書呆子相的阿米爾卻氣得紅了眼，變成了一個危險的對手。他扯下了附近的一盞檯燈，猛力砸向史崔克，幸虧他躲得快，否則的話檯燈基座就不會砸在分隔起居室的牆上，而是他的臉上了。

「夠了！」史崔克一聲大喝，阿米爾丟下了檯燈，又向他出拳。史崔克閃躲如車輪般亂轉的拳頭，屈起義肢勾住阿米爾的腿肚子，絆倒了他。他低聲咒罵，因為這一勾害他疼痛的斷肢更不舒服。史崔克挺直腰，喘個不停，說：

「再打我就打趴你。」

阿米爾滾開了一段距離，站起來，眼鏡滑落，掛在一邊耳朵上。他兩手發抖，摘下了眼鏡，檢查壞掉的樞鈕，眼睛突然變得好大。

「阿米爾，我對你的私生活不感興趣，」史崔克邊喘邊說，「我倒是想知道你是在包庇什麼人——」

「出去。」阿米爾低聲說。

「——因為要是警方認定是謀殺，你想掩飾的事情就會曝光，調查命案可不會顧慮什麼個人隱私。」

「出去！」

「好，好。可別說我沒警告過你。」

史崔克走到前門，最後一次轉身看著阿米爾，他跟著他到門廳，一看見史崔克停下來，就挺起了腰。

「你浴室門上的記號是誰刻的，阿米爾？」

「出去！」

史崔克知道不能再追問了。他一跨過門檻，前門就砰地一聲關上。

史崔克靠著幾棟房子之外的一棵樹，分散義肢的重量，把他剛才拍的相片傳給蘿蘋，再附上一句：

想到什麼嗎？

他點燃一根煙，等著蘿蘋回覆，他很慶幸有理由保持不動，因為除了他的殘肢痛之外，他的太陽穴也在抽痛。閃避檯燈時他的頭撞到了牆壁，他的背也因為出力把較年輕的對手絆倒而在痛。

史崔克回頭瞧那扇青綠色的門。憑良心說，他還有一個地方在痛：他的良心。他進入馬利克的家是想要驚嚇或是恫嚇他，讓他坦白招出他和齊佐以及文恩夫婦的關係，私家偵探可沒法子遵守醫生的信條「第一，不傷害」，不過史崔克通常都盡量在不多造孽的情況下獲取真相，把臉書貼文的回應讀出來是很下流的一招。聰明，不快樂，跟文恩夫婦的牽扯絕對不限於出自個人選擇，阿米爾．馬利克的爆發是因為狗急跳牆。史崔克不需要看口袋裡的報紙就能回想起馬利克傲然立在外交部辦公室的相片，站在他的良師克里斯多福．貝婁克羅伯恩爵士的身旁，頂著第一級學士學位的光環即將展開耀眼的從政生涯。
他的手機響了。
「你是在哪裡找到刻痕的？」蘿蘋問。
「阿米爾的浴室門上，被一件浴袍遮著。」
「開玩笑。」
「沒有，妳覺得像什麼？」
「烏爾史東山丘上的白馬。」蘿蘋說。
「嗯，那倒讓人鬆了口氣。」史崔克說，手肘用力，把自己從樹幹上頂起來，跛行著走上馬路。「我還擔心那些鬼玩意是我自己的想像呢。」

47

……我想試一試，在人生的種種掙扎中扮演我卑小的一角。

——亨里克・易卜生《羅斯莫莊園》

週五早晨八點半蘿蘋從康頓鎮車站出來，準備去珠寶店上班，每經過一面櫥窗她都會偷偷打量自己。

在「沙克威爾開膛手」審判的往後幾個月裡，她越來越擅長易容術，比方說改變眉型或是以朱紅唇膏改變唇型，再加上假髮和有色隱形眼鏡，會讓她的外貌產生顯著的變化，可是她從沒有像今天一樣化那麼濃的妝。她的眼睛，戴著深褐色隱形眼鏡，化了極重的煙燻妝，嘴唇搽了淡粉紅色唇膏，指甲油是金屬灰色。她兩邊耳垂各只有一個耳洞，所以她買了兩個便宜的耳骨夾，以免還要冒險穿耳洞。她在德普特福德街的樂施會商店買了一件黑色二手洋裝，仍然略帶霉味，即使她前天剛用洗衣機洗過。她還搭配了黑色厚內搭褲、一雙平底繫帶黑靴，雖然早晨並不冷，她這副裝扮是希望能酷似那些經常到康頓來的哥德搖滾或硬核龐克女孩。蘿蘋很少來倫敦的這一區，這裡總是讓她聯想到羅蕾萊和她的精品服裝店。

她為自己的新身分取名為芭比・康利菲。暗中調查的時候取一個跟自己有關的名字最好，聽到的話會立刻反應，芭比跟蘿蘋唸起來不算差太多，而且有時候真的有人會這樣子叫她，主要是許久以前她還在當臨時秘書的時候，還有她的弟弟馬丁想惹惱她的時候，康利菲則是她的夫姓。

讓她放心的是馬修今天提早去上班，因為他在拍賣巴尼特那兒的一處辦公室，所以蘿蘋可以自由自在地完成她的變裝，不需要聽什麼酸言酸語和埋怨她又要去臥底的話。真的，她覺得使用夫姓她也許能夠從中得到一點樂趣——這還是她頭一次用夫姓——因為她扮演的是一個馬修本能就不喜歡的女人，馬修的年紀越大就越討厭、越鄙視那些穿衣、思考、生活都不像他的人。

威卡女巫的珠寶店「三角飾」藏身在康頓市集中。八點四十五分抵達，蘿蘋發現康頓市集已經熱鬧得很了，可是珠寶店仍沒營業。等了五分鐘之後，她的雇主來了，微微喘氣。她是個體型龐大的人，蘿蘋猜她大約年近六十，染成黑色的頭髮雜亂無章，而且露出了半吋的銀色髮根，可是她的眼線濃得跟芭比．康利菲一樣，她穿了一身綠色天鵝絨長裙。

店主在粗略的面試時只問了少少幾個問題就決定試用蘿蘋，她反倒一直在抱怨那個跟她結婚了三十年的老公，拋下她一個人跑去泰國，還有鄰居告她越界，還有一長串不滿意、不知感恩的員工離開「三角飾」去別的地方工作。她毫不掩飾自己想要以最低的薪水榨取員工最大的工作量，再加上她源源不絕的自憐自艾，蘿蘋不由得奇怪怎麼會有人想要在她手底下工作。

「妳很準時。」她走到聽力可及的範圍後說。「好。另一個呢？」

「不知道。」蘿蘋說。

「我不需要這樣。」店主說，略有些歇斯底里。「偏偏挑在我得見布萊恩的律師的這一天！」

她打開了門鎖，讓蘿蘋進店裡，店的大小就像個大型電話亭，她舉手要把窗簾拉起來，體味和廣藿香精油的味道混合了帶著塵埃和焚香味的空氣。日光像固體一般射入店舖，照亮了每樣物品，使每樣東西顯得更虛幻更寒磣。黯淡的銀項鍊和耳環掛在架上，襯著暗紫色牆面，許多都是五角星形，代表和平的圖案和大麻葉，櫃臺後方的黑色架子上混雜陳列著玻璃水煙袋、塔羅牌、黑色蠟燭、精油、祭刀。

「我們現在有幾百萬個觀光客從康頓過來，」店主說，在櫃臺後面忙忙碌碌，「要是她不來——喔，妳來了，」她說，而芙莉克一臉陰沉溜了進來，芙莉克穿著黃綠雙色真主黨T恤和刷破牛仔褲，帶著一個大皮革郵差包。

「地鐵誤點了。」她說。

「哼，我就沒遲到，比比也是！」

「芭比。」蘿蘋糾正她，刻意誇大她的約克郡口音。

這次她不想假裝是倫敦人，最好是避開必須談論學校以及本地人的機會，芙莉克或許會知道。

「——嗯，我要妳們兩個精神點，時—時—刻—刻。」店主說，一隻手拍著另一隻手掌，為最後四個字打拍子。「好了，比比——」

「——芭比——」

「——對，過來這裡，看收銀機怎麼用。」

蘿蘋使用收銀機完全沒問題，因為她十幾歲時週六在哈洛蓋特的一家服裝店打工。幸好她不需要更長的指導，因為開門後不到十分鐘就有一連串的客人進來。蘿蘋微微感到意外，因為店裡沒有東西是她會想要買的，許多來康頓旅遊的人好像覺得少了一對白鑞耳環或是有五角星浮雕的蠟燭，或是放在收銀機旁的籃子裡號稱裝著護身符的小粗麻布袋，這一趟旅遊就不夠圓滿似的。

「好了，我得走了。」店主在十一點宣布，芙莉克正在招呼一位高個子德國婦女，兩副塔羅牌讓她取捨不下。「別忘了：妳們有一個得隨時盯著商品，免得有人順手牽羊，我朋友艾迪會幫我盯著。」她說，指著外頭販賣舊密紋唱片的攤子。「每個人午餐時間二十分鐘，把時間錯開，別忘了，」她警告似地說，「艾迪在盯著。」

她像一陣風似地離開。德國客人帶著塔羅牌走了，芙莉克用力關上了收銀機抽屜，噪音在暫時沒有客人的店裡迴盪。

「可靠的老艾迪。」她惡狠狠地說。「他才懶得甩呢，要他把她搶個精光他也無所謂，蠢豬。」芙莉克又補上一句。

蘿蘋笑出聲，芙莉克似乎很感激。

「妳叫什麼名字？」蘿蘋說，約克郡腔很明顯。「她沒說。」
「芙莉克。」她說。「妳是芭比，對吧？」
「對。」蘿蘋說。
芙莉克從櫃臺底下拿出了郵差包，再掏出了手機來察看，顯然沒看到她想看的東西，就又把手機塞了回去。
「工作很難找吧？」她問蘿蘋。
「能找到什麼就得做什麼。」蘿蘋說。「我被炒魷魚了。」
「是喔？」
「混蛋的亞馬遜。」蘿蘋說。
「那些專會逃漏稅的王八蛋。」芙莉克說，稍微有興趣了一點。「是因為什麼？」
「我的日業績沒達標。」
蘿蘋的說詞直接摘錄最近的報上新聞，說的是某零售業倉庫的工作環境：達標的無窮無盡壓力，每天要打包並且掃描上千件商品，而上級毫不留情地施壓。聽著蘿蘋的敘述，芙莉克的表情時而同情時而憤慨。
「太可惡了！」她在蘿蘋說完後說。
「可不是，」蘿蘋說，「而且還沒有工會什麼的，我爸在約克郡就是一個大工會的會員。」
「我敢說他很生氣。」
「他死了。」蘿蘋說，一點也不心虛。「肺病，以前是礦工。」
「喔，靠。」芙莉克說。「真遺憾。」
她現在以尊敬和有興趣的眼神看蘿蘋了。
「那妳以前是勞工，不是店員，那些王八蛋就是靠這一招過關的。」

「有什麼差別嗎？」

「法定權利比較少。」芙莉克說。「不過，如果他們扣除了妳的薪水，妳也許可以告他們。」

「不知道我有沒有辦法證明。」蘿蘋說。「妳怎麼會知道這麼多？」

「我在勞工運動方面滿活躍的。」芙莉克說，聳了聳肩。又支支吾吾說：「而且我媽是勞資法律師。」

「真的？」蘿蘋說，讓自己的語氣帶著適度的驚訝。

「對，」芙莉克說，挑著指甲，「不過我們合不來。其實，我現在都不跟家人見面，他們不喜歡我的夥伴，也不喜歡我的政見。」

她撫平真主黨T恤，拉給蘿蘋看。

「嘎，他們是保守黨的嗎？」蘿蘋問。

「可能是。」芙莉克說。「他們愛死了混蛋布萊爾了。」

蘿蘋感覺到二手衣口袋裡的手機在震動。

「這裡有廁所嗎？」

「從這裡進去。」芙莉克說，指著一道隱藏得很好的紫漆門，上頭釘了更多的珠寶架。

蘿蘋躲進了紫門之後，找到一個小小的儲物間，有一扇龜裂骯髒的窗。破舊的廚具旁放著保險櫃，有隻水壺，兩樣清潔用品，流理台面上有一塊硬邦邦的抹布。沒有地方可以坐，連站都覺得擁擠，因為角落裝設了一個污穢的馬桶。

蘿蘋把門關好，放下了馬桶蓋，坐下來讀巴克萊剛傳送給她和史崔克的長篇訊息。

找到比利，兩週前在街上找到。精神分裂，強制就醫，住北倫敦的醫院，情況未明，昨天才告訴醫生有親人。社工今早聯絡了吉米，吉米要我跟他去說服比利出院，害怕比利會跟醫生說什麼，嫌他大嘴巴。另外，吉米弄丟了有比利的名字在上頭的文件，一直在懊惱，問我有沒有看到。他說是手寫的，其餘細節不明，我不知道為什麼這麼重要，吉米認為是芙莉克偷走的，兩人又鬧翻了。

蘿蘋再讀一遍，史崔克回覆了。

巴克萊：查出醫院的探病時間，我想見比利。蘿蘋：搜芙莉克的皮包。

謝了。蘿蘋回傳，覺得氣惱，沒你提醒我自己都想不到。

她站起來，沖了馬桶，回到前面，一票黑衣哥特正在挑三揀四，像垂頭喪氣的烏鴉。蘿蘋側身經過芙莉克，看到她的郵差包放在櫃臺底下的架子上，在這票人終於帶著精油和黑色蠟燭離開之後，芙莉克拿出電話察看，然後又陷入悶悶不樂的沉默之中。

蘿蘋擔任臨時秘書的經驗教會了她交情不深的女性往往會發現她們在男人的煩惱上並不孤單，她拿出手機，看見史崔克的另一則簡訊：

所以本山人才會輕鬆賺大錢。

蘿蘋忍不住好笑，壓下笑意，說：

「他一定覺得我很笨。」

「怎麼了？」

「男朋友，所謂的。」蘿蘋說，把手機塞回口袋裡。「他應該要離開他老婆的，妳猜他昨晚在哪裡？我的朋友看到他今天早晨走出她家。」她大聲吐氣，重重趴在櫃臺上。

「對，我男朋友喜歡老女人。」芙莉克說，挑著指甲。蘿蘋沒忘記吉米娶過一個大他十三歲的女人，希望能引誘她往下說，可是還沒能開口，就又有一群年輕女人進店裡來，吱吱喳喳說著蘿蘋聽不懂的語言，不過她覺得像是東歐的，她們擠在那籃護身符旁。

「結枯也其。」芙莉克說，她們之中一個拿錢給她，女孩們哈哈笑，誇獎她的發音。

「妳剛才說什麼？」蘿蘋等她們離開後就問。「是俄語嗎？」

「波蘭話，從我爸媽的清潔工那兒學了一點。」芙莉克匆匆說，彷彿是洩漏了什麼。

「對，我跟清潔工相處得比跟我爸媽相處得要好，你總不能說自己擁護社會主義，家裡卻有清潔工吧？沒有人應該住在過大的房子裡，我們應該要強制重新分配土地和住宅，給那些需要的人。」

「說得太對了。」蘿蘋熱心地附議，芙莉克似乎因為芭比．康利菲這個前礦工暨約克郡工會成員之女原諒了她的專業父母而又得到了信心。

「要喝茶嗎？」她主動問。

「唷，那就太好了。」蘿蘋說。

「妳聽過真社會主義黨嗎？」芙莉克問，帶著兩杯茶回來。

「沒有。」蘿蘋說。

「那個不是一般的政黨。」芙莉克跟她說。「我們比較像是一種扎根於社區的運動，像，回到賈羅十字軍[1]，那種的，恢復勞工運動的真諦，不是帝國主義的保守派那種狗屁作秀，像什麼他媽的『新勞工』。我們不想要玩老掉牙的政治遊戲，我們想要改變遊戲規則，為廣大的勞工謀福利——」

1. 一九三六年十月超過兩百名失業工人遊行到倫敦向政府請求重建賈羅地區的工業。請願人自稱十字軍，遊行為時約一個月，但未獲得成果。

比利．布拉格（Billy Bragg）的〈國際歌〉（Internationale）響了起來。芙莉克伸手到袋子裡，蘿蘋才明白這是芙莉克的來電鈴聲。芙莉克一看來電者的名字，就肌肉緊繃。

「妳自己一個人看一下店沒關係吧？」

「當然。」蘿蘋說。

芙莉克溜進了裡間。門關上時蘿蘋聽見她說：

「怎麼了？你看到他了嗎？」

門牢牢關上之後，蘿蘋就匆匆走向芙莉克剛才所在之處，蹲下來，手伸進她的郵差包裡。郵差包就像桶子那麼深。她的手指摸到了各種的縐巴巴的紙，糖果包裝紙，一團黏答答的東西、蘿蘋覺得可能是口香糖，各式沒有筆套的筆和化妝品，一個上頭有切．格瓦拉圖像的盒子，一包手捲煙煙草、滲漏到別的東西上，一些捲煙紙，幾個備用的衛生棉條，還有一小團布料，蘿蘋猜可能是穿過的內褲。把每張紙拿出來鋪平再讀上面的字非常耗時。大多數都像是作廢的草稿。然後，從背後的門傳來芙莉克的洪亮聲音：

「史崔克？見鬼的關……」

蘿蘋僵住，豎耳傾聽。

「……疑神疑鬼……現在只有……跟他們說他……」

「不好意思，」一個女人從櫃臺上看過來，蘿蘋跳了起來。這位發福的灰髮客人穿著紮染T恤，指著牆上的架子，「我能不能看看那把很特別的祭刀？」

「哪一把？」蘿蘋問，一臉迷糊。

「那一把，那把儀式用的匕首。」年長的女士說，同時用手指點。

芙莉克的聲音在後面的房間裡一會兒高一會兒低。

「……不是嗎？……成員……回報我……齊佐的錢……」

「嗯，」客人說，小心地掂量著匕首，「有沒有大一點的？」
「是你拿的，我可沒有！」芙莉克在門後大聲說。
「呃，」蘿蘋說，瞇眼瞧著架子，「這個好像是最大的了，那一把可能大一點點……」
她踮著腳去拿那把大一點的匕首，只聽芙莉克說：
「去你的，吉米！」
「來。」蘿蘋說，把七吋長的匕首交給客人。
項鍊落下，叮噹亂響，蘿蘋背後的門飛開來，打中了她的背。
「抱歉。」芙莉克說，抓起袋子就把手機塞回去，呼吸急促，兩眼明亮。
「唔，我喜歡比較小的那把，刻了三個月亮。」年長的女巫說，指著第一把匕首刀柄上的裝飾紋，不受芙莉克戲劇性的現身的影響。「可是我比較偏愛刀刃長一點的。」
芙莉克正介於憤怒與流淚之間的過度情緒化階段，蘿蘋知道這是最容易粗心大意、有話直說的時刻，急於擺脫這個討厭的客人，她以芭比的濃重約克郡口音直率地說：
「我們只有這些了。」
客人又嘀咕了一會兒，掂量兩把刀子，終於離開了，什麼也沒買。
「妳還好吧？」蘿蘋立刻就問芙莉克。
「不好。」芙莉克說。「我需要抽煙。」
她看了看手錶。
「要是她回來了，就說我去吃午餐了，好嗎？」
可惡，蘿蘋暗罵，眼看著芙莉克拎起袋子，帶著可以讓她趁虛而入的心情消失了。
蘿蘋一個人顧店超過了一個小時，越來越餓。唱片攤的艾迪望進店裡一兩次，但是並沒有對她的活動多注意，趁著更多客人進來的空檔，蘿蘋溜到裡間去確認是否有食物，沒有。

十二點五十分芙莉克才慢悠悠地晃回店裡，還帶著一個暴戾卻英俊的黑膚男人，他穿著貼身的藍色T恤，他拋給蘿蘋那種好色之徒的自負眼神，融合欣賞與不屑，表示她雖然好看卻還得要更賣力一點才能得到他的青睞。這種手段蘿蘋在之前的職場上見識過，對別的年輕女子有效，對她卻一向無效。

「抱歉這麼久才回來。」芙莉克對蘿蘋說，她的壞心情似乎一點也沒有消散。「碰到了吉米，吉米，這是芭比。」

「妳好嗎？」吉米說，伸出一隻手。

蘿蘋跟他握手。

「妳去吧。」芙莉克跟蘿蘋說。「去吃點東西。」

「喔，好。」蘿蘋說。「謝謝。」

吉米和芙莉克等著她離開，蘿蘋假裝翻皮包找錢，蹲下來藉櫃臺掩護，按了手機的錄音鍵，小心地放在黑暗的架子後面。

「那待會兒見了。」她輕快地說，慢慢晃向市集。

48

妳對這件事有什麼看法，蕾貝嘉？

——亨里克．易卜生《羅斯莫莊園》

史崔克的偵探社有一隻黃蜂從裡面的房間飛到外面的房間，經過了兩扇敞開的窗戶，窗戶打開是為了要讓帶著煙霧的空氣進來。巴克萊揮著外帶菜單趕走黃蜂，菜單剛剛隨著中華料理送過來，蘿蘋打開紙碗的蓋子，放在她的辦公桌上。史崔克到水壺那兒去找叉子。

蘿蘋四十五分鐘之前在查令十字路打電話給馬修，說她需要和史崔克及巴克萊開會，可能會晚回家，他居然能包容。

「好。」他那時說。「反正湯姆想去吃咖哩，我們回家見。」

「今天過得如何？」蘿蘋在他掛掉之前問。「你們現在是在……」

她的腦子一片空白。

「巴尼特。」他說。「遊戲開發商，對，滿順利的。妳呢？」

「還可以。」蘿蘋說。

吵過許多次之後，馬修鐵了心，就是不過問齊佐案的細節，所以跟他說她跑了哪些地方，接觸了什麼人，或是今天發生了什麼事都沒有必要。道過再見之後，蘿蘋在閒逛的觀光客以及週五夜小酌一杯的人流中穿梭，知道無心的外人聽見他們的談話會以為他們只是泛泛之交，並不特別喜歡彼此。

「要啤酒嗎？」史崔克問她，舉起四罐裝的天能啤酒。

「好啊，謝謝。」蘿蘋說。

她仍穿著那件黑色短洋裝和繫帶靴，但是把頭髮綁成馬尾，清掉了臉上的濃妝，摘下了暗色隱形眼鏡。在暮光中看見史崔克的臉，她覺得他像生病了。他的嘴角四周和額頭上的線條比平常更深，她猜是每天的疼痛造成的，他的動作也很笨拙，使用上半身轉動，極力掩飾他的跛腳，拿著啤酒回到她的辦公桌。

「你今天都忙了什麼？」她問史崔克，巴克萊把自己的盤子裝滿了食物。

「跟蹤格朗特．文恩，他在距離他家五分鐘路程的一間寒磣民宿過夜。他把我一路帶到中倫敦，再回伯蒙德賽這裡。」

「跟蹤他太冒險了，」蘿蘋說。「他認得你。」

「就算是我們三個都跟在他後面，他也不會注意到，他距我上回見到的時候掉了六公斤的體重。」

「他都做了什麼？」

「去下議院旁邊的餐廳吃飯，叫什麼『地窖』的。連窗戶都沒有，跟墓穴一樣。」

「真讓人心曠神怡。」巴克萊說，坐在假皮沙發上，吃起糖醋肉丸。

「他就像是一隻傷心的鴿子，」史崔克說，把整份的新加坡炒麵倒進了他的盤子裡，「混在遊客群裡一直想飛回他曾經的光輝之地，然後我們去了王十字。」

蘿蘋正在夾豆芽，聞言停了下來。

「找了個黑漆漆的樓梯間吹簫。」史崔克就事論事地說。

「嗯。」蘿蘋嘟囔了一聲，繼續夾菜。

「你看見了嗎？」巴克萊興致勃勃地問。

「看到背面，我用手肘頂開一條路，走進大門，再從後門出去，一路道歉。他根本就不可能會認出我來。之後，他去阿斯達買了新襪子，就又回他的民宿了。」

「他這種日子還不算慘呢。」巴克萊說，已經清空了半盤子，發現蘿蘋在看他，就含著滿口食物說：「老婆要我八點半之前回家。」

「好吧，蘿蘋，」史崔克說，戰戰兢兢地在自己的辦公椅上坐下，這是他推到外間辦公室來的，「我們來聽聽吉米和芙莉克以為是私下說了什麼話。」

他打開了筆記本，從她桌上的筆筒裡抽了一枝筆，空出左手把麵條叉進嘴裡。巴克萊仍起勁地咀嚼著，在沙發上探身，興致盎然。蘿蘋把手機面朝上放在桌上，按下了播放。

有一會兒除了隱約的腳步聲之外什麼也沒有錄到，那是蘿蘋的足音，離開威卡女巫的店去吃午餐。

「我還以為妳是自己一個人？」吉米的聲音說，音量不大卻字字清晰。

「她今天是試用。」芙莉克說。「山姆呢？」

「我跟他說等一下到妳那兒碰面。好，妳的袋子呢？」

「吉米，我沒——」

「妳搞不好是拿錯了。」

更多的腳步聲，擦刮木頭和皮革聲，碰撞聲，以及神秘的窸窸聲。

「他媽的全是垃圾。」

「我沒拿，還要我說幾次？而且你也沒有權利擅自翻動我的——」

「這不是開玩笑的事，我本來放在皮夾裡的，現在跑到哪兒去了？」

「你是掉在哪裡了吧？」

「不然就是有人拿走了。」

「我幹嘛要拿？」

「當作保險啊。」

「放你的——」

「如果妳是在動這個腦筋，我可告訴妳，妳他媽的既然偷了，那妳就跟我一樣有罪，罪名還更大。」

「我會去還不是因為你，吉米！」

「喲，這會兒又全推給我了，是嗎？誰他媽的也沒逼妳，這件事是妳起的頭，記得嗎？」

「對，我簡直是後悔莫及，現在！」

「來不及了。我要找那張紙回來，妳也應該要，它可以證明我們能進出他的地方。」

「你是說可以證明他跟比利的關係吧——噢！」

「喔，少裝了，又不痛！妳貶低了那些真正被家暴的女人，成天扮演被害者。我可不是在開玩笑，要是妳拿了——」

「少威脅我——」

「妳敢怎麼樣，跑回去找媽咪爹地？等他們發現他們的小女兒打著什麼鬼主意，他們會怎麼想？」

芙莉克快速的呼吸此時變成了哽咽。

「妳從他那兒偷了錢，都是妳。」吉米說。

「你那時還覺得很好玩，你說是他活該倒楣——」

「這話留到法庭上說吧，看有沒有人同情妳，要是妳敢為了自救把我推到公車底下，我絕對會告訴那些豬妳從頭到尾都有份，所以那張紙要是在哪裡出現了，我不要它落到——」

「我沒拿，我不知道在哪裡！」

「——我已經警告過妳了。把妳的大門鑰匙給我。」

「嘎？為什麼？」
「因為我現在要去妳那個所謂的公寓的豬窩，我要跟山姆一塊找。」
「沒有我你不准去——」
「怎麼？又有一個印第安跑堂的喝醉了在妳那兒過夜嗎？」
「我從來沒——」
「我才懶得管。」吉米說。「妳愛睡誰睡誰去，把鑰匙給我，給我。」
更多腳步聲；鑰匙叮叮響。吉米走開的聲音，接著是一連串的啜泣，蘿蘋按了停止鍵。
「她一直哭到店主回來，」蘿蘋說，「我也剛好回來，她整個下午幾乎都不說話，我想陪她走去搭地鐵，她拒絕了。但願明天她會比較有心情聊一聊。」
「那你跟吉米去搜她的公寓了嗎？」史崔克問巴克萊。
「嗳，書啦，抽屜啦，她的床墊底下，什麼也沒有。」
「他說你們究竟是要找什麼？」
「『一張寫了字的紙，上頭還有比利的名字。』他說。『我放在皮夾裡，後來不見了。』說是要買藥用的，他以為我是什麼小混混，他說什麼我都信。」
史崔克放下了筆，吞下一大口麵條，說：
「嗯，我不知道你們聽出了什麼，不過我在意的是『它可以證明我們能進出』。」
「我覺得我可能知道一點。」蘿蘋說，她一直壓抑著興奮，等著要揭露她知道的內情。「我今天發現芙莉克會說一點波蘭語，而且我們都知道她在之前上班的地方偷盜現金，如果——」
「『清潔工作是我在做，』」史崔克冷不防說，「她是這麼說的，那次的遊行上，我跟蹤他們的那次！『清潔工作是我在做，那很噁心欸』……我的天——妳覺得她是——？」
「齊佐的波蘭清潔工。」蘿蘋說，決心不讓自己勝利的一刻被奪走。「對，我是這麼想的。」

巴克萊仍忙著把肉塞進嘴裡，但是眼睛卻適時流露驚訝之情。

「如果是這樣，那一切就都改觀了。」史崔克說。「她能夠自由進出，能夠四處打探，帶東西到屋子裡——」

「她是怎麼知道他需要清潔工的？」巴克萊問。

「一定是看見了他放在書報亭窗上的廣告。」

「他們的住處隔得老遠，她住在哈克尼。」

「說不定是吉米看見的，他在埃伯里街窺伺，想拿到他勒索的錢。」蘿蘋推測道，可是史崔克在皺眉。

「可那樣就前後顛倒了，要是她當清潔工時發現了可以勒索的把柄，她的雇主一定能預知吉米來拿錢的日期。」

「好吧，說不定吉米沒有告訴她，說不定他們是在抓他小辮子的時候才發現他需要清潔工的。」

「好讓他們在真社會主義黨的網站上揭瘡疤？」巴克萊說。「那可得動用四、五個人。」

史崔克覺得有趣地哼了一聲。

「重點是，」他說，「這張紙讓吉米很擔心。」

巴克萊叉了最後一顆肉丸子，送進嘴裡。「芙莉克拿的。」他口齒不清地說。「我敢打包票。」

「你怎麼會這麼肯定？」蘿蘋問。

「她需要能壓制他的東西。」巴克萊說，站起來把空盤端到水槽。「他會讓她陪在身邊完全是因為她知道的太多了，他有一天跟我說可以的話他會很高興能讓她挨槍子，我問他為什麼不能把她甩了就好，他沒回答。」

「會不會是她把紙毀了，因為那是罪證？」蘿蘋說。

「我不認為。」史崔克說。「她是律師的女兒，不會摧毀證據。像那樣的一張紙可能很有價值，萬一屎盆子扣了下來，她可以和警方合作。」

巴克萊回到沙發坐下，拿起啤酒。

「比利怎麼樣？」蘿蘋問他，終於吃起了已經涼了的晚餐。

「可憐的小混蛋。」巴克萊說。「瘦成了皮包骨，他跳過地鐵的閘門，被交通警察抓到了。他想打警察，結果被強制送醫院，醫生說他有被迫害妄想症。起先他以為是政府官員在追他，醫護人員都是什麼大陰謀的一份子，可是現在他又恢復了用藥，腦筋就比較清楚了。

「吉米當下就想帶他回家，可是醫生不肯讓他出院，最讓吉米火大的是，」巴克萊說，停下來喝完啤酒，「比利還是對史崔克念念不忘，一直要求要見他。醫生認為是因為他的幻想，他把名偵探嵌入了他的幻想裡了，好像只有他能讓他真正信任，不能跟他們說他跟史崔克見過面，因為吉米就站在旁邊，跟醫生說那都是他自己胡說八道。

「醫院不肯讓別人接近他，除非是家屬，而且他們對吉米也不再通融了，因為他想勸比利回家。」

巴克萊一手擠扁了啤酒罐，看了手錶。

「我得走了，史崔克。」

「好。」史崔克說。「謝謝你留下來，我覺得大夥一塊開個會不錯。」

「沒事。」

巴克萊朝蘿蘋揮揮手就離開了。史崔克彎腰拿起地板上的啤酒，痛得縮了縮。

「你還好吧？」蘿蘋問，正在夾蝦餅。

「嗯。」他說，挺直了腰。「我今天又走了一堆路，而且昨天實在不必打那一架的。」

「打架？跟誰打？」蘿蘋問。

「阿米爾．馬利克。」

「什麼！」

「放心，我沒打傷他，只是小傷。」

「你沒跟我說後來還動手了。」

「我想要親口跟妳說，才能好好享受妳當我是個十足的王八蛋一樣看著我的表情。」史崔克說。「能不能分一點同情心給妳的獨腳搭檔？」

「你打過拳擊！」蘿蘋說。「而且他就算全身浸水大概也只有五十七公斤！」

「他拿檯燈攻擊我。」

「阿米爾？」

她無法想像她在下議院認識的那個內斂的、一本正經的男人會對別人使用暴力。

「對，我逼問他齊佐說的『你這種習慣的人』，他就發飆了。如果能讓妳覺得好一些，我也並不覺得愉快。」史崔克說。「等一下，我得小號。」

他笨拙地把自己從椅子上撐起來，往平台上的浴室而去。蘿蘋聽見門關上時史崔克的手機響了，他的手機放在蘿蘋辦公桌檔案櫃上充電，所以她站起來去看，發現以膠帶貼著裂縫的螢幕上出現的是羅蕾萊的名字。蘿蘋不知該不該接，猶豫得太久，來電轉入語音信箱。她正要再坐下，叮的一聲，表示有簡訊。

如果你要的是熱食跟不帶感情的性的話，有的是餐廳和妓院。

蘿蘋聽見了浴室門撞在牆上，慌忙回去坐好，史崔克跛行著回來，坐在椅子上，拿起了炒麵。

「你的手機剛才響了。」蘿蘋說。「我沒接——」

「不用管他。」史崔克說。

她照辦。他讀了簡訊，表情不變，把手機改為靜音，放進口袋裡。
「我們剛才說到哪裡？」
「說你對打架的事良心不安——」
「我對打架的事良心安得很。」史崔克糾正她。「我要是不自衛，就會被打得滿頭包。」
他叉了滿滿一叉的炒麵。
「我覺得不舒服的地方是我跟他說我知道他被家庭驅逐，只剩下一個姐妹還跟他說話，臉書上都有。我就是在說到他的家人跟他斷絕關係的時候，腦袋瓜才差一點被檯燈打掉。」
「他們會不高興說不定是因為他們以為他跟黛拉在一起？」蘿蘋建議道，看著史崔克咀嚼。
他聳聳肩，做了個表示「有可能」的表情，吞下食物，說：「妳有沒有想到過在這件案子上，真的只有阿米爾是有動機的？齊佐威脅過他，可能還揭了他的瘡疤。『像你這種習慣的人。』、『拉克西斯知道每一個人的大限之日。』」
「不是說『別管動機了，專心在手法上』嗎？」
「對，對。」史崔克疲累地說。放下了盤子，炒麵幾乎一掃而光；他拿出香煙和打火機，稍微坐直一些。「好吧，我們就來專心在手法上。
「誰能夠進出屋子，拿到抗憂鬱劑和氦氣？誰那麼熟悉賈斯伯·齊佐的習慣，足以確定他那天早晨會喝柳橙汁？誰有鑰匙進屋，或是他對誰那麼信任會讓他一大早就進門？」
「他的家人。」
「對，」史崔克說，打火機竄出火苗，「可是我們知道金娃娜、菲姬、依姬、托逵爾都不可能，那就只剩下拉斐爾了，他聲稱那天早晨被派到烏爾史東。」
「你真的相信他能夠殺死他父親，再若無其事地開車到烏爾史東去跟金娃娜一塊等警察上門？」
「先別管心理學或是可能性：我們要考慮的是機會。」史崔克說，吐出一大口煙。「我聽見的消息都不能排除拉斐爾早晨六點出現在埃伯里街的可能。我知道妳想說什麼，」他阻止了蘿蘋，「可是兇手假裝打電話又不是從來沒發生過的事。他可以拿齊佐的手機打電話給他自己，假裝是他父親命令他到烏爾史東的。」

「也就是說齊佐的手機要不是沒有密碼，就是拉斐爾知道密碼。」

「說得對，這一點需要查一查。」

史崔克按出筆芯，在拍紙簿上記下一筆，同時在納悶蘿蘋的老公曾經刪除過她的來電紀錄，也知道她目前的密碼，這類小事往往是關係密切的強力佐證。

「如果拉斐爾是兇手，那還有一個後勤上的問題。」蘿蘋說。「他沒有鑰匙，如果是他父親開的門，那麼拉斐爾在廚房裡把抗憂鬱劑磨成粉末的時候，齊佐人是清醒的。」

「又對了，」史崔克說，「可是把藥丸磨成粉末不管是哪個嫌疑犯都得遮掩過去。

「就拿芙莉克來說。如果她假扮清潔工，她可能比多數的家人更熟悉埃伯里街的房子。有一大堆的機會可以到處窺探，而且她有一陣子有一把安全鑰匙，很難複製，但是姑且說她複製出了一把，所以隨時都可以進出房子。

「她一大清早就偷溜進去，在柳橙汁裡下藥，可是用研缽和杵搗碎藥丸可不會沒有聲音——」

「——除非是，」蘿蘋說，「她帶來的是已經搗碎的藥粉了，裝在袋子或什麼裡面，撒在研缽和杵四周，布置得像是齊佐做的。」

「好，可是我們還是需要解釋垃圾桶裡的空橙汁盒裡為什麼驗不出阿米替林。拉斐爾可以拿給他父親一杯橙汁——」

「——可是杯子上只有齊佐的指紋——」

「——可是齊佐一大早下樓來發現已經倒好了一杯橙汁，他難道就不會起疑？換作是妳，妳會喝一杯不是自己倒的東西，而且還是在一棟妳以為沒有第二個人的屋子裡嗎？」

丹麥街上有群年輕女人的聲音壓過了轟隆不斷的車輛聲，唱著蕾哈娜（Rihanna）的〈你去了哪裡？〉（Where Have You Been?）

「你去了哪裡？終我一生，終我一生……（Where have you been? All my life, all my life...）」

「說不定真的是自殺。」蘿蘋說。

「妳這種態度可拿不到薪水。」史崔克說，把煙灰彈在盤子裡。「快點，那天有辦法進入埃伯里街房子的人：拉斐爾，芙莉克——」

「——還有吉米。」蘿蘋說。「芙莉克做得到的話，吉米也一定做得到，因為她會把齊佐的習慣跟他的房屋格局全部告訴他，也會把複製的鑰匙給他。」

「正確。所以我們知道有三個人那天早晨有可能進去，」史崔克說，「可是事情並不只是進屋去那麼簡單，兇手也必須知道金娃娜服用的是哪一種抗憂鬱藥，再安排氦氣瓶和橡皮管，所以是跟齊佐一家關係密切的人，能夠進到屋內，把東西運進去，要不然就是早就知道氦氣瓶和橡皮管已經在屋子裡了。」

「據我們所知，拉斐爾最近沒去過埃伯里街，跟金娃娜的關係也並不融洽，不會知道她在服用哪種藥，不過我想他父親可能會提過。」蘿蘋說。「單以機率看，文恩夫婦和阿米爾似乎可以排除……那，假設就是清潔婦，吉米和芙莉克就變成最有嫌疑的人了。」

史崔克重重嘆口氣，閉上了眼睛。

「可惡，」他嘟囔著說，一手抹臉，「我老是繞來繞去又繞回到動機上。」

他睜開眼睛，把香煙在盤子上捻熄，立刻又點燃一根。

「我倒不意外軍情五處會感興趣，因為這件案子並沒有什麼明顯的好處。奧利佛說得對——勒索犯通常不會把被害人殺掉，應該是反過來。仇恨倒是個美好的推論，可是熱血衝腦的仇恨殺人會拿榔頭或是檯燈往頭上猛砸，而不是精心布置成自殺。如果是命案，就更像是冷酷無情的處決，每一個細節都照顧到了。為什麼？兇手能得到什麼？這也讓我納悶，為什麼偏偏挑在那個時候？為什麼齊佐要在那個時候死？

「對吉米和芙莉克來說讓齊佐活著最好，他們才能弄出證據來逼他就範，拿到他們想要的錢。拉斐爾也一樣：他被排除在遺囑外，可是他跟父親的關係有改善的跡象，他父親活著他才會有好處。

「可是齊佐秘密地威脅阿米爾，揭了他的短，雖然含糊其詞，但是可能跟性有關，因為他引用了卡圖盧斯，而且最近他又取得了文恩夫婦的慈善基金會有鬼的情報。我們不應該忘記格朗特．文恩並不是真正的勒索犯：他不需要錢，他要的是齊佐辭職、身敗名裂。難道沒有可能是文恩或馬利克在發現第一個計畫失敗之後採取了不同的報復手段？」

史崔克吸了一大口煙，說：

「我們漏掉了什麼，蘿蘋，漏掉了把所有線索都連接起來的關鍵。」

「也許根本就連接不起來。」蘿蘋說。「人生不就是這樣？現在是有一群人，各有各的麻煩和秘密，有的人有理由不喜歡齊佐，怨恨他，可並不表示就能乾淨俐落地拼接起來，有些部分一定不相關。」

「我們還有一些事不知道。」

「我們有很多事不知──」

「不，是什麼大事，什麼……基本的事，我能感覺得到，它一直在往上冒，齊佐為什麼說在他扳倒了文恩和奈特之後可能還要委託我們工作？」

「我不知道。」蘿蘋說。

「『他們一個接一個自己絆倒了。』」史崔克引述他的話。「是誰絆倒了自己人？」

「格朗特．文恩，我剛跟他說了慈善基金會不見的錢。」

「齊佐一直在講電話，想找到某個鈔票夾，妳說，屬於弗芮迪的鈔票夾。」

「沒錯。」蘿蘋說。

「弗芮迪。」史崔克又說一遍，抓著下巴。

一時間他又回到了德國軍醫院的一間交誼廳裡，角落的電視靜音，矮桌上放著幾份《陸軍時報》，目睹弗芮迪．齊佐陣亡的年輕中尉一個人坐在那裡，史崔克找到他時他坐著輪椅，脊椎上仍嵌著一顆塔利班的子彈。

「……車隊停了下來，齊佐少校叫我下車，看是怎麼回事，我說我看到山脊上有人，他叫我乖乖聽他的命令。

「我才走不到兩呎背上就中彈了，我只記得他在大卡車外面對著我大喊，然後狙擊手就打爆了他的頭。」

中尉跟史崔克要煙抽。他不應該抽煙的，史崔克把剩下的半包都給了他。

「齊佐是混蛋。」坐輪椅的年輕人說。

在史崔克的想像中，他看見高大金髮的弗芮迪大搖大擺走在鄉村小巷中，跟吉米．奈特和他的朋友混在一起，他看見弗芮迪在擊劍場、在滑雪道上，而不起眼的芮安娜．文恩盯著他，那時她只怕已經有自殺的念頭了。

士兵討厭他，父親敬愛他：弗芮迪會不會是史崔克在找的線索，把一切都拼接起來的關鍵，聯繫了那個勒索者以及那個小孩被勒死的故事？可是他一細思，這個想法似乎就消散了，各式各樣的線頭又都散落一地，死也不肯連接起來。

「我要知道外交部那兒的照片都是什麼內容。」史崔克大聲說，眼睛盯著辦公室窗外逐漸變紫的天空。「我要知道是誰在阿米爾．馬利克的浴室門上刻了阿芬登白馬，我也要知道為什麼在比利說埋了一個小孩的地方會有十字架。」

「唔，」蘿蘋說，站了起來，開始清理剩菜，「沒有人說過你的企圖心不夠。」

「放著吧，我自己會收拾，妳需要回家了。」

我不想回家。

「兩三下就收好了，你明天有什麼計畫？」

「下午約了齊佐的藝術交易商朋友卓蒙德見面。」

蘿蘋洗好了盤子和叉子，拿了掛在鉤子上的皮包，又回過頭來。史崔克對別人的關切總是粗魯拒絕，可是她非說不可。

「我沒有別的意思，可是你一副鬼樣子，是不是在你出門之前讓腿休息一下？再見。」

她在史崔克回答之前就離開了，史崔克坐在那兒，陷入深思，最後，他知道他得重拾艱難之途上樓去，把自己又撐起來，關上了窗，關掉電燈，鎖上了辦公室。

他剛把義肢踩在樓梯最底下的一級，手機就響了，不用看他就知道是羅蕾萊。她如果不設法把他傷得跟他傷她一樣重，她是不會罷手的。史崔克小心地、慢吞吞地盡可能用那條好腿來支撐體重，爬上了樓梯，走向床鋪。

49

羅斯莫莊的羅斯莫一家——有神職人員，有軍人，有位居國家高位的人——都是光明磊落的人，每一個……

——亨里克．易卜生《羅斯莫莊園》

羅蕾萊不死心。她想要跟史崔克見面，想知道她為什麼將人生中近乎一年的時間蹉跎在一個情感吸血鬼的身上。

「你欠我一次見面。」她說。史崔克在隔天午餐時終於接起了電話。「我想見你，你欠我的。」

「見了面又有什麼好處？」他反問她。「我看了妳的電郵，妳把妳的感受說得很清楚了，我從一開始就告訴過妳我要什麼，不要什麼——」

「少來那套『我從來沒假裝過我要的不是露水姻緣』的廢話，你走不了路的時候找的是誰？那時候你倒是不介意我扮演你的老婆——」

「所以我們兩個都認為我是混蛋。」他說，坐在廚房兼客廳裡，截肢的腿伸長在面前的椅子上。他只穿了四角褲，但馬上就得戴上義肢，打扮得人模人樣，以便融入亨利．卓蒙德的畫廊。「我們就祝福彼此，然後——」

「不行，」她說，「你休想這麼容易脫身，我那時很開心，我過得很好——」

「我從來不想害妳難過，我喜歡妳——」

「你喜歡我。」她尖聲重複。「在一起一年了，而你才喜歡我——」

「妳到底想怎麼樣？」他說，終於失去耐性。「要我瘸著腿走紅毯，該有的感覺都沒有，我根本就不想要，恨不得能逃得遠遠的？妳是在逼我說不想說的話，我不想要傷害任何人——」

「你已經傷害了！你傷了我！現在你卻想假裝沒事人一樣拍拍屁股走人！」

「難不成我要讓妳當著一整間餐廳客人的面前大吵大鬧？」

「我要的是，」她說，哭了起來，「不去感覺我好像可以是別人，我想要一個結局，將來回想起來不會害我覺得像用過就丟的廉價品——」

「我從來沒有這麼看妳，我現在也沒有這麼看妳。」他說，閉著眼睛，希望他在華道的派對上沒有穿過那個房間。「事實上，妳太——」

「別跟我說我太好了你配不上。」她說。「讓我們兩個都留點自尊。」

她掛斷了，史崔克最主要的感覺是鬆了口氣。

沒有別的調查曾把史崔克如此確實地帶回倫敦的這一個小區，幾小時後計程車讓他在微有坡度的聖詹姆士街下車，紅磚聖詹姆斯宮就在眼前，右邊則是公園廣場的普拉特俱樂部。付錢給司機之後，史崔克朝卓蒙德的畫廊前進，畫廊在街的左手邊，夾在酒店和帽店之間。史崔克雖然穿上了義肢，仍拄著一根折疊式手杖，是蘿蘋幫他買的，在他又因為斷腿無力承受體重之後。

儘管羅蕾萊的電話表示他掙脫了一段他不想要的關係，卻仍然留下了陰影。他心頭雪亮，就算不從字面上詮釋，她的某些指責也確實是言之成理。雖說他打從一開始就擺明了他要的既不是承諾也不是永恆，可是他也知道羅蕾萊的解釋是「目前」而不是「永久」，而他也沒去糾正她的錯誤印象，因為他想要分散心神，想抵禦蘿蘋的婚禮後就死咬住他不放的感覺。

不過，隔絕感情這種本事（讓夏綠蒂總是有怨言，羅蕾萊也針對此寫了一大段的電郵剖析他的人格）卻從來沒有讓他失望過。他提早兩分鐘抵達，史崔克把注意力轉移到他打算詢問已故賈斯伯・齊佐的老朋友亨利・卓蒙德的問題上。

停在畫廊的黑色大理石門面旁，他看見自己映在櫥窗上的倒影，扶了扶領帶。他穿了最好的那套義大利西裝。在他的倒影後面，纖塵不染的玻璃後只擺了一具畫架，架上有一幅金框畫作，圖畫中有一對馬，史崔克覺得很不寫實，馬頸像長頸鹿，瞪大眼睛，十八世紀的騎師騎在馬背上。

推開沉重的門，畫廊清涼安靜，地板是打磨得極光亮的白色大理石。史崔克拄著手杖走得小心翼翼，白色牆面上掛著競技與野生動物的圖畫，都以小心安排的燈光突顯，所有的畫都裱了鍍金框，有一名身著緊身黑洋裝的金髮女郎從側門出來。

「喔，午安。」她說，也沒問他的姓名，就直接走向畫廊的後面，高跟鞋踩在地磚上叮叮響。「亨利！史崔克先生到了！」

一道隱藏的門打開來，卓蒙德走出來：面貌古怪，五官酷似苦行僧，縐著鼻子，鎖著黑眉，下巴與脖子上有一圈圈的肥肉，就有如清教徒被困在活潑愉快的大地主軀體中，他蓄著連鬢鬍，身穿暗灰色套裝和背心，有一種錯不了的上流社會外表。

「幸會幸會。」他說，伸出了一隻又熱又乾的手。「到辦公室來。」

「亨利，羅斯太太剛才打電話來。」金髮女郎說，史崔克走入了暗門後的小房間，桃花心木書架上擺滿了書，井井有條。「她想在我們打烊之前來看那幅蒙寧思，我跟她說那一幅已經被預定了，可她還是想——」

「她來時通知我。」卓蒙德說。「可以送茶進來嗎，露辛妲？還是咖啡？」他問史崔克。

「茶就好，謝謝。」

「請坐。」卓蒙德說，史崔克依言坐下，很感激是一張又大又穩的皮椅。橫隔兩人的古董桌上只有一匣雕花書寫紙、一枝鋼筆、一把象牙柄銀刃拆信刀。「嗐，」亨利・卓蒙德重重地說，「你在為他們家調查這一件駭人聽聞的事情？」

「沒錯，你介意我作筆記嗎？」

「請便。」

史崔克拿出筆記本和筆。卓蒙德輕輕轉著他坐的旋轉椅。

「實在是太意外了。」他輕聲說。「當然，很容易就會聯想到外國干預，政府首長，全世界的目光都在注視倫敦奧運等等……」

「你不認為他會自殺？」史崔克問。

卓蒙德重重嘆氣。

「我認識他四十五年了，他的人生有不少的波折，他都一一克服了——跟派翠西雅離婚，弗芮迪戰死，辭退公職，拉斐爾的驚人車禍——他現在才尋短見？在他當上了文化事務部長，在一切似乎都恢復正軌之後……

「因為保守黨是他的命脈，你知道。」卓蒙德說。「是啊，他連血都是藍色的，痛恨被排斥，興高采烈能又再起，當上了部長……我們年輕的時候都打趣說他會成為首相，不過那個夢想已經消逝了。賈斯伯總是說：『忠誠的保守黨喜歡混蛋或是蠢蛋。』而他既不是混蛋也不是蠢蛋。」

「那麼你的意思是他在死亡的那段時間精神還不錯？」

「呃……這個嘛，不，我不能這麼說。他有壓力，有心事——可是自殺？絕對不會。」

「你最後一次跟他見面是在什麼時候？」

「最後一次是在這裡，在畫廊裡見的面。」卓蒙德說。「我連日期都記得：六月二十二星期五。」

史崔克知道那個日子是他和齊佐的第一次見面，他記得部長在他們到普拉特吃完午餐之後就走向卓蒙德的畫廊。

「那你覺得他那天的心情如何？」

「他極為憤怒，」卓蒙德說，「不過也是難怪，看他發現了什麼事，在這裡。」

卓蒙德拿起了拆信刀，在粗手指間小心轉動。

「他的兒子——拉斐爾——剛被發現，第二次——呃——」

卓蒙德頓了頓。

「——行為不檢，」他說，「跟我當時雇用的一個年輕人，在我後面的這間浴室裡。」

他推著一扇黑色的暗門。

「我逮到過他們一次，一個月之前。第一次我沒告訴賈斯伯，因為我覺得他要操心的事已經夠多的了。」

「怎麼說？」

卓蒙德把玩著華麗的象牙，清清喉嚨，說：

「賈斯伯的婚姻不——那時候……我是說金娃娜是個頭痛人物，很麻煩的女人，她那時一直在煩賈斯伯，要他讓她的一匹母馬和『托提拉斯』配種。」

史崔克一臉茫然，卓蒙德再加以解釋：

「那是一匹頂尖的盛裝舞步馬，精子要價約一萬鎊。」

「天啊。」史崔克說。

「是啊。」卓蒙德說。「如果金娃娜不能得其所願……也不知道是脾氣的關係，還是什麼更不為人知的一面——真正的心理問題——反正，賈斯伯那時跟她鬧得非常不愉快。

「後來他又遇上了拉斐爾闖的大禍，咳，車禍——那個可憐的年輕媽媽死了——媒體，以及之後沒完沒了的事，他的兒子入獄……我這個做朋友的也就不想再給他愁上添愁了。

「第一次發生的時候我告訴拉斐爾說我不會通知賈斯伯，可是我也給了他最後警告，如果他再不檢點，我也顧不得跟他父親的交情了，我會開除他。我也得顧慮法蘭西絲嘉，她是我的教女，十八歲，被他迷得神魂顛倒，我不想也得知會她的父母。

「所以我一走進來，聽見他們的聲音，我真的沒有選擇。我還以為讓拉斐爾一個人留守不會有問題，因為法蘭西絲嘉那天沒班，不過當然了，她特地為了他溜過來，在她的休假日。

「賈斯伯到的時候發現我在搥門，沒辦法遮掩了。拉斐爾想擋住門口不讓我進浴室，讓法蘭西絲嘉爬窗出去。她不敢面對我，我打電話給她的父母，說出了前因後果，她就再也沒回來了。

「拉斐爾．齊佐，」卓蒙德重重地說，「是個壞胚子。弗芮迪，死了的那個——碰巧也是我的教子——好上一百萬倍……唉，唉，」他說，一次又一次轉動著拆信刀，「不應該這麼說的，我知道。」

辦公室門打開來，年輕金髮女郎托著茶盤進來，放下兩只銀壺，一只裝熱水，骨瓷杯碟，一碗方糖附小夾子，史崔克忍不住默默跟他在偵探社裡的茶比較。

「羅斯太太到了，亨利。」

「跟她說我還要二十分鐘左右，她不趕時間的話，就請她稍等。」

「那麼，」史崔克等露辛妲離開之後就說，「當天並沒有多少時間談話？」

「是啊。」卓蒙德不開心地說。「賈斯伯是來看拉斐爾上班的情況的，相信一切都會順利美好，結果一到這兒就撞見那種場面……他一弄清是怎麼回事，顯然就完全站在我這一邊，其實是他動手把孩子從浴室門口推開的，然後他臉色灰白。他有心臟病，你知道，糾纏他好幾年了，他相當突然地在馬桶上坐了下來。我非常擔心，可是他不肯讓我打電話給金娃娜……

「拉斐爾至少還懂得羞恥，想幫助他的父親。賈斯伯叫他滾出去，要我關上門，把他擋在外面……」

卓蒙德這時的語氣已粗暴生硬，打住不說，為自己和史崔克倒茶，他顯然心情沮喪。他為自己加了三顆糖，茶匙輕撞著杯子。

「抱歉。那是我最後一次見到賈斯伯。他從浴室出來，臉色還是極差，跟我握手，道歉，說他讓最老的朋友……讓我失望了。」

卓蒙德又咳嗽，吞嚥了一下，再往下說，似乎頗為費力。

「其實都不是賈斯伯的錯，拉斐爾的道德觀完全是從他母親那兒學來的，而她最多只能說是個高級……唉，唉。遇見歐妮拉真的是賈斯伯一切麻煩的開端。要是他能只有派翠西雅一個……

「唉，這是題外話，我之後就沒再見過賈斯伯了。不瞞你說，我在葬禮上很勉強才跟拉斐爾握手。」

卓蒙德喝了一小口茶，史崔克也喝了一口。太淡了。

「聽起來非常不愉快。」偵探說。

「可以這麼說。」卓蒙德嘆道。

「你可以體諒我不得不問一些敏感的問題。」

「當然。」卓蒙德說。

「你和依姬談過，她有沒有說賈斯伯．齊佐被勒索？」

「她提到了。」卓蒙德說，瞄了一眼門口，確認門關得牢牢的。「他沒跟我提過一個字，依姬說是奈特家的一個……住在他們土地上的一家人，做父親的是個幹雜活的吧？至於文恩夫婦，唉，不會，我不認為他們和賈斯伯的關係和睦，奇怪的一對夫妻。」

「文恩家的女兒芮安娜會擊劍。」史崔克說。「她跟弗芮迪．齊佐同在英國青少年擊劍隊上。」

「是啊，弗芮迪非常厲害。」卓蒙德說。

「芮安娜也獲邀參加弗芮迪的十八歲生日派對，可是她小個兩歲，她自殺的時候才十六。」

「真是可怕。」卓蒙德說。

「你一點也不知道？」

「我怎麼會知道？」卓蒙德說，兩眼之間出現皺摺。

「你沒參加派對？」

「其實我還真去了，我是教父嘛。」

「你不記得芮安娜？」

「天啊，我怎麼可能記得住那麼多的名字！那天將近有一百個年輕人，賈斯伯在花園裡架了大帳篷，派翠西雅安排了尋寶活動。」

「真的？」史崔克說。

他自己的十八歲生日派對是在秀爾迪奇的破舊酒吧裡度過的，當然不會有尋寶活動。

「就在他們家的土地上，你知道。弗芮迪最愛競賽，每條線索都會有一杯香檳當獎品，滿歡樂的，嘻嘻哈哈的不傷和氣。我負責第三條線索，就在孩子們稱之為山坳的地方。」

「奈特家農屋旁的大洞？」史崔克隨口問。「我看到的時候長滿了蕁麻。」

「我們並沒有把線索放在山坳裡，是放在肯特的傑克家的門墊底下。他有酗酒的毛病，可不能讓他靠近香檳，我拿把庭院椅坐在山坳的邊緣，看著他們尋寶，找到線索的人就可以得到一杯香檳，喝完他們就走了。」

「給不滿十八歲的孩子喝？」史崔克問。

微微被這種潑冷水的態度刺激，卓蒙德說：

「沒有人非喝香檳不可，那是十八歲生日，是在慶祝。」

「那賈斯伯．齊佐從沒跟你提過什麼他不想見報的事情？」史崔克問，回到重點。

「沒有。」

「他要求我找出牽制勒索者的情報時，跟我說他無論做了什麼都是六年前的事了，他暗示說當時並不違法，現在卻違法。」

「我一點也想不出會是什麼事，賈斯伯是個非常遵守法令的人，你知道。他們全家都是社區的砥柱，定時上教堂，為當地做了許許多多的事……」

緊接著是一連串齊佐的豐功偉業，大約說了兩分鐘，卻一點也沒有騙過史崔克，卓蒙德是在混淆事實，他很肯定，因為卓蒙德對於齊佐做過什麼心知肚明。他讚頌齊佐以及全家人的善良本性，幾乎像在作詩，當然唯有害群之馬拉斐爾例外。

「……而且總是捐款助人，」卓蒙德最後說，「提供當地女童軍小巴士，修復教堂屋頂，甚至是在家裡的經濟……唉，唉。」他又說，略顯尷尬。

「可供勒索的把柄。」史崔克又說，卻被卓蒙德打斷。

「沒有把柄。」他忽然醒悟。「你剛才不就這麼說的嗎，賈斯伯告訴你他沒做什麼違法的事情，沒有違犯法律。」

史崔克斷定逼問卓蒙德勒索一事不會有什麼進展，就把筆記本翻過一頁，覺得看見了對方鬆了口氣。

「齊佐死的那天早晨你打電話給他？」史崔克問。

「是的。」

「那是你開除拉斐爾之後你們第一次談話嗎？」

「其實不是，兩星期之前就談過話。我太太想邀請賈斯伯和金娃娜過來吃飯，我打到文化媒體暨體育部，打破僵局，你知道，在拉斐爾闖禍之後。我們沒說多少，不過氣氛倒融洽。他說那天晚上他們有事，還說……唉，坦白說，他告訴我他不確定還會跟金娃娜在一起多久，說婚姻陷入了麻煩，他的語氣疲倦，心力交瘁……很不快樂。」

「直到十三號你們都再沒有聯絡？」

「十三號我們都沒聯絡。」卓蒙德提醒他。「我是打給了賈斯伯，可是沒人接，依姬跟我說——」他躊躇不決。「她說他那時可能已經死了。」

「那時候打電話滿早的。」史崔克說。

「我……我有消息以為他應該知道。」

「哪種消息？」

「私事。」

史崔克耐心等待。卓蒙德喝茶。

「是他們的家庭經濟，我想你也知道了，賈斯伯死時已經是家道中落了。」

「我知道。」

「他賣了地，又把倫敦的房產再抵押，借我之手轉讓了所有的好畫。他山窮水盡了，到後面還想把老叮叮留下的東西賣給我。這件事……其實有點難堪。」

「為什麼？」

「我買賣的是藝術史上的大師。」卓蒙德說。「我不買不知名的澳洲民間畫家畫的斑點馬，出於對賈斯伯的敬重，看在老朋友的份上，我請了佳士得的專家幫我估價。只有一幅畫還可以，畫的是一匹黑白花母馬和——」

「我想我見過。」史崔克說。

「——可也只是一點零頭。」卓蒙德說。「零頭。」

「據你估計是多少？」

「最多五到八千鎊。」卓蒙德不以為意地說。

「對別人來說可是筆不小的零頭。」史崔克說。

「我親愛的朋友，」亨利・卓蒙德說，「那點錢連修理齊佐園十分之一的屋頂都不夠吶。」

「可他還是考慮要賣？」史崔克問。

「還有另外六幅。」卓蒙德說。

「我記得齊佐太太好像格外喜歡那幅畫。」

「我認為到最後他太太的願望在他的心中不會有多少分量……唉，」卓蒙德嘆氣說，「實在是太為難了，我真的不願由我來告訴他們家一些我知道只會傷害激怒他們的話，他們已經夠苦的了。」

他以指甲輕扣牙齒。

「我跟你保證，」他說，「我打電話給賈斯伯的原因跟他的死一點關係也沒有。」

可是他似乎又拿不定主意。

「你一定得找拉斐爾談一談，」他說，顯然是在小心選詞用字，「因為我認為……可能……我不喜歡拉斐爾，」他說，彷彿之前並沒有表示得很清楚了，「可是我認為，其實，他父親過世的那天早晨他做了一件非常有榮譽感的事情。至少我是看不出他能從中獲得什麼利益的，而且我覺得他保持沉默的理由跟我一樣。他是他們家的一份子，比我更有資格決定該怎麼做，去找拉斐爾談。」

史崔克有種感覺：亨利・卓蒙德寧可要拉斐爾不受家人喜歡。

有人敲辦公室門，金髮露辛妲探頭進來。

「羅斯太太身體不舒服，亨利；她得走了，可是她想說再見。」

「好，好。」卓蒙德說，站了起來。「我只怕是幫不上什麼忙了，史崔克先生。」

「非常感激你撥冗見我。」史崔克說，也站了起來，只是滿艱難的，再拿起他的手杖。

「我能問最後一件事嗎？」

「當然。」卓蒙德說，停了下來。

「你了解『他把馬放上去』這句語有什麼含義嗎？」

卓蒙德真的一臉迷惘。

「誰放什麼馬……放哪兒？」

「你不知道這句話的意思？」

「我真的不知道，真是太抱歉了，可是你也聽見了，我有位客戶在等我。」

史崔克別無他法，只能跟著卓蒙德回到畫廊。

露辛妲立在沒有旁人的畫廊中央，正在照料一位坐在高椅上喝著水的大腹便便的深髮色孕婦。

史崔克一認出夏綠蒂就知道，這第二次的相遇不可能是偶然。

50

……你給我打了烙印，永久的——烙印了我終身。

——亨里克．易卜生《羅斯莫莊園》

「小柯。」她虛弱地說，透過杯緣張口結舌看著他。她很蒼白，可是史崔克知道她為了自己的利益而布置這一幕戲是什麼都肯做的，包括漏掉一餐或是搽上白色粉底，所以他只是點點頭。

「喔，你們認識？」卓蒙德意外地說。

「我得走了。」夏綠蒂咕噥著說，站了起來，而不放心的露辛妲則隨侍在側。「我遲到了，我要跟我妹見面。」

「妳確定妳可以嗎？」露辛妲說。

夏綠蒂給了史崔克微顫的笑容。

「你願意陪我走過去嗎？只有一條街。」

卓蒙德和露辛妲都轉向史崔克，顯然很樂意把這位有財富、有人脈的少婦推給他。

「恐怕我不是最佳人選。」史崔克說，指著他的手杖。

他感覺到卓蒙德和露辛妲的驚訝。

「如果我真的要生了，我會先給你一堆警告。」夏綠蒂說。「拜託？」

他大可說不，他也可以說：「妳何不叫妳妹到這裡來見面？」她非常清楚，這樣的拒絕會讓他顯得粗野無禮，可是這些人他以後可能還有話要問。

「好吧。」他說，聲音雖粗魯卻不顯得突兀。

「非常感謝妳，露辛妲。」夏綠蒂說，從椅子上滑下來。

她穿著黑色T恤、孕婦牛仔褲和運動鞋，外罩米色絲質風衣。她穿的每一件衣物，即使是便服，也都品質精良。她一向偏愛單色、極簡或經典設計，可以將她驚人的美貌襯托得更加明豔照人。

史崔克扶著門，因為她蒼白的臉色而想到了那次蘿蘋靈巧地閃開了一輛出租車，逃過了在漆黑的冰上撞車的死劫之後面色轉白，布滿冷汗。

「謝謝你。」他對亨利．卓蒙德說。

「我的榮幸。」藝術經銷商拘謹有禮地說。

「餐廳並不遠。」夏綠蒂在畫廊的門關上之後說，指著上坡路。

兩人肩併肩而行，路人可能會以為他是她腹中孩子的爹。他能聞到她肌膚上的香水味，他知道是「一千零一夜」。她從十九歲起就使用這一款香水，他有時也會買來送她，他又一次想起了多年之前步行前往一家義大利餐廳，結果是和她父親不歡而散。

「你以為是我安排好的。」

史崔克不吭聲，他絲毫不想落入爭吵或是懷想之中，兩人走過了兩條街他才開口。

「餐廳在什麼地方？」

「哲敏街，法蘭科餐廳。」

她一說出這個名字，史崔克就想起來了，就是那一家多年前他們和夏綠蒂的父親見面的餐廳。他們的爭吵雖然短暫，卻極盡惡毒之能事，因為在夏綠蒂的貴族家庭中每一個人的血管中都流著羈束不住的怨毒，但是後來她跟史崔克回到她的公寓，兩人激情熱烈地做愛，他現在真巴不得能夠把這段記憶一筆勾銷，她即便是在高潮時也仍在哭，熱淚滴落在他的臉上，同時她又愉悅地大叫。

「噢，停下來。」她突然說。

史崔克轉身。夏綠蒂雙手抱著肚子，退進某家的門洞，皺著眉頭。

「坐下來。」他說，很氣憤還得要想辦法幫她。「坐在台階上。」

「不。」她說，做了幾個深呼吸。「只要送我到法蘭科，你就可以走了。」

兩人繼續前進。

餐廳領班一臉關切：很顯然夏綠蒂的狀況不佳。

「我姐姐來了嗎？」夏綠蒂問。

「還沒有。」領班焦慮地說，而且也像亨利・卓蒙德以及露辛妲一樣看著史崔克，指望他來分擔這個令人心驚又無解的問題。

差不多一分鐘後，史崔克佔了窗邊兩人座應屬亞美莉雅的位置，服務生送上了一瓶水，夏綠蒂仍在深呼吸，領班把麵包放在兩人之間，支支吾吾地說夏綠蒂吃點東西可能會比較好，但也輕聲向史崔克建議有需要的話他隨時都可以叫救護車。

終於只剩下他們兩個了，史崔克仍是裝悶葫蘆。他打算等夏綠蒂的面色轉紅，或是她的姐姐抵達，就要離開。四周都是打扮入時的客人，享受著葡萄酒和麵點，置身於有品味的木頭、皮革、玻璃裝飾之中，白紅雙色幾何壁紙上吊著黑白印刷品。

「你以為是我安排好的。」夏綠蒂又咕噥著說。

史崔克不吭聲，他在留意夏綠蒂的姐姐，他有多年未見了，而且她如果發現他坐在這裡，絕對會驚駭莫名。說不定又會有一場礙於其他客人而抿緊嘴唇的吵架，然後針對他的個性、他的背景、他護送這位富裕的、懷孕的、已婚的前女友來赴晚餐之約的動機又有了新的抹黑中傷。

夏綠蒂拿了一根麵包棍，吃了起來，同時緊盯著他。

「我真的不知道你今天會去那裡，小柯。」

他一個字也不信，在蘭開斯特府碰見是巧合：兩人視線相遇時他從她眼中看出驚訝，可是這一次卻怎麼說都不可能是湊巧。要不是他知道不可能，他甚至會猜測她是知道了他今天早晨跟女朋友吹了。

「你不相信我。」

「無所謂。」他說，仍然掃描街道尋找亞美莉雅。

「露辛妲說你在那兒，我真的嚇了一大跳。」

放屁，她才不會說是誰在辦公室裡，妳早就知道了。

「最近我常常這樣。」她不改口。「他們說是假性收縮，懷孕真是討厭死了。」

他知道他沒有偽裝住他當下的想法。她向前傾，輕聲說：

「我知道你在想什麼，我也忘不掉，真的。」

「少來，夏綠蒂。」他說，感覺腳下的土地開始龜裂搖晃。

「我失去——」

「我不會重蹈覆轍。」他說，語調帶著警告。「我們不會回憶兩年前的約會，我不在乎。」

「我去做了測試，到我母親的——」

「我說了我不在乎。」

他想離開，可是她的臉色卻更蒼白，嘴唇輕顫，凝視著他，以那雙熟悉得恐怖的褐斑綠眸，而這時綠眸溢滿了淚水，隆起的肚子仍不像是她身上的一部分。要是她掀起T恤露出一個枕頭來，他也不會全然意外。

「我希望是你的。」

「鬼扯淡，夏綠蒂——」

「如果是你的，我會很高興。」

「少來這一套，妳跟我一樣都不想要孩子。」

眼淚滴了下來。她擦掉頰上的淚，手指顫抖得更厲害，隔壁桌的一個男人假裝沒在看，夏綠蒂對於自己對別人的影響總是高度自覺，她瞧了那個人一眼，害他慌慌張張回頭去吃義大利餛飩，然後她撕了塊麵包，放進嘴裡，一面咀嚼一面哭。最後她喝水幫助吞嚥，再指著肚子，低聲說：

「我為他們難過，我只有這個感覺：憐憫。我為他們難過，因為我是他們的母親而傑哥是他們的父親。唉，人生竟然是這樣開始的，剛開始我忙著想出一個自殺而不會連累他們一起死的辦法。」

「少他媽的任性了。」史崔克粗聲粗氣地說。「他們會需要妳。」

「我不想被需要，我從來就不想，我想要自由自在。」

「好讓妳自殺？」

「對，或是設法讓你再愛我。」

他向前傾。

「妳結婚了，妳懷著他的孩子，我們已經結束了，過去了。」

她也向前靠，帶淚的臉龐是他見過最美麗的臉，他能聞到她身上的「一千零一夜」。

「我永遠都只最愛你一個。」她說，面色雪白，美得驚人。「你知道我說的是實話，我愛你勝過了我愛家人，我也會愛你勝過我愛孩子，我會在嚥下最後一口氣時愛著你，傑哥跟我上床時我心裡想的是你——」

「再說下去我就走了。」

她向後靠著椅背，瞪著他，彷彿他是一列接近的火車，而她被綁在鐵軌上。

「你知道是真的。」她的聲音沙啞。「你知道的。」

「夏綠蒂——」

「我知道你要說什麼，」她說，「你要說我是騙子。對，我是，我是騙子，可是大事上我不會騙人，大事上從來不會，藍仔。」

「不要那樣叫我。」

「你不夠愛我——」

「妳他媽的少推到我頭上。」他說，實在是氣不過。沒有人能讓他這樣：沒有人能這麼接近。「到頭來——什麼都是為了妳自己。」

「你不肯妥協——」

「喔，我妥協了，我搬去跟妳住，遂了妳的心願——」

「你不肯接下爹地給你的工作——」

「我自己有工作，我有偵探社。」

「偵探社的事是我看錯了，我現在知道了，你的成就很了不起……我每一篇報導都沒放過，從以前到現在，傑哥發現了我一直在注意你——」

「妳該掩藏形跡吧？妳背著我跟他胡搞的時候，妳對付我可就小心多了。」

「我跟你在一起的時候沒有跟傑哥上床——」

「我們分手兩個星期妳就跟他訂婚了。」

「會那麼快是因為我故意的。」她氣呼呼地說。「你說我騙你有了孩子，我很傷心，很生氣——你跟我本來是會結婚的，要不是你——」

「菜單。」服務生跟幽靈一樣冒了出來，遞給他們各一份菜單，史崔克揮手拒絕。

「我沒有要留下來。」

「幫亞美莉雅拿。」夏綠蒂指示他，他就抽走了服務生手上的菜單，啪地一聲摜在桌上。

「我們今天有兩樣特別推薦。」服務生說。

「我們看起來像是想聽特別推薦的樣子嗎？」史崔克咆哮道。服務生僵立了一秒，滿臉震驚，然後才從擁擠的餐桌間退開，一副深受侮辱的樣子。

「妳這滿口浪漫的屁話。」史崔克說，探身向前。「妳想要的東西我供不起，每一次都是，妳恨透了貧窮。」

「我表現得像個寵壞了的混蛋，」她說，「我知道我是，後來我嫁給了傑哥，得到了一切我認為我值得的東西，結果我他媽的只想死。」

「我說的不只是度假和珠寶，夏綠蒂，妳想要毀了我。」

她的表情變得僵硬，太常見了，接下來就會是最激烈的爆發，真正的恐怖場面。

「凡是妳不想要的，妳都不想讓我要，如果我放棄軍隊，放棄偵探社，放棄大衛・波華斯，放棄每一個造就今日的我的東西，就能證明我愛妳。」

「我沒有，我從來沒有想要毀了你，這樣說太殘忍——」

「妳想讓我粉身碎骨，因為妳就是那種人，妳得毀了這段情，因為如果毀不了，它可能會漸漸消散，妳非得要主宰不可，由妳親自動手，妳就不必看著它死。」

「看著我的眼睛說你愛過別人，像愛我一樣。」

「沒錯，我是沒有，」他說，「謝天謝地。」

「我們在一起有過幸福的時光——」

「妳得提醒我都是哪些時光。」

「那晚在小法國班吉的船上——」

「——妳的三十歲生日？康瓦耳的聖誕節？簡直是他媽的開心得上天了。」
她的手按著肚子，史崔克覺得他看見了薄薄的黑色T恤下有動靜，又一次覺得她的皮膚下似乎躲著什麼非人類的異種。
「十六年，斷斷續續，我給了妳我力之所及的一切，卻永遠都不夠。」他說。「到了一個時間點，妳就不會再想要拯救那個一心一意只想要把妳往下拖的人了。」
「喔，拜託。」她說，轉眼間那個脆弱絕望的夏綠蒂消失了，代之而起的是某個更強悍、眼神冷靜聰慧的人。「你才不想救我呢，藍仔，你是想要解決我。那可是大不相同。」
史崔克歡迎這一個夏綠蒂再次出現，這一個跟那個嬌弱版在每個方面都酷似，但是卻讓他傷害起來良心不會那麼不安。
「我現在在妳眼裡值錢了，是因為我出名了，而妳嫁給了一個混帳。」
她眼也不眨就接下了這一回合攻勢，只是臉色變得稍紅，吵架一向讓夏綠蒂樂在其中。
「你真是太沒有新意了，我就知道你會說我回來是因為你出名了。」
「哼，只要有好戲，妳就會想搶戲，夏綠蒂。」史崔克說。「我好像還記得上一次，我剛炸掉了腿。」
「你這個王八蛋。」她說，冷冷一笑。「我照顧你那麼多個月，你就是這麼解釋的？」
他的手機響了：蘿蘋。
「嗨。」他說，別過頭去看著窗外。「什麼事？」
「嗨，只是告訴你今天晚上不能見面。」蘿蘋說，約克郡腔比平常還重。「我要跟朋友出去，跑趴。」
「芙莉克在聽吧？」史崔克說。
「對，哼，你要是寂寞的話，幹嘛不打電話給你老婆？」蘿蘋說。

「好，我會打。」史崔克說，儘管夏綠蒂隔著桌子冷冷地瞪著他，他還是覺得很好玩。「妳要我對妳大吼大叫嗎？加強效果？」

「不要，你給我滾。」蘿蘋大聲說，接著就掛斷了。

「那是誰？」夏綠蒂說，瞇起了眼睛。

「我得走了。」史崔克說，收起手機，伸手去拿手杖，剛才跟夏綠蒂吵架時掉到了桌子底下，夏綠蒂知道他想做什麼，身體一側就搶先把手杖撿了起來。

「我給你的那根呢？」她說。「那支麻六甲白藤的？」

「妳自己留下了。」他提醒她。

「這支是誰幫你買的？蘿蘋？」

夏綠蒂疑神疑鬼，經常妄自指控，不過偶爾也會瞎貓碰上死耗子。

「事實上，確實是她買的。」史崔克說，話一出口立刻後悔，他在玩夏綠蒂的遊戲，而且她立刻就變成了第三版罕見的夏綠蒂，既不冷酷也不嬌弱，而是誠實到不留情面的程度。

「只有一個想法幫我熬過懷孕期，就是我一生完就可以離開。」

「妳打算丟下自己的孩子，在他們離開子宮之後？」

「再三個月，我動彈不得，他們都太想要男孩，幾乎不讓我離開他們的視線。等我生下孩子，就不同了，我可以走了。我們都知道我不是個好母親，他們跟著羅斯家會比較好，傑哥的母親已經等著當代理母親了。」

史崔克伸手要手杖，她遲疑了一下才遞給他，他站了起來。

「幫我問候亞美莉雅。」

「她沒有要來，我騙你的，我知道你會去亨利那裡，我昨天跟他私下賞畫，他跟我說你要去找他。」

「再見，夏綠蒂。」

「我要你回來，你難道不想事先得到通知？」

「可是我不要妳。」他說，俯視著她。

「真人面前別說假話，藍仔。」

史崔克瘸著走出餐廳，經過瞪大眼睛的服務生，好像所有人都知道他對他們的同事有多粗魯，他摔上門走到街上，感覺像被追逐，好像夏綠蒂拋射了一隻幽魂在他背後，會一直尾隨他，直到他們兩人再次見面為止。

51

你能分給我一兩個理想嗎？

——亨里克．易卜生《羅斯莫莊園》

「妳是被洗腦了，以為非這樣不可。」無政府論者說。「妳得調整妳的腦袋，習慣一個沒有領導人的世界，沒有一個人可以比別人擁有更多權力。」

「對。」蘿蘋說。「那你從來都不投票？」

哈克尼的「威靈頓公爵」在這個星期六晚上高朋滿座，不過漸深的黑夜氣溫仍高，十來個芙莉克的朋友和「反奧」的同志很樂意能在波斯塘路的人行道上閒蕩，先喝酒再回芙莉克那裡開趴，有許多人手上提著廉價紅酒和啤酒了。

無政府論者大笑搖頭。他瘦長個子，留著金色雷鬼頭，臉上有一堆穿環，蘿蘋覺得她認得他混在殘奧歡迎會那晚的群架裡，他已經給她看了他帶來要為派對提供歡樂的那坨濕軟的大麻，蘿蘋裝出會意的興趣，其實她的毒品經驗僅止於短暫的大學生涯中抽過兩口大麻煙斗。

「妳好天真喔！」他說。「投票是民主騙局的一環！毫無意義的儀式，讓社會大眾以為他們有發聲的機會，有什麼影響力！其實是紅派和藍派保守黨分享權力的交易！」

「那如果不是投票，答案是什麼？」蘿蘋問，抱著幾乎沒碰的半杯啤酒。

「社區組織，抵抗和大型示威。」無政府論者說。

「誰來組織？」

「社區本身啊，妳真的是被洗腦了，」無政府論者又說一次，嘻嘻一笑沖淡嚴厲的語氣，因為他喜歡這個約克郡的社會主義者芭比．康利菲這種有話就說的作風，「以為妳需要領袖，可是人民只要被喚醒了，就會知道他們可以自己來。」

「那誰要來喚醒他們？」

「活躍分子，」他說，猛拍自己薄弱的胸膛，「他們既不是為了錢也不是為了權，他們想要的是人民的授權，而不是控制人民。看，就連工會——我沒有別的意思，」他說，因為他知道芭比．康利菲的父親曾是工會會員，「也是同樣的權力結構，領導人開始模仿管理——」

「妳還好吧，芭比？」芙莉克問，從人叢中推擠到她的身旁。「我們馬上就要走了，酒吧快打烊了，你在跟她說什麼啊，阿福？」她又問，透著一絲焦慮。

週六在珠寶店上了漫長的一天班，又交換了許多愛情生活（蘿蘋這方面全部是虛構的）的悄悄話之後，芙莉克變得對芭比．康利菲喜愛有加，甚至連說話都微微帶約克郡腔。到下午結束前，她發出了兩份邀請，一個是今晚的派對，另一個還有待她的朋友海莉的許可，最近她們同寢室的室友蘿拉搬走了，空出了床位。蘿蘋接受了這兩個邀請，打電話給史崔克作戲，同意了芙莉克的建議，趁著老闆不在，提早關店。

「他剛才說我爸比資本家好不到哪裡去。」蘿蘋說。

「去你的，阿福。」芙莉克說，而無政府論者大笑著抗議。

他們一夥人跌跌撞撞走在人行道上，在夜色中走向芙莉克的公寓，無政府論者雖然很想要繼續給蘿蘋上課，為她開示沒有領袖的世界的基本原理，卻被芙莉克趕了開去，她想跟蘿蘋說吉米。前方十碼處，一個矮胖留鬍、走路內八的馬克思信徒，蘿蘋知道他叫狄格比，單獨一個人走，帶領著全體。

「吉米可能不會來。」她跟蘿蘋說，蘿蘋覺得她是在為失望自我武裝。「他心情不好，擔心他弟弟。」

「他怎麼了？」

「精神分裂之類的。」芙莉克說。蘿蘋確定芙莉克知道正確的病名，但她覺得面對的是真正的勞動階級，所以假裝缺乏教育比較妥當，她下午時說溜了嘴，提到她念過一門大學課程，說完好像很後悔，所以就更注意她的遣詞用字。「誰知道，他有幻覺。」

「什麼幻覺？」

「以為政府在陰謀對付他之類的。」芙莉克說，輕笑了一聲。

「要命喔。」芭比說。

「對啊，他在住院，他給吉米惹了一堆的麻煩。」芙莉克說，塞了一根細細的捲煙到嘴裡，點燃了。「妳聽過柯莫藍．史崔克嗎？」

她把這名字說得像什麼疾病。

「誰？」

「私家偵探。」芙莉克說。「他常常上報，記不記得那個跳窗的模特兒，露拉．藍德利？」

「好像有印象。」蘿蘋說。

芙莉克扭頭去確認無政府論者阿福不在聽力範圍內。

「噯，比利跑去找他。」

「幹嘛？」

「因為比利的精神病啊。」芙莉克說，又輕笑了一聲。「他以為他很多年前看到了什麼——」

「什麼？」蘿蘋說，不小心問得太急。

「命案。」芙莉克說。

「天啊。」

「根本就沒有啦。」芙莉克說。「都是鬼扯淡，我是說，他是看到了什麼，不過根本就沒有人死掉，吉米也在，他知道，反正比利就跑去找這個討厭的偵探，害得我們現在甩不掉他了。」

「什麼意思？」

「他把吉米打了一頓。」

「那個偵探？」

「對，他跟蹤吉米去一場我們的示威活動，打了他，害吉米被逮捕。」

「我的媽。」芭比・康利菲說。

「暗黑帝國，對吧？」芙莉克說。「以前是軍人，什麼女王、國旗那一堆狗屁倒灶的。是這樣的，吉米跟我抓到了某個保守黨部長的小辮子——」

「真的？」

「對。」芙莉克說。「我不能跟妳說是什麼，可是事情很大條，結果全被比利搞砸了，讓史崔克來到處打聽，我們猜他攀上了政府——」

她猛地打住，視線追循著一輛剛經過的小汽車。

「我還以為是吉米哩。不是。我忘了，他的車壞了。」

她的心情又變壞了，今天在店裡較清閒時，芙莉克把她和吉米的戀愛史告訴了蘿蘋，大大小小的爭吵講和、重新談判，簡直像是某段爭議疆域的滄桑史。他們兩人對這段戀情的狀態看法似乎始終沒能一致，每一次的和談都在吵架與背叛中撕裂。

「要我說啊，妳把他甩了最好。」蘿蘋說。她一整天都在小心翼翼地離間芙莉克跟吉米，希望能釣出重要的情報，但是芙莉克顯然覺得她有必要對那個花心的吉米忠心耿耿。

「有那麼簡單就好了。」芙莉克說，又露出了現學現賣的約克郡腔。「我其實不是想結婚什麼的——」她哈的一聲，對這想法嗤之以鼻，「——他愛跟誰睡覺就跟誰睡覺，我也一樣，條件本來就是這樣的，我也沒意見。」

她在店裡已經跟蘿蘋解釋過她既是性別酷兒也是泛性戀，而一夫一妻制，仔細追究，就是父權制度的壓迫工具，不過蘿蘋懷疑這種說法其實是出自於吉米。兩人默默走了一會兒，夜色越來越濃，她們走入了地下道，芙莉克突然精神昂揚，說：

「我是說，我自己也玩得很開心。」

「那就好。」蘿蘋說。

「吉米如果都知道了，一定不會高興。」

內八字的馬克思信徒回過頭來，蘿蘋看見在街燈下他淡淡的冷笑，他顯然是聽見了芙莉克的話，而芙莉克忙著從郵差包的底下撈出大門鑰匙，似乎沒注意到。

「我們是在上面。」芙莉克說，指著一家小運動用品店樓上三扇亮著燈的窗戶。「海莉已經回來了，靠，我希望她沒忘記把我的筆電藏起來。」

公寓是從後面的入口上去的，樓梯間寒冷狹窄。雖然站在樓梯底，他們也能聽見〈黑鬼在巴黎〉（Niggas in Paris）的樂聲，上到平台之後，他們發現薄板門打開了，有些人靠著外頭的牆，分抽一根很粗的大麻煙。

「五萬對我這樣的大傻有啥用，（What's fifty grand to a muh- fucka like me.）」肯伊・威斯特（Kanye West）唱著饒舌，從燈光昏暗的室內傳來。

十來個新來的人加入了已經在室內的一大幫人。這麼小的公寓竟能裝進這麼多的人，實在教人驚訝，公寓顯然只有兩間臥室，一間迷你淋浴間和一間碗櫃大小的迷你廚房。

「我們用海莉的房間來跳舞，她的房間最大，妳要分住的。」芙莉克對著蘿蘋的耳朵大喊，硬擠進昏暗的房間裡。

房間只有兩串彩色小燈泡照明，另外就是那些察看簡訊和社群媒體的人手機散放的長形亮光，房間內已經彌漫著大麻味，擠滿了人。四名年輕女性和一個男人在地板中央跳舞，蘿蘋的眼睛逐漸適應了黑暗，看見了一張雙人床的床架，上鋪已經坐了一些人在抽大麻，她只看得見牆上有一面同志文化的彩虹旗，一張《噬血真愛》影集中的角色泰拉．頌恩的海報。

吉米和巴克萊早就搜查過這間公寓，尋找芙莉克從齊佐那兒偷的一張紙，卻無功而返，蘿蘋提醒自己，一面仍在黑暗中尋找可能的藏匿地點。蘿蘋猜想芙莉克是否隨時隨地都帶在身邊，可吉米絕對也會想到這一點，而儘管芙莉克說她是泛性戀，蘿蘋還是覺得吉米說服芙莉克寬衣解帶的機率會比她來得高。同時，黑暗也有助於蘿蘋把手偷塞入床墊和小地毯底下，可是派對實在是太擁擠了，她只怕是沒有機會在不引人側目的情況下這麼做。

「……找到海莉。」芙莉克在蘿蘋耳邊大吼，塞了一罐啤酒到她手裡，兩人又推擠著走出房間，進入芙莉克自己的房間。她的房間看來比實際的尺寸還要小，因為每一面牆上都貼滿了政治傳單和海報，橘色的「反奧」以及黑紅色的真社會主義黨比比皆是。床墊擺在地板上，上方天花板則釘著一面巨幅巴勒斯坦國旗。

房間裡已經有五個人，只亮著一盞檯燈。兩個年輕女人，一黑一白，四肢交纏躺在床墊上，而矮胖留鬍的狄格比坐在地板上，跟她們說話。兩個青少年笨拙地貼牆而立，偷偷摸摸盯著床上的女人，捲著大麻煙，兩顆頭顱湊在一塊。

「海莉，這是芭比。」芙莉克說。「她有興趣要租蘿拉的那一半房間。」

床上的兩個女孩都轉過頭來，是那個高䠷的、滿眼惺忪的、白金頭髮剃得貼近頭皮的女子回答。

「我已經說雪妮絲可以搬進來了。」金髮女郎說，語氣恍惚，而她懷裡的那名嬌小的黑膚女子親吻她的脖子。

「喔。」芙莉克說，驚愕地轉向蘿蘋。「靠，對不起。」

「沒事。」蘿蘋說，假裝失望。

「芙莉克，」有人在走廊上喊，「吉米在樓下。」

「喔，幹。」芙莉克說，手忙腳亂，可是蘿蘋看見她的臉上亮著喜悅。「在這裡等。」她對蘿蘋說，走向走廊的人群。

「布爾喬女孩，抓住她的手。（Bougie girl, grab her hand.）」Jay-Z在另一個房間唱著饒舌。

蘿蘋假裝是對床上的兩個女人和狄格比的談話感興趣，貼著牆慢慢往下滑，坐在黏合板地板上，啜飲著啤酒，同時悄悄瀏覽芙莉克的臥室。房間顯然是為了派對整理過。沒有衣櫃，卻有一根桿子吊掛外套和偶爾一穿的洋裝，黑暗的一角有一摞隨便折疊的T恤和毛衣。五斗櫃上擺著幾個豆豆公仔，還有雜亂的化妝品，另一角立著一些標語牌。吉米和巴克萊必定徹底搜查過這個房間。蘿蘋想到他們是否記得要搜查一下這些傳單的後面。可惜，即使他們沒搜查，她也沒辦法現在動手。

「聽著，這是最基本的東西。」狄格比對著床上的女生說。「妳們都同意資本主義部分就是靠廉價的女性勞力，對吧？所以女性主義，如果要有成效，就一定必須也是馬克思主義，兩者缺一不可。」

「與其說是資本主義還不如說是父權制。」雪妮絲說。

蘿蘋從眼角看見了吉米用力擠過窄仄的走廊，手臂圈著芙莉克的脖子。芙莉克則是一臉的開心。

「女性會受壓迫跟她們無法加入勞動力量有解不開的關聯。」狄格比說。

滿眼惺忪的海莉掙開了雪妮絲的身體，伸長手默默向那對黑衣青少年懇求。他們的大麻從蘿蘋的頭頂傳了過去。

「房間的事很抱歉。」海莉先吸了一大口，這才口齒不清地對蘿蘋說。「要在倫敦找房子很不容易，對吧？」

「太不容易了。」蘿蘋說。

「——因為你想要把女性主義納入馬克思主義這個更大的意識形態裡。」

「不是納入，目標是相同的！」狄格比說，還發出匪夷所思的笑聲。

海莉想把大麻傳給雪妮絲，可是激情昂揚的雪妮絲揮手拒絕了。

「我們在挑戰異性戀霸權家庭制的時候，你們馬克思信徒又躲到哪裡去了？」她質問狄格比。

「聽聽，聽聽。」海莉喃喃說，向雪妮絲偎近，把青少年的大麻塞給蘿蘋，蘿蘋立刻就還給了他們。儘管他們對女同性戀很有興趣，他們還是立刻離開了房間，以免又有人拿他們僅有的大麻慷他人之慨。

「我以前也聽過。」蘿蘋大聲說，站了起來，可是沒有人在聽。蘿蘋經過狄格比旁邊，走向五斗櫃，他逮住機會偷瞄蘿蘋的黑色短裙裙底。蘿蘋假藉女性主義以及馬克思主義的辯論變得越來越激烈，裝出微微的懷舊樣子，一一拿起了芙莉克的豆豆公仔，從薄薄的絨布摸到塑膠眼珠以及裡面的填充物，沒有一隻像是拆開過，塞進一張紙，又縫起來。

帶著一絲無助感，她回到黑暗的走廊，大家一個挨一個站著，人多到連平台上都是。

有個女生在捶浴室門。

「不要在裡面炒飯了，我要尿尿！」她說。幾個站在四周的人覺得很好笑。

這樣一點指望也沒有。

蘿蘋溜到小廚房，其實還沒有兩個電話亭大。有兩個人坐在側面，女生的腿纏著男人的，男人的一隻手探到她的裙下，而那對黑衣青少年現在正到處翻找食物。蘿蘋假裝是要找飲料，在空罐和酒瓶中篩揀，緊盯著兩個青少年翻找碗櫥，同時忖度把東西藏在穀片盒裡是否夠安全。

無政府論者阿福出現在廚房門口，蘿蘋正好要離開，他比剛才在酒吧裡更不清醒。

「她在這裡。」他大聲說，想要聚焦在蘿蘋身上。「工會領袖的女兒。」

「對啊。」蘿蘋說，第二個房間正傳出德邦吉（D'banj）唱的「奧利佛，奧利佛，奧利佛・崔斯特」（Oliver, Oliver, Oliver Twist）。她想從阿福的胳臂下鑽過去，可是他卻放低了手臂，擋住了她。廉價的黏合板地板隨著海莉房間中忘情的舞者而震動。

「妳好辣。」阿福說。「我可以這麼說嗎？我是他媽的發自尊重女權的內心話。」

他哈哈笑。

「謝謝。」蘿蘋說，第二次終於鑽了過去，回到小小的走廊，那個急著上廁所的女孩仍在捶打浴室門。阿福抓住蘿蘋的手臂，彎腰跟她附耳說了什麼，等他再挺直腰，她的幾綹挑染把他汗濕的鼻子弄黑了。

「嘎？」蘿蘋問。

「我說，」他大聲吼，「要不要找個安靜一點的地方再多談一談？」

但這時阿福注意到有人站在她後面。

「好嗎，吉米？」

奈特來到了走廊上，對蘿蘋微笑，然後倚著牆，抽煙，拿著一罐啤酒。他比屋裡頭大多數的人大上十歲，有些女生側睨他，打量他的黑色緊身T恤和牛仔褲。

「也在等廁所嗎？」他問蘿蘋。

「對。」蘿蘋說，因為這麼說似乎是擺脫吉米和阿福最簡單的方式。海莉的房門開著，她看到芙莉克在跳舞，心情顯然極好，無論聽見什麼都哈哈笑。

「芙莉克說妳爸是工會的。」吉米對蘿蘋說。「礦工是嗎？」

「對。」蘿蘋說。

「喔，受不了。」那個一直在捶廁所門的女生罵道。她在原地跳了幾秒鐘，最後推開人群走出了公寓。

「左拐有垃圾箱！」有個女人對著她的背大喊。

吉米湊向蘿蘋，讓她能在震天響的喇叭中聽見他，蘿蘋覺得他的表情憐憫，甚至可說是溫和。

「過世了是吧？」他問蘿蘋。「妳爸，肺癌，芙莉克說的？」

「對。」蘿蘋說。

「真遺憾。」吉米輕聲說。「我也有同樣的經歷。」

「真的？」蘿蘋說。

「對，我媽，也是肺癌。」

「職業傷害？」

「石棉。」吉米說，深吸一口煙，一面點頭。「換作是現在就不會發生了，他們立法了。我那時十二歲，我弟才兩歲，根本都不記得她，我媽一死，我老頭子就喝酒喝到掛了。」

「你一定很難過。」蘿蘋真誠地說。「很遺憾。」

吉米別開臉吐煙，做了個鬼臉。

「我們同病相憐。」吉米說，用啤酒罐跟蘿蘋的罐子互碰。「階級戰爭的老兵。」

無政府論者阿福走開了，身體微微搖晃，消失在閃爍著小彩色燈泡的黑暗房間中。

「家裡得到了補償嗎？」吉米問。

「試過。」蘿蘋說。「我媽現在還在爭取。」

「祝她幸運。」吉米說，舉高罐子喝了一口。「祝她能如願。」

他用力捶浴室門。

「裡面他媽的快一點，還有人在等呢。」他大吼道。

「會不會是有人病了？」蘿蘋問道。

「不是，是有人在打砲。」吉米說。

狄格比從芙莉克的房間出來，一臉不滿。

「我成了父權制度的壓迫工具了。」他大聲宣布。

誰也沒笑。狄格比伸手到T恤下抓肚皮，蘿蘋看見上頭有格魯喬．馬克思[2]的圖案，然後他又晃向芙莉克在跳舞的房間。

「他是個工具沒錯。」吉米對蘿蘋嘟囔。「魯道夫．史坦納學校[3]的。到現在還以為表現好就會有人給他小星星。」

蘿蘋笑了出來，但是吉米沒笑。他盯住她的眼睛，時間略長了一些，最後浴室門打開了一條縫，一個滿面通紅的圓臉女孩向外窺探，蘿蘋看到她後面有個留著灰色山羊鬍的男人正在把毛澤東帽戴上。

「賴利，你這個噁心的老混蛋。」吉米說，對著紅臉女孩嘻嘻笑，她匆匆經過蘿蘋，消失在狄格比進去的房間裡。

「晚安啊，吉米。」年長的托洛茨基信徒說，露出拘謹的笑容，也離開了浴室，在兩個年輕人的歡呼聲中走出了公寓。

「進去吧。」吉米跟蘿蘋說，扶著門，擋住了想搶先進去的人。

2. 格魯喬．馬克思（Groucho Marx, 1890-1977）是美國影視雙棲喜劇演員，同時也是節目主持人。

3. 一九一九年，許多思想深刻而縝密的人開始懷疑傳統教育方式是否能夠解決現代環境所產生的問題，因此德國工業城司徒加的工業家們就要求哲學家兼科學家魯道夫．史坦納（Rudolf Sterner）建立一套學校體系。該體制以培養一個人成為自由人的各種能力為目標。注重學習環境，耐心期待破繭而出的過程。教師必須因應學生心智發展而作不同的調整。

「謝謝。」她說，溜了進去。

習慣了公寓的昏暗，浴室的日光燈反而太刺眼，淋浴間大概是蘿蘋見過最迷你的，掛著骯髒的透明簾，跟小小的馬桶之間幾乎沒有多餘的空間。馬桶裡浮著一大團衛生紙和一根煙蒂，柳條籃垃圾桶中還有一個用過的保險套在發亮。

洗手台上有三層搖晃的架子，擺滿了用了一半的盥洗用品和一般的雜物，一個挨著一個，好像碰一下就會造成大山崩。

蘿蘋突發奇想，更靠近架子。她想起了她把竊聽器裝在那盒衛生棉條裡，仗的就是大多數的男性對於與月經有關的事物都很神經質，不是無知就是刻意迴避。她迅速掃描過還剩一半的超市品牌洗髮精，一瓶舊洗潔劑，一塊骯髒的海綿，兩罐便宜除臭劑，有裂口的馬克杯中插著幾支倒毛的牙刷。蘿蘋非常小心，因為瓶瓶罐罐排得太擠，她抽出了一盒衛生棉條，打開來一看還只剩下一個。她正要把盒子放回去，忽然注意到角落有一小團東西，包著包鮮膜，藏在洗潔劑以及一瓶果香沐浴乳後面。

她突然一陣興奮，伸手去把那一小包白色的東西扭下來，盡量不打翻東西。

有人在捶門。

「我的膀胱快爆了！」有個女生大喊大叫。

「快好了！」蘿蘋也喊回去。

有兩片龐大的衛生棉捲裹在毫不浪漫的外包裝裡（「極大流量」）：是那種年輕女性不太會偷的東西，尤其是穿著緊身衣物的。蘿蘋拿了下來。第一個沒有什麼奇怪之處。不過第二個蘿蘋一折就發出酥脆的聲音。她的興奮攀升，把東西轉到側面，看見像是以刀片劃破了一個口子，她把手指伸進去，感覺到一張折疊起來的紙，她把紙摳出來，攤平。

紙張跟金娃娜用來寫道別信的紙一模一樣，上端有「齊佐」的浮雕，底下是一朵都鐸玫瑰，像一滴血。紙上潦草寫著一些不連貫的語句，字跡蘿蘋在齊佐的辦公室見得多了，紙張的中央有兩個字被圈了好幾次。

倫敦ＳＷ１Ｗ埃伯里街二五一號

Blanc de blanc

Suzuki ✓

Mother?

Bill

Odi et amo, quare id faciam, fortasse requires? Nescio, sed fieri sentio et excrucior.

蘿蘋興奮得連呼吸都快忘了，拿出手機，拍了幾張，再把紙折好，放回衛生棉裡，再把東西放回架上原處。她去沖馬桶，但是馬桶堵塞了，水幾乎滿出來，怎麼也不肯下降，煙蒂在旋轉的衛生紙之間浮動。

「抱歉。」蘿蘋說，打開了門。「馬桶塞住了。」

「隨便啦，」門外那個不耐煩又喝醉了的女生說，「我尿在洗手台裡。」

她推開蘿蘋，用力關上了門。

吉米仍在外面等。

「我看我該走了。」蘿蘋跟他說。「我其實是為了那個空房間來的，可是已經有人先要了。」

「可惜。」吉米不以為意地說。「改天來開會，我們倒是需要一些北方人。」

「好啊，也許行。」蘿蘋說。

「什麼也許行？」

芙莉克過來了，拿著一瓶百威。

「來開會。」吉米說，又抽出了一根煙。「妳說得對，芙莉克，她是真材實料。」

吉米伸出手把芙莉克拉過去，把她緊緊摟在身側，吻了她的頭頂。

「我就說嘛。」芙莉克說，露出真正熱忱的笑容，一手摟著吉米的腰。「下次來開會，芭比。」

「好，我也許會去。」芭比．康利菲，工會會員的女兒說，然後她向兩人道別，推擠到走廊上，走到寒冷的樓梯間。

雖然看見了黑衣青少年其中一個就在大門外的人行道上嘔吐，吐得撕心裂肺，蘿蘋的雀躍之情卻絲毫不見消減。她實在是等不及了，匆匆走向公車站時，立馬就把賈斯伯．齊佐的字條照片傳給了史崔克。

52

我跟妳保證，妳追錯了線索了，魏斯特小姐。

——亨里克．易卜生《羅斯莫莊園》

史崔克睡著了，連衣服都沒脫，義肢也沒摘，合衣倒在閣樓臥室的床罩上。收錄著一切文件的齊佐案檔案夾擺在他的胸膛上，隨著他打呼而上下起伏，他夢到了他和夏綠蒂手挽著手走在荒蕪的齊佐園，這裡被他們買下了。高瘦美麗的她不再懷著身孕。她走過之處飄散著「一千零一夜」和黑色雪紡綢，但是他們的快樂卻在他們走過一間間陰濕寒磣的房間時漸漸蒸發，是什麼樣的一時衝動會讓他們買下這幢四處透風的屋子，牆壁剝落，電線還從天花板垂落？

簡訊的響亮嗡鳴聲把史崔克從睡夢中驚醒，他在不到一秒鐘的時間裡確認了自己是回到了閣樓房間，一個人，既不是齊佐園的屋主也不是夏綠蒂．羅斯的愛人，他伸手去摸手機，很肯定會是夏綠蒂的簡訊。

他錯了：他惺忪地看著螢幕，卻看到蘿蘋的名字，而且是在半夜一點。暫時忘了她是和芙莉克去開趴，史崔克匆忙坐起來，胸上的檔案夾滑落，裡頭的紙張四散在地板上，而史崔克則瞇著眼睛，用昏花的眼睛去看蘿蘋傳送給他的照片。

「我的老天爺。」

他不及去撿滿地的紙張，立刻回撥。

「嗨。」蘿蘋興高采烈地說，聽聲響就知道是坐在倫敦的夜班公車上：引擎轟隆，煞車吱嘎，鈴聲叮叮響，還有必然會有的酒醉大笑聲，聽來像是一群年輕女性在喧鬧。

「妳他媽的是怎麼找到的？」

「我是女人。」蘿蘋說。他能聽見她在笑。「我知道我們如果不想東西被找到就會藏在什麼地方，我還以為你在睡覺。」

「妳在哪──公車上？下車坐計程車，要是妳拿張收據，可以向齊佐請款。」

「沒有必要──」

「我叫妳做什麼妳就乖乖聽話！」史崔克又說一遍，語氣比較兇，但他是無心的，因為她雖然一出手就成果豐盛，但她也曾挨過刀，天黑後獨自在街上，一年之前。

「好，好，我會叫計程車。」蘿蘋說。「你看了齊佐的筆記了嗎？」

「正在看。」史崔克說，打開了擴音，方便一邊講電話一邊看。「妳應該把東西放回原處了吧？」

「對，我覺得那樣比較好？」

「沒錯。到底是藏在──？」

「衛生棉裡。」

「天喔。」史崔克說，嚇了一跳。「我絕對想不到會──」

「對，吉米和巴克萊也一樣。」蘿蘋得意洋洋地說。「你看得懂底下寫的字嗎？拉丁文？」

史崔克瞇著眼睛翻譯：

「『我恨，我愛。我為什麼這麼做，你可能會問？我不知道，我就是感覺到它，它折磨凌遲我……』又是卡圖盧斯。很有名的一句。」

「你在大學學過拉丁文？」

「沒。」

「那怎麼會——」

「說來話長。」史崔克說。

事實上，他看得懂拉丁文並沒有什麼複雜的背景，只是對大多數人而言不太能說得清楚。他也不願半夜三更的時候說明，也不想解釋夏綠蒂在牛津學過卡圖盧斯。

「『我恨我愛』，」蘿蘋複述。「卡圖盧斯為什麼會這麼寫？」

「因為是他的感覺？」史崔克說。

他的嘴巴乾：睡前他抽太多煙了。他起身，覺得痠痛僵硬，小心翼翼繞過散落的紙張，手裡拿著手機，朝另一個房間的水槽而去。

「是對金娃娜的感覺？」蘿蘋懷疑地說。

「妳跟他有緊密接觸的時候看過別的女人嗎？」

「沒有，當然，他說的可能不是女人。」

「沒錯。」史崔克承認。「卡圖盧斯也寫很多的男同性戀，搞不好齊佐才會那麼喜歡他。」

他裝滿了一杯的冷水，一口喝下，再丟進一個茶包，打開了電壺燒水，自始至終都盯著手機。

「『母親，』刪掉了。」他喃喃說。

「齊佐的母親二十二年前就過世了。」蘿蘋說。「我剛查過。」

「嗯。」史崔克說。「『Bill』圈了起來。」

「不是比利，」蘿蘋指出，「可如果吉米和芙莉克認為那個指的是他的弟弟，大家一定有時會把比利叫成比爾。」

「除非是帳單。」史崔克說。「或是鴨喙，說到這個……『Suzuki』……『Blanc de』……等等。吉米・奈特有一輛舊的鈴木Alto。」

「芙莉克說壞了。」

「對。巴克萊說車檢沒過。」

「我們去齊佐園那次外面還停了一輛Grand Vitara。一定是哪個齊佐家的人的。」

「好眼力。」史崔克說。

他打開了頭頂的燈，走向窗邊桌子，他把筆和筆記簿留在那裡。

「你知道嗎，」蘿蘋若有所思地說，「我覺得我最近在哪裡看到過『Blanc de Blanc』。」

「喔？最近喝過香檳？」史崔克問，已經坐下來要寫筆記了。

「不是，可是……對，我大概是在酒瓶上看到的吧？Blanc de Blanc……什麼意思？『白之白』？」

「對。」史崔克說。

幾乎有一分鐘，兩人都沒說話，都在察看照片。「妳知道，蘿蘋，我很不願這麼說，」史崔克終於說，「可是我覺得這件事最值得玩味的地方是紙張是在芙莉克手上，看起來像是一張待做清單，從上頭看不出什麼可以證明犯錯或是可供勒索或是謀殺的根據。」

「母親，刪除。」蘿蘋又說一遍，彷彿是鐵了心要從這些深奧的詞句中挖出意義來。「吉米．奈特的母親死於石棉。他剛才跟我說的，在芙莉克的派對上。」

史崔克以筆端輕拍筆記本，左思右想，而蘿蘋則把他在纏鬥的問題說出來。

「我們得向警方報告，是不是？」

「對。」史崔克嘆氣道，揉著眼睛。「這個可以證明她能夠進出埃伯里街。可惜，這表示我們得讓妳離開珠寶店，一旦警察去搜索她的浴室，她用不著多久就會想通是誰通風報信的。」

「討厭。」蘿蘋說。「我真的覺得我從她那兒快套出什麼來了。」

「是啊。」史崔克附和道。「調查案子沒有官方的職位就是這麼不方便，要能把芙莉克抓進偵訊室，我什麼辛苦都願意……這件可惡的案子。」他說，打了個呵欠。「我看了一整晚的檔案，這張字條就跟其他的一樣：引出的問題比提供的答案還多。」

「等等，」蘿蘋說，他聽見了移動的聲響，「抱歉——柯莫藍，我得下車，我看到計程車招呼站——」

「好。今晚做得漂亮，我明天再打電話給妳——我是說今天晚一點。」

蘿蘋掛斷後，史崔克把香煙放在煙灰缸上，回到臥室去撿拾地上的文檔，帶到廚房。不理會剛燒好的開水，他從冰箱拿了一罐啤酒，坐下來，然後又把身邊的紗窗打開幾吋，放進一些新鮮空氣。

憲兵訓練他將偵訊以及發現組織成三大類：人員、地點、事物，而史崔克在入睡之前一直在應用這個健全的老原則整理齊佐的檔案，這時他把文檔都攤開在廚房桌上，又開始研究，而一陣寒冷的夜風帶著汽油味吹過照片和紙張，吹得四角簌簌抖動。

「人員。」史崔克喃喃說。

他在入睡前寫下了一張名單，列出與齊佐的死有關、最讓他感興趣的人。這時他發現他下意識中將人名依據涉及勒索死者的嫌疑大小排列。吉米．奈特居首，其次是格朗特．文恩，接著是史崔克認為是擔任各自的副手的疑犯：芙莉克．普杜和阿米爾．馬利克。接下來是金娃娜，她知道齊佐被勒索，也知道原因；黛拉．文恩，她的超級禁令阻止了媒體報導勒索一事，但是她究竟涉入多深卻仍是未知數；然後是拉斐爾，他對他父親的作為以及勒索本身都一無所知。名單的最底下是比利．奈特，他和勒索案的關係主要在於他跟主要勒索人是血親。

為什麼，史崔克自問，他會這樣子排列名單？齊佐的死與勒索並沒有已知的關聯，當然，除非是齊佐未知的罪行可能有曝光的危險，最終使得他自殺身亡。

史崔克又突然想到，如果把名單倒過來看，又會形成另一種分級，以這樣的分級來看，比利高居榜首，他既不為錢也不為羞辱某人，一心一意追求的是真相與公義，然後拉斐爾就排到了第二位，他自稱在他父親死亡的早晨被派去找他的繼母，這種奇怪的說詞在史崔克聽來很不可信，而亨利．卓蒙德又不情願地說他隱瞞了什麼有榮譽感的事情，黛拉上升到第三位，她是個廣受尊重的人，道德上無懈可擊，而她對勒索的丈夫以及被害人有何想法仍然是諱莫如深。

倒著看，史崔克覺得每一個嫌犯和死者的關係都變得更粗糙，更像買賣關係。最後是吉米．奈特，他憤怒地勒索四千鎊。

史崔克繼續審查這張名單，彷彿能在冷不防間看見什麼線索從他密密麻麻、鋒芒畢露的筆跡中冒出來，就如模糊的眼睛或許能看見一系列鮮豔的斑點中隱藏的立體圖像。不過，他只想到與齊佐之死有關的人居然都是雙人組合：伴侶——格朗特和黛拉，吉米和芙莉克；手足——依姬和菲姬，吉米和比利；勒索共犯——吉米和格朗特；勒索人與副手的組合——芙莉克和阿米爾，甚至還有黛拉和阿米爾的準親子組。如此一來就有兩個人被剔除在這種緊密的關係之外：守寡的金娃娜以及心中不滿、像局外人一樣的浪子拉斐爾。

史崔克無意識地用筆敲打筆記本，腦筋轉個不停，雙人組。整件案子的源頭是兩宗犯罪：齊佐被勒索以及比利聲稱目擊了殺童案，他打從一開始就想找出這兩件事的關聯，沒辦法相信這兩件事會是風馬牛不相及的兩個案子，即使表面上看來唯一的關聯僅僅是奈特兄弟的親屬關係。

他翻了一頁，檢視他標為「地點」的筆記。他看了幾分鐘自己的筆跡，事關進出埃伯里街房屋，以及齊佐死亡時各嫌犯所在的地點，有幾個未知，他寫筆記提醒自己依姬還沒有給他蒂根．布查爾的聯絡方式，這個在馬廄工作的女孩能夠證實齊佐在倫敦頭套塑膠袋窒息而死時金娃娜正在烏爾史東的家裡。

他再翻一頁，上頭標著「事物」。他放下了筆，攤開蘿蘋拍的照片，擺出了死亡現場的拼貼畫，他審視死者口袋中閃爍的金光，再審視彎劍，半隱藏在角落的陰影中。

史崔克覺得他在調查的這件案子充滿了在意外之處找到的物件：角落的劍、地板上的lachesis藥丸、山坳底蕁麻叢裡找到的木十字架、屋子裡的氦氣瓶以及橡皮管（可是這個屋子裡不會舉辦兒童派對），可是他疲憊的腦袋既找不出答案也看不出模式來。

最後，史崔克把啤酒喝完，隔空將罐子丟進了廚房的垃圾桶，翻開全新的一頁，寫了一張週日的待做清單，而週日已經過了兩個小時了。

1打給華道
傳送芙莉克公寓發現的字條
可能的話取得警方最新進展
2打給依姬
給她看被偷的字條
問：弗芮迪的鈔票夾找到否？
蒂根的聯絡方式？
需要拉斐爾的電話
如可能，黛拉·文恩的電話
3打給巴克萊
報告最新進展
再跟監吉米和芙莉克
吉米何時去看比利？
4打給醫院
設法在吉米不在時安排與比利見面
5打給蘿蘋

安排與拉斐爾見面

6打給黛拉

設法安排見面

再想了一想，他寫下最後一條：

7買茶包／啤酒／麵包

收拾好齊佐的檔案之後，他把溢出來的煙灰缸拿去倒在垃圾桶裡，再把窗戶開大，讓更多冷空氣進來，然後他去上廁所，刷牙，關掉電燈，回到臥室，室內仍亮著一盞閱讀燈。

這時，防禦力因為啤酒與疲憊而下降，他努力要以工作埋葬的回憶又湧上了心頭。他脫衣服，摘掉義肢，發現自己又在回想夏綠蒂在法蘭科餐廳對他說的每一個字，想起了她綠眸中的神情，「一千零一夜」的香氣穿透了大蒜香飄向他，她纖細雪白的手指把玩著麵包。

他鑽進了冰冷的被子下，雙手墊在腦後，瞪著黑暗，他真希望自己能夠無動於衷，但事實上想到了她一直在追蹤他揚名立萬的案子，而且她和丈夫同床時想著他，他的自我就無限膨脹。不過，理性與經驗捲起了袖子，準備要以專業的事後反思來剖析他記得的對話，有系統地挖掘出夏綠蒂想故作驚人之舉的老毛病以及對衝突顯然難以滿足的胃口。

拋棄有頭銜的丈夫以及新生兒，改而投入出名的獨腳偵探的懷抱，絕對能夠在她離經叛道的生涯上再增添一筆輝煌的功業。她對常規慣例、責任義務有種幾近變態的痛恨，在她不得不面對無聊或妥協的威脅時，她會破壞每一個恆久的可能。史崔克非常清楚，因為他比世上任何人都還要了解她，他也知道兩人最後的分手就發生在必須作出真正的犧牲以及棘手選擇的時刻。

然而他也知道——這份認知就如同阻止傷口癒合的細菌般無法抹殺——她對別人的愛都比不上對他的愛。當然，多疑的女朋友跟他朋友的妻子沒有一個喜歡夏綠蒂，一而再再而三跟他說：「她那樣對你，那不是愛」，或是「說正經的，小柯，你又怎麼知道她沒跟別人說一模一樣的話？」他自信夏綠蒂愛他，但是這些女性卻把他的自信看作是妄想或自大，她們不曾目睹過那些全然的幸福以及心有靈犀的時刻，那仍然是史崔克一生中最美好的時光。她們不懂得唯有他和夏綠蒂兩人懂的笑話，也體會不了讓他們在一起十六年的相互需要。

她直接走進了她認為能把史崔克傷得最重的男人懷抱裡，不錯，確實很痛，因為羅斯跟他正相反，在史崔克認識他之前就跟夏綠蒂約會了，然而史崔克確信她投入羅斯的懷抱是一種自焚的行為，純粹是為了特殊效果，是夏綠蒂式的殉夫。

Difficile est longum subito deponere amorem,
Difficile est, verum hoc qua lubet efficias.

猝然擺脫一份長久的愛情是困難的
困難，但這件事，你就是得做。

史崔克關掉了電燈，閉上眼睛，再一次沉入不安的夢境，夢見空洞的房子，一方尚未褪色的壁紙目擊了一切珍貴之物被移除，但是這一次他踽踽獨行，卻有種奇異的感覺，有人在監視。

53

然後，到最後，她酸楚悲涼的勝利……
——亨里克．易卜生《羅斯莫莊園》

蘿蘋在半夜兩點之前到家，她在廚房悄悄走動，幫自己做三明治，發現廚房月曆上有標記，馬修這個早晨要去踢一場五人制足球賽。因此，二十分鐘後她溜上床躺在他身邊時，她設定了手機鬧鐘到八點，然後再充電，這是她為維繫融洽氣氛的努力，她想起床來送他出門。

馬修似乎滿開心看到她能下來一塊吃早餐的，但是她問是否需要她去幫他加油，或是午餐時跟他會面，他卻都拒絕了。

「我今天下午還要辦公，午餐不想喝酒，我會直接回來。」他說，而蘿蘋在心中竊喜，因為她太累了，就祝他一切順利，跟他吻別。

她盡量不去專注在想馬修不在家她有多輕鬆，蘿蘋忙著洗衣服做家事，接著在中午剛過，她正在換床單時，史崔克打電話來。

「嗨，」蘿蘋說，很高興能丟下手邊的家事，「有消息嗎？」

「滿多的，準備要寫下來了嗎？」

「好。」蘿蘋說，匆匆從梳妝台上抓下筆記本和筆，坐在剝掉了床單的床墊上。

「我一直在打電話。首先，華道，他很佩服妳的表現，找到了那張紙——」

蘿蘋對鏡微笑。

「——不過他警告我說警方對我們不會太客氣，他的說法是『胡亂摻和公開的案子。』我請他不要說出情報是如何得來的，不過我猜他們自己會歸納推理，因為華道跟我是朋友。不過，這也是迴避不了的，有意思的是警方也跟我們一樣在煩惱死亡現場中同樣的細節，而且他們更深入調查了齊佐的經濟情況。」

「尋找勒索的證據嗎？」

「對，可是他們什麼也沒查到，因為齊佐根本就沒付過錢。不過有趣的地方來了。齊佐去年收到過一筆四千鎊的現金，他開了另一個帳戶，後來似乎全用在修繕房屋和其他雜項上了。」

「他收到四千鎊？」

「對，而且金娃娜跟其他人都宣稱不知情，他們說不知道那筆錢是哪裡來的，也不知道齊佐為什麼會另開帳戶存錢。」

「金額跟吉米調降之後的數目一樣。」蘿蘋說。「怪了。」

「當然怪，所以我又打給依姬。」

「你還真忙。」蘿蘋說。

「我連一半都還沒說到呢，依姬否認她知道四千鎊是哪裡來的，可是我不怎麼相信她，後來問她芙莉克偷走的字條，她聽說芙莉克可能假裝是她父親的清潔工，她嚇壞了，非常的震驚，我想這還是她第一次在衡量金娃娜無罪的可能。」

「我猜她從來沒見過這個號稱是波蘭人的女人吧？」

「正是。」

「那她對字條怎麼說？」

「她覺得像是待做清單，她猜『鈴木』是指那輛Grand Vitara，是齊佐的車。她想不出『母親』指什麼，我從她那兒問出來最有意思的是『白之白』。齊佐對香檳過敏，喝了會滿臉通紅，過度換氣。不過奇怪的是，齊佐死的那天早晨，我察看廚房，那裡有個空箱子標著『法國酩悅』。」

「你沒跟我說過。」

「我們才剛發現了一位部長的屍體，一個空箱子在當時似乎無足輕重，而且在我跟依姬今天談過之前，我從沒想到它可能會有什麼關係。」

「箱子裡有酒瓶嗎？」

「沒有，我看到的是空的，而且據他們家的人說，齊佐從不在那裡宴客，既然他本人不喝香檳，那為什麼會有箱子？」

「你不會是以為——」

「我就是這麼以為的。」史崔克說。「我認為氦氣瓶和橡皮管就是裝在箱子裡運進去的，偽裝成香檳。」

「哇。」蘿蘋說，往後倒在床上，望著天花板。

「真聰明，兇手可能是當禮物送給他，對吧，明知道他極不可能去拆開來喝？」

「有點草率。」蘿蘋說。「誰敢說他不會拆開來看？或是再當禮物送出去？」

「我們得查出是幾時送過去的。」史崔克說。「同時，有個小謎題解開了，弗芮迪的鈔票夾找到了。」

「哪裡找到的？」

「齊佐的口袋裡，就是妳的照片拍到的金光。」

「喔。」蘿蘋茫然說。「那他一定是找到了，在他死前？」

「唉，他要是死後才找到怕是有點難吧。」

「哈哈。」蘿蘋譏誚地笑。「還有另外一個可能。」

「是兇手放進屍體的口袋裡的？真奇怪妳會這樣說。依姬說她非常驚訝東西居然會在她父親的身上，因為如果她父親找到了，她覺得他會告訴她，他顯然是為了弄丟了這個東西而鬧了個天翻地覆。」

「沒錯。」蘿蘋說。「我聽見他在電話上大聲咆哮，他們應該採過指紋了吧？」

「對，沒什麼可疑的。只有他的——不過到這個階段，那也沒什麼。如果有兇手，很顯然是戴了手套，我也問了依姬那把彎劍，我們猜對了，是弗芮迪的舊軍刀，誰也不知道劍是怎麼折彎的，可是上頭只有齊佐的指紋。我猜齊佐是酒醉又感傷，把劍摘下來，不小心踩到了，不過話說回來，也不足以排除不是戴了手套的兇手折彎的。」

蘿蘋嘆氣，她發現字條時的雀躍是高興得太早了。

「那，還是沒有真正的線索？」

「稍安勿躁啊，」史崔克鼓舞她說，「我正要說到好消息呢。

「依姬找到了那個可以證實金娃娜的不在場證明的馬廄女孩的新電話，蒂根‧布查爾。我要妳打電話給她，我覺得比起我來妳比較不恐怖。」

蘿蘋抄下了史崔克唸的號碼。

「等妳打給蒂根之後，我要妳打給拉斐爾。」史崔克說，唸出了他從依姬那兒弄到的第二個號碼。「我想一次理清他在他父親去世的那天早晨究竟做了什麼。」

「好。」蘿蘋說，很高興有具體的事情可做。

「巴克萊會回去盯吉米和芙莉克，」史崔克說，「而我……」

他頓了頓，故意搞懸疑，逗得蘿蘋笑出來。

「你要……」

「……去找比利‧奈特和黛拉‧文恩。」

「什麼？」蘿蘋說，覺得驚異。「你要怎麼進醫——她絕不會同意——」

「這妳就錯了。」史崔克說。「依姬從齊佐的紀錄裡挖出了黛拉的電話。我剛才打給她。我承認，我是在等她叫我一邊涼快去——」

「——說法當然比較優雅，我還算了解她。」蘿蘋說。

「——她一開始的語氣好像是很樂意，」史崔克承認，「可是阿米爾失蹤了。」

「什麼？」蘿蘋說，語氣尖銳。

「冷靜點。『失蹤』是黛拉的說法，其實是他前天辭職搬家了，還不夠格當失蹤人口。他不接她的電話，她怪我，因為——又是她的話——我去偵訊他，對他『做的好事』。她說他非常脆弱，要是他有什麼好歹，都是我的錯，所以——」

「你就提議找到他，交換條件是她回答你的問題？」

「說對了一半。」史崔克說。「她一聽我的提議就接受了，說我能夠跟阿米爾擔保他沒有麻煩，不管我聽說了什麼難聽的話都不會走漏出去。」

「希望他沒事。」蘿蘋關心地說。「他真的不喜歡我，可是更證明了他比其他人聰明，你幾時要跟黛拉見面？」

「今晚七點，到她在伯蒙德賽區的房子，還有明天下午，如果按照計畫，我就會見到比利，我問過巴克萊，那個時間吉米不會去看他，所以我打了電話到醫院去，我現在在等比利的精神科醫生給我回電確認。」

「你覺得他們會讓你問他話？」

「在有人監督之下，對，我認為他們會，他們很想知道跟我談話他的神志能有多清醒，他又恢復用藥了，有長足的進步，可是仍然在說那個被勒死的孩子。如果醫療團隊同意，我明天就會進入上鎖的病房。」

「嗯，不錯，有線索可以追滿好的。天知道，我們需要突破——即使是那件我們沒拿錢調查的死亡也好。」她嘆息著說。

「比利的故事裡恐怕根本就沒有死人，」史崔克說，「不過除非我們查清楚了，否則會糾纏我一輩子，我跟黛拉談過之後會讓妳知道。」

蘿蘋祝他好運，道過再見，掛斷了電話，不過仍躺在床上不動。幾秒鐘後，她大聲說：

「白之白。」

她又一次感覺到埋葬的回憶在晃動，引發一股低氣壓。她究竟是在哪裡聽到這個說法的，而且當時心情悲慘？

「白之白。」她又說一次，下了床。「白之——噢！」

她的光腳踩中了什麼又小又尖的東西，她彎腰撿起了一個鑽石耳釘。

一開始她只是瞪著看，脈搏不變，耳釘不是她的，她沒有鑽石耳釘。她納悶半夜三更爬上床時怎麼沒踩到，可能是她的光腳錯過了耳釘，更可能的是耳釘本來在床上，因為蘿蘋換床單才抖到了地板上。

世界上的鑽石耳釘多了去了，但是卻改變不了事實：最近吸引了蘿蘋注意的耳釘是莎拉．薛洛克的。上次蘿蘋和馬修去吃飯，就是湯姆突然惡狠狠攻擊馬修的那一晚，莎拉就戴著這種耳環。

蘿蘋坐下來思索手上的鑽石耳環，感覺像過了許久許久，其實只是一分鐘多一點，然後她把耳環小心翼翼放到床頭櫃上，拿起手機，按了「設定」，移除她的來電號碼，再撥打湯姆的手機。

響了兩聲之後他接了起來，聽起來心情很壞，背景中新聞主播在大聲質問即將來臨的奧運閉幕式會是如何。

「喂？」

蘿蘋掛了電話，湯姆並不是在踢五人制足球。她仍然坐著，動也不動，手裡握著手機，坐在那張沉重的雙人床上，當時要搬進這棟可愛的出租屋中窄狹的樓梯可是費了好一番的辛苦。她的心回顧著那些清晰可見，然而她這個偵探故意視而不見的跡象。

「我真笨。」蘿蘋靜靜對著陽光充足的空蕩房間說。「笨到家了。」

54

人人都聽聞你溫和正直的性情，你的敏慧，你無可挑剔的榮譽，並且讚譽有加……

——亨里克．易卜生《羅斯莫莊園》

雖然傍晚仍有餘暉，黛拉的前院卻籠罩在陰影中，多了一份靜謐憂鬱的氛圍，與大門外繁忙多沙塵的馬路形成對比。史崔克按了門鈴，注意到平整的前院草皮上有兩大坨狗屎，忍不住想如今離異了，是誰來協助黛拉處理這類俗務。

門打開來，運動部長露出了臉，戴著看不透的黑墨鏡，她穿著一件及膝長的高領紫色刷毛大衣，史崔克在康瓦耳的年長舅媽所稱的家常服，讓她隱隱有一種神職人員的味道，導盲犬站在她後面，用漆黑哀愁的眼睛仰望著史崔克。

「嗨，我是柯莫藍．史崔克。」偵探說，並不移動，鑑於她既不能以視覺辨認他，又不能察看他的證件，唯一能讓她知道來人身分的方式就是靠聽覺。「我們通過電話，妳請我過來拜訪。」

「對。」她說，不帶笑容。「那就進來吧。」

她退後讓他通過，一手拉著拉布拉多的項圈。史崔克進去了，在門墊上擦鞋底。一陣樂聲，嘹喨的弦樂器和木管樂器中響著定音鼓，史崔克推測樂聲來自起居室。史崔克從小跟著愛聽金屬樂團的母親長大，對古典音樂所知甚少，可是這個旋律有一種大禍臨頭的感覺，他不怎麼喜歡。門廳漆黑，燈都沒打開，裝潢沒有什麼特色，只鋪了一面深褐色花地毯，雖然實際，卻滿醜的。

「我煮了咖啡。」黛拉說。「我需要你把托盤端到起居室裡，不介意的話。」

「沒問題。」史崔克說。

他跟著拉布拉多，拉布拉多乖乖走在黛拉的腳邊，尾巴微微搖晃。他們經過了起居室，音樂變得大聲，黛拉經過時輕觸門框，摸索著指引方向的熟悉記號。

「這是貝多芬嗎？」史崔克問，只為了找話說。

「布拉姆斯。第一號交響曲，C小調。」

廚房每樣東西的邊緣都去除了稜角。史崔克看到火爐的旋鈕上有突起的數字。一面軟木板上有一列電話號碼，標題寫著**緊急事件**，他猜想是呼叫清潔工或家政婦的。黛拉走向對面的流理台，史崔克掏出大衣口袋裡的手機，拍下了格朗特．文恩的號碼。黛拉伸長手探向陶製洗碗槽邊緣，側身而動，檯面上已經擺著一個托盤，放好了一只馬克杯和一個咖啡濾壓壺。旁邊有兩瓶酒。黛拉伸手去摸，拿著酒轉過來，仍不帶笑容。

「哪個是哪個？」她問。

「妳的左手是二〇一〇年份的教皇新堡，」史崔克說，「右手是二〇〇六年的穆沙堡。」

「你不介意開瓶幫我倒酒的話，我想來杯教皇新堡，我想你大概不想喝酒，不過，想喝的話，請自便。」

「謝謝，」史崔克說，拿起了她擺在托盤上的開瓶器，「咖啡就好。」

她默默朝起居室而去，讓他端著托盤尾隨，史崔克一進房間就嗅到了濃濃的玫瑰香，忽而想起了蘿蘋。黛拉以指尖擦過家具，摸索著走向一張有寬木椅臂的單人沙發。史崔克看到四大瓶切花擺在房間裡，以鮮豔的紅、黃、粉裝點單調的整體裝潢。

黛拉用小腿肚貼著椅子，俐落地坐下來，再把臉轉向史崔克，聽他把托盤放在桌上。

「麻煩你把我的杯子放在這裡，我的右椅臂上好嗎？」她說，拍了拍，史崔克照做，而那隻毛色淡的拉布拉多趴在黛拉的椅子旁，以親切卻愛睏的眼睛看著他。

史崔克坐下來，交響樂的小提琴聲急轉直下。從淺黃褐色地毯到家具，一切的裝潢可能都是七〇年代的風格，而且全部都是不同色調的褐色。有一面牆一半是嵌入式架子，裝著光碟，史崔克估摸至少有上千片，房屋後面的一張桌上擺著一摞點字書，壁爐架上立著一幀十來歲少女的相片。史崔克想到了芮安娜．文恩的母親甚至無法每天帶著苦樂參半的心情看著女兒，聊以慰藉，心頭突然湧上一股時機不當的同情。

「花很漂亮。」他說。

「對，幾天前是我的生日。」黛拉說。

「啊。生日快樂。」

「你是西方人？」

「算是，康瓦耳。」

「我從你的口音裡聽得出來。」黛拉說。

她等著他給自己倒咖啡。等倒水的聲音停止後，她說：

「我在電話裡說過，我非常擔心阿米爾。他仍然在倫敦，我確定，因為他只熟悉這個地方，他不會去找家人。」她又追加一句。史崔克覺得他聽出了一絲輕蔑。「我非常的擔心他。」

她謹慎地去摸索靠近她的酒杯，拿起來喝了一口。

「等你跟他擔保他什麼麻煩也沒有，齊佐告訴你的事絕對不會外洩，你一定得叫他跟我聯絡——十萬火急。」

小提琴仍時而淒厲時而幽咽，聽在缺少古典樂素養的史崔克耳裡，就像是什麼不和諧的聲音在預告不祥之事。導盲犬在搔癢，爪子重重落在地毯上。史崔克拿出了筆記簿。

「妳知不知道馬利克可能會聯絡哪些朋友？」

「不知道。」黛拉說。「我覺得他沒有多少朋友，他最近提到一個大學的朋友，可是我想不起叫什麼，我覺得不會是特別親近的人。」

這個生疏的朋友似乎讓她緊張不安。

「他在倫敦政經學院讀書，所以那一帶是他最熟悉的地區。」

「他跟他的一個姐妹關係滿好的，是嗎？」

「喔，不。」黛拉立刻就說。「不，不，他們都跟他斷絕關係了。不，他誰也沒有，真的，除了我以外，所以現在這個情況才會那麼危險。」

「那位姐妹在臉書上貼了一張他們兩人的相片，就在不久之前，就在妳家對面的連鎖披薩店。」

黛拉的臉上不僅流露出驚訝，還有不悅。

「阿米爾告訴我你在網路上到處打探，你說的姐妹是哪一個？」

「我還得查——」

「不過我很懷疑他會去她那裡。」黛拉說，打斷了他的話。「那一家人那樣子對待他，他倒是有可能跟她聯絡，你可以去問問她知道些什麼。」

「我會的。」史崔克說。「妳還想到他可能會去哪裡嗎？」

「他真的沒有人可以投靠，」她說。「所以我才會擔心，他很容易受傷害，我得找到他。」

「嗯，我絕對會全力以赴。」史崔克向她保證。「好了，妳在電話上說妳會回答一些問題。」

她的表情微微變得陰沉。

「我恐怕是沒法子告訴你什麼重要的東西，不過，問吧。」

「可以從賈斯伯．齊佐以及妳跟妳先生跟他的關係開始嗎？」

看她的表情就知道她認為這個問題既不禮貌又略顯荒唐，她露出冷冷的笑容，揚起眉毛，說：

「咳，賈斯伯跟我顯然是職業上的關係。」

「怎麼說？」史崔克問，往咖啡裡加糖，略一攪拌，喝了一口。

「既然，」黛拉說，「賈斯伯雇用了你來挖出我們不名譽的言行，我想這個問題你是明知故問。」

「那妳就還是認定妳的先生並沒有勒索齊佐嘍？」

「當然。」

史崔克知道就這件事深究下去只會讓她疏離，因為黛拉的超級禁令已經告訴世人她為了自衛可以做到什麼程度，暫時撤退似乎才是明智之舉。

「那麼齊佐家的其他人呢？妳曾遇見過他們嗎？」

「遇見過幾個。」她說，略微提防。

「妳對他們有什麼看法？」

「我根本不認識他們，格朗特說依姬很勤奮。」

「齊佐死去的兒子跟妳女兒同在英國青少年擊劍隊裡是吧？」

她的臉部肌肉似乎收縮了，讓他聯想到海葵察覺到掠食者接近就會整個收縮。

「對。」她說。

「妳喜歡弗芮迪嗎？」

「我應該連話都沒跟他說過，芮安娜比賽都是格朗特接送的，他才認識擊劍隊的人。」

最靠近窗戶的玫瑰莖的影子投射在地毯上，宛如鐵欄杆。布拉姆斯交響曲在背景中轟隆鳴響，黛拉的墨鏡給人一種莫測高深的脅迫感，史崔克儘管毫無怯意，仍聯想到古老神話中的盲眼女祭司與卜巫，以及肢體健全的人賦予瞽者的這種超自然氛圍。

「依妳看，賈斯伯．齊佐為什麼會那麼急於找出對你們不利的資料？」

「他不喜歡我。」黛拉只這麼說。「我們經常意見相左，他的成長背景讓他對於一切悖離傳統習俗的事物都斥之為可疑、不自然，甚至是危險的。他是個富有的保守派白人男性，史崔克先生，他認為權力的走廊最好是完全由富裕的保守派白人男性填滿，他無論在哪個方面，念茲在茲的都是恢復他年輕時的盛況。而為了這個目標，他經常毫無原則，而且絕對是個偽君子。」

「怎麼說？」

「去問他太太。」

「那麼妳認識金娃娜嘍？」

「我不會說是『認識』，我前一陣子遇見過她，以齊佐對於婚姻神聖的公然宣示來說，那次的邂逅倒是很有意思。」

史崔克有種印象，在漂亮的語言之下，儘管她真的在為阿米爾操心，黛拉其實對她說的話樂在其中。

「發生了什麼事？」史崔克問。

「有天下午金娃娜突然到辦公室來，可是賈斯伯已經去牛津郡了，我覺得她是故意想給他一個意外。」

「那是幾時的事？」

「我看看……至少有一年了吧，就在國會休會之前不久吧。她的心情非常沮喪，我聽見外頭有騷動，就出去看是怎麼回事。我可以從外邊辦公室的寂靜中知道大家全都等著要看好戲，她的情緒非常激動，執意要見她先生。起初我以為她一定是有什麼壞消息，說不定需要賈斯伯的安慰和支持，我就把她帶進了我的辦公室。

「等到只剩下我們兩個人，她就徹底崩潰了，她前言不對後語，不過我聽懂的部分雖然少，」黛拉說，「還是推測出她剛剛發現有另一個女人。」

「她有說是誰嗎？」

「應該沒有，她可能說過，可是她——唷，其實是滿讓人心煩的。」黛拉嚴厲地說。「她比較像是慟失親友而不是婚姻。『我只是他的遊戲裡的一個卒子』、『他沒愛過我』等等的。」

「妳覺得她說的遊戲指的是什麼？」史崔克問。

「政治遊戲吧，她說到被羞辱，許多次被說成她的用處已經用完了……

「賈斯伯．齊佐是個野心勃勃的人，你知道，他曾因不倫之戀而葬送過生涯，我猜他為了找到能夠擦亮他形象的新任妻子是不會感情用事的。他一心想再入內閣，不會再有義大利露水姻緣了，他可能以為金娃娜非常適合郡裡的保守派，出身良好，愛馬成癡。

「我後來聽說賈斯伯沒有多久就把她送進了什麼精神病院，齊佐那一家就是這樣處理過度情緒的吧。」黛拉說，又喝了一口酒。「可是她還是沒離開他。當然啦，大家都會留下來，即使處境惡劣。齊佐在我的聽力範圍內談起她時，當她是個智能不足、要東要西的孩子。我記得他說金娃娜的母親會在她的生日『寶貝』她，因為他得待在國會投票，當然他是可以配票——找個工黨議員，敲好協定。但是他就是不肯那麼麻煩。

「像金娃娜．齊佐這樣的女人，整個人生價值都放在地位與婚姻上，自然會在一切都分崩離析時粉身碎骨，我覺得她的那些馬只是一個宣洩口，一種替代品，而且——喔，對了，」黛拉說，「我剛想起來——那天她跟我說的最後一件事就是除了那些情況之外，她還得回家去把一匹她心愛的母馬安樂死。」

黛拉伸手去摸葛溫柔軟的大頭，牠就躺在她的椅子邊。

「我非常為她難過，動物在我的一生中是莫大的安慰，有時候牠們給我的安慰是無論怎麼說都說不清的。」

那隻愛撫導盲犬的手仍戴著戒指，史崔克注意到，另外還有一枚很重的紫水晶戒指，顏色與她的衣服很搭配。一定是某人，他猜是格朗特，告訴了她這兩樣是相同的顏色，而他又感到一股不識趣的憐憫。

「金娃娜有沒有告訴妳她是在何時發現她先生不忠的？」

「沒有，沒有，她只是既憤怒又傷心，發洩情緒，說的話前後不連貫，像小孩子一樣。一直說：『我愛他，他卻從來沒愛過我，全都是謊言。』我從來沒聽過這麼赤裸裸的傷心，即使是在葬禮上或是臨終的床邊，後來我除了跟她打招呼就再也沒跟她說過話了，她表現得像是一點也不記得那件事。」

黛拉又喝了一口酒。

「可以回頭談馬利克嗎？」史崔克問。

「當然好。」她立刻就說。

「賈斯伯．齊佐死的那天早晨——十三號——妳在這裡，家裡？」

長長的沉默。

「你為什麼會問我這個？」黛拉說，語調改變。

「因為我想把我聽見的一個說法串起來。」史崔克說。

「你是說，馬利克跟我在這裡，那天早晨？」

「沒錯。」

「嗯，是這樣沒錯，我下樓時滑了一下，扭傷了手腕，我叫阿米爾他過來。他想叫我去醫院，可是沒有必要，我的手指都還能動，我只是需要有人幫我弄早餐什麼的。」

「是妳叫馬利克的？」
「嘎？」她說。
這聲「嘎」是那種古遠的、透明的反問，是一個人深恐自己說錯話時的反應。史崔克猜想那副黑墨鏡之後的心思必然轉得像陀螺那麼快。
「是妳叫阿米爾過來的？」
「怎麼？他說的不一樣嗎？」
「他說是妳先生親自跑去他家叫他的。」
「喔。」黛拉說，馬上又說：「對，對，是我忘了。」
「是嗎？」史崔克溫和地說。「或者是妳在幫他們圓謊？」
「是我忘了。」黛拉堅定地說。「我說我『叫』他過來，並不是說我用打電話的，我是藉由格朗特把他叫來的。」
「可如果妳滑倒時格朗特在家裡，他為什麼不能幫妳弄早餐？」
「我想格朗特是想叫阿米爾幫助說服我去醫院。」
「好，那麼去找阿米爾是格朗特的主意，而不是妳的？」
「我現在不記得了。」她說，接著又自相矛盾。「我摔得滿重的，格朗特的背不好，他當然想幫我，然後我就想到了阿米爾，他們兩個囉嗦個不停，把我送到了急診室，其實沒有必要，我只是扭傷了。」
紗網窗簾外的陽光逐漸變暗。黛拉的黑墨鏡反映出屋頂上夕陽的霓虹紅。
「我十分擔心阿米爾。」她又說，語調緊繃。
「再兩個問題就問完了。」史崔克說。「賈斯伯・齊佐在一屋子人面前暗示他知道馬利克有什麼見不得人的地方，妳能說說看嗎？」

「喔，對，就是那段話，」黛拉靜靜地說，「讓阿米爾想到要辭職的，我能感覺從那之後他開始疏遠我，最後是你推了一把，不是嗎？你跑去他家，又進一步嘲笑他。」

「我並沒有嘲笑他，文恩太太──」

「黎瓦特，史崔克先生，你在中東那麼久了，難道不曉得那是什麼意思？」

「我知道是什麼意思。」史崔克就事論事道。「肛交，齊佐似乎是在威脅阿米爾要揭發──」

「揭發真相也傷不了阿米爾的，我跟你保證！」黛拉兇巴巴地說。「雖然不是什麼多重要的消息，不過他剛好不是同志！」

布拉姆斯交響曲繼續飄揚著就史崔克而言陰鬱並且時而預示凶兆的樂章，喇叭和小提琴爭相震搖著人的神經。

「你想知道真相嗎？」黛拉大聲說。「阿米爾不肯被某個資深公僕上下其手，被他猥褻騷擾，那人對年輕男人不合禮數的觸摸在他的辦公室早就是公開的秘密了，甚至還被當作笑話看！而一個接受過綜合教育的穆斯林男孩失去了冷靜，打了一位資深公僕，你覺得會是哪一個遭到抹黑誣衊？你覺得哪一個會變成謠言中傷的對象，被迫辭職？」

「我猜，」史崔克說，「不會是克里斯多福．貝婁克羅伯恩爵士。」

「你怎麼會知道我說的是誰？」黛拉語氣犀利地問。

「他還在位，不是嗎？」史崔克反問，不理會她的問題。

「他當然是！大家都知道他無害的小毛病，誰也不想張揚，多年來我一直在設法處理貝婁克羅伯恩，後來我聽說了阿米爾在曖昧的情況下離開了那個多元化計畫，我就決定要找到他，我第一次跟他接觸時，他的境況可憐，悽慘極了。原本應該是明日之星的，現在卻差了個十萬八千里，還有一個惡毒的表親聽說了流言，還到處散布，說阿米爾是因為在職場上亂搞同性戀才被開除的。

「哼，阿米爾的父親可不是那種能接受兒子是同志的人，阿米爾一直在抗拒父母逼婚的壓力，他們要他娶一個他們認為門當戶對的女孩，他們大吵了一架，從此決裂。不過短短的兩個星期，這個聰明的年輕人就失去了一切，家庭、房子、工作全沒了。」

「於是妳就介入了？」

「格朗特跟我在街角有一棟空房子，是之前我們兩個的母親住的。我跟格朗特都沒有子女，要從倫敦隔空照顧我們的母親實在是太困難了，所以我們就把她們從威爾斯帶過來，讓她們住在一塊，就在轉角那兒，格朗特的母親兩年前過世了，我母親是今年走的，所以房子就空下來了，我們又不需要房租，所以讓阿米爾住進去似乎是非常合情合理的事。」

「這一切都只是因為樂於助人，與私利無關？」史崔克問。「妳在給他工作和房子時，並沒有想到他對妳可能會有多大的用處？」

「什麼意思，『多大的用處』？他是個非常聰明的年輕人，無論是哪個辦公室都——」

「妳的先生給阿米爾施壓，要他從外交部取得可以陷賈斯伯．齊佐於罪的資料，文恩太太。照片，他在逼迫阿米爾去向克里斯多福爵士要照片。」

黛拉伸手拿酒杯，錯過了幾吋，指關節撞了上去。史崔克急忙俯衝去接，動作卻不夠快：鞭痕似的一道紅酒在空中劃出一條拋物線，灑落在米色地毯上，酒杯砰的一聲落在地毯邊。葛溫站起來，走過去，微感興趣地嗅著酒漬。

「有多糟？」黛拉急忙問，手指抓住椅臂，低頭看著地板。

「不太妙。」史崔克說。

「鹽，拜託……在上頭撒鹽，爐台右邊的櫃子裡！」

史崔克進廚房時打開了燈，這時才注意到剛才進廚房時沒有注意到的一樣奇怪的東西：有個信封貼在櫥櫃上，櫃子太高，不是黛拉搆得著的，他把鹽拿出來，繞過去看了信封上的字：

格朗特。

「爐台的右邊！」黛拉從起居室裡喊，稍微有些氣急敗壞。

「喔，在右邊！」史崔克喊回去，把信封扯下來，拆開來。

裡頭是一張「甘迺迪兄弟木工」的收據，項目是更換浴室門。史崔克舔了舔手指，把封口弄濕，封好信封，再貼回原位。

「抱歉。」他回到起居室，跟黛拉說。「就在我眼前，可是我沒看見。」

他扭開了紙盒蓋，撒了一堆鹽在紫色污漬上。他挺直腰，對這種方法半信半疑，布拉姆斯交響曲也戛然而止。

「弄好了嗎？」黛拉低聲對著寂靜的室內說。

「好了。」史崔克說，看著酒漬被白鹽吸走，鹽變成髒髒的灰色。「不過我覺得妳還是需要叫人來清理地毯。」

「天啊……地毯是今年才換的。」

她似乎深受打擊，不過史崔克認為如果說完全是因為把酒灑了，那倒有待商榷。他回沙發坐下，把鹽放在咖啡旁，音樂又響了起來，這一次帶著伶牙利風，不像交響樂那麼的悠揚，反而有點狂躁。

「妳還要喝酒嗎？」他問黛拉。

「我——好，我想再來一杯。」她說。

他幫她又倒了一杯，直接交到她的手上。她喝了一點，隨即顫巍巍地說：

「你剛才說的事，你是怎麼知道的，史崔克先生？」

「我寧可不回答，可是我可以保證是千真萬確的事。」

黛拉用雙手抓緊酒杯，說：

「你一定得幫我找到阿米爾，要是他以為是我命令格朗特叫他去向貝婁克羅伯恩討人情的，那就難怪他——」

她的自制顯然在逐漸瓦解，她想把酒杯再放到椅臂上，卻不得不先用另一隻手摸索，同時一直在搖頭，顯得不可思議。

「難怪他怎樣？」史崔克輕聲問。

「指控我……我扼殺……控制……唉，原來是這麼回事……我們非常親近——你不會了解的——很難說得清楚——可是非常了不起，我們有多快變得——唉，像家人。有時候，你知道，會一見如故——換作是別人就算是認識多年也產生不了牽絆——

「可是這幾個星期，全都變了——我能感覺得到——從齊佐在大家面前譏諷他開始——阿米爾變得生分，他好像不再信任我……我早該知道的……天啊，我早該知道的……你一定得找到他，你一定得……」

史崔克心想或許她那種熾烈的需要感一開始是肇源於性，也許在某個潛意識層面確實脫不了對阿米爾青春雄風的欣賞，然而，有芮安娜．文恩從廉價鍍金相框裡盯著他們，臉上的笑意並沒有傳到分得很開的兩隻焦慮的眼中，牙齒還戴著牙套，史崔克覺得黛拉可能是一個擁有夏綠蒂顯然缺乏的特質的女人：一種熾烈的、受挫的母性衝動，而在黛拉身上又多了難以減輕的悔恨。

「這個也是。」她低聲說。「這個也是，他還有什麼沒毀掉？」

「妳是在說——」

「我先生！」黛拉麻木地說。「還會有誰？我的慈善——我們的慈善基金——可是你也知道了，是吧？是你告訴齊佐不見的兩萬五千鎊的，不是嗎？還有謊言，愚蠢的謊言，格朗特向大家撒的謊？大衛．貝克漢，莫．法拉——那麼多作不到的承諾？」

「是我的搭檔查出來的。」

「誰也不會相信我，」黛拉說，神思不屬，「可是我不知道，我一點也不知道，我錯過了最後四次的董事會——為殘奧做準備。格朗特只在齊佐威脅他要公諸媒體之後才告訴我真相，即使是那時他也聲稱是會計師的錯，可是他跟我發誓其他的事都不是真的，他發了誓，拿他母親的墳墓發誓。」

她轉動著手指上的婚戒，顯然心神不寧。

「我想你那個討厭的搭檔也追查出愛爾思蓓．寇帝斯—雷西了吧？」

「恐怕是的。」史崔克唬她，認為應該賭一賭。「格朗特也否認嗎？」

「如果他說了什麼讓女孩子們不舒服的話，他覺得很後悔，可是他發誓只有這樣，沒有動手，就只是幾個黃色笑話，不過按照現在的思潮形勢，」黛拉忿忿說道，「男人就應該要仔細想一想跟一群十五歲女孩開玩笑什麼該說什麼不該說！」

史崔克傾身，抓住黛拉的酒杯，因為又有翻覆的危險。

「你在做什麼？」

「幫妳把杯子放到桌上。」史崔克說。

「喔，」黛拉說，「謝謝。」明顯在竭力自制，她接著說：「格朗特在那場賽事是代表我出席的，事情曝光後也一定是照往常一樣：會變成是我的錯，每一件事！因為男人的罪惡分析到最後總是我們女人的罪過，不是嗎，史崔克先生？最終的責任總是女人來扛，我們應該要阻止，我們應該要行動，我們一定知情，你們的失敗其實是我們的失敗，不是嗎？因為女人的角色就是照顧者，而世界上沒有比壞母親更低劣的人了。」

她用力呼吸，發抖的手按著太陽穴，紗網窗簾後的夜是深藍色的，有如面紗一寸寸地覆住了火紅的夕陽，房間變得更黑，芮安娜．文恩的面貌也漸漸淡入暮光之中。沒多久就只有她的笑容還看得見，露出醜陋的牙套。

「請把我的酒給我。」

史崔克照辦。黛拉一口氣喝了一大半，緊緊握著酒杯，苦澀地說：

「對於一個眼盲的女人，有很多人隨時都能說出一些怪話來。當然，我年輕一點時情況更壞，常常有人對別人的私人生活有一種色迷迷的興趣。有些男人總是會先往那兒想，說不定你也有過經驗，是不是，因為你的獨腳？」

史崔克發現他並不會生氣黛拉如此直率地提到他的殘障。

「對，我也有過經驗。」他承認。「我的同學，許多年沒見了，那是我炸斷腿之後第一次回康瓦耳。五杯啤酒一下肚，他就問我到什麼時間點我才會警告女人說我的一條腿會跟著褲子一塊脫下來，他以為他很搞笑。」

黛拉淡淡地笑。

「有些人就是沒想到玩笑應該是由我們來開的，是吧？不過你不同，你是男人……大多數的人似乎認為按照常理應該是肢體健全的女人來照顧殘障的男人。格朗特也尷尬過好幾年……大家都假設他是哪裡不對勁，因為他挑了一個殘障的妻子，我想我大概是因為這一點所以設法補償他。我要他有個職位……一個地位……可是現在想想，如果讓他擔任什麼與我無關的職位，可能對我們兩個會比較好。」

史崔克覺得她有點醉了，或許她都沒吃飯，他覺得有股不得體的衝動，想檢查她的冰箱，跟這位令人欽佩又脆弱的女士坐在這裡，他輕易就能理解何以阿米爾會在公私兩方面變得牽涉太深，即使他並無意如此。

「大家以為我會嫁給格朗特是因為沒有人要我了，可是他們錯了。」黛拉說，稍微坐直了些。「我念書時有個男生對我死心塌地，我十九歲那年他就求婚了。我不是沒有選擇，我選了格朗特，不是要他當看護，或是像記者偶爾會暗示的那樣，我野心勃勃所以需要丈夫……我選了他是因為我愛他。」

史崔克想起那天他跟蹤黛拉的先生到王十字街的某處樓梯間，以及蘿蘋說過格朗特在職場上低俗浮誇的行為，但是都不會讓他覺得黛拉的話不可信。人生教會了他即便是最不配的人也會有偉大強烈的愛，這種情況，說真的，倒是能給每個人一點安慰。

「你結婚了嗎，史崔克先生？」

「沒有。」他說。

「我覺得婚姻幾乎一定是一種高深莫測的實體，即使是對身在其中的人而言。這件事……這一堆亂七八糟的事……讓我明白了我不能再這麼下去了，我不是很清楚我是在何時不再愛他的，可是在芮安娜死後的某個時間點，愛就悄悄——」

她語不成聲。

「——悄悄溜走了。」她吞嚥了一下。「能麻煩你再幫我倒杯酒嗎？」

他照做。房間現在非常黑，音樂又變了，變成了沉鬱的小提琴協奏曲，史崔克覺得終於適合他們的對談了。黛拉本來不想跟他談的，可現在似乎欲罷不能。

「妳先生為什麼那麼討厭賈斯伯．齊佐？」史崔克輕聲問。「是因為齊佐的政治主張與妳的衝突，或是——？」

「不是，不是。」黛拉．文恩疲倦地說。「是因為格朗特必須為他自己的不幸找別人來背黑鍋。」

史崔克等待著，但她只是喝酒，什麼也沒說。

「這是什麼——？」

「沒什麼。」她大聲說。「沒什麼，不重要。」

可是一分鐘後，在她又喝了一大口酒後，她說：

「芮安娜其實不想學擊劍的。她就跟很多小女孩一樣，想要一匹馬，可是我們——格朗特跟我——我們都不是來自有小馬的家庭。我們連該怎麼照顧馬都不知道。現在回想起來，應該是有什麼辦法的，可是我們那時都太忙了，覺得很不實際，所以她就改學擊劍，而且她也非常有天分……

「我回答的問題夠了嗎，史崔克先生？」她略微口齒不清地問。「你會找到阿米爾嗎？」

「我會盡力。」史崔克答應她。「妳能把他的電話給我嗎？還有妳的，我才能跟妳報告進度？」

她背出了兩組號碼，史崔克記下來，合上筆記本，站了起來。

「妳幫了大忙，文恩太太。謝謝。」

「這可教我擔心了。」她說，眉頭微皺。「我確定那可不是我的初衷。」

「妳會——？」

「太好了。」黛拉說，逐客的意思再明顯不過。「等你找到了阿米爾，你會通知我的，是不是？」

「在那之前我會每個星期都向妳匯報。」史崔克保證。「呃——今晚有人會來嗎，或是——？」

「看來你並沒有傳言中的那麼鐵石心腸。」黛拉說。「不用擔心我，我的鄰居馬上就會過來幫我遛葛溫，她也會檢查瓦斯等等的。」

「既然如此，請別起身，晚安了。」

幾近白色的狗抬起了頭，嗅著空氣，目送他走向門口。他把黛拉丟在黑暗中，有點微醺，沒有人作伴，唯有她沒看過的死去女兒的相片。

史崔克關上大門，想不起幾曾有過這麼五味雜陳的滋味，既敬佩又同情又懷疑。

55

……讓我們至少以榮譽的武器打鬥，既然我們似乎勢必一戰。

——亨里克·易卜生《羅斯莫莊園》

應該只是早晨不在家的馬修到現在還沒回家。他傳了兩則簡訊，一則在下午三點：

湯姆工作上有麻煩，想談一談，跟他去酒吧（我喝可樂。）會儘快回來。

然後，七點整：

真是抱歉，他醉了，不能丟下他。會幫他找計程車，然後就回來，希望妳吃飽了。愛妳 x

蘿蘋再一次隱藏自己的號碼，撥打湯姆的手機。他立刻接聽。背景並不是酒吧的吵嚷聲。「喂？」湯姆測試式地說，而且顯然很清醒。「哪一位？」

蘿蘋掛上了電話。

兩個袋子收拾好了，在門廳等待，她已經打電話給凡妮莎問能否在她的沙發上睡兩晚，等她找到地方住，她覺得奇怪，凡妮莎並沒有多意外，但同時又很慶幸不需要應付別人的同情。

蘿蘋在起居室等，看著窗外夜色籠罩，在心中猜想要不是找到了耳環，她是否會起疑，近來她變得很慶幸能享受沒有馬修的時光，她可以放鬆下來，不必遮遮掩掩，無論是齊佐案的活動或是倒在浴室地板上，悄悄處理她的恐慌症發作，不大驚小怪。

坐在屬於不見人的房東的時尚單人沙發上，蘿蘋感覺她彷彿是居住在回憶裡。在事情發生的當下，你有多常知覺到你過的這一小時會從此扭轉你的一生？她會有很長一段時間記得這個房間，她此時凝視四周，想要把它嵌入心坎，從而盡力忽視在她心中燃燒扭絞的哀傷、屈辱和痛苦。

九點剛過，她就聽見了馬修的鑰匙插入鎖孔，開門聲，立刻一陣噁心。

「對不起，」他大聲喊，連門都還沒關上，「他真是討厭，我費了一番唇舌才讓計程車司機載——」

蘿蘋聽見他小小的驚呼聲，他看見了行李箱，現在可以撥號了，她按下了手機上現成的號碼。他走進起居室，一臉困惑，及時聽見她叫了輛出租車，她掛上電話。兩人彼此互望。

「箱子是怎麼回事？」

「我要走了。」

漫長的沉默，馬修似乎沒弄懂。

「什麼意思？」

「我不知道還要怎麼說才清楚，馬修。」

「離開我？」

「對。」

「為什麼？」

「因為，」蘿蘋說，「你在跟莎拉上床。」

她看著馬修絞盡腦汁要想出什麼能拯救他的話來，可是時間一秒一秒流逝，來不及表現出真正的驚詫，愕然的無辜，如假包換的茫然了。

「什麼？」他最後說，還假笑了一聲。

「拜託不要。」她說。「沒有意義，結束了。」

他仍站在起居室的門口，她覺得他的表情疲累，甚至可說是憔悴。

「我本來要留封信的，」蘿蘋說，「可是覺得太像連續劇了，反正我們也有一些實際的事情需要討論。」

她覺得她能看見他在想：我是哪裡露出馬腳的？妳跟誰說了？

「聽著，」他急急忙忙說，丟下了運動袋（裡頭的東西無疑是乾淨的、沒有鋪展開過的），「我知道我們之間，妳跟我，不是很好，可是我要的是妳，蘿蘋。不要把我丟開，拜託。」

他向前走，重重坐在她的椅子旁邊的沙發上，想要握住她的手，蘿蘋把手抽開，極為驚愕。

「你跟莎拉睡覺。」她又說一遍。

他站起來，走向沙發，坐下來，兩手摀住臉，虛弱地說：

「對不起，對不起，妳跟我的情形那麼糟——」

「——所以你就跑去跟你朋友的未婚妻睡覺？」

他聞言抬頭，突然驚慌起來。

「妳跟湯姆談過？他也知道？」

忽然受不了他這麼近，蘿蘋走向窗戶，心裡滿是從未感覺過的鄙夷。

「就連現在都還在擔心你的升遷希望嗎，馬修？」

「不是——靠——妳不懂。」他說。「我跟莎拉已經完了。」

「喔，是嗎？」

「對。」他說。「對！他媽的——實在是他媽的太諷刺了——我們談了一整天，我們同意不能再繼續下去了，不能背著——妳和湯姆——我們剛剛結束了。一個小時前。」

「哇，」蘿蘋說，透著輕輕的一笑，覺得靈魂出竅，「可不是夠諷刺的？」

她的手機響了，她像作夢似地接聽。

「蘿蘋？」史崔克說。「最新進展，我剛才見過了黛拉·文恩。」

「情況還好嗎？」她問，想裝出穩定愉快的語氣，決心不匆匆結束這段對話。她的工作是她現在唯一的人生，馬修不能再侵犯了，她背對著氣得冒煙的丈夫，望著漆黑的鵝卵石街道。

「有兩個地方非常有意思。」史崔克說。「首先，她說溜了嘴，我不認為齊佐死的那天早晨格朗特是跟阿米爾在一起。」

「這可好玩了。」蘿蘋說，強迫自己專心，很清楚馬修盯著她。

「我拿到了他的電話，打過了，可是他沒接。我反正在附近，就去看看他是不是還在路底的那家民宿裡，可是主人說他搬走了。」

「可惜，另一件有意思的事是什麼？」蘿蘋問。

「是史崔克嗎？」馬修從她後面大聲問。她不理他。

「誰啊？」史崔克問。

「沒事。」蘿蘋說。「接著說。」

「喔，第二件有意思的事是黛拉去年見過金娃娜，她歇斯底里，因為她以為齊佐——」

蘿蘋的手機被粗魯地搶走了，她猛地踅身。馬修按了結束鍵。

「你好大的膽子！」蘿蘋大吼，伸出了手。「還來！」

「我們在忙著拯救我們的婚姻，妳還接他的電話？」

「我沒有要拯救這段婚姻！把我的手機還來！」

他猶豫了一下，這才把手機還回去，一看蘿蘋冷靜地又撥給史崔克，一張臉漲得像豬肝紅。

「抱歉，柯莫藍，被打斷了。」她說，馬修氣瘋了的眼睛瞪著她。

「家裡沒事吧，蘿蘋？」

「沒事。你剛才說齊佐怎樣？」

「他有外遇。」

「外遇！」蘿蘋說，盯著馬修的眼睛。「跟誰？」

「天知道，妳找到拉斐爾了嗎？我們知道他並沒有那麼積極想保護他父親的形象，他可能會告訴我們。」

「我留了話，還有蒂根，兩個都沒有回電。」

「好，有進展再告訴我，現在那件被榔頭敲頭的插曲就有了全新的意義了，對不對？」

「當然是。」蘿蘋說。

「我進地鐵站了，妳確定沒事嗎？」

「沒事。」蘿蘋說，希望自己的語氣像是一般的不耐煩。「再聊。」

她掛斷了。

「『再聊，』」馬修模仿她，用他每次搞笑模仿女人時的小嗓說，「『待會再聊，柯莫藍，我現在要拋家棄夫，這樣我才能讓你揮之即來，隨叫隨到，柯莫藍。我不介意拿最低薪，柯莫藍，只要我能當你的傭人。』」

「滾你的蛋，馬修。」蘿蘋鎮定地說。「滾回莎拉身邊去。對了，她掉在我們床上的耳環放在我床邊的桌上。」

「蘿蘋，」他說，突然認真起來，「我們可以解決這件事的，只要我們愛著彼此，我們可以的。」

「咳，問題是呢，馬修，」蘿蘋說，「我不愛你了。」

她以前總以為眼睛變暗是文學家的修辭，可現在卻真的看見他淡色的眼珠變黑，瞳孔因震驚而擴大。

「臭婊子。」他輕聲說。

她覺得有股想說謊的怯懦衝動，從決絕的宣言撤退，保護自己，可就是有一種執拗不肯讓步：是那種說出坦率真相的需要，因為她欺騙他和自己太久了。

「沒錯。」她說。「我不愛你了，我們早該在蜜月的時候就分手的。我會留下來是因為你病了，我為你覺得難過，不，」她糾正自己，決定要妥善料理這件事，「其實，我們根本就不應該去度蜜月的，我在知道你刪除史崔克的來電之後就不應該再讓婚禮繼續。」

她想看手錶，察看出租車幾時會到，但是她不敢把視線從丈夫身上調離。他的表情讓人想起一條蛇虎視眈眈從岩石底下向外望。

「妳以為在別人的眼裡妳過的是什麼樣的生活？」他輕聲問。

「什麼意思？」

「妳大學休學，現在妳又要放棄我們，妳甚至連心理諮詢都半途而廢。妳是他媽的冒牌貨，妳唯一沒有半途而廢的是這個差一點害妳送命的白癡工作，而且妳還被解雇過，他會讓妳回去完全是因為他想把妳弄上床，而且還是因為別人恐怕沒妳這麼便宜。」

她覺得彷彿被他打了一拳，她喘不過氣來，聲音虛弱。

「謝謝你，馬修。」她說，向門口移動。「謝謝你讓我走得這麼容易。」

可是他快速擋住了她的去路。

「那只是暫時的工作，他稍微注意妳，妳就自己美得冒泡以為是適合妳的生涯，即使那是妳他媽的最不應該做的工作，就憑妳的過去——」

她現在拚命忍住眼淚，卻決心不屈服。

「我早就想要做調查工作了——」

「不，妳他媽的才不是！」馬修嘲弄道。「妳幾時曾——？」

「我的人生不是從認識你才開始的！」蘿蘋大叫。「我還有家庭生活，我說過的話你一句也沒聽進過！我從來沒跟你說過，馬修，因為我知道你會嘲笑我，跟我那些豬腦袋的兄弟一樣！

我會修心理學就是希望能夠因此而進入鑑識──」

「妳從來沒說過，妳只是想找藉口──」

「我不跟你說是因為我知道你會嗤之以鼻──」

「放屁──」

「你才放屁！」她大叫。「我現在告訴你的是真相，百分之百的真相，而你證實了我的看法，你不相信我！我休學的時候你很高興──」

「這是什麼意思？」

「『不急著回去』，『妳不一定非要學位不可……』」

「喔，這下子又怪我太體貼了！」

「你很高興，你很高興我被困在家裡，你為什麼就是不肯承認？莎拉．薛洛克念大學，而我待在馬森一事無成──以彌補我比你厲害拿優等，進了第一志願──」

「哈！」他毫無笑意地笑。「哈，妳比我厲害拿優等？是喔，難怪我晚上睡不著──」

「要是我沒有被強暴，我們早就在很多年前分手了！」

「妳心理諮詢了半天就學會這個？對過去說謊，為妳所有狗屁倒灶的事找藉口？」

「我學會了說實話！」蘿蘋大喊，被逼到了狠心的邊緣。「我再告訴你一點實話：我在被強暴之前就不愛你了！你對我做的任何事都不感興趣──我的課程，我的新朋友，你只想知道有沒有別的男人勾引我。可是後來，你那麼貼心，那麼溫柔……你好像是世界上最安全的男人，我唯一能信任的人，所以我才沒離開。要不是因為我被強暴，我們就不會走到這一天。」

兩人都聽見外頭有汽車駛近。蘿蘋想從他旁邊擠過去，可是他卻又擋住了路。

「不行，妳休想走得這麼輕鬆如意，妳沒有離開是因為我安全？放屁！妳愛我。」

「我以為我愛，」蘿蘋說，「不過那都過去了。讓開，我要走了。」

她想繞過他，可是他又擋住了路。

「不行。」他又說，向前移動，把她往起居室推。「妳不准走，我們要把話說清楚。」

出租車司機來按門鈴。

「來了！」蘿蘋大喊，但是馬修咆哮：

「這次妳不准跑掉，妳得留下來，解決這一堆亂七八糟——」

「不！」蘿蘋大吼，彷彿是在吼一隻狗，她停下腳步，不肯再被往裡推，即使他靠得這麼近，氣息都吹在她的臉上，她突然想到了格朗特·文恩，反胃噁心的感覺當頭罩下。「滾開。滾！」

馬修像狗一樣乖乖退後一步，但並不是在回應她的命令，而是被她的語氣嚇到。他很生氣，但是也很害怕。

「好。」蘿蘋說。她知道她就要恐慌症發作了，但是她硬撐著，而每保持一秒鐘的自制都讓她變得更堅強，她站穩立場。「我要走了。你敢阻止，我一定會反擊，我擊退過比你更強壯更卑劣的男人，馬修。而你連把刀都沒有。」

她看見他的眼珠變得更黑，冷不防想起了她的弟弟馬丁揍了馬修的臉一拳，在婚禮上，無論接下來是什麼情況，她在心中發誓，懷著一種陰沉的高興，她都會比馬丁強，有必要的話，她會打斷他的鼻子。

「拜託，」他說，肩膀忽地垮下，「蘿蘋——」

「你得動粗才能阻止我離開，不過我警告你，只要你動手，我就會控告你傷害，在你的公司傳揚出去了可不會太好聽吧？」

她凝視了他好幾秒，這才朝他走去，已經握著拳頭，等著他阻攔或是抓住她，但是他讓開了。

「蘿蘋。」他沙啞地說。「等一下，真的，等一下，妳說我們還有事情要討論——」

「交給律師就行了。」她說，伸手握住門把，拉開了門。

清涼的夜風拂上她的臉，有如祝福。

一名敦實的女性坐在佛賀Corsa的方向盤後，一看見蘿蘋的行李箱就下車來幫她放進後車廂，馬修跟了出來，站在門口。蘿蘋要上車時，他喊她，蘿蘋的眼淚終於落了下來，卻頭也不回，關上了車門。

「走吧。」她聲音濃濁地說，是對司機說的，馬修下了門階，俯身透過玻璃跟她說話。

「我仍然愛妳！」

車輛駛動，輾壓在奧爾伯里街的鵝卵石路面上，經過了漂亮的海商房屋覆著綠黴的正面，她從不覺得這裡是她的歸屬。到了路口，她知道如果回頭，就會看見馬修站在那兒盯著逐漸消失的車子，她的眼睛迎上了後照鏡中司機的眼睛。

「抱歉，」蘿蘋無厘頭地說，說完又被自己的道歉弄糊塗了，又說：「我——我剛離開了我先生。」

「是喔？」司機說，打開了方向燈。「我離開過兩個，次數多了就會更容易。」

蘿蘋想笑，卻發出了帶哭音的打嗝聲；汽車接近了孤立在街角酒吧上的石天鵝，她又悲切地哭了起來。

「來。」司機溫和地說，遞過來一小包面紙。

「謝謝。」蘿蘋哽咽著說，抽出一張，按著疲倦刺痛的眼睛，最後白色面紙濕透了，沾染上最後一點她佯裝芭比．康利菲時化的濃黑眼妝。迴避後照鏡中司機的憐憫眼神，她低頭盯著大腿，面紙的包裝紙上印著陌生的美國樂團：「白博士」（Dr Blanc）。

蘿蘋遍尋不著的回憶立刻浮現心頭，彷彿一直在等待這個小小的刺激。她記起了是在哪裡見過「Blanc de Blanc」這個詞語了，但是跟案件一點關係也沒有，而是跟她內爆的婚姻有關，是一條薰衣草步道和日式水上花園，也是她最後一次說「我愛你」卻第一次知道自己口是心非時。

56

我不能——我　會——揹著屍體過日子。

——亨里克．易卜生《羅斯莫莊園》

隔天下午史崔克靠近了北圓環路的亨里斯角，他喃喃咒罵一聲，前方的交通打結了。路口本來就是出了名的塞車路段，今年是應該改善了才對。他加入了靜止不動的車流，搖下了車窗，點燃香煙，瞧了一眼儀表板上的時鐘，心中滿是在倫敦開車往往會誘發的憤怒無力感。他早就想搭地鐵北上是否較明智，但是精神病醫院距離最近的車站也有一哩路，他的腿仍在痛，開ＢＭＷ稍微輕鬆一點。現在他卻擔心他決心不能錯過的這次會面可能會遲到，首先是因為他不想得罪允許他見比利．奈特的醫療團隊，第二是因為史崔克不知道是否還有不會遇上比利的哥哥，再見比利的機會。巴克萊今天早晨向他擔保吉米今天的計畫是為真社會主義網站寫一篇文章，辯論羅斯柴爾德家族[4]的全球影響力，以及試用巴克萊新進的貨。

史崔克皺著眉，手指輕敲方向盤，又回頭去沉思從昨晚就一直糾纏他的一個問題：他跟蘿蘋通話到一半斷線是否真因為馬修搶走了她手上的電話。雖然蘿蘋隨後保證一切安好，他卻不覺得有什麼說服力。

史崔克用單口爐熱烤豆子，因為他仍在努力減重，他在心中天人交戰，不知是否該回撥給蘿蘋。有一搭沒一搭地吃著無肉晚餐，一面盯著電視上的奧運閉幕精華，他的注意力卻差不多沒

4. 羅斯柴爾德家族（Rothschild）於一七六〇年代創建了自己的銀行業務，後拓展為國際性銀行，在近代史上是最富有的家族。一直是陰謀論圍繞滋生的對象，其中許多涉及反猶太主義，大多由新納粹主義者傳播。

放在「辣妹合唱團」（Spice Girls）坐在倫敦計程車頂上繞場的畫面。我覺得婚姻幾乎一定是一種高深莫測的實體，即使是對身在其中的人而言，黛拉．文恩如是說。也許蘿蘋和馬修現在就在床上。把手機從她手上搶走會比刪除她的未接來電紀錄更可惡嗎？她那時也沒離開馬修，她的底線是在哪裡？

而且馬修當然極其珍惜自己的名聲和事業前景，不會置文明的規範於不顧。昨晚史崔克睡前的最後一個想法是蘿蘋擊退了沙克威爾開膛手，回想起來儘管觸目驚心，卻也讓他有某種程度的放心。

史崔克十分清楚，他的新進搭檔的婚姻是他最不應該操心的事，尤其是當下他還沒有什麼具體的情報可以提供給客戶，而這位客戶目前支付了三名全職調查員的薪水去查出她父親的死因。雖然如此，車流終於移動後，史崔克的心思仍繞著蘿蘋和馬修打轉，直到他看見了精神病醫院的路標，這才經過一番掙扎，把注意力集中在眼前的會面上。

二十分鐘後史崔克在醫院外停車，這裡跟幾星期前傑克住院的那種龐大的長方形水泥角柱和黑色玻璃建築不同，這裡有尖頂和裝上鐵窗的拜占庭式窗戶。看在史崔克的眼裡，這裡就像是薑餅屋和哥德式監獄的混種，維多利亞時期的石匠在對開門上的骯髒紅磚拱門上方刻下了「療養院」三個字。

史崔克已經晚了五分鐘了，他用力推開車門，也懶得把運動鞋換成較稱頭的鞋子了，鎖好BMW之後就急急忙忙跛行著登上污穢的台階。

一進去就是寒冷的門廳，灰白色挑高天花板，教堂式的窗戶，空氣中有一股腐敗味，雖然用了消毒水仍難以掩飾。他看見了在電話中得知的病房號，就沿著走廊向左邊走。

陽光從鐵窗間射進來，在灰白色牆壁上投下了一條條的陰影，壁上歪歪斜斜掛著畫，有些是之前的病人畫的。史崔克經過了一系列的拼貼畫，以毛布、閃光紙、毛線描繪出農場生活，忽然有個骨瘦如柴的十幾歲少女從洗手間出來，還有護士陪同，兩人似乎都沒注意史崔克。事實上，史崔克覺得少女呆滯的眼睛是聚焦在內心中某場遠離真實世界的戰役上。

史崔克發現了一樓走廊盡頭的對開門是鎖上的，微微覺得意外。隱隱聯想到鐘塔以及《簡愛》男主角羅徹斯特的第一任妻子，他總想像成是在樓上，也許隱藏在那些插天的尖塔中，現實卻是十足的平淡無奇：牆上有個綠色的大對講機，史崔克按了鈕，一名紅髮男護士從小小的玻璃窗往外看，轉頭跟背後的某人說話，門開了，史崔克走了進去。

病房有四張床，一處休閒區，有兩名穿著常服的病人坐在那兒下棋：一個年紀大，顯然沒了牙齒，另一個蒼白年輕，頸子纏著厚厚一層繃帶，一群人圍立在門邊的工作站：一名護工，兩位護士，還有一男一女史崔克推測是醫生。五個人都轉過頭來看他，一名護士還推了推另一個。

「史崔克先生。」男醫生說，他的個子矮，外表滿像狐狸的，有很重的曼徹斯特口音。「幸會幸會。我是柯林．海普沃斯，我們通過電話，這位是我的同事，卡蜜拉．穆哈瑪德。」

史崔克和女醫師握手，她的海軍藍褲裝讓他想起女警。

「我們兩個都會旁聽你和比利的談話。」她說。「他剛去了洗手間，他對於能再見到你感到很興奮，我們覺得可以用一間協談室，就在這邊。」

她帶頭繞過工作站，兩個護士仍是神情熱切，他們進了一個小房間，有四張椅子和一張桌子，都鎖死在地板上，牆壁是淡粉紅色的，別無長物。

「很理想。」史崔克說。這裡就跟他在當憲兵時使用過的一百間協談室一樣，而且也經常有第三者在場，通常是律師。

「在開始之前我有幾句話說。」卡蜜拉．穆哈瑪德說，為史崔克和她的同事關門，不讓護士聽見他們的交談。「我不知道你對比利的病情了解多少。」

「他哥哥告訴我是精神分裂。」

「沒錯。」她說。「他中斷了用藥，結果嚴重發作，而似乎就是在他去找你的那時。」

「對，他當時好像相當煩躁，而且樣子也像是在街頭露宿。」

「他可能一直是，他的哥哥告訴我們他那時失蹤了一星期左右，我們現在不相信比利有精神病疾患了，」她說，「不過他仍然相當封閉，所以很難評量他和現實究竟脫節到何種程度，如果有偏執和幻覺的症狀就很難確切得知一個人的心理狀態。」

「我們是希望你能夠幫助我們區分真相和虛構。」曼徹斯特口音的醫生說。「自從他入院之後，反反覆覆提到你，他非常想要跟你談話，卻不願意向我們開口，他也表達了恐懼——害怕會嘗到苦果，如果他向別人說出心事，不過，我們還是很難判斷他的恐懼是出於疾病或是，呃，是否真有一個讓他有理由恐懼的人，因為，呃——」

他欲言又止，彷彿是在謹慎地選詞用字。

「我認為他哥哥兇起來的話是滿可怕的。」史崔克說，而醫生似乎放寬了心，無須打破保密規定就能讓對方了解。

「原來你認識他哥哥？」

「我見過他，他經常來嗎？」

「他來過兩次，可是比利見過他之後往往會更沮喪更激動，如果他跟你見面也有相同的影響——」柯林說。

「了解。」史崔克說。

「其實，看到你來還滿奇怪的。」柯林說，露出淡淡的笑容。「我們推測他對你的執迷完全是因為他的精神狀態，這類型的疾病經常都會對名人產生癡迷……不瞞你說，」他直白說，「就在兩天前卡蜜拉跟我都認為他對你的執迷會阻礙他提早出院，幸好你打電話來了。」

「對，」史崔克幽默又不露聲色地說，「運氣真好。」

紅髮男護士來敲門，探進頭來。

「比利可以跟史崔克先生見面了。」

「好。」女醫師說。「艾迪，可以送些茶來嗎？茶可以嗎？」她扭頭問史崔克。他點頭。她打開了門。「進來吧，比利。」

接著他就出現了：比利．奈特，穿著灰色運動衫和慢跑褲，兩腳踩著醫院拖鞋。下陷的眼睛仍圈著黑影，而不知何時他把頭髮都剃掉了，他的左手食指和大拇指包著繃帶。透過這套可能是吉米帶來的運動衣，史崔克仍能看出他體重過輕，他的指甲都咬到了肉裡，嘴角還長了一顆膿包，不過身上少了動物的臭味。他拖著腳走進了協談室，瞪著史崔克，然後伸出瘦巴巴的一隻手，跟史崔克握手。比利向兩位醫師說話。

「你們不出去嗎？」

「對，」柯林說，「可是放心好了，我們不會出聲的，你想跟史崔克先生說什麼都儘管說。」

卡蜜拉在牆邊擺了兩張椅子，史崔克和比利隔著桌子對面而坐。如果按照史崔克的希望，他是寧願桌椅的布局不要這麼正式，不過在特偵組的經驗教會了他訊問者與被約談人之間有個牢靠的障礙常常能派上用場，而在需要上鎖的精神科病房這條鐵則也無疑適用。

「我一直在找你，從你來找我以後。」史崔克說。「我一直滿擔心你的。」

「對。」比利說。「對不起。」

「你還記得你在我偵探社裡跟我說的話嗎？」

比利似乎是漫不經心地摸鼻子和胸骨，但跟他在丹麥街的動作相比是小巫見大巫，而且幾乎像是他在提醒自己當時的感覺。

「對。」他說，露出毫無笑意的小小笑容。「我跟你說了那個小孩，在馬的旁邊，我看到被勒死的。」

「你現在還是覺得你目擊了某個兒童被勒死嗎？」史崔克問。

比利把食指舉向嘴巴，咬著指甲，點點頭。

「對。」他說，拿開手指。「我看到了。吉米說是我自己想像出來的，因為我——就，病了。你認識吉米，對不對？你去白馬找他了，有沒有？」史崔克點頭。「他氣炸了，白馬。」比利說，突然哈的一聲笑。「真好笑。靠，真好笑，我之前根本就沒想到。」

「你跟我說你看到一個兒童『在白馬旁邊』被殺了，你指的是什麼馬？」

「阿芬登白馬。」比利說。「很大的白色圖案，在山上，靠近我長大的地方。樣子不像是馬，比較像是龍，而且是在龍山上，我一直不懂他們為什麼說是馬。」

「你能告訴我你究竟是看到了什麼嗎？」

就跟那個史崔克剛才經過的枯瘦少女一樣，他也感覺比利是在瞪視自己的內心，外在的現實世界暫時不存在了。最後，他輕聲說：

「我那時候還小，真的很小，我覺得他們給我吃了什麼，我覺得生病了，好像在作夢，動作很慢，腦袋昏昏的，他們一直要我重複他們的話，我說不清楚，他們都覺得好好笑，我在上山的時候摔倒在草地上，有一個人揹了我一段路，我想要睡覺。」

「你覺得你被下藥了？」

「對。」比利呆呆地說。「可能是大麻。吉米通常都會有，我覺得是吉米把我帶上山的，不讓我爸知道他們做了什麼。」

「你說的他們是指誰？」

「不知道。」比利只這麼說。「大人，吉米比我大十歲，爸總是叫他要照顧我，如果他要出去找他的酒伴的話。那票人晚上來我們家，我醒了，有一個就給我優格吃，另外還有一個小孩子，是女生，然後我們就都坐進了車子裡……我不想去，我覺得想吐，我在哭，可是吉米打我。

「然後我們就在晚上去了那匹馬，我跟那個小女生只是小孩子，她又吼又叫。」比利說，憔悴的臉皮似乎又縮水了，緊貼著骨頭。「尖叫著要找媽媽，然後他說：『妳媽現在聽不到了，她走了。』」

「是誰說的？」史崔克問。

「他。」比利喃喃說。「那個勒死她的人。」

門打開來，另一名護士送來了茶。

「茶來了。」她活潑地說，急切的眼睛盯著史崔克。男醫師對她微微皺眉，她退了出去，又關上了門。

「沒有人相信我。」比利說，而史崔克聽出了隱藏其下的懇求。「我一直想要想起更多的經過，我真希望我可以，要是我一天到晚都在想，我希望我可以想起更多來。

「他勒住她，不讓她發出聲音，我覺得他並沒有要勒死她，他們都嚇慌了。我記得有人大喊：『你殺了她！』……也可能是他。」比利小聲說。「吉米後來說是個男的，可是他現在不承認了，說是我捏造的。『根本就是沒有的事，我幹嘛要說是男的，你心理有病。』是個女生。」

比利固執地說。「我不知道他為什麼要說不是，他們喊的是女生的名字，我想不起來了，可是是女生。

「我看見她掉下去，死了，軟軟地躺在地上。天很黑，然後他們都嚇慌了。

「我記不得下山的事，記不得之後的事，只記得埋屍體，就在我爸家旁邊的山坳裡。」

「同一晚嗎？」史崔克問。

「我覺得是，我覺得是。」比利緊張地說。「因為我記得從房間窗戶看出去，天還是很黑，他們把他抬到了山坳，我爸跟他。」

「『他』是誰？」

「殺了那個女生的人，我覺得是他。很大隻，白頭髮，他們把一個包起來的東西放到土裡，包著粉紅色的毯子，然後把土蓋上。」

「你問過你父親你看見的事嗎？」

「沒有。」比利說。「不可以問我爸為那一家做什麼事。」

「哪一家？」

比利皺眉，似乎真的迷惑不解。

「你是說你們家嗎？」

「不是，是雇用他的那家，齊佐家。」

史崔克有種印象，過世部長的姓氏是第一次在兩位醫師的面前提起。他看見兩枝筆都頓住不動。

「埋屍體的事為什麼會跟他們有關？」

比利似乎很迷惘，張口欲言，又改變了主意，只皺眉看著淡粉紅色的牆壁，又啃起了指甲。最後，他說：

「我不知道為什麼會那樣說。」

感覺不像說謊或是否認，比利似乎真的對出自他口的話感到詫異。

「你想不起來是聽見了什麼，或是看見了什麼，才讓你以為他是幫齊佐家埋屍體的？」

「不是。」比利慢吞吞地說，眉頭深鎖。「我只是……我那時覺得，在我說的時候……他是在幫忙……我好像聽到了什麼，在……」

他搖頭。

「算了，我不知道我為什麼會這樣說。」

人員、地點、事物，史崔克心裡想，拿出了筆記本，打開來。

「除了吉米跟那個死掉的小女孩之外，」史崔克說，「那晚去山上的那群人裡，你還記得什麼？你覺得一共有幾個人？」

比利努力回想。

「不知道，可能……可能八個、十個？」

「都是男的？」

「不是，也有女的。」

史崔克從比利的肩膀看到女醫師挑高了雙眉。

「你還記得那群人什麼事嗎？我知道你那時年紀小，」史崔克說，預料到比利的反駁，「我也知道你可能吃了什麼讓你頭腦不清，不過你能不能想起什麼你沒告訴我的事？他們做的事？他們穿的衣服？你記不記得誰的髮色或是膚色？隨便什麼都可以？」

漫長的沉默。比利暫時閉上眼睛，搖了搖頭，彷彿是在否決某個唯有他能聽見的建議。

「她是黑頭髮，那個小女生。像……」

他的頭微微轉動，指著後面的女醫生。

「亞洲人？」史崔克問。

「可能，」比利說，「對，黑頭髮。」

「是誰把你揹上山的？」

「吉米跟另一個男的輪流。」

「沒有人提到為什麼晚上上山？」

「我覺得他們是想要去眼睛那裡。」比利說。

「馬的眼睛？」

「對。」

「為什麼？」

「不知道。」比利說，兩手緊張地摸了光頭。「眼睛有傳說，你知道。他在眼睛那裡勒死她的，我確定，這件事我記得，她死的時候還尿褲子，我看到尿灑在白色地上。」

「而勒死小女生的那個人你什麼也不記得？」

比利的五官皺在一起，他彎腰駝背，無淚地嗚咽著，一面搖頭，男醫師從椅子上半立了起來。比利似乎察覺到他的動作，因為他穩住自己，搖了頭。

「我沒事，」他說，「我想告訴他，我一定要知道到底是不是真的。我這一輩子，我再也受不了了，我一定得知道。讓他問我，我知道他非問不可，讓他問我，」比利說，「我受得了。」

醫師又緩緩坐下。

「別忘了喝茶，比利。」

「對。」比利說，眨掉眼淚，用衣袖擦了擦鼻子。「好。」

他兩手捧起馬克杯，喝了一口。

「可以繼續了嗎？」史崔克問他。

「嗯。」比利靜靜地說。「繼續。」

「比利，你記不記得有人提到過一個叫蘇姬．路易斯的女孩子？」

史崔克認為他會得到否定的答案，已經翻頁到標著「地點」的一系列問題了。誰知比利卻說：

「記得。」

「什麼？」史崔克說。

「布查爾兄弟認識她。」比利說。「他們是吉米的朋友，有時候他們會在齊佐家做工，跟爸一塊，整理花園，照顧馬。」

「他們認識蘇姬．路易斯？」

「對。她跑掉了，對吧？」比利說。「她還上了當地的報紙。布查爾兄弟很興奮，因為他們在電視上看到她的照片而且他們認識她的家人，她媽媽是瘋婆子。對，她在寄養家庭裡，後來跑到阿伯丁了。」

「蘇格蘭的阿伯丁？」

「對，布查爾兄弟是這樣說的。」

「她才十二歲。」

「她在那邊有親戚，他們會讓她留下來。」

「是這樣嗎？」史崔克說。

他心裡想阿伯丁對於牛津郡一對十來歲的布查爾兄弟而言可否算是遠在天邊的地方，而他們會較願意相信這個說法是否因為比較難以追查，因此反而更可信。

「我們說的是蒂根的哥哥，對吧？」史崔克問。

「你看，他多厲害，」比利扭頭，天真地問男醫師，「對不對？看他知道多少！對。」他轉頭對史崔克說。「她是他們的小妹妹，他們跟我們一樣，幫齊佐家工作。以前有一大堆人，可是後來他們賣了很多土地，就不需要那麼多人了。」

他又喝了幾口茶，雙手捧杯。

「比利，」史崔克說，「你知道你來過我的偵探社之後去過哪裡嗎？」

那種動作立刻又出現了。比利的右手放開了杯子，摸鼻子和胸骨，連續動作既快速又緊張。

「我……吉米不讓我說。」他笨拙地把馬克杯放回桌上。「他叫我不能說。」

「我覺得你回答史崔克的問題比較重要，不用擔心你哥哥怎麼想。」男醫師從史崔克後面說。

「比利，你知道你不想見吉米的話就可以不必見，我們可以請他給你多一點時間，讓你能在寧靜的環境中改善病情。」

「吉米去你待的地方看你嗎？」史崔克問。

比利咬著嘴唇。

「對，」他終於說，「他說我得待在那兒，不然就又會壞了他的事，我覺得門上面都裝了炸藥。」他說，緊張地笑。「以為我如果想出去就會被炸死，大概不對嘍？」他說，好像要從史崔克的表情找線索。「我有時候會亂想，發病的時候。」

「你記得是怎麼從被關的地方逃出來的嗎？」

「我以為他們把炸藥關掉了。」比利說。「那個人叫我跑，我就跑了。」

「那個人是誰？」

「負責把我關在那裡的人。」

「你記不記得被關起來的時候做過什麼事嗎？」史崔克問。「你怎麼打發時間？」

比利搖頭。

「你記不記得，」史崔克說，「刻過什麼，在木頭上？」

比利的眼神充滿了恐懼與驚異，然後他笑了。

「你都知道。」他說，舉起了纏著繃帶的左手。「刀子滑了，直接割到我。」

男醫師幫忙補充：

「比利入院時感染了破傷風，手上的傷口感染得很嚴重。」

「比利，你在門上刻了什麼？」

「是我刻的，對吧？把白馬刻在門上？因為後來我不知道我是不是真的刻了。」

「對，是你刻的。」史崔克說。「我看見了門，刻得不錯。」

「對，」比利說，「呃，我以前——會那樣，雕刻，為我爸。」

「你都在什麼上面刻馬？」

「鍊墜。」比利詫異地說。「小小的木圈上，有皮繩可以穿過，賣給觀光客的，在旺第吉那邊的一家店。」

「比利，」史崔克說，「你記不記得是怎麼進入那間浴室的？你是去見某個人，還是有人帶你去的？」

比利的眼神亂飄，又掃描牆壁，眉間出現深溝，苦苦思索。

「我去找一個人，叫文納……不對……」

「文恩？格朗特·文恩？」

「對了。」比利說，又一次驚愕地打量史崔克。「你什麼都知道，你是怎麼知道的？」

「我一直在找你。」史崔克說。「你為什麼想要找文恩？」

「聽到吉米談起他。」比利說，又在咬指甲。「吉米說文恩會幫忙查出那個被殺的小孩的事情。」

「文恩會幫忙查出那個被勒死的小孩是誰？」

「對。」比利緊張地說。「因為，我以為你也是那個想要抓住我把我關起來的人，在我去找你以後。以為你會想要困住我，嗯——我會像那樣，我發病的時候。」他無助地說。「所以我就去找文納——文恩。吉米把他的電話跟地址寫了下來，我就跑去找文恩，結果就被抓住了。」

「抓住？」

「被那個——褐色皮膚的傢伙。」比利嘟囔著說，半扭頭偷瞧了女醫師一眼。「我怕他，我以為他是恐怖份子，他會殺掉我，可是後來他跟我說他在政府工作，我就以為是政府要把我關在他家裡，門窗都裝上了炸藥……可是我現在覺得不是了，都是我自己胡思亂想。他可能不想把我關在浴室裡，可能一直都想要擺脫我。」比利說，慘然一笑。「可是我不肯走，因為我以為我會被炸上天。」

他的右手又漫不經心地溜到鼻子和胸口。

「我覺得我又打給你一次過，可是你沒接。」

「你確實打了，你在我的答錄機上留了話。」

「我有嗎？對……我覺得你會來救我……對不起。」比利說，揉揉眼睛。「我如果那樣子，就不知道在做什麼。」

「可是比利，你很肯定你看見了一個兒童被勒死？」史崔克靜靜地問。

「喔，對。」比利黯然道，抬起臉來。「對，那件事一直不肯消失，我知道我看見了。」

「你有沒有去你認為的那個地方挖──？」

「媽啊，沒有。」比利說。「跑去挖我爸屋子旁邊？沒有，我很怕。」他虛弱地說。「我不想再看到她，他們把她埋了以後，就讓草亂長，蕁麻和雜草。我以前常常作夢，說出來你都不會信，我夢到她晚上從山坳裡爬出來，全身腐爛，想爬上我的房間窗戶。」

兩位醫師的筆在紙上沙沙作響。

史崔克移到筆記本上的「事物」欄。只有兩個問題。

「比利，你有沒有在你看見埋葬屍體的地方放十字架？」

「沒有。」比利說，光是想到就害怕。「只要有可能，我就不靠近那個山坳，我根本不想靠近。」

「最後一個問題。」史崔克說。「比利，你父親有沒有為齊佐家做什麼不尋常的事？我知道他是打雜的，可是你能不能想到別的什麼他──？」

「什麼意思？」比利說。

他似乎在瞬間變得更加驚怕，整個會談中都不見他如此。

「很難說。」史崔克謹慎地說，留意他的反應。「我只是在想──」

「吉米警告過我！他說你會刺探爸的事，你不能怪我們，跟我們無關，我們只是小孩子！」

「我沒有在怪你。」史崔克說，卻傳來推開椅子的聲音：比利與兩位醫師都站了起來，女醫師的手擺在門邊一個隱密的按鈕上方，史崔克知道那一定是警鈴。

「你其實是設計要我說話？你是設計要害我跟吉米有麻煩？」

「不是的。」史崔克說，也把自己撐起來。「比利，我來這裡是因為我相信你看見了一個孩子被勒死。」

激躁又懷疑，比利的右手連續摸了鼻子和胸口兩次。

「那你幹嘛問爸做了什麼？」他低聲說。「她不是那樣死的，根本就不是那樣！吉米會剝了我的皮。」他的聲音粗啞。「他跟我說你找他是為了爸做的東西。」

「沒有人會剝誰的皮。」男醫師鎮定地說。「恐怕時間到了。」他對史崔克乾脆地說，推開了門。「去吧，比利，你可以走了。」

可是比利動也不動。他的皮膚和骨頭也許老化了，但是他的臉卻揭露了一個恐懼又無助的失恃幼兒，而這個幼兒的神志卻被理應保護他的人一手摧毀了。史崔克在他自己動蕩不安的童年中，見識過數不清的無根無家又備受冷落的兒童，從比利哀懇的表情中辨識出向成人世界的最後請求，請大人做大人應該要做的事，在混亂之中發號施令，以理性來取代殘暴。面對面，他覺得跟這個形容枯槁的光頭精神病患有一種奇異的親切感，因為他在自己身上也認知到同樣的對秩序的渴望。在他個人，這種渴望帶領他坐在桌子的這一邊，可是他們兩個之間唯一的差別就在於史崔克的母親活得夠久，也愛他夠多，在人生向他丟來恐怖的遭際時才沒讓他崩潰。

「比利，我會查出你看見被勒死的孩子是怎麼了。我跟你保證。」

醫師一臉驚訝，甚至是不贊同。史崔克知道，他們的職業是不會作出斬釘截鐵的宣言或是保證會有解決之道的。他把筆記本放回口袋，從桌後移開，伸出了手，考慮了很長的幾分鐘之後，野性似乎從比利的身上漏光了，他拖著腳走向史崔克，握住他的手，久久不放，眼睛充滿了淚水。

他壓低了聲音不讓醫師聽到，說：

「我恨透了把馬弄上去，史崔克先生，我恨透了。」

57

蕾貝嘉，妳有做這事的勇氣和意志力嗎？

——亨里克．易卜生《羅斯莫莊園》

凡妮莎的單房公寓在一樓，是獨棟建築，不遠處就是溫布利足球場。早晨出門上班前，她給了蘿蘋一支備用鑰匙，還親切地說她知道蘿蘋得花個兩天工夫才能找到落腳的地方，她不介意讓她住到那個時候。

昨晚兩人喝酒喝到很晚，凡妮莎一五一十告訴了蘿蘋她是如何發現她的前未婚夫劈腿的，她從來沒有對別人說過。故事高潮迭起，曲折離奇，她甚至在臉書上設了兩個假帳號，引誘她的前未婚夫和小三，而在三個月的耐心設伏之後，凡妮莎收到了他們兩人的裸體照片。蘿蘋既佩服又震驚，聽見凡妮莎重現當年的場景，不由得哈哈笑，凡妮莎在她和前未婚夫最喜歡的餐廳雙人桌上，把裸體照片轉交給他，就夾在她送的情人卡裡。

「妳太善良了，姑娘。」凡妮莎說，舉著灰皮諾，眼神剛硬。「換作是我，最起碼我也會把她的耳環留下來做成鍊墜。」

凡妮莎現在去上班了，蘿蘋坐的沙發上一端擺著折疊整齊的羽絨被，筆電則擺在她面前。她整個下午都在搜尋租屋訊息，就憑史崔克給她的薪水，她只住得起分租的房子，她掃描著她的價格限定範圍的租屋廣告，腦海中不斷浮現芙莉克公寓的上下舖，有的房間跟營房一樣擠了好幾張床，有些則像是社會新聞上的照片，離群索居的囤物狂被鄰居發現氣絕身亡，昨夜的歡笑此時似乎已遙遠。蘿蘋不理會喉間拒不消融的硬塊，無論她喝了多少杯茶。

馬修打了兩次電話，她都沒接，他也沒留言。她需要趕緊聯絡律師，討論離婚事宜，這筆開銷她支付不起，可是她的當務之急是找個地方住，同時繼續在齊佐案上投注同樣的時間，因為如果讓史崔克有理由覺得她並未窮心竭力，她可能會危及她的人生中唯一有價值的一部分。

妳大學休學，現在妳又要放棄我，妳甚至連心理諮詢都半途而廢，妳是他媽的冒牌貨。

螢幕上那些不知名公寓中不賞心悅目的房間照片一一從她的眼前消失，她看到的是馬修和莎拉躺在她的公公購買的沉重桃花心木大床上，蘿蘋的五臟六腑好像變成了液態鉛，她的自制隨時會消融，她好想打電話給馬修，對他尖叫，可是她沒有，因為她不肯遂了他的心意，變成一個不理性、無節制、無力控制的女人，那個他媽的冒牌貨。

況且，她有消息要讓史崔克知道，她急著要告訴他，就等他跟比利見過面。拉斐爾．齊佐在早晨十一點接了電話，一開始頗為冷淡，但最後同意跟她談，不過地點要由他挑選。一小時後，她又接到蒂根．布查爾的電話，無須多費唇舌她就同意了跟她見面。說真的，她似乎因為談話對象不是大名鼎鼎的史崔克而是他的搭檔而覺得失望。

蘿蘋抄下了一間位於普特尼的房間資訊（與女房東合住，吃素，必須愛貓），察看了時間，決定要換上她從奧爾伯里街帶走的唯一一件洋裝，已經熨燙整齊，現在就掛在凡妮莎的廚房門上，她得花一小時多才能從溫布利趕到老布朗普頓路，她和拉斐爾說好在那裡的餐廳見面，而且她擔心她得花比平常更多的時間才能讓自己可以見人。

從凡妮莎的浴室鏡中回瞪著她的是一張蒼白的臉，眼睛仍因缺乏睡眠而浮腫，蘿蘋正忙著用遮瑕膏掩飾眼下的黑圈，手機響了。

「柯莫藍，嗨。」蘿蘋說，轉為擴音。「你見到比利了嗎？」

他花了十分鐘複述與比利的會面，蘿蘋趁此完成化妝，梳好頭髮，換上洋裝。

「知道嗎，」史崔克最後說，「我現在在琢磨是不是應該去做比利一開始就要我們做的事情：挖掘。」

「嗯，」蘿蘋說，緊接著，「等等——你說什麼？你是說……真的挖？」

「最後恐怖還是免不了。」史崔克說。

一整天來頭一次，蘿蘋自身的煩惱被別樣事情完全吞噬，某種駭人聽聞的事。賈斯伯·齊佐的屍體是她在醫院以及葬儀社這類舒適的、衛生的地點之外看過的第一具屍首。然而一想到要去挖土，挖到蛆蟲蚯蚓，腐朽的毛毯和一具兒童的白骨，被塑膠袋緊緊套住的蕪菁一樣的頭顱和黑洞般的嘴巴反倒沒那麼驚悚了。

「柯莫藍，如果你真的認為有具兒童的屍骨埋在山坳裡，我們應該要告訴警察。」

「我可能會，如果我認為比利的醫師願意為他作證，可是他們不願意。我在會面之後跟醫生有過長談，他們不能百分之百肯定小孩被勒死的事沒有發生過——還是那一套『無法證實為負數』的問題——可是他們不相信。」

「他們認為是他自己捏造的？」

「不是一般人的那種捏造，他們認為是幻覺，最多也是他年紀非常小的時候看見了什麼，卻自行詮釋，可能是電視上看到的，跟他整體的症狀一致，我自己是認為底下可能什麼也沒有，不過確定一下也無妨。

「對了，妳今天怎麼樣？有消息嗎？」

「嘎？」蘿蘋呆呆地問。「喔——對，我七點約了拉斐爾。」

「好極了。」史崔克說。「約在哪兒？」

「一個叫南什麼的……南隆謝客？」

「切爾西那家？」史崔克問。「我去過，很久以前，不算是我有過最美好的一晚。」

「還有蒂根·布查爾也回電了。聽她說話，她是你的小粉絲。」

「正好是這件案子需要的，又一個心理不正常的證人。」

「真沒品。」蘿蘋說，想裝出好笑的聲音。「對了，她跟她媽媽住在烏爾史東村，在紐伯里賽馬場的一家酒吧上班，她說她不想在村子裡跟我們見面，因為她媽媽不喜歡她跟我們攪和在一塊，所以她問我們能不能到紐伯里去找她。」

「那裡距離烏爾史東多遠？」

「二十哩吧？」

「好，」史崔克說，「那我們就開荒原路華到紐伯里去，然後說不定繞到山坳，再看一次？」

「呃……好，可以。」蘿蘋說，心思已經飛向必須返回奧爾伯里街去開荒原路華的後勤事宜了，她沒把車子開來是因為凡妮莎住的這條街停車需要許可。「什麼時候？」

「只要蒂根方便見面，不過最理想是這個星期，越快越好。」

「好。」蘿蘋說，想到了她擬定的計畫接下來兩天要去找房子。

「妳那邊都好吧，蘿蘋？」

「當然啊。」

「那就等妳跟拉斐爾談過之後再打給我，好嗎？」

「好。」蘿蘋說，很高興能結束這通電話。「晚一點再聊。」

58

……我相信兩種不同的意志能夠同時存在於一個人身上。

——亨里克．易卜生《羅斯莫莊園》

南隆謝客有一種頹廢的殖民時代風貌。燈光昏暗，多葉植物，各種美女的肖像和海報，裝潢融合了越南與歐洲風格，蘿蘋在五點七分走入餐廳，立刻就看見拉斐爾倚著吧台，暗色套裝加白襯衫，沒打領帶，一杯酒已剩一半，正在和立在一面晶瑩酒瓶牆前的長髮美女聊天。

「嗨。」蘿蘋說。

「哈囉。」他略冷淡地招呼，緊接著說：「妳的眼睛不一樣，是在齊佐園的那種顏色嗎？」

「藍的？」蘿蘋問，脫掉了外套；今晚不冷，可是她覺得有些發抖，還是穿了外套。

「對。」

「妳以為我沒注意到，因為有一半的燈泡都壞了，妳喝什麼？」

蘿蘋猶豫不決。她是來詢問他的，不應該喝酒，可是話說回來，她突然很渴望酒精，在她決定之前，拉斐爾就開口了，語氣略顯不善。

「今天又在臥底了是吧？」

「你怎麼會這麼說？」

「妳沒戴婚戒。」

「你的眼睛在辦公室裡也這麼犀利嗎？」蘿蘋問，他嘻嘻一笑，讓她想起了為什麼會這麼不由自主地喜歡他。

「我注意到妳的眼鏡是假的，記得嗎？」他說。「我那時以為妳是想要讓別人看重妳，因為妳玩政治太漂亮了，所以這個，」他指著自己深褐色的眼睛，「也許夠犀利，可是這裡，」他敲敲腦袋，「就未必了。」

「我來杯紅酒，」蘿蘋含笑道，「而且，不用說，我會付帳。」

「如果是史崔克先生付帳，那我們就吃晚餐。」拉斐爾立刻說。「我餓死了，而且一貧如洗。」

「真的？」

辛苦地找了一天以有限的薪水可以選擇的房子之後，她實在沒心情聽齊佐家的人對貧窮的定義。

「對，是真的，妳可能不相信。」拉斐爾說，笑容略微酸溜溜的，蘿蘋立刻就疑心他是否知道她心中的想法。「不開玩笑，我們到底是要不要吃飯？」

「好。」蘿蘋說，今天幾乎沒吃東西。「那就吃飯。」

拉斐爾拿了吧台上的啤酒，帶領她走向餐廳，挑了一張靠牆的雙人桌，因為時間還早，只有他們兩人用餐。

「我母親經常在八〇年代的時候來這裡。」拉斐爾說。「那時很出名，因為有錢人和名人如果穿著不得體，店主會叫他們滾出去，他們愛死了那一套。」

「真的假的？」蘿蘋說，心思飛到了幾里外。她剛才想到她再也不會像這樣跟馬修一塊吃飯了，只有他們兩人。她想起了最後一次，在四季莊園酒店。他默默用餐時心裡是在想什麼？他當然是很氣她繼續在史崔克那裡工作，可也許他也在心中衡量莎拉的魅力，她在佳士得的優渥薪資，她對於別人的財富源源不絕的故事，以及她在床上的自信表現，而她的未婚夫送她的鑽石耳環才會掉在蘿蘋的枕頭上。

「喂，要是跟我吃飯會讓妳有那種表情，我可以回吧台那兒，沒問題。」拉斐爾說。

「嘎？」蘿蘋說，從思緒中驚醒。「喔——不是，跟你無關。」
服務生送上了蘿蘋的酒，她喝了一大口。
「抱歉。」她說。「我剛才在想我先生，我昨晚離開他了。」
她看著拉斐爾的酒瓶停頓在口邊，蘿蘋知道她越過了一條隱形的界線。她在偵探社這麼久，從來沒有利用過私生活的實情來取得別人的信任，從來沒有公私不分以便贏得別人的心，此刻把馬修的不忠轉變為一種操縱拉斐爾的工具，她知道她的所作所為會讓她的丈夫駭異噁心，他會認為他們的婚姻應當是神聖不容侵犯的，與他眼中她那個組織鬆散的下流工作是涇渭分明的兩個世界。
「真的？」拉斐爾說。
「真的，」蘿蘋說，「不過我不期待你會相信，誰教我假扮維妮西雅的時候說了那麼多假話，好了，言歸正傳，」她從皮包裡掏出筆記本，「你說你可以讓我問問題？」
「呃——對。」他說，顯然無法決定他是覺得比較好玩呢或是比較不安。「妳說的是真的？妳的婚姻在昨晚破裂了？」
「對。」蘿蘋說。「你幹嘛一臉震驚？」
「我不知道。」拉斐爾說。「只是妳好像非常……乖乖女一個。」他的眼睛搜尋著她的臉龐。
「這是妳部分的魅力所在。」
「我可以提問了嗎？」蘿蘋說，決心不受影響。
拉斐爾喝了幾口啤酒，說：
「老是忙著工作，不由得讓男人琢磨要怎麼做才能引開妳的注意力。」
「認真一點——」
「好，好，問題——不過還是先點餐吧，要不要來點點心？」

「只要好吃就行。」蘿蘋說，攤開了筆記簿。

點餐似乎讓拉斐爾的心情振奮。

「乾杯。」他說。

「我根本就不應該喝酒的。」她回答，而且她剛才喝了一大口之後就再沒碰酒杯了。「好吧，我想談一談埃伯里街。」

「請說。」拉斐爾說。

「你也知道金娃娜對鑰匙的說法，不知道是不是——」

「——我也有一把？」拉斐爾泰然自若地說。「猜猜看我進過那棟屋子幾次？」

蘿蘋靜待下文。

「一次。」拉斐爾說。「小時候沒去過。我從——就是那個地方——出來以後，爸，他一次也沒去看過我，邀我到齊佐園去看他，我就去了。梳了頭髮，換上套裝，一路趕到那個鬼地方，結果他根本就沒露面，被下議院裡的投票拖住了之類的狗屁事情。妳可以想像金娃娜得招待我一個晚上是多麼的開心，在那棟陰森森的屋子裡，從小就害我作惡夢，歡迎回家，拉夫。

「我搭早班火車回倫敦，接下來的一星期跟我爸沒聯絡，後來又被傳喚，這次是去埃伯里街，我考慮根本就不去，我幹嘛要去？」

「誰知道。」蘿蘋說。「那你為什麼去了？」

他直勾勾盯著她的眼睛。

「你可以非常厭惡一個人卻還是希望他們會把你當回事，而你又為了有這樣的希望而厭惡自己。」

「對，」蘿蘋輕聲說，「當然可以。」

「所以我就興匆匆跑到埃伯里街去了，以為我也許能得到——不是什麼父子之間的推心置腹，妳也見過我父親——可是也許，妳知道，一點人類的情感。他打開門，說：『你來了。』把我弄進了客廳，卓蒙德也在，我才明白是叫我來面試工作，卓蒙德說他會雇用我，爸對我吼叫，要我不許搞砸了，就把我推回街上了，那是我第一次也是最後一次進那棟屋子，」拉斐爾說，「所以我不能說我對它有什麼愉快的聯想。」

他停下來思考剛才說的話，哈的一聲笑。

「還有我父親自殺的那次，對了，我忘了。」

「沒有鑰匙。」蘿蘋說，作了記錄。

「沒，我那天諸多沒得到的東西裡就包括一把鑰匙，以及想進屋就隨時能進屋的邀請。」

「我需要問你一件乍聽之下可能有些匪夷所思的事情。」蘿蘋謹慎地說。

「好像滿好玩的。」拉斐爾說，身體前傾。

「你可曾懷疑過你父親有外遇？」

「什麼？」他說，嚇了一跳，還滿滑稽的。「沒有——可是——什麼？」

「大約是在去年？」蘿蘋說。「他跟金娃娜結婚時。」

他似乎一臉難以置信。

「好吧，」蘿蘋說，「如果你不——」

「妳怎麼會覺得他有外遇？」

「金娃娜總是時時刻刻都想掌握你父親的行蹤，對吧？」

「對，」拉斐爾說，掛上了假笑，「不過妳也知道是為什麼，是因為妳。」

「我聽說早在我去工作之前幾個月她就崩潰過一次，她跟某人說你父親外面有女人，她極其焦慮不安，那時她的母馬被安樂死，而她——」

「拿榔頭打我爸？」他皺眉。「喔，我還以為是因為她不想讓馬兒安樂死呢。嗯，我爸年輕一點的時候大概是喜歡跟女人廝混。嘿——搞不好我去齊佐園而他留在倫敦的那一晚他就是在忙那個？金娃娜絕對是以為他會回去，所以他在最後一分鐘喊卡讓她氣壞了。」

「對，有可能。」蘿蘋說，作了筆記。「你記得是幾月幾號嗎？」

「呃——其實我還真記得，一個人不太容易會忘記出獄的日子。我是去年二月十六日星期三出來的，爸叫我那個星期六去齊佐園，所以是……十九號。」

蘿蘋記下來。

「你從沒聽見風聲，或是看見過什麼跡象？」

「得了，」拉斐爾說，「妳又不是沒去過下議院，妳也看到我跟他的互動有多少，他難道還會跟我說他在眠花宿柳？」

「他跟你說過晚上看到肯特的傑克的鬼魂在莊園遊蕩？」

「那不一樣，他那時喝醉了，而且——不正常，怪裡怪氣的。說什麼神的懲罰……誰知道，我猜他有可能是在說外遇，說不定他最後終於良心發現，在討了三個老婆之後。」

「他沒跟你母親結婚吧？」

拉斐爾瞇起了眼睛。

「抱歉，一時忘了我是個雜種。」

「唉唷，拜託，」蘿蘋溫和地說，「你知道我不是那個意思——」

「好吧，抱歉。」他嘟囔著說。「太敏感了，被剔除在遺囑之外就會讓一個人這樣。」

蘿蘋想起了史崔克對於繼承遺產的雋語：重點在錢，又不是錢，而拉斐爾居然說出了她的想法。

「重點不是錢，雖然老天知道我確實需要錢。我沒工作，而且我不認為老亨利．卓蒙德會幫我寫推薦信。現在我母親又好像要在義大利定居，所以她嚷嚷著要賣掉倫敦的公寓，也就是說我會無家可歸。妳知道，最後的結果就是，」他苦澀地說，「我會淪落為金娃娜的馬廄小廝，沒有人會為她工作，也沒有人會雇用我……

「可是問題不只是錢，被剔除在遺囑外……唉，剔除，兩個字就道盡一切。那是一個人死後留給家人的最後宣言，而我連提都不值得一提，而現在他媽的托達爾建議我跟著我媽滾到西恩納去，『重新開始』。討厭。」拉斐爾說，表情不詳。

「你母親住在那裡嗎？西恩納？」

「對，她最近跟一個義大利伯爵同居，相信我，那個人最不想要的就是讓她二十九歲的兒子搬進去。他一點也沒有想跟她結婚的意思，而她開始擔心自己年華老去，所以她才想要出售這裡的公寓，她現在再玩用在我爸身上的那一套已經有點太老了。」

「你是什麼——？」

「她故意懷孕，別那麼震驚。我母親一點也不覺得應該要保護我不受現實世界的侵擾。她多年以前就跟我說了。我是個賭注，可惜沒撈回本。她以為只要她懷孕了他就會娶她，不過正如妳剛才指出來的——」

「我說過我很抱歉了。」蘿蘋說。「真的。我實在是太粗線條，而且——愚蠢。」

她覺得拉斐爾可能會叫她去死，但是他卻靜靜地說：

「看吧，妳真貼心，妳不是完全在演戲，對吧？在辦公室裡？」

「我不知道。」蘿蘋說。「大概吧。」

感覺到他的腿在桌底下移動，她也非常輕微地向後挪。

「妳先生是什麼樣子？」拉斐爾問。

「我不知道該怎麼形容。」

「他也在佳士得工作？」

「不是。」蘿蘋說。「他是會計師。」

「唉唷。」拉斐爾說，嚇了一跳。「妳喜歡那一型的？」

「我認識他的時候他還不是會計師，我們可以回頭談你父親過世的那天早晨打電話給你的事嗎？」

「妳要的話，」拉斐爾說，「不過我寧可談妳的事。」

「那，你何不告訴我那天早晨的經過，然後你想問我什麼都可以。」蘿蘋說。

拉斐爾的臉閃過一抹笑，喝了口啤酒，說：

「爸打電話給我，跟我說金娃娜就要做什麼蠢事了，叫我立刻趕到烏爾史東，阻止她，我確實問了為什麼是我，妳知道。」

「你在齊佐園沒跟我們說。」蘿蘋說，從筆記本上抬起頭來。

「我當然不說，因為其他人也在，爸說他不想叫依姬去。他在電話上把她說得滿難聽的……他是個不知感激的混蛋，他真的是。」拉斐爾說。「她為他做牛做馬，妳看他是怎麼待她的。」

「什麼意思，滿難聽的？」

「他說依姬會對金娃娜吼叫，惹她不高興，把麻煩弄得更大，五十步笑一百步，不過，反正就是這樣。不過，說實話，」拉斐爾說，「他是把我當成某種的高級僕人，而依姬則是家人，他不介意讓我把手弄髒，如果是我闖進他太太家，阻止她做什麼就無所謂——」

「阻止她什麼？」

「啊，」拉斐爾說，「食物來了。」

服務生把點心放在桌上就退走了。

「你阻止金娃娜做什麼？」蘿蘋又問一遍。「離開你父親？傷害自己？」

「我愛死這玩意了。」拉斐爾說，檢視一個蝦餃。

「她留了一封信，」蘿蘋窮追不捨，「說她要走了，你父親是不是要你去勸她不要離開？

他是不是怕依姬反而會慫恿她離開？」

「妳真的以為我能勸得動金娃娜，讓她不要離開我爸？永遠不需要再看到我反而是另一個讓她非走不可的理由呢。」

「那他為什麼會叫你去？」

「我說過了。」拉斐爾說。「他以為她要做什麼蠢事。」

「拉夫，」蘿蘋說，「你可以繼續裝笨——」

他整個人僵住。

「要命喔，妳這樣說的時候約克郡腔還真重，再說一次。」

「警方認為你對那天早晨的說詞有可疑之處。」蘿蘋說。「我們也是。」

這句話似乎讓他認真起來。

「妳怎麼知道警方是怎麼想的？」

「我們在警界有人脈。」蘿蘋說。「拉夫，你給大家的印象是你父親是要阻止金娃娜傷害自己，可是沒有人相信，那裡還有那個馬廄女孩，蒂根，她就可以阻止金娃娜傷害自己。」

拉斐爾咀嚼了一會兒，顯然在思索。

「好吧。」他嘆道。「好吧，是這樣的，妳知道爸為了籌幾百鎊賣掉了一切，或是給了裴若格琳？」

「誰？」

「好吧、好吧，品哥。」拉斐爾氣惱地說。「我寧可不要用他們的蠢綽號。」

「他並沒有把所有值錢的東西賣掉。」蘿蘋說。

「妳說什麼？」

「那幅母馬與幼駒圖只值五到八——」

蘿蘋的手機響了，她從鈴聲就知道是馬修。

「妳不接嗎？」

「不用。」蘿蘋說。

她等著鈴聲停止，這才從皮包裡拿出來。

「『馬修。』」拉斐爾上下顛倒看。「是那個會計師吧？」

「對。」蘿蘋說，按了靜音，但是手機立刻又在她的手中震動，又是馬修。

「封鎖他。」拉斐爾建議。

「對，」蘿蘋說，「好主意。」

目前最重要的是讓拉斐爾合作，他似乎看著她封鎖馬修而樂不可支，她把手機放回皮包裡，說：

「接著說畫。」

「唷，妳知道爸把所有值錢的畫一古腦都丟給卓蒙德處理？」

「我們有些人覺得五千鎊的畫相當珍貴。」蘿蘋說，難以自已。

「是、是，左翼女士。」拉斐爾說，突然變得粗魯。「妳可以繼續嘲笑像我這樣的人不了解金錢的價值——」

「抱歉。」蘿蘋立刻就說，在心中暗罵自己。「真的抱歉。是這樣的，我——咳，我今天找了一早上的房子，如果我現在有五千鎊，立刻就能改變我的人生。」

「喔。」拉斐爾說，皺著眉頭。「我——好吧。其實，說到這個，如果現在就有機會能把五千鎊裝進我的口袋裡，我立馬就會撲上去，不過我說的是真正有價值的東西，價值幾萬幾十萬的，我父親想要留在家裡的，他已經都交給了小品哥，為了迴避遺產稅。有一個中國漆櫃，一個象牙工具箱，還有兩樣東西，可是還有那條項鍊。」

「哪一條——？」

「有很醜的大鑽石的那條。」拉斐爾說，一隻手忙著叉蝦餃，另一隻手做出粗項圈的樣子。「重要的寶石，傳了五代之類的，家族的傳統是送給長女做為二十一歲的禮物，可是我的祖父，妳大概也聽說了，是個花花公子——」

「就是娶了護士叮叮的那一個？」

「她是他的第三還是第四個太太。」拉斐爾說，同時點頭。「我永遠也記不清。反正是，他只生了兒子，所以就讓所有的太太輪流戴那條項鍊，然後就留給了我爸，他也就讓這個新的傳統繼續下去，他的太太們都能戴——連我媽都戴過一次——然後他忘了要在女兒二十一歲時交給她，品哥沒得到，他也沒寫進遺囑裡。」

「所以——等等，你是說現在是在——？」

「爸那天早晨打電話給我，叫我去取回那個鬼玩意。輕而易舉，誰都能樂在其中。」他譏誚地說。「只要闖進看我就討厭的後母家，找出她把珍貴的項鍊藏在哪裡，再從她鼻子底下偷走。」

「那麼你是認為你父親相信她打算離開，擔心她會把項鍊帶走？」

「大概吧。」拉斐爾說。

「他在電話中是什麼語氣？」

「我說過了，昏昏沉沉的，我還以為是宿醉，後來我聽說他自殺了，」拉斐爾支支吾吾，「……嗯。」

「怎樣？」

「說實話，」拉斐爾說，「我的腦子就是不停地想爸在他的人生盡頭想跟我說的最後一句話是『快去，千萬要讓你的姐妹拿到鑽石。』可以讓人珍藏一生的至理名言，對吧？」

蘿蘋無話可說，又喝了一口酒，輕聲問：

「依姬和菲姬知道項鍊在金娃娜那裡嗎？」

拉斐爾的嘴唇扭出令人不快的笑容。

「喔，她們知道在法理上站得住腳，不過真正好笑的是，她們覺得她會把項鍊交給她們，她們把她說得那麼難聽，罵了她許多年的拜金女，逮著機會就批評她，可她們居然想不通她不會把項鍊交給菲姬，好讓她傳給毛毛——可惡——芙蘿倫絲——因為，」他裝出尖銳的上流社會腔，「『達令，即便是tts都不會那麼做，它是屬於這個家的，她必然了解她不能轉賣。』

「她們的自我感覺良好連子彈都打不穿，她們認為有一種自然法則在運作，齊佐家想要什麼就能得到什麼，其他那些較低等的人只能去乖乖排隊。」

「亨利．卓蒙德是怎麼知道你要去金娃娜那兒取回項鍊的呢？他跟柯莫藍說你為了高尚的理由去了齊佐園。」

拉斐爾嗤之以鼻。

「說溜嘴了是吧？對，爸過世的前一天金娃娜顯然是給亨利留了話，問她要把項鍊送到哪裡去估價。」

「所以他才會那天一大早打電話給你父親？」

「猜對了，警告他金娃娜的企圖。」

「你為什麼不跟警察說？」

「因為一旦其他人發現了她的賣項鍊計畫，就會核戰爆發。他們會大吵特吵，全家都會去找律師，還期望我也加入他們一夥，狠狠修理金娃娜，可是同時我仍然被當作二等公民，像個他媽的信差，把所有的古畫都送到倫敦卓蒙德那兒，聽他說爸賣畫賣了多少錢，我卻連一分錢也看不到——我才不要陷入這個項鍊醜聞裡，我不要玩他們的該死遊戲，我當時就應該跟爸說我不幹，在他打電話的那天的，」拉斐爾說，「可是他聽起來不大好，我大概是替他覺得難過之類的，結果反而證明了他們說得對，我他媽的不是齊佐家的人。」

他喘不過氣來。餐廳現在多了兩對用餐的客人，蘿蘋看著鏡子，一名衣著入時的金髮女郎跟她花梢的、過胖的同伴入座時多瞧了拉斐爾一眼。

「那，妳為什麼離開馬修？」拉斐爾問道。

「他偷情。」蘿蘋說。沒力氣說謊。

「跟誰？」

她感覺拉斐爾是在矯正某種的力量均勢，無論他在說到家人時表現得多麼憤怒輕視，她仍聽出了傷心。

「他大學的同學。」蘿蘋說。

「妳是怎麼發現的？」

「一個鑽石耳環，在我們的床上。」

「真的假的？」

「真的。」蘿蘋說。

她一想到還得大老遠回到溫布利的那張硬沙發上，心中就猛然升起一波沮喪與疲憊，她還沒打電話給父母親報告經過。

「如果是正常的情況，」拉斐爾說，「我會開始追求妳。不過呢，現在的時機不對，今晚不行，可是等過個兩星期……

「問題是，我看著妳，」他豎起食指，先指了指她，再指指她後面一個想像的人物，「我就看到妳的獨腳老闆矗立在妳的肩後。」

「有什麼特別的理由讓你點出獨腳這一點嗎？」

拉斐爾咧咧嘴。

「很保護他嘛？」

「不是，我──」

「沒關係，依姬也對他有意思。」

「我沒有──」

「也為自己辯護。」

「喔，拜託。」蘿蘋要笑不笑地說，而拉斐爾則咧嘴笑。

「我還要再來一瓶啤酒，妳何不把酒喝了？」他說，指著她的酒杯，仍然有三分之二的酒。

他去拿酒回來之後，帶著邪氣的笑說：「依姬向來喜歡帶點粗線條的，妳有沒有注意到吉米．奈特的名字出現時，菲姬和依姬兩個暗潮洶湧的表情？」

「我還真的注意到了。」蘿蘋說。「那是怎麼回事？」

「弗芮迪的十八歲生日派對。」拉斐爾冷笑道。「吉米帶著兩個朋友不請自來，而依姬──我該怎麼委婉地說呢？──在他那兒失去了什麼。」

「喔。」蘿蘋愕然說道。

「她醉得分不清東南西北，那件事成了家族傳奇，我不在場，我還太小。

「菲姬知道她的妹妹居然跟莊園裡的木匠的兒子睡覺，實在是太驚詫了，所以她覺得他一定是有什麼超自然的力量，像魔鬼一樣的性魅力。所以她才覺得金娃娜跟他算是一丘之貉，在吉米上門來要錢的時候。」

「什麼？」蘿蘋尖銳地說，又去拿筆記本，她剛才都已經合上了。

「別那麼激動，」拉斐爾說，「我還是不知道他是用什麼來勒索我爸的，我一直都不知道，我不算是家裡的一份子，所以得不到百分之百的信任。

「金娃娜在齊佐園告訴你們這件事，記得嗎？她獨自在家，吉米第一次來的時候，爸又在倫敦，據我自己拼湊出來的經過，她跟爸第一次討論這件事時，她是站在吉米那一邊的，菲姬覺得是因為吉米的性魅力，妳覺得有嗎？」

「有些人應該會覺得有。」蘿蘋無動於衷地說，一邊寫筆記。「金娃娜認為你父親應該要給吉米錢是嗎？」

「據我所知，」拉斐爾說，「吉米第一次並沒有弄成是勒索，她認為吉米有合法的理由，所以就主張給他一點錢。」

「這是幾時發生的，你知道嗎？」

「問倒我了。」拉斐爾搖頭道。「我想我那時還在坐牢，還有更多大事要擔心……

「猜猜看，」他說，第二次了，「他們有誰問過我坐牢的滋味如何？」

「我不知道。」蘿蘋小心翼翼地說。

「菲姬，從來沒有，爸，從來沒有——」

「你說依姬去看過你。」

「對。」他承認，酒瓶一歪向姐姐致敬。「對，她去過，祝福她。老好人托克開過幾個玩笑話，說淋浴的時候別彎腰，我認為，」拉斐爾說，笑容很僵硬，「那種事他當然了然於胸，他的老夥伴克里斯多福就在辦公室把手伸進年輕男人的褲襠裡。事實證明，如果是某個毛茸茸的老犯人想做那種事，就是傷風敗俗、事態嚴重，可私立學校的男學童做就是無傷大雅的嬉鬧。」

他瞄了蘿蘋一眼。

「我想妳現在知道了為什麼我爸會嘲弄那個可憐的阿米爾了吧？」

她點頭。

「金娃娜認為那是殺人動機。」拉斐爾說，翻了個白眼。「臆測，純粹是臆測——他們全都在胡思亂想。

「金娃娜認為是阿米爾殺了爸，因為爸曾在一屋子人面前對他很殘忍。嗐，妳真該聽聽到最後爸跟金娃娜是怎麼說話的。

「菲姬認為有可能是吉米．奈特，因為他很氣沒拿到錢。她才是最氣家裡的錢不見了的那個人，可是她不能公然說出來，尤其是因為一半的錢不見是因為她老公的緣故。

「依姬認為一定是金娃娜殺了爸的，因為金娃娜覺得既得不到愛又被冷落，像用過即丟的衛生紙，爸從來沒有為依姬對他的付出感謝過她，她說要離開時也絲毫不介意，妳懂了吧？

「他們都沒有那個膽子說他們偶爾也想要殺了爸，特別是他現在已經死了，所以他們就趕緊抓個別人當替死鬼，就是因為這樣，」拉斐爾說，「才沒有人敢提到格朗特．文恩。他有雙重的保護，因為聖人弗芮迪也牽扯進了文恩的怨恨裡。他有真正的動機，而且事實就明擺在眼前，可是我們卻連提都不該提。」

「接著說。」蘿蘋說，手中的筆蓄勢待發。「提什麼？」

「算了，」拉斐爾說，「我不應該——」

「我不認為你只是隨口說出來的，拉夫，那就一吐為快吧。」

他哈哈笑。

「我現在正在努力，不要去坑害不值得的人，這是偉大的贖罪計畫的一環。」

「誰不值得？」

「法蘭西絲嘉，那個小女孩，我——妳知道——藝廊那個，是她告訴我的。她從她姐姐維樂蒂那兒聽來的。」

「維樂蒂。」蘿蘋複述一遍。

缺乏睡眠的她努力想記起是在哪裡想過這個名字。跟「維妮西雅」有點像，當然……接著，她想起來了。

「等等。」她說，皺著眉頭，集中精神。「弗芮迪和芮安娜・文恩的擊劍隊上有個維樂蒂。」

「就是那一個。」拉斐爾說。

「你們彼此都認識。」蘿蘋疲倦地說，又開始寫字，不知不覺中反映了史崔克的想法。

「唷，私立學校系統就是有這種優點啊。」拉斐爾說。「在倫敦，只要你有錢，你走到哪兒都能遇見三百個同樣的人……對，我剛到卓蒙德的藝廊時，法蘭西絲嘉就等不及要告訴我她的姐姐曾經和弗芮迪交往過，我覺得她以為那樣就能讓我們兩個像是天生一對之類的。

「後來她明白了我覺得弗芮迪是個爛人，」拉斐爾說，「她就改弦易轍，跟我說了一個齷齪不堪的故事。

「顯然，在他的十八歲生日派對上，弗芮迪跟維樂蒂和幾個人決定要給芮安娜一個教訓，懲罰她居然敢在擊劍隊取代了維樂蒂的位置。在他們眼裡，她——我不知道——有點普通，有點太威爾斯了？——所以他們在她的飲料裡摻酒。只是為了好玩，宿舍裡差不多都是這麼鬧的，妳知道。

「可是她對純伏特加的反應不是很好——話說回來，站在他們的角度看，她的反應非常之好。反正呢，他們給她拍了相片，在他們的小圈子裡傳閱……那時網路才剛萌芽。換作是今天，我猜頭二十四小時大概就會有五十萬人點閱，不過芮安娜只需要忍受擊劍隊的所有隊員以及弗芮迪大多數的朋友在那兒自鳴得意。

「不過呢，」拉斐爾說，「大約一個月之後，芮安娜就自殺了。」

「我的天啊。」蘿蘋輕聲說。

「是啊。」拉斐爾說。「小法蘭西絲嘉告訴了我之後，我就去問依姬。她變得非常難過，叫我絕對不能再說出去——可是她沒有否認，我聽了一堆『不會有人因為派對上一個愚蠢的小玩笑就自殺』這類的屁話，她還說我絕對不可以談論弗芮迪的這種事，爸會傷心的……

「哼，死人就不會傷心了，不是嗎？而且我個人覺得也該有人往弗芮迪永恆不滅的火焰上小便了，他要不是出生在齊佐家，那個王八蛋早進了少年觀護所了，不過我猜妳會說我自己都行不正還有臉說別人。」

「不。」蘿蘋溫和地說。「我沒有要說那句話。」

他好鬥的表情消退了，看了看手錶。

「我得走了，我九點得到一個地方。」

蘿蘋招手買單。等她回過頭來，就看見拉斐爾老毛病不改，眼睛溜向另外兩名女性，她在鏡中看到那名金髮女郎極力想吸住他的目光。

「你可以走了。」她說，把信用卡交給女服務生。「我可不想害你遲到。」

「不，我陪妳走出去。」

蘿蘋把信用卡收進皮包裡，拉斐爾已拿起了她的外套，舉起來等她穿上。

「謝謝。」

「不客氣。」

到了餐廳外，他招手叫計程車。

「妳搭這一輛。」他說。「我想散步，清清頭腦。我覺得好像去看了心理醫生，作了惡夢一樣。」

「不用了。」蘿蘋說。她不想把搭計程車到溫布利的車資也算到史崔克的帳上。「我去搭地鐵。晚安。」

「晚安，維妮西雅。」他說。

拉斐爾坐上了計程車，車子緩緩駛離。蘿蘋拉緊外套，朝相反方向而去。這次的訪談混雜無序，可是她還是從拉斐爾口中問出了比她預期要多的情報。她掏出手機，撥給史崔克。

59

我們兩個合得來……
——亨里克．易卜生《羅斯莫莊園》

史崔克看到蘿蘋打電話來之時，已經帶著筆記本到圖騰罕酒吧小酌一杯，他收起了筆記本，喝光啤酒，到街上去接電話。

圖騰罕園路口的建築工程——使得原本的街道變成了瓦礫堆，處處是移動式圍欄和塑膠路障，走道和木板足以讓數萬人穿過繁忙的路口——現在對他已是司空見慣，幾乎不會多加留意，他不是出來看風景的，而是來抽煙的，他聽著蘿蘋報告拉斐爾透露的消息，一共抽了兩根煙。結束電話之後，史崔克把手機放回口袋，漫不經心地又用第二根煙點燃了第三根，站在那兒，細細思忖她說的話，害得路人只得繞路而行。

蘿蘋說的事情有幾個地方讓偵探覺得耐人尋味。抽完第三根煙，把煙蒂彈入馬路上的大坑之後，史崔克又進入酒吧，又叫了一杯啤酒。他的桌子被一群學生佔了，所以他往後走，那兒的彩色玻璃拱頂下有一排吧台高凳，夜色使得玻璃的顏色黯淡。史崔克又掏出了筆記本，重新檢視他在週日一大早為了不去想夏綠蒂而列出的姓名。凝視了一會兒，知道裡頭隱藏著什麼，他翻了幾頁，重讀他訪談黛拉時寫的筆記。

史崔克拱肩縮背，龐大的身軀文風不動，唯有兩隻眼睛轉來轉去，讀著他在黛拉家寫下的東西，不知不覺間嚇退了兩名背包客，他們原想問他能否合桌，讓他們起水泡的腳稍微得到紓解，但唯恐打斷了他幾可觸摸的專注後果難測，他們在史崔克注意到他們之前就撤退了。

史崔克翻回姓名那頁。夫妻、情侶、生意夥伴、手足。都是一對一對的。

他再向前翻，翻到他和奧利佛會面寫的筆記，他透露了鑑識的發現。這宗案子的謀殺分兩部分：阿米替林和氦氣，各自都能致命，卻合併使用。

一對。

兩名被害人，死亡時間相隔二十年，一個被勒死的兒童和一位窒息的政府高官，前者埋在後者的土地上。

一對。

史崔克翻到空白頁，為自己寫下了一條新筆記。

法蘭西絲嘉——確認說法

60

……你把這件事——這個可能——這麼往心裡去，你一定得給我一個解釋。

——亨里克．易卜生《羅斯莫莊園》

翌晨各家報紙都刊載了一篇措辭嚴謹的官方報告。史崔克和英國大眾一樣，邊吃早餐邊得知有關當局已認定文化事務部長早逝與外國勢力或是恐怖組織無關，但是當局並沒有進一步的結論。

這則沒有消息的新聞在網上幾乎沒有激起什麼漣漪。奧運贏家的本地信箱仍漆著金色，社會大眾仍沐浴在一片賽事成果輝煌的滿足光芒之中，對於體育運動的熱情依然不減，現下又翹首期盼緊接而來的殘奧了，齊佐之死已在民眾的心中歸檔，只是一個富有的保守派自殺，而死因隱晦。

史崔克急於知道這份官方聲明是否表示倫敦警察隊的調查即將告終，他打給華道，查問他知道多少。

可惜，華道也和史崔克一樣所知不多，他還帶著氣惱的語氣補充說他已經連續三週加班，首都湧入了數以百萬計的觀光客，徒增警方的工作量，其複雜的程度不是史崔克可能理解的，他哪裡還有那個閒情逸致為了史崔克去四處查探不相干的事務。

「有道理。」史崔克老神在在地說。「只是問問。幫我跟艾波打聲招呼。」

「喔，對了，」華道趕在史崔克掛斷之前說。「她要我問你你對羅蕾萊到底是什麼意思。」

「還是不打擾你了，華道，國家需要你。」史崔克說，在對方勉強的笑聲中掛斷了。

從警方的人脈那裡問不出什麼消息，也沒有官方授權能讓他敲定他想要的面晤，史崔克在案子的關鍵時刻暫時進退不得，這種討厭的挫敗感實在是再熟悉不過了。

早餐後的幾通電話讓他知曉法蘭西絲嘉．蒲爾漢，拉斐爾在卓蒙德畫廊的短期同事兼情人，仍在佛羅倫斯念書，她被送到那兒去就是為了避開拉斐爾的不良影響。法蘭西絲嘉的父母目前在斯里蘭卡度假，蒲爾漢家唯一能讓史崔克聯絡上的是他們的女管家，可是她直接拒絕提供他電話。從她的反應判斷，蒲爾漢家可能是那種一聽說有私家偵探來電就會直接找律師的人家。

試過一切可能聯絡上度假中的蒲爾漢夫妻的方法都失效之後，史崔克在格朗特．文恩的語音信箱中留下了禮貌的會晤請求，這是本週來第四次了，可是時近黃昏，文恩仍未回電。史崔克也不怪他。立場互換的話，只怕他也不會想幫忙。

史崔克還沒告訴蘿蘋他對這件案子有了新的推論。她在哈特利街忙，忙著監視「狡詐醫生」，不過星期三她打進偵探社，說她安排好週六到紐伯里賽馬場和蒂根．布查爾見面。

「好極了！」史崔克說，想到可以行動了，心情大振，大步走到外間的辦公室去用蘿蘋的電腦叫出谷歌地圖。「好，我們應該需要過夜。跟蒂根會面，等天黑以前再前往斯泰達小屋。」

「柯莫藍，你沒開玩笑吧？」蘿蘋說。「你真的想去山坳裡亂挖？」

「怎麼聽起來像童謠啊。」史崔克含糊地說，正在察看地圖。「喂，我不是覺得底下有什麼。事實上，我跟昨天一樣確信。」

「昨天怎麼了？」

「我有個想法。見面時我再告訴妳。聽著，我答應了比利要查出真相，是否真有這個被勒死的孩子。除了去挖之外，還有什麼辦法能確認呢？不過如果妳覺得神經緊張的話，妳可以待在車子裡。」

「那金娃娜呢？我們可是在她的土地上。」

「我們又不是要挖什麼重要的東西。那片土地是荒地，我會叫巴克萊到那兒去會合，天黑之後，我不太擅長挖掘，妳週六晚上不在家馬修沒意見吧？」

「沒。」蘿蘋說，但是古怪的語調變化卻讓史崔克覺得他不會沒意見。

「妳開荒原路華沒問題吧？」

「呃——有可能開你的ＢＭＷ嗎？」

「我寧可不要把ＢＭＷ開在那條雜草叢生的小路上，妳的車是有什麼問題——？」

「沒有。」蘿蘋說，打斷了他。「沒事，好，我們就開荒原路華。」

「好極了。『狡詐』怎麼樣？」

「在他的診間。阿米爾有消息嗎？」

「我讓安迪去找那個跟他關係還不錯的姐姐。」

「那你要做什麼？」

「我一直在看真社會主義黨的網站。」

「為什麼？」

「吉米在他的部落格裡透露了滿多事的，他去過的地方、看過的事。妳可以監視『狡詐』到星期五嗎？」

「其實呢，」蘿蘋說，「我正想問是不是能請兩天假處理私事。」

「喔。」史崔克說，驚訝地愣了愣。

「我有兩個約會——我希望不要錯過。」蘿蘋說。

由史崔克本人去跟監「狡詐醫生」並不方便，部分因為他的腿仍在痛，但主要是因為他急於繼續追蹤確認他對齊佐的推論。而且要請兩天假現在通知也非常倉促。但另一方面來說，蘿蘋才剛表示願意為了山坳的徒勞挖掘而犧牲週末。

「好，可以。妳那邊都沒事吧？」

「沒事，謝謝。『狡詐』這邊有動靜的話，我會通知你。不然的話，我們大概應該在星期六的十一點出發。」

「還是男爵街嗎？」

「你到溫布利足球場站來跟我會合可以嗎？那樣比較方便，因為我星期五晚上會去那裡。」

那樣一點也不方便：對史崔克等於是雙倍的距離，還得要換一次地鐵。

「好啊。」他又說。

蘿蘋掛斷之後，他仍坐在椅子上一會兒，思索他們的對話。她對於不想錯過的約會究竟是何種性質口風極緊。他想起了他打電話給蘿蘋，討論他們充滿壓力的、不穩定的、偶爾危險的工作時背景中馬修有多氣憤。她有兩次聽到必須在山坳的硬土上挖掘時語氣極其不熱衷，現在又要求開ＢＭＷ而不是像坦克一樣的荒原路華。

他幾乎忘了兩個月前的懷疑，蘿蘋說不定是想懷孕。他心中浮現出夏綠蒂隆起的肚子，蘿蘋不是那種孩子一落地就能夠頭也不回走開的女人，要是蘿蘋懷孕了……

他通常是很有邏輯很有組織的，而且內心深處有部分也深知他是在捕風捉影，但他仍浮想聯翩，心頭浮現出馬修那個準爸爸豎耳細聽蘿蘋緊張的請假要求，是要去做掃描和產檢的，憤怒地以手勢表達，告訴她應該要停止了，讓自己輕鬆，好好保重自己。

史崔克回頭去看吉米·奈特的部落格，卻花了比平常長一點的時間才能讓自己翻攪的心湖恢復平靜。

61

喔，你可以跟我說，你跟我可不是普通朋友，你知道。

——亨里克．易卜生《羅斯莫莊園》

週六早晨其他搭地鐵的旅客給了史崔克稍微多一點的空間，甚至還有空間放他的帆布袋。他通常都能輕易從人群中殺出一條路來，因為他體型壯碩，五官像拳擊手，可是他艱難地步上溫布利足球場站的樓梯——電梯暫停使用——一面嘟囔一面罵髒話，使得路人格外小心，既不敢推擠他也不敢妨礙到他。

史崔克心情會這麼壞主要是因為米契．派特森。他早晨從偵探社的窗戶看見了他，躲在門洞裡，穿著牛仔褲和帽T，一點也不適合他的年紀和體態。史崔克對這個私家偵探又出現既生氣又不解，可是偵探社又只有前門一個出入口，他只好叫計程車在街尾等他，而且直等到計程車已經就位他才出門。若不是派特森居然以為能夠神不知鬼不覺地監視偵探社而使史崔克深感受辱，他跟派特森說「早安，米契」時對方的表情可能會讓他覺得很好笑。

他請司機送他到華倫街車站，一路上他提高警覺，擔心派特森只是幌子，其實還有另一個較不起眼的人在跟蹤他。即便是現在，喘著氣登上溫布利站的樓梯，他仍轉身審視旅客，想揪出那個往下躲、向後轉或是急忙藏住臉的人。但是沒有人如此，略加思索，史崔克認為派特森是單獨行動的；很可能跟史崔克一樣，是人力不足的受害人，而派特森親自出馬而不是選擇放棄，可見得有人出錢很大方。

史崔克把帆布袋牢牢地扛在肩上，朝出口而去。

前來溫布利途中他思考過這個問題，只能想到三個派特森又出現的理由。第一個是媒體從倫敦警察隊調查齊佐死亡案上聽說了什麼有趣的新發展，於是某家報紙雇用了派特森，要他查出史崔克的計畫以及他知道的內情。

第二個可能是有人付錢給派特森要他跟蹤史崔克，希望能夠阻撓他的行動或是妨礙他的生意。若是如此，派特森的雇主就是史崔克目前在調查的人，而派特森會親自出馬也就有了合理的解釋：整件事的重點是在讓史崔克知道他也被監視了，跟他打心理戰。

第三個原因最讓史崔克煩惱，因為他感覺這是最有可能的一個，他現在知道有人看見他和夏綠蒂在法蘭科餐廳裡。告訴他的人是依姬，他打電話去是希望能打聽出他尚未向任何人透露的推論細節。

「嘿，我聽說你跟夏綠蒂一塊吃飯！」她脫口就說，他都還來不及提問。

「不是吃飯。我陪她坐了二十分鐘因為她覺得不舒服，然後我就走了。」

「喔——抱歉。」依姬說，被他的語氣嚇到。「我——我不是在刺探——羅迪．佛比司也在餐廳裡，他看到你們兩個……」

如果羅迪．佛比司——管他是誰——在倫敦四處宣揚史崔克趁著他身懷六甲的已婚前未婚妻的先生人在紐約時帶她上館子，那八卦小報絕對會感興趣，因為狂野美麗、出身貴族的夏綠蒂可是大新聞。她從十六歲起就為八卦欄添油加醋，她的種種問題——逃學，住進康復中心和精神病院——全都有記錄在案。派特森甚至可能是受雇於傑哥．羅斯的，他當然花得起這筆錢。如果監控老婆的一舉一動連帶會摧毀史崔克的生意，羅斯無疑會認為是額外的紅利。

蘿蘋坐在荒原路華裡，隔著一段短短的距離看著史崔克出現在車站外的人行道上，扛著帆布袋，一眼就認出他的脾氣很壞，而且是她沒見過的那麼壞。他點燃了香煙，掃描街道，發現荒原路華停在一排汽車的尾端，就開始跛行走向她，臉上毫無笑容，蘿蘋自己的心情也是低到谷底，只能假設他是在生氣自己必須抓著一個沉甸甸的袋子、拖著一條痛腿長途跋涉到溫布利來。

她今天早晨四點就醒了，就再也睡不著，在凡妮莎的硬沙發上又是抽筋又是心情不好，思索著自己的未來，思索著她跟母親在電話上的大吵。馬修打回馬森市，想找她，琳達不僅僅是擔心到胡思亂想，也很氣蘿蘋沒有一開始就告訴她出了什麼事。

「妳住在哪兒？史崔克那兒？」

「我當然沒有住在史崔克那裡，我為什麼會——？」

「那是在哪兒？」

「朋友家裡。」

「誰？妳為什麼不告訴我們？妳打算怎麼辦？我要下來倫敦看妳！」

「拜託不要。」蘿蘋咬著牙說。

她和馬修的婚禮害得她父母的荷包大失血，而她的父母親又即將忍受難堪，向朋友解釋她的婚姻才剛過一年就破裂，種種的內疚重重壓著她的心頭，但是她受不了讓母親糾纏，聽她哄勸，待她像什麼脆弱易碎的東西。此時此刻她最不需要的就是聽她母親建議她返回約克郡，被纏裹在那間見證了她的人生中某些最黑暗時刻的臥室裡。

兩天來看過數不清的擁擠房屋，蘿蘋給基爾本的一間斗室付了定金，那棟屋子已經住了五個人，她下一週就能夠遷入，每次她想到那個地方，她就會因為驚恐與悲涼而胃裡打結，她都快二十八了，她會是最老的一個住戶。

她想表示體貼，就下了車提議幫史崔克拎帆布袋，但是他只嘟囔說他可以自己來。帆布袋撞到荒原路華的金屬地板，她聽見了沉重的金屬工具鏘鎯響，頓時緊張地胃抽筋。

史崔克只草草看了一眼蘿蘋的外表，就坐實了他最壞的懷疑。蒼白，眼下有黑影，她既浮腫又憔悴，而且似乎在短短幾天內就瘦了。他的老同袍葛蘭姆·哈德克的太太在懷孕初期就住院，因為孕吐太嚴重。說不定蘿蘋的一個重要約會就是去解決這個問題的。

「妳還好吧？」史崔克粗聲粗氣地問蘿蘋，扣好了安全帶。

「嗯。」她說，感覺不知是第幾次了，把他的省話當作長途地鐵的惱怒。

兩人在沉默中駛出了倫敦。最後，到了M40時，史崔克說：

「派特森又來了，他今天早晨在監視偵探社。」

「真的假的！」

「妳那邊有看到人嗎？」

「我沒發現。」蘿蘋說，小小愣了愣，幾乎無法察覺，說不定馬修打電話給她，打到馬森去找她，就是為了這件事。

「妳今天早上出門沒有麻煩嗎？」

「沒有。」蘿蘋說，不算是說謊。

自從她離家出走之後，她就一直在想像告訴史崔克她的婚姻已終了的情況，可是卻始終組織不起一套話能以必要的鎮定來說明，所以她很沮喪：她告訴自己，應該很容易，他是朋友也是同事，在她取消婚禮時陪著她，也知道馬修婚前和莎拉劈腿。她應該能夠在交談之中隨口就告訴他的，就如她和拉斐爾一樣。

問題是偶爾幾次她和史崔克分享愛情故事時，兩人之中總有一個是喝醉的。除此之外，兩人在這類事情上總是多有保留，雖然馬修神經兮兮地一口咬定他們在上班時大多數時候都在打情罵俏。

但是還不只是這個問題，史崔克是她在婚禮會場台階上擁抱的人，是她想像在新婚之夜前相偕離開的人，是讓她在蜜月的每一晚在白色沙灘上來回踱步，留下一道深痕，琢磨著是否愛上的人。她很怕會洩漏了心事，很怕會暴露了她的想法和感覺，因為她確定如果他對自己曾是多大的一個破壞性因子有一丁點的懷疑，在她的婚姻開端與結束時，兩人的工作關係必然會被污染，就如他若是知道她會恐慌症發作絕對會對她的工作能力心存偏見一樣。

不，她勢必得像他一樣——獨立自主，堅忍不拔，能夠消化創傷，跛著腳前進，隨時可以面對人生拋給她的磨難，即使是躺在山坳的底部也毫不瑟縮或是轉身走掉。

「那你覺得派特森是有什麼企圖？」她問。

「只能等時間來證實了，妳的約會都順利嗎？」

「嗯。」蘿蘋說，為了不讓自己去想她超小的新租房間，以及帶她看房子的學生夫婦，老是斜睨這個跑來跟他們同住的奇怪成年婦女，她說：「後面的袋子裡有餅乾。沒有茶，抱歉，你想喝的話我們可以停下來買。」

保溫瓶在奧爾伯里街，是她趁著馬修去上班時回去開車忘了拿走的東西之一。

「謝謝。」史崔克說，雖然不怎麼熱衷。他在想儘管他自稱在節食，點心卻又出現，是否能進一步證實他的搭檔懷孕了。

蘿蘋的手機在口袋裡響了，她不予理會，今天早晨她接了兩通來電不明的電話，她很怕會是馬修借用了別支電話，因為他發現自己被封鎖了。

「妳要接嗎？」史崔克問，盯著她蒼白緊繃的側臉。

「呃——開車時不要。」

「我可以幫妳接。」

「不。」她說，有點太急了。

手機不響了，不過，幾乎立刻又響了起來。蘿蘋更加肯定是馬修，把手機從口袋掏出來，說：

「我想我知道是誰，我現在不想跟他們說話。等他們掛斷了，你可以幫我按靜音嗎？」

史崔克接過了手機。

「電話是從偵探社的電話轉過來的，我來開擴音。」史崔克熱心地說，因為古老的荒原路華沒有暖氣，更別提藍牙了。他開了擴音，把手機舉在她的嘴唇邊，讓她能在通風的汽車的嘎啦聲與咆哮聲中聽見。

「喂，我是蘿蘋。請問是哪一位？」

「蘿蘋？妳是說維妮西雅吧？」威爾斯腔說。

「是文恩先生嗎？」蘿蘋說，盯著馬路，讓史崔克幫她拿著手機。

「對，妳這個卑鄙的小賤貨。」

蘿蘋和史崔克互看了一眼，愕然不解。那個急於討好、八面玲瓏、虛情假意、好色的文恩不復存在。

「妳可趁心如意了，是吧？在走廊上搔首弄姿，把奶子往沒人要的地方挺，『喔，文恩先生——』」他模仿她，聲調跟馬修一樣，高八度、低能愚蠢，「『——喔，幫幫我，文恩先生，我是該做慈善工作還是該從政，讓我把腰在辦公桌上再彎低一點，文恩先生。』妳用那種手法給多少男人下過套，妳敢犧牲色相到什麼——？」

「你有事要告訴我嗎，文恩先生？」蘿蘋大聲問，蓋過他的聲音。「因為如果你只是打電話來侮辱我——」

「喔，我有一大堆話要告訴妳，一大堆。」文恩吼叫道。「妳得付出代價，艾拉寇特小姐，為妳對我做的事，為妳跟我和我太太造成的傷害，妳休想輕易脫身，妳在辦公室違了法，我會上法院告妳，妳聽懂了沒有？」他變得幾乎歇斯底里。「到時再看妳的花招能不能唬得住法官，哼，低領上衣和『喔，我覺得好熱——』」

蘿蘋的視線邊緣似乎被一道白光逐漸侵佔了，前方的馬路變得像隧道一樣。

「不！」她大喝一聲，兩隻手同時放開了方向盤，隨即重重拍下，雙臂顫抖。這聲「不」跟她給馬修的一樣，充滿了憤怒和力道，格朗特．文恩也跟馬修一樣猝然愣住。

「沒有人逼你摸我的頭髮、拍我的背、對著我的胸部流口水，文恩先生，我根本就不想要那種事，不過我倒是肯定你沾沾自喜的以為是——」

「蘿蘋！」史崔克說，不過他的話也就跟這輛老車的古舊底盤的吱嘎響一樣，說了等於沒說，她也完全不搭理格朗特突然的插口：「還有誰在旁邊？史崔克嗎？」

「——你是個噁心的馬屁精，文恩先生，一個偷偷摸摸的馬屁精，偷了慈善基金會的錢，我不但很開心能抓到你的罪證，我還會很樂意告訴世人在拿著死掉女兒的照片招搖撞騙時，你真正的目的是想偷看年輕女人的裙底——」

「妳好大的膽子！」文恩驚呼道。「妳還知不知羞恥——居然敢提芮安娜——真相都會曝光，杉繆．穆瑞普家——」

「去你的，還有去你的仇怨！」蘿蘋大吼。「你是變態，小偷——」

「如果你還有什麼話要說，文恩先生，我建議你寫下來。」史崔克對著手機大喊，而蘿蘋，幾乎忘了自己在幹嘛，繼續辱罵著遠方的文恩。史崔克手指一戳，結束了電話，抓緊了蘿蘋又放開的方向盤。

「他媽的！」史崔克說。「靠邊——靠邊，快點！」

她自動照做，腎上腺素如酒精一樣讓她昏頭轉向，荒原路華猛地打住，她立刻彈開安全帶，下車站到路肩上，車輛呼嘯而過。她想也不想就從荒原路華踱開，憤怒的眼淚滾落兩腮，努力要壓制住湧上的驚慌，因為她才剛得罪了一個他們可能需要詢問的人，一個已經說要報復的人，一個可能付錢給派特森……

「蘿蘋！」

這下子，她心裡想，史崔克也會覺得她是冒牌貨，是個心理受損的笨蛋，壓根就不該從事這一行，遇上了麻煩就只知道跑。就是這一樣讓她倏然轉身面對他，看著他單腳跳跟著她，她用衣袖隨便擦擦臉，在他出聲喊她之前就說：「我知道我不應該發脾氣，我知道我搞砸了，對不起。」可是他的回答遺失在她耳朵中的撞擊聲裡，而驚慌像是一直在等她停下來，現在包圍了她，頭暈眼花，無法組織思緒，她癱倒在路邊，又乾又脆的草扎透了她的牛仔褲，她閉著眼睛，抱著頭，竭力呼吸，想讓自己恢復正常，而路上的車輛疾馳而過。

她不是很確定是過了一分鐘或十分鐘，但最後她的脈搏放緩，她的思緒也出現了秩序，驚慌退去，換上來的是恥辱，她那麼苦心孤詣假裝她應付得來，卻功虧一簣。

一縷煙味飄過來。她睜開眼睛，看到史崔克的腿伸在她的右手邊。他也在路肩坐了下來。

「妳恐慌症發作有多久了？」他聊天似地問。

現在再假裝似乎沒有意義了。

「大概一年了。」她喃喃說。

「有沒有看醫生？」

「有，我看過一陣子，現在我做認知行為治療練習。」

「有嗎？」史崔克溫和地說。「我上個星期買了素食培根，可是它並沒有讓我更健康，因為現在還放在冰箱裡。」

蘿蘋笑了起來，發現自己停不下來，更多眼淚落下，史崔克看著她，不算不親切，抽著香煙。

「我是應該要更常練習的才對。」蘿蘋終於承認，又擦了把臉。

「還有什麼事想告訴我的嗎，趁著現在是知心時間？」

他覺得這下子他應該知道最壞的消息了，在他給她任何心理狀態的建言之前，但是蘿蘋似乎一頭霧水。

「還有什麼健康方面的問題可能會影響妳的工作表現的嗎？」他給她提點。

「像什麼？」

史崔克在揣測直接詢問是否會觸犯了她的工作權。

「我在想，」他說，「妳會不會是有可能，呃，懷孕了。」

蘿蘋又笑了起來。

「天啊，真好笑。」

「是嗎？」

「沒有，」她搖著頭說，「我沒有懷孕。」

史崔克這時才注意到她的婚戒和訂婚戒都不見了。她假扮維妮西雅．霍爾和芭比．康利菲時都不戴戒指，所以他習慣了，沒有想到今天不戴可能有什麼重大的意義，但是他不想直問，跟工作權一點關係也沒有。

「馬修跟我分手了。」蘿蘋說，皺眉看著經過的車輛，盡力忍住眼淚。「一星期之前。」

「喔。」史崔克說。「真遺憾。」

可是他關心的表情和他實際的表情扞格不入，他陰鬱的心情在瞬間飛揚了起來，幾乎就像是從清醒到一口氣灌下三品脫啤酒。橡膠、塵土和燒焦的草味讓他想起了那處停車場，他在那兒不小心吻了她。他又吸了口煙，努力不讓感覺洩漏到臉上來。

「我知道我不應該那樣子跟格朗特．文恩說話。」蘿蘋說，又潸然落淚。「我不該提起芮安娜，我失控了，而且——都是因為男人，混帳的男人，老是用他們自己來批評別人！」

「跟馬修是出了什麼——？」

「他一直在跟莎拉．薛洛克上床。」蘿蘋恨恨地說。「他最好的朋友的未婚妻，她掉了一個耳環在我們的床上，我——喔，混蛋。」

沒有用：她用手摀住臉，以一種自暴自棄的態度，忘情大哭，因為她在史崔克的眼裡已經沒有尊嚴了，而她僅存的一塊人生、她一直努力要保存的人生也被污染了，要是馬修看見她在高速公路路肩崩潰，看見她不適合做她愛的工作，永遠被侷限在她的過去，兩次站錯了地方，估錯了時間，找錯了男人，他不知會有多高興。

她的肩上落下了沉甸甸的重量，史崔克伸臂環住了她，這動作既安慰又不祥，因為他從沒這麼做過，她很確定這是他給的一個先兆，告訴她她不適合這份工作，他們可以取消下一場的會晤，返回倫敦。

「妳都住在哪裡？」

「在凡妮莎家睡沙發。」蘿蘋說，慌亂地擦拭汨汨的眼淚和鼻涕：眼淚和鼻涕濕透了她的牛仔褲膝蓋。「可是我現在找到住處了。」

「哪裡？」

「基爾本，分租屋的一個房間。」

「要命喔，蘿蘋。」史崔克說。「妳幹嘛不早說？尼克跟依莎有一間客房，他們會很樂意——」

「我不能佔你朋友的便宜。」蘿蘋帶著濃重鼻音說。

「那不叫佔便宜。」史崔克說。把香煙塞到嘴裡，用另一隻手掏摸口袋。「他們喜歡妳，妳也可以在那裡住兩個星期，等到——啊哈，我就知道我有，只是縐巴巴的，我沒用過——應該沒有，反正——」

蘿蘋接過了面紙，用力擤了一次鼻子，把面紙弄破了。

「聽著。」史崔克才剛開口就被蘿蘋打斷。

「別叫我請假，拜託不要，我沒事，我可以工作，除了剛才，我有好久沒有恐慌症發作了，我——」

「——沒在聽。」

「好吧，抱歉。」她喃喃說，濕透了的面紙緊揝在掌心。「請說。」

「我被炸斷腿之後，每次坐車就會像妳剛才一樣，恐慌，冒冷汗，感覺快窒息，有一陣子我什麼都肯做，只要能不坐別人的車。說真的，我現在還是有那個問題。」

「我都不知道。」蘿蘋說。「一點也不像。」

「對，嗯，我沒見過像妳開車技術這麼好的，妳應該看我坐我妹妹的車。問題是，蘿蘋——喔，可惡。」

交通警察來了，停在無人的荒原路華後面，顯然很疑惑為何乘客坐在五十碼的路肩上，看似絲毫不在乎他們亂停的汽車會有什麼命運。

「不怎麼心急要找救援嘛。」兩名警員中較胖的那個譏誚地說，他有種自以為很風趣的態度。

史崔克把手從蘿蘋的肩上拿開，兩人都站了起來，史崔克站得笨手笨腳的。

「暈車。」史崔克和氣地跟警察說。「小心，不然她可能會吐在你身上。」

兩人回到車上，胖警察的同事正在察看老邁的荒原路華的車牌。

「這麼老的車很少還在路上跑。」他說。

「它從來就沒有拋錨過。」蘿蘋說。

「妳確定可以開車嗎？」史崔克嘟囔著說，看著她轉動引擎。「我們可以假裝妳還是覺得不舒服。」

「我沒事。」

而這一次，是真話，他說她的開車技術無人能及，或許不算是多大的讚美，但是他把一些自尊還給了她，她順暢地又匯入車流。

接下來是漫長的沉默，史崔克決定應該要等到蘿蘋不開車時再進一步討論她的心理健康。

「文恩在電話快結束前說了一個名字。」他沉吟道，掏出了筆記本。「妳聽見了嗎？」

「沒。」蘿蘋咕噥著說，覺得很丟臉。

「叫杉繆什麼的。」史崔克說，寫了下來。「莫道克？馬特拉？」

「我沒聽到。」

「開心點，」史崔克鼓舞地說，「要不是妳對他又吼又叫，他可能還不會說溜嘴呢，不過我倒是不建議未來罵受訪人變態小偷的……」

他在座位轉身，伸長手去拿後面的袋子。「要不要吃餅乾？」

62

……我不想看妳失敗，蕾貝嘉。

——亨里克．易卜生《羅斯莫莊園》

在他們抵達時，紐伯里賽馬場的停車場已經停滿了車子，許多前往售票亭的人穿著輕便，跟史崔克和蘿蘋一樣，牛仔褲和夾克，但有些卻是一身輕飄飄的絲洋裝、西裝、鋪棉背心、呢帽，燈芯絨褲，顏色是各種色調的芥末和紫褐色，讓蘿蘋想起了托逵爾。

兩人排隊買票，各自迷失在自己的思緒中，蘿蘋怕的是抵達蒂根．布查爾工作的「狡猾牝馬」後可能的發展。史崔克對於她的心理狀態還沒有表示什麼意見，她擔心他只是暫時拖延要她回到內勤工作的命令。

事實上，史崔克的心思目前不在這個上頭，人群排隊等候買票的小小遮篷後可看見白色欄杆，那麼多的呢帽和燈芯絨，在在讓他想起了上一次到賽馬場的往事。他對於賽馬並不特別感興趣，在他生命中唯一的父親角色，他的泰德舅舅，是個喜愛足球和駕帆船的人，雖然史崔克的軍中朋友有兩個愛賭馬，他卻從來看不出有何可取之處。

不過三年前，他和夏綠蒂以及她喜歡的兩個手足去過德比錦標賽，夏綠蒂和史崔克一樣，來自於一個骨肉疏離、功能失調的家庭。那次也是夏綠蒂一時興起，堅持要接受瓦倫丁和薩夏的邀請，也不管史崔克對賽馬興致缺缺，對這兩個人也沒有什麼好感；而他們兩個則把史崔克看成是他們姐妹人生中一個難以解釋的怪人。

他那時身無分文，以極其有限的資金開創了偵探社，已經被律師追著要他償還他從親生父親那兒借來的小額貸款，而每一間銀行也都認為他的風險太高而拒絕貸款。然而，夏綠蒂在她看好的馬「美名與榮耀」上押了五鎊，卻以一個鼻頭之差屈居第二，她要求史崔克再賭一次遭拒絕後勃然大怒。她倒是勉強克制住，沒罵他小氣鬼或是假正經，臭老百姓或是鐵公雞，不像有一次他不肯仿效她的家人朋友的一擲千金、出手豪闊。被她的兄弟唆使，她決定自己下注，越賭越大，最終贏了兩千五百鎊，堅持要大家去香檳帳篷，在那裡她的美貌以及高昂的精神吸引了許多目光。

他跟著蘿蘋走上寬敞的柏油路通道，賽道和通道正好平行，兩者之間羅列著高聳的帳篷；他們經過了咖啡吧、蘋果酒攤位、冰淇淋車、騎師的更衣室以及馬主與訓練師的酒吧，史崔克心中想著夏綠蒂，以及大撈一筆的賭注，和血本無歸的賭注，最後還是被蘿蘋的聲音喚回了現實。

「我覺得就是這裡了。」

一面招牌掛在一棟磚頭平房的側面，畫著一匹黑色母馬的馬頭，馬嘴裝著馬嚼子，母馬眨著眼睛，酒館的露天座位非常擁擠，香檳杯互碰，談笑聲不絕於耳。「狡猾牝馬」俯瞰馬匹檢閱場，不多時參賽馬匹就會在這裡列隊，所以有更多人群往這邊聚集。

「搶那張高桌，」史崔克和蘿蘋說，「我去買飲料，順便告訴蒂根我們到了。」

他消失在磚屋裡，也沒問她想喝什麼。

蘿蘋挑了一張高桌，椅子是金屬酒吧椅，她知道史崔克比較喜歡，因為比起低矮的柳條沙發來起坐較方便，露天區上方有聚氨酯遮篷，以免客人被不會下的雨淋濕了，今天天空萬里無雲，氣候溫暖，雖然有微風卻連酒館門口的造型樹木都吹不動。挑這個晚上去斯泰達小屋旁的山坳去挖掘倒是月白風清，蘿蘋心裡想，一直假設史崔克是不會取消這次探險的，因為他認為她太不穩定、太情緒化，不適合帶著一起去。

一思及此，她的五臟六腑就變得更冷，只好去看他們拿到的賽馬名單以及他們的厚紙板出入證。忽然，半瓶的酩悅香檳落在她面前，史崔克坐了下來，握著一杯苦啤酒。

「敦霸生啤酒。」他心情愉快地說，傾杯喝了一口，蘿蘋茫然看著那一小瓶香檳，她覺得很像是泡沫浴。

「這是做什麼？」

「慶祝啊。」史崔克說，又喝了一大口啤酒。「我知道不應該由妳來說，」他接著說，掏摸口袋找香煙，「可是妳把他甩了最好，跟他哥們的未婚妻睡覺，還在自己老婆的床上？他活該。」

「我不能喝酒，我要開車。」

「那才花了我二十五鎊，妳可以意思意思喝一口。」

「二十五鎊，就這個？」蘿蘋說，趁著史崔克在點煙，又偷偷擦掉了眼淚。

「我問妳。」史崔克說，揮揮火柴，滅掉了火。「妳可曾想過偵探社的未來？」

「什麼意思？」蘿蘋說，一臉警覺。

「我妹夫在奧運開幕那晚盤問我。」史崔克說。「追問什麼到某個時間點我就不需要自己親自出馬了。」

「可是你不會想要那樣的，會——等等。」蘿蘋說，驚慌了起來。「你是想跟我說我得回去坐辦公桌接電話嗎？」

「不是，」史崔克說，別開臉吐煙，「我只是在納悶妳有沒有想過未來。」

「你要我辭職？」蘿蘋問，更加心驚膽跳。「去做什麼別——？」

「見鬼了，艾拉寇特，不是！我是在問妳妳有沒有想過未來，就這樣。」

他盯著蘿蘋轉開軟木塞。

「有，當然有。」她遲疑地說。「我一直希望我們能讓帳戶的盈虧更健全一點，就不用一直那麼拮据，可是我愛——」她的聲音顫抖，「——這份工作，你知道的，我只想做這一行，而且變得越來越高明……讓偵探社變成倫敦最好的。」

史崔克咧嘴笑，用啤酒杯去碰她的香檳。

「那，記住了，我們兩個的目標是一致的，然後聽我說下面的話，好嗎？而且妳喝點酒也無妨，蒂根還得再四十分鐘才能休息，在晚上到山坳那兒之前，我們還有一大堆的時間得消磨。」

史崔克看著她喝了一口香檳，這才繼續。

「明明有事卻假裝自己沒事，這樣不叫堅強。」

「那你就錯了。」蘿蘋反駁他。香檳刺激著她的舌頭，酒精尚未衝腦，似乎就給了她勇氣。「有時候，假裝沒事可以讓你沒事，有時候你就是得戴上勇敢的面具，走進社會，過一陣子就不是假裝了，就變成你了。要是我一直等到準備好了才走出房間，在那件事後——你知道的，」她說，「我到現在還會待在房間裡，我得在準備好之前就走出來，而且，」她說，筆直看著他的眼睛，她自己的眼睛則充血浮腫，「我跟你工作兩年了，看著你無論有多少困難都奮力挺進，其實我們兩個都知道醫生一定會叫你把腿抬高，好好休息。」

「結果看我淪落到什麼田地了？」史崔克理性地問。「一整個星期動彈不得，每次我走個五十碼，我的肌腱就跟我大聲求饒。妳想要比較嗎，好。我在節食，我一直在做伸展運——」

「還有素食培根，丟在冰箱裡腐爛？」

「腐爛？那玩意根本就是工業橡膠，等我死了它都不會腐爛。聽著，」他說，不肯被她把話題帶歪，「去年發生那種事，妳要是完全不受影響那才是見鬼的奇蹟呢。」他的眼睛搜尋著她小臂上的紫色疤痕，掩在衣袖下隱隱可見。「妳的過去經歷都不能阻礙妳做這個工作，可如果妳還想做下去，就需要照顧好自己，如果妳需要休幾天假——」

「——我最不需要的就是休假——」

「這跟妳想不想要無關，而是跟妳的需要有關。」

「我可以跟你說一件好笑的事嗎？」蘿蘋說。無論是因為香檳，或是別的原因，她經歷了一種心情上的驚人轉換，讓她的口風沒那麼緊了。「你會以為我上個星期恐慌症發作的次數很多，對吧？我一直在找房子，去看公寓，在倫敦城裡跑來跑去，有一大堆的人突然就走在我後面——那可是主要的觸發點。」她說。「有人在我背後，我卻不知道。」

「這一點不需要佛洛伊德來解釋吧。」

「可是我沒事。」蘿蘋說。「我覺得是因為我不必——」

她溘然打住，可是史崔克覺得他知道她是想說什麼，他大膽假設說：

「要是妳的家庭生活完了，這份工作也就差不多了，我是過來人，我知道。」

他的理解讓蘿蘋放寬了心，她又喝了幾口香檳，一口氣往下說：

「我覺得必須要隱瞞、必須私底下做練習反而讓我的情況更壞，因為只要有什麼我不是百分之百篤定的跡象，馬修就又會對我吼叫，怪我做了這一行。我以為今天早上是他想打電話給我，所以我才不想接電話。後來文恩辱罵我——嗯，感覺就像是我接了那通電話，我不需要文恩來告訴我我只是一對會活動的奶子，一個上當的笨女人，不明白我天生就是來給別人騙的。」

馬修一直在說那種話，對吧？史崔克暗想，想像出幾招矯正的手法，他覺得馬修或許能從中受益，他緩慢謹慎地說：

「妳身為女人這一點……妳一個人單獨出去執行任務，我是會比如果妳是男的多擔心一點，聽我說完。」他堅定地說，看見了她驚慌地張開嘴。「我們得對彼此坦承，否則我們就完了，先聽我說完，好嗎？

「妳利用妳的機智，沒忘記妳的訓練，所以逃脫過兩個殺人兇手，我敢打賭混蛋馬修自己就做不到。可是我不想再有第三次，蘿蘋，因為妳可能不會那麼走運。」

「你是在叫我回去坐辦公桌——」

「我能說完嗎？」他嚴正地說。「我不想失去妳，因為妳是我最好的人手。從妳來了之後，我們調查的每件案子都是妳找出了我找不到的證據，讓那些我說服不了的人願意跟我談話，我們能有今天主要就是因為妳，可是如果妳遇上了一個暴力的人，危險永遠都在，而在這一點上我就難辭其咎了，我是資深搭檔，我是那個妳可以控告——」

「你在擔心我會控告——？」

「不，蘿蘋，」他語氣尖利地說，「我是擔心妳他媽的最後可能會死，而我得一輩子良心不安。」

他又喝了口敦霸，然後說：

「如果我要讓妳上街頭，我就需要知道妳的心理健全，我要妳斬釘截鐵地保證妳會正視妳的恐慌症，因為如果妳不處理，不是只有妳一個人要承擔後果。」

「好。」蘿蘋嘟囔著說，看見史崔克挑高眉毛，她說：「我是說真的，該怎麼做我就怎麼做，我保證。」

檢閱場的人群越來越多，顯然下一場的賽馬就要列隊了。

「你跟羅蕾萊怎麼樣了？」蘿蘋問。「我喜歡她。」

「那恐怕我又得跟妳說壞消息了，因為上個週末不是只有妳跟馬修分手。」

「喔，要命。抱歉。」蘿蘋說，用喝香檳來掩飾尷尬。

「妳不是不想喝酒嗎？怎麼喝得那麼快？」史崔克說，覺得好笑。

「我沒跟你說，對吧？」蘿蘋說，拿著綠色酒瓶時突然間想起來了。「我知道我之前在哪裡看到過『Blanc de Blanc』，不是在瓶子上——不過對我們的案子沒有幫助。」

「接著說。」

「四季莊園酒店有一間套房就叫那個名字。」蘿蘋說。「你知道，開創那家酒店的大廚叫雷蒙．白朗克？他們在玩文字遊戲。白之白，白氏的白室──只是少拼了一個s[5]。」

「妳就是去那裡過結婚週年的嗎？」

「對，不過我們住的不是『白之白』，我們住不起套房。」蘿蘋說。「我只記得經過那塊招牌。不過，對……我們就是在那裡慶祝我們的紙婚的，紙婚，」她重複道，嘆了口氣，「有的人還能慶祝白金婚呢。」

七匹暗色純種馬這時一一出現在檢閱場上，一身絲質騎馬服的騎師高坐在馬背上，有如猴子，馬廄的男女小廝牽著緊張的馬兒，馬腹光滑黑亮，馬蹄騰躍踏步。史崔克和蘿蘋是少數幾個沒有伸長脖子一觀究竟的人，蘿蘋無暇細想就引出了她最想要討論的話題。

「在殘奧接待會上跟你說話的人就是夏綠蒂嗎？」

「對。」史崔克說。

他瞄了她一眼。蘿蘋在此之前就哀嘆過他似乎能夠輕易看穿她的心思。

「夏綠蒂跟我和羅蕾萊分手一點關係也沒有，她已經結婚了。」

「馬修跟我也一樣啊。」蘿蘋指出，又喝了一口香檳。「卻阻止不了莎拉．薛洛克。」

「我不是莎拉．薛洛克。」

「顯然不是，如果你那麼討厭，我就不會為你工作了。」

「也許妳可以把這一條加在下一次的員工滿意度調查上。『不像那個跟我老公上床的女人一樣討厭。』我會叫人裱起來。」

5.原文為 Blanc de Blancs。Blanc 為法文，意為白色。

蘿蘋哈哈笑。

「妳知道，我自己對『Blanc de Blanc』有一個看法。」史崔克說。「我在審查齊佐的待做清單，想要剔除可能性，證實一種推論。」

「什麼推論？」蘿蘋急忙問，而史崔克注意到即使香檳喝掉了一半，婚姻又破裂，還得搬進基爾本的一個火柴盒房間裡，蘿蘋對本案的興趣依舊不減。

「記不記得我說過我覺得齊佐的案子背後還有什麼更大的、更基本的事情嗎？我們還沒看見的事情？」

「記得，」蘿蘋說，「你說它『呼之欲出了。』」

「記性真好。對，拉斐爾說的幾件事——」

「現在終於輪到我休息了。」一個緊張的女性聲音在他們背後響起。

63

這件事純粹是私事，完全沒有必要宣揚得整個鄉間都知道。

——亨里克．易卜生《羅斯莫莊園》

蒂根．布查爾身材矮壯，滿臉雀斑，黑髮綁成一個髻，穿著俐落的制服：灰色領帶，黑襯衫上繡著一匹白馬和騎師，不過她還是給人一種穿沾滿泥巴的威靈頓靴會更自在的感覺，她從吧台端了一杯加奶咖啡來喝。

「喔——太感謝了。」她說，因為史崔克去幫她拿椅子來，她顯然很感激赫赫有名的偵探願意為她效勞。

「沒事。」史崔克說。「這位是我的搭檔，蘿蘋．艾拉寇特。」

「對，是妳跟我聯絡的，對吧？」蒂根說，坐上了高腳椅，略費了番力氣，因為她太矮了，她似乎是既興奮又害怕。

「妳的時間不多，我知道，」史崔克說，「所以不介意的話，我們就有話直說了，蒂根？」

「不會。我是說，好啊，這樣可以，你問吧。」

「妳為賈斯伯和金娃娜．齊佐工作多久？」

「我是在念書的時候在他們那裡打工，所以算起來有……兩年半，對。」

「妳喜歡那裡嗎？」

「還可以啦。」蒂根謹慎地說。

「妳覺得部長怎麼樣？」

「他還可以。」蒂根說，不過她似乎明白這種說法太籠統，所以又趕緊補充：「我們家認識他很久了。我的哥哥們在齊佐園幹活，斷斷續續做了好幾年。」

「是喔？」史崔克說，寫下了筆記。「妳的哥哥們都做些什麼？」

「修理籬笆，做點園藝，可是他們現在大部分的土地都賣掉了。」蒂根說。「花園也荒廢了。」

她端起咖啡，喝了一口，又焦急地說：

「我媽要是知道我跟你見面，她會瘋掉，她叫我要把嘴巴閉緊。」

「為什麼？」

「『多說多錯，』她老是這樣說。還有『越少見越稀罕。』每次我想去青農的迪斯可，我媽就會這樣唸我。」

蘿蘋笑了出來，蒂根也嘻嘻笑，很得意能夠逗笑她。

「妳覺得齊佐太太這位雇主如何？」史崔克問。

「還好。」蒂根又是這麼說。

「齊佐太太不在家的話，喜歡有人在屋子裡過夜對嗎？在馬匹的附近？」

「對。」蒂根說，接著首度自願提供消息說：「她有疑心病。」

「她不是有一匹馬被割傷了？」

「要說是割傷也可以啦，」蒂根說，「可是我覺得最多也只是擦傷。羅曼諾晚上把毯子弄掉了，牠老是那樣，真是討厭。」

「那麼妳沒聽說過有人闖入了花園？」史崔克問，筆停在本子上。

「這個嘛，」蒂根慢吞吞地說，「她是說過，可是……」

她的眼睛飄向了史崔克的「金邊臣」，就放在他的啤酒杯旁。

「我可以抽一支嗎？」她大著膽子問。

「請便。」史崔克說，掏出打火機，推給她。

蒂根點燃了香煙，深吸了一大口，說：

「我不覺得花園裡有人闖進來，都是齊佐太太自己覺得，她——」蒂根努力找適切的詞彙。

「嗯，如果她是馬，你就會說她神經質，我在那裡過夜的時候就什麼也沒聽到。」

「賈斯伯・齊佐在倫敦過世前一晚妳就在他們屋裡過夜，對吧？」

「對。」

「妳記得齊佐太太是幾時回來的嗎？」

「大概十一點。嚇了我一大跳。」蒂根說。現在不那麼緊張了，就稍微有些多嘴多舌了。

「因為她本來是要在倫敦過夜的，她進屋以後大發脾氣，因為我在電視機前面抽煙——她不喜歡煙味——而且還拿了冰箱裡的酒喝了兩杯。可是是她自己在出門前說我可以自己拿的，可是她就是那樣，變來變去的。上一分鐘還沒關係，下一分鐘就不可以了，在她旁邊都要膽戰心驚的，真的。」

「可是她回來的時候心情已經很壞了，從她咚咚咚走出門廳就知道了，香煙跟酒只是給她藉口向我發飆，她就是那樣。」

「可是妳還是待了一晚吧？」

「對，她說我太醉了，不能開車，胡說八道，我根本沒喝醉，然後她就叫我去察看馬兒，因為她有打電話要打。」

「妳聽見她打電話了嗎？」

蒂根在過高的椅子上調整坐姿，用另一隻手扶著拿煙的那隻手的手肘，微微瞇起眼睛，她顯然是覺得這個姿態很適合應對詭計多端的私家偵探。

「我不知道該不該說。」

「要不我來說名字，說對了妳就點頭？」

「那就開始吧。」蒂根說，像是等著看魔術的人一樣，既好奇又多疑。

「亨利．卓蒙德。」史崔克說。「她留言說她想要給一條項鍊估價？」

蒂根不由自主覺得佩服，點了點頭。

「對。」她說。「沒錯。」

「那妳就出去察看馬匹了……？」

「對，等我回來，齊佐太太說我還是應該留下來過夜，因為她一大早就需要我，我就留下來了。」

「那她睡在哪裡？」蘿蘋問。

「呃——樓上啊。」蒂根說，驚訝地一笑。「當然的嘛，在她的房間啊。」

「妳確定她一整晚都在房間裡？」蘿蘋問。

「對。」蒂根說，又緊張地笑了笑。「她的房間就在我隔壁，只有這兩間的窗戶面對馬廄，我能聽到她上床睡覺。」

「妳確定她沒有半夜三更出去？沒有開車出去？」史崔克問。

「沒有，不然我會聽到車子聲。房屋四周到處都是坑洞，沒辦法悄悄離開。而且，隔天早晨我就在平台上看到她，她穿著睡衣要去上廁所。」

「那是幾點？」

「大概七點半，我們一起在廚房吃早餐。」

「她還在生妳的氣嗎？」

「還是有一點。」蒂根承認道。

「妳不會碰巧又聽到她講電話吧，大約在早餐的時間？」
蒂根的欽佩表情極明顯，說：
「你是說齊佐先生打來的？對。她到廚房外面去接，我只聽到『不，我這次是說真的，賈斯伯。』聽起來像在吵架，我也跟警察說過了，我以為他們一定是在倫敦吵架了，所以她才會提早回來，而不是在那邊過夜。
「然後我就到外面去打掃馬廄了，然後她出來了，在訓練『白蘭地』，她的一匹母馬，然後，」蒂根說，稍帶猶豫，「他來了，拉斐爾，你知道，那個兒子。」
「接著發生什麼事？」史崔克問。
蒂根欲言又止。
「他們吵了一架，是不是？」史崔克說，留意著蒂根的休息時間一分一秒流逝。
「對。」蒂根說，以直率的驚異表情微笑。「你什麼都知道！」
「妳知道他們在吵什麼嗎？」
「就是她昨天晚上打電話給那個人說的東西。」
「項鍊？齊佐太太想賣的那條？」
「對。」
「他們在吵架時妳在哪裡？」
「還在打掃，他下了車就大步走向戶外學校——」
蘿蘋看出史崔克困惑的表情，喃喃說：「就跟檢閱場一樣，訓練馬匹的地方。」
「啊。」他說。
「——對，」蒂根說，「她在那兒訓練白蘭地，他們先是說話，我聽不到他們在說什麼，然後就開始大吼大叫，她下了馬，叫我過去解開白蘭地——拿掉馬鞍和籠頭，」她好心地解釋，以免史崔克不懂，「然後他們就進了屋子，我能聽到他們一面走一面在吼叫。

「她一直不喜歡他。」蒂根說。「拉斐爾，覺得他被寵壞了，老是批評他，我個人倒覺得他還可以。」她做出無動於衷的表情，跟她越來越紅的臉很不搭軋。

「然後呢？」

「他們進屋去了，我繼續打掃，過了一會兒，」蒂根說，略有些不安，「我就看到警車開進了車道，然後……對，好可怕，女警過來叫我進去幫忙，我進了廚房，齊佐太太臉色白得像紙，模樣很狼狽。他們要我告訴他們茶包在哪裡。我幫她泡了熱茶，而他——拉斐爾——扶著她坐下，他對她真的很好，」蒂根說，「想想她剛才還用各種髒話罵他呢。」

史崔克察看手錶。

「我知道妳的時間不多，再兩個問題就好。」

「好。」她說。

「一年多前發生了一件意外，」史崔克說，「齊佐太太拿榔頭攻擊齊佐先生。」

「喔，對。」蒂根說。「對……她真的氣瘋了，就在『淑女』安樂死之後，夏天剛開始，她是齊佐太太最心愛的母馬，齊佐太太回家來，獸醫已經給她打了針，齊佐太太是希望在場的，等她回來看到了屠宰場的貨車，她氣瘋了。」

「她知道母馬必須安樂死多久了？」蘿蘋問。

「就是最後的兩、三天。我覺得其實我們大家都知道。」蒂根傷心地說。「可是那匹馬好可愛，我們都希望她能熬過去，獸醫等齊佐太太回來等了幾個小時，可是淑女在受苦，他也不能等一整天，所以……」

蒂根做了個無助的手勢。

「既然她知道淑女快死了，她為什麼那天會到倫敦去？」史崔克問。

蒂根搖頭。

「妳能不能詳細告訴我們她攻擊她先生的經過？她有沒有先說什麼？」

「沒有。」蒂根說。「她走到院子裡，看見了情況，就向齊佐先生衝過去，抓起榔頭就丟了過去。到處都是血。好恐怖喔。」蒂根說，真摯的表情很明顯。「嚇死人了。」

「她打了他之後呢？」蘿蘋問。

「她就站在那裡，臉上的表情……像惡魔之類的。」蒂根出乎意料地說。「我還以為他死了，以為她殺了他。

「他們把她送走了兩個星期，你知道，去住院了，我得一個人照顧馬匹……

「我們都很為淑女傷心。我愛那匹母馬，我以為她可以熬過去，可是她放棄了，她躺了下來，不肯吃飯，我不怪齊佐太太會那麼難過，可是……她很可能會殺了他。到處都是血。」她又說一次。「我想離開，我告訴我媽，齊佐太太嚇到我了，那天晚上。」

「那妳為什麼沒有離開？」史崔克問。

「不知道，真的……齊佐太太要我留下來，我也很喜歡馬，後來她出院了，她真的很沮喪，我大概是替她難過，我一直發現她在淑女的空馬廄裡哭。」

「淑女是不是齊佐太太想要——呃——是怎麼說來著？」史崔克問蘿蘋。

「配種？」蘿蘋建議道。

「對……跟有名的雄馬配種？」

「托提拉斯？」蒂根問，似乎翻了個白眼。「不是，她想要配種的是白蘭地，可是齊佐先生不願意，托提拉斯！那得花不少錢呢。」

「我也聽說了，她不會提到過用另一匹公馬吧？有一匹叫『白之白』，不知道妳——」

「沒聽過。」蒂根說。「不對，一定是托提拉斯，他是最棒的，她一心一意要這匹馬，她就是那樣，齊佐太太，她只要有了想法，十頭牛都拖不動。她要培育這種美麗的大獎賽的馬，而且……你們知道她流產過吧？」

史崔克和蘿蘋都點頭。

「媽替她難過，她覺得她想要小馬是一種替代，媽覺得一切都跟流掉的寶寶有關，所以齊佐太太才會老是喜怒無常。

「就像，有一天，是她出院以後幾個星期，我記得，她變得好焦躁。我覺得是他們給她吃的藥，她亢奮到不行，在院子裡唱歌。我跟她說：『妳的心情很好啊，齊佐太太。』她哈哈笑，說：『喔，我一直在跟賈斯伯下工夫，我覺得我快成功了，我覺得他要讓我用托提拉斯了。』胡說八道。我問過齊佐先生，一提到這件事他就發脾氣，說是她一廂情願，他根本就養不起這麼多的馬。」

「妳不認為他可能會給她一個驚喜，」史崔克說，「給她另一匹公馬來配種？一匹比較便宜的？」

「那樣也只會惹她不高興。」蒂根說。「除了托提拉斯，什麼都不要。」她捻熄了香煙，看了看手錶，遺憾地說：「我只有幾分鐘了。」

「再兩個問題就問完了。」史崔克說。「我聽說你們家認識一個叫蘇姬．路易斯的女孩，多年以前？她是個蹺家的孩子，從──」

「你什麼都知道！」蒂根愉快地說。「你是怎麼知道的？」

「比利．奈特告訴我的，妳知道蘇姬後來怎麼了嗎？」

「知道，她去了阿伯丁，她跟我們的丹恩同班。她媽媽很可怕，又喝酒又吸毒。後來她媽媽的情況變得太嚴重了，所以蘇姬才會進了寄養家庭，她逃家去找她爸，他在北海鑽油井。」

「妳覺得她找到她爸爸了，是嗎？」史崔克問。

蒂根得意地伸手到後面口袋掏手機。按了幾個鍵之後，她把臉書網頁拿給史崔克看，上頭是一名笑容煥發的褐髮女子，跟一群女孩子站在伊比薩島的某處游泳池前方，從日曬的肌膚、白亮的牙齒和假睫毛，史崔克辨認出那個舊照片上的清瘦暴牙的小女孩，網頁屬於「蘇珊娜．麥克尼爾」。

「看到了吧？」蒂根開心地說。「她爸爸有了新家庭，接納了她。『蘇珊娜』是她的全名，可是她媽媽叫她『蘇姬』，我媽的朋友認識蘇珊娜的阿姨，說她過得很好。」

「妳確定這個人是她？」史崔克問。

「當然啊。」蒂根說。「我們都替她高興。她是個好人。」

她又看了眼手錶。

「對不起，我的休息時間到了，我得去上班了。」

「再一個問題。」史崔克說。「妳的哥哥們和奈特一家有多熟？」

「滿熟的。」蒂根說。「他們在學校裡不同年級，可是他們都在齊佐園幹活，就這樣認識的。」

「妳的兄弟現在都在哪一行，蒂根？」

「保羅在靠近艾爾斯伯里的地方管理農場，丹恩在倫敦做景觀設計——你為什麼要寫下來？」她說，看到史崔克的筆在筆記本上移動，頭一次起了戒心。「你絕對不能跟我哥哥說我跟你說過話！他們要是以為我說了莊園裡的事，一定會氣死的！」

「真的？莊園裡究竟有什麼事？」史崔克問。

蒂根不安地看看他又看看蘿蘋。

「你們已經知道了，是不是？」

史崔克和蘿蘋都不作聲，她又說：

「聽著，丹恩和保羅只是幫忙運送，幫忙裝貨，以前是合法的！」

「什麼是合法的？」史崔克問。

「我就知道你知道了。」蒂根說，半是擔心，半覺有趣。「有人說了，對不對？是不是吉米．奈特？他不久之前回來過，到處打探，想找丹恩，反正本地人都知道，本來是應該要保密的，可是我們都知道傑克的事。」

「知道他什麼事？」史崔克問。

「這個嘛……知道他做絞架。」

史崔克吸收這個情報，連眼皮都沒有眨一下，蘿蘋不確定她自己是否也一樣面無表情。

「可是你們已經知道了。」蒂根說。「對不對？」

「對。」史崔克說，讓她安心。「我們知道。」

「就知道。」蒂根說，放下了心，往下滑出了椅子，姿勢不優雅。「如果你看見了丹恩，別跟他說是我說的，他就跟媽一樣。『多說多錯。』我跟你說，我們都不覺得有什麼不對，要我說啊，這個國家如果有死刑的話就不會亂七八糟的了。」

「謝謝妳跟我們見面，蒂根。」史崔克說。她微微臉紅，跟他握手，再跟蘿蘋握手。

「沒什麼。」她說，現在又好像捨不得離開了。「你們要留下來看賽馬嗎？『褐豹』會跑兩點半那場。」

「可能會，」史崔克說，「我們在下一個約會之前還有一些時間可以消磨。」

「我在褐豹身上押了十鎊。」蒂根悄悄說。「那……拜拜了。」

她走了幾步，忽然又轉過身來，走向史崔克，臉孔更紅了。

「我可以跟你合照嗎？」

「呃，」史崔克說，小心不去看蘿蘋的眼神，「可以的話，不要比較好。」

「那我可以請你簽名嗎？」

史崔克斷定這是兩害相權取其輕，在餐巾上簽了名。

「謝謝。」

蒂根抓緊餐巾，終於離開了。史崔克直等到她消失到酒館裡，這才回頭看蘿蘋，她已經忙著滑手機了。

「六年前，」她說，讀取手機螢幕，「歐盟法令嚴禁會員國出口刑具，在那時之前，出口英國製絞架完全合法。」

64

說吧，好讓我了解你。

——亨里克．易卜生《羅斯莫莊園》

「『我依法行事，而且本著我的良心做事。』」史崔克引用齊佐在普拉特俱樂部說的話。「他說得沒錯，他也從來不掩飾他贊成絞刑，對吧？看來他是從他的土地上取得木材的。」

「也是肯特的傑克製作絞架的地方——難怪肯特的傑克會在拉夫小時候警告他，不讓他進穀倉。」

「他們說不定利潤分成。」

「等等。」蘿蘋想起了芙莉克對著部長的車尾尖聲喊叫，就在殘奧接待會的那晚。「『他把馬放上去』……柯莫藍，你是不是認為——？」

「是。」史崔克說，想法和她並駕齊驅。「比利在醫院裡跟我說的最後一句話是『我討厭把馬弄上去』，即使是在精神病發作時，比利也能夠雕刻出完美的阿芬登白馬……肯特的傑克要他的孩子雕刻馬，做為藝品賣給遊客，也雕刻在絞架上賣到外國去……他倒是滿會經營父子生意的啊？」

史崔克用啤酒杯輕碰她的小香檳瓶，喝光了最後一點敦霸。

「敬我們的第一個突破，如果肯特的傑克在絞架上添了一點當地的印記，就可能追溯到他，對吧？而且還不只是他：可以追溯到白馬谷，追溯到齊佐。這麼一來就說得通了，蘿蘋。還記得吉米的標語牌吧，上頭有一堆死掉的黑人小孩？齊佐和肯特的傑克把絞架出售到外國去——

中東或非洲。可是齊佐不可能知道他們在上頭雕刻了馬——嗐，不，他絕對不知道，」史崔克說，想起了齊佐在普拉特說的話，「因為他跟我說有相片時，他說『據我所知，上頭沒有可辨識的記號』。」

「吉米不是說有人虧欠他？」蘿蘋說，順著他的思路。「還有拉夫說金娃娜認為他要錢有合法的依據，一開始的時候？你覺得肯特的傑克在臨終之前留下一些待出售的絞架，這樣的機會有多高——」

「——而齊佐拿去賣了，卻沒有費事去找到傑克的兒子，付他們錢？非常聰明。」史崔克點頭說。「所以對吉米來說，一開始就是要拿回他父親應得的那一份，可後來齊佐否認了他虧欠他們，吉米就改採勒索手段。」

「不過仔細想想，為這個就勒索有點小題大作，不是嗎？」蘿蘋說。「你覺得齊佐會因為這件事就損失許多選票嗎？他出售絞架的時候是合法的，而且他也公開贊成死刑，所以誰也不能罵他是偽君子。國內有一半的人認為我們應該要恢復絞刑，我不覺得投給齊佐的人會認為他做錯了什麼。」

「妳又說對了，」史崔克不情願地承認，「而且齊佐可以厚著臉皮就過關了。他經歷過更惡劣的處境：情婦懷孕，離婚，有個私生子，拉斐爾吸毒駕車造成車禍，後來又坐牢……

「可是有『非故意的後果』，記得嗎？」史崔克若有所思地問。「外交部的相片裡有什麼，讓文恩這麼急著握在手裡？而且文恩剛才在電話中提到的那個『杉繆』是誰？」

史崔克拿出筆記本，草草寫下幾行字，字跡又擠又亂。

「至少，」蘿蘋說，「我們確認了拉夫的說法，項鍊的事。」

史崔克咕噥一聲，仍在寫字。寫完後，他說：「對，目前看來，這一點很有用。」

「什麼意思，『目前看來』？」

「他南下牛津郡來阻止金娃娜帶著珍貴的項鍊跑了，這個說法比起阻止她做傻事要可信，」史崔克說，「不過我還是認為他有所隱瞞。」

「怎麼會？」

「還是老問題，齊佐明明知道他太太討厭拉斐爾，為什麼會派他過來當信差？看不出拉斐爾為什麼會比依姬更具說服力。」

「你是不喜歡拉斐爾嗎？」

史崔克挑高了眉毛。

「我個人對他沒有什麼好惡，妳呢？」

「當然沒有。」蘿蘋說，有點太急。「那，在蒂根出現之前，你不是提到了什麼推論？」

「喔，對。」史崔克說。「可能沒有什麼，不過拉斐爾跟妳說的幾件事突然跳了出來，讓我忍不住琢磨。」

「什麼事？」

史崔克告訴了她。

「我怎麼不覺得有什麼重要的。」

「個別看可能不重要，可是和黛拉跟我說的話放在一起看試試。」

「什麼話？」

可即使史崔克提醒了她黛拉說了什麼，蘿蘋仍是一頭霧水。

「我看不出有什麼關聯。」

史崔克站了起來，露出苦瓜臉。

「思考一下吧，我去打電話給依姬，告訴她蒂根說出絞架的事了。」

他走開去，消失在人叢中，去找個僻靜的地點打電話，留下蘿蘋暢飲變得微溫的香檳，思忖史崔克說的話。她左思右想就是想不出個所以然來，串不起每一個乖離的線索，幾分鐘後，她放棄了，只是坐在那兒，享受溫暖的微風，任由風吹開她肩上的頭髮。

儘管疲累，婚姻破裂，又加上稍後要去挖掘山坳讓她極為驚懼，坐在這裡仍很舒適宜人，呼吸著賽場的氣味，充滿草地芳香、皮革與馬匹的空氣，從酒館向帳篷移動的仕女身上飄來陣陣的香水味，附近一輛貨車在燒烤鹿肉漢堡，這一週來蘿蘋還是頭一次了解自己真的餓了。

她拿起了香檳瓶的軟木塞，在指間翻來覆去，想起了另一個瓶塞，是她二十一歲生日的紀念，那次馬修跟一群大學的新朋友回家來，莎拉也是其中之一。回顧過去，她知道她的父母想為她的二十一歲生日舉辦一個盛大的派對以彌補她沒能舉辦他們翹首盼望的畢業派對。

史崔克去了很久。也許依姬在吐露一切的細節，因為他們現在知道勒索的內容為何，也或許，蘿蘋心裡想，她只是不想讓他掛電話。

不過，依姬不是他的菜。

這個想法讓她略微吃驚，她覺得有些罪惡感，居然會這麼想，但是另一個想法又接踵而來，害她更不舒服。

他的女朋友個個是美女，依姬不是。

史崔克偏偏就會吸引貌美如花的女人，他自己的長相像頭熊，而且還有他自嘲的「像陰毛」的頭髮。

*我一定很臃腫，*是蘿蘋的下一個想法，天外飛來的胡思亂想。她早晨坐進荒原路華時臉孔浮腫、臉色蒼白，她哭得很厲害。她漫不經心地想是否能找到洗手間至少梳梳頭，就看見史崔克朝她走來，兩手各拿了一個鹿肉漢堡，嘴裡咬著一張下注單。

「依姬沒接。」他咬著牙說。「留了話，拿一個，跟我來。我剛在褐豹身上押了十鎊，不論輸贏。」

「我不知道你喜歡賭博。」蘿蘋說。

「我沒有，」史崔克說，把咬著的紙張拿下來放進口袋裡，「可是我覺得今天很幸運。走吧，我們去看比賽。」

史崔克轉過身，蘿蘋趁機把香檳瓶塞偷偷放進了口袋裡。

「褐豹。」史崔克含著滿口的漢堡說，向跑道走去。「不過牠並不是，對吧？黑色馬鬃，所以牠是——」

「——幼駒，沒錯。」蘿蘋說。「你對牠不是一頭豹也覺得失望嗎？」

「只是在順著邏輯思考，我在網上找到的雄馬——白之白——是紅棕色的，不是白色的。」

「你是說不是灰色的。」

「他奶奶的。」史崔克嘟囔著說，半是好笑，半是氣惱。

65

真不知道有多少人會這麼做——敢這麼做？

——亨里克．易卜生《羅斯莫莊園》

褐豹跑出個第二名。他們把史崔克贏的錢花在食物與咖啡帳裡，消磨白日的時光，直到該向烏爾史東村以及山坳出發，蘿蘋只要一想到荒原路華後面的工具以及長滿了蕁麻的山坳，就覺得驚慌之情在胸口亂竄。史崔克不知是有心的或是無心的，死也不肯說明黛拉．文恩與拉斐爾．齊佐的供詞究竟如何吻合，或是他得出了什麼結論，藉此讓她分散心神。

「想啊，」他只是這麼說，「仔細想啊。」

可是蘿蘋疲乏得很，而且趁著不斷喝咖啡吃三明治的時候催他說明也比較簡單，同時也享受著在他們的工作上少有的插曲，因為她和史崔克除非是有危機發生，否則從來沒有在一起這麼長過。

可是夕陽逐漸西沉，蘿蘋的思緒也更常飄向山坳，每次都害她的胃後空翻。史崔克注意到她越來越心神不寧、沉默不語，就第二次建議要她待在荒原路華上，讓他和巴克萊去挖掘。

「不要。」蘿蘋僵硬地說。「我出來這一趟不是為了要坐在車子裡的。」

他們花了四十五分鐘才抵達烏爾史東。西邊的天際色彩迅速流失，他們第二次進入白馬谷，抵達目的地之後，灰塵色的天空已經露出了幾點微弱的星光。蘿蘋把荒原路華駛入通往斯泰達小屋的雜草叢生的小路，車子顛簸搖晃，輾過深陷的車轍以及糾結的荊棘和樹枝，因為濃密的樹冠層而更加幽暗。

「盡量深入一點。」史崔克指示她，一面察看手機上的時間。「巴克萊得停在我們後面，他應該已經到了，我跟他說九點。」

蘿蘋停車，關掉引擎，打量小路與齊佐園之間的濃密林地。她對於可能會被看見的焦慮其實不值一提，她真正恐懼的是斯泰達小屋外的黑暗盆地底部那些糾結的蕁麻底下埋著什麼，所以她就把話題轉回到一個下午用來讓自己分心的主題上。

「我說了──仔細想。」史崔克不知第幾次說。「想想抗憂鬱藥，是妳覺得很重要的。想想齊佐那些奇怪的舉止：大庭廣眾之前嘲笑阿米爾，說拉克西斯『知道每一個人的大限之日』，告訴妳『他們一個接一個自己絆倒了』，尋找弗芮迪的鈔票夾，結果卻放在自己的口袋裡。」

「我都想過了，還是看不出有什麼──」

「氦氣和管子裝在香檳箱裡送進了屋子，有人知道他不會喝，因為他會過敏，問問自己芙莉克是怎麼知道吉米有權向齊佐要錢的，想想芙莉克跟她的室友蘿拉的爭吵──」

「那個又有什麼關係？」

「仔細想！」史崔克惱火地說。「齊佐的垃圾桶裡的橙汁盒裡驗不出阿米替林，記得金娃娜拚命要掌握齊佐的行蹤，猜一猜如果我能找到卓蒙德畫廊裡的那個小法蘭西絲嘉，她會在電話裡告訴我什麼。想一想那通打到齊佐辦公室的電話，說什麼人『死的時候會尿失禁』──我敢說雖然不是決定性的關鍵，可是只要妳好好想想，絕對能看出其中的含義──」

「你是在唬我。」難以置信的蘿蘋說。「你的推論可以把所有片段都連結起來？而且還理出了頭緒？」

「對，」史崔克自負地說，「而且也說明了文恩和阿米爾是如何知道外交部有那些相片的，應該就是肯特的傑克製造的絞架實際使用的相片。阿米爾已經離開外交部幾個月了，而文恩，據我們所知，從未涉足過──」

史崔克的手機響了，他察看螢幕。

「依姬回電了。我到外面接，我想抽煙。」

他下了車。蘿蘋聽見他說：「嗨。」緊接著他就關上了門。她坐著等，腦袋嗡嗡響，史崔克要不是真的靈光乍現，就是他在揶揄取笑，她稍微覺得是後者，因為他剛才列出的種種線索壓根就串連不起來。

五分鐘後，史崔克回到乘客座上。

「我們的客戶很不高興。」他報告道，又關上了門。「蒂根應該要跟我們說金娃娜在殺了齊佐之後偷偷溜回去，而不是幫她的不在場證明背書，又口風不嚴，說漏了齊佐在販賣絞架的事。」

「依姬承認了嗎？」

「她不承認也不行吧？可是她很不高興，堅持要告訴我當時出口絞架是完全合法的事情，我說她的父親騙了吉米和比利的錢，而且妳說對了。肯特的傑克死前留下了兩組絞架可以出售，而沒有人記得要告訴他的兩個兒子，她對於承認這件事更不高興。」

「你覺得她是不是在擔心他們會提出申請，主張有權擁有齊佐的資產？」

「我看不出這麼做對吉米在他那個圈子裡的名聲會有什麼幫助，從吊死第三世界人民的人那裡拿血腥錢，」史崔克說，「不過誰說得準呢。」

他們後面有輛車飛馳過馬路，史崔克伸長脖子張望。

「還以為是巴克萊……」他看了手錶。「說不定他錯過轉彎處了。」

「柯莫藍，」蘿蘋說，對於依姬的心情或是巴克萊的下落沒那麼感興趣，一心想著史崔克不說明的推論，「你剛才跟我說的事，你真的有了想法？」

「對，」史崔克搔著下巴說，「我有，問題是，它讓我們更接近是誰，可是如果我知道他們為什麼那麼做，那才是見鬼了，除非是出於盲目的仇恨——可是感覺上又不像是熱血衝腦的激情犯罪，對不對？這不是一時激奮拿榔頭殺人，這可是計畫周密的處決。」

「『手法先於動機』不管了？」

「我一直專注在手法上，所以我才會有靈感。」

「你甚至不肯說是男的女的？」

「只要是良師就不會剝奪了妳自己想出來的滿足感，還有餅乾嗎？」

「沒了。」

「幸好我還有這個。」史崔克說，從口袋裡變出一條巧克力，拆掉包裝紙，給她一半，她粗魯地接過去，讓他覺得好笑。

兩人默不作聲，吃完了巧克力。然後史崔克開口了，是到目前為止最清醒的語氣。

「今晚很重要，如果山坳底下沒有用粉紅色毯子裹著的東西，那麼比利這方面就結束了：勒殺的事情是他想像出來的，我們可以讓他不再胡思亂想，我可以開始證實我對齊佐案的推論，不受打擾，不必擔心該把死掉的小女孩往哪裡塞，又是誰殺了她。」

「也可能是男的。」蘿蘋提醒史崔克。「你自己說比利也不確定。」

說話時，她狂野的想像力讓她看見了一副小小的骸骨包在一張腐爛的毛毯中。有可能從遺骸斷定屍體是男是女嗎？會有髮夾或是鞋帶，鈕釦，一撮長髮嗎？

最好什麼也沒有，她心裡想。上帝啊，拜託什麼也沒有。

但是她卻大聲問：

「如果有——什麼東西——什麼人——埋在山坳裡呢？」

「那我的推論就錯了，因為我看不出牛津郡一個被勒死的兒童跟我剛才提到的部分能有什麼關聯。」

「不必有關聯啊。」蘿蘋理性地說。「你可能猜對了是誰殺了齊佐，而這件事則是徹徹底底的另一回事——」

「不。」史崔克搖著頭說。「不可能是巧合，如果山坳底下埋了東西，也跟所有線索有關聯。一個兄弟兒時目睹了兇殺案，另一個二十年後去勒索某個被殺的人，而小孩又埋在齊佐的土地上……如果真有小孩埋在山坳裡，一定是一塊拼圖。不過我敢打賭底下什麼也沒有，如果我真的以為山坳底下有屍體，我會想辦法說服警方來挖，今晚是為了比利，我答應他了。」

兩人坐著看小路逐漸被夜色吞沒，史崔克偶爾察看手機。

「巴克萊究竟是他媽的跑——？啊！」

大燈正好射入了他們後面的小路。巴克萊駕著老高爾夫（Golf），踩了煞車，關掉大燈。蘿蘋從側後視鏡看著他的剪影下了車，漸漸變成有血有肉的巴克萊，來到史崔克的窗邊，也跟他一樣提著一個工具袋。

「晚安，今晚滿適合盜墓的。」他意簡言賅。

「你遲到了。」史崔克說。

「噯，我知道。剛接到芙莉克的電話，我覺得你會想知道她要說啥。」

「上車。」史崔克說。「我們可以邊聽你說邊等，我們再等個十分鐘，確定天夠黑。」

巴克萊爬進了荒原路華的後座，關上了門，史崔克和蘿蘋都轉過來想他說的話。

「好，她打來，問候——」

「拜託說國語。」

「好吧，打來哭訴——當然是嚇慌了，警察今天上門了。」

「也該是時候了。」史崔克說。「然後呢？」

「他們搜索了浴室，找到了齊佐的紙條，她被訊問了。」

「那她作何解釋？」

「沒跟我說，她只想知道吉米在哪裡。她根本口齒不清，只是一直說『告訴吉米他們找到了，他會知道我的意思』。」

「那你知道吉米在哪裡嗎？」

「鬼才知道，昨天看到他，他什麼也沒提，只說芙莉克氣壞了，因為他跟她要芭比·康利菲的電話，他滿喜歡小芭比的。」巴克萊說，朝蘿蘋咧嘴笑。「芙莉克跟他說她不知道，想知道他為什麼這麼感興趣。吉米說他只是想叫芭比去參加一場真社會主義黨的會議，不過，你也知道，芙莉克還沒有笨到那個程度。」

「妳覺得她發現了是我通報警察的嗎？」蘿蘋問。

「還沒。」巴克萊說。「她現在嚇慌了。」

「好吧。」史崔克說，瞇眼看著頭頂枝葉縫隙間的天空。「我看我們應該動手了，拿你旁邊的袋子，巴克萊，裡頭有工具和手套。」

「你那條腿都那個樣子了是要怎麼挖？」巴克萊懷疑地問。

「你自己一個也沒辦法，」史崔克說，「要靠你的話，明天我們都還走不了。」

「我也挖。」蘿蘋堅定地說。在史崔克保證極不可能挖到什麼之後，她的膽子大了些。

「把長靴給我，山姆。」

史崔克已經從他的工具袋抽手電筒和枴杖了。

「我來拿。」巴克萊自告奮勇，把史崔克的工具袋扛上肩，一陣沉重的鏘鎯聲。

三人沿著小路而行，蘿蘋和巴克萊配合史崔克的步伐，他走得很小心，專心用手電筒照路，也定時使用枴杖，時而支撐，時而推開路上的障礙，他們的腳步聲被柔軟的土壤吸收，但是寂靜的夜卻加大了巴克萊扛著的工具撞擊聲，看不見的小生物窸窸窣窣逃離入侵牠們地盤的巨人，還有狗吠聲從齊佐園的方向傳來。蘿蘋想起了那隻諾福克獵犬，希望牠被拴著。

來到空地後，蘿蘋看見夜色把破敗的小屋渲染成女巫的巢穴，很容易就能想像有人藏匿在破裂的窗後。她堅定地告訴自己現在的情況已經夠讓人發毛的了，不需要再自己嚇自己，一面別開了臉。巴克萊輕哼了一聲，把工具袋放在山坳邊，拉開了拉鍊。蘿蘋就著手電筒的光束看到兩個袋子裡有一大堆工具：一支鶴嘴鋤，一支十字鎬，兩把老虎鉗，一支鐵叉，一把小斧頭，三把鐵鍬、其中一把是尖頭的，還有幾副厚園藝手套。

「嗳，這樣應該夠用了。」巴克萊說，瞇眼望著底下的深坑。「挖土之前應該先除草。」

「對。」蘿蘋說，伸手去拿手套。

「你確定嗎，大哥？」巴克萊問史崔克，他也在戴手套。

「拔草還難不倒我吧，拜託。」史崔克惱怒地說。

「帶著斧頭，蘿蘋。」巴克萊說，抓住了鶴嘴鋤和老虎鉗。「有些草叢得用砍的。」

三人順著山坳的陡坡往下滑，開始動手。將近一個小時的時間他們只忙著砍斷堅韌的樹枝，拔除蕁麻，偶爾交換工具，或是爬上去換一把。

儘管氣溫越來越低，蘿蘋沒多久就出汗了，脫下的衣服越來越多。而史崔克則把相當分量的精力投注在假裝時時的彎腰、在滑溜不平的土地上扭身並沒有傷害他的斷肢。黑暗遮掩了他痛得瑟縮的表情，而且只要巴克萊或是蘿蘋打開手電筒檢視進展，他就會小心翼翼整理面容。

體力勞動有助於驅散蘿蘋的恐懼，讓她不去擔心腳底下可能掩埋的東西。她覺得也許軍中就像這樣：辛苦的體力活以及同袍之情讓你聚焦在別的地方，而不是眼前可能來臨的可怕現實。兩名退伍軍人彎腰勞動，循序漸進，毫不抱怨，只偶爾遇上了頑固的樹根，被樹枝勾破衣料和皮膚時罵聲髒話。

「可以開挖了。」巴克萊終於說，山坳底部已經清理出一個大概了。「你得上去，史崔克。」

「我先挖，蘿蘋再來接手。」史崔克說。「去吧，」他跟她說，「休息一下，幫我們舉著手電筒，把鐵叉給我。」

跟三個兄弟一塊長大教給了蘿蘋在男性尊嚴上，以及吵架的時機上的寶貴經驗。雖然深信史崔克的命令是自尊多於理性，她還是服從了，爬上了陡坡，坐在那裡幫他們用手電筒照明，偶爾傳遞不同的工具，讓他們移開石頭，挖掘特別堅硬的區塊。

工程進展緩慢。巴克萊的速度比史崔克快三倍，蘿蘋看得出他在逞強，尤其是用腳把鐵鍬踩入土壤裡，他的義肢又沒辦法在凹凸不平的地面上支拄他的全身體重，遇上阻力更是格外費力。她忍住插手的欲望，一分鐘又一分鐘過去，最後史崔克嘟囔了一聲「幹」，彎著腰，痛得齜牙咧嘴。

「換我吧？」她建議道。

「不換也不行了。」他毫不感激地嘀咕。

他拖拖拉拉地爬上了山坳，盡量不要讓斷肢再承受更多重量，接下了蘿蘋的手電筒，穩穩地幫兩人照明，斷肢刺痛不已，他猜想一定是擦破皮了。

巴克萊挖出了一道兩呎深的短溝，這才第一次休息，爬出了山坳，從工具袋裡拿了瓶水。他喝水時蘿蘋也休息，倚著鐵鍬。狗叫聲又傳了過來，巴克萊斜睨著齊佐園的方向。

「她在那兒養了哪種狗？」他問。

「一隻老拉不拉多跟一隻愛叫的混種獵犬。」史崔克說。

「要是她把狗放出來，我們可就好看了。」巴克萊說，以胳臂擦嘴。「獵犬可以直接衝過草叢，牠們的聽力棒透了。」

「那就希望她最好不要放狗。」史崔克說，可是他又補充說：「休息一下，蘿蘋。」說著關掉了手電筒。

蘿蘋也爬了上去，接下了巴克萊遞過來的一瓶水。現在不挖土了，低溫就害她起雞皮疙瘩。草地和林間小動物窸窸窣窣的活動在黑夜中似乎格外響亮。狗仍在吠叫，蘿蘋隱隱約約聽到有女人的叫聲。

「你們聽到了嗎？」

「噯。她好像是在叫狗閉嘴。」巴克萊說。

他們等待著。最後，獵犬不叫了。

「再等個幾分鐘。」史崔克說。「等牠睡覺。」

他們靜靜等候，每片樹葉的低語聲都被黑夜放大了，最後蘿蘋和巴克萊又下降到山坳底層，又開始挖掘。

這時蘿蘋的肌肉在懇求她大發慈悲，手套下的手心也出現了手泡。他們挖得越深就越難挖，土壤夯實，充滿了石頭。巴克萊那邊的溝渠比蘿蘋這邊的深多了。

「我來挖一會兒。」史崔克提議道。

「不行。」她不客氣地說，太累了顧不了那麼許多。「你那條腿會全毀了。」

「她說得對，老兄。」巴克萊喘著氣說。「再拿瓶水給我，我渴死了。」

一小時之後，巴克萊立在及腰深的土裡，而蘿蘋的掌心在流血，她握著鶴嘴鋤的一端用力撬起一塊石頭，過大的手套把皮磨破了。

「動—啊—王—八—蛋——」

「要幫忙嗎？」史崔克說，作勢要下來。

「別動。」她憤怒地說。「我可沒辦法幫忙把你抬上去，尤其是現在——」

她不由自主一聲厲叫，終於把那塊小岩石給挖了出來。石頭底下附著幾隻會蠕動的小昆蟲，在燈光下爬走。史崔克把光束又照向巴克萊。

「柯莫藍。」蘿蘋尖聲說。

「幹嘛？」

「我需要燈。」

她的語氣讓巴克萊也停了手。史崔克沒有把手電筒照回去，也不理會她一分鐘前的警告，滑下了山坳，落在鬆軟的土壤上。手電筒的光束射了一圈，害得蘿蘋瞬間眼花。

「妳看到了什麼？」

「照這裡。」她說。「石頭上。」

巴克萊朝他們攀爬過來，牛仔褲從褲腳到口袋都覆滿了泥巴。

史崔克乖乖照做。三人凝視著石頭的外層。有一綹東西黏著在泥巴中，很顯然不是植物，而是羊毛纖維，隱隱然看得出是粉紅色的。

三人不約而同去檢視石頭留下的凹洞，史崔克用手電筒去照。

「媽啊。」蘿蘋一聲驚呼，想也不想就用兩隻泥濘的手套摀住了臉。又有幾吋污穢的質料露了出來，強光一照，也照出了粉紅色。

「給我。」史崔克說，搶走了她手上的鶴嘴鋤。

「不——！」

可是他幾乎是把她推開了。手電筒光束偏斜，但是她能看見他的表情，憤怒又嚴厲，彷彿粉紅毛毯冤枉了他，彷彿他個人受到了冒犯。

「巴克萊，你用這個。」

他把鶴嘴鋤塞給他的協力偵探。

「挖這裡，盡量挖。小心別挖破了毛毯。蘿蘋，到另一邊去，用鐵叉，小心我的手。」史崔克告訴巴克萊。他用嘴含住了手電筒，跪了下來，用手把土撥開。

「聽。」蘿蘋低聲說，僵住不動。

獵犬的瘋狂叫聲又一次由夜空傳來。

「我剛才叫了，對不對，在我翻開石塊的時候？」蘿蘋低聲問。「我大概是把牠吵醒了。」

「現在不管那個了。」史崔克說，手指撥開了毛毯上的土。「挖。」

「可萬一——？」

「事情發生了再來處理，挖。」

蘿蘋使勁用鐵叉挖。兩分鐘後，巴克萊換成鐵鍬。漸漸地，整條粉紅色毛毯露了出來，而它包裹的內容仍埋得太深。

「不是成人。」巴克萊說，打量著骯髒的毛毯。

遠處，獵犬依舊叫個不停，從齊佐園的方向傳來。

「我們應該報警，史崔克。」巴克萊說，停下來擦拭眼睛裡的汗水和泥巴。「我們現在不算是破壞命案現場嗎？」

史崔克不作聲。蘿蘋覺得有點噁心，盯著他用手在摸索掩埋在骯髒毛毯下的形狀。

「上去拿我的工具袋。」他吩咐她。「裡頭有把刀。史丹利刀。快。」

獵犬仍在銳聲吠叫，令人心神不寧。蘿蘋覺得牠的聲音變大了，她匆忙爬上陡坡，在袋子裡亂翻，找到了刀子，又滑到山坳底下。

「柯莫藍，我覺得山姆說得對。」她低聲說。「我們應該交給——」

「刀子給我。」他說，伸出了手。「快點，我摸得出來，是頭骨。快！」

她違背了直覺，把刀子遞了過去。緊接著是刺穿布料聲，隨即是撕裂聲。

「你在幹嘛？」她驚呼道，看著史崔克拉扯土裡的東西。

「幹，史崔克，」巴克萊氣憤地說，「你是想把它扯斷——？」

隨著恐怖的吱嘎聲，泥土鬆開，釋放出一塊又大又白的東西。蘿蘋小聲慘叫，踉蹌後退，跌倒了，半坐在山坳的土壁上。

「幹。」巴克萊又罵。

史崔克用空著的兩隻手拿手電筒，照著他方才從土裡挖出的東西。蘿蘋和巴克萊愕然看著一個變色的、部分碎裂的馬頭骨骸。

66

別坐在這兒苦苦思索解不開的難題了。

——亨里克．易卜生《羅斯莫莊園》

多年來被毛毯保護著，頭骨在光束下閃爍著白光，鼻子和尖銳的下顎骨竟然像爬蟲類。幾顆臼齒仍留著。除了眼洞之外，頭骨上還有凹洞，一個在下巴，一個在頭側，而且每個洞的邊緣骨頭都碎裂。

「槍傷。」史崔克說，拿著頭骨緩緩轉動，從第三個凹洞看到彈道，子彈擦過卻沒有穿透馬頭。

蘿蘋知道頭骨若是人類的，她會更加難受，然而頭骨出土時發出的聲音，以及突如其來看見這具脆弱的殘骸，牠曾經活著，會呼吸，如今卻被細菌和昆蟲吃個精光，她仍免不了震撼。

「獸醫執行安樂死會在額頭上只開一槍。」她說。「不會亂射。」

「來福槍。」巴克萊權威地說，攀爬過來檢視頭骨。「有人朝牠濫射。」

「不是很大吧？是幼駒嗎？」史崔克問蘿蘋。

「可能，不過我覺得比較像小型馬，或是迷你馬。」

他緩緩轉動頭骨，三個人都盯著頭骨在手電筒光束下移動，他們吃了那麼多苦頭、耗盡了力氣把它從土裡挖出來，它似乎隱藏著什麼超出了生命的秘密。

「原來比利確實目睹了一次埋葬。」史崔克說。

「不過不是小孩，你不必重新推論了。」蘿蘋說。

「推論？」巴克萊接著說，卻沒人理他。

「很難說，蘿蘋。」史崔克說，臉孔在光束之外，鬼魅得很。「如果他沒有捏造掩屍一事，我不認為他會捏造——」

「靠。」巴克萊說。「她放狗了，她放那些該死的狗出來了。」

獵犬的淒厲叫聲以及拉布拉多更深沉的渾厚吠叫聲不再被牆壁隔離，而是在夜空中迴盪，史崔克隨手就把頭骨拋下。

「巴克萊，把工具收拾收拾，離開這裡，我們來擋住狗。」

「那——？」

「不管它，沒時間把坑填上了。」史崔克說，已經往山坳上攀爬，不理會斷肢末端的痛楚。

「蘿蘋，快點，妳跟我一起——」

「萬一她報警了呢？」蘿蘋說，率先爬上去，轉身幫忙把史崔克往上拉。

「我們就臨場發揮，」他喘息著說，「來吧，我不想讓那些狗逮到山姆。」

樹林濃密，枝葉糾結。史崔克丟下了他的枴杖，蘿蘋攙著他的胳臂，讓他能盡快跛行前進，每次要斷肢支撐他的體重，他就痛得咕噥。蘿蘋瞥見了樹木間有一個光點。有人帶著手電筒從屋子裡出來了。

冷不防間，諾福克獵犬就從林下植被中衝了出來，兇狠地吠叫。

「好孩子，對，你找到我們了！」蘿蘋喘著氣說。

獵犬不理會她友善的表示，縱身撲了上去，想咬她。蘿蘋對著牠虛踢了一腳，不讓牠靠近，後方體型較大的拉布拉多正朝他們的方向衝來。

「小混蛋。」史崔克說，想驅離繞著他們又跳又叫的諾福克獵犬，但是幾秒鐘後，獵犬嗅到了巴克萊的味道，掉頭面向山坳，兩人都沒來得及阻止，牠就衝了出去，瘋狂地吠叫。

「可惡。」蘿蘋說。

「算了，繼續走。」史崔克說，雖然斷肢在發燙，他很擔心斷肢還能支撐多久。

他們只走了幾步就遇上了肥胖的拉布拉多。

「乖孩子，乖，乖孩子。」蘿蘋哄牠，而對於追逐沒那麼熱衷的拉布拉多乖乖讓她扣住了項圈。「來，跟我們走。」蘿蘋說，半拖著狗，半攙著史崔克，走向雜草過密的槌球場，在這裡看見浮動的手電筒光束更加靠近，一個尖銳的聲音喊道：

「巴哲！拉頓布里！是誰？誰在那裡？」

光束後的輪廓是女性，身材壯碩。

「沒事，齊佐太太！」蘿蘋喊。「只是我們！」

「『我們』是誰？妳是誰？」

「順著我的話。」史崔克向蘿蘋嘟囔，接著揚聲喊：「齊佐太太，我是柯莫藍．史崔克，還有蘿蘋．艾拉寇特。」

「你們為什麼會在這裡？」她大聲喊，隔著越來越小的距離。

「我們到村子去找蒂根．布查爾，齊佐太太。」史崔克大喊著說，他、蘿蘋以及不情願的拉不拉多辛苦地穿過長草地。「我們回程時經過這裡，看到兩個人闖進了妳的土地。」

「什麼兩個人？在哪裡？」

「他們從後面那邊的樹林進來的。」史崔克說，樹林的深處仍傳來諾福克獵犬的瘋狂吠叫聲。「我們沒有妳的電話，不然就會打給妳示警了。」

他們距離金娃娜只有幾呎遠了，看見她的黑絲短睡衣外罩著厚鋪棉外套，腿上只套著威靈頓長靴。她的懷疑、震驚、不願相信迎上了史崔克的十足自信。

「就覺得我們不能坐視不管，因為只有我們兩個人看到了。」他喘息著說，在蘿蘋的攙扶下跛行向前，痛得微微瑟縮，像個難為情的英雄。「真抱歉，」他又說，停下了腳步，「我們兩個這副模樣。樹林實在是太泥濘了，我跌倒了幾次。」

冷風吹過黑暗的草地。金娃娜瞪著他，無所適從又滿腹疑雲，接著她轉頭面向獵犬仍在吠叫的方向。

「拉頓布里！」她大吼。「拉頓布里！」

她轉頭看著史崔克。

「他們長什麼樣子？」

「是男人，」史崔克隨口捏造，「看他們的動作，年輕而且身體很好，我們知道妳之前就遇到過有外人闖入的麻煩——」

「對，對，沒錯。」金娃娜說，聽來很驚怕。她似乎還是頭一次看清了史崔克的情況，發現他重重靠著蘿蘋，一臉痛苦。

「你們還是進屋比較好。」

「太感謝了，」史崔克感激地說，「妳真是太好心了。」

金娃娜把拉布拉多的項圈從蘿蘋手上搶過來，又大喝了一聲「拉頓布里！」但是在遠處吠叫的諾福克獵犬沒有回應，所以她就拖著拉布拉多往屋子走，不過拉布拉多卻表現出反抗，而蘿蘋和史崔克則尾隨在後。

「萬一她報警呢？」蘿蘋低聲跟史崔克說。

「現在擔心太晚了。」他說。

起居室有一扇落地窗打開著，金娃娜顯然是跟著她發瘋的狗從這裡出去的，因為是通往樹林最快的捷徑。

「我們全身是泥。」蘿蘋提醒她，踩著環繞房屋的碎石路。

「把靴子脫在外面就可以了。」金娃娜說，跨入起居室，自己卻懶得脫鞋。「反正這條地毯要換了。」

蘿蘋脫掉了長靴，跟著史崔克進屋去，關上了窗。

寒冷骯髒的房間只有一盞檯燈照明。

「兩個男人？」金娃娜又說，又轉向了史崔克。「你究竟是在哪裡看見他們闖進來的？」

「馬路那邊的圍牆。」史崔克說。

「你覺得他們知道被你看到了嗎？」

「喔，知道。」史崔克說。「我們把車子開近，可是他們跑進了樹林裡。我們以為要是我們跟上去，他們可能會因為害怕而縮手，是不是？」他問蘿蘋。

「對，」蘿蘋說，「妳把狗放出來後，我們覺得聽到他們又朝馬路跑了。」

「拉頓布里還在追——當然，可能是狐狸——牠一看到樹林裡的狐狸就瘋了。」金娃娜說。

史崔克的注意力被房間的某處改變吸引了，上次來他並沒看見。壁爐上方有一塊新的暗紅色壁紙，之前那兒掛著母馬與幼駒圖。

「妳的畫呢？」他問。

金娃娜轉頭去看史崔克在說什麼。大概遲滯了幾秒才回答。

「賣了。」

「喔。」史崔克說。「妳不是特別喜歡那幅畫嗎？」

「托達爾那天說了那話之後就不喜歡了，之後我就不喜歡它掛在那裡。」

「啊。」史崔克說。

拉頓布里持續不懈的吠叫聲在樹林迴響，史崔克確定牠找到了正扛著兩袋滿滿的工具辛苦跋涉回停車處的巴克萊，金娃娜這時已放開了胖拉布拉多的項圈，牠發出隆隆的一聲吠叫，小跑步到窗邊，開始哀鳴，抓著玻璃。

「如果我報警，警察也沒辦法及時趕來。」金娃娜半是擔憂半是生氣。「我從來就不是第一優先，他們以為是我自己捏造的，那些侵入者。

「我要去察看馬匹。」她說，作了決定，但是她不從落地窗出去，而是重重踱出起居室，到了走廊上，然後又從那兒進入另一個房間。

「希望那隻狗可別咬了巴克萊。」蘿蘋低聲說。

「還是希望他沒拿鋤頭砸爛牠的腦袋吧。」史崔克嘟囔著說。

門又開了。金娃娜回來了，蘿蘋驚愕地看見她帶著手槍。

「還是我來吧。」史崔克說，跛行向前，奪走了她抓得死緊的手槍，仔細檢查。「哈靈頓—李察森七發左輪？這是非法武器，齊佐太太。」

「那是賈斯伯的，」她說，彷彿如此就可視為特殊許可，「而且我寧可自己——」

「我陪妳去巡視馬匹，」史崔克堅決地說，「蘿蘋可以留在這裡幫妳看著屋子。」

金娃娜也許很想要抗議，但是史崔克已經打開了落地窗。拉布拉多抓住機會又笨重地衝進黑暗的花園，深沉的吠聲在土地上迴盪。

「喔，拜託——你不應該放牠出來的——bager！」金娃娜大喊。她猛地轉身向蘿蘋說：「妳留在這個房間裡！」接著就跟著拉布拉多進入花園，史崔克拿著手槍一瘸一瘸尾隨在後。兩人都消失在黑暗中。蘿蘋站在原處，被金娃娜憤恨的命令嚇到。

敞開的窗子放進了大量的夜晚空氣，讓本就冷冽的室內更冷。蘿蘋踱向壁爐旁的柴火籃，籃子裡裝滿了報紙、木棍、柴火和打火機，極其誘人，可是她不能趁金娃娜不在擅自生火。起居室一如她記憶中般寒酸，壁面空無一物，只有四幅牛津郡的風景圖。戶外兩隻狗仍吠叫個不停，但是屋裡唯一的聲響是角落的老爺鐘滴滴答答在走，蘿蘋上次來沒發覺，因為被齊佐家的人說話爭吵的聲音蓋過。

蘿蘋身體的每一束肌肉現在都因為長時間挖掘而痠痛，水泡磨破的雙手也很痛。她才剛在下陷的沙發上坐下，抱住身體取暖，就聽見頭頂上吱呀一聲，像是有人走路。

蘿蘋瞪著天花板，覺得可能是出於想像，老房子都會發出奇特的聲響，感覺像是人發出的，習慣了就不覺得有異了。她父母家的暖氣爐就會在夜間發出突突聲，老舊的門也在中央暖氣系統啟動後吱嘎叫。應該沒什麼。

第二聲又來了，就在第一次的幾呎之外。

蘿蘋站了起來，掃描房間尋找可以當作武器的東西，沙發邊的桌上擺了一個醜陋的青銅蛙雕像，她握住了有痘痕的冰冷雕像，聽到頭頂又發出第三次吱呀聲。除非是她在想像，否則的話腳步聲確實是橫越了她頭頂正上方的房間。

蘿蘋幾乎一分鐘文風不動，豎起耳朵，她知道史崔克會怎麼說：留在原地。接著她又聽見了極小的動靜，她確定是有人在樓上潛行。

蘿蘋濕透了的腳盡可能悄然移動，側身繞過了起居室的門，她不去推門是唯恐門也會吱嘎響，接著她悄悄走向鋪著石板的走廊，吊燈投射出一方亮光。她在吊燈下止步，伸長耳朵，心跳紊亂，想像著某個陌生人立在她頭頂上，也是一樣動也不動，側耳傾聽，靜候下文。銅蛙仍揝在她的右手裡，她移向樓梯口，上頭的平台一片漆黑，狗吠聲從樹林深處傳來。

她上樓上到一半時覺得聽見了上方又有小小的聲響：一隻腳拖過地毯，緊接著是關門聲。

她知道這時候喊「誰在上面？」毫無意義，如果那個隱匿的人有露面的打算，就壓根不會讓金娃娜獨自出去面對驚動了狗兒的人物。

蘿蘋來到了樓梯頂端，看見一條光束橫陳在地板上，活像幽靈的手指，來源是唯一點燈的房間，她的頸子和頭皮都發麻，躡手躡腳前進，生怕這個不知名的潛伏者就從三個開著門的黑暗房間之一監視她。她不時扭頭察看，以指尖推開了點燈的房間門，舉高銅蛙，走了進去。

這裡顯然是金娃娜的房間：凌亂、擁擠、不見人影，靠近門的床頭几上亮著一盞檯燈。床鋪沒整理，給人一種匆忙下床的感覺，奶油色絎縫鴨絨被掉在地上。牆壁掛滿了馬兒的畫，即便是看在蘿蘋這種門外漢的眼裡，也覺得與起居室那幅不見的畫無法相提並論。衣櫃的門開著，但只有小矮人才能躲在緊密排列的衣服裡面。

蘿蘋回到黑暗的平台上，更使勁抓緊銅蛙，她辨識方向，她聽見的聲響來自於正上方，也就是說是面對著她的這間關著門的房間。

她伸手去握門把，那種有雙隱形的眼睛在監視她的恐怖感覺更強了。她把門推開，先不進去，只是摸索著門內的牆壁找電燈開關。

熾亮的光照出了一間冰冷、空洞的房間，只有一具銅床架，一個五斗櫃。舊式的銅環厚窗簾掩上了，遮住了外頭的風景。雙人床上擺著那幅《哀傷的母馬》，褐白雙色母馬以鼻子去頂蜷縮在乾草上的純白色幼駒。

蘿蘋以另一隻手去掏摸口袋，找到了手機，拍了幾張畫擺在床上的照片。感覺像是匆匆忙忙放在這裡的。

她突然察覺到後方有什麼在移動，猛地一個轉身，拚命眨眼，不讓鍍金畫框反射出的相機閃光燈烙印到她的視網膜上。隨後她就聽見史崔克與金娃娜的聲音在花園中變得越來越響亮，知道他們正返回起居室。

蘿蘋關掉了房間的燈，盡量悄然無聲地退回到平台上，下了樓，唯恐無法及時趕回起居室去迎接他們，她衝向樓上的廁所，沖了馬桶，再奔過走廊，在女主人從花園又進屋之際趕到了起居室。

67

……我有足夠理由在我們的協定上嫉妒地覆上一層隱藏的面紗。

——亨里克・易卜生《羅斯莫莊園》

諾福克獵犬在金娃娜的懷中掙扎，四隻爪子沾滿了泥濘。一看見蘿蘋，拉頓布里就又吼叫起來，死命想掙脫主人。

「抱歉，我急著上廁所。」蘿蘋說，把銅蛙藏在背後。老抽水馬桶佐證了她的說法，發出洪亮的噴水聲和鏘鎯聲，在石板走廊上迴盪。「找到了嗎？」蘿蘋向史崔克大聲喊，他正跟在金娃娜後面爬回房間。

「什麼也沒有。」史崔克說，已經痛得臉色變白。等氣喘吁吁的拉布拉多跳進房間後，他關上了落地窗，另一手握著左輪槍。「不過外頭一定有人，狗兒知道，可是我想他們已經逃走了。我們碰巧經過就看見他們翻過圍牆，這樣的機會有多高？」

「喔，不要叫了，拉頓布里！」金娃娜大喊。

她放下了獵犬，牠還是不肯不對著蘿蘋吠叫，金娃娜就舉手威脅牠，牠哀鳴一聲，退到角落去和拉布拉多在一塊。

「馬匹還好吧？」蘿蘋問，移向剛才放銅蛙紙鎮的桌子。

「有一間馬廄的門沒關好。」史崔克說，彎腰感覺膝蓋，痛得一縮。「可是齊佐太太覺得不是有人動過，妳介意我坐下嗎，齊佐太太？」

「我——好吧，就坐吧。」金娃娜毫不優雅地說。

她走向角落放酒瓶的桌子，打開了一瓶「威雀」，給自己倒了一小杯。趁著她背過身子，蘿蘋就把紙鎮放回桌上。她想吸引史崔克的目光，可是他沉坐在沙發上，隱隱發出呻吟，正面向金娃娜。

「如果妳請我一杯的話，我是不會拒絕的。」他厚著臉皮說，又痛得眨眼，按摩著右膝。「不好意思，我覺得非摘下來不可，妳介意嗎？」

「喔——應該不會吧，你要什麼？」

「我也來杯威士忌吧，謝謝。」史崔克說，把手槍放在銅蛙旁，捲起了褲管，以眼神示意蘿蘋也應該坐下。

金娃娜又倒了一杯酒，史崔克動手拆掉義肢。金娃娜轉身把酒給他，噁心又著迷地看著他卸下假腿，在假腿離開紅腫的斷肢時迴避視線，史崔克喘息著把義肢靠在鄂圖曼椅上，放下了褲管。

「非常感謝。」他說，接下了威士忌，喝了一口。

金娃娜沒辦法送走這個無法行走的人，而且照理說她應該要感謝對方，況且她還送上了一杯酒，所以她也坐了下來，表情僵硬。

「說真的，齊佐太太，我本來要打電話給妳，跟妳確認蒂根說的幾件事的。」史崔克說。「妳願意的話，我們可以現在談，把事情釐清。」

金娃娜稍微抖了一下，瞧了眼空洞的壁爐，蘿蘋熱心地說：「妳介意我來——？」

「不必。」金娃娜不客氣地說。「我自己來。」

她走向壁爐旁的籃子，抓起一張舊報紙，團成一個球，再放上小塊木頭，以打火機點火，蘿蘋趁此良機吸引了史崔克的目光。

「樓上有人。」她以嘴型說，但不確定他是否了解，他僅僅詢問地挑起眉毛，又轉向金娃娜。

火柴點燃了，火焰在報紙球和小木棍旁迸竄。金娃娜端起酒杯，回到飲料桌那兒，又倒了一些威士忌，接著把大衣拉得更緊，她回到柴火籃那兒，挑了一塊大木頭，丟在剛燒燃不久的火堆上，再回沙發坐下。

「接著說吧。」她陰沉沉地向史崔克說。「你想知道什麼？」

「我說過，我們今天和蒂根·布查爾見過面。」

「所以呢？」

「所以我們知道吉米·奈特和格朗特·文恩為了什麼事情勒索妳先生。」

金娃娜一點也不驚訝。

「我就跟那兩個笨女孩說你會查出來的。」她說，聳了聳肩。「依姬和菲姬。這裡的人都知道肯特的傑克在穀倉裡幹什麼，當然會有人說出來。」

她喝了一大口威士忌。

「我想妳全都知道吧？絞架的事？那個辛巴威的男孩子？」

「你說的是杉繆嗎？」史崔克問，冒險一試。

「就是他，杉繆·穆——穆德拉之類的。」

火焰忽地竄高，火舌越過了柴火，火星四濺，木頭往下掉。

「我們一聽說那個孩子被吊死了，賈斯伯就擔心恐怕是他的絞架。你全知道了，不是嗎？有兩組絞架？可是只有一組送到了政府的手上，另外一組不見了，貨車被劫持了之類的，所以才會淪落到窮鄉僻壤去。

「那些相片一定是非常恐怖，外交部認為可能是弄錯了，賈斯伯看不出有什麼能追溯到他這裡，可是吉米說他能夠證明。

「我就知道你會查出來。」金娃娜說，帶著酸溜溜的滿足感。「蒂根最愛說閒話了。」

「好，為了澄清起見，」史崔克說，「吉米·奈特第一次來找你們，是想為了他父親臨終前留下的兩組成品來討回他和比利的那份錢？」

「就是這樣。」金娃娜說，呷著威士忌。「那兩組值八萬鎊，他要四萬。」

「不過，假設這麼說，」史崔克說，他想起了齊佐說到吉米在第一次來要錢之後一週又出現，主動減價，「妳先生告訴他他只收到了一組的錢，另一組在運送途中被偷了？」

「對。」金娃娜說，聳了聳肩。「所以那時吉米要兩萬，可錢被我們花掉了。」

「吉米第一次來要錢的時候，妳對他的要求有什麼想法？」史崔克問。

蘿蘋不確定金娃娜是臉紅了，或是因為喝了酒的緣故。

「唔，憑良心說，我覺得他佔住了理，我能理解他為什麼覺得有權利。絞架有一半是屬於奈特家孩子的，肯特的傑克生前就是這種協議，可是賈斯伯認為被偷的那一組不能給吉米錢，因為他把絞架放在他的穀倉裡，運輸的費用等等的都是他出的……而且他說就算吉米告他也告不成，他不喜歡吉米。」

「對，嗯，我猜他們的政治主張非常不同。」史崔克說。

金娃娜幾乎是冷笑。

「是比那個還要再私人一點的原因，你沒聽說過吉米和依姬的事嗎？沒有……大概是蒂根那時年紀還太小，沒聽過那個故事。喔，事情只有一次，」她說，顯然是認為史崔克很驚訝，「可是對賈斯伯來說就夠了。一個像吉米．奈特那樣的人，把他親愛的女兒開了苞，你知道……

「可是賈斯伯就算想也沒辦法給吉米錢。」她接著說。「他已經把錢花光了。那筆錢支付了我們的赤字一陣子，還修理了馬廄屋頂。我一直不知道，」她補充說，彷彿是感受到無聲的批評，「直到那晚吉米跟我解釋，肯特的傑克和賈斯伯的協議，賈斯伯跟我說絞架是他的，他有權販賣，我也信了。我自然是相信他的，他是我先生啊。」

她又站起來，朝飲料桌走去，胖拉布拉多為了尋找熱源，離開了遠處的角落，繞過鄂圖曼椅，在熊熊燃燒的壁爐前重重趴下，諾福克獵犬也小跑跟隨，對著史崔克和蘿蘋低咆，最後金娃娜忿忿地說：

「別叫，拉頓布里。」

「我還有兩件事要問妳。」史崔克說。「首先，妳先生的手機是否有密碼？」

「當然有啊。」金娃娜說。「他是非常重視安全的。」

「那他沒有把密碼告訴很多人？」

「他連我都沒告訴。」金娃娜說。「你為什麼問這個？」

史崔克不理她，又說：

「妳的繼子現在為了他在妳先生過世的那天早晨下來這裡的事又改口了。」

「喔，真的？他這次又怎麼說？」

「說他是來阻止妳賣掉屬於家族的一條項鍊的——」

「撇得一乾二淨的是吧？」她打斷了史崔克，雙手捧著一杯威士忌轉身面對他們。紅色長髮被夜風吹亂，加上她發紅的臉頰，她這時多了一絲放縱的味道，忘了要把大衣拉緊，走回沙發，黑色睡衣露出了乳溝，她一屁股坐下。「對，他想阻止我動項鍊的腦筋，順帶一提，那條項鍊我有十足的權利，那是我的，遺囑裡寫明了。既然賈斯伯不想給我，那他在寫遺囑的時候就應該要更小心一點，對不對？」

蘿蘋想起了金娃娜的眼淚，上次他們在這個房間時，而且她為金娃娜難過，儘管她在其他方面表現得很不討人喜歡，她此時的態度不太像是傷心欲絕的寡婦，但或許，蘿蘋暗忖，是因為喝了酒，以及他們侵入她的土地所造成的震驚。

「那麼妳是為拉斐爾的說法背書了，他確實是南下這裡來阻止妳帶走項鍊的？」

「你難道不相信他？」

「不怎麼信。」史崔克說。「對，不信。」

「為什麼？」

「感覺不對勁。」史崔克說。「我不認為妳先生那天早晨的神志健全，居然能記起他在遺囑裡寫了什麼，漏了什麼。」

「他的神志夠健全了，還能打電話來質問我是不是真的要離開他。」金娃娜說。

「妳跟他說妳打算把項鍊賣掉嗎？」

「沒說得那麼詳細，沒有。我說我一找到能容納我跟馬匹的地方就要離開。我猜他可能懷疑過我哪有那個辦法，我自己又沒什麼錢，所以他才會想起了項鍊。」

「所以拉斐爾過來這裡純粹是出於對父親的忠誠，儘管這位父親斬斷了他的銀根？」

金娃娜就著威士忌酒杯投給史崔克漫長又犀利的一眼，然後對著蘿蘋說：

「妳可以再去丟一塊木頭嗎？」

雖然注意到她連「拜託」都不說，蘿蘋還是照辦，跟著睡覺的拉布拉多一塊窩在壁爐前地毯上的諾福克獵犬又對她低咆，直到她回去坐下為止。

「好吧。」金娃娜說，透著下定決心的態度。「好吧，是這樣的。我猜反正現在也不重要了，那些混蛋女兒終究也會發現的，拉斐爾也是活該。

「他是下來想阻止我帶走項鍊，不過不是為了賈斯伯和菲姬或毛毛——我覺得，」她兇巴巴地對蘿蘋說，「妳知道那些家裡的綽號，對吧？妳搞不好還笑得很開心，在妳跟依姬共事的那時？」

「呃——」

「喔，別假裝了，」金娃娜說，語氣很惡劣，「我知道妳會聽到。他們叫我『叮叮二號』之類的，不是嗎？而且背著拉斐爾，依姬、菲姬跟托達爾叫他『拉稀』。妳知道吧？」

「不知道。」蘿蘋說，而金娃娜還是惡狠狠地瞪著她。

「真甜蜜，是不是？而拉斐爾的母親在他們的口裡是『虎鯨』，因為她老是穿黑白兩色。「反正呢……虎鯨一發覺賈斯伯不想娶她，」金娃娜說，這時臉孔漲得通紅，「妳知道她做了什麼？」

蘿蘋搖頭。

「她把家族的寶貝項鍊帶去給那個成為她下任情人的男人，他剛好是鑽石商，她讓他把寶石撬了出來，換上了高碳鑽，人造的鑽石替代品。」金娜娃解釋說明，以免史崔克和蘿蘋聽不懂。「賈斯伯根本就不知道她做了這種事，我當然也不知道，我猜我每次戴著那條項鍊上了報，還以為自己戴的是價值十萬鎊的鑽石，歐妮拉一定笑彎了腰。

「反正呢，我親愛的繼子一聽說我要離開他父親，又聽說我一直在講有足夠的錢買下一塊地來養馬，他就突然悟解了我可能要把項鍊拿去估價了。所以他巴巴地跑來，因為他最不想讓家裡人發現他母親做了什麼好事，要是東窗事發了，你覺得他還有多少機會能再靠花言巧語贏得他父親的歡心？」

「那妳為什麼不告訴別人？」史崔克問。

「因為拉斐爾那天早晨答應了我，只要我不把虎鯨做的事告訴他父親，他也許可以說服他母親歸還鑽石。至少，也會告訴我值多少錢。」

「妳現在仍在設法取回鑽石嗎？」

金娃娜不懷好意地從杯緣瞇眼盯著史崔克。

「賈斯伯死後我根本就沒有行動，不過並不等於我不想動。我憑什麼要讓天殺的歐妮拉帶著屬於我的東西遠走高飛？那個寫在賈斯伯的遺囑裡，屋子裡的東西並沒有特—特—特地排除的，」她小心地說明，喝得連舌頭都大了，「都屬於我，怎麼樣，」她說，銳利的目光盯著史崔克，「這個拉斐爾比較像你認識的吧？大老遠跑過來為他親愛的媽咪遮掩？」

「對。」史崔克說。「我不得不承認，多謝妳的誠實相告。」
金娃娜刻意看了老爺鐘一眼，時針指著半夜三點，可是史崔克故意裝迷糊。
「齊佐太太，我還有最後一件事要問，恐怕相當私人。」
「什麼？」她乖戾地說。
「我最近和文恩太太談過。黛拉．文恩，妳知道，就——」
「體育事務部長黛拉．文恩。」金娃娜說，說法與她的先生一致，在史崔克第一次跟他會面時。「對，我知道她是誰，非常奇怪的女人。」
「怎麼說？」
金娃娜不耐煩地動了動肩膀，彷彿是極明顯的事，不需加以說明。
「算了，她都說了什麼？」
「說她一年前遇見妳，妳當時極其沮喪，據她所知，妳是因為妳先生承認了外遇而心情不好。」
金娃娜張開口又閉上。呆坐了幾秒鐘，隨即搖頭，像是想讓腦袋清醒，說：
「我……我以為他外面有女人，可是我錯了，我完全誤會了。」
「根據文恩太太的說法，他對妳說了滿殘忍的話。」
「我不記得我都跟她說了什麼，我那時身體不是很好，我的情緒過度激動，把什麼都弄錯了。」
「原諒我，」史崔克說，「可是，在局外人眼裡，妳的婚姻似乎——」
「你怎麼會做這麼恐怖的工作。」金娃娜尖聲說。「你的工作真是又噁心又下流。對，我們的婚姻是出錯了，那又怎樣？你是認為，現在他死了，他自殺了，我就會想跟你們兩個，徹徹底底的陌生人，被我愚蠢的繼女拖進來的兩個人，重溫過去，攪起一堆風雨，讓事情再壞上十倍？」
「這麼說來妳改變心意了是嗎？妳認為妳的先生是自殺的？因為我們上次來時，妳還暗示阿米爾．馬利克——」

「我那時不知所云！」她歇斯底里地說。「你難道就不能理解，賈斯伯自殺之後，警察、家人，還有你，情況有多亂？我那時不曉得會發生這種事，我一點也沒想到，感覺像假的——賈斯伯在最後的兩個月裡壓力超大，酒喝得太多，脾氣也極壞——勒索，害怕會曝光——對，我認為他是自殺的，而且我還得忍受一件事：那天早晨我離開了他，可能是壓垮他的最後一根稻草！」

諾福克獵犬又兇巴巴地吠叫起來，驚醒了拉布拉多，牠也跟著吠叫。

「拜託你們離開！」金娃娜大喊，站了起來。「出去！我一開始就反對讓你們進來摻和！拜託你們出去！」

「沒問題。」史崔克有禮地說，放下了空杯。「妳介意讓我先把腿戴上嗎？」

蘿蘋已經站了起來。史崔克把義肢戴回去，而金娃娜盯著他看，胸部上下起伏，手裡握著酒杯。最後，史崔克作勢要站起來，可是才一動作他就往後跌回沙發上。蘿蘋上前攙扶，他才總算能站立。

「那，再見了，齊佐太太。」

金娃娜的回答是大步走向落地窗，又打開來，對狗大吼，命令亢奮起來的狗待在原地。一等不速之客走上了碎石路，金娃娜就砰地關上了窗，蘿蘋套上威靈頓靴，兩人聽到窗簾銅環尖銳的擦刮聲，金娃娜拉起了窗簾，再召喚狗離開了房間。

「我沒把握能走回車上，蘿蘋。」史崔克說，不敢把重量放在義肢上。「回想起來，挖地可能……可能是錯誤。」

蘿蘋默默無語，拉起他的胳臂，架在她的肩上，他沒抗拒，兩人一齊緩緩走過草地。

「你看懂了我剛才的嘴型嗎？」蘿蘋問。

「有人在樓上？有。」他說，每次放下假腳就痛得猛眨眼。「看懂了。」

「你好像沒——」

「我是不意外——等等。」他突然說，停下腳步，仍倚靠著她。「妳沒上去吧？」

「有。」蘿蘋說。

「我的大小姐——」

「我聽到腳步聲。」

「要是有人攻擊妳，不就糟了？」

「我拿了武器，而且我沒有——要是我沒上去，我就不會看到這個。」

蘿蘋掏出手機，亮出床上的圖畫給他看。

「你沒看到金娃娜的表情，在她看到牆壁變空的時候。柯莫藍，她一直到你問起才發現畫不見了，無論是誰在樓上，都想趁她出去的時候把畫藏起來。」

史崔克瞪著螢幕，感覺過了許久，他一條胳臂重重落在蘿蘋肩上。最後，他說：

「那是隻花斑馬嗎？」

「真的假的？」蘿蘋說，難以置信。「馬的顏色？現在？」

「回答我。」

「不是，花斑馬是黑色和白色的，不是褐色和——」

「我們得去報警。」史崔克說。「另一件命案的發生率在瞬間升高了。」

「你是說真的？」

「百分之百真的。把我弄回車裡，我再把一切都告訴妳……不過到了車上再要我說，因為我的腿快把我痛死了。」

68

我現在嚐到了鮮血……

——亨里克．易卜生《羅斯莫莊園》

三天後，史崔克和蘿蘋收到了史無前例的邀請，由於他們選擇協助而不是搶走警方的風頭，把芙莉克偷走紙條和《哀傷的母馬》的相關情報告知警方，所以倫敦警察隊歡迎這一對偵探搭檔進入蘇格蘭場的調查核心，史崔克和蘿蘋總是被警方當作麻煩人物或是愛出風頭的傢伙，所以對這次意想不到的禮遇雖然意外卻滿心感激。

抵達之後，金髮高䠷的蘇格蘭隊長從偵訊室出來跟他們握手，史崔克和蘿蘋知道警察抓了兩名嫌犯來問話，不過尚未提告。

「我們一整個早晨都耗在歐斯底里和斷然否認上。」偵緝督察茱蒂．麥克馬倫告訴他們。「不過我認為在今天結束之前我們就能突破她的心防。」

「有機會讓他們看一下嗎，茱蒂？」她的屬下喬治．雷波恩偵查佐問道。是他在門口迎接史崔克和蘿蘋，帶他們上樓來的。他的個子矮胖，讓蘿蘋想起了她在公路上恐慌症發作坐在路肩時那個自以為極風趣的交通警察。

「可以啊。」麥克馬倫督察含笑說道。

雷波恩帶著史崔克和蘿蘋繞過轉角，穿過右手邊第一扇門，進入一個黑暗擁擠的區域，有一面牆被雙面鏡佔了一半，鏡子後就是偵訊室。

蘿蘋只從電影電視上看過這種地方，看得目眩神迷。金娃娜．齊佐坐在桌子的一側，旁邊坐了一名薄唇律師，一身細紋套裝，金娃娜面色雪白，沒化妝，穿了件淡灰色絲質上衣，縐得像是穿著睡覺，拿著面紙哭泣，她的對面坐著另一位警佐，衣著比律師的要便宜多了，他板著一張臉。

他們冷眼旁觀，麥克馬倫督察又進入房間，佔了同事旁邊的空椅，感覺像是過了很久，但實際上可能只是一分鐘，麥克馬倫督察開口了。

「對於妳在飯店過夜的事還是無話可說嗎，齊佐太太？」

「這簡直是作惡夢。」金娃娜喃喃說。「我不敢相信會有這種事，我不敢相信我會在這裡。」

她的眼睛紅腫，一張素顏連睫毛都不見了。

「賈斯伯是自殺的。」她膽怯地說，聲音發抖。「他很沮喪！大家都會這麼說！勒索讓他消沉絕望……你們跟外交部談過了嗎？就聯想到或許有那個男孩被吊死的相片——你們看不出來賈斯伯有多害怕嗎？要是那件事情上了報——」

她的嗓子啞掉了。

「你們有什麼證據指控我？」她質問道。「證據呢？在哪裡？」

她的律師乾咳了一聲。

「回到，」麥克馬倫督察說，「飯店的話題，妳認為妳先生為什麼會打電話過去，想確認——」

「住飯店又不犯法！」金娃娜歇斯底里地說，隨即轉向律師。「太莫名其妙了，查爾斯，他們怎麼能因為我住飯店就控告我——」

「齊佐太太會回答你們有關她生日的問題，」律師對麥克馬倫督察說，蘿蘋覺得他的樂觀還真是獨特，「可是同樣地——」

觀察室的門開了，撞上史崔克。

「沒事，我們會移開。」雷波恩跟同事說。「來吧，兩位，我們到暴力間去。還有很多要看的呢。」

他們又轉彎，看見艾瑞克．華道朝他們走來。

「真沒想到會有今天。」他說，咧嘴而笑，跟史崔克握手。「你們真的成了倫敦警察隊的客人。」

「你要留下嗎，華道？」雷波恩問，似乎對於讓別的警察也湊合進來覺得不悅，他想獨佔這兩位客人的注意。

「也好。」華道說。「正好可以知道我這幾個星期來都幫了些什麼忙。」

「真是辛苦你了，」史崔克說，跟著雷波恩到暴力間，「把我們找到的所有證據都交出去。」

華道竊笑。

蘿蘋習慣了丹麥街擁擠又微微破舊的辦公室，著迷地看著蘇格蘭場投注在引人矚目又疑雲叢生的案件上的空間。牆上一面白板寫著命案的時間表，毗鄰的牆上貼著命案現場與屍身的大量相片，照片中的齊佐拿掉了塑膠袋，充血的臉孔拍了大特寫，一邊臉頰上有一道烏青的刮痕，白濁的眼睛半開半合，皮膚呈現暗紫斑點。

雷波恩發現了她的興趣，就帶她看警方用以調查的毒物學報告和通聯紀錄，再打開了儲放物證的大櫃子，物證都一一裝袋打上了標籤，包括那管破裂的lachesis藥丸，一個污穢的橙汁盒以及金娃娜寫給丈夫的道別信。看見了芙莉克偷走的紙條以及《哀傷的母馬》圖擺在空床上的列印相片，知道現在變成了警方調查的重心，蘿蘋登時感到一股得意。

「好了。」雷波恩警佐說，一面關上了櫃子，走向一台電腦。「該來看那位小姐行動了。」

他把一片光碟插入最近的電腦中，示意史崔克、蘿蘋和華道湊近一點。派丁頓車站的擁擠前庭冒了出來，跳動的黑白色人物向四面八方移動。時間與日期顯現在左上角。

「她在那裡。」雷波恩說，按下「暫停」鍵，粗短的手指比著一個女人。「看到沒？」

雖然畫質模糊，還是一眼就認得出是金娃娜。同框中還有一名蓄鬍男子，瞪著眼睛，可能是因為她的大衣敞開，露出了她穿去參加殘奧接待會的緊身黑色小禮服。雷波恩又按下「播放」。

「看，看——她給遊民錢——」

金娃娜捐錢給門口一個舉著杯子、緊裹著布的男人。

「——看，」雷波恩說，其實無此必要，「對著鐵路員工挺直了腰——問無聊的問題——給他看車票……看，現在……走到月台，停下來問另一個男的問題，確定她沒漏掉每一步，即使鏡頭沒照到她……然後……上了火車。」

畫面抖動、變換。火車駛入史文頓站。金娃娜下了車，跟一個女人說話。

「看到沒？」雷波恩說。「還在確定有人記得她，以防萬一，然後——」

畫面再變，拍到的是史文頓站的停車場。

「——她出現了，」雷波恩說，「車子就停在靠近監視器的地方，非常方便。她上了車，開車走了。回到家，堅持要那個馬廄女孩留下來過夜，睡在隔壁房間，隔天早晨出去騎馬，都在女孩的視線範圍之內……鐵打的不在場證明。」

「當然啦，我們就跟你們一樣，老早就認定是謀殺案，一定有共犯。」

「因為橙汁嗎？」蘿蘋說。

「主要是。」雷波恩說。「如果齊斯維爾（他照著姓氏的拼法發音）在不知不覺中服下了阿米替林，最可信的解釋就是他從冰箱裡拿出來的果汁已經被下了藥，可是垃圾桶裡的果汁盒裡卻沒有藥物殘留，只有他的指紋在上頭。」

「等他死了要拿到他的指紋也容易。」史崔克說。「只要抓著他的手按在小東西上就行了。」

「一點也沒錯。」雷波恩說，大步走向照片牆，指著一張磨杵與臼的特寫。「所以我們又回頭調查這個，齊斯維爾的指紋是被人按上去的，四周的粉狀殘留不自然，也就是說下了藥的果汁可能是幾小時前預先準備好的，由某個有鑰匙的人弄的，這人知道齊斯維爾的太太服用的是哪一種抗憂鬱藥，也知道齊斯維爾的味覺和嗅覺都損壞了，而且他總是在早晨喝橙汁，然後他們只需要叫共犯放一個，有他的指紋的、沒下藥的果汁空盒到垃圾桶裡，再把那個有阿米替林殘留的盒子帶走。

「嗯，除了這位太太之外，誰會知道這麼多事，又最適合做這些事呢？」雷波恩提出了一個修辭反問。「可是她卻在這裡，在死亡時間有確鑿的不在場證明，在他吞下抗憂鬱劑時遠在七十多哩外。更何況她還留下了一封信，想編個漂亮的故事：先生已經面臨破產和勒索，又發現太太要離開他，這下子可就逼得他走投無路了，所以他就自我了斷了。

「但是，」雷波恩說，指著放大的齊佐臉部照片，塑膠袋拿掉的那張，臉頰上露出了一條暗紅色的刮傷，「我們不喜歡那個。我們從一開始就覺得可疑。過量服用阿米替林可能導致焦躁和嗜睡。那個傷痕像是有人強行把袋子套在他的頭上。

「還有這扇打開的門。最後一個出入的人不曉得關門還有個竅門，所以不像是齊斯維爾做的，再者，藥丸的包裝不見了——這一點完全不對勁。賈斯伯．齊斯維爾何必要把包裝丟掉？」雷波恩說。「這些都是粗心大意的小錯。」

「差一點就成功了。」史崔克說。「要是齊佐按照計畫被阿米替林弄得睡著了，要是他們把整件事情都仔細盤算過，連最微小的細節都不放過——把門仔細關上，把藥丸包裝放在適當——」

「可是他們沒有，」雷波恩說，「而且她也不夠聰明，沒辦法靠自己一個人狡辯脫罪。」

「『我不敢相信會發生這種事。』」史崔克引用她的話。「她始終都這麼說。星期六晚上她跟我們說『我不曉得會發生這種事』、『感覺像假的——』」

「這套留到法庭上說吧。」華道靜靜地說。

「是啊，親愛的，妳磨碎了一堆藥丸又放進了他的橙汁裡，妳是覺得會有什麼後果？」雷波恩說。「有罪就是有罪。」

「真是奇了，大家被一個比較強的人牽著鼻子走，可以編那麼多謊話自己騙自己。」史崔克說。「我跟你賭十鎊，等麥克馬倫突破她的心防之後，金娃娜會說他們一開始是希望齊佐能自殺，後來又設法逼他自殺，最終來到了設法逼他自盡和她親手把藥放進他的橙汁裡都沒多大差別的地步，我注意到她仍然想把絞架生意弄成他走上絕路的原因。」

「你們確實做得很好，把各個線索跟絞架連接起來。」雷波恩承認道。「我們在這一點上略微落後，可是卻解釋了一大堆的事情，這個是高度機密的文件，」他補充道，從附近的辦公桌拿了一只褐信封，抽出一大張相片，「可是我們今早從外交部拿到這個，你們可以看到——」

蘿蘋湊過去看，不由得有些後悔。有什麼意義，真的，看著一個十來歲的少年的屍體，吊死在遍地瓦礫的街道上，眼睛被兀鷹啄掉？男孩懸空的腳上沒穿鞋。蘿蘋猜是有人偷了他的運動鞋。

「載著第二具絞架的貨車被劫持了，政府一直沒收到貨，而齊斯維爾也一直沒收到錢。這張照片證明了絞架落入反抗軍手裡，用以非法處決犯人。這個可憐的孩子，杉繆．穆瑞普，運氣太差，英國學生，空檔年，去那裡探親，照片不是很清楚，」雷波恩說，「可是看這裡，就在他的腳後面——」

「對，很像是白馬的記號。」史崔克說。

蘿蘋的手機已調靜音，這時在口袋裡震動。她正在等待重要電話，等到的卻是不知名號碼傳來的簡訊。

我知道妳封鎖了我的號碼，可是我需要見妳，出現了緊急狀況，妳跟我都需要釐清，馬修

這是馬修今天傳來的第三通簡訊了。

緊急狀況，聽你在放屁。

「沒事。」蘿蘋跟史崔克說，把手機放回口袋。

湯姆可能發現了他的未婚妻和他的好朋友上床，也許湯姆威脅要打電話給蘿蘋，或是到丹麥街的偵探社來，問出她知道多少。要是馬修以為編造一個「緊急狀況」給蘿蘋就能得逞，那他就打錯主意了，她眼下可是站在一堆相片前面，看著一位被下了藥、窒息而死的政府部長，她費了一點力氣才重新聚焦在暴力間的對話上。

「……項鍊的事，」雷波恩在對史崔克說。「比他告訴我們的說法要可信多了。說什麼想阻止她傷害自己，騙誰啊。」

「是蘿蘋讓他改變說法的，不是我。」史崔克說。

「啊——那，做得漂亮。」雷波恩對蘿蘋說，帶著一絲抬愛的味道。「我第一次幫他錄證詞就覺得他是個油腔滑調的混蛋，不可一世的德行，才剛出獄吔，一點也不後悔撞死了那個可憐的女人。」

「你們從法蘭西絲嘉那兒問出了什麼？」史崔克問。「那個畫廊的女孩？」

「我們總算在斯里蘭卡找到了她父親，他可一點也不高興，其實是很不合作。」雷波恩

說。「他想拖時間，讓她的律師出馬。真是太麻煩了，全家人都不在國內。我得在電話上扮黑臉，我能了解他為什麼不想上法庭，可是誰管他。這樣的案子，真讓你見識到上流社會的心態，對吧？他們有他們的規矩……」

「說到這裡，」史崔克說，「我假設你跟阿米爾．馬利克談過？」

「對，我們找到他了，就是你的人——赫欽斯是吧？——說的地方，在他姐妹家裡。他找到了新工作——」

「喔，我真高興。」蘿蘋隨口就說。

「——而且一看到我們出現，他可沒有太高興，可是他最後還是非常坦白，幫了大忙，說他發現那個有毛病的小子——比利是吧？——在街上遊蕩，想找他的老闆，大吼大叫什麼死掉的小孩，被勒死埋在齊斯維爾的土地上。他就把他帶回家裡，想送他去醫院，可是他先徵求格朗特．文恩的意見，文恩氣壞了，叫他絕對不准叫救護車。」

「是嗎？」史崔克說，皺著眉頭。

「據馬利克的說法，文恩是擔心跟比利的說詞扯上關係會損及他自己的誠信。他不想讓一個有精神病的流浪漢攪混了一池水。他對於馬利克把他收留在屬於文恩的房子裡暴跳如雷，叫他把比利丟回街上去。問題是——」

「比利不肯走。」史崔克說。

「一點也沒錯。馬利克說他顯然是失心瘋了，以為他是被軟禁了。大多數時間都蜷縮在浴室裡。反正呢，」雷波恩深吸一口氣，「馬利克受夠了替文恩夫婦收拾爛攤子。他確認了齊斯維爾死的那天早晨文恩並沒有和他在一起，文恩後來告訴了馬利克，逼迫他說謊，說他當天早晨六點接到緊急電話，所以才早早離開他和他太太的家。」

「你們追蹤到那通電話了？」史崔克問。

雷波恩拿起了列印的通聯紀錄，翻了翻，把兩頁有標記的紀錄拿給史崔克看。

「那，拋棄式手機。」他說。「目前查到了三組號碼，可能還有。使用過一次就再也不用了，無法追蹤，不過我們在紀錄上查到了唯一重複的一次，計畫了幾個月。

「只使用一次的電話是用來在當天早晨聯絡文恩的，另外兩個用來打給金娃娜．齊斯維爾，在事發前幾個星期。她『不記得』是誰打的，但是兩次——看到了沒？——她都跟這個人談了一個多小時的話。」

「文恩有什麼辯詞？」史崔克問。

「他死也不肯開口。」雷波恩說。「我們在想辦法，放心吧。有些三級片的女優花樣都比格朗特．文恩要少——抱歉，親愛的。」他說，朝蘿蘋嘻嘻一笑，反倒讓蘿蘋覺得這種道歉比雷波恩說的話還要讓人不舒服。「不過你懂的。他還不如現在老老實實招供，他上過每一個——嗯。」他說，又一次支支吾吾。「我很想知道的是，」他重新開始，「他老婆知道多少，奇怪的女人。」

「怎麼說？」蘿蘋問。

「喔，就那樣啊，我覺得她多少在利用這個。」雷波恩說，隱約比了比眼睛。「很難相信她不知道他在打什麼鬼主意。」

「說到不知道另一半在做什麼的人，」史崔克打岔，覺得在蘿蘋的眼中察覺到一絲好鬥的光芒，「我們的朋友芙莉克怎麼樣？」

「啊，這方面我們就有長足的進展了。」雷波恩說。「在她的案子上，她父母親幫了大忙，他們都是律師，一直在勸她合作。她承認了她是齊斯維爾的清潔工，是她偷了紙條，拿走了香檳箱的收據，就在齊斯維爾跟她說他沒有錢再雇用她之前，說她把收據放在廚房的櫃子裡。」

「香檳是誰送來的？」

「她記不得了。我們會查出來的，我想是快遞吧，用另一支拋棄型電話訂的貨。」

「信用卡呢？」

「這一點又是你們的功勞了。」雷波恩承認道。「我們不知道有一張信用卡不見了，我們今早從銀行那兒弄到了詳盡資料。芙莉克的室友發覺信用卡遺失的那一天，某人訂了一箱香檳，在亞馬遜上買了一百鎊的東西，全都送到美達谷的地址。沒有人收貨，所以又送回了倉庫，那天下午由某個拿著遞送失敗通知的人來領走了，我們正在找那個能夠辨認來取貨的人的員工，也快查出亞馬遜售出的是什麼商品，不過我敢說是氦氣、管子和橡皮手套。

「這一切都在幾個月前就計畫好了，幾個月。」

「那個呢？」史崔克問，指著齊佐手寫紙條的影印本，就裝在塑膠袋裡擺在旁邊。「她說了為什麼要偷嗎？」

「她說她看見『Bill』，以為是指她男朋友的弟弟。真的滿諷刺的。」雷波恩說。「要不是她偷走了，我們也不會這麼快就破解真相，對不對？」

這個「我們」，蘿蘋暗忖，還真是大言不慚，因為「破解真相」的人是史崔克，是史崔克最終破解了齊佐紙條的意義，在他們從齊佐園駕車回倫敦途中。

「這個也是蘿蘋的功勞。」史崔克說。「是她發現的，她注意到『白之白』和鈴木汽車。我只是在事實都擺在眼前的時候把它拼湊起來罷了。」

「嗐，我們也只差你們一步。」雷波恩說，漫不經心地抓肚皮。「我相信我們遲早也會搞通的。」

蘿蘋的手機又在口袋裡震動：這一次是某人打電話來。

「我需要接電話。有沒有什麼地方能讓我——？」

「從這裡出去。」雷波恩熱心地說，打開了側門。

裡頭是影印室，有一扇小窗覆著百葉窗。蘿蘋關上了門，接聽電話。

「嗨，莎拉。」

「嗨。」莎拉．薛洛克說。

她一點也不像蘿蘋認識了將近九年的莎拉，那個自信、夸夸其談的金髮女郎，打從十幾歲起就讓蘿蘋覺得她一直在希望馬修和女友的愛情長跑能夠出個什麼岔子。多年來她總是陰魂不散，聽著馬修的笑話吃吃笑，摸他的胳臂，問一大堆蘿蘋和史崔克的關係的問題，莎拉跟別的男人約會過，最終挑上了可憐又乏味的湯姆，而薪資優渥、頭頂光禿的湯姆給莎拉的玉手和耳朵戴上了鑽石，卻始終戒斷不了她對馬修．康利菲的癮頭。

今天她的虛張聲勢全部銷聲匿跡。

「呣，我問過了兩位專家，可是，」她說，語調脆弱恐懼，「他們不能肯定，不能從手機拍下的照片上——」

「喔，顯然是不能。」蘿蘋冷淡地說。「我寫在簡訊裡了，不是嗎，說我不期望能有明確的答案？我們現在要的不是什麼可靠的指認或評估，我們只想知道是否有人可能會輕易相信——」

「這個嘛，是的。」莎拉說。「我們的一位專家其實還滿興奮的，有一本老筆記簿上列出了一幅畫是母馬和一匹死亡幼駒的，可是這幅畫下落不明。」

「什麼筆記簿？」

「喔，抱歉。」莎拉說。她從沒有在蘿蘋的面前這麼像小老鼠過，這麼的害怕。「史塔布斯。」

「如果是史塔布斯的呢？」蘿蘋問，轉身看著窗外的羽毛酒館，她跟史崔克有時會在那裡喝得大醉。

「呃，這個很顯然純粹是臆測……可如果是真品，如果是他在一七六〇年記錄的畫作，可能很值錢。」

「給我個大概的數字。」

「嗯，他的『金克拉克』售價是——」

「——兩千兩百萬。」蘿蘋說，突然覺得頭重腳輕。「對，妳在我們的喬遷派對上說過。」

莎拉不作聲，也許是提到了派對嚇到了她，她還帶百合花到她情人的太太家裡。

「那如果《哀傷的母馬》是真正的史塔布斯——」

「可能在拍賣會上能拍出比『金克拉克』更高的價錢。那是獨一無二的作品。史塔布斯也是解剖學家，不僅是藝術家，也是科學家。如果這是一幅描繪致命白馬的畫，那可能還是有史以來第一遭，可能創新紀錄。」

蘿蘋的手機在手上震動，又有簡訊。

「非常感謝妳的幫忙，莎拉。妳會保密吧？」

「當然會。」莎拉說，接著又急急忙忙說：

「蘿蘋，聽著——」

「不。」蘿蘋說，盡力保持冷靜。「我在忙一件案子。」

「——結束了，結束了，馬修不成人形——」

「再見，莎拉。」

蘿蘋掛斷了電話，再察看剛收到的簡訊。

下班後跟我見面，否則我就找媒體了。

儘管她急於回到隔壁房間，宣告她剛得知的驚人消息，她仍原地不動，暫時被這個威脅弄得不知所措，然後回傳：

找媒體做什麼？

他的回應幾秒鐘後就傳來了，處處可見憤怒之下的錯別字。

郵報今早打電話到公司，留言問我對我的老婆跟可沒藍．史崔克上床有何敢想，下午是太陽報，你也許之道他交踏兩條船，可是你也許不在乎。我不要報社打到公司來，不是跟我見面就是我發表生明叫他們別在煩我。

蘿蘋把留言再看一遍，這時另一則簡訊又傳來了，這一次還有附件。

怕妳還沒看到

蘿蘋放大了附件，是《標準晚報》某欄的截圖。

夏綠蒂．坎貝爾與柯莫藍．史崔克的奇案

打從她從第一所私立學校逃走之後，夏綠蒂．坎貝爾就是八卦專欄的最愛，而她的人生也都曝露在鎂光燈之下。大多數人與私家偵探會晤都會選擇隱密的場所，但是懷孕的坎貝爾女士——現在是傑哥．羅斯太太——卻挑選西區最知名餐廳的靠窗桌位。

熱烈的促膝談心是在討論偵探業務，抑或是更私密之事？繽紛多彩的史崔克先生是搖滾巨星強尼．羅克比的私生子，戰爭英雄，也是當今的福爾摩斯，同時也是坎貝爾的舊情人。坎貝爾的商人丈夫無疑會急於解開這個謎團——生意或娛樂？——在他從紐約回來之後。

蘿蘋心裡有一大堆不舒服的感覺在衝撞，而最主要的是驚慌、憤怒、羞辱，想到馬修逕自對媒體發言，惡毒地陷人入罪，讓社會大眾任意猜測她和史崔克睡覺是真有其事。她撥打來電的號碼，卻直接轉接到語音信箱。兩秒之後，另一則憤怒的簡訊傳來。

我在陪客戶不想當著他的面談跟我見面就對了

蘿蘋這下子也火了，回傳道：

我可是在新的蘇格蘭場，找個安靜的角落。

她能想像馬修在客戶的面前換上有禮的笑容，圓滑地說「辦公室找我，不好意思」，同時憤怒地敲出回覆。

我們有事情得處理，而妳表現得像個小孩子，不肯跟我見面。妳不過來談，我就會在八點打電話給媒體。對了，我發現妳並沒有否認跟他睡覺。

蘿蘋氣壞了，卻也感覺走投無路，回覆道：

好，就面對面討論，哪裡？

他傳了指示，是小威尼斯的一家酒館。蘿蘋仍氣得發抖，推開了門回暴力間。一群人正圍著一個螢幕，螢幕上是吉米．奈特的部落格的一頁，而史崔克正唸著內容：

「……『換言之，四季莊園酒店一瓶葡萄酒的要價就足以讓一個失業單親母親給整家人提供溫飽。』特別挑這家飯店，」史崔克說，「我倒覺得奇怪，如果他是想要攻詰保守黨跟他們的花費的話，這倒讓我認為他最近去過那裡。後來蘿蘋告訴我『白之白』是他們的一間套房，可是我沒有及時聯想起來，過了幾個小時我才想到。」

「他根本就是做一套說一套，對吧？」華道說，站在史崔克後面，雙臂抱胸。

「你們查過了烏爾史東？」史崔克問。

「查爾蒙特路、烏爾史東的狗窩，到處都查過了，」雷波恩說，「放心吧，我們得到情報，說他有個女朋友在達利奇，現在就在查那裡。運氣好的話，今晚就能收押他。」

雷波恩這時注意到蘿蘋拿著手機站在那兒。

「我知道你們已經找人去查過了，」她告訴雷波恩，「不過我在佳士得那兒有消息來源。我把《哀傷的母馬》的相片傳了過去，她剛才回我電話。根據他們一位專家的鑑定，可能是史塔布斯。」

「就連我都知道史塔布斯。」雷波恩說。

「是的話，價值多少？」華道問。

「我的消息來源說高達兩千兩百萬。」

華道吹了聲口哨，雷波恩說：「媽啊。」

「價值多少都沒關係。」史崔克提醒眾人。「重要的是會不會有人可能看出了畫的潛在價值。」

「兩千兩百萬吶，」華道說，「當動機可綽綽有餘了。」

「柯莫藍，」蘿蘋說，從椅背拿了外套，「能不能到外面去說句話？我得走了，抱歉。」她對其他人說。

「沒事吧？」史崔克一等兩人站到走廊上，蘿蘋關上門就問。

「沒事，」蘿蘋說，隨即，「嗯——未必。也許，」她說，把手機交給他，「你最好看一下。」

史崔克皺著眉緩緩看完了蘿蘋與馬修的對談，包括《標準晚報》的剪報。

「妳要去跟他見面？」

「我不能不去。米契．派特森一定就是在窺探這件事，要是馬修向媒體煽風點火，他絕對有這個本事……他們已經像狗咬到骨頭了，對你和——」

「別管我和夏綠蒂了，」他粗魯地說，「那二十分鐘是她設局騙我的，他卻是想設局逼迫妳——」

「我知道，」蘿蘋說，「不過我遲早得跟他談一談，我的東西差不多都還在奧爾伯里街，我們銀行裡還有一個聯合帳戶。」

「妳要我去嗎？」

蘿蘋很感動，說：

「謝謝，可是我覺得會幫倒忙。」

「那就事後打電話給我，好嗎？讓我知道情況。」

「好的。」她答應了。

她獨自朝電梯走去，壓根沒注意到迎面而來的是什麼人，只聽見有人說：「芭比？」

蘿蘋轉身。芙莉克・普杜站在那兒，由女警陪同從洗手間回來，女警像是監視她的，跟金娃娜一樣，芙莉克的妝也哭花了，她沒穿她的真主黨T恤，而是一件白襯衫，讓她顯得嬌小萎縮，蘿蘋推測一定是她的父母親要她穿的。

「我是蘿蘋。妳好嗎，芙莉克？」

芙莉克似乎在內心交戰，不敢說出心中的話。

「我希望妳合作。」蘿蘋說。「把一切都告訴他們，好嗎？」

她覺得看見了小小的搖頭動作，出於本能的反抗，最後的一絲忠誠餘燼仍在燃燒，儘管芙莉克發現自己身陷苦海。

「妳一定要。」蘿蘋輕聲說。「他下一個就會殺妳，芙莉克，妳知道太多了。」

69

我早預見了一切可能發生的事──許久之前。

──亨里克．易卜生《羅斯莫莊園》

搭乘了二十分鐘的地鐵之後，蘿蘋抵達沃里克大道地鐵站，這一區的倫敦她非常陌生，她對小威尼斯總是有一種模糊的好奇心，因為她之所以會有一個華麗的中間名「維妮西雅」就是因為她是在真正的威尼斯孕育的。而毫無疑問，她從此會把這個區域跟馬修聯想在一起，因為她確信在運河下游等著她的是苦澀緊繃的面會。

她走過了一條叫「柯利夫敦別墅」的街，法國梧桐樹碧玉似的半透明樹葉襯托著方正的奶白色房屋，房屋牆壁在暮色中散發出金光，今天這個夏日夜晚的柔和靜謐之美讓蘿蘋的心裡倏地泛起一股憂思，因為讓她回想起約克郡的一晚，十年之前，她匆匆走在父母家的那條街上，還不滿十七歲，踩著高跟鞋，心中的興奮難以壓抑，因為這是她和馬修．康利菲的第一次約會，他才剛考到駕照，要開車載她去哈羅蓋特。

而如今她又要走向他，安排兩人的人生永遠離異的種種事宜，蘿蘋瞧不起自己感覺哀傷，瞧不起自己回憶起培養出愛情的過往經驗，現在應該要專心想著他的不忠和殘酷。

她左轉，過街，繼續走，現在走在布隆斐爾路左手邊的磚牆陰影下，與運河平行，看見街口有輛警車疾馳而過。這一眼給了她力量。感覺像是她現在的真實人生在向她友善地揮手，過來提醒她她今生的使命，而且跟馬修．康利菲的太太一角是多麼的扞格不入。

牆上嵌著一對黑木柵門，馬修的簡訊上說過木柵門就會通向運河邊的酒館，可是蘿蘋去推卻發現門上鎖了。她左看右看，整條馬路上不見馬修的蹤影，所以就伸手去掏手機，雖然已經是靜音狀態卻已因有來電而在震動。她拿出來，電動柵門也打開來，她走了進去，把手機舉到耳邊。

「嗨，我只是——」

史崔克對著她的耳朵大喊：

「快走，不是馬修——」

一霎時事情接踵而來。

手機從她的手裡被奪走。蘿蘋愣了一秒，看出前方並沒有酒館，唯有一段骯髒的運河堤岸，上方有條橋，橋下雜草叢生，還有一艘暗黑的船屋，叫「奧蒂兒」泊在她底下的河水上。緊接著她的太陽穴就挨了結結實實的一拳，打得她彎了腰，喘不過氣來。她聽見撲通一聲，手機掉入了運河，然後某人揪住了她的頭髮跟她的褲腰，向船屋拖，而她的肺裡沒有空氣能讓她尖叫。她被丟進了船的門口，撞上一條窄木桌，摔在地上。

門砰地關上。她聽見上鎖聲。

「坐下。」一個男人說。

蘿蘋仍喘不過氣來，硬撐著坐上了桌後的長條椅，椅面覆著薄薄的一層軟墊，這才轉過身來，發現自己迎面盯著一把手槍。

拉斐爾坐在她對面的長條椅上。

「電話是誰打的？」他質問道，而她推論他忙著拖她上船，又唯恐發出的聲響會被電話那端的人聽見，他沒有時間或是機會去察看她的手機螢幕。

「我先生。」蘿蘋低聲說謊。

剛才被他揪住頭髮的地方，頭皮像著火了。腹部也很痛，她不由得猜想他是否打斷了她的肋骨。蘿蘋仍忙著讓呼吸平順，有幾秒鐘似乎茫然失神，像站在遠處看，看不出她的困境，被封鎖在一點一滴的時間中，顫抖悚慄。她預見了拉斐爾趁著夜色把她沉重的屍體丟進漆黑的水裡，而馬修則被警方偵訊，可能會被起訴，因為表面上看是他將她誘入運河這裡的，她看見了她父母親以及兄弟在馬森市參加她葬禮時的哀戚面容，她看見了史崔克站在教堂的後面，一如她的婚禮，滿心憤怒，因為他害怕的事情終於發生了，而她因為她自己的失敗而死了。

但是每一口氣都讓蘿蘋的肺葉重新膨脹，那種她從遠處旁觀的幻覺也消失了。她在這裡，現在，在這艘污穢的船上，呼吸著它的霉味，困在木板壁間，手槍槍管死盯著她，而槍管上方則是拉斐爾的眼睛。

她的恐懼是真真實實的，但是必須讓它離開她，因為恐懼幫不上忙，只會礙手礙腳，她必須保持冷靜，而且要專心，她選擇默不作聲。如此可以奪回一些他從她這兒搶走的力量，只要她拒絕填補沉默，這是治療師的把戲：讓停頓迅速鑽入；讓更脆弱的人來填補空檔。

「妳很冷靜。」拉斐爾終於說。「我還以為妳會歇斯底里，大聲尖叫，所以我才不得不打妳，否則的話我是不會動手的。不管怎麼說，我喜歡妳，維妮西雅。」

她知道他是想變身回到那個在下議院讓她不由自主有好感的人。顯然，他以為悔恨交加的那一套會讓她原諒他，心腸變軟，即使她的頭皮灼燙，肋骨瘀血，面前還有一把槍。她一聲不吭，他求和的隱約笑容消失了，索性打開天窗說亮話。

「我需要知道警方知道了多少，我是否還能憑我的三寸不爛之舌脫困，然後，恐怕妳是，」他舉起了槍，只舉高了一吋，筆直對著蘿蘋的額頭（她想到了獸醫以及山坳裡那匹可憐的馬連乾淨俐落的一槍斃命都得不到），「完了，我會拿靠枕遮住槍聲，等天黑之後把妳丟進水裡，可如果警察什麼都知道了，我就會作個了斷，在這裡，今晚，因為我說什麼都不要回去坐牢。所以妳可以看得出來實話實說對妳最有利，不是嗎？我們兩個只有一個會下船。」

她仍是一言不發，他惡狠狠地說：

「回答我！」

「好的。」她說。「我了解。」

「那麼，」他輕聲說，「妳剛才真的去過蘇格蘭場？」

「是的。」

「金娃娜在那兒嗎？」

「在。」

「被逮捕了？」

「我想是，她跟律師在偵訊室裡。」

「他們為什麼逮捕她？」

「他們認為你們兩個有一腿，你們兩個是幕後黑手。」

「什麼幕後？」

他把槍向前推，正好頂著她的額頭，蘿蘋感覺到冰冷的小金屬圈壓進了她的皮膚。

「我怎麼覺得像胡說八道，我們是要怎麼有一腿？她討厭我，我們單獨相處的時間從來就沒超過兩分鐘。」

「不對，你們有。」蘿蘋說。「你父親邀請你去齊佐園，就在你出獄之後。那一晚他被耽擱在倫敦，正好給了你跟她單獨相處的時間，我們認為一切就是從那時開始的。」

「證據呢？」

「沒有，」蘿蘋說，「不過我認為只要你願意施展魅力，無論是誰都會上鉤——」

「少灌迷湯，沒有用，說真的，『我們認為一切就是從那時開始的』？就這樣？」

「不是，還有其他跡象。」

「什麼跡象？通通告訴我。」

「那也得要看我記不記得，」蘿蘋平穩地說，「你的槍可抵著我的額頭。」

他縮回了手槍，卻仍瞄準她的臉，說：

「說吧，快點。」

部分的蘿蘋想要屈服於身體的欲望，消融昏厥，來個不省人事。她的雙手麻痺，肌肉感覺像是軟軟的蠟。剛才被拉斐爾的手槍抵住的地方冰冰的，卻有一圈白熱的環像第三隻眼，他並沒有打開船上的燈。兩人在益加深沉的黑暗中面對面，或許，到他開槍的那一刻，她都無法把他看個分明……

專心，一個清澈的小小聲音穿透了恐慌。專心。讓他說話，拖得越久，他們就有越多時間找到妳，史崔克知道妳被騙了。

她突然想起了那輛疾馳而過布隆斐爾路街口的警車，不知它是否在繞圈尋找她，警方是否知道了拉斐爾將她誘入此區，已經派遣警員來搜尋他們了。簡訊上的假地址在運河邊上有一段距離，要穿過黑柵門，史崔克會不會想到拉斐爾有武器？

她做個深呼吸。

「金娃娜去年夏天在黛拉．文恩的辦公室裡情緒崩潰，說有人跟她說她沒有被真心愛過，她只是遊戲中的一個卒子。」

她一定得慢慢說。別著急。每一秒鐘都可能很重要，只要她能讓拉斐爾多聽個一秒，就多一秒鐘獲救的機會。

「黛拉以為她說的是你父親，可是我們查證過了，黛拉不記得金娃娜實際上說過他的名字。我們認為你引誘了金娃娜，為了報復你父親，你跟她來往了兩個月，可是她變得很黏人，占有慾變強，你就拋棄了她。」

「都是臆測，」拉斐爾說，語氣不善，「所以全是放屁，還有嗎？」

「金娃娜心愛的母馬要安樂死的那天她為什麼還跑到倫敦？」

「也許是因為她受不了看著馬被槍殺，也許是她不肯承認母馬病得有多重。」

「或者也可能是，」蘿蘋說，「她懷疑你跟法蘭西絲嘉在卓蒙德的畫廊在搞什麼鬼。」

「純屬臆測，接著說。」

「她回到牛津郡，情緒近似崩潰，她攻擊了你父親，被送去住院。」

「那是她還在為她流產的孩子傷心，過度依戀她的馬匹，整體而言得了憂鬱症。」拉斐爾滔滔不絕地說。「依姬和菲姬兩個人會爭著幫我作證，說明她有多不穩定，還有呢？」

「蒂根告訴我們有一天金娃娜又快樂得像瘋了一樣，問她是為什麼，她說了謊。她說你父親同意要讓她的另一匹母馬和托提拉斯配種，我們認為真正的原因是你又和她重拾舊好，而我們認為這個時間點並不是湊巧，你剛把最後一批畫送到卓蒙德的畫廊去估價。」

拉斐爾的臉倏地拉了下來，好似他的核心自我暫時放空。手槍在他的手上抖動，蘿蘋手臂上的寒毛也輕輕倒豎，彷彿一陣微風吹過。她等著拉斐爾說話，他卻不開口。過了一會兒，她又往下說：

「我們認為你在拿畫去估價時才第一次仔細地看了《哀傷的母馬》，發覺可能是史塔布斯的作品，你決定要拿另一幅母馬與小馬的畫去估價。」

「證據呢？」

「亨利．卓蒙德現在已經看過了我在齊佐園的空床上拍下的《哀傷的母馬》的相片，他願意出面作證那幅畫不在你父親拿給他估價的畫作之中。他估計五千到八千鎊的那幅畫是約翰．弗瑞德利克．海寧的作品，畫的是一匹黑白色母馬和小馬，卓蒙德也願意證實你在藝術方面的知識足以辨識出《哀傷的母馬》可能是史塔布斯的作品。」

拉斐爾失去了面具一樣的表情，此時他近乎黑色的眼珠左右亂轉，好似在閱讀什麼唯有他能看見的東西。

「我一定是不小心拿了弗瑞德利克．海寧的——」幾條街外有警笛聲。拉斐爾轉頭，警笛又響了幾秒，緊接著，聲音就如出現時一樣，猛然終止。

他回頭來面對蘿蘋，警笛聲停止了，他似乎也不過於擔心。當然是這樣，他以為在抓她時電話另一端的人是馬修。

「對。」他說，重拾思路。「我會這麼說，我是一時疏忽才拿了那幅花斑馬去估價的，我壓根就沒看到《哀傷的母馬》，根本就不知道是史塔布斯的。」

「你不可能是一時疏忽才拿那幅花斑馬的。」蘿蘋平靜地說。「那幅不在齊佐園，齊佐家的人也會這麼說。」

「那一家的人，」拉斐爾說，「就算東西擺在他們的鼻子底下也會視而不見。一幅史塔布斯的畫就掛在潮濕的空房間裡將近二十年，誰也沒注意到，妳知道為什麼嗎？因為他們都是他媽的傲慢自大的勢利眼……《哀傷的母馬》是老叮叮的，她是從她嫁的那個愛喝酒的窩囊愛爾蘭老糊塗準男爵那兒繼承來的，她壓根就不識貨，只因為畫的是馬，而她喜歡馬，這才留了下來。

「她的第一個丈夫死了之後，她就跑到英格蘭，故技重施，變成了我祖父昂貴的私人看護，然後就成了他更昂貴的妻子，她死後沒留下遺囑，她的垃圾——絕大部分是垃圾——進了齊佐園。那幅弗瑞德利克．海寧很可能就是她的，而誰也沒注意到，塞在那棟天殺的房子裡某個骯髒的角落裡。」

「如果警方追查那幅花斑馬呢？」

「不會的，那是我母親的，我會毀了它。等警察問我，我會說我父親跟我說他知道了值八千鎊就打算拋售。『他一定是私下賣掉了，警官。』」

「金娃娜不知道新的說法，她可沒辦法幫你圓謊。」

「這個時候她被我爸炒作出來的不穩定和不快樂狀態可就幫了我的大忙了。依姬和菲姬會排隊告訴全世界她從來不會多留意他的打算，因為她不愛他，只愛他的錢，我只需要合理的懷疑。」

「如果警方向金娃娜說你會跟她重修舊好只是因為你發現她可能會變得富可敵國，到時會怎麼樣？」

拉斐爾緩緩發出了長長一聲嘶。

「這個嘛，」他平靜地說，「要是他們能讓金娃娜相信，我就完了，不是嗎？可是此時此刻，金娃娜相信她的小拉夫愛她勝過了世上的一切，而且要說服她一切都是假的可得費不少力氣，因為她要是信了，她的整個人生就要四分五裂了。我早就給她打過預防針：只要他們不知道我們倆的事，他們就動不了我們。我還在操她的時候要她複誦呢，我也警告過她如果我們倆有誰被懷疑了，他們會設法讓我們互咬，我把她教得很好，而且我說，有疑問的時候就大哭大鬧，跟他們說妳什麼都不知道，裝出一副糊裡糊塗的樣子。」

「她為了保護你已經說了一個很笨的謊話了，警察也知道了。」蘿蘋說。

「什麼謊話？」

「項鍊的事，星期日早晨一大早，她沒跟你說嗎？也許她是知道你會生氣。」

「她說了什麼？」

「史崔克告訴她他並不相信你在你父親過世的那天早晨跑到齊佐園的說法——」

「妳是什麼意思，他不相信？」拉斐爾說，蘿蘋看出了忿忿不平的虛榮中混合了驚慌。

「我倒覺得有說服力。」她跟他保證。「很聰明，表現得像是勉強說出真相的模樣，每個人都會比較容易相信他們認為他們是為自己好才揭露的——」

拉斐爾舉起了槍，距離她的額頭又很近，雖然冰冷的金屬槍口沒有碰到她，她也感覺到了。

「金娃娜說了什麼謊？」

「她宣稱你去告訴她你的母親在項鍊的鑽石上做了手腳，換上了假鑽。」

拉斐爾一副驚恐的樣子。

「她怎麼會那樣說？」

「大概是因為她嚇到了吧，發現史崔克跟我在她的土地上，而你卻躲在樓上。史崔克說他不相信項鍊這個說法，她就慌了手腳，又捏造了一個新的版本。問題是，這個版本是能夠追查的。」

「白癡女人。」拉斐爾輕聲說，但語氣卻惡毒得令蘿蘋的後頸寒毛倒豎。「豬腦袋的白癡女人……她為什麼不咬定我們的說法？……不，等等……」他說，突然像聯想到什麼可喜之事，而蘿蘋驚駭又放心地看著他把手槍收回去，輕聲發笑。「難怪她在星期日下午把項鍊藏了起來，她跟我胡說八道什麼不想讓依姬或菲姬偷溜進來拿走項鍊……嗯，她是笨，不過還不算沒救，除非是有人檢驗鑽石，不然的話我們還是沒事……而且他們還得把馬廄拆了才能找得到，好，」他說，彷彿自言自語，「好，我覺得還可以挽救。

「就這樣嗎，維妮西雅？你們知道的就是這些？」

「不是。」蘿蘋說。「還有芙莉克．普杜。」

「我不知道那是誰。」

「不，你知道，你幾個月前找上了她，把絞架的事透露給她，知道她會把消息傳給吉米。」

「我還真是個大忙人啊。」拉斐爾輕鬆地說。「那又怎樣？芙莉克才不會承認跟保守派的部長兒子睡覺呢，尤其是怕吉米可能會發現，她對他的癡迷就跟金娃娜對我一樣。」

「這話不假，她不想承認，可是有人一定是看見你隔天早上從她的公寓裡溜出來了，她想假裝你是個端盤子的義大利人。」

蘿蘋覺得她看見了因為詫異與不悅而瑟縮的一刻，拉斐爾的自信心受損了，想到他被描述為「端盤子的義大利人」。

「ＯＫ，」他說，隔了一兩分鐘，「ＯＫ，我看看……如果芙莉克是真的跟一個端盤子的上床，可是她卻惡意地指稱是我，因為她那套階級戰士的狗屁理論以及她男朋友對我家庭的宿怨呢？」

「你從她室友放在廚房的皮包裡偷走了她的信用卡。」

她看得出來他的嘴角一緊，知道他沒料到這一點，他無疑是以為芙莉克的生活形態會使偷竊的嫌疑落在出入她過度擁擠的小公寓的每一個人身上，尤其是吉米。

「證據呢？」他又說。

「芙莉克能提供你去她公寓的日期，而如果蘿拉證實她的信用卡遭竊的那晚——」

「都不能具體證明我去過——」

「芙莉克是如何發現綋架的事的？我們知道是她告訴吉米的，而不是吉米告訴她的。」

「也不可能是我啊，對吧？全家裡面只有我根本就不知道。」

「你什麼都知道，金娃娜從你父親那兒知道了來龍去脈，全都告訴了你。」

「不，」拉斐爾說，「我認為你們會發現芙莉克是從布查爾兄弟那兒聽說綋架的事的，我有可靠的消息來源，說他們其中一個現在就住在倫敦。對，我認為我聽說過謠言，有一個在跟他們的好哥們吉米的女朋友亂搞。相信我，布查爾兄弟上法庭可不太能站得住腳，一對油腔滑調的大老粗，利用夜色掩護運送綋架。如果真鬧到法庭上，我會比芙莉克和布查爾兄弟更人模人樣，真的。」

「警方調到了通聯紀錄。」蘿蘋不死心。「他們知道有人打匿名電話給格朗特．文恩，差不多就在芙莉克發現綁架的事的時候，我們認為是你告訴文恩杉繆．穆瑞普的事情，你知道文恩跟齊佐家有舊仇，金娃娜都告訴你了。」

「我對電話的事一無所知，庭上，」拉斐爾說，「而且我非常遺憾我已故的兄長對芮安娜．文恩那麼混蛋，可我是無辜的。」

「我們認為是你打威脅電話到依姬的辦公室的，就在你去上班的第一天，說什麼人死的時候會尿失禁，」蘿蘋說，「而且我們認為是你要金娃娜假裝她一直聽到有人闖入莊園，一切的設計都是為了製造越多目擊證人越好，坐實你父親有焦慮及偏執的理由，很可能會在極大的壓力下崩潰——」

「他是承受了極大的壓力，他是被吉米．奈特敲詐勒索。格朗特．文恩是想逼迫他辭職。這些都不是謊言，而是事實，而且上了法庭也夠聳動，尤其是杉繆．穆瑞普的事公諸於眾之後。」

「只可惜你能避免卻還是沒有避免，犯下了愚不可及的錯。」

他坐得稍直了些，身體前探，手肘滑了幾吋，槍管變得更大。他的眼睛，本來是陰影中的兩團污漬，這時也變得清晰，縞瑪瑙般黑白分明。蘿蘋忍不住怪自己怎麼會覺得他很英俊。

「什麼錯？」

他說話時，蘿蘋用眼角看見了她右手邊的窗戶有道藍光從橋上閃過，拉斐爾看不見，被船身擋住了。藍光消失，橋又被吞沒入更深濃的黑暗中。

「比方說，」蘿蘋小心翼翼地說，「在謀殺的籌畫階段一直和金娃娜見面就是一個錯誤，她一直假裝她不記得跟你父親是在何處見面的，不是嗎？只為了跟你共度個幾分鐘，只為了見你一面，查你的勤——」

「這一點不足為憑。」

「金娃娜在生日那天被人跟蹤到四季莊園酒店。」

他瞇起了眼睛。

「誰？」

「吉米．奈特，芙莉克證實了。吉米以為金娃娜是去見你父親，想在大庭廣眾之下詰問他不給錢的事。不過很顯然你父親不在那裡，所以吉米就回家了，在部落格上寫了一篇憤怒的文章，說上流社會的保守派如何浪擲金錢，提到了四季莊園酒店。」

「嗯，除非他看見我溜進金娃娜的酒店套房裡，」拉斐爾說，「不過他並沒有，因為我他媽的非常小心，不讓別人看見，所以也是純屬假設。」

「好吧，」蘿蘋說，「那你第二次被聽到在畫廊的洗手間性交呢？那個人不是法蘭西絲嘉，那個人是金娃娜。」

「證明啊。」

「金娃娜那天到倫敦，去買抗憂鬱劑，假裝很氣你父親不跟你斷絕來往，那也是一種掩飾，讓人人都覺得她討厭你。她打電話給你父親，確認他在別處吃午餐，史崔克聽見了那通電話，你跟金娃娜不了解的是你們在性交時，你父親就在一百碼之外。

「等你父親強行闖入洗手間，他在地板上發現了一管抗憂鬱劑，所以他才差一點心臟病發作，他知道金娃娜進城是為了這個而來的，他知道剛才在洗手間裡跟你性交的人是誰。」

拉斐爾的笑容更像是扮鬼臉。

「對，那次是搞砸了，那天他進我們的辦公室，說什麼拉克西斯——『知道每一個人的大限之日』——我後來才明白他是想要讓我害怕，對不對？我當時並不知道他是什麼意思。可是妳跟妳的癮子老闆在齊佐園談到了藥丸，金娃娜這才恍然大悟：藥在我們辦事的時候從口袋裡掉了出來，我們不知道他是從幾時起疑的……一直到後來我聽見他打電話到四季去問弗芮迪的鈔票夾，我才明白他必定是發覺了不對勁。後來他要我到埃伯里街，我知道他是要質問我，我們需要先下手為強，殺了他。」

他談論弒父的口吻一派的就事論事，讓蘿蘋冷到骨子裡，聽他的語氣就跟給房間貼壁紙差不多。

「他一定是打算在給我上一堂『我知道你在操我老婆』的訓誡時把藥丸拿出來當證據……我為什麼沒看到在地板上？事後我盡量把屋子收拾乾淨，可是藥一定是從他的口袋或是哪裡滾出來的……其實沒有想像中那麼容易，」拉斐爾說，「繞著一具你才剛殺死的屍體收拾善後，我其實很詫異，居然受到那麼大的衝擊。」

她從沒這麼清楚地聽過他的自戀，他的關注和同情完全給了他自己，他死去的父親根本一文不值。

「警方詢問了法蘭西絲嘉和她的父母。」蘿蘋說。「她矢口否認跟你在洗手間裡的韻事有第二次，她的父母親一直不相信，不過——」

「他們不相信是因為她比金娃娜還要笨。」

「警方正在梳理監視器畫面，篩揀出她說她去的店家，在你和金娃娜在廁所裡的時候。」

「好吧，」拉斐爾說，「就算最壞的情況發生了，他們能證明她沒跟我在一起，我還是可以說那天跟我在廁所裡的是另一位年輕的小姐，出於騎士精神，我不能壞了她的名節，這樣我還是可以脫身。」

「你真的能找到一個女人為你在法庭上作偽證，而且還是謀殺案？」蘿蘋不相信地說。

「這間船屋的女主人就對我癡迷得無以復加。」拉斐爾柔聲說。「在我進去以前我們就來往了，她去牢裡看我，目前她在戒酒，瘋婆子一個，最愛誇張。自以為是藝術家，酒喝得太兇，其實她是個百分之百的討厭鬼，可是她在床上像根小辣椒。她從沒想過要把這地方的備用鑰匙要回去，她媽咪家的鑰匙就放在那邊的抽屜裡——」

「你不會就是把氦氣、管子和手套寄送到她母親家吧？」蘿蘋問。

拉斐爾眨眨眼。這一問出乎了他的意料。

「你需要一個看似與你無關的地址，你算準時間，趁著屋主不在或是上班的時候讓貨送到，然後你可以自己開門進去，取得遞送失敗通知……」

「去拿貨，偽裝好，再寄送到親愛的老頭子的家裡，對。」

「由芙莉克收貨，再由金娃娜藏起來不讓你父親發現，一直到殺死他的時機來臨？」

「說對了。」拉斐爾說。「坐牢可以學會不少玩意。假證件，空建築，空地址，可以讓你玩出不少花樣來，等妳死了——」蘿蘋的頭皮發麻——「誰也不會把我跟這些地址聯想到一塊。」

「這艘船的主人——」

「會向每個人說是她跟我在卓蒙德的畫廊裡性交的，記得嗎？她是我這邊的，維妮西雅，」他輕聲說，「所以妳可不妙了，不是嗎？」

「還有別的錯誤。」蘿蘋說，嘴巴發乾。

「比方說？」

「你告訴芙莉克你父親需要清潔工。」

「對，如此一來就能讓她和吉米有嫌疑，是她設計進入我父親家的。陪審團會注意到這一點，而不是她是如何得知他需要清潔工的，我已經說過了，她在被告席上會像個挾怨報復的放蕩女人，所以只是她的另一個謊言。」

「可是她偷走了你父親的一張字紙，是他在和四季莊園酒店核對金娃娜說辭時作的筆記。她說了謊，說她母親會跟她一起住飯店，酒店一般是不會洩漏客人資料的，可他是政府高官，而且之前也去過，所以我們認為他設法騙得他們的合作，承認了他們記得開到飯店的車輛，而且很遺憾她的母親沒能同行。他記下了金娃娜訂的套房，可能是假裝他忘記了，而且他想取得帳單，為了查出是否有雙人份早餐或晚餐的項目吧，等到檢方在法庭上出示紙條或是帳單——」

「字條是妳發現的吧？」拉斐爾說。

蘿蘋的胃在翻觔斗，她並無意要給拉斐爾另一個射殺她的理由。

「我們在南隆謝客吃過飯以後，我就知道我低估了妳。」拉斐爾說。這話不是誇獎。他瞇著眼睛，鼻翼僨張，表情厭惡。「妳的樣子一團糟，可妳還是問了棘手的問題，我也沒料到妳跟妳老闆跟警方的關係那麼好，即使我密報八卦給《標準——」

「原來是你。」蘿蘋說，很奇怪她怎會沒想通。「是你讓媒體和米契．派特森又來監視我們……」

「我告訴他們妳為了史崔克要離開妳先生，可他卻還跟他的舊女友藕斷絲連。這個八卦是依姬跟我說的，我覺得你們需要慢下來，你們兩個，因為你們一直在打探我的不在場證明……可是在我射殺妳之後，」——蘿蘋全身一陣冷顫——「妳老闆會忙著回答媒體的追問，問妳的屍體為什麼會在運河裡，不是嗎？我覺得這就叫作一石二鳥。」

「就算我死了，」蘿蘋說，盡量讓聲音穩定，「你父親的字條以及飯店的證詞還是對你不利——」

「好，就算他是擔心金娃娜在四季莊園不知搞什麼鬼。」拉斐爾粗魯地說。「我說過了，根本就沒人看到我，那個蠢女人確實叫了香檳附兩只酒杯，可是那個人也可能是別人。」

「你是不會有機會再跟她炮製出什麼新說法了。」蘿蘋說，嘴巴更乾了，舌頭舔著口腔上方，竭力表現得鎮定自若。「她被收押了，她也沒有你聰明——而且你還犯了別的錯，」蘿蘋一口氣說，「很蠢的錯，因為你一旦發覺你父親要對付你，你就不得不在匆忙之中執行計畫。」

「比方說呢？」

「比方說是金娃娜拿走了阿米替林的包裝袋，在她給橙汁下藥之後。金娃娜忘了告訴你關好前門需要一點訣竅，還有，」蘿蘋說，意識到她打出了最後一張王牌，「她把前門鑰匙拋給你，在派丁頓。」

兩人之間延伸著無語，蘿蘋覺得她聽見近處有腳步聲，她不敢看窗外，唯恐驚動了拉斐爾，他似乎被她剛才的話嚇住了，一時有些恍神。

「『把前門鑰匙拋給我？』」拉斐爾重複道，裝得勇敢，卻一看就知是虛張聲勢。「妳在胡說什麼？」

「埃伯里街的房屋鑰匙是特製的，幾乎不可能複製，你們兩個人只有一把鑰匙：她的，因為你父親在他過世前已經懷疑你們有染，已經想出了辦法不會讓你拿到備用的那把鑰匙了。

「金娃娜需要鑰匙開門進去，在橙汁裡下藥，而你需要鑰匙在一大早進去，悶死他。所以你們兩個在最後一分鐘想出了計畫：她在派丁頓事先約好的地點把鑰匙交給你，而你則假扮成遊民。

「你們被監視器拍到了。警方已經找人放大了影像，強化了清晰度，他們認為你一定是匆忙之間在二手商店買的衣服，如此一來可能就又多了一個人可以作證，警方現在正在過濾監視器畫面，尋找你離開派丁頓之後的行動。」

拉斐爾將近一分鐘一言不發，眼珠子左右亂轉，想找漏洞，找個脫身之法。

「那就……麻煩了。」他終於說。「我不認為我坐在那兒會被拍到。」

蘿蘋覺得她能看見希望之光從他的身上溜走，她平靜地往下說：「金娃娜按照你們的約定，回到牛津郡，打電話給卓蒙德，留言說她想要給項鍊估價，為的是要建立一套可供查證的說法。

「隔天一大早，又用拋棄式手機打給了格朗特．文恩和吉米．奈特。他們兩人都被誘出了家門，可能是藉口要提供他們齊佐的情報。打電話的是你，這麼做是為了萬一警方認為是命案，他們兩個可以充作替罪羔羊。」

「沒有證據。」拉斐爾機械式地喃喃說，可是眼睛仍瞟來瞟去，搜尋著隱形的生命線。

「你一大清早就進了屋子，卻發現你父親喝了橙汁之後幾乎昏迷，可是——」

「他是昏迷了，剛開始的時候。」拉斐爾說。眼珠像蒙上了一層光，蘿蘋知道他是在回憶當天的情況，在腦海中看著。「他倒在沙發上，昏昏沉沉的。我從他面前走過去，到廚房裡，打開了我的玩具箱——」

在電光石火的一瞬間，蘿蘋又看見了那個被塑膠袋套住的腦袋，灰髮緊貼著臉龐，只看得見一張黑洞也似的大嘴。是拉斐爾做的；拉斐爾，而他正拿槍指著她。

「——可我在安排的時候，那個老混蛋醒了，看見我在給氦氣瓶接管子，就他媽的活過來了。他搖搖晃晃起來，抓下了牆上弗芮迪的劍，想要抵抗，可是被我打掉了。過程中把劍身折彎了。我把他拖回椅子上——他還在抵抗——然後——」

拉斐爾默然重演把塑膠袋套在他父親頭上的動作。

「卡布特。」他以拉丁語說「頭」這個字。

「然後，」蘿蘋說，嘴巴仍很乾，「你用他的手機打了那兩通電話，用來成立你的不在場證明，金娃娜當然把他的密碼告訴了你，然後你就離開了，卻沒把門關好。」

蘿蘋不知道左邊舷窗的動靜是否出於她的想像。她緊緊盯著拉斐爾，以及微微搖晃的槍。

「這裡有一大堆的事都是間接證據。」他喃喃說，眼珠仍蒙著一層光。「芙莉克和法蘭西絲嘉都有動機說謊害我……我跟法蘭西絲嘉並沒有好聚好散……我也許還有機會……我也許……」

「沒有機會了，拉夫。」蘿蘋說。「金娃娜不會再幫你遮掩多久了。等她一聽說《哀傷的母馬》的真相，她就會主動幫助警方把所有關節都拼湊起來，我認為是你堅持要她把畫挪到會客室的，以免空房的濕氣毀了畫作。你是怎麼辦到的？是不是編了一套說辭，說會害你想起她死掉的母馬嗎？然後她就會明白你是在了解了那幅畫的真正價值之後才又和她重拾舊情的，而你當初跟她分手時說的那些恐怖的話全都是真的，更糟的是，」蘿蘋說，「她會明白你們兩個聽見有人闖入莊園時——這一次是真的——你讓你應該要瘋狂迷戀的女人一個人摸黑走到屋外去，穿著睡衣，而你躲在屋裡保護——」

「夠了！」他突然大吼，槍管也向前伸，又頂到她的額頭。「妳他媽的給我閉嘴！」

蘿蘋一動不動。想像著他扣扳機會是什麼感覺，他說過他會拿靠枕來遮掩槍聲，不過他也許忘了，他也許快失控了。

「妳知道坐牢是什麼滋味？」他問。

她想說不知道，聲音卻出不來。

「噪音。」他低聲說。「味道。又蠢又醜的人——跟動物一樣，有的。還比不上動物，我從來就不知道還有那種人，他們要在你吃飯拉屎的地方，二十四小時盯著你，等著暴力事件發生。哐鎯聲，吼叫聲，還有髒得噁心，我寧可被活埋，也不要再坐牢……

「我要過個夢幻似的人生，我要自由自在，百分之百自由自在。我不必再向卓蒙德那種人卑躬屈膝，我在卡布里島早就看好了一棟別墅，可以俯瞰那不勒斯灣。然後我會在倫敦買間公寓……買新車，等我天殺的禁令到期之後……想想看，悠哉得漫步，知道你什麼都買得起，什麼都能做，夢幻似的人生……

「在我徹底逍遙自在之前只有兩個小小的問題……芙莉克，簡單：深夜，漆黑的馬路，一刀戳進肋骨，街頭犯罪的被害人。

「而金娃娜……等她立下了對我有利的遺囑之後，過個幾年，她就會在義大利因為騎了一匹難以駕馭的馬而摔斷脖子，掉落在海裡淹死……她可不怎麼會游泳……

「然後所有人都可以去死，對不對？齊佐家的人，我那個婊子媽，我不需要跟任何人要東西，我什麼都有……

「可是那些都沒了。」他說。他雖然膚色暗，蘿蘋仍然看到他的面色轉灰，眼下的黑影在半明半暗的光線下顯得凹陷。「全都沒了。妳知道嗎，維妮西雅？我要把妳的腦袋瓜轟掉，因為我決定了，我不喜歡妳，我覺得我想先看到妳的鬼腦袋爆開，然後我自己才要掉腦袋——」

「拉夫——」

「拉夫……拉夫……」他鬼叫，模仿她，「為什麼女人老是覺得她們很特別？妳們一點也不特別，一個也不特別。」

他伸手去拿旁邊的軟靠枕。

「我們一塊走，我滿喜歡跟個性感的女孩一塊下地獄——」

砰的一聲木頭碎裂，門撞開來。拉斐爾猝然踅身，拿槍指著摔進船裡的大漢。蘿蘋撲上了桌子，去抓他的胳臂，但是拉斐爾以手肘撞她，她的嘴唇破裂，鮮血噴湧，跌在地上。

「拉夫，不，不要——不要！」

他站了起來，在擁擠的空間中哈著腰，槍管塞進了口中。剛才撞開門進來的史崔克離他幾呎，氣喘如牛，而華道則站在他後面。

「開槍啊，你他媽的小孬種。」史崔克說。

蘿蘋想抗議，卻發不出聲音。

小小的一聲咔嗒。

「在齊佐園就把子彈拿出來了，小兔崽子。」史崔克說，踉蹌向前，一巴掌拍掉了拉斐爾口中的槍管。「沒你自己以為的一半聰明嘛。」

蘿蘋的耳朵耳鳴個不停，拉斐爾以英語和義大利語大罵，尖聲威脅，死命扭動，而史崔克幫著華道把他按倒在桌上，給他戴上手銬，但是她跌跌撞撞走開，如在夢中，退回到廚房區，那兒吊掛著各種鍋子，小小的水槽旁放著白色的紙巾捲，普通到滑稽可笑的地步。她能感覺被拉斐爾打到的嘴唇腫脹。她撕了幾張紙巾，打開水龍頭浸濕，按在流血的地方，同時看見舷窗後穿著制服的警察匆匆穿過黑色柵門，取走了手槍，帶走了掙扎個不停的拉斐爾，是華道把他拖上岸的。

她剛才被手槍指著，無論是什麼感覺都不真實。現在警察進進出出船屋，卻僅僅是噪音和回聲，而此刻她發覺史崔克站在她身邊，似乎只有他一個人有現實感。

「你是怎麼知道的？」她聲音濃濁地問，嘴上還摀著濕紙巾。

「妳離開後五分鐘才想通的，妳拿給我看的馬修用來傳簡訊的號碼後三碼跟拋棄式手機的一支相同，我去追妳，可是妳已經走了，雷波恩派了巡邏車出去，我一直不停給妳打電話，妳為什麼不接？」

「我的手機是靜音模式，放在皮包裡，現在掉進運河裡了。」

她好想來杯烈酒。也許，她隱隱然想，這附近真的會有一家酒館……但是不消說，她是得不到去酒吧的許可的，她得回到新蘇格蘭場，在那兒待好幾個小時，他們會需要一份很長的證詞，她得把剛才那一小時再詳詳細細地重過一遍。她覺得心力交瘁。

「你怎麼知道我在這裡？」

「打給依姬，問拉斐爾認不認識這附近的人，她說他有個時髦的毒蟲女朋友，擁有一間船屋，他已經沒地方去了，這兩天來警方一直在監視他的公寓。」

「而且你知道槍是空的？」

「我希望是空的。」他糾正她。「不過呢，他很可能檢查過，又重新裝填了子彈。」

他在口袋裡掏摸。點燃香煙時手指微微顫抖。他吸了口煙，又說：

「妳做得太好了，蘿蘋，讓他說個不停，可是下一次妳要是接到不明來電，妳最好是打回去問問是誰，而且妳不准──絕對不准──再把私生活告訴嫌疑犯了。」

「可不可以給我兩分鐘，」她說，按著腫脹流血的嘴唇，「享受一下活著的快樂，然後你再繼續說教？」

史崔克噴出了一口煙。

「好，可以接受。」他說，笨拙地單手把她拉進懷裡擁抱。

一個月後

ONE MONTH LATER

尾聲

妳的過去死了，蕾貝嘉，對妳再也沒有影響力了——跟妳一點關係也沒有了——妳是今天的妳。

——亨里克．易卜生《羅斯莫莊園》

殘奧來了又去，九月盡全力滌淨了掛滿聯合傑克旗的夏日，那時倫敦沐浴在全世界的矚目之下。雨水敲打著「齊尼道小館」的高窗，與隱藏的擴音器播放出的賽日．甘斯伯格（Serge Gainsbourg）歌曲〈黑色長號〉（Black Trombone）競逐。

史崔克和蘿蘋連袂抵達，才剛就座依姬就到了。她挑選了這家餐廳是因為離她的公寓近。她穿著Burberry風衣，雨傘濕透了，略顯得狼狽，花了一點工夫才把雨傘收好。

史崔克在結案後只和客戶交談過一次，而且只有三言兩語，因為依姬太過震驚沮喪，無法長談，他們今天是應史崔克之請見面的，因為齊佐案還有最後一個地方有待完成，依姬在電話中敲定了午餐地點後，告訴史崔克自從拉斐爾被捕她就不太出門。「我沒辦法面對別人，實在是太可怕了。」

「你好嗎？」她焦急地說，史崔克從鋪著白桌布的桌後站了起來，接受濕濕的擁抱。「還有，喔，可憐的蘿蘋，我真的好抱歉。」她又說，匆匆繞過桌子去擁抱蘿蘋，然後又失神地向毫無笑臉的侍者說：「喔，對，謝謝你。」他接過了她的風衣和雨傘。

依姬一面坐下一面說：「我跟自己保證不會哭。」才說完就抓起了餐巾，用力按著淚管。「對不起……老是這樣。我很努力不要害別人難堪……」

她清清喉嚨，挺直了背。

「我只是太震驚了。」她低聲說。

「那是一定的。」蘿蘋說，依姬給了她一抹淚汪汪的笑。

「這是我垂老之年的秋天，（C'est l'automne de ma vie,）」甘斯伯格唱著。「我早已見怪不怪……（Plus personne ne m'étonne...）」

「你們找到這裡很順利吧？」依姬說，胡亂地找著話題。「滿漂亮的，對不對？」她說，邀請他們欣賞這家普羅旺斯餐廳。史崔克一進門就覺得有點像是把依姬的公寓翻譯成法國風。同樣的保守風格，融合傳統與現代：黑白照片掛在雪白的牆上，椅子和長椅都覆著緋紅色和青綠色皮革，舊式的黃銅玻璃大吊燈，玫瑰色燈罩。

服務生送上了菜單，詢問他們要什麼飲料。

「我們要不要等一下？」依姬問，指著空椅。

「他遲到了。」史崔克說，巴不得快點來一杯啤酒。「還是先點飲料吧。」

反正今天是沒有什麼情報要挖了。今天是來解釋說明的。服務生離開後，彆扭的沉默又籠罩了下來。

「唉唷，不知道你聽說了沒。」依姬突然對史崔克說，帶著鬆了口氣的態度，找到了一個對她而言是標準八卦的話題。「夏綠蒂住院了。」

「是啊？」他說，一點也不感興趣。

「對，臥床休息。她有點——羊水滲漏吧——反正他們想讓她留院觀察。」

史崔克點頭，面無表情。蘿蘋覺得很丟臉，想聽進一步的消息，就保持沉默。飲料送來了。依姬似乎是太過興奮，死抓著她認為大家都會想聽的安全話題，而沒發覺史崔克興趣缺缺，又說：

「我聽說傑哥看到報上你們兩個的新聞，氣壞了。現在八成很高興能把她留在他能看見的——」

可是依姬從史崔克的表情看出了什麼，就半途打住了。她喝了一口酒，瀏覽四周，看僅有的幾桌客人是否在聽，然後說：

「警方應該有讓你們知道進展吧？你們知道金娃娜什麼都承認了嗎？」

「對，」史崔克說，「我們聽說了。」

依姬搖頭，又一次眼淚盈眶。

「真可怕，我們的朋友都不知道該說什麼……我到現在還是不敢相信。實在是太匪夷所思了。拉夫……我想去看他的，你知道，我真的需要去看他……可是他拒絕了，他誰也不見。」

她又喝了一大口酒。

「他一定是瘋了還是怎樣，他一定是病了，對不對？才會做那樣的事？一定是有什麼心理疾病。」

蘿蘋想起了黑暗的船屋，拉斐爾夸夸其談他想要的人生，卡布里島的別墅，倫敦的單身漢公寓，還有新汽車，在他因為撞死了年輕母親而被禁止開車的命令解除之後，她想到了他弒父的計畫是多麼的鉅細靡遺，會出錯完全是因為執行的時間太倉促。她想到了他舉著槍的表情，詢問她為什麼女人總覺得自己很特殊：他稱作婊子的母親，他色誘的繼母，蘿蘋（他要拉到地獄作墊背的女人）。他難道真的有什麼心理疾病，最終會讓他住進精神病院而不是讓他那麼驚恐的監獄？抑或是他的弒父夢是在生病與不可能減少的惡毒之間的陰影幢幢的荒原之中孕育的？

「……他的童年很悲慘。」依姬在說，然後，儘管史崔克和蘿蘋都沒有反應，她又說：「真的，真的很悲慘，我不想說爸爸壞話，可是弗芮迪是他的心肝寶貝。爸爸對拉夫和虎鯨──我是說歐妮拉，他母親──不好。唉，托克老是說她比較像是高級妓女，拉夫如果不是在念寄宿學校，就會被她拖著到處跑，老是在追逐新的男人。」

「還有比這種童年更悲慘的。」史崔克說。

蘿蘋才剛剛在想拉斐爾和母親的生活聽起來倒跟她所知的史崔克早年生活頗類似，聽到他如此坦率地表達出看法，仍是意外。

「很多人的人生比母親是個派對女郎還要艱難，」他說，「可是他們卻不會變成殺人犯。看看比利．奈特。整個人生中幾乎沒有母親照顧。父親暴戾、酗酒，他不是挨打就是沒人管，最後還有嚴重的心理疾病，可是他從來沒有傷害過誰。他在病情發作時來我的偵探社，想要為別人伸張正義。」

「對，」依姬急忙說，「對，你說得對。」

可是蘿蘋卻感覺即使是現在，依姬仍無法把拉斐爾的痛苦和比利的痛苦相提並論，拉斐爾的痛苦永遠會比後者的激發起她更大的憐憫，因為齊佐家的人天生就跟那些無母的孩子不一樣，那些孩子挨打受虐是隱藏在樹林的深處，莊園的工人生活的地方，自有他們的法則。

「才剛說人就到了。」史崔克說。

比利．奈特正好走進了餐廳，剪短的頭髮上閃著雨滴。雖然仍舊太瘦，他的面龐卻豐潤了些，整個人和衣服也較乾淨。他上個星期才出院，目前住在查爾蒙特路吉米的公寓裡。

「哈囉。」他對史崔克說。「對不起遲到了，沒想到搭地鐵會那麼久。」

「沒事。」兩個女人異口同聲地說。

「妳是依姬。」比利說，在她旁邊落座。「好久不見了。」

「可不是。」依姬過於熱情地說。「可不是有好久沒見了。」

蘿蘋伸出了手。

「嗨，比利，我是蘿蘋。」

「哈囉。」他說，和她握手。

「你要不要喝葡萄酒，比利？」依姬問道。「還是啤酒？」

「我在吃藥，不能喝酒。」他說。

「啊，對，對，當然不行。」依姬慌亂地說。「嗯……那，喝點水，這是菜單……我們還沒點餐……」

服務生來了又走後，史崔克對著比利說話。

「我去醫院看你時答應了你一件事。」他說。「我說我會查出你看見被勒死的孩子是怎麼回事。」

「對。」比利驚恐地說。就是為了要得到二十年來苦惱他的謎團的答案，他才會搭火車遠從東漢姆到切爾西來的。「你在電話上說你查出來了。」

「對，」史崔克說，「可是我要你從知情的人那裡聽見答案，那個人當時在場，所以你可以聽到完整的故事。」

「是妳嗎？」比利說，轉向依姬。「妳在那裡？在白馬山上？」

「不是，不是。」依姬急忙說。「那是在學校放假時發生的。」

她又喝了一口酒壯膽，放下酒杯，吸了口氣，這才說：

「菲姬跟我都到同學家去了。我——我後來聽說了……

「實際情況是……弗芮迪從大學回來，帶了幾個朋友。爸爸讓他們住在家裡，他得去倫敦參加一個老同袍聚會……

「弗芮迪有時候……說真的，他有時候非常調皮搗蛋。他從地窖裡拿了很多好酒，他們都喝醉了，有個女生說她想試驗一下白馬的傳說是不是真的……就是那一個。」她對比利說，因為他是在阿芬登土生土長的人。「如果在眼睛那兒轉三圈，許個願……」

「對。」比利說，點點頭。焦慮不安的眼睛瞪得老大。

「所以他們就都摸黑離開了屋子，可是弗芮迪……他就是那麼調皮……他們繞路穿過樹林到你家。斯泰達小屋。因為弗芮迪想買，呃，大麻，是你哥哥種的吧？」

「對。」比利又說。

「弗芮迪想買一點大麻，讓大家到白馬那兒抽，一面等那些女生許願。對，沒錯，他們不應該開車的，他們都喝醉了。

「唔，他們到你家以後，你父親不在——」

「他在穀倉裡。」比利突然說。「完成一組……妳知道的。」

回憶似乎是硬生生闖入了他的心湖，被她的回溯所引發。史崔克看著比利的左手緊緊握著右手，以免又去做那種反覆的動作，那套動作在比利來說似乎可以遏阻邪靈。雨水持續鞭笞著餐廳的窗子，賽吉．甘斯伯格唱著：「喔，我想讓你記住……（Oh, je voudrais tant que tu te souviennes...）」

「所以，」依姬說，又吸了口氣，「我是這樣聽說的，是當時在場的一個女生說的……我不想說出她的名字，」她對史崔克和蘿蘋說，稍微有些防衛，「那是很久以前的事了，那件事給她很大的創傷……呃，弗芮迪跟他的朋友跑進農舍，把你吵醒了，比利。他們有一大票人，吉米幫他們捲大麻煙，之後他們就出發了……總之，」依姬吞嚥了一下，「你很餓，而吉米……也可能是，」她縮了縮，「也可能是弗芮迪，我不知道……他們覺得應該很好玩，就把他們抽的玩意摻了一點到你的優格裡。」

蘿蘋想像著弗芮迪的朋友，有些可能很樂於坐在工人的農舍裡跟當地的一個賣大麻的小伙子享受吸毒的快感，可是其他的，像是那個告訴依姬這件事的女生，卻心中不安，卻太年輕、太害怕那些又笑又鬧的同伴而不敢插手。對五歲的比利而言，這批人就像成人，可是現在蘿蘋知道他們也都不過十九歲，最多二十一歲。

「對。」比利小聲說。「我知道他們給我吃了什麼。」

「所以，那時候吉米也想跟著去，一起上山。我聽說他對某個女生很有好感。」依姬正色說道。「可是你很不舒服，被餵了那種優格之後，他不能把你丟在家裡，就把你帶著一塊去了。

「你們都擠進了兩輛荒原路華裡，然後就出發了，到龍山上。」

「可是……不，不對。」比利說。臉上又出現了焦慮的神情。「那個小女生呢？她也在那裡，她跟我們在車子裡，我記得到了山上以後他們把她帶出去，她哭著要找媽媽。」

「那個——那個不是女生。」依姬說。「是弗芮迪的——唔，是他自以為幽默——」

「是女生，他們還用女生的名字叫她。」比利說。「我記得。」

「對。」依姬可憐兮兮地說。「拉斐麗。」

「對了！」比利大聲說，餐廳裡的人都轉頭看。「就是這個！」比利低聲重複，瞪大眼睛。「拉斐麗，他們就是這樣叫她的——」

「那不是女生，比利……是我的小——是我的小——」

依姬又拿著餐巾按著眼睛。

「真不好意思……是我的小弟拉斐爾，弗芮迪和他的朋友是應該要照顧他的，因為我父親不在家，拉夫小時候可愛得不得了，他大概是也被他們吵醒了吧，那些女生說不能把他一個人丟在家裡，應該要帶他一塊去。弗芮迪不想要，他想丟下拉夫不管，可是女生都保證會照顧他。

「可是到了山上，弗芮迪整個人醉茫茫的，又吸了一堆大麻，拉夫哭個不停，弗芮迪火大了，說要大肆破壞，然後……」

「他就勒住他的脖子。」比利說，表情驚惶。「是真的，他殺了——」

「不是，不是，他沒有！」依姬沮喪地說。「比利，你知道他沒有——你一定記得拉夫吧，他每年夏天都來我們家，他還活著！」

「弗芮迪兩手掐住了拉斐爾的脖子，」史崔克說，「把他掐得昏迷不醒。拉斐爾尿了褲子，倒了下來，可是他並沒有死。」

比利的左手仍被右手緊緊握著。

「我真的看到了。」

「對，你看到了，」史崔克說，「而且，你是一個非常棒的目擊證人。」

服務生送上了餐點。史崔克是肋眼牛排和薯條，兩位女士是藜麥沙拉，比利只點了湯，他似乎只有信心點湯，接著依姬繼續述說：

「放假回來以後拉夫把事情告訴了我。他那麼小，又那麼難過，我跟爸爸說了，可是他不肯聽。他就只是隨口敷衍了我一下，說拉斐爾愛哭，老是……老是抱怨……

「現在回想起來，」她對史崔克和蘿蘋說，眼中又泛淚，「現在再仔細想想……拉夫一定是充滿了仇恨，發生了那樣的事……」

「對，拉斐爾的辯護律師團可能會設法利用這類的事情，」史崔克輕快地說，一面吃著牛排，「可是仍然抹殺不了事實，依姬，他一直到發現樓上掛著一幅史塔布斯才生出了弒父的念頭。」

「一幅有待鑑定的史塔布斯。」依姬糾正史崔克，從袖口抽出手帕來擤鼻子。「亨利．卓蒙德認為只是複製品，佳士得的那個人很樂觀，可是美國有位史塔布斯迷飛過來鑑定，他說史塔布斯做的遺失作品紀錄上並沒有這一幅……不過坦白說，」她搖頭，「我一點也不在乎，那個東西只有壞處，它把我們家害得……丟進垃圾場我也不在乎，世界上還有更重要的東西，」依姬沙啞地說，「比起錢來。」

史崔克有好理由不回應，他滿口都是牛排，可是他忍不住想依姬可曾想到她身邊這個脆弱的人跟哥哥擠在東漢姆一間兩房小公寓裡，而且認真說起來，齊佐家還欠了比利一組絞架的錢，或許，等史塔布斯出售之後，齊佐家會考慮償還這筆債務。

比利以幾近恍神的狀態喝著湯，眼神迷離。蘿蘋覺得他的深思狀態好像滿安詳的，甚至像開心。

「那，我一定是搞混了，對不對？」比利終於問。他現在說話較有自信，像個感覺和現實牢牢扎根的人。「我看到的是埋了一匹馬，就以為是小孩子，結果是我自己搞混了。」

「這個嘛，」史崔克說，「我倒覺得不是這麼簡單，你知道那個勒死小孩的人就是跟你父親一塊把馬埋在山坳裡的人。我猜弗芮迪並不常在家，他年紀大多了，所以你不完全清楚他是誰……可是我認為你封鎖了很多那匹馬以及牠是如何死的回憶。你合併了兩樁殘酷的行為，而兩件事都是同一個人做的。」

「那匹馬，」比利問，現在是微帶驚恐，「是怎麼了？」

「你不記得『斑點』嗎？」依姬說。

驚異之餘，比利放下了湯匙，一隻手懸空，距離地面約三呎。

「那匹小──對……她不是在槌球場上吃草？」

「她是一匹老態龍鍾的迷你斑點馬。」依姬向史崔克和蘿蘋解釋。「是叮叮最後的一匹馬，叮叮的品味簡直可怕，俗氣得不得了，就連選馬都……」

（……誰也沒注意到，妳知道為什麼嗎？因為他們都是他媽的傲慢自大的勢利眼……）

「……可是『斑點』好可愛。」依姬承認。「如果你到花園裡，她就會像狗狗一樣跟著你……」

「我覺得弗芮迪不是故意的……可是，」她絕望地說，「喔，我再也不知道了。我不知道他是怎麼想的……他的脾氣一直都很壞。不知什麼事惹惱了他。爸爸不在家，他就拿了爸爸槍櫃裡的獵槍，跑到屋頂上，開始亂射鳥，然後……咳，他後來告訴我他不是故意要射斑點的，可是他一定是太靠近她開槍了，對不對，才會殺了她？」

他是朝她瞄準的，史崔克心裡想。不是故意的話，是不會對著動物的頭顱連射兩發子彈的。

「後來他就慌了。」依姬說。「他去找肯特的──我是說你父親，」她對比利說，「要他幫忙把屍體埋了。爸爸回家後弗芮迪就說斑點倒下去了，他找了獸醫來把她帶走，可是這個說法當然連兩分鐘都瞞不了爸爸。爸爸發現真相之後大發雷霆，他不能容忍對動物殘忍。

「我聽說的時候好傷心。」依姬難過地說。「我愛斑點。」

「不會是妳在她被埋葬的地方豎立了一個十字架吧，依姬？」蘿蘋問，叉子停在半空中。

「妳是怎麼知道的？」依姬問，震驚極了，淚水又滾滾而下，她又伸手去拿手帕。

滂沱大雨仍下個不停，史崔克和蘿蘋相偕走出餐廳，順著切爾西堤走向亞伯特橋。如石板一樣的灰色泰晤士河向前滾滾流淌，河面幾乎不受大雨攪動，可史崔克的香煙卻隨時會岌岌不保，而蘿蘋逸出雨衣兜帽的幾綹頭髮也濕透了。

「那，上流社會就是這樣。」史崔克說。「只管孩子掐脖子，可無論如何不能碰他們的馬。」

「你這是以偏概全。」蘿蘋譴責他。「依姬就認為拉斐爾受到不公平的對待。」

「跟在達特姆爾監獄比，只是小事一樁。」史崔克漠不關心地說。「我的同情心很有限。」

「對，」蘿蘋說，「你表示得很清楚了。」

兩人的鞋子濕濕地踩在發亮的人行道上。

「認知行為治療還順利嗎？」史崔克問，現在比較收斂，一週只詢問一次。「還在繼續練習吧？」

「練得很勤奮。」蘿蘋說。

「正經一點，我是認真的——」

「我也是啊。」蘿蘋說，卻不帶火氣。「該做什麼我就做什麼，幾個星期來我連一次恐慌症發作都沒有，你的腿呢？」

「好多了。在做伸展運動，注意飲食。」

「你才剛吃了一塊田的馬鈴薯和差不多一頭牛。」

「這是我能向齊佐家請款的最後一餐。」史崔克說。「所以要多多利用，妳今天下午有什麼計畫？」

「我得去安迪那裡拿檔案，然後會打電話給芬斯伯里公園的那個傢伙，看他願不願意跟我們談一談。喔，尼克和依莎叫我問你今晚要不要去他們家吃外帶咖哩。」

蘿蘋在尼克、依莎、史崔克三人聯手勸說之下終於不敵，同意在被手槍挾持之後立刻就搬進一棟滿是陌生人的屋子裡的一間盒子般大小的房間實在非常不理想。三天之後，她就會搬進伯爵園的一個公寓房間，跟依莎的同志朋友當室友，他的前伴侶搬出去了，她的新室友是演員，要求愛乾淨、講衛生、能容忍不定時上下班的人。

「好。」史崔克說。「我得先回偵探社，巴克萊說他這次總算逮到狡詐醫生了。另一個青少年，一塊進出飯店。」

「好極了。」蘿蘋說。「不，我不是說那樣好，我是說——」

「是好極了。」史崔克篤定地說，大雨潑灑而下。「另一個客戶滿意了。銀行帳戶不尋常地充盈了，大概可以幫妳加一點薪水了。好了，我要從這邊走，那就晚一點在尼克和依莎家見了。」

兩人揮手而別，掩藏住淡淡的笑意，等分頭走開之後才顯露，愉悅地知道短短幾小時之後就會再見，在尼克和依莎家吃著咖哩喝著啤酒。不過蘿蘋很快就把思緒移到需要從芬斯伯里公園那個男人口中得到答案的問題上了。

她低頭躲避大雨，沒有空閒去注意經過的宏偉大廈，它被雨水拍打的窗戶面對著泰晤士河，大門雕刻著兩隻天鵝。

致謝

並不是完全因為情節繁複，可是《致命之白》卻是我寫過的書裡最有挑戰性的一本，但它也是我最愛的一本，沒有下列人士的協助，我真的沒辦法完成。

大衛．雪利，我神奇的編輯，允許我慢慢來，讓小說成為我要的樣子。沒有他的體諒、耐心和技巧，就可能不會有《致命之白》這本書。

我先生尼爾在我書寫時幫我看稿，他的回饋價值連城，而且他也在數不清的實際層面上支持我，可是我覺得我最感激的是他從來不問我為什麼決定寫一本複雜的長篇小說，同時又在忙一齣舞台劇和兩份劇本。我知道他了解為什麼，可是不是有很多人能夠抗拒那種誘惑。

蓋布瑞斯先生仍然不太能相信他的運氣這麼好，能得到一位神級的經紀人，同時也是親愛的好朋友，謝謝你，另一個尼爾（布萊爾）。

許多人協助我研究史崔克和蘿蘋在書中造訪的不同地點，讓我受益於他們的經驗與知識。我要把最深的謝意獻給：

西蒙．貝利以及史帝芬．弗萊，他們帶我到普拉特俱樂部用餐，也讓我看了簽賭書；傑西．菲利普斯議員，熱心地帶我參觀了下議院以及保得利大廈，還有蘇妃．法蘭西斯康斯菲爾德，大衛．道伊以及伊恩．史帝文斯為我回答了無數與西敏寺有關的問題；喬安娜．席爾德斯女爵慷慨地撥出時間，帶我參觀文化媒體暨體育部，回答我所有的問題，又助我拜訪蘭開斯特府；拉桂兒．布雷克的古道熱腸，尤其是在我的相機沒電時；伊恩．查普曼和詹姆斯．約爾克，帶我參觀蘭開斯特府；以及布萊恩．斯班納，帶我遊歷馬島。

沒有我的辦公室與家庭團隊，我會不知所措。所以我要大大感謝黛．布魯克斯，丹尼．卡麥隆，安琪拉．米爾恩，蘿絲．米爾恩和凱薩．提恩蘇這麼的辛勤幽默，這兩項特質我都極其感激。

在一起十六年後，我希望菲歐娜．夏普柯特知道她對我有多麼的重要。謝謝妳，菲，為我做的一切。

我的朋友大偉．古德溫一直都是靈感的泉源，而這本書少了他就會失去味道。

謝謝馬克．哈欽生、蕾貝嘉．索特和妮基．史東希爾這一年來組織安排一切，尤其是沒讓我一片一片剝落。

最後，但是絕對絕對不是最不重要的人是我的孩子，潔西卡、大衛和小凱，謝謝你們忍受我。有個作家母親並不容易，但是真實世界少了你們和爸爸就不值得活了。

歌曲版權出處

Rosmersholm epigraphs Complete Works of Henrik Ibsen (Hastings: Delphi Classics, ebook), 2013. Translated by Robert Farquharson.'Wherever You Will Go' (p 25 and p 26) Words and Music by Aaron Kamin & Alex Band. © 2001 Alex Band Music/Universal Music Careers/BMG Platinum Songs/Amedeo Music. Universal Music Publishing MGB Limited/ BMG Rights Management (US) LLC. All Rights Reserved. Used by Permission of Hal Leonard Europe Limited.'No Woman No Cry' (p 94 and p 95) Written by Vincent Ford. Publishedby Fifty Six Hope Road Music Limited/Primary Wave/Blue Mountain Music. All Rights Reserved. 'Hear the word of Lachesis, the daughter of necessity' (p 191) The Dialogues of Plato (New York: Scribner, Armstrong & Co, ebook), 1873.'Where Have You Been' (p 427) Words and Music by Lukasz Gottwald,Geoff Mack, Adam Wiles, Esther Dean & Henry Russell Walter. © 2012 Kasz Money Publishing/Dat Damn Dean Music/Prescription Songs/Songs Of Universal Inc/ Oneirology Publishing/TSJ Merlyn Licensing BV/Hill And Range Southwind Mus S A. Carlin Music Corporation/Kobalt Music Publishing Limited/Universal/MCA Music Limited/EMI Music Publishing Limited. All Rights Reserved. Used by Permission of Hal Leonard Europe Limited.'Niggas In Paris' (p 457 and p 459) Words & Music by Reverend W. A. Donaldson, Kanye West, Chauncey Hollis, Shawn Carter & Mike Dean. © 2011 Unichappell Music Inc. (BMI)/EMI Blackwood Music Inc./ Songs Of Universal Inc./Please Gimme My Publishing Inc./ U Can't Teach Bein' The Shhh Inc./Carter Boys Music (ASCAP)/Papa George Music (BMI). EMI Music Publishing Limited/Universal/MCA Music Limited. All rights on behalf of Papa George Music, Carter Boys Music and Unichappell Music Inc. administered by Warner/Chappell North America Ltd. All Rights Reserved. Used by Permission of Hal Leonard Europe Limited, Sony/ ATV Music Publishing and Warner/Chappell North America Ltd.'Black Trombone' (p 658 and p 659) Words and Music by Serge Gainsbourg. © 1962 Melody Nelson Publishing/Warner Chappell Music France. Imagem Music/Warner/Chappell Overseas Holdings Limited. Used by Permission of Hal Leonard Europe Limited and Warner/Chappell Overseas Holdings Limited. 'La Chanson de Prévert' (p 663) Words and Music by Serge Gainsbourg. © 1961 Melody Nelson Publishing/ Warner Chappell Music France. Imagem Music/Warner/Chappell Overseas Holdings Limited. Used by Permission of Hal Leonard Europe Limited and Warner/Chappell Overseas Holdings Limited.

國家圖書館出版品預行編目資料

致命之白/羅勃．蓋布瑞斯；林靜華、趙丕慧. -- 初版. -- 臺北市：皇冠, 2019.12
面；公分. -- (皇冠叢書;第4807種)(CHOICE;329)
譯自：Lethal White
ISBN 978-957-33-3492-7 (平裝)

873.57　　108018481

皇冠叢書第4807種
CHOICE 329

致命之白
Lethal White

作　　者—羅勃．蓋布瑞斯
譯　　者—林靜華、趙丕慧
發 行 人—平　雲
出版發行—皇冠文化出版有限公司
台北市敦化北路120巷50號
電話◎02-27168888
郵撥帳號◎15261516號
皇冠出版社(香港)有限公司
香港上環文咸東街50號寶恒商業中心
23樓2301-3室
電話◎2529-1778　傳真◎2527-0904
總 編 輯—龔橞甄
責任主編—許婷婷
責任編輯—平　靜
美術設計—王瓊瑤
著作完成日期—2018年
初版一刷日期—2019年12月

法律顧問—王惠光律師

如有破損或裝訂錯誤，請寄回本社更換
讀者服務傳真專線◎02-27150507
電腦編號◎375329
ISBN◎978-957-33-3492-7
Printed in Taiwan
本書特價◎新台幣599元/港幣200元